조용한
아침의 나라 2

조용한 아침의 나라 2

발행일   2017년 1월 6일

지은이   이 희 문
펴낸이   손 형 국
펴낸곳   (주)북랩
편집인   선일영   편집   이종무, 권유선
디자인   이현수, 김민하, 이정아, 한수희   제작   박기성, 황동현, 구성우
마케팅   김회란, 박진관
출판등록   2004. 12. 1(제2012-000051호.)
주소   서울시 금천구 가산디지털 1로 168, 우림라이온스밸리 B동 B113, 114호
홈페이지   www.book.co.kr
전화번호   (02)2026-5777   팩스   (02)2026-5747

ISBN   979-11-5987-305-8 04810(종이책)   979-11-5987-306-5 05810(전자책)
        979-11-5987-307-2 04810(세트)

이 도서의 국립중앙도서관 출판예정도서목록(CIP)은 서지정보유통지원시스템 홈페이지(http://seoji.nl.go.kr)와
국가자료공동목록시스템(http://www.nl.go.kr/kolisnet)에서 이용하실 수 있습니다.
(CIP제어번호 : CIP2017000416)

이희문 장편소설

조용한 아침의 나라 2

지옥 같은 징용 노역장에서 탈출해 독립군이 된 한 사내의 비장한 생애

북랩 book Lab

1
두 번째의 운명

창남은 차츰 정신이 들고 있었다. 정신이 돌아오면서 후회하기 시작했다. 죽을 목숨이고 죽을 수밖에 없는 처지라면 어린 광자와 식구가 있는 아오지로 갔어야 하는 건데 지금 잘못되고 있다는 생각에 후회하고 있었다. 어쨌든 러시아 사람들이 죽일 것 같지는 않아 보여서 그래도 다행스럽기는 하지만 언제 어떻게 변할지 몰라서 창남은 불안했다. 그러면서 오물통과 마른풀이라도 잘 깔아서 미움 받지 말아야겠다는 생각을 하고 있었다.

문이 열리면서 러시아 사람들이 우르르 밖으로 뛰어 나갔다. 창남은 오물통을 들고 나갔다. 그리고 멀리 떨어진 곳에 가서 오물통을 비웠다. 바람 때문에 그런지 추위는 더욱 살을 에고 있었다. 러시아 사람들은 이리저리 몰려다니고 있었다. 소변을 보려고 다니는 것 같았다. 초소마다 러시아 사람들을 쳐다보고 있었지만 상관하지 않고 있었다. 러시아 사람들은 눈이 수북한 철길 사이를 몰려다니다가 열차 있는 곳으로 왔다. 그리고 화물칸에 올라탔다.

그동안 창남은 마른풀을 바닥에 두껍게 깔아 놓았고, 깨끗이 비워 놓은 오물통 옆으로 가서 앉아 있었다. 러시아 사람들의 표정은 뭔가 한판 벌일 것만 같은 얼굴들을 하고 있었다. 러시아 사람들은 서로 마주 앉아서 담배를 피우고 있었고, 당장이라도 무슨 일을 벌일 것만 같은 태도를 하고 앉아서 가끔 오물통 곁에 앉아 있는 창남을 힐긋거렸다. 창남은 그럴 때마다 간이 녹아내리고 있었고, 무슨 일이 벌어질 것만 같아서 두렵기만 했다.

바람 소리는 칼날이나 다름없는데다가 어두워지고 있어서 창남은 더욱 불안해지고 있었다. 나이 많은 사람이 혁명군 감독관과 무슨 말인가 하고 있었다. 열차는 출발하지 않고 있었고, 창남은 드나들고 있는 러시아 사람들의 눈치를 보면서 웅크리고 있는 몸을 쪼그리면서 두려운 마음에 눈을 껌벅이며 눈치를 보고 있었다.

"꼬리아!"

문이 열리고 밖에 있었던 사람들이 들어오고 있었다. 그리고 봉지를 들고 들어온 사람이 창남을 보며 '코리아' 하면서 빵을 던져 주었다. 창남은 빵을 집어 들고 조금씩 뜯어 입에 넣으며 둘러앉아서 말을 주고받고 있는 러시아 사람들을 보고 있었다. 러시아 사람들은 담배를 피우거나 빵을 씹으면서 긴장된 얼굴을 하고 진지하게 말들을 하다가도 갑자기 싸울 것처럼 떠들어대는 가하면 모두 비장한 얼굴로 표정들이 바뀌고 있었다. 창남은 러시아 사람들의 분위기가 바뀔 때마다 간이 타들어가면서 심장이 벌렁거리며 무섭고 소름이 솟고 있었다.

러시아 사람들은 계속해서 화물칸 천장을 보면서 떠들어대고 있었다. 그러면서 빵을 뜯어 우물거리고 있는 창남을 힐긋거리며 보고 있었다. 러시아 사람들은 철로 침목 핀을 옷 속에서 꺼내어 마른풀 속에 넣었다. 그리고 또 다른 러시아 사람들은 끈 같은 것을 마른풀 속에 숨기고 있었다.

하루가 지나고 밤이 깊은 시간에 화물차는 움직이기 시작했다. 러시아 사람들은 열차가 달리기 시작하자 부스럭거리면서 일어나고 있었다. 그리고 침묵 핀을 들고 천장의 환기통을 쳐다보았다. 그런 다음 두 사람이 어깨를 마주 잡고 섰다. 그러자 한 사람이 어깨로 올라가 천장을 향해 섰다. 어깨 위에 올라선 사람은 들고 있는 철로 핀으로 환기통의 못을 빼기 시작했다. 러시아 사람들은 번갈아가면서 환기통의 못을 빼고 있었다. 환기통은 우그러지기 시작했고 부서지고 뜯어지기 시작했다. 부서지기 시작한 환기통은 결국에는 모두 부서져 뜯어졌고, 하늘이 보이면서 사람이 빠져나갈 만한 구멍이 드러났다. 러시아 사람은 뜯어진 환기통으로 고개를 내밀고 밖을 보고 있었다. 그리고 끈을 연결하기 시작했다. 기다란 끈은 모두 환기통 밖으로 나갔다. 러시아 사람들은 민첩하게 움직이고 있었다.

러시아 사람들은 서로 어깨를 끌어안으며 주먹을 맞대고 부딪으면서 비장한 얼굴들을 하고 있었다. 그런 다음 얼굴에 털이 많은 사람이 뜯어진 환기통으로 빠져나가면서 매달아 놓은 끈을 잡고 탈출하기 시작했다. 러시아 사람들은 환기통으로 몸을 내밀고 있었고, 줄을 잡고 서슴없이 탈출하기 시작했다. 다음 사람, 또 다음 사람… 러시아 사람들은 탈출하고 있었고, 모든 것을 지휘하던 나이 많은 사람이 창남을 목말 태워 환기통 밖으로 밀어내고 있었다.

환기통 밖으로 밀려난 창남은 줄을 움켜잡았다. 그리고 있는 힘을 다해 줄을 잡고 휘둘리는 몸을 아래로 내려가기 시작했다. 줄에 매달린 몸은 바람에 풍선처럼 날리며 화물칸에 부딪고 있었다. 창남은 필사적으로 화물칸에 두 다리를 버팅기면서 아래로 내려가고 있었다. 그리고 뒤이어 눈보라가 하얗게 일고 있는 속에 발이 닿고 있었고 창남이는 눈보라 속에 묻히고 있었다. 그리고 창남의 몸은 한동안 열차를 따라 미끄러지고 있었고 창남은 누군가 몸을 일으키고 있는 것을 알게 되면서 러시아 사람들이 웃고 있는 것을 보았다. 그리고 러시아 사람들을 따라서 뛰었다. 창남은 뛰면서 눈보라를 일으키며 달리고 있는 열차에서 러시아 사람들이 줄을 잡고 내려오는 것을 보았다. 러시아 사람들은 모두 탈출할 때까지 열차를 따라 뛰어가고 있었고 11명의 러시아 사람들은 모두 탈출하였다. 창남은 헉헉대고 있었다. 러시아 사람들도 모두 헉헉대고 있었다. 그리고 나이 많은 러시아 사람이 다가와서 창남의 얼굴을 보며 웃고 있었다. 나이 많은 사람과 창남은 어둠 속에서 서로 얼굴을 보며 웃고 있었다. 러시아 사람들은 모두 서서 시베리아 벌판 멀리 사라지고 있는 화물열차를 향해서 손을 흔들고 있었다.

러시아 사람들은 시베리아 벌판을 달리기 시작했다. 창남이도 달리는 러시아 사람들을 따라서 달리기 시작했다. 시베리아는 눈 덮인 바다와 같았고, 눈 덮인 시베리아는 하늘과 맞닿아 있었다. 러시아 사람들은 눈 덮인 시베리아를 철길 따라 달리고 있었다. 두렵고 공포이기만 했던 러시아 사람들을 따라서 창남은 달리고 있었다.

한 줄로 늘어서서 철길 따라 달리기만 하던 러시아 사람들은 작은 철교를 만나자 아래로 내려가 수북이 쌓인 눈을 파고 나서 그 곳에 쓰러지고 있었다. 창남도 눈을 파고 들어가 누웠다. 그리고 머리 위에서 열차가 달려가면서 러시아 사람들은 일어나 달리기 시작했다. 러시아 사람들은 털 모자와 털 코트 자락을 펄럭이며 달리고 있었다. 창남은 만주의 누빈 옷이라 무겁지는 않았으나 러시아 사람들과 달리기에는 힘이 부치고 있었다. 창남은 헉헉대면서 화물열차에서 탈출한 것이 잘한 것인지 잘못한 것인지 생각하면서 러시아 사람들이 뛰는 대로 뛰고 있었다.

하늘에 맞닿은 지평선을 보면서 창남은 대열에서 떨어지지 않으려고 미끄러지고 나뒹굴어가면서 달리고 또 달렸다. 창남은 아오지가 떠올랐다. 그리고 식구들이 떠올랐다. 근식이가 떠오르고, 박에스터가 떠오르고, 소진이가 떠올랐다. 그러다가 김시진 장군이 떠오르고 만식이가 떠오르고 있었다. 창남은 이 사람 저 사람 떠올리면서 뛰고 있었다. 창남은 아오지의 가족들이 보고 싶어졌다. 숨이 턱까지 차고 올라 헉헉 대면서 창남이는 식구들을 그리워하면서 뛰고 있었다. 누군가 대열에서 소리 지르고 있었다.

"불이다! 불, 불, 불!"

그러나 아무도 불이라는 소리에 동요하지 않았고 뛰고 있었다. 지친 누군가가 장난하는 소리라는 것을 알고 있기에 대열은 계속해서 뛰고 있었다. 입이 마르고 있는 사람은 눈을 입에 넣고 있었고, 눈으로 이마를 비벼대며 뛰고 있었다. 대열은 뛰는 것을 멈추지 않았다. 넘어지는 사람은 일어나 뛰고 있었다.

"철교다, 철교! 레나 강의 철교다."

창남은 무슨 소리인지도 모르지만 러시아 사람들이 바라보고 있는 앞을 보면서 허우적거리며 뛰고 있었다. 러시아 사람들은 조금도 흐트러지지 않고 뛰고 있었고, 지평선 멀리에서 나타나고 있는 철교를 향해서 뛰고 있었다. 창남은 수없이 구르며 쓰러지고 있었다. 나이 많은 러시아 사람이 쓰러지는 창남이를 일으켜 세우고 대열을 향해 소리 지르고 있었다. 나이 많은 사람은 쓰러져 일어나지 못하고 있는 사람의 이름을 부르고 그럴 때마다 러시아 사람들은 몸을 일으키면서 달리고 있었다.

창남은 수없이 쓰러지면서 뛰고 또 뛰어서 러시아 사람들이 나뒹굴고 있는 철교 아래 강줄기 둔덕에 쓰러졌다. 한동안 정신을 차릴 수도 없이 지쳐 있던 창남은 몸을 일으키고 있었다. 그리고 강줄기를 따라다니며 땔것들을 구하기 시작했다. 포조군 200부대에서처럼, 그리고 청산리에서 땔나무를 찾아 헤맸듯이 지금 창남은 불에 탈 만한 나무를 찾아 쌓인 눈 속을 헤집으며 묻혀 있는 나무들을 찾아내고 있었다.

"꼬리아! 꼬리아!"

창남이가 눈 속에서 나뭇가지를 찾아내는 것을 보고 러시아 사람들이 소리쳤다. 잠시 후 모닥불이 피어나고, 모닥불 위에서는 누구에게서 나왔는지 작은 냄비 속에서 눈 녹은 물이 끓고 있었다. 러시아 사람들은 모닥불에 둘러서서 눈 녹은 물을 돌아가면서 마시며 몸을 녹이고 있었다. 창남의 몸은 눈처럼 녹아내리고 있었다. 얼었던 손가락은 버들가지처럼 부드러워지고 있었다. 한참 동안 몸을 녹이고 난 러시아 사람들은 누구에게서 나왔는지 빵 덩어리를 앞에 놓고 사람 수대로 뜯고 있었다. 그리고 더운물과 빵을 입에 넣고 있었다. 나이가 많은 사람은 한참 일행들에게 말하고 있었다. 러시아 사람들은 나이 많은 사람이 말하는 대로 대답하고 있었고, 때로는 서로 많은 말을 나누기도 하였다. 할 말들을 다 하였는지 러시아 사람들은 서로 부둥켜안고 등을 두드리거나 어깨를 두드리면서 같은 말을 반복해서 하고 있었다. 그리고 헤어지기 시작했다. 둘이 떠나는 사람들이 있었고, 넷이 떠나는 사람이 있었고, 혼자서 가는 사람도 있었다. 창남은 마음이 불안해지기 시작했다. 그리고 왈칵하고 울음이 터지려 했다.

"꼬리아!"

나이 많은 사람이 창남을 불렀다. 울음이 터지려던 창남은 나이 많은 사람이 부르자 번개처럼 얼굴을 돌렸다.

"꼬리아! 꼬리아!"

나이 많은 사람은 창남의 어깨에 손을 얹었다. 그리고 남은 사람 중에 한 사람을 불렀다. 나이 많은 사람이 부른 사람은 앞으로 나왔다. 나이 많은 사람은 앞으로 나온 사람과 한참 동안 이야기를 주고받고 나서 창남의 손을 잡아당기며 악수를 시켰다.

"니콜라이! 니콜라이!"

나이 많은 사람은 창남을 보면서 앞에 선 사람의 이름을 말해 주고 있었다. 창남은 입속으로 '니콜라이'라는 말을 해 보았다.

"니콜라이!"

나이 많은 사람은 창남을 보면서 다시 이름을 불렀다. 그러자 창남이가 또 '니콜라이'라는 말을 따라서 하고 있었다. 그리고 이어 창남은 자신의 이름을 말했다.

"창남! 창남!"

"창남?"

"창남!"

창남은 나이 많은 사람이 자신의 이름을 부르자 고개를 끄떡이며 반복해서 대답했다.

"오, 창남! 꼬리아, 창남!"

나이 많은 사람은 창남의 이름을 반복해서 불러보며 반갑게 니콜라이와 다시 이야기하기 시작했다. 니콜라이는 나이 많은 사람의 말에 고개를 끄떡였고, 남아 있는 사람들은 먼저 떠난 사람들처럼 서로 부둥켜안고 어깨를 두드리며 작별을 하고 있었다. 그리고 꽁꽁 언 강을 건너 걷기 시작했다. 일행들은 강을 건너고 난 후 철길을 따라 다시 뛰기 시작했다. 창남은 니콜라이 뒤에 바짝 붙어 서서 뛰고 있었다. 한참 그렇게 뛰다가 일행들은 강줄기가 갈라지고 있는 곳에 이르자 멈춰 섰다. 나이 많은 사람은 니콜라이와 포옹하고 난 후 창남을 향해서 한 발 다가섰다.

"엘렉!"

나이 많은 사람은 자신의 가슴을 손가락으로 짚으며 '엘렉'이라고 말을 했다.

"엘렉."

나이 많은 엘렉은 창남을 끌어안았다. 그리고 창남의 이름을 불렀다.

"창남!"

엘렉은 창남이 손을 힘주어 잡고 난 다음 한참 동안 창남의 얼굴에 눈을 반짝이며 말을 했다. 그런 다음 니콜라이와 창남을 남기고 새로 나타난 강줄기를 따라 뛰기 시작했다. 엘렉과 두 사람은 뛰어가면서 니콜라이와 창남을 향해 손을 흔들고 뛰다가 다시 뒤돌아서서 손을 흔들며 강줄기 따라 뛰어가고 있었다.

"창남!"

니콜라이가 창남을 불렀다. 그리고 손을 잡고 철길을 따라 뛰기 시작했다.

"창남!"

니콜라이는 뒤에서 뛰고 있는 창남의 이름을 부르며 뛰고 있었다.

창남은 니콜라이를 따라서 뛰었다. 모두 헤어진 시베리아 벌판에서 이제 창남에게 남은 것은 니콜라이라고 앞에서 뛰고 있는 러시아 사람 하나이고 보니 하늘이 노래지고 있었다.

"예!"

창남은 뛰고 있는 니콜라이의 등을 쳐다보면서 대답했다. 니콜라이는 창남의 대답 소리를 들었는지 아니면 대답 소리가 상관없는지 대꾸 없이 뛰고 있었다. 창남은 가물거리며 멀리 사라지고 있는 엘렉을 몇 번 흘깃거리며 돌아다보고 나서 니콜라이 등에서 떨어지지 않으려고 두 다리를 빠르게 움직였다. 니콜라이는 가끔 고개를 들어 멀리 앞을 보면서 같은 동작, 같은 속도를 유지하면서 뛰어가고 있었다.

니콜라이가 생명이며 운명이기만 한 창남은 니콜라이와 한 발짝이라도 멀어지지 않으려고 결사적으로 두 다리를 움직이고 있었다. 우연인지 운명인지 만식이가 죽고 나서 만난 러시아 사람들. 화물칸에서 며칠간 동고동락을 하면서 의지하게 된 러시아 사람들. 이제 그 러시아 사람들과도 모두 헤어졌고, 지금 앞서서 뛰고 있는 니콜라이 한 사람만 남았으니 창남은 하늘이 노래진 것은 물론이고 한 발짝이라도 멀어지면 큰일이 아닐 수 없었다. 더군다나 엘렉이 가족처럼 챙겨주었는데 엘렉과도 헤어진 마당이니 창남은 세상천지에 믿을 것을 모두 잃은 듯이 허전해지면서 다급해지고 있었다.

창남은 숨이 가빠도 숨소리를 감추고 뛰었다. 니콜라이가 긴 다리로 성큼성큼 뛰어가고 있는 것을 따라가고 있는 창남은 옷이 무거워지고 있었고, 열차에서 탈출하고 나서 내내 뛰고 있어서 그런지 두 다리가 엉겨 붙고 있었다. 창남은 니콜라이의 뛰는 모습을 보면서 자신이 얼마나 더 뛸 수 있을지 생각했다. 두 다리는 물론 온몸에 힘이 남아 있지 않다는 것을 알면서 두 다리를 움직이고 있었다.

니콜라이는 급했다. 시베리아의 지평선과 하늘이 맞닿고 있는 곳을 바라보면서 마음이 급해지고 있기만 했다. 러시아에서 태어나 러시아에서 살면서 시베리아는 처음이다. 그동안 말로 듣기만 했었다. 그 듣기만 했던 시베리아를 처음 보고 있는 중이고, 처음 보고 있는 시베리아에서 뛰는 중이다. 그러다 보니 일행들이 뛰었듯이 뛰고 있을 따름이다. 그리고 지금은 뛸 수밖에 없는 형편이기만 했다. 어서 뛰어서 추위를 피할 곳을 찾아야 하고 그래야 살 수 있을 것만 같았다. 니콜라이는 지평선 끝으로 꼬리를 감추고 있는 철길을 보면서 뛰고 있을 뿐이었다. 바람이 휘몰아 오고 있었다. 니콜라이는 하늘을 보았다. 그리고 하늘에 태양이 얼마 남지 않았다는 것을 알아차리고 몹시 마음이 급해졌다.

니콜라이와 창남은 화물차에서 탈출해 밤새 달리고 다시 하루 종일 달렸다. 니콜라이는 학교에서 배웠던 기억을 떠올리고 있었다. 여행자가 머물 수 있는 움막이 지어져 있다고 배운 것을 생각하며 가끔씩 두리번거리며 뛰었다. 니콜라이는 창남의 숨소리가 몹시 거칠게 들리고 있는 것을 알았다. 니콜라이는 가슴에 손을 넣었다. 그리고 가슴에서 병을 꺼냈다. 니콜라이는 뛰고 있는 속도를 조금도 늦추거나 멈추지 않고 병마개를 따고 나서 그 병을 창남에게 넘겨주었다. 창남은 병을 받아들고 병을 입에다 대고 병에서 흘러나오고 있는 물을 목으로 넘겼다. 니콜라이는 창남이가 건네고 있는 병을 받으며 창남의 얼굴을 향해서 웃고 있었다. 니콜라이의 모자는 입김이 얼어붙어 눈에 파묻힌 듯이 하얗게 변해 있었다. 니콜라이는 창남에게서 넘겨받은 병을 입에 대고 목을 축였다.

　니콜라이와 창남은 속도를 늦추지 않고 계속 뛰었다. 니콜라이는 황량한 벌판이 변하지도 않고 끝나지도 않고 움막 역시 나타나지 않고 있어서 마음이 급해지고 있었다. 니콜라이는 하늘을 보았다. 태양이 몇 시간이나 더 머물러 줄지 급해지고 있는 마음은 쉬지 않고 하늘로 가고 있었다. 태양이 지거나 움막을 찾지 못한다면 십중팔구가 아니라 열 중에 하나, 하나에서 죽을 수밖에 없다는 생각에 몸이 지쳤어도 뛰고 있을 뿐이다. 해가 지기 전에 움막을 찾아야 한다. 찾지 못한다면 곧바로 죽을 것이다.

　니콜라이는 한 발짝 뒤에서 뛰고 있는 창남이 손을 덥석 잡았다. 그리고 뛰었다. 나란히 뛰었다. 나란히 뛰면서 숨소리를 마주 들어가며 달리고 있었다. 니콜라이는 손을 놓지 않았다. 손을 잡고 앞만 보고 달렸다. 그리고 말이 통하지 않으니 마음속으로 긴 이야기를 하고 있었다. 니콜라이는 우리 꼭 살자는 말을 가장 많이 하고 있었다. 손을 잡고 나란히 뛰고 있는 니콜라이와 창남에게 검은 점이 보이기 시작했다. 멀리 까마득한 곳에 검은 점이 나타나고 있었다. 너무 멀어서 무엇인지는 알 수 없으나 눈에 덮인 나무처럼 툭 불거져 있는 것이 보였다.

　"무엇이든 좋다."

　니콜라이는 중얼거렸다. 한쪽 손을 멀리 들고 창남에게 보라고 앞으로 내밀고 있는 손을 높이 들고 휘둘러 저으며 뛰고 있었다. 너무 멀어서 무엇인지는 모르겠으나 틀림없이 움막집의 지붕이 아닐까 하는 생각에 잡은 손을 놓으면서 앞 다퉈 뛰고 있었다. 한참 달린 니콜라이와 창남은 눈에 푹 파묻혀 있는 집 앞에 이르렀다.

　"아! 됐다. 그거야, 움막!"

니콜라이는 외치며 문 앞에 섰다. 문은 굳게 닫혀 있으나 그게 문제가 되지 않고 있었다. 니콜라이와 창남은 움막을 빙빙 돌며 문을 열 수 있는 도구를 찾기 시작했다. 그리고 둘은 문을 열 수 있는 방법을 알아냈다. 처마 끝에 매달려 있는 자루를 발견한 것이다. 니콜라이는 자루를 내려 자루 안에서 열쇠와 문을 부술 수 있는 연장을 꺼냈다. 그리고 자물통을 찾았다. 한참을 찾아도 자물통은 없었다. 니콜라이는 연장을 손에 움켜쥐고 문 앞에 섰다. 그리고 연장을 문틈으로 깊이 집어넣었다. 문은 쉽게 열리고 있었다.

니콜라이와 창남은 열린 문 안으로 들어갔다. 그리고 벽난로 앞으로 다가갔다. 니콜라이와 창남은 벽난로 옆에 쌓여 있는 나무를 집어넣고 불을 붙이기 시작했다. 불이 붙고 열기는 니콜라이와 창남의 두꺼운 추위를 녹이고 있었다. 니콜라이는 창남을 보면서 웃었다. 니콜라이는 그사이에 창남이 좋아지기 시작했고 미더워지기 시작했고 의지하기 시작했다. 시베리아는 사람을 강하게 만들고 있었다. 그리고 마음을 따듯하게 만들고 있었다. 니콜라이는 모자와 외투를 벗었다. 그리고 먹을 것을 찾기 시작했다. 정부는 움막과 함께 비상식량을 비치해두고 있다는 것을 알고 있는 니콜라이는 움막을 살피기 시작했다. 틀림없이 어딘가에 비상식량이 있을 것이라 믿고 니콜라이는 집 안을 뒤지며 다니고 있었다. 니콜라이는 창남이 보는 앞에서 음식 먹는 시늉을 하면서 먹을 것을 찾고 있었다. 그러나 집 안에는 먹을 것이 들어 있어야 할 것이 비어 있거나 통들이 모두 비어 있었다.

니콜라이는 운 좋게 하나 남아 있는 술병을 찾았다. 니콜라이는 벌어진 입을 하고 벽난로 앞으로 왔다. 창남은 커다란 주전자에 눈을 퍼다 가 녹여 물을 만들고 있었다. 니콜라이의 얼굴에서는 실망의 빛이 모두 사라졌고 술병의 마개를 따고 창남의 잔에 술을 따르고 난 후 들고 있는 잔에 술을 따라서 마시기 시작 했다. 독한 보드카는 주린 배 속에 들어가기가 무섭게 얼마 가지 않아 벽난로 앞에서 나무토막처럼 니콜라이와 창남이는 넘어가고 있었다.

시베리아의 달빛은 밤새 눈부시게 빛나고 있었고 그 달빛 속에서 이리들은 군무를 즐기고 있었다. 니콜라이와 창남이 쓰러진 벽난로에서는 연기가 솟아오르고 있었고 니콜라이가 눈을 뜨면서 비척거리며 일어나 하얀 김이 오르고 있는 주전자를 들어 컵에 따라 마시고 있었다. 그리고 세상모르고 있는 창남을 내려다보면서 먹을 것을 구하지 못한다면 시베리아 추위와 시베리아의 바람을 견디지 못할 것이라 생각하며 날이 밝는 대로 집 밖에도 살펴볼 생각을 하고 있었다.

늑대들의 울음소리는 시베리아의 바람과 시베리아의 하얀 달빛과 그리고 시베리아의 혹독한 추위에 얼어 얼음이 되었는지 두껍게 얼음이 뒤덮인 유리창을 뚫고 밤새 집안으로 들어오고 있었다. 니콜라이는 먹을 것을 구하게 되면 잠시 이곳에서 머물 것을 생각했다. 니콜라이는 벽난로에 장작을 하나 가득 집어넣었다. 그리고 의자에 몸을 맡기면서 아주 깊이 주저앉고 있었다. 그리고 피로와 고달픔은 벽난로와 따듯한 물로 풀고 있는데 배고픈 것 까지는 방법이 없었다.

해가 뜨면서 창남이가 고개를 들고 있었다. 그리고 타고 있는 벽난로에 불을 보면서 잠들어 있는 니콜라이를 보고 있었다. 햇살은 얼음으로 뒤덮인 유리창을 뚫고 들어오고 있었고 창남이는 뭔가 먹어야 한다는 생각에 두리번거리면서 어딘가에 분명히 먹을 것이 숨겨져 있을 거라고 생각하며 이런 들판이나 산간에는 한 철 농사짓고 나서 다음 해에 농사지을 씨를 숨겨둔다고 생각하며 눈을 두리번거리고 있었다.

창남은 문을 열고 밖으로 나갔다. 그러나 두껍게 쌓인 눈과 얼음은 모든 것을 덮고 있었고 어쩔 수 없게 만들고 있었다. 창남은 눈과 얼음으로 뒤덮인 집 주변을 살펴보면서 시베리아의 벌판만큼이나 추워지고 있는 마음으로 집안으로 들어가고 있었다. 그리고 잠들어 있는 니콜라이를 보면서 다시 집 안을 살피고 있었다. 그러나 음식이 될 만한 것은 어디에서도 찾을 수 없었다. 창남은 벽난로로 돌아와서 의자에 앉았다. 그리고 끝내 먹을 것을 찾지 못해 허전한 마음으로 자는 니콜라이의 얼굴을 내려다보았다.

창남이가 벽난로에 나무를 집어넣고 있었다. 그러자 니콜라이가 장작 넣는 소리에 눈을 뜨면서 벽난로 앞에 서 있는 창남을 보았다. 니콜라이는 일어나면서 주전자를 들어 따뜻한 물을 마셨다. 그리고 창남의 의복과 얼굴을 살피듯이 보고 나서 떠날 준비를 서둘렀다. 창남은 집 안을 다시 둘러보고 나서 니콜라이의 뒤를 따라 뛰기 시작했다. 햇빛은 쌓인 눈에 반사되어 눈을 부시게 하고 있었다.

니콜라이는 남으로, 남으로 뛰고 있었다. 블라디보스토크를 떠올리면서 하늘의 태양을 보면서 남쪽을 향해 뛰고 있었다. 두 눈은 어딘가에 있을 움막을 찾아 계속해서 두리번거리고 있었다. 이틀간 먹은 것이 없는 몸은 천천히 뛰기에도 힘이 부쳤다. 움막이든지 먹을 만한 것을 구하지 못한다면 시베리아 벌판에서 얼어 죽을 수밖에 없다는 생각에 두 눈을 잠시도 가만두지 않고 있었다. 그리고 죽게 되는 날엔 늑대들의 먹이가 될 생각에 없는 힘까지 두 다리에 쏟고 있었다. 니콜라이는 숲이라도 눈에 띄기를 간절히 바랐다. 숲이 있다면 사람이 살고 있거나 먹을 것이 있을 것 같은 생각에 숲이라도 눈에 띄기를 간절히 바라며 뛰었다.

멀리서 열차가 눈에 들어오고 있었다. 열차를 보자 니콜라이는 살 것만 같았다. 그렇지만 열차는 반대방향으로 가는 열차이므로 마음은 삽시간에 허전해지고 있었고 뒤돌아 창남을 보고 나서 니콜라이는 뛰고 있었다. 철길 따라 달려오고 열차를 보면서 니콜라이와 창남은 나란히 뛰고 있었다. 힘없는 두 다리는 차츰 느려지고 있었고, 몸뚱이는 당장에라도 쓰러질 듯이 비틀거리고 있었다. 니콜라이와 창남은 힘없이 쓰러지고 나서 눈보라를 일으키며 달리는 열차를 한동안 보고 있었다.

비틀거리면서 니콜라이와 창남은 뛰고 있었다. 두 눈은 숲과 움막을 찾으며 사력을 다해 뛰고 있었다. 니콜라이의 옷소매를 창남이 잡아당겼다. 그리고 손가락으로 뒤를 가리켰다. 니콜라이의 눈이 뒤집힐 듯이 황망하게 커졌다. 황망해진 눈으로 보고 있는 곳에서는 늑대들이 뛰어오고 있었다. 밤새 울어대던 늑대들이 니콜라이와 창남이 뛰고 있는 것을 발견하고 달려오고 있었다. 니콜라이는 이제 모든 것이 끝난 것만 같은 생각에 두 다리는 풀리고 있었고 겁이 나고 있었다. 니콜라이는 두 다리를 움직이기 시작했다. 그리고 달리기 시작했다. 창남도 달리기 시작했다. 니콜라이와 창남은 죽을힘을 다해 달리고 있었다. 늑대들은 짖어대며 따라오고 있었다. 니콜라이와 창남은 죽을힘마저 빠지고 있었고 이제 아무 것도 가망이 있는 것은 눈에 들어오는 것이 없었고 달려야하는 몸에도 없었다. 두 다리는 느려지고 있었다.

"아…."

니콜라이는 소리 지르고 있었다. 지친 몸은 땀으로 범벅이 되고 있었다. 뛰면 뛸수록 늑대들은 가깝게 따라붙고 있었고, 기진맥진한 몸은 이제 늑대들의 먹이가 되기 시작하고 있었다. 이리 떼를 피할 방법이 없었고 피할 곳도 없었다.

"숲! 숲!"

창남이가 소리 질렀다. 니콜라이도 앞을 보았다. 그리고 숲을 보았다. 그러나 숲까지 달릴 만한 힘이 몸에 남아 있지 않을뿐더러 숲으로 들어간다고 해도 가망이 없다. 늑대를 상대할 힘이 없고 피할 만한 힘이 남아 있지 않다. 니콜라이는 멀리 보이는 숲을 향해 소리 질렀다.

"좀 더 일찍 나타났으면 얼마나 좋았겠느냐!"

니콜라이는 숲을 보며 한이 맺힌 소리를 지르고 있었다. 그리고 숲으로 들어간다면 어쩌면 벌판보다 더 위험할 것 같은 생각이 들고 있었다. 니콜라이는 달리면서 뒤를 보았다. 늑대들은 이제 마음만 먹으면 물어뜯을 만큼 가깝게 따라 붙어 있었다. 니콜라이는 이제 모든 것이 소용없게 되었다고 생각하면서 모든 것을 포기하며 뛰고 있었다. 그리고 마음속으로 부모님과 형제들 헤어진 일행들을 생각하면서 헉헉거리며 뛰고 있는 창남의 옷소매를 잡고 뛰었다. 니콜라이는 생각했다. 숲까지 달릴 수도 없지만 숲으로 들어간다 해도 십여 마리나 되는 늑대 떼들을 물리치기는 기적이 일어나지 않는 한 어림도 없다고 보고 차라리 조금이라도 힘이 남아 있는 지금 늑대들과 한판 붙는 것이 나을 것 같다는 생각을 했다. 니콜라이가 주저하는 사이에 창남이 앞서서 달리기 시작했다. 그런 창남을 보며 니콜라이가 소리쳤다.

"숲이 앞이다! 얼마 남지 않았다!"

니콜라이는 사력을 다해 뛰고 있는 창남을 향해서 소리 지르고 있었다. 늑대 떼들은 얼마 남아 있지 않은 곳에서 달려오고 있었다. 이제 늑대들과는 남아 있는 간격이 모두 사라지고 있었다. 숲으로 들어간다 해도 가망이 없다. 늑대들의 숨소리가 이제 곁에서 들리고 있었다. 니콜라이의 몸이 흐느적거렸다. 뛰고 있는 니콜라이와 창남은 마음만 뛰고 있을 뿐 몸은 허우적거리고 있었고, 발은 앞으로 나가지도 못하고 있었다. 니콜라이가 미끄러지고 있었다. 두 손은 무엇이든 잡으려고 허우적이고 있으나 아무 것도 잡지 못하고 미끄러지고 있었다. 뒤이어 창남이가 늑대에게 덮치고 있었다. 늑대에 덮친 창남은 악을 쓰고 있었고, 니콜라이도 버둥거리며 기어가고 있었다. 늑대들이 으르렁거리며 덮치고 있는 창남을 물기 시작했다. 그리고 또 다른 늑대들이 니콜라이를 향해서 으르렁거리며 이빨을 세우고 니콜라이의 등짝을 한꺼번에 덮치고 있었다. 늑대들은 창남의 옷을 찢고 있었고, 니콜라이의 다리를 날카로운 이빨로 물어 당기고 있었다.

'땅! 땅땅!'

총소리가 시베리아 벌판에서 울려 퍼지고 있었다. 눈 덮인 검은 숲에서 총소리가 들려오고 있었다.

'땅땅! 땅 땅!'

총소리에 이어 보르조이 개들이 달려오고 있었다. 그리고 뒤이어 소비에트연방공화국 병사들이 말을 몰고 달려오고 있었다. 병사들 뒤에는 붉은 소비에트연방공화국 혁명군 깃발과 시베리아 동부군 사령관의 깃발이 펄럭이며 코네프 동부군 사령관이 번쩍거리며 달려오고 있었다. 늑대들은 총에 맞아 쓰러지거나 흩어지거나 달아나고 있었다. 붉은 깃발을 펄럭이며 달려온 시베리아 동부군 사령관 호위 병사들은 니콜라이와 창남을 내려다보고 있었다. 니콜라이는 호위 병사들을 보면서 큰 소리를 지르면서 울기 시작했다. 그리고 니콜라이와 창남은 이내 정신을 잃었다. 코네프 동부군 사령관과 호위 병사들은 썰매에 니콜라이와 창남을 사냥한 짐승과 함께 눕히고 눈구름을 일으키며 달려가고 있었다.

니콜라이와 창남이가 정신을 잃고 누워 있는 동안 코네프 동부군 사령관과 호위 병사들은 숲을 빠져나가 강줄기를 따라서 달리고 있었다. 코네프 동부군 사령관과 호위 병사들은 야쿠츠크를 향해 달려가고 있었다. 이어 붉은 소련 연방 국기가 벽돌로 지어진 3층 건물을 덮고 있는 광장에 도착하자 코네프 동부군 사령관은 니콜라이와 창남을 치료해줄 것을 명령하고 사령관실로 올라갔다. 니콜라이와 창남은 병사들의 들것에 실려 군의관을 따라 긴 복도를 지나고 있었다. 병사들은 니콜라이와 창남을 의무실 수술대에 눕혔다. 니콜라이와 창남의 옷이 벗겨졌고, 늑대의 이빨이 파고 들어가 찢긴 상처는 수술과 치료가 시작되었다. 창남은 찢어진 어깨를 페매는 수술을 받아야 했고, 니콜라이는 무릎 위 허벅지를 꿰매는 수술을 받아야 했다. 그리고 사방에 크고 작은 상처들을 치료받았다. 니콜라이는 옆 침대에 누워 있는 창남을 보면서 빙긋 웃음을 지었다.

기적이 일어나지 않았다면 지금쯤 늑대들의 이빨에 살아남지 못했을 니콜라이는 죽음에서 살아올 수 있었던 자신들을 생각하며 창남에게서 눈을 떼지 못하고 있었다. 창남이도 수술한 어깨 너머로 미소를 멈추지 못하고 있는 니콜라이를 보면서 만식이가 죽은 후 처음으로 밝은 얼굴을 하고 있었다. 니콜라이와 창남은 극친한 진료를 받았다. 그리고 3일이 되는 날 보안사령실로 불려갔다. 병사들의 안내를 받으며 니콜라이와 창남은 사무실로 안내되었다. 창가에 놓인 책상에 앉아 있는 사람 앞에 니콜라이와 창남은 병사가 안내하는 대로 섰다. 그리고 사복 차림의 사무관을 보고 있었다.

"의자에 앉으시오. 알겠지만 이곳은 소비에트연방공화국 동부 사령부요. 이제부터 묻는 것에 티끌만 한 것 하나 숨기거나 거짓이 있으면 그에 대한 처벌을 감수해야 하오. 이제 묻겠소. 내가 묻는 대로 옆에서 기록하고 있으니 착오 없기 바라오. 먼저 당신 이름과 나이 주소 직업을 말하시오."

사무관은 니콜라이를 향해서 말했다. 니콜라이는 이름과 나이 그리고 주소와 직업을 말했다. 사무관은 모두 기록했고, 니콜라이를 조사한 사무관은 창남을 향해서 눈을 고정하고 나서 이름을 물었다. 그러나 창남은 대답을 못 하고 있었고, 사무관의 입에서는 다른 말이 나오고 있었다.

"중국인가? 일본?"

창남은 대답하지 않고 사무관을 바라보고 있었다. 그러자 니콜라이가 사무관을 향해서 말했다.

"이 사람, 조선입니다."

"조선? 코리아?"

창남이가 고개를 끄떡였다. 그러자 사무관은 사무원과 이야기를 주고
받았다. 그리고 사무관은 전화기를 들고 한참 동안 통화를 했다. 잠시 후
군복 차림의 나이 지긋한 사람이 나타나 의자에 앉고 나서 창남을 향해서
입을 열었다.

"국제법상 코리아는 없소. 그러니 당신이 코리아 사람이면 일본 사람으
로 조사하게 되어 있소. 이름과 나이를 대시오."

창남은 이름과 나이를 말했다. 통역하는 사람은 사무관을 향해서 창남
의 이름과 나이를 말했고 사무원은 받아 적고 있었다. 사무관은 통역하
는 사람에게 질문할 내용을 말하고 있었고, 통역하는 사람은 창남을 향해
서 모두 물었다. 창남은 통역관이 묻는 대로 러시아 국경을 넘을 때부터
바라바쉬에서 있었던 일들을 모두 말했다. 창남은 증명서를 잃어버린 것
까지 모두 말하고 나서 두려운 마음에 눈을 계속해서 껌벅이고 있었다.

"그러고 보니 창남 당신, 소비에트연방공화국 사람이오. 당신이 말한 대
로 우수리스크 연방사무국 남부사무소 바라바쉬로 창남, 당신의 신분 확
인 절차를 밟게 되겠소."

창남은 겁에 질린 눈으로 사무관을 보면서 앞으로 일이 잘못되어 다시
어디론가 끌려가게 되지나 않을까 하는 생각에 불안해지고 있었다. 사무
관은 창남이를 바라바쉬에서 연락이 오거나 인적사항 서류가 도착하면
사무 정리를 하기로 하고, 니콜라이를 향해서 직업과 시베리아에서 발견
된 것에 관해 본격적으로 질문하기 시작했다. 니콜라이는 계속해서 대답
하고 있었고, 사무관은 계속해서 질문하고 있었다. 계속해서 질문하던 사
무관은 니콜라이를 향해 얼굴을 붉히며 한동안 심하게 역정을 내고 있었
다. 니콜라이는 사무관의 역정에 고개를 숙이고 있었고, 얼마 후 병실로
가라는 소리를 듣고 있었다.

창남은 사무실을 나와 병실로 가면서 니콜라이의 어두워진 얼굴빛을

불안한 눈으로 보고 있었다. 둘은 병사들이 훈련받고 있는 연병장을 지나 병실로 들어갔다. 그리고 저녁 식사를 하고 야간 진료를 마치고 나서도 니콜라이와 창남은 우울한 얼굴로 잠들고 있었다.

다음 날 저녁 식사를 하고 나서 야간진료를 받고 있을 때 사무실에서 오라는 연락을 받았다. 니콜라이와 창남은 얼굴색이 흙빛으로 바뀌기 시작했고, 서로 얼굴을 보면서 올 것이 왔다는 심정으로 다리를 움직이고 있었다. 둘은 컴컴한 복도를 걸어가면서 사형장로 끌려가고 있는 사람들처럼 공포에 시달리며 가고 있었다. 니콜라이는 사무실 문을 밀고 들어섰다.

"아, 어서들 오시오. 내일 사무 처리를 하려다가 불렀소, 우수리스크에서 답신이 왔소. 우수리스크 정보수사집행관이 당신 서류를 직접 보내왔소. 보증서까지 동봉해서 말이오. 앉으시오, 이쪽으로 와서."

사무실 문을 밀고 들어선 니콜라이와 창남은 생각지도 못했던 소식에 환호 소리를 지를 뻔했다. 사무관은 담뱃재를 재떨이에 털어가며 무척 안색이 좋은 얼굴로 니콜라이와 창남을 반기고 있었다. 니콜라이와 창남은 숨 막히던 두려움이 삽시간에 사라졌고 서로 얼굴을 마주 보았다. 그리고 나서 사무관이 가리키는 의자에 앉았다. 의자에 앉자 통역관 사무원이 창남을 향해서 이야기를 들려주었다. 이야기를 들은 창남은 김일중을 떠올리며 두 눈을 감았다. 창남은 바라바쉬에서 보냈다는 전화통지서를 통역관 사무원에게 받아 들면서 울컥하고 솟구치는 설움을 누르고 있었다. 사무관은 창남의 얼굴을 보면서 한참 무슨 말인가 늘어놓고 있었다. 뒤이어 통역 사무원이 창남에게 사무관이 한 말을 들려주었다.

"창남 당신은 떳떳하게 가족에게 갈 수 있는 소비에트연방공화국의 시민이고 그에 출입국여행권을 발부받았는데 무슨 일로 밀입국하려다가 그렇게 되었단 말이오 안타깝소. 그리고 우리 소비에트연방공화국은 국민의 주권제일주의 공화국이오. 그러므로 국민은 연방 국가에 대한 모든 의무를 성실히 실천하여야 하고, 자랑스럽게도 우리 연방 공화국 국법 제1조 모든 국민은 평등이오. 치료가 끝나는 대로 연방 국민의 의무를 충실히 이행하시기 바라며 가족과 상봉하여 행복하게 사시기 바랍니다."

통역관은 김일중이 창남에게 보낸 전화통지서를 한참 동안 읽어 내려갔다. 창남은 온몸에 흐르고 있는 피가 모두 터져서 하늘로 치솟고 있는 감격에 대성통곡하고 싶은 것을 억지로 누르고 있었다.

니콜라이와 창남은 게걸대는 사무관의 사무실을 나왔다. 그리고 병실로 향하면서 니콜라이는 창남의 얼굴에 두 눈을 고정하다시피 하며 아픈 다리를 절면서 빠르게 걸었다. 니콜라이는 병실로 돌아와서 창남의 증명서들을 보면서 계속해서 기쁨을 감추지 못하고 있었다. 자신은 구경도 하지 못한 출입국 국제여행권과 국내여행권까지 지참하고 있는 창남이가 몹시 부럽기까지 해 계속해서 창남을 보면서 즐거워하고 있었다. 니콜라이는 침대에 누워서도 창남에게서 눈을 떼지 못하고 있었다. 그러면서 어서 창남이가 러시아 말을 배워 말할 수 있게 되기를 기대하고 있었다.

이제 니콜라이는 치료가 끝나 퇴원하는 대로 본래의 직장으로 갈 수 있게 되었다. 아침이 되자 니콜라이와 창남은 병실에서 식사하는 것이 아니라 식당으로 가서 식사하게 되었다. 니콜라이와 창남은 군인들 틈에 끼어 배식대를 거치고 나서 식탁에 앉았다. 그러고 보면 니콜라이나 창남이나 오랜만에 식탁에 앉아 보는 것이고, 음식다운 음식을 먹을 수 있게 되었다. 식사를 하고 난 후 니콜라이와 창남은 다시 사무실로 불려갔다. 사무실에는 통역했던 사무관이 장교 복장을 하고 기다리고 있었다. 장교는 대뜸 니콜라이와 창남을 향해서 큰 소리로 말하기 시작했다.

"사령관님이 기적을 보셨다고 하시며 당신들이 이곳에 머무르기를 원하고 계신다. 무슨 일이든 할 수 있을 것이다. 사령부 관사 일이 많다. 아직 치료 중이니 가벼운 일을 돕도록 해라. 그리고 완쾌되면 일정한 일을 맡기도록 하겠다. 급료도 책정된다. 할 말이 있으면 말하라."

"없습니다. 감사합니다."

니콜라이가 대답했다. 그러자 장교는 창남을 바라봤다. 창남은 고개를 숙여 인사를 했다. 니콜라이와 창남은 사무실을 나와 병실로 향했다. 둘은 서로 마주 보았다. 니콜라이는 무릎 아래 정강이를 보고 있었고, 창남은 어깨를 보면서 창문 밖으로 보이는 사령부를 바라보고 있었다.

"지금 몇 명이 일을 하고 있어 크게 힘들 것은 없을 거야. 저 군인이 아침이면 할 일을 정해줘. 가서 인사하고 내일부터 일하도록 해."

사무원은 서류를 뒤적이고 있는 병사를 가리키며 니콜라이와 창남을 보냈다. 병사는 니콜라이와 창남의 인적 사항을 기재하고 나서 니콜라이와 창남이가 앞으로 지내게 될 숙소로 데려갔다. 그리고 의복과 비품들을 챙겨주고 나서 영내에서 할 일을 말해주었다. 니콜라이와 창남은 작업복으로 갈아입었다. 그리고 병사를 따라 비품 창고로 향했다.

"저 사람들과 같이 이곳에서 일하시오. 저 사람들에게 미리 말해놓기는 했소."

병사는 말하면서 사람들이 일하는 앞으로 갔다. 그리고 일하고 있는 사람들에게 말했다.

"이제부터 이분들과 함께 일하시면 됩니다. 자재 창고가 좀 추워도 아직 치료를 받으셔야 하니 이곳에서 자재 정리 작업을 하시기 바랍니다."

병사는 말하고 나서 창고에서 나갔다.

창남은 오랜만에 얼굴에 희색이 돌고 있었다. 틀림없이 죽을 수밖에 없었던 자신에게 기적이 일어나면서 연이어 일어나고 일들이 꿈을 꾸고 있는 것만 같아서 창남은 기쁨을 감추지 못하고 있었다. 니콜라이는 창남이가 좋기만 했다. 이곳에서 떠나게 되면 블라디보스토크로 함께 가서 일할 생각을 하면서 러시아 말을 가르쳐줄 생각을 했다. 그리고 월급까지 받게 된다는 말에 힘이 열배로 솟고 있었다. 니콜라이는 잔잔하게 일고 있는 흥분을 가라앉히고 있었다. 그리고 블라디보스토크에 가면 창남이와 삼촌의 원양어선을 탈 생각을 하고 있었다. 어쨌든 이제 얼어 죽거나 굶어 죽을 일이 없게 된 것이 그 어떤 것보다 기쁘기만 했다.

니콜라이와 창남은 트럭으로 가서 통나무들을 내렸다. 커다란 지렛대로 통나무들을 조금씩 밀며 높이 쌓인 통나무들을 내렸다. 광산에서 그리고 철로 공사장에서 지렛대를 수없이 다뤄 봤던 창남은 아무런 어려움 없이 통나무들을 모두 바닥으로 밀어 내렸다. 니콜라이는 창남이와 통나무들을 내리면서 힘들이지 않고 통나무들을 내리고 있는 창남을 보며 블라디보스토크를 떠올리고 있었다.

스탈린의 초상화가 내걸려 있는 소비에트연방공화국 동부 사령부의 병사들은 하루도 거르지 않고 행군하고 있었고, 병사들을 실은 트럭들과 탱크들은 밤과 낮이 따로 없이 사령부를 드나들고 있었다. 늑대에게 물렸던 상처가 완전히 아문 창남은 매일같이 장작을 빼개고 있었다. 니콜라이와 장작 빼개는 일을 마치면 자재 창고와 부식 창고에서 해가 지도록 일했다. 그리고 저녁이면 니콜라이가 가르쳐주는 러시아 말과 글을 배웠다.

봄은 찾아오고 있었다. 스탈린의 초상화가 붙어 있는 사령관 건물의 붉은 깃발이 봄꽃들과 어우러지고 있었다. 보르조이 개들은 코네프 사령관의 깃발이 바람에 날리는 속에서 시베리아의 검은 숲을 향해서 사냥 길에 나서고 있었다. 코네프 사령관의 백마는 사령관의 위용만큼이나 눈부시게 빛나고 있었다.

일상적인 말을 배우고는 있지만 창남은 새로운 일이 일어나거나 잠시 쉬기라도 할 때는 아오지에 있는 가족이 보고 싶어지고 있었고 그럴 때마다 하늘을 바라보고 있었다. 창남은 아오지가 있는 남쪽 하늘을 하루에도 몇 번씩 바라보고 있었다. 시베리아 동부 사령관 공관 생활에 익숙해지고 있는 창남이와 니콜라이는 나무 그늘 아래에서 다리를 뻗고 앉아 있었다.

"당신들 오시라 했소. 사무실에서."

그늘에 앉아 있던 니콜라이와 창남은 사무실에서 오라고 한다는 병사의 말에 순간 뭔지 모르는 두려운 예감이 들었다. 니콜라이와 창남은 병사의 얼굴을 보았다. 니콜라이가 병사에게 물었다.

"왜 그러죠? 여기 있어서인가?"

"모르겠소."

병사는 손을 저으며 위병실로 가고 있었다. 니콜라이는 담담해진 얼굴로 병사를 보고 있는 창남을 향해서 입을 열었다.

"가 봅시다."

니콜라이는 자리에서 일어났다. 창남도 일어났다. 그리고 붉은 벽돌의 사무실 건물을 쳐다보면서 왠지 모르는 예감에 병사가 사라진 곳을 보았다. 그리고 사무실을 향해서 긴 복도를 걷고 있었다.

"아! 이리 오시오. 두 분."

문을 열고 들어서자 사무관과 통역장교가 서류 정리하던 손을 멈추며 말했다. 니콜라이와 창남은 앞으로 가서 섰다.

"앉으시오."

니콜라이와 창남은 사무관이 가리키고 있는 의자에 앉았다. 사무관은 담뱃재를 털면서 의자에 앉아 있는 니콜라이와 창남이 얼굴을 번갈아 보았다. 사무관은 앞에 놓인 서류를 옆으로 밀어놓으며 입을 열기 시작했다.

"아시는 일이라 지시받은 것만 말하겠소. 어떻게 하겠소? 이곳에 계속 남아 있겠소, 아니면 집으로 돌아가겠소? 그것도 아니면 사령관님을 따라 모스크바로 가겠소?"

니콜라이는 사무관의 말을 듣고 나서 금시초문이라는 얼굴을 하고 있었다. 그리고 곁에 앉아 있는 창남을 쳐다봤고 이내 사무관을 향해서 물었다.

"무슨 말씀이신지 이해를 못 했습니다. 무슨 일이 있는지요?"

"모르시오? 사령관님이 모스크바로 가시잖소."

니콜라이는 창남의 얼굴을 쳐다봤다. 그리고 가슴이 철렁하고 있었다. 니콜라이는 사무관에게 말했다.

"처음 듣습니다."

"그래요? 그럴 수도 있소. 그럼 다시 묻겠소. 사령관님이 모스크바로 가시니까 동지들도 따라가겠느냐, 아니면 이곳에 남아 있겠느냐. 그것도 아니고 고향으로 가겠느냐. 그거요. 사령관님이 동지들이 원하는 대로 해주라 하셨소."

니콜라이는 사령관이 모스크바로 함께 가도 좋다는 말을 했다는 소리에 가슴이 끓어오르고 있었다. 그러면서도 야쿠츠크를 떠나는 생각을 했다. 니콜라이는 창남을 보았다 그리고 말해주고 싶었다. 니콜라이는 통역장교를 쳐다보았다. 그러자 통역장교가 창남을 보면서 이야기를 하기 시작했다. 이야기를 듣고 난 창남은 니콜라이를 보았다. 니콜라이와 창남이는 당황하고 있었고 서로 얼굴을 보고 있었다. 니콜라이와 창남이의 얼굴은 하얗게 변하고 있었다.

"아, 아, 내일까지 결정하면 되오. 군대라는 곳은 본래 예측할 수 없는 일이 터지는 곳 아니오. 모레 가시니까 내일까지 결정해 주시오. 사령관님이 두 분 끔찍이 생각하고 계십니다. 두 분 잘 지내느냐고 항상 챙기셨습니다."

니콜라이는 창남의 소매를 잡고 사무실을 나오고 나서 어떻게 결정하는 것이 옳은지 몰라 자재 창고로 곧바로 갔다. 그리고 창남과 마주 앉아서 상의하기 시작했다. 시원하게 말은 통할 수는 없지만 서로가 뜻은 알고 있는 일이라 결정하는 데는 별 어려움이 없었다. 니콜라이와 창남은 블라디보스토크로 가기로 했다. 창남이는 니콜라이가 하자는 대로 고개를 끄떡이고 있었다. 다음 날, 어두워지고 있을 때 코네프 사령관은 니콜라이와 창남을 관사로 불렀다. 그리고 사령관이 따라주는 차를 마시고 나서 니콜라이와 창남은 그 밤으로 블라디보스토크로 가는 열차에 올랐다.

"사령관 동지께서 모스크바 소비에트연방공화국 총사령관으로 부임하십니다. 두 분 안녕히 가십시오."

니콜라이와 창남은 사령관의 선물을 통역장교가 건네주던 모습을 떠올리며 그동안 지냈던 사령부 건물에서 눈을 떼지 못하고 있었다.

"사령관께서는 군 비행기로 가십니다."

니콜라이는 콧등을 타고 내리는 눈물을 살그머니 주먹으로 문대고 있었다. 코네프 사령관을 만난 것은 말 그대로 기적이기만 했다. 영광이고 행운이었다. 니콜라이는 흐르는 눈물을 주체 못하고 있었다. 열차가 움직이기 시작하면서 니콜라이와 창남은 코네프 사령관의 사무실 불빛에서 눈을 떼지 못하고 있었다. 니콜라이와 창남을 실은 열차는 시베리아의 어둠 속으로 사라지고 있었다.

2
시베리아에서 태평양으로

"배 타고 돈 벌어 집에 가."

창남은 니콜라이의 말을 알아들었는지 고개를 끄떡거렸다. 니콜라이와 함께 지낸 지가 6개월이나 되고 보니 말을 하지는 못해도 어지간한 말은 알아듣고 있었다. 니콜라이와 창남은 코네프 사령관과 헤어진 것을 힘들어하고 있었다.

날이 밝아오면서 시베리아의 평원을 달리고 있는 창가에서 니콜라이와 창남은 짙푸른 들과 숲을 보면서 하늘로 눈을 돌렸다. 그리고 코네프 사령관의 비행기가 모스크바를 향해 날아가고 있을 것을 생각하면서 하늘에서 눈을 떼지 못했다. 니콜라이와 창남은 어두워지고서야 하늘에서 눈을 떼었다. 그리고 두 사람은 뒤엉켜 잠이 들었다. 니콜라이와 창남은 3일을 달린 열차에서 블라디보스토크의 웅장한 역으로 열차가 미끄러져 들어가는 것을 보면서 짐 꾸러미들을 양손에 들었다. 그리고 빽빽이 움직이고 있는 사람들 틈바구니에 끼어 짐짝처럼 밀리면서 역에서 빠져나왔다. 소금 비린내 속에 바닷물 냄새가 진동하는 역 광장은 스탈린의 초상화들이 소비에트연방공화국 붉은 깃발들과 함께 건물마다 내걸려 거리가 온통 붉게 물들어 있었고, 소비에트연방 병사들은 다리를 번쩍번쩍 들어가며 행군하고 있었다. 니콜라이는 시베리아를 달려온 여행증을 주머니 깊이 집어넣으며 창남에게 말했다.

"갑시다. 부두로 가서 출항했나 안 했나 봅시다. 출항하지 않았으면 모두 만날 겁니다. 갑시다, 부두로."

니콜라이는 택시를 불렀다. 창남은 니콜라이가 하는 대로 짐을 들고 움직였다. 작은 배들이 일렬로 방파제 앞에 정박해 있는 곳을 지나 창남의 눈을 휘둥그레지게 하는 배들이 정박해 있는 부두에 다다르자 니콜라이는 택시에서 내렸다.

"이거야! 이거! 삼촌 배가."

니콜라이가 가리키고 있는 배를 보면서 창남의 눈은 휘둥그레지고 한참 동안 압도되었다. 니콜라이는 짐 가방을 어깨에 메고 사방을 두리번거리며 배에 오르기 시작했다.

"어서 와요. 삼촌이 배에 있나 봅시다."

창남은 니콜라이가 하는 대로 움직였다. 배에 오르는 계단을 한참 오르고 나서 갑판 위에 올라섰다. 니콜라이가 소리를 질렀다. 니콜라이가 지르는 소리는 잠시 후 배를 들썩이게 하고 있었다. 선원들이 튀어나오기 시작했고, 니콜라이를 향해서 달려오고 있는 선원들은 모두 손을 높이 들고 달려오고 있었다. 그중에 엘렉이 달려오고 있었다. 엘렉은 창남에게로 달려오고 있었다.

"창남! 창남! 아하하, 창남!"

엘렉은 창남을 덥석 끌어안았다. 그리고 두 팔에 있는 대로 힘을 주었다. 시베리아에서 헤어졌던 사람들이 모두 창남을 얼싸안으며 반기고 있었다.

"삼촌!"

니콜라이가 갑판 한곳에 서서보고 있는 남자를 향해 소리쳤다. 삼촌은 구레나룻이 짙은 얼굴에 미소 지으며 니콜라이를 반기고 있었다.

"왔구나!"

삼촌은 니콜라이 손을 오래도록 잡고 있었다.

"창남! 삼촌 야로슬라프 선장이셔."

니콜라이는 창남에게 삼촌을 소개했다. 삼촌 야로슬라프는 창남에 관해서 서신으로 이미 잘 알고 있는 터라 창남의 손을 잡고 나서 니콜라이와 함께 그동안 죽을 고비를 수없이 넘기며 생사고락을 함께한 친구라는 것을 알고 있기에 잡은 손을 쉽게 놓지 않고 있었다. 그리고 인사 정도밖에는 말을 통할 수 없다는 것도 알고 있기에 삼촌 야로슬라프는 눈시울을 붉히고 있는 것으로 많은 이야기를 하고 있었다. 야로슬라프는 엘렉에게 고함을 쳤다.

"갑판장! 출항 준비하시오."

야로슬라프 선장이 소리치고 나서 니콜라이와 집으로 향하는 것을 보고 있던 엘렉은 출항 준비할 것을 취사장에 아주 큰 소리로 알리면서 창남을 선실로 데리고 갔다. 그리고 니콜라이의 짐 가방을 침실에 집어 던지고 나서 다시 갑판으로 나갔다. 갑판에는 니콜라이와 창남을 위한 환영회가 준비되어 있었고, 선원들은 시베리아 설원에서 헤어졌던 창남을 내심 반기면서 이제부터 같은 선원으로 일하게 된 것을 무엇보다 환영하고 있었다. 창남은 반겨주는 선원들이 고마웠고, 코네프 사령관을 다시 만난 것처럼 기쁨이 가슴을 벅차게 하고 있었다. 야로슬라프 선장과 니콜라이가 집에서 돌아와 승선하면서 환영회는 환영식으로 변했고, 자정이 넘으면서 배는 움직이기 시작했다. 니콜라이와 창남은 갑판에서 멀어지고 있는 블라디보스토크 항을 바라보면서 선원들과 함께 밤하늘을 향해서 축배의 잔을 높이 들고 있었다.

창남은 취사장에서 바쁘게 일하고 있었다. 동료들이 모두 잠든 시간에도 창남은 식자재 준비를 하면서 망망대해를 보고 아오지의 가족들 생각에 잠기고 있었다.

"이렇게 만날 줄 알았소."

창남은 엘렉의 말을 알아들었다. 엘렉은 창남의 곁에 다가와 조용히 서서 창남이가 일하고 있는 것을 보고 있었다. 그러면서 엘렉은 3개월 후에는 다시 돌아올 수 있는 것을 생각하며 그동안 망망대해에서 하늘의 별을 보고 있을 창남의 마음을 어루만지고 있었다. 엘렉은 창남에게 자신의 뒷모습을 보이면서 침실로 향했다.

블라디보스토크 항을 떠나 태평양을 향하면서 보름이 지나고 있었다. 러시아 군주 통치에서 소비에트연방공화국 정부로 바뀌면서 야로슬라프의 빅토리아 원양어선은 국유재산으로 압류되었다. 그리고 야로슬라프 선장은 공무집행관 신분으로 전락됐다. 그러나 칠흑의 어둠 속에서 빅토리아호는 검은 바다에 그물을 내리기 시작했다. 선원들은 고리 걸이를 들고 다니며 그물이 물속으로 잠기는 것을 보면서 성난 짐승들처럼 뛰어다니고 있었다. 그물은 끝없이 풀어지며 바다 깊이 가라앉았다. 갑판의 선원들은 바쁘게 뛰어다녔다. 창남은 동료들과 취사 준비에 뛰어다니고 있었다. 빅토리아호가 멈추었다. 그리고 멈춘 빅토리아호에서 야로슬라프 선장이 엘렉을 부르고 있었다.

"엘렉! 엘렉!"

야로슬로프 선장의 호출에 엘렉은 야로슬로프 선장을 향해 뛰었다. 야로슬로프 선장의 손은 검은 바다를 향하고 있었다. 엘렉은 선장이 가리키고 있는 곳을 바라봤다. 거기엔 바닷물이 거품을 일으키며 요동치고 있었다. 바닷물은 뒤집히고 있었고, 파도가 일고 있었다. 붉은 완장을 팔뚝에 차고 있는 소비에트연방 공산공화국 국가자산관리위원회 빅토리아호 감독관은 참치 떼를 보면서 고함치고 있었다.

"참치, 참치!"

선원들은 고함치고 있는 감독관이 보기 싫어서 갑자기 이리저리 뛰기 시작했다. 선원들은 파도치는 바다를 보면서 헤헤거리며 뛰고 있었다. 선원들은 서로 팔 고리를 하고 춤을 추고 있었다. 그물 속에서 참치 떼들이 날뛰듯이 선원들은 감독관이 보기 싫어서 날뛰고 있었다. 야로슬로프 선장은 선원들이 날뛰고 있는 것을 보면서 엘렉을 불렀다. 엘렉은 선장이 부르고 있는 것을 알면서도 선원들과 팔 고리 춤을 추고 있었다. 선원들은 국가자산관리위원회 빅토리아호 감독관을 보기 싫어하고 있었다.

야로슬로프 선장이 엘렉을 몇 차례 더 부르고 나서 선원들은 고리 춤을 멈췄고, 그물이 올라오기 시작했다. 끌려 올라오고 있는 그물 속에서 참치들은 허연 배를 드러내며 펄펄 뛰고 있었다. 그러자 감시탑에서 이를 보고 있던 감독관은 사진 촬영을 하면서 날뛰고 있었다. 참치는 그물 속에서 뛰고 있었고, 국가자산관리위원회 빅토리아호 감독관은 감시탑에서 뛰고 있었다. 참치들은 냉동고에 차곡차곡 쌓여 오르고 있었다. 그러기를 네 시간여. 선원들은 지쳐가고 있었고, 기진맥진한 선원들은 쓰러져 가고 있었다. 선원들은 모두 지쳐 쓰러지고 있었다.

그물이 다시 올라오고 있었다. 그러나 선원들은 지쳐 있었다. 이에 감독관은 격분하기 시작했고, 허리에 차고 있던 총을 꺼내 땅땅 쏴대면서 펄펄 뛰었다. 야로슬로프 선장은 아직 올리지 못하고 있는 그물 속의 참치 떼를 보면서 얼굴이 어두워지고 있었다. 모든 것은 소비에트연방 공산공화국 재산이 되므로 선원들이 반가워하지 않는 데다가 지쳐 쓰러지고 있는 것을 보면서 얼굴이 어두워지고 있었다. 빅토리아호는 만선이 되어도 감독관의 취항 일지에는 만선이라는 조항에 기재되지 않았다. 대신에 야로슬로프 선장을 15일간 구류시키는 조항이 기재되었다. 감독관은 총을 쏴대면서 작업을 독려했으나 선원들은 일어나지 못하고 있었다.

3
샌프란시스코는 은하의 나라

빅토리아호는 태평양에서 참치 떼를 기다리고 있었다. 망망대해에 떨어진 나뭇잎 하나처럼 잔잔한 물 위에 떠 있었다. 참치 떼는 태평양의 난류처럼 흘러 다니고 있었다. 뜨거운 태양 빛이 온종일 이글거리고 밤이면 별들이 가득한 태평양에서 창남은 엘렉과 또는 니콜라이와 바다를 보고 있거나 별들을 보고 있었다.

감독관은 하루에도 수차례 권총을 꺼내 들었다가 집어넣기를 일삼고 있었다. 그러나 빅토리아호는 참치 떼가 지나는 길목을 떠나지 않고 잔잔한 파도를 타고 맴돌고 있었다. 망망대해 태평양의 하늘과 바다. 빅토리아호는 참치 떼의 길목에서 별이 되거나 나뭇잎이 되거나 하면서 선원들은 지쳤던 몸을 난간에 기대거나 눕거나 앉아서 참치가 지나갈 때를 기다리고 있었다.

창남은 니콜라이와 선미에서 밤하늘을 보며 앉아 있었다. 선원들이 쓰러져 누워 있는 갑판을 향해 선장이 엘렉을 부르고 있었다. 엘렉은 그물을 내리기 시작했다. 선원들은 전선의 용사들처럼 참치와 한판 붙을 준비를 하고 있었다. 엘렉이 풀어 내리고 있는 그물은 바닷속으로 미끄러져 들어가고 있었고, 빅토리아호는 포물선으로 움직이며 참치 떼들을 그물 속에 가두고 있었다. 그리고 빅토리아호는 태평양 바닷물에 깊이 내리고 있는 그물에서 이틀 동안 참치를 건져 올리고 난 다음 내렸던 그물을 걷어 올리고 샌프란시스코를 향해서 긴 항해를 시작하고 있었다.

빅토리아호는 붉은 소비에트연방공화국 국기를 펄럭이며 샌프란시스코 항을 향해서 태평양의 푸른 물을 가르고 있었고, 선원들은 부두에 정박할 때까지 몸단장에 열을 올리고 있었다. 소비에트연방공화국은 미국과 연방 작전으로 유럽 전선에서 독일과 전쟁 중에 있었다. 그러므로 빅토리아호는 미국을 자유롭게 드나들고 있었다.

창남은 높은 갑판 위에 서서 비명들을 지르며 참치를 하역하고 있는 것을 내려다보고 있었다. 창남은 샌프란시스코의 현란한 불빛에 매료된 채 검은 하늘에서 빛나고 있는 별들을 바라보았다. 해지면 아름다워지는 하늘, 그 하늘보다도 더 아름다운 세상에 창남이는 빠져 있었다. 불빛들이 아름다운 건물들, 그리고 길들, 활기차게 움직이는 거리의 사람들을 보면서 창남이는 왠지 모르는 서러움에 마음이 아파지고 있었다.

"전에는 내려서 구경하고 물건도 샀어요. 음식도 먹고. 시애틀이란 곳도 갔었고, 로스앤젤레스란 곳도 갔었어요. 하와이도. 지금은 감독관의 허락이 있어야 내려요."

창남이는 니콜라이의 말소리를 듣고 있었다. 창남은 니콜라이를 향해 고개를 돌렸다. 니콜라이는 감시탑을 흘깃 보고 나서 창남에게 말을 이었다.

"지금 감독관은 심해요. 전에 감독관은 저 정도까지는 아니었는데…"

창남은 니콜라이의 말을 들으며 샌프란시스코의 야경에서 눈을 떼지 못하고 있었다. 니콜라이는 다시 말을 잇고 있었다.

"전에는 하와이에 자주 갔었는데 폭격 맞은 후로는 안 가고 있어요."

샌프란시스코의 불빛에서 눈을 떼지 못하고 있는 창남에게 니콜라이는 다시 입을 열었다.

"우리, 내려가 볼래요? 삼촌한테 말하면 내려갈 수 있어요."

창남은 니콜라이를 향해서 고개를 젓고 있었다.

다음 날도 빅토리아호는 하역 작업이 계속되고 있었다. 그리고 다시 다음 날도 참치는 빅토리아호에서 하역되고 있었다. 그리고 그다음 날부터는 생필품들이 실리고 있었다.

창남은 5일째 갑판에 서서 샌프란시스코를 내려다보고 있었다. 그리고 머리통만 한 굵고 검은 호수가 빅토리아호 후미에 연결되어 오래도록 늘어져 있는 것을 보면서 샌프란시스코의 미국을 떠나게 되겠다는 생각을 하고 있었다. 창남은 아오지를 떠올리고 있었다. 그러면서 아직도 가족이 아오지에 남아 있을 것이란 생각을 막연히 하고 있었다. 창남은 선원들이 술잔을 높이 들고 있는 모습들을 보고 있었다. 엘렉이 술잔을 높이 들고 있었고, 소칼로프도 높이 들고 있었고, 니콜라이도 선원들 틈에 끼어서 술잔을 높이 들고 있었다. 선원들은 샌프란시스코의 밤하늘을 보면서 작별의 술잔을 들고 있었다. 창남은 니콜라이가 가까운 곳에 있는 것을 보고 나서 니콜라이가 있는 곳으로 갔다. 그리고 샌프란시스코의 마지막 밤을 내려다보고 있었다.

빅토리아호가 움직이기 시작했다. 화려하고 찬란한 샌프란시스코의 부두를 뒤로하고 빅토리아호는 밤의 태평양으로 들어가고 있었다. 창남은 더 이상 샌프란시스코가 바다에서 보이지 않자 니콜라이와 선실로 들어가 쿵쾅거리는 엔진 소리 속에서 잠이 들었다.

망망대해 태평양은 작열하는 태양의 볕에 파도들이 이글거리고 있었다. 수없이 파도에 부딪는 속에서 빅토리아호는 참치 떼를 찾아 떠다니고 있었다. 한낮의 뜨거운 태양열에 달궈질 대로 달궈진 갑판 위에서 참치를 잡아 올릴 준비에 바쁘게 움직이고 있었다.

엘렉이 창남과 니콜라이와 마주 앉아서 식사를 막 끝내고 있었다.

"엘렉! 엘렉! 전방 4해리에 참치 떴다."

야로슬로프 선장은 마이크에 입을 대고 소리치고 있었다. 엘렉이 뛰기 시작했다. 선원들도 뒤를 따라 뛰기 시작했다. 창남과 니콜라이도 뛰었다. 그물이 내려지기 시작했고, 탐조등은 참치 떼를 향해서 밝게 비치고 있었다. 그물은 가라앉고 있었고, 빅토리아호는 포물선을 그리며 움직이고 있었다. 탐조등의 불빛은 우글거리는 참치들을 밝히고 있었다. 선원들은 다음 날 해가 솟을 때까지 참치를 잡아 올렸다.

샌프란시스코를 떠나고 나서 빅토리아호는 두 번째 그물을 태평양에 내리고 있었다.

"심상치 않아."

바다에 잠기고 있는 그물을 보다가 엘렉이 밤하늘을 덮고 있는 검은 구름을 보면서 중얼거리고 있었다. 항해사와 조타수 그리고 야로슬로프 선장은 바쁘게 움직이거나 뛰어다니고 있었다. 야로슬로프 선장과 조타수 그리고 항해사는 캄캄한 어둠만큼이나 얼굴들이 어두워지고 있었다. 조타수가 감시탑으로 들어갔다. 그리고 감시탑에서는 감독관이 권총을 사방에 난사하면서 선장실로 향했다. 야로슬로프 선장은 감독관이 권총을 거두는 것을 보면서 검은 구름이 덮고 있는 바다를 가리켰다.

"조업 중단?"

감독관은 선장을 향해서 고함쳤다. 야로슬로프 선장은 감독관에게 말했다.

"현재 조난당한 원양어선이 두 척입니다. 그 태풍이 우리에게 오고 있습니다. 한 시간 안에 빠져나가지 못하면 조난당할 수밖에 없습니다."

"안 되오."

감독관은 눈이 뒤집혀 있었다. 엄청난 참치 떼를 포기한다는 것은 있을 수 없다고 생각하고 있었다. 감독관은 권총을 들고 고함치고 있었다. 그리고 갑판을 향해 소리쳤다.

"조업 중단, 없다!"

"20해리 떨어진 곳에서 조난신호가 오고 있고, 블라디보스토크 해안안 전보위부에서 조업 중단과 조난선 구조 명령이 계속 타진되고 있습니다."

야로슬로프 선장은 계속해서 타전되고 있는 조난신호를 감독관에게 말했다.

"안 돼! 이곳 명령권은 나에게 있다. 조업 중단 시는 불복종으로 감금할 것이고, 조업중단의 손실을 연방 정부에 상정하여 엄한 벌을 받게 할 것이다."

감독관은 막무가내였고, 태풍 또한 무섭게 밀어닥쳐 오고 있었다. 엘렉을 비롯해서 선원들은 그물을 걷어 올리지 않았다가는 휘말리는 그물과 함께 빅토리아호가 침몰할 것을 알고 있기에 선장의 용기 있는 명령을 기다리고 있었다.

"엘렉! 조업 중단한다."

엘렉은 선장의 중단 명령에 그물을 올리기 시작했다. 그러자 감독관은 올리고 있는 선원들을 향해서 권총을 쏴대고 있었다. 그러나 엘렉은 그물을 올리고 있었고, 태풍은 점점 거세게 태평양 바다를 뒤덮기 시작했다.

"그물이 올라오는 대로 조난당한 소로킨을 구조하러 간다. 20해리 떨어진 곳에서 소로킨호가 좌초되었다. 구조하지 않으면 전원 사망하게 된다."

야로슬로프 선장의 빅토리아호는 소로킨호를 향해 검은 파도를 뚫기 시작했다. 감독관은 불복종 죄로 야로슬로프 선장을 체포한다고 소리치고 있었다.

빅토리아호는 높은 파도와 비와 태풍에 휘감겨 가면서 소로킨호를 찾아 수없이 파도에 휩쓸리며 꿈틀거리고 있었다. 그러기를 몇 시간 후, 소생 불능의 소로킨호 침몰 현장에 도착했다. 야로슬로프 선장은 뱃머리를 어지럽게 소용돌이치고 있는 소로킨호에 밀착시키면서 선체를 받혀주기 시작했다.

"지금 소로킨호 구조 중이라고 타전하시오!"

프로슬로프 선장은 조타수를 향해 소리쳤다. 소로킨호의 선원들은 밧줄에 위태롭게 매달려 빅토리아호를 향해서 기어오르고 있었다. 엘렉과 선원들은 구조 그물을 내리고, 파도 속에서 떠다니고 있는 조각에 매달려 허우적거리고 있는 조난자들을 향해 갈고리들을 던지고 있었다. 갈고리를 잡은 조난자들은 밧줄을 잡고 오르거나 그물을 잡고 오르거나 갈고리를 잡고 필사적으로 기어오르고 있었다. 높은 파도는 조난자들을 곤두박질치게 하고 있었고, 빅토리아호 선원들은 조난자들은 사력을 다해 구조하고 있었다. 조난당한 소로킨호의 선원들은 풍랑과 파도 속에서 사력을 다하고 있었다. 조난자와 그 조난자를 구출하느라 사력을 다하고 있는 선원들의 맹렬한 사투는 거센 태풍을 잠재우기 시작했다. 먹구름을 뚫고 햇살이 비치기 시작하면서 파도는 거품처럼 꺼지고 있었고, 바람도 잠들고 있었다.

만신창이가 다 된 빅토리아호는 지친 사람의 몸뚱이처럼 비스듬히 바다에 누운 소로킨호를 받쳐가며 아침 햇살을 받고 있었다.

조난당했던 선원들이나 조난당한 선원들을 구출한 선원들이나 모두 갑판 위에 쓰러져 너부러져 있었다. 엘렉은 피투성이가 되어 피를 흘리고 있는 손바닥을 보면서 찢어진 옷 속에서 만신창이가 되어 쓰러져 있는 창남을 내려다보았다. 니콜라이도 피 흘리고 있는 손을 들고 엉거주춤 서서 창남을 내려다보았다. 엘렉은 폐허로 변한 전쟁터 전선에 나뒹굴고 있는 병사들처럼 쓰러져 있는 선원들을 보면서 성한 곳 한 곳도 없이 만신창이가 된 빅토리아호를 선미서부터 후미까지 둘러보고 있었다.

"소로킨호와 선원 전원 구출."

빅토리아호의 조타수는 블라디보스토크 해안안전보위부로 사고 보고를 타진하고 있었다. 그리고 회신을 보고 있었다.

"상태 보고하라."

조타수는 해안안전보위부에서 타전해온 것을 선장에게 보고했다. 야로슬로프 선장은 부상 선원과 소로킨호와 빅토리아호의 상실 상태를 모두 타진할 것을 말했다. 곧바로 회신이 왔다. 야로슬로프 선장은 회신 내용을 감독관에게 전하고 알래스카의 더치하버를 향해 7일간의 긴 항해에 들어갔다. 소로킨호는 빅토리아호와 몇 백 미터 떨어져서 위태롭게 기울어진 선체로 항해하고 있었다.

야로슬로프 선장은 지쳤던 몸을 일으키지 못하고 누워 있었다. 그리고 다음 날 일어나서 엘렉을 찾았다. 야로슬로프 선장은 엘렉과 만신창이가 된 배와 장비들을 둘러보면서 더치하버에 도착하면 신속하게 수리할 수 있도록 손상된 곳을 확인하도록 지시 했다.

빅토리아호는 7일 후 더치하버에 도착했고, 소로킨호의 선원들은 모두 병원으로 후송되었다. 그리고 빅토리아호의 손상된 곳들은 열흘에 걸쳐 수리를 마칠 수 있었다. 야로슬로프 선장은 태평양을 향해 다시 항해를 시작했다. 빅토리아호는 푸른 태평양에 하얀 물거품을 일으키며 참치 떼를 찾아서 미끄러져가고 있었다. 알래스카의 더치하버 항구를 떠나 14일이 되던 날, 야로슬로프 선장의 망원경에 참치가 발견되었다. 선장은 마이크에 입을 대고 엘렉을 찾았다.

"서남방 7해리에 참치 떼 출몰, 엘렉 갑판장은 투망 준비 바람."

빅토리아호는 선장의 조업 준비 지시에 이어 고동 소리를 경쾌하게 울리고 있었다. 엘렉은 물론 손바닥이 성한 선원들이 없는 빅토리아호는 붕대를 감고 또는 두꺼운 장갑을 끼고 밧줄을 당기거나 갈고리를 들기 시작했다. 니콜라이와 창남 역시 손바닥이 갈라지거나 살점이 떨어져 나간 손바닥을 붕대로 두껍게 감고서 갈고리를 들고 눈앞에 나타나고 있는 참치들의 군무를 바라보고 있었다. 야로슬로프 선장은 그물을 내리기 시작했다.

참치만 나타나면 허리에 차고 있는 권총을 꺼내 들고 난동부리며 사방에 총질을 해대던 감독관이 왜 그런지 점잖게 참치 떼를 망원경으로 내다보기만 하면서 그물을 내리고 있는 선원들을 보고 있었다. 선원들은 감독관을 흘깃거리며 보고 있었다. 그리고 몰라보게 변한 감독관을 등지고 입들을 길게 찢고 있었다.

빅토리아호는 그물을 내리기 시작했다. 그물을 내리고 몇 시간이 흐르고 난 다음 야로슬로프 선장은 그물을 올리기 시작했다. 2해리가 다되게 바다깊이 펼쳐져 있던 그물이 서서히 당겨지고 있었고, 그물 속에는 참치 떼가 우글거리고 있었다. 그리고 다시 빅토리아호는 네 시간의 긴 시간에 걸쳐 참치를 올리고 있었다. 빅토리아호는 어디에도 더 이상 참치를 넣을 곳이 없었다.

만선이 된 빅토리아호는 시애틀로 향했다. 블라디보스토크의 무역보위부에서 시애틀로 빅토리아호를 보내고 있었다. 빅토리아호는 시애틀을 향해 항해하기 시작하면서 12일이 되는 날 시애틀 부두에 정박했다. 그리고 샌프란시스코와 마찬가지로 7일에 걸쳐 정박하고 난 후 다시 태평양을 향해서 항해하기 시작했다. 그리고 빅토리아호는 참치잡이를 시작했고, 두 번에 걸쳐 참치의 길을 막고 서서 만선이 된 다음에 블라디보스토크 항을 향해 귀향하기 시작했다. 그리고 보면 창남이 빅토리아호 선원이 되고 나서 꼭 9개월 만의 귀향이었다. 선원들은 귀향의 기쁨에 들뜨기 시작했다. 귀향의 기쁨은 머리서부터 발끝까지 하루에도 몇 차례씩 선원들을 바쁘게 만들고 있었다.

창남은 우울과 공포의 날을 보내고 있었다. 엘렉과 니콜라이 그리고 소칼로프. 가까워졌거나 가까워지지 않았거나 오갈 데 없는 창남을 위로하고 있었다. 그렇지만 창남이의 우울함과 공포에 서려있는 얼굴빛을 변하게 하지는 못하고 있었다. 창남은 아오지에 있는 가족을 어떤 방법 어떤 생각으로도 어떻게 해볼 수 없기 때문에 창남의 우울증은 치료가 될 수 없었고 위로 가지고는 어림도 없었다. 아오지에 있는 가족을 생각하면 생각할수록 일본군이 떠오르고 있어서 창남은 가족 생각을 할 수조차 없었다.

창남은 취사장을 나와 달빛에 드러내고 있는 물살과 그 물살에 일고 있는 하얀 거품을 보면서 빅토리아호 후미에서 별들이 반짝이는 태평양의 밤하늘을 바라보고 있었다.

"창남! 뒤에서 뭐하시오? 앞으로 갑시다."

니콜라이가 등 뒤에서 창남을 부르고 있었다. 창남은 고개를 돌려 니콜라이를 보면서 뱃머리 난간에 나란히 서 있는 선원들을 바라봤다. 블라디보스토크는 아직도 며칠 더 가야 한다고 했으니 항구가 보일리가 없지만 선원들은 낮이고 밤이고 뱃머리 난간에서 떨어지지 않고 있었다. 창남은 니콜라이와 나란히 서서 블라디보스토크 하늘을 보고 있었다.

"창남!"

등 뒤에서 부르고 있는 소리에 창남은 몸을 돌렸다. 등 뒤에는 엘렉이 주머니에 두 손을 집어넣고 서서 창남을 보고 있었다. 창남은 엘렉을 보면서도 불안한 기색을 감추지 못하고 있었다. 창남에게는 지금 블라디보스토크로 가는 것이 귀향의 길이 아니라 망막한 태평양만큼이나 망막한 불안이고 공포를 향해 가고 있는 것이기만 했다. 엘렉은 미소는 없었지만 인자하고 편안한 안색으로 창남을 보고 있었다. 엘렉은 주머니에 넣고 있던 손을 꺼내 창남의 어깨에 얹으며 멀리 수평선 끝으로 나타나게 될 블라디보스토크를 향해서 두 눈을 돌리고 있었다. 그러면서 창남의 아픈 마음을 모두 어루만지고 있었다.

"갑시다."

엘렉은 밤하늘을 덮고 있는 별들을 보면서 창남에게 말했다. 창남은 엘렉을 보면서 엘렉이 하고 있는 말에 의문이 들고 있었다. 블라디보스토크에 도착하면 모두 제 갈 길로 가겠지만 창남 자신은 그렇지 못하지 않는가. 그런 창남을 누구보다 잘 알고 있는 엘렉이 가자고 말한 것을 창남은 이해하지 못하고 있었다. 창남의 눈은 밤하늘의 별들을 향하고 있었다.

"집으로 꼭 갑시다. 조선."

엘렉은 조선의 하늘에서 고개를 돌리고 않고 서서 별들을 보고 있었다. 창남은 엘렉의 입에서 조선으로 가자는 말이 왜 나왔는지 나온 것에 의문이 생기면서 불안해서 그런지는 모르겠으나 가슴이 울렁거리고 있었다. 창남은 조선의 하늘을 보고 있는 엘렉에게서 눈을 떼지 못하고 있었다.

"이번에 입항하면 두 달간 휴항합니다. 갑시다, 조선에."

창남은 엘렉이 하는 말을 알아들으면서도 그 말의 진향지인 뜻까지는 알지 못하고 있었다. 조선으로 가자는 말을 알아듣지 못하고 있었다. 설령 창남이가 알아들었다 해도 창남이는 이해하거나 받아들일 수 있는 소화력을 가지지 못했다. 창남은 대답을 못 하고 있었고, 엘렉은 잠자리로 가고 있었다. 태평양의 밤하늘은 창남의 마음만큼이나 어둡고, 어두운 만큼 별이 밝게 빛나고 있었다.

니콜라이가 우두커니 서 있는 창남을 보다가 물었다.

"짐은 다 쌌어요?"

니콜라이는 창남의 침상을 보면서 아무것에도 손댄 흔적이 없는 것을 보면서 창남에게 물었다. 그러나 창남은 대답하지 않고 눈만 껌벅이고 있었다.

다음 날 아침, 창남은 여전히 내릴 준비를 하지 않고 있었다. 자리에서 일어난 창남은 조용히 침상을 빠져나가 취사장으로 갔다. 그리고 취사장 조리사들과 어울려 아침 준비를 하기 시작했다. 창남은 감자 껍질을 벗기면서 귀국하는 기쁨에 한껏 들떠 있는 조리사들을 보며 마음은 더욱 어두워지고 있었다.

태평양 수평선 너머에서 가느다란 빛이 하늘과 바다를 가르고 있었다. 창남은 배식대에서 음식을 가져다가 놓으면서 어깨춤을 추고 있는 조리사들을 가끔 바라보았다. 선원들은 배식대에 늘어서서 모두 조리사들처럼 어깨를 들썩이고 있었다. 엘릭이 들어왔다. 그리고 배식대 앞에 서서 식판에 음식을 퍼 담아주고 있는 창남이 앞에 오자 창남에게 물었다.

"함께 앉아서 식사합시다."

창남은 대답하지 않았다. 오늘 오후 한두 시경에 블라디보스토크 항에 도착한다는 것을 알고 있는 창남은 그 어느 때보다 몸과 마음이 무겁기만 했다. 엘렉이 탁상에 앉아서 움직이지 않고 있는 창남을 보고 자리에서 일어나 창남을 향해 걸어갔다.

"함께 식사합시다, 앉아서."

엘렉이 말하고 창남을 보고 서 있었다. 그러자 니콜라이가 음식을 담은 식판을 들고 창남을 향해 움직이지 않고 서 있었다. 창남은 빵과 소고기 조림을 조금 담아 들고 니콜라이 뒤를 따라 움직였다.

"기쁜 소식이오! 기쁜 소식!"

조타수가 계단을 막 내려와 취사장으로 들어오며 소리치고 있었다. 그러자 모든 선원이 일제히 조타수를 향해서 고개를 돌렸다.

"우리 선장님이 훈장을 타십니다. 훈장! 그리고 우리 모두 특별 상여금에 선물까지 준답니다."

선원들은 조타수의 말에 모두 엉거주춤 앉은 자리에서 몸을 움직였다.

그리고 손뼉을 쳤다.

엘렉이 창남의 손을 잡고 밖으로 나가고 있었다. 갑판으로 나온 엘렉은 선장실을 향해서 두 손을 높이 들고 손뼉을 치기 시작했다. 뒤이어 나온 선원들이 모두 선장실의 선장을 향해서 손뼉을 치고 있었다. 항해사가 선장이 잡고 있던 기를 잡았다. 그리고 선장은 문을 열고 밖으로 나와 선원들의 환호 소리와 함께 식당으로 가고 있었다. 야로슬로프 선장은 식당으로 들어서서 배식대 앞에 섰다. 그리고 선원들을 한참 동안 둘러보고 있었다.

"소로킨호의 건승을 빕시다. 소로킨호를 축하합시다. 그리고 선원 동지 여러분, 훌륭하십니다. 위대하십니다. 모두 고생 많이 하셨습니다. 감사합니다."

야로슬로프 선장은 이해할 수 없는 말을 남기며 자신의 자리에 앉았다. 선원들은 야로슬로프 선장을 보면서 석연치 않은 생각들이 들었다. 선원들은 모두 자리에 앉아서 야로슬로프 선장의 얼굴을 보고 있었다. 그리고 야로슬로프 선장의 쓸쓸한 모습을 보았다. 엘렉은 야로슬로프 선장이 쓸쓸해하고 있는 것을 어느 정도 짐작이 가고 있었다.

훈장을 받고 상여금을 받고 있는 사이에 소로킨호의 선장과 선원들은 징계를 받고 있으리라는 것을 선장은 알고 있었다. 야로슬로프 선장은 마음이 어둡고 무거워지고 있었다. 야로슬로프 선장은 선원들이 축배를 들고 싶어 한다는 것을 알고 있었다. 그러나 선장은 그럴 생각이 없었고 조용히 자숙하고 싶기만 했다. 그러면서 소로킨호의 최후를 보고 있는 것 같은 기분에 휩싸이고 있었다. 선장은 탁상에 놓인 물 컵에도 손을 보내지 않고 있었다. 생사의 고비에서 목숨을 건진 것만 해도 임무를 완성한 것일진대 앵커리지나 수어트 같은 큰 항구에 소로킨호를 정박시키지 않고 더치하버 같은 작은 섬 구석에 정박시킨 것을 보면 분명히 징계가 틀림없기 때문이다. 엘렉은 야로슬로프 선장이 축배를 할 생각도 하지 않고 앉아만 있자 조용히 그리고 조심스럽게 입을 열었다.

"축배 정도는 할 수 있도록 해 주십시오."

야로슬로프 선장은 고개를 끄떡였다. 그리고 다시 말문을 열었다.

"1시에 귀항입니다. 환영식이 끝나고 나서도 이번만큼은 자숙합시다. 건전한 만찬을 부탁합니다."

엘렉은 자리에서 일어났다. 그리고 주방장을 향해서 두 눈동자를 보내고 있었다.

"샴페인을 준비하시오, 지금."

주방장은 조리사들과 함께 샴페인을 모두 꺼내왔고 샴페인은 선원들이 들고 있는 잔에 모두 부어졌다. 선원들이 잔을 높이 들고 엘렉의 축하 제창으로 끝이 나고 있었다.

창남이가 빅토리아호에 승선하고 9개월 만에 블라디보스토크로 귀항하고 있었다. 멀리 확연하게 눈에 들어오고 있는 블라디보스토크를 바라보면서 창남은 자신의 처지를 마음속에 삭이고 있었다. 귀항하자마자 선원들과 헤어지고 나면 어떻게 해야 할지 모르겠고, 혼자서 어디서 어떻게 지내고 있어야 할는지 알 수 없어서 막막하기만 하고 가슴이 답답하기만 했다. 그리고 엘렉이 하던 말이 잊혀지지 않고 있지만 아오지로 간다는 생각은 만식이의 일이 있고 나서는 창남이는 엄두도 내지 못하고 있을 뿐만이 아니라 생각조차 두려워하고 있는 실정이다. 창남은 짐들을 들고 갑판으로 일찌감치 나오고 있는 선원들을 보면서 자신은 어찌해야 할지를 몰라 두리번거리며 이것도 저것도 결정하지 못하고 또한 쉽게 단념하지도 못하고 있었다. 창남은 이제 귀향의 기쁨에 부풀어 있는 선원들의 눈에 띄는 것이 미안해지고 있었다.

창남은 블라디보스토크가 가까이 보이고 있는 속에서 니콜라이가 부르고 있는 곳으로 갔다. 니콜라이는 창남을 식당으로 데리고 갔다. 식당에는 선원들이 식사하고 있었고, 엘렉이 창남에게 손짓하고 있었다. 창남은 식판에 음식을 담아서 엘렉 곁으로 가서 앉았다. 그리고 엘렉이 보는 앞에서 창남은 음식을 먹기 시작했다. 창남은 음식을 씹으면서 배에서 내려 행사가 끝나는 대로 배로 돌아와서 특근 자들과 휴항기간동안 있게 해달라는 말을 하려고 엘렉의 눈치를 보고 있었다. 창남은 배에 남아 있고 싶기만 했다.

엘렉은 식사를 마치고서 창남이가 식사를 마칠 때까지 앉아 있었다. 창남은 엘렉이 보고 있는 앞에서 식사를 마쳤다. 그리고 이제 말을 해야겠다는 생각을 하면서 머뭇거리면서 엘렉의 눈치를 살피고 있었다.

창남은 엘렉의 얼굴을 한참 살피고 나서 입을 열었다.

"여기 그냥 있을게요, 배에."

엘렉은 빙긋이 미소를 짓고 있었다. 그리고 미소 지은 얼굴을 젓고 있었다. 엘렉은 어지간한 말은 창남이가 알아듣고 있기는 하지만 막상 해줘야 할 말은 알아들을 수 없으므로 그동안 창남의 눈치를 보고 있기만 했다. 블라디보스토크에서 행사가 끝나면 통역할 사람을 찾아서 조선 아오지로 함께 간다는 말을 해주려고 하고 있었다. 엘렉은 빙긋이 미소 띤 얼굴을 창남의 얼굴에서 거두지 않고 있었다.

창남은 엘렉이 하라는 대로 니콜라이와 짐 가방을 챙겨 들고 갑판으로 나갔다. 갑판으로 나간 창남은 블라디보스토크 항으로 빅토리아호가 정박 중인 것을 보고 있었다. 붉은 혁명 군기가 짙게 물들이고 있는 블라디보스토크 항은 거대한 스탈린의 초상화가 내걸린 앞에서 군악대의 나팔 소리와 북소리가 울려 퍼지고 있었고, 환영 인파가 부두를 메우고 있었다. 엘렉은 부두를 내려다보고 나서 니콜라이에게 창남을 부탁했다. 잠시도 창남이와 떨어지지 말 것을 수없이 당부하고 있었다.

야로슬로프 선장은 물론 선원들은 자신들을 부두에서 혁명정부에서 환영할 줄은 조금도 생각을 하지 못했다. 소비에트연방공화국은 야로슬로프 선장을 비롯한 선원들을 대대적으로 환영하고 있었다. 스탈린의 대형 초상화가 걸려 있는 앞으로는 환영식 연단이 있었고, 단상에는 고위급 각료들이 나열해 앉아 있었다. 그리고 빅토리아호 환영 현수막이 각료들 머리 위로 높이 걸려 있었다.

빅토리아호가 부두에 정박했다. 그리고 감독관이 내리고 있었고 뒤이어 야로슬로프 선장이 계단을 내려오고 있었다. 빅토리아호 선원들은 절정에 이르고 있는 환영식장으로 모두 손을 흔들면서 내리고 있었다. 소비에트연방공화국 블라디보스토크 시장은 의자에서 일어나 마이크 앞으로 가서 섰다. 그리고 연단 앞으로 정렬하고 서 있는 야로슬로프 선장을 비롯하여 감독관과 선원들을 내려다보면서 환영 인사를 시작했다.

"친애하는 빅토리아호 야로슬로프 선장님과 선원 여러분. 그리고 모든 것을 감리 감독하시느라 밤낮으로 수고하신 코즐로프 감독관님을 비롯하여 담당 서기관원 여러분! 환영합니다. 오늘 이처럼 소비에트연방공화국 영웅들을 블라디보스토크에서 맞이하게 된 것을 무한한 영광으로 생각합니다. 생사를 가늠할 수 없는 폭풍 속을 뚫고 들어가 침몰하는 소로킨호와 선원들을 모두 구출하고 안전하게 구조한 데 대하여 소비에트연방공화국 정부는 귀하들을 영웅으로 추대하고 환영하는 바입니다. 나는 오늘 소비에트연방공화국 정부를 대신하여 영웅들에게 꽃다발을 수여하고 야로슬로프 선장에게는 노동 붉은 기 훈장을 수여하는 바입니다. 그리고 이처럼 위대한 영웅들을 블라디보스토크에서 탄생하게 된 것에 대하여 무한한 영광으로 생각하며 빅토리아호와 야로슬로프 선장님! 그리고 선원 여러분의 개개인에게 심심한 감사를 드립니다. 감사합니다, 여러분!"

블라디보스토크 항구는 잠시 박수 소리로 고막이 터질 지경이 되었다.

선원들에게는 꽃다발이 목에 걸렸고, 야로슬로프 선장의 가슴에는 훈장이 걸리고 다시 꽃다발이 걸렸다. 환영식은 다리를 번쩍번쩍 들어가며 행군하는 소비에트연방공화국 국인들과 군악대의 행군이 붉은 잎이 타고 있는 가로수들과 스탈린의 초상화 그리고 소비에트연방공화국의 붉은 기가 활활 타고 있는 블라디보스토크 시가지를 행군하면서 시청광장에서 빅토리아호 선장과 선원들은 박수를 받으며 해산했다.

선원들은 월급과 위험수당 그리고 상여금까지 받아들고 집이 가까운 선원들은 환영 나온 가족들과 고향으로 돌아가고 있었다.

창남은 엘렉과 니콜라이 그리고 소칼로프 선원과 공관 사무실에서 긴 시간을 보내고 있었다. 공관 사무실 직원은 우수리스크 바라바쉬 출장소 김일중에게 창남의 신원부책확인서를 의뢰해놓고 전화통지문이 도착하기를 기다리고 있었다. 확인을 의뢰한 지 4시간이 지나서 신원부책인증확인 전화통지공문이 도착했다. 공관 사무직원은 엘렉을 비롯해 기다리고 있는 사람들을 향해서 밝은 표정을 짓고 나서 부지런히 타자를 치기 시작했다. 공관 사무직원이 타자를 치기 시작하면서 한 시간이 흐른 다음에 공관 직원은 두꺼운 서류와 증명서류들을 엘렉과 창남 앞에 내어놓았다.

"이것이 소비에트연방공화국 여행권서류 입니다. 여기 보시면 주소는 물론 가족사항까지 모두 기록되어 있습니다. 이것이 여권이고 출국 목적은 단순가족합류로 되어 있습니다. 가족 모두 소비에트연방공화국 시민권자이니 조선에서 가족과 곧바로 이곳으로 오실 수 있으십니다. 무엇보다도 일본이 제일 싫어하는 독립투사이시니 소비에트연방공화국으로 속히 귀국하시는 것이 좋습니다. 그리고 세 분이 동행하신다고 하셔서 세 분 모두 여행 비자를 발급했습니다. 받으십시오."

엘렉은 공관 사무원이 내미는 서류를 거머쥐듯이 받아들었다. 그리고 공관 사무원에게 정중하게 인사를 했다. 서류뭉치를 거머쥔 엘렉은 사무실문을 밀었고 선원들과 함께 거리로 빠져나왔다. 그리고 멀리 정박하고 있는 빅토리아호를 바라보며 영웅이 된 기분으로 두 발을 앞으로 내딛고 있었다. 엘렉은 선원들과 만나기로 되어 있는 식당으로 향했다. 창남은 그동안 니콜라이가 수없이 귀띔해주던 것을 긴가민가하고 하기만 했다. 그리고 지금 확실한 것을 눈으로 보고 나자 정신이 혼란스러워지고 있었고 미안해서 얼굴을 들기도 거북스러워 어물거려가면서 벅찬 가슴을 주체 못하고 있었다.

"창남!"

"예."

엘렉이 일행들과 만나기로 한 장소에 거의 다다르자 창남을 부르고 있었다. 창남은 대답했다. 그러나 창남의 대답 소리는 겨우 귀에 들릴까 말까 하는 정도의 작은 소리였다. 엘렉은 다시 창남의 이름을 불렀다.

"창남!"

"예."

창남은 여전히 들릴락 말락 하는 작은 소리로 대답했다. 엘렉은 창남의 기분을 충분히 알고 있는 터라 빙긋이 웃는 것으로 대신하고 일행들과 만나기로 한 식당 안으로 들어갔다.

"어휴, 갑판장님 기다리는 것보다 참치 기다리는 게 훨씬 수월하겠습니다. 일은 잘되었나요?"

수염을 깨끗이 깎고 목욕 단장까지 마친 선원들이 손을 번쩍 들면서 소리를 지르고 있었다. 엘렉은 창남을 앉히고 옆 의자에 앉았다. 엘렉이 자리에 앉자 앞자리에 앉아 있는 동료가 낯선 남자를 엘렉에게 소개했다. 소개받은 남자는 엘렉에게 다시 창남을 소개받고 나서 엘렉이 하는 이야기를 창남에게 조선말로 이야기하기 시작했다.

4
러시아 친구들과 아오지로 가다

"내일 아침에 조선 청진으로 가는 열차를 타고 국경을 넘게 됩니다. 두만강역에서부터는 자동차로 아오지에 갑니다. 아오지에 도착하면 가족과 함께 두만강역으로 오고 나서 다시 열차를 타고 국경을 넘어 이곳으로 오게 됩니다. 엘렉과 소칼로프 니콜라이가 동행합니다."

조선말로 창남에게 통역한 남자는 더 알고 싶은 것이 있으면 물어보라고 했다. 창남은 유창하게 조선말을 하는 사람에게 더 이상 물을 말이 없다고 고개를 젓고 나서 어떻게 조선말을 그렇게 잘하는지 궁금한 얼굴을 하고 있었다. 통역한 남자는 자리에서 일어났다. 그리고 엘렉에게 눈인사를 끝으로 밖으로 나갔다. 창남은 밖으로 나간 남자가 궁금했으나 남자의 행동을 볼 때 특별한 일을 하는 사람 같았다. 엘렉은 물론 누구도 더 이상 창남의 일에 관해서 말하는 사람이 없었고, 선원들은 저녁 식사와 술잔에 술들을 부어 마시기 시작했다. 창남은 엘렉과 소칼로프 그리고 니콜라이가 아오지까지 동행한다는 생각에 오래도록 꿈속에 취해 있었고, 그동안 잘한 것이 없는데 지나칠 정도로 도움을 받고 있는 것이 가슴을 뜨겁게 하고 있었다. 창남은 동료들이 권하는 술을 몇 잔 더 마시면서 국경을 넘을 때와 아오지에서 일본 경찰들이 엘렉에게 꼼짝 못 할 것을 생각하며 흥분되고 있었다. 그러면서 창남은 가족과 함께 있기라도 한 것처럼 기쁨이 끓어오르고 있었고, 엘렉과 선원들을 눈물이 글썽이는 눈으로 보고 있었다.

가을바람에 떨어진 떡갈나무 잎들이 뒹굴면서 길바닥에 쌓이고 있는 블라디보스토크의 부두에서 창남은 그동안 함께 지내온 선원들과 낙엽을 밟으며 길을 걷고 있었다. 선원들은 각자 고향으로 갈 시간에 맞춰서 블라디보스토크를 떠나고 있었다. 이제 남은 20여 명의 선원들은 정박해 있는 빅토리아호를 향해 가면서 고향 이야기들을 하느라고 잠시도 입을 다물지 않았다. 선원들은 빅토리아호에 승선하고서도 여전히 입을 다물지 못했고, 취사장으로 들어서면서도 떠들어대고 있었다. 취사장 안에는 음식을 만들고 있는 조리사들과 고향을 가지 않거나 특근 중인 선원들이 대부분 앉아 있었다. 선원들은 저녁 식사를 하면서도 고향 이야기들을 늘어놓고 있었고, 몇몇은 술잔을 들고 건배하고 있었다.

엘렉은 식사를 마치고 나서 선원들이 모두 식사를 마칠 때까지 기다리고 있다가 선원들과 함께 침실로 향했다. 창남은 자리에 누웠다가 취사장에 들르고 나서 갑판으로 올라갔다. 그리고 별이 빛나고 있는 하늘을 보면서 태평양 밤바다를 보고 있었다. 계절은 깊어 바람은 싸늘했지만 내일이면 아오지에 간다는 생각에 추운 것도 잊고 오래도록 갑판에서 밤하늘과 밤바다를 보고 있었다.

엘렉은 평소와 다름없이 5시에 기상했다. 그리고 짐들을 챙기고 식당으로 향했다. 창남은 자신을 위해서 열차를 함께 타고 아오지까지 동행하는 엘렉이 고맙고 미안해서 다른 날보다 부지런하게 움직이면서 혹시나 엘렉을 비롯해서 소칼로프와 니콜라이가 불편해하는 것은 없는지 눈치를 보며 무척 조심하고 있었다. 식탁에 앉은 엘렉이 입을 열었다.

"국경을 통과하는데 검열이 어떨는지 몰라서 역에 일찍 가서 요즘 국경 정세가 어떤지 얘기 좀 들어야겠소. 식사 마치는 대로 바로 갑시다."

소칼로프 그리고 니콜라이는 엘렉의 말에 고개를 끄떡이면서 부지런히 식사하고 있었다. 식사가 끝나자 엘렉은 일행들과 바쁘게 역으로 향했다. 그리고 여권에 국경 통과 확인을 마치고 승차권을 받고 나서 엘렉은 역무원에게 조선 국경에 관해서 물었다. 역무원은 엘렉이 묻는 말에 고개를 젓거나 끄떡이고 있었다.

열차가 국경을 통과하는 데에는 아무 문제가 없는 것으로 알고 있다고 했다. 엘렉은 난로의 주전자에서 따듯한 물을 일행들에게 따라주면서 다른 때와는 달리 굳은 표정을 짓고 있었다. 아침 햇살이 블라디보스토크 역에 내걸린 스탈린의 초상화와 양옆으로 걸린 소비에트연방공화국의 붉은 깃발을 밝게 비치고 있을 때 엘렉은 역무원의 안내에 따라 일행들과 열차에 올랐다.

엘렉은 햇볕이 내리쬐고 있는 의자에 앉았다. 그리고 창남의 가방을 받아 머리 위 선반에 올려놓았다. 의자에 앉은 창남은 일행들의 눈치를 보면서 미안한 마음에 고개를 들지도 못하고 있었다. 또한, 구변이 없는 성품에다가 미안한 마음 때문에 창남은 입을 열지 못하고 있었다. 열차는 움직이기 시작했다. 일행들은 창밖으로 밀려가고 있는 블라디보스토크 역을 보면서 국경을 넘어 조선으로 간다는 생각에 새로운 기분에 빠져들어 가고 있었다.

"우수리스키까지 가지 않고 하이탐에서 갈아타기로 했소. 그동안 목이나 조금 축입시다. 추운 기만 가시게."

엘렉은 가슴에 손을 넣고 술병을 꺼냈다. 일행들은 생각지도 않은 일이 벌어지고 있자 절반은 놀란 얼굴들을 하고 엘렉을 쳐다보고 있었다.

"한 모금씩이오."

엘렉은 병마개를 따고 나서 한 모금 마신 다음 소칼로프에게 술병을 넘겼다. 소칼로프는 술병을 받아 들자 곧바로 입에 대고 '꿀꺽' 소리를 내면서 술을 마신 후 창남에게 술병을 넘겼다. 창남이도 한 모금 마신 다음 니콜라이에게 건넸다. 니콜라이 역시 한 모금 마신 다음 술병을 엘렉에게 넘겼고, 엘렉은 다시 가슴속 깊이 술병을 집어넣었다. 소칼로프는 입을 다물지 못하고, 커다란 눈은 물론 입을 옆으로 길게 찢으며 미소를 흘리고 있었다.

열차는 깊어가는 가을 들녘을 달리고 있었다. 추수하는 농부들과 농부들처럼 들판에 서 있는 나무들 그리고 고개 숙인 해바라기들을 보면서 검은 연기를 뿜어대며 달리고 있는 열차 안에서 창남은 밖을 보고 있었다. 피를 나누지 않았고 나라도 다를 뿐만 아니라 그 어떤 연고도 없는 사람들을 만식이가 강물에 빠지면서 위기에 처했을 때 우연히 만나게 되어 도움을 받으면서 위기를 극복하게 되었고, 지금 아오지까지 동행하고 있으니 창남으로서는 엘렉과 소칼로프 그리고 니콜라이가 하늘에서 내려온 사람들처럼 더할 나위 없이 고맙기만 했다. 그런 탓에 창남은 고개를 들지도 못할 뿐만 아니라 일행들과 눈이라도 마주치면 고개를 떨어뜨리고 있었다. 소칼로프와 니콜라이는 잠이 들었는지 열차가 흔들리는 대로 몸이 흔들리고 있었다. 엘렉 또한 피곤한 듯이 열차가 흔들리는 대로 몸이 흔들리면서 눈을 감고 있었다. 창남은 조용히 앉아 창밖에 눈을 두고 있기만 했다. 그러기를 두 어 시간이 지나자 엘렉이 소칼로프와 니콜라이를 흔들었다. 엘렉이 흔드는 바람에 눈을 뜬 소칼로프와 니콜라이는 창밖으로 고개를 돌렸다. 열차는 하마탐역으로 들어가고 있었다.

"여기서 바꿔 탄다고 하셨죠?"

소칼로프가 두 팔을 들며 기지개를 켜면서 말했다.

"음. 하루에 두 번 있다더군, 조선 가는 열차가. 두 시간 기다리게 돼. 그

사이 점심 먹고 휴게실에서 좀 쉬자고."

엘렉은 머리 위에 짐들을 내리면서 말했다. 열차가 멎자, 창남은 가방과 짐을 들고 엘렉과 일행들 뒤를 따라 내렸다. 붉게 물든 나무들이 바람에 흔들거리고 있는 속에서 행진하고 있는 군인들의 모습이 눈에 들어왔다. 일행은 청사 내에 있는 식당으로 들어갔다. 엘렉은 창남이가 여러 가지로 힘들어하고 있는 것을 알고 있기 때문에 다른 때보다 조심스럽게 대하면서 편하게 대하고 있었다. 가족을 만나지도 못하고 헤어졌다고 하니 창남의 심경이 어떠리라는 것은 짐작이 갔다. 점심을 먹으면서도 블라디보스토크의 공관 사무관이 말했듯이 일본이 제일 싫어하는 독립투사를 하였다는 것 때문에 어떤 일이 있어도 창남과 가족을 모두 소비에트연방공화국으로 귀환시키고 말 것이라고 다짐하면서 그렇지 않아도 말수가 없는 창남이 많이 힘들어 할 것을 생각하며 음식을 끼적거리고 있어서 술병을 내놓으며 반주할 수 있게 했다. 엘렉은 자신의 잔은 물론 일행들에게 술을 권하고, 창남의 잔에도 술을 따르고 있었다.

"말에는 강을 건너면서 첫 번째 역 두만강 역을 지나서 다음 역에서 내리라고 했소. 그 시간에 열차가 없을 거라고 여관에서 묵든지 아니면 가는 차가 있으면 이용하라 했소."

엘렉은 창남을 보면서 말하고 있으나 모두 들으라고 하고 있었다. 창남은 아오지에 있기는 있었어도 몇 달 있지도 않았었고, 길은 물론이고 열차 역도 아는 곳이 없었다. 창남은 고개를 끄떡였다. 점심을 먹고 난 일행은 식당을 나와 역무원에게 열차가 올 때까지 머물 곳을 물었다. 역무원이 대기실 외에는 머물 곳이 없다고 하여 일행은 대기실 구석에서 의자에 앉아 눈을 감고 있었다. 창남은 역무원이 소리 지를 때까지 멀뚱거리고 앉아 아오지에 가족이 없으면 어떻게 해야 하는지 알 수가 없어서 내내 걱정하고 있었다. 일행은 조선 청진이라는 행선지를 붙이고 있는 열차에 올랐다. 열차에 오른 일행은 의자에 앉았다. 엘렉은 두려워하고 있는 창남의 얼굴에 오래도록 미소를 짓고 있었다. 열차는 조선으로 가는 것이 틀림없었으며 움직이기 시작하고 있었다.

"와!"

소칼로프 니콜라이 그리고 엘렉은 서로 짜기라도 한 것처럼 창남을 향해서 소리를 질렀다. 창남은 미소 지었고, 미소 짓고 있는 창남에게 일행들은 손을 잡거나 어깨를 두드리거나 두 손을 번쩍 들어 보였다. 그리고 네 사람은 창밖으로 두 눈을 보내고 창밖의 풍경이 조선이라도 되는 듯이 신기한 눈빛으로 바라보고들 있었다. 창남은 꿈을 꾸고 있는 듯한 기분에 지금 일어나고 있는 일들이 꿈속에서 일어나고 있는 것만 같은 감정에 사로잡혀 있었다. 그러면서 꿈은 아니겠지 하는 생각을 수없이 하면서 창밖을 보면서 꿈이 아니기를 바라고 있었다. 가족은 고사하고 다시는 조선에 갈 수 없는 절망에 살고 있었던 창남으로서는 지금의 현실이 분명 꿈이기만 했다. 달리고 있는 열차 속에서 일행들은 어정쩡한 얼굴을 하고 있는 창남을 계속해서 얼리고들 있었다.

열차는 바라바쉬 역에서 정차했다. 창남은 창밖으로 보이는 바라바쉬 역을 내다보면서 뒤 건물에 김일중 씨가 있다는 생각에 마음이 울컥해졌다. 그러면서 당장이라도 달려 나가 만나고 싶은 마음에 안절부절못하고 있었다. 더군다나 바라바쉬 역에서 근식과도 헤어졌기 때문에 창남은 숨이 막히고 있었다. 창남은 의자에서 일어나 밖을 보면서 헤어진 사람들이 나타나기라도 할 것 같은 기분에 사로잡히며 눈시울이 붉어지고 있었다.

열차가 움직이기 시작하면서 서러움이 봇물처럼 터지고 있었다. 창남은 멀어지는 바라바쉬를 향해서 결국에는 굵은 눈물을 흘리고 있었다. 엘렉은 창남의 지난날들을 어느 정도 알고 있기에 창남이가 안절부절못하며 서러워하는 것을 애처로워하면서 눈물을 흘리며 보고 있는 바라바쉬 역에서 눈을 떼지 않고 있었다. 창남은 바라바쉬 역에서 멀어지면서 만식이와 열차를 타고 두만강으로 가던 때를 떠올리고 있었다. 그러면서 '아' 하는 신음이 자신도 모르게 나오고 있었다. 열차가 바라바쉬 역에서 멀어지면서 창남의 마음은 불안해지고 있었다. 만식이와 두만강을 넘던 생각이 두만강이 가까워지고 있는 만큼 창남의 마음은 것 잡을 수 없도록 불안과 긴장에 휘둘리고 있었다. 창남은 초조해지고 있었다. 만식이가 얼음 속으로 사라졌던 순간이 떠오르고 있었다. 달리는 열차 소리와 바람 소리 그리고 눈에 보이는 것들. 두만강을 향해 열차가 달리고 있다는 생각에 창남의 몸과 마음은 어지러워지고 있었다. 열차의 기적 소리는 만식이가 부르는 소리만 같고 두 눈을 감아도 아무 소용이 없고, 그래도 창남은 눈을 감았다. 그리고 기적소리를 듣고 있었다.

엘렉이 창남에게서 눈을 떼지 못하고 있었다. 소칼로프와 니콜라이가 창밖으로 고개를 돌리고 있었다. 달리는 열차의 바람결에 몸부림치고 있는 갈대숲을 소칼로프와 니콜라이는 신기한 눈으로 보고 있었다.

창남은 만식이가 갈대숲에서 뛰고 있는 것만 같아서 눈을 감았다. 엘렉이 창남의 무릎을 살며시 쳤다. 열차는 다시 기적을 울리고 있었다. 갈대숲 끝자락을 타고 산들이 눈에 들어왔다. 눈에 들어오고 있는 산은 조선이다. 창남은 창밖에서 눈을 떼지 않고 있었다. 엘렉이 손을 들어 유리창을 톡톡 두드리며 창남의 얼굴을 보고 있었다. 그리고 미소를 지었다. 소칼로프 그리고 니콜라이도 유리창에 어린 창남의 얼굴을 향해서 환하게 웃고 있었다.

열차는 갈대숲 속에서 하산 역으로 빨려들어 가고 있었다. 녹둔도의 하산 역은 소비에트연방공화국의 붉은 깃발이 예전이나 다름없이 바람에 나부끼고 있었다. 갈대숲 속에 붉은 벽돌로 지어진 하산 역이 눈에 확연히 들어오면서 스탈린의 초상화가 나타나고 있었다. 국경의 소박한 시가지도 눈에 들어오고 있었다. 무장한 소비에트연방공화국 군인들이 활보하거나 보초를 서고 있는 모습이 전이나 조금도 다름없이 눈에 들어오고 있었다.

열차는 미끄러지다가 멈췄다. 열차가 멈추자 붉은 완장을 한 여러 명의 군인과 사복의 남자들이 열차에 오르고 있었다. 붉은 완장을 한 군인들은 열차의 양쪽 문 앞에서 '앞에총!' 자세로 서 있기 시작했고, 사복 남자들이 승객들의 신분증을 확인하기 시작했다. 엘렉은 가슴속에서 여권을 꺼냈다. 소칼로프도 꺼냈고 니콜라이도 꺼냈다. 창남도 엘렉이 한 것처럼 여권을 꺼내 들고 있었다. 사복 남자들은 승객의 여권을 모두 확인하고 난 후 열차에서 내렸다.

붉은 완장을 한 군인들도 열차에서 내리고 난 후 열차는 다시 움직이기 시작했다. 그리고 갈대숲 속에서 열차가 공중으로 떠오르기 시작했다. 열차는 철로의 존재를 확인이라도 하는 듯이 매듭에 부딪는 소리를 들리면서 공중에 부양하여 두만강 철교를 달리고 있었다. 소비에트연방공화국과 조선이 두만강을 사이에 두고 국경이 나누어져 있는 가운데 조소 두만강 철교를 열차는 하늘을 나는 듯이 달리고 있었다. 그리고 조선으로 열차는 들어가고 있었고, 조선에서는 일본 국경수비대의 군인들이 완장을 하고 열차를 기다리며 있었다. 창남은 몸이 굳어가면서 차가워지는 피가 핏줄기를 따라가며 소용돌이치고 있었다. 그리고 차가워진 피는 감각과 현기증과 눈동자를 마취시키고 있었다. 창남은 아무것도 보이는 것이 없었고, 허공에 떠 있는 몸처럼 미끄러지고 있었다.

열차가 멈추자 창남은 몸을 어떻게 하고 있어야 하는지 감각을 잃어가고 있었다. 보기 싫은 누런 옷이 어른거려가며 열차에 오르는 것을 보면서 창남의 눈이 감겼다. 일본 경찰과 일본 군인이 열차에 오르자 선반 위에 있는 짐들을 검색하기 시작했다. 그리고 조선 사람은 모두 일어나라고 소리 지르고 통로에 세워 놓고 몸수색을 시작했다. 여권과 출입증명서를 뒤적이며 들여다보고 있었다. 엘렉은 당황한 기색이 역한 창남을 보면서 들고 있는 것 중에서 여권 한 가지만 가지고 있게 하고 나머지는 모두 집 어넣도록 했다. 창남은 엘렉이 하라는 대로 소비에트연방공화국 여권만 들고 있었다. 일본군이 날카로운 시선으로 창남을 훑어 보면서 여권을 낚 아챘다.

"우리는 빅토리아호 선원입니다. 그제 귀국하였고 휴선 중에 가족을 만 나러 가는 창남 친구 집을 방문차 동행중입니다."

엘렉이 창남을 노려보고 있는 일본군의 시선에 사격을 하고 있었다. 그 러자 일본군이 러시아어로 말했다.

"아, 그렇습니까? 여기 창남씨는 대일본제국의 백성 같은 감이 있어서 살 펴보았습니다. 선원중 보여주시오"

일본군은 창남에게 선원증을 보여줄 것을 요구했다. 창남은 빅토리아호 선원증을 일본군에 내보였다.

"좋소. 가족은 어디에 있소?"

"아오지."

"아오지? 누가 있소?"

"안식구와 딸애요."

일본군은 창남의 인적 사항을 모두 적었다. 그리고 다시 물었다.

"아오지에는 얼마나 있을 것이오?"

일본군의 질문에 창남은 머뭇거리고 있었다. 그러자 일본군이 재차 물 었다.

"말하시오."

"예정은 이틀입니다. 그곳 사정에 따라서 하루 이틀 더 있을지 아니면 내일 떠나게 될지 가봐야 알겠습니다."

창남이 머뭇거리고 있자 일본군의 질문이 다시 시작되고 있는 것을 눈치 챈 엘렉이 대신 대답했다. 창남은 일본군을 보는 순간부터 피는 차가워졌고 눈은 마취되고 있는 바람에 입이 열리지 않고 있었다. 일본군은 그런 창남을 한참 더 훑어보면서 엘렉의 말에 대답하지 않고 있었다. 일본군은 창남의 선원증을 돌려주고 열차에서 내렸다.

창남은 한동안 부양되었던 몸을 의자에 얌전하게 앉히고 있었다. 엘렉은 하산 역에서 배웅하고 돌아갈까 하는 생각을 하였으나 창남이가 아오지까지 가는 동안에 무슨 일이 일어날 것만 같아서 마음먹은 대로 가족이 있는 곳까지 함께 가기로 했다. 엘렉은 열차에서 내린 일본군이 허리에 차고 있는 칼 위에 손을 얹고 서 있는 것을 보면서 함께 오기를 잘했다고 생각했다. 엘렉은 창남을 좋아했다. 아니, 좋아한다기보다는 좋게 보고 있었다. 아둔해서 부족한 것이 많고 부족한대로 열심히 움직이고 있는 모습이 항상 마음을 안쓰럽게 하고 있었다. 엘렉은 창남을 항상 도와주고 있었다.

일행은 두만강역을 지나 홍의역에서 내렸다. 블라디보스토크 공관 사무관이 아오지로 가는 열차는 홍의역에서 갈아타야 한다고 말해주어서 엘렉은 홍의역에 도착하자 내렸다. 그리고 창남이가 앞서기를 원했다. 일본어를 모르는 데다가 조선 땅이니 창남을 앞세우고 있었다.

열차에서 내린 엘렉과 소칼로프 그리고 니콜라이는 창남이가 가는 대로 따라가고 있었다. 창남은 개찰구에서 여권과 승차권을 역무원에게 보이며 일행들을 밖으로 안내했다. 홍의역은 두만강역과는 달리 검문이 없었으며, 역무원은 엘렉과 소칼로프 그리고 니콜라이에게 관대하게 대하고 있었다. 창남은 역무원에게 아오지 가는 열차 편을 물었다. 역무원은 창남의 물음에 자세하게 대답해 주었다. 창남은 밤 11시에 만주 가는 열차가 있다는 역무원의 말을 엘렉에게 하였다. 그러자 엘렉은 저녁부터 먹으면서 얘기하자고 했다. 밖으로 나가고 있는 창남은 일행들이 먹을 수 있는 식당을 찾아보았다. 그러나 눈에 띄는 식당들은 일식집이라는 초롱불이 내걸려 있었고, 조선집이라고 하는 곳은 술과 국밥을 팔고 있는 선술집밖에는 없었다. 창남은 난처해졌다. 역무원에게 알아볼걸 그랬다는 생각도 들고 있었다. 그렇지만 역 주변 말고는 음식점은 물론이거니와 사람 사는 집조차 눈에 들어오는 것이 없었다. 창남은 우물거리며 서성거리고 있었다.

"창남! 창남이가 좋은 집으로 갑시다."

엘렉이 머뭇거리고 있는 창남을 보면서 말했다. 그러자 소칼로프도 고개를 끄떡였고, 니콜라이도 고개를 끄떡였다. 창남은 조금 떨어진 곳에 조선 선술집으로 앞서서 가기 시작했다. 짐 가방들을 들거나 어깨에 올려놓고 일행들은 창남의 뒤를 따라갔다. 엘렉은 일본군의 야전병원을 탈출하여 독립군으로 활동했다는 창남과 나란히 걸어가면서 창남이가 조선에 와 있는 것이 아니라 적군 한복판에 들어와 있다는 생각을 하고 있었다. 그러면서 지금 창남의 운명이 바람 앞의 등불과 다를 게 없다고 생각했다. 엘렉은 지나가고 있는 일본 사람이나 일본군을 보는 순간 가슴이 뛰었다. 그러면서 아오지에 도착해서 가족을 만나는 즉시 돌아가야겠다고 생각하면서 만에 하나 일본 경찰이 찾아오거나 불심검문에 걸리기라도 하면 창남은 살아남기 어렵겠다는 생각이 들고 있었다.

엘렉은 지금 창남이가 가고 있는 조선 선술집이라는 곳에 가고 싶은 생각이 없어졌다. 차라리 일본인이 있는 식당으로 들어간다든가 아니면 역에서 아오지 가는 열차를 기다리는 것이 나을 것만 같은 생각이 들었고 그렇게 하고 싶어졌다. 엘렉은 부지런히 가방을 들고 걷고 있는 창남을 잡았다. 그리고 말했다.

"저기로 가든지 아니면 역으로 갑시다."

엘렉의 말에 창남은 걸음을 멈추었고 눈이 얼굴로 가고 있었다. 그리고 엘렉이 가리키고 있는 일본 식당을 바라봤다. 창남은 마음이 어정쩡해지면서 엘렉이 조선 음식보다 일본 음식을 좋아하는 것 같아서 고개를 끄떡이고 나서 일본 식당을 향해서 몸을 돌리고 있었다. 그러나 창남의 마음은 일본 식당으로 가는 것이 불편했다. 일본 사람과 부딪는 것이 싫고 자신의 신분이 지금은 소련 사람으로 되어 있지만 자신은 조선 사람이고, 그동안 있었던 일들로 해서 마음이 불편하고 불안해지고 있어서 일본 사람들과는 마주치는 것이 싫었다.

"저 사람들 어떤가 봅시다."

엘렉은 일본 사람을 턱으로 가리키며 말했다. 그러자 창남은 엘렉이 일본사람들에게서 흥미를 느끼는 것 같은 기분이 들었다. 창남은 엘렉이 하자는 대로 하고 있었다.

엘렉은 창남과 나란히 걸으며 창남의 눈치를 보고 있었다. 자신이 생각하고 있는 것처럼 창남 자신이 불구덩이 속에 들어와 있기라도 한 듯이 당황하는 것을 여실히 느끼고 있었다. 엘렉은 초조해하는 창남을 조선에 두어서는 안 되겠다고 생각했다. 엘렉은 일본 식당으로 가고 있는 창남을 잡았다. 그리고 고개를 저었다. 창남은 고개를 젓고 있는 엘렉을 물끄러미 보고 있었다.

"우리, 거기 가는 차를 탑시다. 택시. 택시 안 되면 다른 차 탑시다. 아무거나."

창남은 엘렉이 차를 타자는 말에 발을 멈추고 엘렉을 보면서 미안해지고 있었다. 그리고 길거리에 눈을 보내고 있었다. 그러나 길거리에서는 아무것도 눈에 들어오는 것은 없었고, 어둠과 적막만이 창남의 눈에 들어오고 있었다.

"역으로 갑시다. 역으로 가서 열차 아무것이나 얻어 탑시다. 얼마 안 되잖소."

창남은 엘렉이 하는 말을 들으면서 일본 군인들이 지나가고 있는 것을 보았다. 그리고 조금 떨어진 곳에 검문소가 있는 것을 보았다. 창남은 엘렉이 말하는 대로 홍의역으로 되돌아가기 시작했다. 홍의역 지붕 처마 밑에 희미하게 밝히고 있는 등을 보면서 창남은 역으로 들어섰다. 그리고 표 파는 창구 앞으로 갔다.

"아까 얘기하지 않았소. 이제 11시에 석탄 차밖에 없소."

창남은 역무원의 말에 고개를 돌리고 엘렉과 일행들을 보면서 어깨를 축 늘어트리고 서 있었다. 석탄 차는 탈 수도 없지만 타게 된다 해도 11시이니 네 시간을 기다려야 하고 태워줄 것인지도 알 수 없었다. 그리고 창남은 창구에 앉아 있는 일본 사람과 더 이상 물어보고 싶은 생각이 나지 않았다. 창남은 우두커니 엘렉 앞에 섰다. 무엇을 어떻게 해야 할지 몰라서 속을 끓이고 서 있었다. 엘렉이 창남을 툭 치면서 표 파는 창구를 가리켰다. 창남이가 뒤돌아 창구를 향해 고개를 돌렸다.

"조금 있으면 오봉탄광 가는 석탄차가 오긴 옵니다. 뒤에 사람이 탈 수있는 차량이 있기는 있는데 가시겠소?"

창남은 역무원에게 고개를 끄떡이고 나서 엘렉을 향해 섰다. 그리고 기적이 일어나기라도 한 것 같은 얼굴을 하고 입을 열었다. 그러나 엘렉은 일본 경찰들이 들어오고 있는 문을 보고 있었다. 일본 경찰들은 창남을 향해서 곧장 걸어오고 있었다.

"신분증 봅시다. 신고가 들어왔소. 소련 사람들이 거리를 배회하고 있다고."

창남은 소비에트연방공화국 시민증과 여행증 그리고 선원증을 내놓았다. 일본 경찰관들은 창남의 신분증을 돌아가면서 보고 엘렉과 소칼로프, 니콜라이의 신분증까지 확인하고 나서 역무원과 이야기를 주고받은 후 밖으로 나갔다. 역무원이 다시 창문을 두드렸다. 창남이가 역무원을 향해서 고개를 돌렸다.

"저 앞 여인숙에서 묵으시오. 요즘 특별경계 비상 상태라 거리에서 배회하면 안 되오. 지금 아오지 간다 해도 오봉에는 여인숙도 없소. 경흥으로 나와야지."

창남은 엘렉에게 말했고, 엘렉과 소칼로프는 11시까지 추워서 견딜 수 없으니 여관에서 그동안 쉬었다가 오는 게 낫겠다고 하면서 여관을 향해서 고개들을 돌렸다.

5
가족을 만나다

열차는 아오지역에 도착했다. 창남은 역무원에게 오봉탄광으로 가는 차편을 알아보고 있었다. 저녁을 굶은데다가 엘렉이 가지고 있는 보드카 한 모금씩 하고 눕는 바람에 모두 아침에서야 눈들을 뜰 수 있었다.

"오봉광산을 가려면 어느 차를 타야 하는지요. 전에 일하던 곳인데."

역무원은 창남의 말을 듣고 나서 뒤에 있는 엘렉과 소칼로프 그리고 니콜라이를 번갈아 쳐다보았다.

"일하러 가려고 그럽니까?"

"전에 일하던 곳이라 식구가 거기 아직 있는지 가보려고 그럽니다."

역무원은 창남의 말에 고개를 살짝 갸웃거리고 나서 대답했다.

"오봉광산은 저 기차를 타면 되는데 가 봅시다. 제가 태워드릴게."

역무원은 석탄 화물차를 향해서 앞서서 가기 시작했다. 창남은 엘렉에게 말했다.

"저 차 태워준답니다"

창남은 말해 놓고 엘렉의 눈치를 보았다. 엘렉이 빙긋이 웃으며 대답했다.

"그럼 가족을 찾을 수 있는 거지요? 타러 갑시다."

창남은 허기진 배 속보다 오봉으로 가려는 생각이 앞서 있어서 미안한 얼굴을 하고 있었다. 그리고 역무원이 가고 있는 곳으로 따라나섰다. 역무원은 석탄 차 끝에 있는 객차에 창남이와 엘렉 일행을 승차시켰다. 석탄 차는 움직이기 시작했고, 얼마 가지 않아서 오봉역에 정차했다. 창남은 열차에서 내리며 자신이 일했던 석탄 더미가 쌓여 있는 곳을 바라봤다. 그리고 지금도 변함없이 철길 따라 쌓여 있는 석탄 더미를 보면서 일행들과 함께 광산 사무실과 취사장이 있는 곳으로 가기 시작했다. 일행들은 창남의 뒤를 따라가면서 경비병이 내려다보고 있는 감시탑을 올려다보고 있었다. 창남은 사무실이 아닌 취사장으로 가고 있었다. 그리고 박 아주머니부터 찾기 시작했다.

"이게 누구야? 이 씨잖아! 하늘이 무심치 않았네. 이 씨!"

박 아주머니는 창남을 보는 순간 울음부터 시작하고 있었다. 그러면서 반찬거리 다듬던 손을 들어 창남을 부둥켜안았다. 창남은 울고 있는 박 아주머니를 보면서 복받치고 있는 서러움을 억누르고 있었다.

"하늘이 무심치 않았어. 흐흑흑흑. 하늘이 무심치 않았어. 광자네가 복이 있네, 복이 있어! 내 이 씨 꿈꿨어. 꿈꿨다고!"

박 아주머니가 큰 소리로 울면서 창남을 반기고 있자 취사장 여기저기에서 일하고 있던 사람들이 쳐다보면서 달려오고 있었다.

"갑시다, 이 씨. 갑시다."

박 아주머니는 행주치마를 벗어 던지면서 창남이 손을 끌었다. 박 아주머니는 창남이 곁에 서 있는 엘렉과 소칼로프, 니콜라이를 쳐다보고 나서 잡고 있는 창남의 손을 끌며 문밖으로 나서고 있었다.

"지금 집에 있을 거야. 아프다고 했어."

박 아주머니는 창남의 손을 놓고 줄달음질을 치고 있었다. 창남은 줄달음질 치고 있는 박 아주머니를 보면서 아프다고 한 말이 마음에 걸렸다.

엘렉과 소칼로프 그리고 니콜라이는 달려가고 있는 박 아주머니를 보면서 창남이 가족을 찾았다는 것을 알게 되면서 미소를 짓고 있었다. 박 아주머니와 창남은 석탄차들이 즐비하게 서 있는 철길을 따라 달리고 있었다. 박 아주머니는 달리다가 멈춰 서서 창남을 향해 손짓하고 다시 달렸다. 철길에서 석탄을 줍고 있는 사람들이 달려가고 있는 박 아주머니를 쳐다보다가 다시 창남과 엘렉 일행들을 쳐다보고 서 있었다.

"광자야! 광자야!"

박 아주머니는 석탄 줍는 사람들을 향해 소리를 질렀다. 박 아주머니는 광자를 찾으며 달리고 있었다. 그러자 석탄 줍던 여자아이가 아주머니를 향해서 대답했다. 대답을 하고 난 여자애는 헐떡이며 손짓하고 있는 박 아주머니에게로 다가와서 섰다.

"광자야! 아버지다."

창남은 박 아주머니의 말에 여자아이가 광자라는 것을 알고 내려다보았다. 광자는 석탄 바구니를 들고 있었고, 손은 물론이거니와 얼굴까지 석탄 가루가 묻어 있었다. 창남은 광자에게 손을 내밀었다. 광자의 손에는 석탄이 쥐어져 있었다. 창남은 석탄을 쥐고 있는 광자의 손을 잡았다. 광자는 아무 소리도 하지 않고 석탄이 묻어 검어진 얼굴에 눈을 껌벅거리며 손을 잡고 있는 창남이가 아버지라는 것을 알게 되면서 집으로 달려가고 싶은 생각에 손을 놓고 싶었다. 광자는 들고 있던 석탄 바구니를 땅에 떨어트렸다. 그리고 창남의 바짓가랑이를 꼭 움켜쥐었다.

"엄마는? 네 어미 어디 있니?"

광자는 손을 잡고 있는 창남을 보다가 조금 떨어진 곳에 엘렉과 소칼로프 그리고 니콜라이를 쳐다보면서 박 아주머니가 묻는 말에 대답했다.

"집에…"

"아프다더니⋯. 가자, 집으로."

박 아주머니는 앞서서 가기 시작했다. 창남은 엘렉과 소칼로프 그리고 니콜라이를 쳐다보며 온몸이 숯검정이 되어 있는 광자의 손을 잡고 박 아주머니의 뒤를 따라가고 있었다. 엘렉과 니콜라이 소칼로프는 딸애의 손을 잡고 가고 있는 창남을 보면서 가족을 만났다는 생각을 하며 환한 얼굴로 손을 흔들어 주었다. 박 아주머니는 손을 내저으며 바쁘게 두 다리를 움직이고 있었다. 박 아주머니는 광산 인부들의 사택을 쳐다보면서 줄달음 치고 있었다. 창남은 광자의 손을 잡고 박 아주머니 뒤를 따라가면서 옛날에 잠시 묵었던 사택을 보며 아프다는 광자 어미가 눈에 어리고 있었다.

박 아주머니가 사택 앞에 이르자 문을 열었다.

"어미! 광자 어미! 있어?"

박 아주머니는 문을 열면서 소리 지르고 있었다. 박 아주머니는 다시 소리 지르며 안으로 들어갔다.

"이봐! 어미 있어? 신랑 왔어. 신랑 왔어. 어디가 아픈 거야?"

방문이 열리면서 광자 어미가 얼굴을 내밀고 있었다. 그리고 문밖에 창남이가 광자 손을 잡고 서 있는 것을 쳐다보았다.

"얼마나 아픈 거야? 어디 좀 봐."

박 아주머니는 방 안을 들여다보며 말했다. 광자 어미는 부스스한 머리를 손가락으로 쓸어가면서 일어났다. 광자 어미 곁에는 어린 남자아이가 누워 있었다. 창남은 밖으로 나왔다. 그리고 엘렉과 소칼로프, 니콜라이를 향해서 가고 있었다.

"창남!"

엘렉이 다가오고 있는 창남을 향해서 이름을 불렀다. 엘렉은 웃고 있었다. 소칼로프는 시가를 물고 있었다. 니콜라이는 늑대한테 죽을 뻔했던 생각을 하면서 가족을 만난 창남이가 한없이 좋기만 했다. 창남은 엘렉 일행을 방으로 들이기가 마땅치 않을 것만 같아서 우선 광부들 취사장에서 쉬게 하고 싶은 마음이 들었다. 창남은 잠시 일행들 앞에서 머뭇거리다가 박 아주머니를 향해서 가고 있었다. 창남은 문 앞에서 방 안을 들여다보고 있는 박 아주머니에게 입을 열었다.

"저 친구들 취사장에서 잠시 쉬게 하고 싶은데…"

"음! 그래요! 거기서 쉬게 해요. 내가 먹을 것과 차 대접하면 돼."

창남의 말이 떨어지기가 무섭게 박 아주머니는 방 안을 들여다보고 있었다. 그러자 광자 어미가 부스스한 얼굴을 하고 방을 치우다 말고 얼굴을 내밀었다.

"그럼 어서 모시고 갑시다. 먼 길 오느라고 피로가 이만저만 아닐 텐데 어서 갑시다. 여기는 애 어미가 치우고 난 후 오면 돼. 그래도 그만하네. 못 일어날까 봐 걱정했는데. 갑시다."

박 아주머니는 말이 끝나기가 무섭게 다시 앞섰다. 창남은 광자 어미를 잠시 보고 나서 문밖으로 나섰다. 그리고 엘렉 일행을 향해서 손짓했다. 창남은 광자의 머리를 쓰다듬으면서 말했다.

"아버지는 저 사람들하고 저기 있다가 엄마가 집 다 치우면 올게. 엄마하고 있어."

창남은 광자가 바짓가랑이에서 손을 놓고 안으로 들어가자 엘렉 일행과 취사장으로 가기 시작했다. 취사장에 도착한 창남과 엘렉 일행은 박 아주머니가 준비한 자리에 앉았다. 박 아주머니가 음식을 가져왔다.

"이곳은 먹을 곳이 없잖아. 얘기 다 했어요. 그리고 이분들 잠시 쉴 자리 사택에 말해 놨으니 좀 드시고 가서서 쉬시면 돼요. 음식이 이분들 입에 안 맞을 텐데…"

"이분들, 아무거나 좋아해요."

박 아주머니는 창남의 말에 고개를 끄떡이고 계속해서 음식을 날아왔다. 창남이 엘렉과 소칼로프 그리고 니콜라이를 보면서 숟가락을 들고 말했다.

"듭시다."

"듭시다!"

소칼로프가 원양어선에서 가끔 창남의 말을 따라 했었는데 지금도 원양어선에서처럼 따라 하고 있었다. 엘렉이 음식을 입에 넣기 시작하자 창남이가 다시 입을 열었다.

"식사하고 가서 쉽시다."

엘렉이 창남의 말에 고개를 끄떡였다. 창남은 두만강을 넘을 때까지만 해도 두려움에 얼굴이 죽을상이기만 했는데 가족을 만나고 박 아주머니가 이것저것 챙겨주자 얼굴에 화색이 돌고 입가에서 미소가 그치지 않았다. 엘렉과 소칼로프 그리고 니콜라이는 박 아주머니에게 정중하게 고개를 숙이고 고마워하면서 손을 흔들었다.

식사를 마치고 나자 박 아주머니는 사택을 알려주었다. 창남은 일행을 쉬게 한 후에 집으로 향했다. 집에 도착한 창남은 광자 어미가 아궁이의 석탄을 던져 넣으며 음식 준비하는 것을 보고 있었다. 그리고 광자 어미가 방문을 열고 있자 방으로 들어갔다.

"그 사람들은요?"

창남은 광자 어미 말에 앉으면서 대답했다.

"아주머니가 사택에 쉴 자리 해 줬어. 거기서들 쉬고 있어."

광자 어미는 창남의 말을 듣고 나서 아들아이를 바라보고 있었다. 창남은 아들아이를 한참 동안 쳐다보았다.

광자 어미는 러시아 사람들이 궁금하기만 했다.

"그 사람들 괜찮아 해요?"

창남은 고개를 끄떡였다. 그러면서 광자와 나란히 앉아 있는 아들아이에게서 눈을 떼지 못하고 있었다.

"할아버지 닮았어. 여전이네."

광자 어미는 아들아이를 보고 있는 창남의 입에서 나오는 말을 귀담아들으며 창남이처럼 아들아이에게서 눈을 떼지 않고 있었다.

"아프다더니…?"

창남은 광자 어미의 핼쑥한 얼굴을 보면서 물었다. 광자 어미는 대답하지 않았다.

"며칠 묵어요? 그 사람들."

창남은 광자 어미 말에 대답하지 못하고 있었다. 그리고 광자 어미가 묻는 말에 언뜻 떠오르는 것을 생각했다. 창남이는 러시아로 이사 갈 생각을 잠시 떠올리고 있었다.

"그 사람들 웬 사람들이에요?"

창남이 대답하지 않아서 그런지 광자 어미는 계속해서 궁금해 하고 있었다. 창남은 러시아로 이사 가야 하는지 어쩔지 몰라서 아무 말을 못 하고 있었다. 창남은 한참 있다가 입을 열었다.

"함께 일했어."

광자 어미는 창남의 말에 이상한 생각이 들었다. 러시아 사람들과 일했다는 말이 이상하기만 했다. 징용으로 끌려간 사람이 러시아 사람들과 함께 일했다는 말이 이상할 뿐만 아니라 심상치 않은 생각마저 들기 시작했다. 광자 어미는 창남의 얼굴에서 눈을 떼지 못하고 있었다. 그렇지 않아도 요즘 꿈자리가 사나워서 잠들기가 어려웠는데 창남이 러시아 사람들과 나타난 것이 왠지 불안해지고 있었다. 광자 어미는 퀭한 눈으로 창남을 보고 있었다. 그러면서 광자와 아들아이를 바라봤다.

"그 사람들과 일했어요?"

"음."

"무슨 일요?"

광자 어미가 계속해서 묻자 창남은 대답하지 않고 광자 어미의 얼굴을 보았다. 그리고 대답했다.

"고기 잡았어. 태평양에서."

광자 어미는 퀭한 눈이 있는 대로 떠지고 있었다. 그리고 더 이상 물어야 할지 말아야 할지 분간을 못하고 있었다. 광자 어미는 잠시 머뭇거렸다. 오자마자 묻기만 하는 것이 도리가 아닌 데다가 하는 말들이 이상하기만 하면서 알 수가 없어서 잠시 앉아 있다가 일어나고 있었다. 그리고 부엌으로 나갔다. 광자 어미는 찬장 속에서 보자기로 싼 것을 들고 서 있었다. 그리고 보자기를 풀고 그 속에 들어 있던 그릇을 부뚜막에 내놓았다. 언젠가 창남이 오면 밥해 먹으려고 아껴두었던 쌀을 내려다보고 있었다. 광자 어미는 퀭한 눈을 껌벅이며 며칠간 앓고 일어나 손가락에 힘이 없는 것은 물론 온몸이 삭은 듯이 까부라지고 있어서 벽을 짚고 몸을 가누고 서 있었다. 그리고 석탄을 아궁이에 넣고 쌀을 씻어 솥에 넣었다.

"광자야!"

박 아주머니가 양손에 뭔가를 들고 문 안으로 들어섰다.

"이거 집에 있는 것들인데 가지고 왔어. 밥해?"

광자 어미는 박 아주머니가 건네주는 것을 부들거리는 손으로 받아 들며 복받치고 있는 설움을 어금니를 깨물면서 참고 있었다. 박 아주머니는 그런 광자 어미의 손을 잡고 지그시 힘을 주었다. 광자 어미는 흐르고 있는 눈물을 치맛자락을 들어 닦았다. 박 아주머니는 광자 어미의 눈물을 닦아주면서 솥뚜껑을 열고 솥 안을 들여다보았다.

"이거 씻어서 안쳐."

박 아주머니는 콩과 수수를 그릇에 쏟아 놓으며 말했다. 광자 어미는 흐르는 눈물을 소맷자락으로 훔치며 콩과 수수를 씻어 솥에 부었다. 박 아주머니는 다른 바구니에 들어 있는 생선과 고추장 된장도 꺼내 놓고 간장과 고춧가루도 내놓았다. 광자 어미는 박 아주머니가 내놓는 것들을 집어서 찬장에 넣으며 쏟아지고 있는 눈물을 주체하지 못하고 있었다.

"신랑과 같이 온 소련 사람들은 저녁 먹었어. 군불도 신 씨한테 부탁해서 쩔쩔 끓어. 신랑 아픈 곳은 없는 것 같아?"

광자 어미는 박 아주머니가 묻는 말에 고개를 끄떡였다. 그러면서 아궁이에 석탄을 던져 넣었다.

"내가 신 씨보고 석탄 좀 가져다가 주라고 할게. 소련 사람들과 와서 어떻게 되는 건지 궁금해서 왔어."

박 아주머니의 말에 광자 어미는 고개를 저었다. 자신도 모르는 데다가 들은 이야기가 이상하기만 해서 말할 엄두가 나지 않았다. 광자 어미는 고개를 젓다가 멈추고 다시 젓다가를 반복하고 있었다.

"함께 고기 잡았대요. 태평양 바다에서요."

"고기? 배 타고?"

광자 어미는 고개를 끄떡였다. 박 아주머니는 배 타고 고기를 같이 잡았던 사람들이라는 것을 알게 되자 이상한 생각이 들었다. 만주로 함께 갔던 사람들은 어쩌고 소련 사람들과 고기를 잡았다니 뭐가 이상해도 한참 이상하고 잘못된 것만 같아서 얼굴이 굳어지고 있었다.

"웬 고기를 잡았대?"

광자 어미가 고개를 저었다. 그러자 박 아주머니는 묻던 것을 멈추고 광자 어미의 눈치를 살폈다.

"잘 알아봐."

이상한 생각이 든 박 아주머니는 불길한 생각마저 들고 있었다. 광자 어미는 박 아주머니의 말에 고개를 끄떡이고 있었다.

"무슨 일이야 있겠어? 얌전한 사람이."

박 아주머니는 이상한 생각을 떨치지 못하고 왜 그런지 걱정이 되고 마음이 불안해지면서 가슴이 답답해지고 있었다.

"그 사람들 때문에 집이 신랑 시원찮게 먹었어. 그리고 찬찬히 물어봐."

광자 어미는 고개를 끄떡였다.

"이따가 다시 올게. 등잔 기름은 있어?"

"오늘 거는 돼요."

"이따가 내 덜어 올게. 집에 있는 거."

박 아주머니는 광자 어미의 어깨를 다독이고 나서 어두워지고 있는 밖으로 나갔다. 함께 갔던 사람들은 어떻게 된 것이고 소련 사람들과 고기 잡는 일을 하다가 왔다니 이상한 생각이 들기만 했다. 박 아주머니는 광자 어미의 핼쑥한 뒷모습을 보면서 문을 닫았다.

광자 어미는 며칠간 몸져누운 탓도 있지만 창남이가 불안하기만 해서 그릇이든 숟가락이든 들기만 하면 떨어뜨렸다. 방에서는 창남이와 광자가 무슨 말인지 하고 있는 소리가 들리고 있었다. 광자 어미는 모처럼 국도 끓였고, 광자 밥그릇에 밥을 넉넉히 퍼서 창남의 밥그릇과 나란히 밥상에 올려놓았다. 그리고 아들 밥도 퍼 놓았고 자신의 밥도 떠서 놓았다. 식구들의 밥상을 차려본 지도 햇수로 4년이 넘는 것만 같고 아들아이가 생기고 나서 처음 차려보는 밥상이기도 했다. 어쨌든 식구가 모두 모인 것도 4년 만이고 한자리에서 밥상 앞에 앉아 보는 것도 4년 만에 있는 일이다.

낮이면 온종일 철길 가에서 석탄 줍는 일이 전부인 광자는 손등은 물론 손가락 사이마다 석탄 때가 찌들어 있었고, 뼈만 앙상한 손으로 광자는 숟가락질을 하고 있었다. 창남은 숟가락에 수북이 밥을 떠서 후후 불어가며 입에 넣고 있었다. 광자 어미는 그런 창남이를 보면서 예나 지금이나 변한 것은 없다는 생각이 들고 있었고 왜 그런지 훈훈한 느낌이 들고 있지 않아서 광자 어미는 밥숟가락을 입에 넣으면서 아무런 맛을 느끼지 못하고 있었다. 밥상을 물리고 난 후 창남은 방바닥에 빅토리아호에서 받은 돈 중에 여행 중에 필요할 가해서 주머니에 넣고 있었던 돈을 내놓았다.

"소련 돈인데 은행에서 바꾸면 된다고 했어."

"은행에서요?"

"음."

광자 어미는 방바닥에 놓인 소련 돈을 물끄러미 내려다보았다. 돈이라는 생각보다도 부적 같은 생각이 들면서 무서운 느낌이 들고 있었다. 그래서 그런지 광자 어미는 만져 보려는 생각도 하지 않고 눈을 돌리고 있었다.

"집어넣어요."

창남은 방바닥에 내놓았던 소련 돈을 다시 집어 가방 속에 넣었다.

'탕탕 탕 탕 탕!'

문 두드리는 소리가 났다. 그러자 광자 어미는 가슴이 철렁해지고 있었다. 그리고 박 아주머니가 온 것으로 알고 방문을 열고 봉당으로 내려갔다. 그리고 다시 바깥문을 열었다.

6
다시 걸려들다

"여기 남자, 알아볼 게 있어서 주재소에서 왔다."

광자 어미는 쓰러지는 몸을 문고리를 잡고 버티고 있었다.

"이 씨! 나오시오. 주재소에서 몇 가지 알아볼 게 있소이다. 나오시오."

광자 어미는 문을 닫아버리고 싶었다. 광자 어미는 문고리를 잡고 움직이지 않고 있었다. 그리고 복받치는 것인지 날벼락인지 불벼락을 맞고 있어서 캄캄해지고 있었다.

"나오라고 하시오. 조사가 끝나면 바로 보낼 것이오."

허리에 긴 칼을 차고 있는 일본 경찰들은 나란히 서서 날카로운 목소리를 질러대고 있었다. 그러나 광자 어미의 문고리를 잡고 있는 손은 물론 퀭한 눈이며 어지러운 몸은 움직이지 않고 있었다.

"이봐. 우리 말 못 들어? 이것들 안 되겠네. 방 안에 창남이 있는 거 안다. 나와라. 위에서 조사하라는 지시가 떨어져서 왔다. 몇 가지만 확인하면 된다."

창남이가 문 앞에 섰다. 그러자 광자 어미는 창남을 보다가 다시 문밖에 나란히 서 있는 일본 경찰들을 보았다.

"가자. 힘들게 하지 마라. 간단한 조사만 하면 된다."

창남은 봉당으로 내려서며 신을 신었다. 그리고 밖으로 나가고 있었다. 밤은 깊어지며 칠흑으로 변해가고 있었다. 오봉광산 감시탑의 불빛이 적막한 산속의 밤을 말해주는 듯 싸늘한 느낌을 들게 하고 있었다. 창남은 일본 경찰과 함께 어둠 속으로 사라지고 있었다. 광자 어미는 문밖에 쓰러져 일어나지 못하고 멀어지고 있는 창남의 뒷모습을 보고 있었다. 광자가 어미를 일으키고 있었고, 아들아이는 어미의 옷자락을 잡고 울고 있었다.

"왜 그래? 무슨 일이야? 내 일찍 온다고 왔는데 여기서 왜 이래?"

박 아주머니가 부리나케 달려오면서 소리 지르고 있었다. 그리고 손에 든 것을 땅에 내려놓으며 쓰러져 있는 광자 어미를 일으켰다.

"왜 그래? 무슨 일이야?"

"주재소에서 잡아갔어요. 지금."

"벼락 떨어졌구나. 뭐 하러 왔어. 소련서 그냥 있지 않고. 이걸 어째. 들어가자. 우선 들어가서 보자고."

박 아주머니는 광자 어미를 일으키고 나서 부축하여 집 안으로 들어갔다. 광자 어미는 방바닥에 쓰러졌고, 쓰러진 광자 어미를 박 아주머니는 쪼그리고 앉아서 내려다보고 있었다. 박 아주머니 머릿속에는 생트집이라도 잡아서 조선 사람을 죽여야 직성이 풀리는 일본 경찰들이 창남을 올가미를 씌워 우리 속에 집어넣고 말 거라는 생각에 소름이 돋고 있었다. 그리고 광자 어미가 가련하기만 해서 눈이 감기고 있었다. 광자와 아들아이는 멀찌감치 떨어져서 무서운 일이 터졌다는 생각에 웅크리고 앉아 쓰러진 어미를 보고 있었다.

"가봐야 하잖아?"

박 아주머니는 앙상한 광자 어미 어깨에 손을 얹어 놓고 말을 붙였다. 광자 어미는 한숨을 길게 내쉬고 나서 말했다.

"꼼짝 못 해요, 어지러워서."

광자 어미는 움직이지를 못하고 있었다. 입에서는 쉬쉬 하는 소리가 나오고 있었고, 그 숨소리는 당장에라도 멎을 것처럼 불안하게 들렸다. 박 아주머니는 광자 어미도 광자 어미지만 주재소로 끌려간 창남이가 걱정되었다. 식구 찾아오자마자 끌려갔고, 광자 어미는 쓰러져 인사불성이니 눈뜨고 봐 줄 수가 없었다. 박 아주머니는 구석에 웅크리고 앉아 있는 어린 것들을 보면서 쓰러져 있는 광자 어미를 그대로 두었다가는 당장 무슨 일이 일어날 것만 같아 자리에서 일어나며 광자에게 말했다.

"할머니가 집에 갔다 올 동안 네 엄마 여기 이렇게 주무르고 있어라. 그리고 어미가 물 찾으면 네가 떠먹여 드려라. 숟가락으로."

광자는 박 아주머니가 하는 말에 고개를 끄떡였다. 그리고 박 아주머니가 주무르던 어미의 어깨와 팔을 주무르기 시작했다. 아들아이도 어미의 손을 주무르는 것을 보면서 박 아주머니는 밖으로 나갔다. 박 아주머니는 창남이가 궁금해 주재소를 향해 뛰어가 보고 싶었지만 광자 어미가 사경을 헤매고 있어서 창남이가 문제가 아니었다. 박 아주머니는 집으로 달려가 벽장에 있는 청심환과 건삼을 들고 다시 광자네로 향했다. 광자네 집에 도착한 박 아주머니는 청심환을 광자 어미 입에 밀어 넣었다. 그리고 숟가락으로 물을 떠서 사지가 축 늘어져 있는 광자 어미를 끌어안으며 입에 넣어 주었다.

"이 사람아, 힘내. 눈 좀 떠봐."

박 아주머니는 몇 번 더 숟가락에 물을 떠서 광자 어미 입에 흘려 넣으며 팔과 다리를 만지다가 어깨를 두드리다가 숨소리가 차츰 고르게 들리는 것을 들으며 자리에 몸을 눕혔다. 그리고 부엌으로 나가 냄비에 물을 붓고 건삼을 넣은 다음 아궁이 석탄불 위에 올려놓았다. 한참 동안 박 아주머니는 석탄불과 씨름하다시피 하고 나서 인삼 끓인 물을 대접에 따라

방으로 가지고 들어갔다. 그리고 다시 숟가락으로 인삼 끓인 물을 광자 어미 입에 흘려 넣었다. 박 아주머니는 한참을 그렇게 인삼 끓인 물을 광자 어미의 입에 흘려 넣으면서 수없이 팔과 다리를 주무르며 광자 어미가 기력을 찾을 때까지 보살피고 있었다. 광자 어미는 눈을 뜨기 시작했고, 숨소리가 들리면서 원기가 회복되고 있었다.

"죽일 것 같아요, 잡아가는 꼴이."

"알았어. 생사람 죽이겠어. 집이 신랑은 착해서 어쩌지 못할 거야. 이 사람 살았네. 살아났어."

박 아주머니는 광자 어미가 말까지 하고 있는 것을 보면서 안도의 숨소리를 커다랗게 내쉬고 있었다. 어미가 눈을 뜨고 말까지 하자 광자가 어미 곁으로 가깝게 다가와 앉았다. 아들아이도 어미 곁으로 파고들듯이 다가와 앉았다. 그러자 광자 어미는 손을 움직였다. 그리고 광자와 아들의 손을 힘없이 잡았다. 광자의 눈에서는 굵은 눈물이 흘러내리고 있었다.

날이 밝자마자 박 아주머니는 신 씨를 러시아 사람들에게 보냈다. 엘렉은 창남이가 오지 않고 다른 사람이 데리러 온 것을 보고 오랜만에 집에 와서 아직 일어나지 못해서 다른 사람이 온 것으로 알고 싱글거리기까지 했다. 그러면서 식당에서는 만나겠지, 하고 신 씨가 안내하는 대로 식당으로 향했다. 식당으로 들어선 엘렉과 소칼로프 그리고 니콜라이는 창남을 찾았다. 그러나 창남의 모습은 보이지 않고 신 씨가 아침이 차려져 있는 곳으로 안내하자 엘렉과 소칼로프 그리고 니콜라이는 사방을 두리번거리며 식탁에 앉아 식사하고 있는 사람들을 더듬어 보듯 보고 있었다. 그러다가 엘렉과 소칼로프, 니콜라이는 의자에 앉으며 신 씨의 무표정하며 굳은 얼굴을 보고 나서 바쁘게 움직이다 말고 다가오고 있는 박 아주머니를 바라보았다. 박 아주머니는 가깝게 다가와서 허리를 굽히며 인사를 했다.

"안녕하세요? 창남, 창남?"

박 아주머니는 엘렉이 창남의 이름을 불러대자 한마디도 소런 말을 할 수 없어 식사하고 있는 광부들을 향해서 고개를 돌리고 눈치를 보고 있었다. 그러나 누구 하나 엘렉에게 말해줄 수 있는 사람은 없었고, 말을 알아들을 수 있는 사람도 없었다. 박 아주머니는 수차례 허리를 굽히며 어서 식사할 것을 손짓하고 있었다. 엘렉은 무슨 일이 있는 것만 같은 느낌을 받으며 숟가락을 들고 음식을 떠서 입에 넣고 있었다. 식사를 어느 정도 하고 난 엘렉은 그릇을 들고 이쪽저쪽으로 바쁘게 움직이고 있는 신 씨를 향해서 손짓했다. 엘렉이 부르고 있는 것을 발견한 신 씨는 박 아주머니에게로 갔다. 박 아주머니는 말을 통할 수는 없어도 더 이상 창남의 일을 아무 일 없는 듯이 넘길 수 없다는 것을 알고 엘렉 앞으로 다가갔다. 그리고 두 손이 묶인 시늉을 해 보였다.

"뭐야? 창남이가 잡혀가? 창남, 창남, 창남을?"엘렉은 곰처럼 두 팔을 앞으로 들면서 소리 지르고 있었다. 소칼로프도 자리에서 일어났고, 니콜라이도 벌떡 자리에서 일어나 광부들을 향해서 주먹을 불끈 쥐고 휘두르기 시작했다. 광부들은 식당에서 서둘러 나가기 시작했고, 엘렉은 박 아주머니를 향해서 허리를 숙이며 소리 지르고 있었다.

"어디로 끌려갔습니까? 창남 끌려간 곳, 갑시다. 창남, 창남, 우리 사람입니다."

박 아주머니는 엘렉에게 고개를 끄떡였다. 엘렉의 말은 알아듣지는 못하지만 마음으로 알아들을 수 있지 않은가. 박 아주머니는 러시아 사람들이 분개하는 것이 힘이 되고 위안이 되었다.

엘렉은 크게 분노하고 있었다. 소칼로프도 니콜라이도 분을 참지 못하고 있었다. 눈앞에 일본 경찰이 아니라 일본 왕의 할아비라도 눈앞에 있다면 쳐 죽이고 말 것같이 분개하고 있었다. 박 아주머니는 러시아 사람들을 주재소로 데리고 갈 생각을 하고 있었다. 박 아주머니는 두 손을 들어 손바닥을 바닥으로 향하고 아래위로 흔들며 조금만 참고 기다려달라고 하고 있었다. 그런 박 아주머니를 보면서 엘렉은 고개를 끄떡였다. 그러자 박 아주머니는 감독관을 향해서 달려갔다. 그리고 잠시 후 박 아주머니는 신 씨와 함께 엘렉 일행들과 취사장을 빠져나가고 있었다. 박 아주머니는 얼마 떨어지지 않은 광자네 집 앞에 러시아 사람들과 함께 도착했다. 박 아주머니는 식당에서와 같이 두 손바닥을 아래위로 흔들고 집 안으로 들어갔다.

"좀 어떠냐?"

박 아주머니는 방문을 열고 있는 광자를 보면서 물었다. 광자 어미가 두 손으로 방바닥을 짚고 몸을 일으키고 있었다. 그러자 방으로 들어선 박 아주머니는 광자 어미의 몸을 부축하며 일으켜 앉혀주었다.

"지금 밖에 신랑 친구들 와 있어. 집이 신랑 잡아갔다고 했더니 식당 다 부술 것처럼 성들이 나서 대단했어. 지금 주재소로 가는 길이야, 신 씨하고. 가보고 올게. 신랑이 아무 일 없어야 할 텐데…"

박 아주머니는 서둘러 일어났다. 그리고 밖으로 나간 박 아주머니는 주재소를 향해서 줄달음치기 시작했다. 산을 넘고 나서 강을 지나 마을에 당도하자 박 아주머니는 주재소를 향해 손으로 가리키고 있었다. 엘렉과 소칼로프 그리고 니콜라이는 다짜고짜 문을 박차며 안으로 들어갔다. 엘렉과 소칼로프 그리고 니콜라이는 어리둥절하고 앉아 있거나 서 있거나 갈탄을 난로에 넣고 있는 일본 경찰관들을 향해 두 다리는 물론 움켜쥔 주먹에 힘을 주며 당장에라도 모두 패 죽이고 말 것 같은 험악한 태도로 일본 경찰들을 쏘아보기 시작했다.

"창남, 창남, 창남이 내놓아라."

소칼로프가 소리 질렀다. 그러자 러시아 사람들이 왜 이러는지를 알게 된 일본 경찰들은 밖에서 떨고 서 있는 신 씨와 박 아주머니를 불렀다.

"들어와서 말하라. 함께 오지 않았느냐?"

박 아주머니와 신 씨는 일본 경찰관이 소리치자 주재소 안으로 들어갔다.

"이 사람들한테 말하라. 창남은 경흥경찰서로 이송되어 우리는 모른다고."

박 아주머니와 신 씨는 일본 경찰을 쳐다볼 뿐 대답을 하지 못하고 있었다. 그러자 일본 경찰이 다시 말했다.

"창남은 경찰서로 갔다고 말하라."

박 아주머니는 일본 경찰관의 눈초리를 피하며 겨우 대답하고 있었다.

"저희는 소련 사람들 말을 모릅니다. 이 사람들이 묻고 난리를 펴서 제가 손을 이렇게 하였더니 잡혀간 것으로 알고 아우성을 쳐서 함께 왔습니다."

"뭐야?"

일본 경찰관은 박 아주머니의 말에 성을 냈다. 그리고 일본 경찰들은 경흥경찰서로 전화하고 있었고, 소칼로프는 당장에라도 일본 경찰들을 집어던지기라도 할 것처럼 험악하게 일본 경찰들을 위협하고 있었다. 위협을 느낀 일본 경찰들은 계속해서 전화통에 매달려 있었다. 그러다가 수화기를 들고 있던 경찰관이 겁에 질린 얼굴을 하고 엘렉에게 수화기를 넘겨주었다. 수화기를 받아 귀에 댄 엘렉은 잠시 수화기에서 흘러나오는 소리를 듣고 있었다. 그러다가 엘렉은 소리 질렀다.

"창남은 우리 소비에트연방공화국 국민이다. 너희 창남의 증명서를 보았느냐? 이러고저러고 말할 것 없다. 우리가 데리러 가겠다."

엘렉은 수화기를 던지듯이 일본 경찰관에게 주었고, 소칼로프는 일본 경찰을 향해서 소리를 질러대고 있었다. 엘렉과 소칼로프 그리고 니콜라이는 추위를 아랑곳하지 않고 탑승석이 달려 있는 오토바이 두 대에 나누어 타고 경흥경찰서를 향해 달리기 시작했다. 박 아주머니와 신 씨는 경흥경찰서로 달려가고 있는 엘렉 일행에게 손을 들어 보이고는 오봉으로 향했다.

경흥경찰서에 도착한 주재소 경찰들은 엘렉 일행을 경찰서 안으로 안내했다. 그리고 2층 특수수사과로 들어갔다. 특수수사과로 들어선 엘렉과 소칼로프 그리고 니콜라이는 분위기 같은 것은 아랑곳하지 않고 소칼로프가 소리치고 있었다.

"창남, 우리 창남이?"

특수수사과 형사들은 눈꼬리를 치켜뜬 얼굴을 하고 엘렉 일행들을 훑어보고 있었다.

"저리로 가서 앉읍시다."

사복 경찰이 소칼로프를 향해 말하면서 구석진 곳 의자를 가리키며 말했다. 엘렉과 소칼로프 그리고 니콜라이는 사복 경찰을 따라 구석으로 움직였다. 그리고 의자에 앉았고, 사복 경찰은 재떨이를 들고 와 탁상에 놓으면서 앞자리에 앉았다. 그리고 또한 사복 경찰이 서류들과 필기도구를 가지고 와서 앉았다.

"누굽니까? 우리말을 할 수 있는 자가."

엘렉이 서류를 놓고 앉아 있는 사복 경찰관에게 말했다.

"제가 합니다. 잘은 못하지만 어느 정도 의사소통은 합니다."

"좋소. 그럼 묻겠소."

"예, 그렇게 하시오."

엘렉은 러시아 말을 할 줄 안다는 사복 경찰의 두 눈을 매섭게 쏴보면서 입을 열기 시작했다.

"우린 정당한 절차에 의해서 입국한 사람들이오. 우리 일행 창남이를 내놓으시오. 당신들은 국제법을 위반했고, 소비에트연방공화국을 깔보고 무시하고 있소. 창남이를 내놓으시오."

"아, 우리는 국제법은 물론 소비에트연방공화국을 무시하지 않고 있습니다. 창남은 본래 만주 포조군 200 야전부대병원 근무중대 소속으로 급파

되었던 대일본제국 식민국 조선 사람으로 지원 노무자 이창남이 확실합니다. 이창남은 폭도들과 폭동에 합류한 후 행방불명되었다가 이번에 검거된 겁니다. 이창남이가 소비에트연방공화국 국적을 소지하고는 있지만 엄연히 우리 대일본제국의 식민국 조선 백성이 명명백백하고, 폭도들과 폭동을 일으켜 도주한 범행에 대해서 우리는 국법으로 조사할 권한이 있습니다. 만약에 조사 과정에서 이창남이가 아무런 혐의가 없다면 단순 도주죄만 적용될 것이고, 단순 도주 조항에 죄가 가벼우면 참작이 될 것이고, 이창남이가 대일본제국 국적을 포기하면 소비에트연방공화국으로 출국할수 있게 될 것입니다. 선생들도 단순 방문 비자로 입국하신 거로 알고 있습니다. 요즘 우리 대일본제국의 정세가 비상시국 상태입니다. 이창남의 사건 요지는 소비에트연방공화국 대사관에 오늘 중으로 송취할 것입니다. 하오니 선생들께서는 출국 날짜에 어긋남이 없으시기 바랍니다."

"뭐야, 이거? 우린 당신들이 승인한 단순 여행객이고, 이창남 또한 당신들이 입국 승인한 우리 소비에트연방공화국 국민이야. 뭐하고 있는 거야? 우리에게 연설하고 있잖아."

소칼로프가 힘을 단단히 준 머리통만한 주먹을 탁상 위에 올려놓으며 일본 사복 경찰관을 노려보았다.

"전화 좀 씁시다. 우리 대사관에 연락해야 하겠소."

엘렉이 자리에서 일어나며 전화기가 있는 곳을 바라봤다.

"이러시면 곤란합니다. 우리 내국 문제입니다. 우리 대일본제국 내국 문제입니다."

"뭐가 내국 문제야? 우리 소비에트연방공화국을 무시한 국제 문제지. 놀고 있네, 이것들."

엘렉은 사복 경찰이 하는 말을 걸어차면서 전화기가 놓여 있는 곳으로 움직였다.

"잠깐만 제 말 들으십시오."

사복 경찰관이 자리에서 일어나 엘렉의 앞길을 막으며 말하고 있었다. 그러자 엘렉이 사복 경찰을 매서운 눈초리로 쏴 보면서 검어지고 있는 입술을 움직였다.

"전화도 못 써?"

"아, 그게 아니라 지금 전화는 긴급 비상 상황에만 통화하게 되어 있습니다. 일반적인 통화 같은 것들은 경흥역 부근에 군청과 동사무소 전화들을 사용하고 있습니다."

"아니 뭐가 이래? 이것들 쓸데없이 치사하네. 그럼 여행자가 여행 중에 불법으로 납치됐고 함께 동행 한 동료가 자국 대사관에 전화하는 거야말로 위급 비상 상황이 아니고 뭐가 위급상황이고 뭐가 비상상황이야? 더럽게 놀고 있네, 이것들."

소칼로프가 자리에서 벌떡 일어나 삿대질을 해대면서 시끄럽게 떠들어 대고 있었다. 그러자 사복 경찰관은 당황하기 시작했고, 거칠게 나오고 있는 엘렉 일행을 진정시키려고 버둥거리고 있었다.

"그야 여행자가 위급 상황이 아니더라도 자국 대사관에 연락한다는 것은 통상적인 관례라고 봅니다. 더욱이 위급 상황이나 비상 상황이라면 당연히 연락해야 하는 것이 원칙입니다. 이번 이창남 문제는 선생님들에게 있어서는 두말할 이유가 없다고 봅니다. 그러나 저희 말은 경찰서의 모든 전화는 비상 연락망에 접속되어 있고, 그 때문에 사용이 제한되어 있거나 사용할 수 없게 차단되어 있다, 이 말씀입니다. 그리고 이창남 문제는 앞에서 말씀드렸듯이 만주 포조군 200 야전부대병원 폭도반란사건 당시 이창남이가 근무하고 있었고, 크든 작든 연루되어 있는 것이 사실이고, 그런 관계로 조사하는 것입니다. 조사 과정에서 본 사건에 이창남의 행동에 이상 징후가 나타나지 않는다면 사건과 관계없이 조사가 중단될 것이고 또한 범죄 사실이 드러난다 해도 경미하다면 곧바로 방면 조치될 것입니다. 그리고 이번 사건은 하나에서 열까지 소비에트연방공화국 대사관에 사건 경위서를 제출할 것이며, 다행스럽게도 이창남이 사건에 동조한 사실이 없다면 본인의 의사와 상관없이 소비에트연방공화국 대사관에 이송 조치하겠습니다. 또한, 선생님들에게도 대사관에 송부하는 서류와 동일한 서류를 드리도록 하겠습니다. 오늘 오후에 선생님들께서 노숙하고 계신 곳으로 저희 형사가 방문하여 사건 요지 서류를 전달해 드리겠습니다. 양해하시기 바랍니다."

"이것들 놀고 있네. 갑자기 생사람 잡아다가 가두고 뭐가 어쩌고 어째? 오늘 오후? 지금 우리한테 무슨 소리 하고 있는 거야? 이창남은 조선이 아니고 소비에트연방공화국 국민이다, 이 말이야. 지금 당신들 만주에서 뭐가 어떻다고 잔소리하고 자빠졌는데 해보겠다 이거지? 우리 국민을 불법 감금한 건 모르고 자빠졌네, 이것들. 국제법 절차도 없이 불법으로 체포 감금하고 우리한테 국제법 따져? 적반하장이란 말이나 알아? 아하하핫. 이것들 이런 방법으로 조선을 꿀꺽했구나! 이보소, 형사 양반. 이창남이가 과거에 무엇에 연루되어 있는지는 모르겠으나 이창남을 조사하겠으면 소비에트연방공화국 우리 대사관에 법 절차를 밟아서 조사하든지 잡아가든지 해야 하지 무조건 잡아가? 분명히 말하는데 이창남은 소비에트연방공화국 국민이다 이 말이야. 외국 사람을 마음대로 잡아다가 가두고, 이 양반들 창남이 조선 출신이라 조선인인 줄 아는 모양인데 우리는 조선이 아니란 말이야. 조선을 말 몇 마디로 꿀꺽하더니 아무데나 쓰는 줄 알고 있나 본데 이 봐, 우리는 소비에트연방공화국이야. 조선이 아니야. 어서 우리 이창남이 데려와 말로 어떻게 해보려고 수작부릴 생각 말고, 해볼 테면 해 봐."

소칼로프가 일본 형사를 쏴보면서 시가를 꺼내 불을 붙이며 빨아대고 있었다. 일본 사복 경찰은 소칼로프의 해박한 언변에 입을 다문 채 시가를 빨아대고 있는 소칼로프를 쳐다보았다. 그렇지 않아도 진주만 공격 이후 태평양전쟁에 휘둘리고 있는 국내 사정을 잘 알고 있는 사복 경찰은 한동안 할 말을 잃고 신중한 모습으로 앉아 있었다.

"그러면 이렇게 합시다. 소비에트연방공화국 대사관에 연락해서 대사관과 협의한 결과에 따라서 하도록 합시다."

"이 양반 머리 잘 돌아가고 있네. 당신 직위가 뭐요?"

소칼로프는 시가 연기 냄새를 물씬 풍겨가면서 사복 경찰을 노려보고 있었다. 사복 경찰은 소칼로프의 거친 행동에 신중해지고 있었다. 곰이라도 때려잡을 만큼 만만치 않은 덩치에 국제법은 물론 사건에 대처하는 능력이 무섭도록 수준급이라 일본 사복 경찰은 고개를 수그리고 탁상에 놓인 서류를 잠시 뒤적이며 보고 있었다.

"형사과장 료타 님이십니다."

옆에 앉아 있는 사복 경찰이 말했다.

"아! 그래요! 과장님이시라 우리 소비에트연방공화국 대사관을 들썩이고 계셨구나. 그리고 자국민도 아닌 타국 국민을 불법으로 체포하고 감금하고 국제법 논하고 하시는구나? 어서 데려오시오."

소칼로프는 한 치도 물러서지 않고 료타 형사과장을 노려보고 있었다. 형사과장 료타는 한발 물러서고 있었다. 한 치도 물러설 기미가 없는 소련 사람들을 보면서 사건 해결책을 궁리하고 있었다.

"이창남을 국제법상으로 몇 가지 조사해도 좋다는 소비에트연방공화국 대사관에 승낙을 요청한 다음 방면하는 방법으로 하도록 하겠습니다. 그러기 위해서는 가까운 청진이나 나진에 있는 영사관이나 영사 업무를 보고 있는 문화원의 확인으로 하는 것으로 하겠습니다."

소칼로프는 조금도 물러서지 않고 있는 료타 형사과장의 태도에 이창남이가 이들에게 상당히 중요한 존재라는 것을 간파하면서 자신들 또한 그런 이창남을 털끝만큼도 양보하지 않을 것이라는 생각을 하고 있었다. 엘렉이 료타 형사과장의 제안이 마음에 들었던지 아니면 팽팽한 양방의 입장에 조금은 수긍이 갔는지 시가를 세차게 빨아대고 있는 소칼로프를 향해서 고개를 돌렸다. 그렇지만 소칼로프는 고개는커녕 눈동자도 움직이지 않고 료타 형사과장을 노려보면서 점점 고자세로 굳어가고 있었다.

"먼저 우리 앞에 내놓으시오. 우리 앞에 내놓은 다음 우리 대사관에서 당신네와 합당한 법 절차에 따라서 처리하는 대로 하시오. 창남은 우리 국민이고 우리는 당당히 여행자로 들어왔으니까 일단 내놓고 국제법상 따지려면 따지고 조사할 것이 있으면 조사하든지 말든지 국제법으로 하라 이 말이오. 우리 당신들처럼 행동 안 해, 비겁하게 도망 안 가. 어서 우리 친구 창남이 데려오시오."

소칼로프는 털끝하나 흔들리지 않고 있었다. 단호하기만 했다. 엘렉이 처다보고 있어도 개의치 않고 동요도 하지 않고 있었으며, 시종일관 같은 태도를 하고 있었다. 료타 형사과장은 난처해지고 있었다. 마음속에서 부글거리고 있는 대로 한다면 모두 집어넣고 싶은 생각이 치솟고 있지만 현재 국내 사정은 물론이고 소련과 미국은 연합군으로 참전하고 있는 상태이고 급박하게 돌아가고 있는 일들이 많고 보니 속된 말로 긁어 부스럼 만들고 있는 기분에다가 말로 주게 되는 것만 같아서 버티고 있기는 해도 오금이 저리고 있었다. 료타 수사과장은 소칼로프 일행을 다시 설득해보기로 하고 설득할만한 묘안을 찾고 있었다.

"지금 선생들께서 주장하는 대로 이창남을 방면한다 해도 대사 업무에 종사하는 직원이 참관하고 있는 속에서 하도록 하겠소. 그래야 우리도 체면이 설 것이고 양국에 우호에도 손상이 가지 않을 뿐만이 아니라 이창남이가 출국 전에 간단한 사항 정도는 알아볼 수 있지 않을까 해서요. 그러니 영사관 직원이든 문화원에서 영사 업무를 담당하고 있는 분이 참관하고 처리 하도록 하겠습니다."

"이 양반 더럽게 물고 늘어지네. 이창남을 데려오면 우리가 어디로 사라지기라도 한답디까? 당신네 나라 열차 타고 갑니다. 운 좋으면 우리나라 열차 타게 될 것이고…."

소칼로프는 일본 형사들의 이질적이 행동을 참지 못하고 시가를 연실 피워대고 있었다. 료타 수사과장은 옆에 앉아 있던 동료 형사와 자리에서 일어나 한참 동안 귓속말을 주고받았다. 그리고 동료 형사가 문을 열고 밖으로 나갔다.

"소비에트연방공화국 대사관에 곧 공문을 발송하게 됩니다. 1층 총무부에 갔습니다."

료타 수사과장은 눈을 반짝이며 엘렉을 보았다. 소칼로프는 거칠게 한바탕 붙고 싶은 마음을 가라앉히며 굵은 시가 연기를 가슴속 깊이 힘차게 들이켜고 있었다. 료타 수사과장은 자신의 탁상으로 돌아가 바쁘게 업무 정리를 하고 있었고, 바쁘게 드나들고 있는 형사나 경찰들은 등받이에 몸을 기대고 앉아 있는 엘렉 일행을 흘깃거리며 보고 있었다. 소칼로프가 굵은 시가 연기를 힘주어 빨아들이고, 엘렉 또한 담배를 피워 물고 눈을 감고 있었다. 잠시도 멈추지 못하고 있는 문짝이 삐걱 소리를 요란스럽게 울리고 있는 속에서 총무부로 갔던 형사가 료타 수사과장과 이마를 맞대고 있었다. 그리고 잠시 후 료타 수사과장과 형사는 소파로 돌아왔다.

"영사님께서 방문하신다고 하셨습니다. 오시는 대로 보내드리도록 하겠습니다."

료타 수사과장은 단정한 자세로 말하고 있었다. 엘렉은 료타 수사과장을 보던 눈을 소칼로프에게로 돌렸다. 그리고 소칼로프의 얼굴을 살폈다.

"영사관님이 오신다면…. 영사관이 어디 있는데 오신다는 겁니까?"

소칼로프는 변하는 것이 없었다. 그럴 수밖에 없는 것이 영사관이 어디에 있기에 이 시간에 영사관이 온다고 하는 것인지 소칼로프는 묻지 않을 수 없었다. 료타는 담담하고 단정한 자세를 흩트리지 않고 있었다. 그런 료타의 자세는 틀림없다는 것을 의미하기도 했다.

"저희 직원이 방금 모시러 갔습니다. 나진에 계십니다."

소칼로프는 료타 수사과장의 얼굴을 계속 쏘아보고 있었다. 이창남을 풀어주지 않고 영사관까지 오게 하며 끝까지 물고 늘어지고 있는 료타 수사과장이 못마땅하기만 했다. 료타의 끈질긴 행동이 소비에트연방공화국과 맞서고 있는 것만 같은 데다가 고자세를 일관하고 있는 료타 수사과장의 태도가 못마땅하기만 했다. 엘렉은 몸을 등받이에 기대고 있었다. 니콜라이 또한 등받이에 몸을 기대고 있었다. 그리고 긴 칼을 허리에 차고 드나들고 있는 경찰들을 보면서 경찰서 마당에 즐비하게 세워 놓고 있는 트럭들에서 목탄 연기가 풀풀 솟고 있는 것을 생각하며 끝까지 물고 늘어지고 있는 료타 과장을 가소로운 눈으로 보고 있었다.

점심시간이 다 된 시각에 소련 영사가 일본 경찰의 안내를 받으며 들어왔다. 료타 수사과장의 말대로 함경북도 영사는 경찰서를 방문했고, 료타 수사과장은 영사를 엘렉, 소칼로프 그리고 니콜라이를 소개하고 있었다. 영사는 엘렉 일행과 마주 앉아서 한동안 이야기를 주고받고 있었다. 엘렉은 영사가 하는 말마다 고개를 흔들고 있었고, 소칼로프는 계속해서 두 눈에 핏대를 세우며 손을 젓고 있었다. 소칼로프는 주먹으로 탁상을 내려치고 싶은 것을 아슬아슬하게 수없이 참아 넘기고 있었다.

창남이가 불끈 쥐고 있는 주먹을 풀지 못하고 있는 소칼로프, 엘렉과 그리고 니콜라이가 자리에서 일어나 서 있는 앞으로 일본 경찰의 호위를 받으며 걸어가고 있었다. 창남이가 일행들 가깝게 다가가 섰다. 격분하고 있는 소칼로프는 당장에라도 일본 경찰들을 쓸어버리기라도 할 듯한 험한 분을 삭이지 못하고 있는 가운데 엘렉이 일본 경찰들을 밀치면서 창남의 어깨를 가슴으로 당기고 있었다. 소칼로프는 시가를 물고 두 손을 허리에 짚고 서서 눈을 부라리고 있었다. 니콜라이는 엘렉이 부둥켜안고 있는 창남의 손을 잡았다.

"간악한 새끼들…."

소칼로프의 입에서 참고 있던 분이 폭발하고 있었다. 영사는 료타와 책상을 마주하고 앉아서 굳은 표정을 떨치지 못하고 있었다. 료타는 이따금 양 손바닥을 젓고 있었다. 그럴 때마다 영사는 파고들어 가고 있었고, 료타는 계속해서 양 손바닥을 내젓고 있었다. 소칼로프는 손바닥을 영사 앞에서 젓고 있는 료타를 보면서 당장에라도 달려가 료타를 패 죽이기라도 할 듯 험한 얼굴을 흔들어대고 있었다.

목탄 연기를 풀풀 뿜어대며 트럭은 달리고 있었고, 엘렉은 창남의 식구가 사는 집이 눈에 들어오고 있는 것을 보면서 곁에 앉아 있는 창남의 얼굴을 보고 있었다. 창남은 그동안 무엇 하나 들은 말이 없었고, 엘렉이나 니콜라이 그리고 소칼로프가 몹시 분개해 하는 것을 보면서 일이 잘못되고 있다는 것을 눈치 채고 있었다. 엘렉은 아쉽고 안쓰러운 마음을 애써 감추려 하고 있지만 얼굴에 가득히 쌓이고 있는 수심만큼은 어떻게 하지를 못하고 있었다.

창남은 집 앞에 트럭이 도착하고 있을 때까지 한 번도 입을 열지 않았다. 소칼로프의 성난 모습이 자신이 끌려갔던 것을 말해주고 있었고 앞으로 어떻게 될 것이라는 것까지 모두 말해주고 있기 때문에 창남은 입을 열지 않고 있었다.

창남은 엘렉이 내리자 뒤이어 내렸다. 그리고 니콜라이가 내리는 것을 보고 있었고, 소칼로프가 화난 얼굴로 연기가 풀풀 나고 있는 목탄차 보일러에 나무을 집어넣고 있는 경찰을 당장에라도 패 죽일 것처럼 쏘아보고 있는 것을 보면서 창남은 바짓가랑이를 잡고 있는 광자를 내려다보고 있었다. 트럭은 움직이고 있었고, 엘렉은 창남이가 집 안으로 들어갈 것을 권하고 있었다.

"우리 있는 곳으로 오시오."

창남은 엘렉의 말에 눈을 깜박였다. 그리고 창남은 광자와 아들아이의 손을 잡고 엘렉 일행이 보이지 않을 때까지 문 앞에서 서 있었다. 광자와 아들아이의 손을 잡고 뒷모습을 보고 있다가 문을 열고 집 안으로 들어 갔다. 집 안에서는 초주검이 다 된 광자 어미가 방 문고리를 잡고 서서 창 남을 맞이하고 있었다. 창남은 문고리를 잡고 퀭한 눈으로 쳐다보고 있는 광자 어미를 잠시 보다가 광자 어미가 손짓으로 들어가라고 하는 것을 보 고 방 안으로 들어갔다. 광자 어미는 광자와 아들아이가 방으로 들어가고 나서 방으로 들어갔다.

"저리 앉아요, 아랫목으로."

창남은 광자 어미가 가리키는 아랫목으로 앉았다. 광자 어미는 쓰러지 려는 몸을 겨우 지탱하고 서서 며칠 사이에 얼굴이 몰라보게 핼쑥해진 창 남을 보면서 앉았다.

"다친 데는 없어요?"

창남은 퀭한 눈을 껌벅이지도 않고 보면서 묻고 있는 말에 고개를 끄떡 였다. 문이 열리는 소리가 나면서 박 아주머니가 뛰어 들어왔다.

"이씨! 이씨!"

박 아주머니는 두 눈을 크게 뜨고 창남을 더듬어 보면서 광자 어미 옆 으로 앉았다.

"풀려난 거야? 완전히 풀려난 거야?"

"박 아주머니는 광자 어미 얼굴에다가 대고 물었다. 광자 어미는 박 아 주머니를 보면서 고개를 저었다.

"많이 상했다, 얼굴이."박 아주머니는 광자 어미와 나란히 앉아서 창남의 얼굴을 들여다보며 혀를 차면서 말했다. 그러면서 창남이가 입을 열기를 바라고 있었다. 창남은 그동안 있었던 일들을 듣고 싶고 궁금해 하고 있는 것을 알면서 이야기 하고 싶은 생각이 들고 있지 않아서 고개 숙이고 있기만 했다. 박 아주머니는 창남의 머리는 물론 귀밑이며 턱밑 아래를 살피고 난 후 손등이며 손가락들을 보고 있었다. 그러면서 창남의 얼굴을 다시 쳐다보면서 광자 어미에게 말했다.

"남자는 배고프면 안 돼. 내가 차려올게."

"괜찮습니다, 아주머니."

창남은 고개를 들고 박 아주머니에게 말했다.

"완전히 끝난 거요, 이 씨?"

박 아주머니는 창남을 편안하게 누워 쉬게 해야 한다는 것을 알고 있으면서도 그동안 있었던 일은 물론 앞으로 어떻게 되는 건지가 궁금해서 참지를 못하고 있었다. 그러면서 지금은 로스케들이 있으니까 이만할 것이라고 생각하며 앞으로 무슨 일이 일어날 것만 같은 생각에 창남에게서 눈을 떼지 못하고 있었다.

창남이가 엘렉 일행이 묵고 있는 기숙사를 찾았을 때는 별들이 하늘을 덮고 있을 때였다.

"창남! 창남! 창남!"

창남이 방문을 열자 엘렉이 반사적으로 자리에서 일어나며 소리를 질렀다. 소칼로프가 벌떡 일어나 곰처럼 서 있었고, 니콜라이가 달려왔다.

"창남! 창남!"

엘렉은 창남을 자리에 앉히며 둘러앉았다. 엘렉은 창남의 손을 들었다가 내리고 다시 또 손을 들어보며 경찰서에서 별일은 없었는지 살폈다. 창남은 엘렉이 하는 대로 몸을 그대로 두고 있었다. 소칼로프는 시가를 꺼내 입에 물었다. 니콜라이는 안절부절못하면서 창남의 곁에서 맴돌고 있었다.

"이봐, 창남이!"

엘렉은 창남을 끌어안을 듯이 창남의 어깨를 양손으로 부둥켜 잡고 지그시 힘을 주었다. 그리고 모두 자리에 앉았다.

"창남! 부인은 어떠서?"

엘렉이 묻는 말에 창남은 고개를 저었다. 엘렉은 창남이 얼굴을 뚫어지게 보고 있었다. 창남은 광자 어미가 어떤지 아는 것이 없어서 엘렉이 묻는 말에 대답을 못 하고 고개를 젓고 있었다. 방 안은 담배 연기가 자욱해지고 있었고, 누구도 입을 열지 않고 담배들을 피우고 있었다. 엘렉이 담뱃재를 재떨이에 털면서 창남의 이름을 불렀다.

"창남! 우리는 모레 가. 우리 먼저 가. 창남은 우리가 가고 난 후 2주 후에 갈 수 있어. 가족 모두."

소칼로프는 헐렁한 머리를 앞으로 내려트리며 고개를 숙이고 시가를 빨고 있었다. 니콜라이는 창남의 곁으로 바싹 다가앉으며 창남의 손을 잡았다. 창남은 왜 자신은 남았다가 나중에 가게 되는지 알고 싶었다. 창남은 엘렉의 얼굴에서 눈을 떼지 못하고 있었다.

"우리는 이틀 더 날짜를 연장했고, 창남은 일본 경찰이 조사할 것이 있다고 해서 2주 더 날짜를 연장했어. 일본 경찰이. 우리 영사관이 안 된다고 많이 싸웠어. 그렇지만 일본 경찰이 말을 듣지 않았어."

창남은 가슴이 철렁했으며 철렁한 가슴 속에서 피가 강물처럼 요동치며 모두 빠져나가고 있는 것만 같았다. 일본 경찰이 왜 자신을 잡는지 창남은 알고 있었다. 그러기에 일본 경찰이 잡았으며 이제 자신을 죽일 것이라는 생각이 들었다. 창남은 엘렉의 얼굴을 향해 계속해서 고개를 흔들고 있었다. 그리고 눈에서는 눈물이 흐르기 시작했다. 엘렉과 소칼로프, 그리고 니콜라이는 눈물을 흘리고 있는 창남의 등에 손을 얹고 두드리다가 만져 주면서 창남을 위로했다.

"우리는 블라디보스토크에서 다시 만나. 조사가 끝나면 우리 영사관님이 가족과 함께 보내줄 거야. 우리 거기서 만나. 블라디보스토크에서. 우리 함께 살게 돼. 거기서 만나. 오실 때까지 기다릴게."

엘렉은 울고 있는 창남이가 가엽기 그지없어서 잡은 손을 놓지 못하고 있었다.

"왜 그래? 우리가 알아봤어. 조사만 하고 보내주기로 했어."

소칼로프가 푹 가라앉은 목소리로 말하며 창남의 우는 얼굴을 뚫어지게 보고 있었다. 니콜라이는 주머니에서 뭔지 모르는 것을 꺼내서 창남의 손에 쥐어 주다가 다시 창남의 주머니에 넣어주었다. 창남은 눈이 붉어지고 있었다. 눈물 가득한 창남의 눈이 붉게 변하고 있었다. 그런 창남에게 니콜라이는 창남의 손을 힘주어 쥐고 있었다. 창남은 눈물을 참으려 하고 있었다. 그리고 반드시 블라디보스토크로 갈 것이라 결심하고 있었다. 그러나 죽을 것 같은 예감은 창남을 슬프게 만들고 있었고 눈물이 멈추지 않고 있었다.

"왜 그래? 그것들이 뭐라고 했어? 그것들이 도대체 무슨 짓을 했어? 그놈의 새끼들 당장 다 죽이고 말라."

소칼로프는 울음을 참지 못하는 창남만큼 분통을 참지 못하고 있었다. 창남의 울음을 보다 못한 소칼로프는 소리치고 있었다. 창남은 한 시간 이상 울었고, 창남이가 우는 내내 엘렉과 소칼로프 그리고 니콜라이는 아무 말 못 하고 울고 있는 창남을 보고 있거나 고개를 수그리고 있거나 담배를 피우고 있었다. 밤이 깊어졌을 때까지 창남은 엘렉 일행의 방에서 나오지 못했고, 방을 나오면서까지도 흐느끼는 소리는 멈추지 않고 있었다. 밖으로 나온 창남은 우선 흐느끼는 울음소리를 참으려고 기숙사 앞에서 오래도록 서 있었다. 감시탑의 탐조등은 창남을 비추고 있었고, 창남은 탐조등 불빛을 받으며 집을 향해서 걷고 있었다.

잡고 있던 창남의 손을 놓으면서 엘렉과 소칼로프 그리고 니콜라이는 열차에 올라타고 있었다. 그리고 창밖으로 손을 내놓고 흔들고 있었다. 열차는 차츰 창남과 멀어지기 시작했고, 이윽고 저만큼 멀어지면서 안타까운 마음에 손들을 흔들고 있었다. 창남은 가슴이 터지려는 것을 참느라고 숨을 몰아쉬었다. 그리고 엘렉과 소칼로프 그리고 니콜라이를 향해서 달렸다.

"나 갈게요. 죽어서라도 갈 겁니다."

엘렉은 창남을 향해서 외치고 있었다.

"블라디보스토크에서 보름 후 우리는 만나게 되고, 우리는 창남을 기다리겠소. 꼭 기다리고 있겠소."

7
려시아 친구들은 가고

창남은 엘렉과 소칼로프 그리고 니콜라이가 멀어지는 것을 보면서 손을 흔들며 눈물을 흘리고 있었다. 열차가 멀어지고 있었다. 열차가 보이지 않는 오봉역은 어두워지고 있었다. 어둠 속에서 창남은 엘렉 일행이 사라진 역과 철길을 보고 있다가 집을 향해서 몸을 돌렸다. 창남은 쓸쓸했고 쓸쓸한 창남은 걸음을 재촉하고 있었다. 창남은 희미한 불빛 속에서 움직이고 있는 광자 어미를 보았다.

"그분들 갔어요?"

"음."

대답하는 창남의 어깨는 축 늘어져 있었고, 눈물에 젖어 있는 얼굴을 숙이고 있었다. 엘렉 일행이 떠나고 이틀이 지나고 있었다.

"어서 들어!"

창남은 숟가락을 들지 않고 있는 광자 어미를 보면서 말했다. 광자 어미는 숟가락을 들었고, 밥을 떠서 아들의 입에 넣고 있었다. 아들은 오랜만에 어미가 밥을 입안에 넣어주자 발장구를 치며 밥알을 씹고 있었다.

"동생! 나야."

박 아주머니 목소리가 들렸다. 광자 어미는 아들을 무릎에서 내려놓고 문을 열었다.

"이것 좀 가지고 왔어. 밑반찬이 없으면 빈 상 같아. 우리 먹는 거 조금 가지고 왔어."

광자 어미는 박 아주머니가 내밀고 있는 반찬 그릇을 받았다.

"언니!"

"조반 먹을 줄 알았지."

박 아주머니는 방으로 들어왔다. 창남은 들고 있는 숟가락을 내려놓았다.

"왜? 어서 드셔. 소련 사람들이 가서 허전해서 어째. 이 씨네도 뒤따라 가겠지만."

창남은 박 아주머니 말에 가슴이 서늘해지면서 싸해지고 있었다. 오늘이 될지 내일이 될지 일본 경찰에 잡혀갈 생각에 숨이 끊어지는 듯 쉴 수가 없었다.

"어서 드세요, 따듯할 때. 동생이 그래도 국을 끓였구먼. 어서 드세요."

창남은 놓았던 숟가락을 다시 들었다. 그리고 박 아주머니가 아니었으면 식구들이 어떻게 살았을까 하는 생각에 숟가락이 밥그릇에 가지를 못하고 있었다. 창남은 고개를 들고 박 아주머니를 쳐다보았다. 박 아주머니를 보고 있는 창남의 눈빛엔 잔잔한 고요가 흐르고 있었다. 지아비를 찾아와서 생부지에 떨어졌고 그런 식구들을 혈육이나 다름없이 돌보아주면서 아들까지 출산할 수 있도록 도와주었으니 하늘 아래 어느 누가 이보다 고마울 데가 있을까. 창남은 숟가락을 든 채 밥을 뜨지 못하고 있었다. 그러면서 다시 경찰들이 들이닥칠 생각에 물그릇만 들었다 놓고 있었다.

본래 언변이 빈약한 창남은 박 아주머니의 배려에도 이렇다 할 말 한마디 하지 못하고 있었다. 말을 한다 해도 속마음을 전할 수도 없거니와 말하느니보다는 안 하는 것이 더 나은 창남은 입을 다물고 있기만 했다. 어쨌든 창남은 이곳에서 일할 때 의지하던 분이고, 만주로 끌려가고 난 후 지금까지 식구들을 돌보아 주고 있는 분이니 엎드려 절이라도 하고 싶은 심정이지만 절한다고 고마움이며 은혜가 갚아질 것도 아니고 해서 창남은 박 아주머니가 시원하게 밥이라도 먹는 것을 보고 싶어 해서 숟가락에 밥을 가득히 떠서 입에 넣었다.

"그러고 보니 우리 이 씨 용한 데가 있어서. 함께 왔던 로스케 아니 러시아 사람들. 그 사람들을 어떻게 알았고 함께 오기까지 했는지 신통하서."

박 아주머니는 창남이가 어떻게 소련 사람들과 어울리게 되었고, 온 가족이 모두 소련 나라 사람으로 되었는지 신통한데다가 부럽기까지 했다. 그리고 무엇보다도 창남이가 소련 사람이니 일본도 어쩌지 못할 것이라는 생각이 들고 있어서 조사가 끝나면 소련으로 가게 될 것이라 믿으며 반갑고 부러워하고 있었다.

"조사 끝나면 소련이라는 데로 가시지요? 식구가 다?"

박 아주머니는 알면서도 창남의 마음을 위로하고 싶어서 군말을 하고 있었다. 그러면서 박 아주머니는 이 씨네와 헤어지게 된다는 것이 서운해서인지 목소리가 젖어 나오고 있었다.

"가야 가는 거지요."

광자 어미는 일본 사람들의 농간이 어떻다는 것을 알고 있기에 창남이가 무사할 것 같지 않은 생각이 들지 않고 있었다. 그러면서 광자 어미는 막냇동생 복동이를 훔쳐간 것까지 한꺼번에 생각하고 있었다. 광자 어미는 자꾸 흐르는 눈물을 주체하지 못하고 있었다. 광자 어미는 창남이가 일본 경찰에 단단히 걸려들고 있다는 생각을 지울 수가 없어서 서러움이 복받치고 있었다. 박 아주머니는 눈물을 멈추지 못하고 있는 광자 어미를 달래고 또 달래고 있었다. 그러면서 박 아주머니는 광자 어미가 서러워하는 것을 보면서 자신의 눈가에 흐르고 있는 눈물을 훔치고 있었다.

이곳에서 함께 만주로 간 사람들은 어떻게 되었고, 난데없이 소련 사람들과 나타나서 소련 나라 사람이 되었고, 소련으로 가니 마니, 하고 있으니 앞으로 일본 경찰에 시달리리라는 것은 불을 보듯 빤하기만 하고 그러다가 일이 잘못되기라도 한다면 창남이가 어떻게 될 것이라는 것은 불을 보듯 빤하기만 해서 광자 어미가 목을 매며 서러워하는 것이 불쌍해서 박 아주머니는 넋 나간 사람처럼 앉아서 흐느끼고 있는 광자 어미를 달래고 있었다.

"친구 분들이 서운했겠다. 예까지 함께 와서 같이 못 가고 자신들만 가서."

"예."

박 아주머니는 창남이가 대답하자 잠시 혀를 끌고 있었다. 그러면서,

"발걸음이 떨어지지 않았겠다, 그 사람들."

"예, 기다린다고 했어요."

"그럼! 기다리고 말고가 어디 있겠어? 눈들이 빠질 텐데. 예까지 온 사람들인데."

창남은 박 아주머니의 말에 울컥하고 솟구치는 것을 가까스로 참아 넘기고 있었다.

박 아주머니는 창남이가 격해지고 있는 것을 보면서 경찰서에서 일이 잘되기를 바라는 마음에 궁금해 하고 있는 것 중에 하나를 넌지시 물었다.

"그럼 같이 갔던 분들도 함께 어부 했어요? 러시아에서?"

"아뇨."

박 아주머니는 더는 묻지 않았다. 더 이상 묻지 않아도 알 수가 있었다.

"돌봐주셔서 감사합니다."

박 아주머니는 창남이 말소리가 들리지 않았다.

"갔다가 다시 올게."

박 아주머니는 일어나서 광자 어미가 울다 말고 일어나 문 앞에 서 있는

것을 보면서 밖으로 나갔다.

"안녕히 가세요."

창남은 문밖에 서 있는 박 아주머니에게 인사를 했다.

"동생! 갔다가 바로 올게."

박 아주머니는 말을 남기고 문밖에서 움직이고 있었다. 광자 어미는 문밖에 서서 박아주머니가 가고 없는 길바닥을 한참 동안 보고 있었다.

"돈을 보낼 때는 중국이었잖아요."

"음."

창남은 광자 어미가 묻는 말에 힘없이 대답하고 있었다. 광자 어미는 다시 물었다.

"그동안 무슨 일이 있었기에 러시아 사람들하고 어부 일을 했어요? 돈이 끊기고 소식을 알 수가 없어서 속이 타기만 했는데."

창남은 천장에 두고 있는 눈을 움직이지 않고 있었다. 광자 어미의 눈에서는 눈물이 그치지 않고 흐르고 있었다. 광자 어미는 흐르는 눈물을 닦고 또 닦았다. 광자 어미는 일이 벌어져도 크게 벌어질 것이라는 생각에 가슴이 터지고 있었다. 광자 어미는 옷소매로 입을 막아가면서 서러움을 감당할 수가 없어서 몸을 가누지 못하고 있었다. 한 손으로는 입을 틀어막고, 한 손으로는 흐르는 눈물을 닦아내고 있었다. 광자가 울고 있었고, 아들에도 울고 있었다. 창남은 식구들이 모두 울고 있는 소리 속에서 천장만 보고 있었다.

창남이의 소식이 완전히 끊어졌을 때 매일같이 고향으로 갈 생각을 했지만 사지로 끌려간 사람의 소식이 너무나 궁금해서 물 한 방울 넘기지 못하고 기다리고 기다렸는데 지금 이게 뭔지, 광자 어미는 복받치고 있었다.

"가위 좀 주지."

광자 어미는 창남의 말소리가 들리지 않았다.

"지금 뭐라 했어요?"

"가위…."

"가위요? 없어요."

창남은 가위가 없다는 말에 잠시 있다가 다시 입을 열었다.

"그럼 칼 줘."

광자 어미는 창남을 보았다. 가위는 뭐고 칼은 뭔지, 왜 칼을 달라는지 광자 어미는 창남의 얼굴에서 눈을 떼지 못하고 있었다. 창남은 칼을 주지 않고 있는 광자 어미를 쳐다보면서 가방을 집어 들어 뚜껑을 열었다. 그리고 옷을 꺼낸 다음 방바닥에 펼쳐놓았다.

"칼!"

광자 어미는 방바닥에 놓인 옷을 내려다보았다.

"칼은 왜요?"

창남은 대답하지 않았다. 그리고 칼을 주기를 바라고 있었다. 광자 어미는 창남이 옷을 앞에 놓고 칼을 달라고 하고 있어서 옷을 찢으려고 하는 것 같은 생각이 들고 있었다. 광자 어미는 부엌으로 나가 칼을 들고 들어왔다. 그리고 창남이가 뒤적이고 있는 옷을 보고 있었다. 창남은 옷을 뒤집고 나서 옷을 찢기 시작했다. 그리고 돈들을 끄집어냈다.

"러시아, 소련 돈이야."

광자 어미는 흐르던 눈물이 걷어지고 있었다. 그리고 창남이가 끄집어내놓고 있는 소련 돈이라는 것을 보고 있었다.

"소련 돈?…그 사람들이 준 돈도 소련 돈…."

광자 어미는 눈앞에 있는 소련 돈을 내려다보면서 계속해서 흉측한 부적 같은 마음이 들고 있었다.

"은행에서 바꿔줘."

창남은 한참 동안 여기저기에서 돈이 들어 있는 봉투들을 끄집어내고 있었다. 광자 어미는 창남이를 보고 있었다. 그리고 봉투를 들고 내밀고 있는 것을 보고 있었다. 광자가 곁에서 돈 봉투들을 쥐어뜯고 있었다.

"엄마!"

광자가 돈들을 보면서 엄마를 불렀다.

"엄마!"

광자는 다시 엄마를 불렀다. 그리고 돈들을 손으로 움켜쥐면서 엄마를 향해 돈을 내밀었다.

"엄마!"

광자는 돈을 들고 엄마를 계속해서 부르고 있었다. 광자 어미의 두 손은 사시나무 떨듯이 떨고 있었다. 떨리는 손으로 봉투들을 뜯고 또 뜯으며 흐느끼는 울음소리는 끝날 줄을 모르고 있었다.

"월급이야."

창남은 소련 돈 중에 섞여 있는 일본 돈을 집어 광자 어미에게 주고 있었다.

"쌀 사."

광자 어미는 광자가 돈을 들고 있는 것을 보면서 다시 눈물을 흘리고 있었다. 고향에 가서 언니들처럼 닭이랑 돼지 키우며 농사짓고 살고 싶은 생각에 눈물을 펑펑 흘리고 있었다.

광자는 돈을 모두 모아놓고 있었다. 광자는 어미의 얼굴을 보면서 왜 자꾸만 울고 있는지 속상해하고 있었다.

창이 밝으려면 멀었는데 광자 어미는 벌써 몇 차례 자리에서 일어나고 있었다.

광자 어미는 일어났다가 누웠다가를 반복하면서 머리를 수도 없이 만지면서 날이 어서 밝기를 한없이 기다리고 있었다. 날이 밝으면 경찰에게 돈을 써서 창남이가 잘되도록 할 생각을 하고 있었다. 광자 어미는 날이 밝는 대로 박 아주머니를 만날 생각을 하면서 창문이 밝아오기를 기다렸다. 광자 어미는 부엌으로 나가 불을 때고 물을 끓이며 박 아주머니가 가져다가 준 곡식을 씻어 밥을 짓기 시작했다. 반찬도 이것저것 만들면서 박 아주머니를 만나 경찰에게 돈을 주고 창남을 잡혀가지 않게 할 생각을 하고 있었다. 광자 어미는 서럽기만 하던 것도 창남이가 죽을 것만 같은 서러움도 잊은 채 날이 밝으면 박 아주머니를 만나 좋은 경찰에게 돈을 주고 창남을 살릴 생각만 하고 있었다. 그러면서 광자 어미는 아무도 모르게 떠나고 싶은 생각을 수없이 하고 있었다.

"엄마!"

광자가 방문을 열면서 어미를 불렀다. 광자 어미는 차려 놓은 밥상을 들고 방으로 들어갔다. 그리고 아직 자고 있는 창남을 깨우지 않으며 광자와 아들에게 밥을 먹였다.

"광자야! 엄마, 아주머니 보고 올게. 밥 먹고 밥상 덮어 놓고 아버지가 아침 드신다고 하면 이거 꺼내서 놓아드리면 된다. 엄마 빨리 갔다 올게."

"네."

광자는 엄마가 아주머니 만나러 가는 게 싫었으나 어미가 일이 있으면 박 아주머니와 얘기하기 때문에 대답하고 있었다.

광자 어미는 잠을 설친 데다가 아직 몸이 완쾌되지 않은 상태라 박 아주머니네까지 가기가 무리였으나 광자 어미는 이를 악물고 가고 있었다. 광자 어미의 등줄기에서는 추위를 잊은 식은땀이 흘러내리고 있었다. 광자 어미는 수없이 발걸음을 멈추고 서서 한참씩 쉬기를 반복하면서 박 아주머니를 만났다. 광자 어미는 박 아주머니와 한참 이야기를 나누었다. 박 아주머니는 광자 어미가 말할 때마다 고개를 끄떡였다.

"많이 줘야 할 거야. 내가 사무실 박 씨부터 만나볼게. 소장이 힘써주면

될 것 같기도 해. 내 만나볼게. 알았으니까 어서 가 있어.”

광자 어미는 박 아주머니의 손을 잡고 매달리면서 애원하고 있었다.

“어떻게 해 볼 테니 그만 가 봐. 쓰러지잖아.”

“언니!”

“알았어. 어서 가. 쓰러지잖아.”

광자 어미는 박 아주머니와 헤어져 어지러운 몸을 비틀거리며 이것저것 잡고 집을 향해 걷고 또 걸었다.

광자가 울고 있었다. 아들도 울고 있었다. 광자 어미는 불길한 마음에 달렸다. 그러나 몸은 허우적거리고 있었다. 광자 어미는 문을 열고 또 열고 안으로 뛰어 들어갔다.

“엄마.”

광자가 어미를 보고 동생과 울고 있었다.

“순사들이 아버지 데려갔어.”

광자의 말소리는 울음소리가 전부였다.

“순사들이 아버지 데려갔어. 오토바이에 태워서.”

광자 어미는 쓰러지고 말았다.

“아주머니보고 오시라고 해라.”

광자 어미는 말을 마치지도 못하고 정신을 잃었다. 광자는 박 아주머니 집을 향해서 달려갔다. 그리고 뒤이어 박 아주머니와 광자가 달려오고 있었다. 박 아주머니는 쓰러져 있는 광자 어미를 들쳐 업었다. 방 안은 이부자리가 어수선하게 널려 있었고, 장남이가 화급하게 끌려 나간 흔적과 일본군들의 발자국이 여기저기 남아 있었다. 박 아주머니는 이부자리위에 광자 어미를 눕혔다.

“순사들이 아버지 자고 있는데 일어나라고 했어. 그리고 옷 입으라고 하고 나서 오토바이 옆에 태워서 갔어.”

"몇이서 왔더냐?"

"셋. 오토바이는 똑같은 것 두 개."

박 아주머니는 광자가 하는 소리를 들으며 광자 어미 입에 숟가락으로 물을 떠서 먹이고 있었다. 광자 어미는 힘없이 눈을 떴다가 다시 감기고 있었다.

"미안해요, 언니."

"사무실 박 씨보고 알아보라고 할게. 움직이지 말고 누워 있어. 이 물 다 마셔. 밥알을 으깬 물이야. 이렇게 될 줄 알고 있었잖아. 이제 손써 보자고."

광자 어미는 박 아주머니의 말에 가늘게 눈을 뜨고 깜박였다. 박 아주머니는 광자 어미 이마에 짚고 있던 손을 내리면서 말했다.

"금방 갔다가 올 거야. 정신 차려야 해. 그래야 손을 써볼 거 아냐? 정신 차리고 있어."

광자 어미는 고개를 끄떡였다. 박 아주머니는 울고 있는 광자와 아들의 등을 쓰다듬고는 밖으로 나갔다. 광자 어미의 숨소리는 몹시 지쳐 있었다. 광자는 박 아주머니가 하라는 대로 물을 떠서 어미의 입에 넣고 또 넣었다. 광자 어미는 광자가 숟가락을 입에 넣을 때마다 입을 벌리고 물을 받아먹고 있었다.

"아버지, 가면서 무슨 말 안 하대?"

광자가 고개를 저었다. 광자 어미는 다시 묻는 말이 없었고, 물도 받아먹지 않았다. 광자 어미는 비척거리며 자리에서 일어났다. 그리고 벽에 걸린 수건으로 광자의 머리를 싸매고, 아들의 머리와 몸 모두 이것저것 옷가지들로 싸매고 있었다. 광자는 어미가 왜 이러는지 알고 있었다. 수건으로 머리를 감싸고 또 감싸면서 소처럼 숨을 헐떡이며 옷가지들을 입혀주고 있는 어미를 광자는 보고 있었다. 어미가 옷을 입히는 대로 광자는 입고 있었다. 광자 어미는 창남이 가방에서 누비옷을 꺼내 입었다. 그리고 주재소를 향해서 가기 시작했다.

"이것이 뭐냐? 저리 가라."

경찰이 소리 질렀다. 광자 어미는 손을 저으며 소리치고 있는 일본 경찰에게 물었다.

"저, 조금 전에 오토바이에 태워서 데려온 사람이요. 이창남이라고…."

"무슨 소리야? 이창남? 우린 그런 적 없다. 그리고 이창남은 수사과에서 취급한다."

"수사과가 어디 있는 건가요?"

"경찰서에 있다."

일본 경찰은 문밖으로 광자 어미와 광자를 밀치고 있었다. 광자 어미와 광자는 문밖으로 내몰렸고, 문이 닫혔다. 광자 어미는 한 손엔 아들의 손을 잡고 집으로 발걸음을 옮기고 있었다. 광자 어미는 창남이가 경찰서로 잡혀갔다는 것을 알고 있었다. 알고 있으면서 그냥 있을 수가 없어서 주재소라도 가보고 싶었다. 한 발짝도 내밀기가 힘겨운 광자 어미로서는 경흥에 있는 경찰서는 너무 멀기만 했다. 그러나 광자 어미는 저승도 갈 텐데 경찰서를 못 가서야 말이 되겠느냐고 하면서 무슨 차든 차를 탈 수 있는 신작로를 향해서 아이들과 걷고 있었다. 사지에서 돌아온 창남을 몸이 아파서 끼니는 물론이고 얼굴조차 제대로 볼 수가 없었는데 다시 잡혀가고 말았으니 천벌 받을 놈들은 일본 경찰들인데 왜 창남이 그것들한테 벌을 받아야 하는지 아무것도 알 수가 없어서 애꿎은 팔자만 원망하고 있었다. 광자 어미는 발을 동동 구르며 신작로를 향해서 비틀거리는 두 다리를 계속해서 옮겨놓았다. 신작로에는 나뭇잎들이 떨어져 뒹굴고 있었고, 나무들은 잎을 모두 잃은 채 기구한 모습으로 썰렁하게 신작로에 서 있었다.

"광자야!"

박 아주머니가 박 씨와 오면서 광자 어미가 눈에 띄자 손을 들어 저어가면서 부르고 있었다. 광자 어미는 박 아주머니와 박 씨를 보자 가던 발걸음을 멈추고 그 자리에서 섰다.

"어디들 갔다 와?"

"주재소요."

"거기는 왜 가?"

"그냥 갔어요."

"저런…. 쯧쯧쯧. 그럼 집으로 곧장 가지 그 몸으로 신작로로는 왜 왔어? 애들하고."

"경찰서에 갈까 해서요."

"제정신이 아니구먼. 하긴 무슨 정신이 있겠어. 가자, 집으로. 이 추운데 어린것들을 데리고 길바닥에서 헤매고 다니다니 이게 무슨 난리야. 가자, 어서. 집으로 가자."

광자 어미는 박 아주머니가 끄는 대로 움직였다. 더 이상 이러고 다니다가 애들까지 병이라도 나면 그땐 정말 큰일이 아닐 수 없어서 박 아주머니에게 이끌려 집으로 가고 있었다.

"박 씨! 박 씨가 말해. 난 들었어도 모르겠어."

방 안으로 들어서기가 무섭게 박 아주머니는 박 씨를 향해 말했다. 광자 어미는 박 아주머니와 박 씨 얼굴을 번갈아 보면서 눈치를 살피고 있었다. 박 씨는 우물거리며 쉽게 입을 열지 않고 있었다. 이불 속에 들어가 앉아 있는 광자와 아들아이를 둘러보기도 하고 피워 물고 있는 담배를 연거푸 빨아대면서 입 여는 것을 망설이고 있었다.

"박 씨! 들은 대로 말해 봐요. 난 들었어도 아무것도 모르겠어."

박 씨는 박 아주머니를 보고 나서 고개를 들지도 못하고 입을 열었다.

"경성 조선총독부에서 사람들이 왔대요. 이 씨 일로. 우리는 들었어도 모르겠는데 복잡한 모양이오. 경성총독부에서 수사관들이 넷이나 왔다니 일이 큰 모양이오."

박 씨의 말에 광자 어미는 눈이 뒤집히고 있었다. 그리고 모든 것이 끝났다는 생각이 들었다. 박 씨는 다시 담배를 빨아대고 있었다. 광자 어미는 박 아주머니의 얼굴을 쳐다봤다. 광자 어미의 얼굴은 죽은 송장의 얼굴이 되어 있었고, 숨소리는 들을 수도 없었다. 박 씨가 다시 입을 열었다.

"이 씨가 있었던 만주 200부대라고 병원 부대인데 팔로군들하고 싸우는 야전 부대인 모양입니다. 여기서 함께 간 이 씨 일행들이 그 부대를 폭파하고 모두 탈출했다고 하더군요. 그리고 팔로군들이 청산리로 보내 주었대요."

박 씨의 말소리는 날벼락이었고, 날벼락도 어처구니가 없어서 거짓말 같기만 했다. 광자 어미는 모든 감각을 잃었고 모든 것이 끝났고 아무것도 생각나는 것이 없었다.

"그리고 이 씨가 독립군이라고 하더군요. 조사를 해봐야 한다면서…"

"언니! 우리 어떻게 해?"

광자 어미는 외마디 소리를 지르고 있었다. 그리고 컥컥 소리가 목구멍에서 나오고 있었다. 눈은 다시 허옇게 뒤집히고 있었고, 몸뚱이는 방바닥에 쓰러진 채 숨소리가 끊어지고 있었다. 박 아주머니는 기절하고 있는 광자 어미를 일으키며 구석에 놓인 물그릇을 들어 입에 대주었다. 박 아주머니는 손가락으로 물을 찍어서 연실 광자 어미 입에 넣었다. 한 손으로는 광자 어미의 등짝을 두드리고, 입으로는 비명을 지르고 있었다.

"광자야! 여기, 여기 주물러라."

박 씨는 방구석으로 가면서 고개를 들지도 못하고 있었다.

"난 경성에서 내려온 모리 수사관이다. 이창남! 폭도처럼 생긴 구석은 한 군데도 없구나. 보고받고 이창남을 생각할 때는 괴물처럼 생겼을 줄 알았다. 그리고 이틀 걸려서 너의 행적 기록과 사고 기록을 모두 보았다. 처음엔 대일본제국의 식민 민족답게 성실하게 일하던 기록을 보면서는 고마운 마음이 너를 보고 싶게 하고 있었다. 그러다가 유감스럽게도 반란자들과 폭동에 합세해서 우리 제국 국가의 성스러운 성역인 부대를 폭파하고 탈출했으며, 우금에 와서 소련 잡배들과 어울려 귀국하여 소란과 행패를 부렸다는 보고서를 보고 일본 대제국주의 국가에 대한 배신감에 몹시 분개하지 않을 수 없었다. 이제부터 나와 함께 파견된 동료 수사관들과 이곳의 수사관들이 너의 그간의 행적에 관해서 소상히 밝혀볼 것이다. 대일본제국의 식민 민족답게 성실히 대답할 것을 부탁한다. 그리고 조사가 끝나면 너와 너의 가족은 소련으로 가게 될 것이다. 그렇게 하기로 소련과 조약이 되어 있다. 그러니 성실히 답변하고 유감스러운 일이 발생하지 않기를 바란다. 그럼 수고해라."

모리라는 수사관은 자리에서 일어나 둘러서 있던 수사관들과 밖으로 나갔다. 그러자 밖으로 나가는 수사관들에게 깍듯이 예의를 갖추던 경흥 경찰서 수사관들이 창남이 앞에 앉았다. 그리고 입을 다물고 앉아 있는 창남을 향해서 손등에 감고 있는 가죽 끈으로 탁상을 치면서 날카로운 목소리로 창남을 향해 공격하기 시작했다.

8
고문이 시작되다

"이창남!"

수사관은 손등을 감고 있는 가죽 끈을 다시 탁상을 내려쳤다.

"이봐! 얌전한 이창남! 우리말 못 알아듣나? 로스케 국적을 가졌다고 잃어버리기라도 했어? 로스케 말만 하기로 했어? 그럼 로스케 말로 할까? 총독부 수사관이 말해도 한마디도 없고 이러면 되는 줄 아나? 넌 로스케 국적을 갖기 이전에 우리 대일본제국을 배신했다. 우리는 자고로 배신은 용서하지 않는 전통이 있다. 이창남! 그러나 우리는 어떤 상징적인 집단이 아니고 국가에 심장인 법을 준엄하게 집행하는 고급 관료들이다. 너의 배신은 이 시각으로 용서한다. 이창남! 그동안 네게 있었던 일들, 다니면서 한 일들을 알아야겠다. 200부대에서 있었던 일과 그 후에 있었던 일들을 거짓 없이 소상하게 말하기 바란다. 그 사건 때문에 네가 이곳에 온 것이고 목격자 이면서 범죄자, 아니 범죄자로 볼 수는 없겠다. 그 사건에 연루자로 부르는 게 적합하겠다. 그래, 연루자고 부르겠다. 연루자로서 사건에 관해서 그리고 탈주한 후의 너의 행적에 관해서 소상히 알아야 하겠다. 너는 범죄자로 볼 수도 없고 사건이 밝혀져야 알겠지만, 나의 생각인데 이

창남, 너를 우습게보고 하는 말이 아니다. 암만해도 너는 탈주자, 그러니까 도주범 외에는 범죄사실이 없을 것만 같다, 어떠냐? 내 말이 맞지? 각설하고, 습격사건의 주모는 박근식으로 추정되어 있다. 시작하기 전에 잠시 쉬면서 생각하도록 하자."

창남을 조사하는 경흥경찰서 수사관은 탁상에 놓인 서류 뭉치를 펼쳐놓고 연실 뒤적이며 말하고 있었다. 창남은 눈을 껌벅이고 있었고, 수사관들은 이제 창남을 어떤 방법으로 실토시키느냐에 골몰하고 있었다. 그에 창남은 어떻게 해야겠다는 생각은 하지도 못하고 불안해서 가슴만 쿵쾅거리고 있었다. 창남은 두려운 눈으로 잉크병에 펜대를 담갔다가 꺼내기를 반복하고 있는 수사관과 옆에 앉아서 손가락 꺾기 막대기를 만지작거리고 있는 수사관을 번갈아 보면서 공포에 질려가고 있었다.

"조선 놈들은 말로 하면 장난으로 알아서 재미도 없고 효과가 없어."

곁에서 채찍을 흔들고 서 있는 다른 수사관이 말했다. 창남은 채찍을 흔들어대고 있는 수사관을 고개를 돌려 쳐다보았다. 그러자 손가락 꺾기 막대기를 만지작거리고 있던 수사관이 창남이 손을 끌어가고 있었다. 그리고 손가락을 벌리고 그사이에 막대기를 집어넣었다. 수사관은 천천히 창남의 손가락을 조이기 시작했다. 창남의 얼굴은 손가락을 조이는 대로 일그러지고 있었고, 숨소리가 거칠어지고 있었다.

창남은 한동안 잠이 들었다가 깨어난 듯이 눈을 뜨고 있었고 정신이 들고 있었다. 그러나 눈이 떠져 있어도 정상적으로 보이는 것은 없었다. 수사관들이라는 사람들의 얼굴은 모두 이상하게 생긴 얼굴로 변해 있었고, 머리에서 흐르는 피 때문인지 옷이 얼룩져 있었으며 들리는 것도 없었다. 컴컴한 속에서 갓 속에 전등이 창남을 비추고 있었다. 창남은 나무 의자에 앉혀 있었고, 맨발이 피에 젖어 있었다. 탁상 위에는 고문하던 피 묻은 가죽 끈과 밧줄들이 엉클어져 놓여 있고, 창남의 손가락에서 뽑힌 손톱이 피투성이가 되어 집게와 놓여 있었다. 그리고 전깃줄이 달린 인두도 놓여 있었다. 창남의 고개는 수사관이 머리채를 잡아채자 목이 들렸다. 그리고 다른 수사관이 손가락 사이에 막대기를 끼고 움켜쥐고 있었다. 창남의 입이 벌어지자 머리채를 쥐고 있던 수사관이 손을 놓았다. 그러자 창남의 머리는 목뼈가 부러진 듯이 힘없이 밑으로 떨어지고 있었다.

"조선 것들, 특히 졸개들은 수월하질 않아 폭도는 특히."

"돼지들은 돈만주면 되는 데…."

손가락을 꺾어대던 수사관은 주전자에서 물부터 따라 단숨에 한 컵을 들이켜고 나서 창남을 위에서 아래로 다시 아래에서 위로 훑어보고 있었다. 그러면서 마치 백정이 소나 돼지를 잡은 듯이 거들먹거리며 축 늘어진 창남을 보고서서 손톱이나 발톱 빼는 것으로는 성이 차지 않은 기색으로 벽에 걸린 고문 기계들을 훑어보고 있던 수사관은 지친 얼굴에 미소를 짓고 있었다.

"이창남처럼 어눌한 놈은 조것이 제격이지."

수사관은 들고 있던 손가락 꺾기 막대기를 내려놓고 고문 기구들이 걸려 있는 벽으로 가 밧줄을 가지고 왔다. 그리고 창남의 몸뚱이를 의자에 동여맸다. 그리고 나서 끝이 구부러진 굵은 철사가 달린 넓적한 피대를 가지고 왔다. 수사관은 피대에 달린 갈고리를 창남의 양쪽 코에 걸고 피대 끝을 잡아당기자 창남의 머리가 뒤로 젖혀졌다. 그러자 수사관은 피대 끝을 의자 다리에 동여맸다. 창남의 코는 천장을 향해 젖혀져 있었다. 수사관은 천장을 향해 젖혀져 있는 창남의 코에 고춧가루 범벅인 물을 떨어트리고 있었다. 창남의 몸이 요동치기 시작했다. 벌어진 입에서는 비명과 고춧가루가 범벅이 된 물이 뿜어져 나오고 있었다. 창남의 몸은 뒤틀리고 있었고, 그런 창남이 몸에 또 다른 수사관이 곤봉으로 머리를 내려치고 있었다. 창남이 머리에서 '탁' 하는 소리가 났다. 그리고 잠시 쉬었던 수사관이 창남의 손가락에 막대기를 끼우고 나서 압박하기 시작했다. 몸이 뒤틀리고 있는 창남은 계속해서 고춧가루 물을 토해내고 있었다. 손가락뼈가 부러지는지 우직거리는 소리가 나고 있었다. 고춧가루 물을 코에 붓던 수사관이 주전자를 내려놓고 방망이를 집어 들었다. 그리고 힘없이 벌어진 창남의 양쪽 발 정강이를 내려쳤다. 창남은 만신창이로 변하고 있었다. 창남의 입에서 아무런 소리가 나지 않고 있었고, 몸뚱이는 너부러지며 만신창이가 되고 있었다. 수사관들은 모두 고문을 멈추고 뒤로 물러나 의자에 앉았다.

"이창남! 이제 시작이다. 서울에서 특파된 수사관들은 너의 자백서를 들고 상경할 것이다. 너의 손톱 발톱 들이 모두 빠지게 될 거고, 두 다리는 뼈가 남아 있는 곳이 없을 것이다. 그리고 집에 돌아가느냐, 너의 시체가 산에 버려져 짐승들이 포식하느냐는 너에게 달렸다. 20분 쉴 수 있도록 하겠다. 그동안 잘 생각해라."

수사관은 책상에 놓여 있던 손톱 집게를 집어 책상을 톡톡 두드리며 말소리를 창남이 귀를 향해서 깔고 있었다. 창남은 목이 탔다. 그러나 물이라는 소리는 입에서 나오지 못하고 있었다. 창남은 정신이 희미해지고 있었다.

"물…."

창남의 '물' 소리에 수사관들은 서로 보고 있었다. 그리고 한 수사관이 주전자를 들고 가 창남의 입에 부었다.

"물 말고 필요한 게 있으면 말하라. 야! 이창남! 제발 우리 신사적으로 하자. 이제부터라도 신사적으로 하자. 부탁한다, 이창남. 생각해 봐라. 지난 일들 이야기에 불과하고 네 문제 하나 가지고 총독부에서 급파되고 우리는 이게 뭐냐? 네가 입만 열면 간단하게 해결될 일이다. 경성에서 오지들만 안 했어도, 글쎄다. 모르겠다. 입을 열 기색만 보였어도 경성서 온 분들이 다그치지 않았을 텐데, 네가 입을 열지 않으니까 일이 커지지 않니? 우린 마음이 급해져서 다그치는 방법밖에 없고, 만약에 이야기를 들어봐서 너는 단순히 휩쓸리기만 했다면 죄는커녕 우리가 너를 보호한다. 보호해. 이완용, 또 그 누구냐? 그래 송병준 같은 대감들 얼마나 멋지냐? 그런 사람들은 돈이면 다 되는데, 힘 하나 안 들이고, 너라고 그렇게 안 되라는 법 있겠냐? 자, 이제부터 너와 우리 고생하지 말자. 그리고 네 인상을 볼 때 털끝만큼도 죄를 지었을 것 같지 않다. 우리가 장담한다. 우리가 이창남을 무시해서가 아니라 이창남은 주모자나 주동자가 될 수 없는 사람으로 태어났다. 팔자가 그렇게 생겼다. 그리고 네가 말하는 것에서 좀 이상하다 싶으면 너에게 불리할 것 같은 것은 우리가 적지도 않을 것이며, 기록이 되어 있으면 우리가 삭제하겠다. 전적으로 너를 보호할 것이다. 야! 이창남! 세상 한 번 태어나지 않니? 멋있게 못 살면 얼마나 슬픈지 아니? 지금까지 너에게 우리가 한 짓은 위협을 하면서 너를 떠본 것이야. 오해 없기 바란다, 이창남."

수사관은 퉁퉁 부어 내려앉은 창남의 눈꺼풀을 내려다보면서 창남의 오른손 엄지손톱이 너덜거리고 있는 것을 보고 있었다. 수사관은 조그마한 통을 가지고 와서 창남의 손톱에 부었다. 창남은 자지러졌다. 알코올 냄새는 콧속으로 파고들고 있었고, 독한 알코올은 상처 속으로 파고들어 가면서 창남의 중추신경을 요동시키고 있었다. 수사관은 창남의 머리에도 알코올을 붓고 있었다. 알코올은 머리 어디로 파고들어 가는지 창남은 아픔에 심장이 터질 것 같은 통증에 몸을 뒤틀고 있었다. 알코올을 여기저기 상처마다 붓거나 바르고 난 수사관은 탁상을 치면서 창남에게 말했다.

"우리가 국밥이라는 음식을 시켰다. 그럼 다시 보자. 그리고 부탁할 것이 있거나 화장실 갈 일이 있으면 저기 앞에 있는 순사에게 말하면 된다."

수사관들은 나갔고, 문 앞에서 총을 메고 있는 경찰이 창남을 감시하고 있었다. 창남은 상처마다 아픔이 파고들고 있어서 몸을 움직이지도 못하고 있었다. 문이 열렸고 경찰관이 음식을 들고 들어와 창남 앞에 놓고 나갔다. 음식 냄새가 콧속으로 파고들어 오고 있으나 창남은 음식과는 아무런 연관이 없었다. 손톱이 너덜거리고 있는 오른손은 움직일 수도 없거니와 손가락마다 막대기 고문을 당한 왼손마저 움직이지 못하고 있다. 문 앞에 서서 창남의 일거수일투족을 감시하고 있는 경찰관은 한동안 창남을 보고 있다가 말을 걸어왔다.

"음식 먹어야 한다. 안 그러면 이틀간 물도 주지 않는다."

창남은 고개를 돌려 경찰관을 바라봤다.

"먹지 않으면 이틀간 아무것도 주지 않는다."

창남은 통통 부어올라 있는 왼손을 움직이며 숟가락을 집었다. 살게 될지 죽게 될지 모르겠지만 이틀간 물도 주지 않는다는 말에 더 큰 고통이 두려워서 숟가락을 움직였다. 창남은 국물을 숟가락에 떴으나 모두 흘리고 입에 들어가는 것은 없었다. 시간이 얼마나 지났는지 탁상은 깨끗이 치워졌고, 수사관들이 다시 들어왔다. 수사관들은 앞으로 그리고 옆으로 창남을 보면서 둘러앉았다. 수사관들의 표정은 진지한 상태였고 이제 더 이상 무엇 하나 넘겨버릴 수 없다는 식의 단호한 표정이 겹치고 있었다. 창남은 아픈 두 손을 아직은 멀쩡한 무릎에 올려놓고 고개를 숙이고 앉아 있었다.

"점심 좀 먹었나?"

수사관은 문 앞에 서 있는 경찰관에게 물었다. 경찰관은 고개를 옆으로 흔들면서 대답했다.

"국물만 먹었습니다."

"오, 그랬구나. 국물 조금 먹었어도 고마운 일이다. 나가거라."

수사관은 경찰을 내보냈다. 그리고 창남에게 입을 들이 대고 있었다.

"차근차근 풀어나가 보자, 이창남."

"잠을 자고 있는데 부대에 불이 났고 총소리가 나고 있어서 처음에는 밖으로 나가지 못하고 있다가 군인들이 불 끄라고 소리를 질러서 불을 끄러 뛰어가는데 도망가라는 소리가 들렸습니다. 그런데 갑자기 군인들이 나타났고, 나타난 군인들은 만주군이었어요. 중국군은 우리를 향해서 총을 쐈어요. 그래서 우리 여섯 명은 정신없이 뛰어 계곡으로 해서…."

"잘한다. 그래 이렇게 얘기하면 돼."

수사관은 옆 책상에서 기록하고 있는 것을 보면서 주머니에서 담배까지 꺼내 피워 물었다.

"한참 도망가면서 뒤돌아보니까 부대는 불타고 있었고, 총소리와 대포 소리가 요란하기만 했습니다. 우리는 부대로 가지 못하고 캄캄한 산속에서 헤매고 있었습니다."

창남은 하던 말을 잠시 멈췄다. 그리고 앞에 앉아 있는 수사관이 고개를 끄떡이고 있는 것을 느끼고 있었다. 창남은 손가락들이 모두 부러졌는지 퉁퉁 부어오르며 쑤시고 있어서 말을 잇지 못하고 아픈 손을 보고 있었다.

"누구라도 그때는 그럴 수밖에 없다. 적군의 습격을 받아 아수라장이 됐는데 그러지 않을 사람이 어디 있겠느냐. 그럼 계속 도망만 다녔느냐?"

수사관은 창남이 말하는 대로 두꺼운 200부대 사고 보고서를 들여다보며 창남이 말하는 대로 뒤적거리고 있었다. 수사관은 다시 물었다.

"그럼 다시 부대로 돌아가지 않았느냐? 습격을 받는 바람에 부대가 불바다로 변했고 야전병원이 처참해졌을 텐데…."

창남은 고개를 끄떡이다가 다시 말을 이었다.

"부대로 가고 있는데 부대 안에서 대포가 계속 터지고 있어서 우리는 가다 말고 멈춰서 부대를 보고 있기만 했습니다. 중국군들이 부대에다가 대포를 쏘고 있는 것 같았습니다."

창남은 상처마다 아픔이 심해서 말할 수가 없었다. 그리고 기억이 나고 있어도 말하지 않고 있었다. 몸이 아파서 의자에 앉아 있기보다는 바닥에 쓰러지든지 눕고 싶기만 했다.

"그래, 당시 팔로군이 부대를 향해서 박격포를 쏜 것이 맞다. 여기에도 그렇게 되어 있다. 그래서 어떻게 되었느냐?"

창남은 고개를 들다가 다시 떨어트렸다. 그리고 수사관이 묻고 있는 말에 어떻게 말해야 할지 생각하고 있었다. 창남은 기억을 더듬고 있는 듯이 하면서 아픔에 시달리느라고 대답할 수가 없었다. 그리고 근식 대장이 떠오르고 있어서 어느 것 하나 말할 수가 없었고, 죽을 것만 같은 생각에 분하고 억울해서 퉁퉁 부운 눈에서 눈물이 흐르고 있었다. 그러면서 죽을 거라면 어서 죽었으면 좋겠다는 생각이 들고 있었다. 수사관이 뭐라고 말하고 있으나 창남은 아프고 억울하기만 해서 듣지를 못하고 있었다.

"이창남? 이봐라, 이창남?"

수사관은 창남의 이름을 외쳐대고 있었다. 그러나 창남의 몸은 탁상으로 기울고 있었고 얼마 못 가서 창남의 몸 일부는 탁상 위에 쓰러지고 있었다. 창남은 머리를 들려고 움직이고 있었다. 그러나 아픔에 정신이 몽롱해지고 있어서 몸은 죽은 시체처럼 늘어지고 있었다. 창남은 아무 말도 하지 못하고 있고 입에서는 아픔에 시달리고 있는 신음만 흘러나오고 있었다.

(우리는 일본군에게 잡히면 자백을 당하게 된다. 잡히는 순간 죽은 것이니 자백보다는 죽음의 길로 가는 것이 독립군의 정신이고 숭고한 승리다.)

창남은 근식 대장의 말소리에 전선이 보이고 있었다. 달리는 말 등에서 일본군을 향해 총을 쏘던 생각이 나고 있었다. 창남은 탁상에 쓰러진 몸을 그대로 두고 있었다. 창남은 몸이 끌려가고 있다는 것을 알았다. 그리고 끌려가던 몸이 바닥에 내동댕이쳐지고 있다는 것도 알았다.

(부대에서 시체 태우는 일을 했다는 말을 일본군에게 해서는 안 된다.)

(독립군을 말해서는 안 된다.)

창남은 근식 대장의 말소리에 상처에 아픔이며 고문의 고통들은 아무런 문제가 되지 않고 있었다.

일본군에 잡히면 절대 하지 말아야 할 말 중에서 독립군과 200부대에서 시체를 태웠다는 말은 어떤 일이 벌어져도 말해서는 안 된다는 근식 대장의 말을 떠올리며 창남은 진술서를 들고 읽고 있는 수사관을 고개를 쳐들고 보고 있었다. 수사관은 200부대에 관해서 물었다. 그러나 창남은 빨래한 이야기와 산에서 나무했다는 말만 하고 있었다. 수사관들은 커다란 쇠 통을 수없이 두들기며 날뛰고 있을 뿐 창남에게서 아무것도 들춰낼 수가 없었고 들을 말이 없었다. 수사관들은 제풀에 지쳐가고 있었고, 이상한 성질들을 부리고 있었고 창남의 몸은 일본 경찰들의 인내를 바보로 만들고 있었다.

창남은 이틀간 별다른 심문이나 고문 같은 것은 받지 않았으며 바닥에 누워 아침과 저녁에 약간의 음식을 먹고 있었다. 수사관들 또한 지금의 창남이가 고문에 의한 상처나 정신 상태가 고르지 못하다는 것을 알고 있어서 잠시 공백을 갖고 있었다. 창남의 사건이야 그 어떤 사건보다 중요하고 창남으로 해서 사실 확인을 밝혀보려고 작심하고 있는 중이라 수사관들은 전전긍긍하고 있었다. 수사관들은 빠를수록 좋겠지만 창남이의 몸 상태가 원만하지 못하자 공백 기간을 갖기로 했고 공백 동안 자백을 받아낼 묘안을 찾느라고 머리들을 굴리고 있었다. 그리고 폭력으로는 실패한 것만 같아서 논리적이고 지능적인 방법을 해보기로 하고 준비하고 있었다. 그러면서 공백 삼 일째가 되었다. 다 늦은 오후, 창남은 수사관들과 마주하고 앉았다.

"약은 잘 먹었나? 바르고?"

"예."

"이 길로 이창남을 방면한다 했으면 좋겠다. 그런데 그게 마음대로 되는 일이 못 되고 보니 이창남 보기가 미안하고 더럽구나, 그리고 말이야, 위에서 유감스럽게도 이걸 주문했다. 너의 잘잘못이 있는 죄목이 아니라 너에게 있었던 일들을 일기 식으로 작성하라고 한다. 내가 볼 때는 거기서 거긴데 윗사람들은 머리만 굴리다 보니까 엉뚱한 생각들을 잘한다. 그럼 슬슬 시작해 보자."

수사관은 무슨 말인가 창남에게 더 이르려다가 서류를 뒤적거리고 있었다. 그리고 잠시 후 수사관은 다시 입을 열었다.

"어디까지 했는지 아느냐? 처음부터 다시 시작하겠다. 그리고 이게 뭐고 뭔지 모르겠다. 그리고 말이야, 총독부 수사관들이 너의 자백을 얻어내지 못하고 두 사람은 급거 상경했다. 이제 남아 있는 두 사람이 우리를 볶아댈 텐데 함께 잘해 보자. 이창남! 너희들 행적을 보니 열차포 격납고라든가 크고 작은 일들을 모두 모범으로 일한 것으로 기재되어 있다. 그 때문에 200부대 탈출 사건이 많은 혼동을 일으키고 있다. 여기 보면 이창남 너는 단순 징용자들 명단에 실여있을 뿐 그 사건에 포함된 이름에는 어디에도 없다. 그리고 그 사건기록이 공격자들의 진술이 한 군데도 없다가 보니 모두 이상하고 흐지부지되어 있다. 그래서 피해자 일본군들이 기록한 것이 어느 정도 진실한가. 확인하느라고 다시 조사하라고 하나 보다. 부탁하는데 힘들겠지만 네가 협조할 수밖에 없을 것 같다. 협조 바란다. 사실대로 작성해서 상부에 올려야 하려나 보다."

수사관은 허심탄회하게 늘어놓으며 창남의 비위를 맞추고 있었다. 그러나 창남의 상태를 보아 수사관의 의도나 노력에 조금이라도 도움이 될 것이 없었다. 눈두덩서부터 손가락들 그리고 사정없이 얻어맞아 부러진 늑골들 하며 무엇보다도 창남이가 수사관의 의도에 먹칠하는 생각을 하고 있다는 것이다. 바로 청산리를 떠올리고 있다.

창남은 고춧가루와 마늘 가루가 감각을 잃게 만드는 바람에 손톱이 빠진 것을 보면서도 통증의 감각을 심하게 느끼지 못하고 있었다. 그런 창남은 수사관의 말에 어떤 반응이나 수긍이 있을 수 없었다. 그렇지만 늑골이 금이 가고 부러져 있는 관계로 의자에 앉아 있는 것은 고통이기만 했다. 창남의 고통을 모르는 수사관은 취조를 하게 되면 창남이를 의자에 앉히고 있었다. 창남은 그 순간부터 죽고 싶은 생각만 하고 있었다. 창남은 아픔의 고통에 시달리다가 얼마가지 않아서 반감은 물론 적대감이 끓어오르게 되면서 근식 대장을 비롯해서 전선에서 함께한 동지들을 떠올리며 아픔도 죽음도 무섭거나 두려워하지 않게 되고 있었다. 창남은 수사관 앞에 우물거리며 앉아 있는 고체 덩어리로 되고 있었다.

수사관은 물고 있던 담배를 다 피우고 나서 다시 말을 시작했다.

"앞으로 세 시간만 이곳에서 너를 취조하겠다. 세 시간 동안 아무 협조가 없으면 우리는 너를 지하 취조실로 보내게 된다. 그곳은 중범 자들이나 국범 자들이 수용되어 있는 곳이다. 말해주는데 지금 위에서 네 문제를 결정하고 있다. 그러니 너 스스로 너의 운명을 선택해야 한다. 앞으로 세 시간이다. 더는 너에게 기회를 주지 않는다. 그럼 부대로 복귀하지 않고 어디로 갔느냐? 시작하자. 어디로 갔느냐?"

창남은 수사관의 질문에 대답하지 않았다. 수사관이 일본의 위협자로 분리된다는 말에도 창남은 대답하지 않았다. 200부대 공격 범으로 기재된다는 말에도 대답하지 않았다. 창남은 퉁퉁 부운 눈을 감고 있듯이 입술도 닫고 있었다. 수사관들은 창남이가 입을 여는 것을 끝내 기다리지 못하고 자리에서 일어나 밖으로 나갔다. 그리고 다른 수사관들이 창남이 앞에 앉거나 늘어서고 있었다.

9
지하 고문실

"이제 얼마 남지 않았다. 너는 지하 취조실로 내려가게 된다. 입을 열지 않으면 어떻게 될 거라는 것은 이미 경험했으니 알 것 아니냐."

"윽!"

창남은 수사관이 뼈가 부러져 퉁퉁 부어올라 있는 손가락을 말아 쥐고 있는 채찍으로 꾹 찌르는 바람에 비명을 질렀다.

"어서 말해라. 우리의 인내와 너에게 부여된 마지막 기회가 다 흘러가고 있다."

창남은 공포에 휩싸이면서도 이미 올 것이 왔다는 생각에 수사관들에게 미온적이기만 했다. 창남은 수사관들이 거적에 눕히는 대로 누웠다. 그리고 거적이 끌려가는 것을 알 수 있었고 들려가는 것을 알 수 있었다. 수사관들은 지하 계단을 다 내려가자 지하 취조실이라는 곳으로 끌고 들어갔다. 그리고 수사관들은 창남을 깜깜한 곳으로 밀어 넣었다. 방 안은 어두워서 무엇 하나 보이는 것이 없었고, 피 비린 냄새와 오물 썩은 냄새들이 뒤섞여 코를 진동시키고 있었다. 그리고 미끈거리는 바닥이 소름 끼치게 하고 있었고, 앞으로 일어날 일들을 짐작할 수 있게 하고 있었다. 창남은 썩은 냄새와 미끈거리는 바닥이 구질거려서 퉁퉁 부은 눈꺼풀을 움직이고 있었다. 그러나 눈에 보이는 것은 칠흑이고 아무 것도 없는 감옥이라는 것을 알았다. 창남은 깜깜한 속에서 실 가닥 같은 빛이 위에서 아래로 서려 있는 것을 보았다. 그리고 이곳에 다른 사람들이 있는 것을 느꼈다. 창남은 숨을 죽이고 두리번거렸다.

"여보쇼! 이봐요! 지금 들어온 양반!"

누군가 부르고 있는 소리가 창남 자신을 부르는 소리라는 것을 알 수 있었다. 창남은 고개를 들어 소리 나던 곳으로 얼굴을 돌렸다.

"여보쇼! 말소리 들리시오? 들리면 대답하시오. 방금 들어오신 분."

"예."

창남은 대답했다. 들려오는 말소리가 반가웠다. 그리고 살았다는 기분까지 들었다.

"누구시오? 나는 남기복이라는 서울 사람이오."

"예, 저는 홍성에 이창남입니다."

"홍성이면?"

"충청남도."

창남의 숨소리는 생기가 어리고 있었다. 송장 썩은 냄새가 진동하고 있어서 숨을 쉴 수도 없고 죽은 것이나 다름없었는데 말을 주고받고 보니 창남은 살아 있는 기분이 들면서 생기가 나고 있었다. 남기복이라는 사람의 말소리가 다시 들려왔다.

"이런 방이 몇 개 돼요. 지금 홍성 양반까지 다섯 명이 잡혀 있소. 홍성 양반은 무슨 일로 연루되어 예까지 왔소?"

창남은 남기복이 묻는 말에 머뭇거려졌다. 창남은 입을 열지 않고 있었다.

"괜찮소. 이곳에 지금 잡혀 있는 사람들은 단순 범죄로 잡혀 온 사람들은 없소. 만주에서 해방군이나 독립군을 했거나 돕다가 붙들린 사람들이오. 홍성 양반이 이곳에 왔다면 틀림없이 그랬을 것이오. 어디 계셨소?"

창남은 망설였다. 그러나 이곳에 잡혀 있는 사람들 모두 독립군이고 연관되어 있다는 말에 망설이던 창남의 마음이 조금씩 흔들리고 있었다. 창남은 입을 열었다.

"200부대요."

"200부대요? 200부대라면 세균 연구 포조 군부대인데 거기 있었소?"

"예."

창남은 대답했다. 그러나 200부대가 세균 연구 부대라는 것은 금시초문이었다. 창남은 남기복이 하는 말을 듣고 있었다.

"200부대에서 동지들이 탈출했는데, 오…! 포조 군부대에 있으셨고 어렵겠소. 이곳에서 한참 걸리겠소."

창남은 오래 걸리겠다는 남기복의 말에 강한 압박감을 느끼고 있었다. 남기복은 말소리를 잇고 있었다.

"200부대든 어느 부대든 부대에 있었으면 무조건 수사를 받게 돼요. 광산 같은 데와는 달리, 더군다나 200부대는 포조 군부대인데 공격을 받았고 탈출했으니 수사관들이 쉽게 물러날 것 같지가 않소."

창남은 남기복이라는 사람이 200부대는 물론 자신에게 있었던 일들도 알고 있는 것만 같아서 마음이 혼란해졌다. 그리고 염탐꾼에 걸려든 것 같은 생각이 들고 있었다. 죽음도 무섭지 않던 마음이 두려워지고 있었다. 창남은 남기복이라는 사람이 궁금해지면서 아는 사람 같으면서 생각나지 않고 있어서 창남은 아픈 머리를 흔들고 있었다.

"여기에 석 달째 잡혀 있는 사람이 있어요. 나도 두 달이 다돼가요. 박현무 독립군과 봉오동전투에서 싸웠소. 평양에 작은 아버지가 사망하셔서 갔다가 이 지경이 되었소. 죽는 것은 두렵지 않은데 죽이지 않고 있는 것이 두렵소."

박현무 독립군이라는 말에 창남은 남기복이 있는 쪽으로 고개를 돌렸다. 그리고 남기복이 박현무 사령부 경호 대장을 알고 있어서 당장 달려가 손을 잡고 싶었다. 그러면서 창남은 큰 소리로 '난 이창남입니다.' 하고 소리치고 싶은 것을 가까스로 참아 넘기고 있었다. 창남은 남기복을 향해 몸을 돌려 앉고 앉았다.

남기복을 알게 되면서 창남은 앞으로 일어날 일들에 두려움이 사라지고 있었다. 그리고 이곳이 어떤 곳이라는 것도 알 수가 있게 됐고, 어떤 일이 일어나리라는 것도 확실히 알게 되었다. 그리고 남기복의 말대로 쉽게 나갈 수 없다는 것도 알게 되었다. 창남은 스치는 듯이 식구들이 떠오르고 있었다. 광자의 커다란 눈이 떠올랐다. 뼈만 앙상하던 광자 어미와 눈을 껌벅여 대면서 처다보던 아들도 떠오르고 있었다.

"더듬어 보시면 통이 있을 거요. 거기다 볼일 보면 돼요. 밥은 하루에 한 번 주먹밥이 나오고 물도 한 번 나오는데 목마르다고 다 마시면 안 됩니다. 목이 마를 때마다 입만 축이시오. 그래야 살아남을 수 있소."

남기복의 말소리는 장기전으로 들어가게 하고 있었다. 앞으로 이곳에서 창남이가 쉽게 나가지 못할 것이기에 남기복은 다시 말소리를 창남에게 보내고 있었다.

"우리로 인해서 조선은 해방될 것이오."

창남은 남기복의 말이 무슨 말인지 이해를 못해서 대답을 못했다. 고문을 당할 생각 만 하고 있었다. 죽게 될 것이라는 생각 말고는 창남이는 생각하는 것이 없다. 그런 그에게 남기복은 창남이의 마지막이 될 수 있는 말을 해주고 있었다. 창남이는 독립군이기 때문이다.

창남은 어느 방에선가 사람이 끌려 나가는 소리를 듣고 있었다. 그리고 가냘프고 탁하게 가라앉은 신음 속에서 '퍽퍽' 하는 소리를 듣고 있었다.

"그만큼 말하면 들어야 해 먹을 수 있잖아. 이 새끼야, 그놈들이 네 할아비라도 되느냐? 이름만 대면 풀어준다고 몇 번이나 말했니? 얼마나 더 말해야 알아듣느냐? 이 조선 놈 새끼야. 좋다. 네놈이 어서 죽어야 그만큼 우리가 고생 안 한다. 이 조선 놈 새끼 뒈져라."

수사관이 무슨 짓을 하는지 이상한 소리가 창남의 귀를 먹먹하게 만들고 있었다. 대장간에서 들을 수 있는 소리가 들리고 있었고, 그 소리 속에서 사람이 시달리고 있는 신음이 들려오고 있었다. 창남은 몸을 일으켜 벽에 기대고 앉았다. 그리고 지금 귀를 찢고 있는 소리가 자신도 끌려 나가면 벌어질 일이라는 생각에 머리가 쭈뼛해지고 있었다. 창남은 퉁퉁 붓고 움직이기 어려운 양손을 들어 무릎에 올려놓고 계속해서 들리고 있는 대장간 같은 소리를 귀담아 듣고 있었다. 창남은 부어오른 손들은 물론 귀 뒤의 아픔도 잊은 채 몸을 뒤척이며 문밖에서 일어나고 있는 일에 신경을 곤두세우고 있었다. 그리고 자신에게도 일어날 일이기에 긴장되고 있었다. 계속해서 문밖에서는 대장간 같은 소리 속에 앓는 소리가 뒤섞여 들리고 있었다. 수사관들은 빨래 빠는 몽둥이질 소리를 계속하고 있었고, 고깃덩이가 얻어맞는 소리가 계속해서 들려오고 있었다. 수사관들은 지쳤는지 숨을 몰아쉬면서 식식거리고 있었다. 그리고 얼마 후 잠잠해지고 나서 고깃덩이 내던지는 소리가 나면서 수사관들이 밖으로 나가는 소리가 들리고 있었다. 창남은 등과 뒷머리를 벽에 대고 눈을 뜨고 캄캄하기만 어둠을 두리번거리고 있었다.

"여보쇼. 내 말소리 들리시오?"

남기복이 내동댕이쳐진 사람을 향해서 소리 지르고 있었다. 그러나 그 사람은 아무 소리도 하지 않고 있었다. 가끔 가쁜 숨소리를 내고 있었다.

"이놈들!"

남기복이 목소리가 캄캄한 어둠을 흐릿한 눈으로 보며 서 있는 창남의 귀에 들려왔다. 얼마나 됐는지 창남이가 바닥에 앉고 있었다. 그리고 다시 얼마 후 창남은 미끈거리며 썩은 송장 냄새가 진동하고 있는 바닥에 몸을 눕혔다. 창남은 문이 열리고 있어도 움직이지 못하고 있었다. 열린 문으로 주먹만 한 주먹밥이 바닥에 놓였다. 그리고 물이 담긴 그릇이 주먹밥 옆에 놓였다. 창남은 퉁퉁 부어오른 손을 들며 엉거주춤 움직이면서 캄캄한 속에 희미하게 보이고 있는 그것들을 보고 있었다.

"홍성 양반, 물은 입술만 축이고 아끼시오. 밥도 콩과 옥수수이니 천천히 씹으시오. 입술만 축이며 물을 아끼시오."

남기복이 창남을 향해서 신신당부하고 있었다. 주먹만 한 밥덩이 하나에 물 한 종지가 전부인 유치장 취조실에서 창남은 이제 무시무시한 운명이 시작되고 있었다. 몇 시나 됐을까. 취조실은 지하이니 밤이고 낮이고 전기 불빛이 밝히고 있을 뿐 낮과 밤이 따로 있지 않으며 일본 수사관들역시 낮과 밤을 잊고 있었다.

창남은 문틈으로 실 가닥 같은 빛이 그려진 것을 보고 있었다. 언제 일지는 몰라도 수사관이 빛이 실 가닥 같이 비쳐지고 있는 문을 열고 끌고나갈 것을 생각하면서 실 가닥 같은 빛을 보며 수사관들의 발걸음 소리에 촉각을 곤두세우고 있었다. 수사관들의 발걸음 소리는 절체절명이고 살아 있다는 숨소리의 실체이다. 수사관의 발걸음 소리는 여기서 들리다가 저기서 들리다가 하면서 공포의 실체이기도 하다.

창남은 수사관들이 종잇장을 넘기고 있는 소리에 귀를 기울이고 있었다. 수사관들은 한참 동안 종잇장 소리를 내면서 말을 주고받고 있었다. 그리고 발자국 소리를 이리저리 어지럽게 내고 다니고 있었다.

"오늘 과장님이 결재하시겠다고 한 놈부터 시작합시다."

수사관들은 창남의 옆방에서 끌고 나가고 있었다. 창남은 밖을 보기라도 할 것처럼 문 앞으로 움직였다.

"이번 것들은 악질 중에서도 악질이야. 질이 달라. 과장 얼굴이 조속히 자백을 받아내지 않으면 우리 목이라도 칠 얼굴이더라고 오늘 이것들 결판냅시다."

수사관들은 푸념을 늘어놓으면서 고문 기구를 끌어다가 집어 던지고 있었다. 그리고 무슨 짓들을 하고 있는지 거친 숨소리가 물 끓듯이 끓어오르고 있는 소리가 들리고 있었다.

"아, 질기네. 더 비틉시다. 이거 팔 뽑아 버립시다. 아, 질긴 것들. 이것들하고 밤낮 이럴 것 없이 싹 죽이면 되는데 조선 놈들 한 놈도 남기지 말고 모두 죽이면 간단할 텐데, 이 고생 안 하고. 왜 이러는지 알 수가 없어, 윗사람들은. 진주만 공격하지 말고 조선 것들이나 싹 죽여 버렸으면 이 고생 안 하고 속이 시원할 텐데."

수사관들은 이를 악물어 가면서 팔뚝에서 으지직 소리가 나고 있어도 비틀어 대고 있었다. 그리고 비트는 대로 가쁜 숨소리가 나고 있었다. 고문을 당하고 있는 조선 사람은 비명도 없이 온몸이 비틀리고 찢어지고 있었다. 수사관들은 잔혹해지고 있었고, 입을 열지 않고 있는 조선 사람을 죽일 작정을 했는지 모든 고문 기계를 동원하고 있었고 몸뚱이를 비틀어 대고 있었다. 가냘픈 숨소리는 금방이라도 끊어질 것만 같이 입에서 새어 나오고, 난 후 취조실은 한동안 적막이 흐르고 있었다. 창남은 쪼그리고 앉아서 고문당하고 있는 사람을 생각했다. 결국에는 죽겠구나 하고. 그리고 끌려 나가면 저 사람처럼 고문당하고 죽게 될 생각에 식구들을 생각했다. 끌려올 때 어디 갔었는지 볼 수가 없었던 광자 어미를 생각하고 애들을 생각했다. 그리고 근식 대장도 생각했다.

"잡히면 독립군으로 몰아붙이고 온갖 고문을 해 댑니다. 무슨 말이던 절대 하면 안 됩니다. 무슨 말이던 하기만 하면 즉시 죽일 것같이 고문하고 난리 피워댈 겁니다. 그러나 절대 쉽게 죽이지 않습니다. 왜놈들은 독립군이라면 온몸의 피가 모두 마를 때까지 고문하고 뼈를 모두 바수고 살을 갈기갈기 찢으며 숨이 끊어질 때까지 고통을 줍니다. 그리고 가족들도 흔적 없이 끌고 갑니다. 독립군 말은 물론이고 어떤 말이던 하면 안 됩니다. 고국으로 가시면 분명히 일본군이나 경찰에게 조사를 당하게 됩니다. 산속에서 살았다는 말만 하세요. 농사지으며 산짐승 잡아먹으며 살았다는 말만 하세요. 만주 산속에서 농사지으며 숨어 살았다고 하시고 다른 사람들은 모두 밤중에 흩어져서 모른다고 하세요.”

창남은 아픈 손가락이 쑤시는 것을 참아가며 근식 대장을 생각하고 있었다.

“북간도에는 왜 갔었나?”

수사관의 목소리가 지쳐 있었다. 씩씩 대는 숨소리가 들려오고 있었다. 씩씩대는 숨소리 말고는 아무 소리가 나지 않고 조용했다. 수사관은 코와 입에 물을 붓고 있는지 물을 뿜어내는 숨소리가 들려오고 있었다.

“북간도는 왜 갔느냔 말이다?”

수사관의 말소리는 윙윙거리는 바람 소리처럼 들려오고 있었다. 수사관은 참을 수가 없는지 후려치고 있었다.

“북간도에 왜 갔나?”

수사관의 목소리가 지쳐 있었다. 헉헉대고 있었다. 다른 수사관이 말했다.

“이 자식은 더 이상 손댈 데가 없으니 다음 주에 합시다. 보고서에 그렇게 써서 올립시다. 손톱이고 발톱이고 남은 것도 없고 남은 건 숨구멍 하난데 아직도 정신을 못 차리니 어쩌자는 건지…”

수사관들은 질질 끌어다가 처박고 있었다. 그런 다음 발걸음 소리가 크게 들렸다. 창남은 긴장하기 시작했다. 자신도 모르게 자리에서 일어나 엉거주춤 서 있었다. 가슴에서 피가 멎는 것만 같은 통증이 일어났다. 수사관의 발걸음 소리가 문 앞에서 멎었다. 창남은 눈을 감았다. 문 여는 소리가 났다. 창남은 눈을 떴다. 그러나 눈에 보이는 것은 캄캄한 그대로였다. 창남은 쓰러지듯이 주저앉으며 앉은 채 쪼그렸다. 가슴에서 쿵쾅거리며 뛰던 피가 귀에까지 들리고, 그 소리 속에 바로 옆방에서 질질 끌려 나가는 소리가 들리고 있었다. 창남은 숨을 몰아쉬었다. 쇠사슬이 자르르 하는 소리가 들리고 있었다.

"오늘 우리 힘 빼지 마라. 다 알지 않느냐. 조선 백성은 대일본제국에 백성과 같이 같은 법치 속에서 살지 않느냐? 합병 1조 1항에 그렇게 되어 있는 거 알지 않느냐. 다시 반복하지만 조선은 일본이다. 이 지구상에 조선은 없다. 너 알지 않느냐, 조선 전에 고려라고 하지 않았느냐, 그리고 그 전에 백제, 신라, 뭐 고구런가 그러지 않았느냐, 그런 식으로 조선은 대 일본제국이 되었다. 대일본제국과 과거 조선은 신선한 협상으로 대일본제국이 되었다. 이 말이다. 그러니 국법에 어긋나는 짓은 하지 말아야지. 네가 국법을 어기니까 대일본제국이 어지러워지고 있지 않느냐. 네가 나쁜 짓을 하면 일본이 나빠지고, 일본은 일본을 위해서 방관할 수가 없고 조약을 어긴 만큼 국법으로 다스려야하고 네가 이럴수록 그 옛날 조선의 수호이자 선지자이신 이완용 대감이 얼굴에 먹칠하는 것이고 얼굴이나 드실 수 있겠느냐? 왜 그런 걸 모르냐? 우리는 너희를 보호해야 할 의무가 있고, 너희는 최소한의 조약대로 해야 할 의무가 있다. 우리가 네게 묻는 것은 네가 한 일에 관해서 묻는 것이지 않느냐. 네가 안 한 것을 우리가 물어본 적이 있느냐? 그런 건 물어본 적이 없다. 말하면 뭘 해, 이것들!"

"다 말했다. 너희가 믿지를 않을 뿐이다."

"내 말 다 듣고 대꾸해라. 다 말했다고 하는데 다 말했다면 우리가 왜 이러겠니? 숨기고 있는 것 모를 줄 아니? 숨기고 있는 것 때문에 그렇지 않느냐? 내일 너희를 총독부 수사관이 조사할 것이다. 그러니 오늘 죽을 각오를 해라. 북간도는 왜 가려 했느냐?"

"말하지 않았느냐? 장사하러 다닌다고."

"누가 그걸 모르느냐? 네가 장사꾼이라는 것은 알고 있다. 내 말을 아직
도 이해하지 못 하는 모양인데 북간도에 간 것을 묻는 게 아니라 북간도
에 가서 장사한 것을 묻고 있다, 이 말이다."

"나는 풍물 장사꾼이라 온갖 것을 다 팔지 않느냐, 그리고 산속이든 굴
속이든 사람 사는 곳이면 산 도적이 있는 곳도 가고 있다. 산 도적도 사람
이라 비누도 필요하고 면도칼도 필요하고 소금도 필요해서 갖다가 판다.
너희는 남의 나라에서 공출이라는 날강도 법을 정해가지고 날강도질을 하
고 자빠졌지만 나 같은 우리 선량한 조선 풍물 장수 꾼은 어디든 다니며
선량한 돈 버는 곳은 다 다닌다. 너희 나에게 더 물어볼 것도 없고 나는
너희에게 더 대답할 국물 찌꺼기도 남아 있지 않다. 고문할 거지? 잔소리
말고 시작해라."

"하! 이거 주둥이가 아직도 살아서 웃기네. 야! 북간도는 남의 나라야.
이웃 중국이다, 이 말이다."

"하! 웃기는 주둥이 가진 것은 너희다. 모르니? 그 주둥이 하나로 우리
나라 조선 슬쩍한 것? 그리고 북간도가 어째서 중국 거냐? 만주가 우리
땅이야. 이 쪽발이야. 너 공부했냐? 공부했으면 그런 것 알겠구나. 그리고
너희가 만주 꿀꺽하고 재미 보려고 북간도 떼어서 만주에 붙인 거잖아?
이 쪽발이야."

"이 자식!"

수사관은 몽둥이를 집어 들어 후려치고 있었다. 풍물 장사꾼은 '퍽' 소
리와 함께 바닥으로 나뒹굴었다.

"일어나."

수사관은 쓰러져 있는 풍물 장사꾼을 다시 내려쳤다.

"모르는 건 배워라. 쪽발이들아!"

픽! 픽! 픽! 픽! 수사관은 한동안 풍물 장수에게 매질을 하고 있었다.

"만주 폭도들에게 자금 대준 것 모두 알고 있는데 어디서 거짓말을 늘어놓고 있어, 이 새끼. 우리가 정보 수집을 했고 결국 너는 잡혔다. 그 돈들을 누가, 누가 주었나만 말하면 즉시 호리호식하게 풀어 준다고 우리가 약속문서까지 써주는데도 왜 믿지를 못하느냐? 그러니까 조선 놈 소리 듣고 역적 패거리로 몰려 이 고생하는 것 아니냐. 더도 말고 딱 한 사람만 이름을 대라. 그러면 내가 책임지고 방면하겠다. 지금 즉시."

"무슨 이름을 한 사람만 대라고 해 쌓느냐? 내가 장사 다니는 곳은 모두 댈게. 녹둔도, 연해주, 그리고 북간도, 서간도. 우리 조선 백성이 사는 곳은 다 다니는데 그곳 사람들 이름을 다 댈 테니 모두 받아 적어라. 이완용이부터."

둔기로 후려치는 소리가 '픽' 하고 나고 나서 풍물 장수는 더 이상 말소리가 나지 않았다. 창남은 움찔했다. 그리고 지금 고문당하고 있는 사람이 군자금을 가져오던 사람 중의 한 사람 같았다. 김시진 장군이 연해주로 비밀리에 보내고 있는 사람 중의 한 사람이라는 생각이 들었다. 창남은 풍물 장사꾼들이 드나들던 것을 생각했다. 풍물 장사꾼들이 드나들며 군자금을 내놓던 것을 생각했다. 그리고 지금 고문당하고 있는 사람이 그 사람 중에 한 사람이라는 생각이 들고 있었다. 독립군 군자금은 물론 김시진 장군에게 일본군들의 정보를 전해주던 사람이 틀림없다는 생각이 들면서 창남은 눈앞이 캄캄해지고 있었다. 그리고 모두 잡히고 있어서 속상해지고 있었다. 그러면서 군자금이 모두 차단되면 청산리에 남아 있는 김시진 장군을 비롯한 부상자들의 식생활을 생각하며 남아 있는 김시진 장군과 독립군들이 걱정되고 있었다.

수사관들은 계속해서 주리를 틀고 있었고, 사정없이 후려치고 있었다.

수사관들은 돌아가면서 패거나 비틀거나 잡아당기거나 하면서 풍물 장사꾼을 고문하고 있었다. 창남은 앞에 끌려 나가 고문을 받은 사람이 죽지 않았나 하는 생각이 들었다. 몇 시간 동안 심한 고문을 받으면서 신음조차 못 내고 고문을 받고 있었다. 그러다가 취조실은 조용해지고 있었다. 아무 기척이 없어서 창남은 불길한 생각이 들었다. 조용해진 취조실에서 풍물 장사꾼의 숨소리만 가냘프게 들려오고 있었다.

"냄새가 심해 못 해먹겠네. 이 조선 놈의 새끼는 심문하기가 무섭게 생똥을 지리는 통에, 이 새끼 집어넣읍시다. 그리고 200부대 탈영한 놈, 총독부 수사관들 재촉이 심하니 그놈 시작합시다. 이창남이란 놈!"

"그럽시다. 점심 먹고 합시다. 점심시간이 다 되었으니."

수사관들은 죽은 돼지 끌듯이 고문하던 풍물 장사꾼을 끌어다가 유치장에 집어넣고 나서 수돗물에 손들을 닦고 있었다.

"저 새끼는 굶겨야지 번번이 생똥을 지려서 냄새 통에 못 해먹겠어."

"흐흐 흐흐흐. 3일에 한 번씩 주라고 합시다. 흐흐흐, 일부러 그러는 것 같소."

손을 다 닦았는지 문소리가 났다. 그리고 취조실은 조용해졌다.

"홍성 양반!"

남기복은 살아 있었다. 남기복은 가냘프게 숨을 쉬면서 창남을 부르고 있었다.

"예!"

창남은 반갑게 대답했다.

"왜놈들이 점심 먹고 나면 홍성 양반 심문할 것 같습니다."

창남은 남기복의 말에 대답을 하지 않았다. 이제 곧 닥칠 심문과 고문에 전율이 온몸을 휩쓸고 있었다.

"예."

창남은 가냘픈 소리로 늦은 대답을 하고 있었다. 남기복은 그런 창남에게 다시 위안의 말을 전해주었다.

"사실대로 말해도 소용없습니다. 왜놈들은 사실대로 말하면 그럴수록 심해집니다. 200부대는 와해하였고, 그 분풀이를 하게 될 것 같습니다. 견딥시다. 마음 단단히 가지시오."

창남은 대답을 못 하고 있었다. 정강이는 물론이고 손가락들이 퉁퉁 부어오른 것을 어루만지며 고문을 받게 된다는 사실에 숨이 막혔다. 컴컴한 어둠 속에서 부러진 손가락들과 빠진 손톱을 보면서 창남은 이제 어디가 어떻게 될 것인가 하는 생각을 하면서 눈을 껌벅거리고 있었다. 순순히 말해도 손톱 발톱을 뽑아버릴 것이고, 모든 것들이 사실대로 낱낱이 밝혀져도 심문은 계속되고, 몸뚱이는 그들의 알 수 없는 분풀이로 희생되고 말 것이니 하늘이 무슨 소용이 있고, 조상이 무슨 소용이 있고, 운명이 무슨 소용이 있는 것인지 창남은 숨이 멎고 피가 멎었다.

"홍성 양반, 마음 단단히 가지시오. 200이라는 부대로 인해서 쉽게 넘어갈 것이 없을 것만 같소. 마음 단단히 먹고 가족 생각을 하시오. 왜놈들이 발악하고 있습니다. 미군이 반격하고 있다는 소리를 듣고 들어왔소. 이제 얼마 남지 않은 것 같소. 헛되게 목숨을 잃게 되는 것이 원통하나 살아 있는 동안 조국을 위해서 최선을 다했소. 억울하지만 어떻게 하겠소. 우리의 운은 여기가 끝인걸. 몸 보존하시오."

남기복의 말소리에 창남은 대답 없이 캄캄한 어둠만 보고 있었다.

"마음 단단히 가지시오."

남기복은 다시 말하고 있었다.

"살아서 왜놈들 망하는 꼴 봅시다."

10
병참 참모 남기복의 최후

유치장 여기저기에서 창남을 향해 위로하고 있었다. 그럴수록 창남은 공포에 휩싸여갔고, 죽게 될 생각에 긴장되고 있었다. 광자와 어린 아들놈 그리고 집식구 얼굴이 떠올랐다. 그리고 끌려오던 날 광자 어미가 없는 사이에 끌려오는 바람에 아무 말도 못 했고, 아이들과 자지러져 있을 것을 생각하며 창남은 눈물을 흘리고 있었다. 이제 남아 있는 손톱들이 뽑히고 발톱들도 모두 뽑히게 될 것이고, 말로만 듣던 전기 고문도 당하게 될 생각을 하니 창남은 사지가 뒤틀리고 있었다. 창남은 땀을 흘리고 있었다. 고문에 시달리다가 들어와 있는 풍물 장사꾼의 숨소리를 들으며 고문의 고통이 느껴졌다. 창남은 풍물 장사꾼처럼 숨을 쉬고 있었다. 목줄이 타 들어 가고 있었다. 창남은 손을 더듬거려 물그릇을 집어 들고 입술을 축였다. 남기복이 무슨 말인가 하고 있었으나 창남은 알아듣지를 못하고 있었다. 창남은 고문에 시달리고 있는 생각을 하고 있었다. 수사관들의 발걸음 소리가 들렸다. 그리고 담배 연기 냄새가 났다. 뒤이어 말소리들이 들렸다. 문이 열리는 소리가 나고 창남은 몸을 일으켰다. 그러나 창남이가 아니었다. 끌려 나가고 있는 사람은 남기복이었다. 그리고 이어 말소리가 들려왔다.

"어쩌면 너는 함흥으로 이송될 것 같다. 그동안 수고했다. 그러나 네가 있었다고 말한 길주 이후 1년간의 행적을 밝혀내지 못한 것에 상부에서 질책이 쏟아졌다. 어쨌든 너는 이송된다. 마지막으로 사실을 말하면 그대로 기록해서 보낼 것이고, 그러면 이송돼서 다른 조사는 없을 것이다. 입을 다물고 있다고 해서 능사는 아니다. 그러니 너를 위해서 숨기고 있는 것들을 말하여라."

"그동안 농사지었다고 하지 않았느냐? 조용히 살고 싶어서 산속에서 농사짓고 있었다는데 왜 믿지를 않는 거냐? 죽는다 해도 더 이상 할 말이 없다."

남기복의 말이 끝났다. 그러자 무슨 고문을 하는지 남기복의 입에서 "욱" 하는 소리가 났고, "욱" 하는 소리는 신음 소리로 바뀌면서 신음 소리는 아주 오래도록 이어지고 있었다. 창남은 철렁해졌다. 이곳에 오면서 남기복이 힘이 되어 주고 있었는데 남기복이 이송된다는 말에 숨이 멎고 있었다. 창남은 손을 뻗어 벽에 대고 서서 머릿속에서 소용돌이치고 있는 것을 기억하고 있었다. 그리고 신음 소리를 내고 있는 남기복이 청산리에서 함께 있었던 독립군이 틀림없다는 생각을 더듬고 있었다. 창남은 작전 참모들과 중대장들 그리고 연락 참모들까지 모두 기억해보았다. 창남은 수없이 사령부를 드나들며 보급품을 조달하던 참모들을 일일이 기억하고 있었다. 그리고 한두 번 본 적이 있는 병참 참모 남기복 정령이 지금 심문을 받고 있는 사람이라는 것을 기억해내고 있었다.

"으으 억 어!"

창남은 하마터면 "남기복 참모님!" 하고 외칠 뻔했던 입을 틀어막았다. 창남은 실탄과 총들을 말 등에 싣고 몇 명의 동지들과 이따금 나타나던 남기복 참모를 기억해내고 있었다. 창남은 소리치고 싶었다. "나, 제2 수색정찰대 이창남!"이라고 소리치고 싶었다. 남기복 병기 보급 참모 정령 앞에 쓰러져 통곡하고 싶어서 몸부림을 치고 있었다.

"우리가 멍청인 줄 아느냐? 농사만 짓고 있었다면 왜 연길에서 잡혔느냐는 말이다. 네가 길주에 있었다 하자. 거기서 만난 사람이 말해 주었으니. 그렇지만 연길에서 잡힌 것이 문제다. 1년간 뭘 했느냐? 우리가 지금 밝혀 내지 못한다고 네가 숨길 수 있을 것 같으냐?"

남기복은 신음 소리만 내고 있을 뿐 말소리는 없었다.

"독한 놈! 조선 놈들은 죽어도 싸! 다 죽어야 해. 미련해서 조사를 할 수가 없어. 반은 죽어서 이송시킵시다."

수사관은 고문하던 기구들을 집어 던지는지 쇳덩이들이 나뒹구는 소리가 났다. 그리고 남기복의 가쁜 숨소리가 진동하고 있었다. 남기복은 가슴이 모두 터질 듯이 숨을 몰아쉬고 있었다. 남기복의 숨소리는 간간이 멎으면서 고르지 않았다. 그럴 때마다 창남은 남기복의 숨소리가 멎을까 봐 가슴을 졸였다. 고문은 몇 시간째 이어졌고, 전기 불빛 속에서 남기복의 숨소리만 진동하고 있었다. 그런 속에서 가끔 수사관의 목소리가 섞이고 있었다.

"결국 너는 자백하게 된다. 아니면 죽거나!"

힘에 지친 수사관의 거친 숨소리와 말소리가 뒤섞여 나오고 있었다. 그러나 남기복은 가쁜 숨소리 말고는 입에서 나오는 것이 없었다.

"쉬었다 합시다. 이것들 때문에 먼젓번에 몸살이 다 나는 바람에 며칠 혼이 나서…."

"이리 주소. 잠시 쉬면서 이자 입에서 말이 나오면 받아쓰시오. 무릎 관절을 비틀어 버릴 모양이니…."

수사관들이 교대를 했다. 그리고 한참 동안 남기복의 입에서는 절규의 신음 소리가 침침한 취조실에 진동하고 있었다.

"이봐! 남기복! 폭도들하고 왕래가 있다는 말만 하면 너는 아프지 않고 우리는 고생 안 하고 높은 사람들한테 너나 우리나 칭찬받으며 좋아지잖아. 대일본제국에 충성하는 자는 자국민이나 식민지 조선 사람이나 구별 없고 차별 없다는 거 모르나? 국가에서 포상하고 대대로 충렬사라는 호칭으로 행복하게 살게 될 텐데 뭐가 불만인가? 산다는 게 남부럽지 않게 살다 죽는 게 제일 행복한 거야. 이 조선 놈아!"

수사관은 고문에 시달려 실신해 있는 남기복을 설득하고 있었다. 그러나 남기복의 입에서는 거친 숨소리 말고는 어떤 소리도 나오지 않았다. 수사관들은 몇 차례 남기복을 더 고문하고 나서 철문을 열고 나갔다. 남기복은 고문을 받고 있던 모습으로 그대로 있었다. 거친 숨소리는 시간이 가면서 차츰 잦아들고 있었지만 숨소리 말고는 그 어떤 소리도 남기복의 입에서는 나오지 않고 있었다. 남기복은 고문을 받던 대로 결박당해 있었고, 수사관들은 그런 남기복을 남겨두고 자리를 비웠다. 시간이 한참 되고 나서 철문 열리는 소리가 났다. 그리고 수사관들이 들어왔다. 수사관들은 담배를 피워 물고 나서 중얼거렸다.

"남기복이 이송된다. 그동안 들어가 있어라."

남기복의 몸에 둘둘 감겨 있는 줄들을 푼 다음 수사관들은 남기복을 유치장에 집어넣었다. 수사관들은 이창남의 조사 서류를 펼치고 있었다. 총독부 수사관들이 이창남에 관해서 매일같이 보고를 받고 있는 중이라 조사는 물론이고 상처가 낫기를 기다리고 있었던 중이었다. 그런 창남이가 이제 본격적인 조사를 받게 되었다.

"이창남!"

수사관은 컴컴한 유치장 안에 서 있는 창남을 발견하고 미소를 띠면서 창남의 이름을 불렀다. 창남은 수사관의 미소 띤 얼굴을 보면서 문밖으로 나섰다.

"오! 좋다. 이창남, 앉아라."

수사관이 등을 밀치자 창남은 탁상 앞에 놓인 의자에 털썩 주저앉았다. 이창남의 서류를 뒤적이고 있는 수사관이 창남을 향해 입을 열었다.

"수사란 사회에 억울한 일이나 억울한 사람이 없도록 공정하게 하는 거다. 이창남이 200부대와 연관이 없다면 얼마나 좋았겠니. 유감스럽기 한이 없다. 이창남! 우리 싸워야 하는 일이 없도록 해 나가자. 총독부 수사관들이 너의 수사가 종료될 때까지 있을 모양이다. 그러므로 신속하고 공정하게 일이 마무리되길 바란다. 이창남!"

창남은 수사관의 얼굴을 보면서 몸을 고쳐 앉았다. 그러자 수사관은 창남의 조사 서류를 펼치면서 미소를 흘리고 있었다.

"이건 아오지 오봉주재소에서 네가 탄광에서 근무할 때의 일상을 작성한 것인데 아무 문제가 없다. 그리고 이것은 열차포 격납고 현장 사무소에서 보내온 보고서다. 여기에서도 아무 문제가 없다. 이창남! 몇 번을 말했지만 우리 신사답게 풀어 나가자."

수사관은 창남의 부어오른 눈두덩을 보면서 말했다.

"중국의 마적대가, 그러니까 그 뭣이냐, 팔로군이라고 하더구나. 그 팔로군이 200부대를 습격했을 때 부대를 탈출할 상황이 아닌데 탈출했고, 탈출하고 나서 행적이 모호한 데다가 '왜 귀대하지 않았나'가 관건이다. 200부대 사고 경위서를 보면 습격당한 것으로 되어 있고, 자대 내에서 조선 노무자들의 동조 세력에 의해 패전한 것으로 되어 있다. 조선 노무자들이 기름을 붓고 불을 질렀으며, 일부는 팔로군과 탄약고 탈취 및 폭파로 되어 있고, 야전병원을 폭파한 것으로 되어 있다. 또한, 정신대를 탈주시켰으며 팔로군의 보호를 받아 모두 청산리 김시진 폭도 소굴로 들어간 것으로 되어 있다. 이창남! 고개를 들라."

창남은 수사관이 얼굴을 들라고 하자, 천천히 고개를 들었다.

"자! 나를 봐라."

창남은 수사관이 말하는 대로 수사관의 얼굴을 보았다. 수사관의 얼굴은 좀 전과는 달리 변하고 있었고, 창남의 시선을 사로잡고 있었다.

"200부대 취조가 먼저지만 위에서 청산리를 꺼냈다. 청산리 이야기만 하면 된다. 이창남!"

수사관은 창남의 이름에 강한 힘을 주며 불렀다. 창남은 수사관을 멀거니 보고 있었다.

"지금 가만히 있다고 되는 게 아냐. 최대한 말로 해보려는 거야. 누구냐. 주모자가 시키는 대로 하는데 주모자 말하기가 뭐하면 고개로 끄떡여라. 박근식 알지? 여기 그렇게 적혀 있어. 박근식이 맞지? 노무자들 반장을 하면서 탈출 계획을 세웠고 팔로군 지원까지 요청한 것으로 되어 있다. 그 박근식이와 동고동락하던 노무자 중 하나가 너야. 이창남! 이래도 모른다 할 거냐? 이거 팔로군한테 다 알아낸 거다. 또 있어, 여기."

창남은 우물거리는 것도 없이 수사관을 쳐다보고만 있었다. 수사관은 눈을 가늘게 뜨기 시작하면서 머리를 갸우뚱하고 얼굴이 일그러지기 시작했다. 창남은 근식 대장을 떠올리고 있었다. 조선에 들어가면 일본 경찰이 반드시 잡아갈 것이고, 취조 당하게 되면 살아남을 수 없다던 말을 기억하고 있었다. 청산리에서 처참하게 패한 일본군은 조선 사람은 모두 독립군이나 독립군 내통자로 보고 경찰서로 끌어들인 조선 사람들은 모두 죽이고 말 것이라는 말을 떠올리고 있었다. 창남은 수사관이 얼굴을 찌그리고 있는 것을 보면서 올 것이 왔다는 것을 각오하고 있었다. 말주변이 없어 입을 열지도 못하지만 섣불리 입을 열었다가는 무슨 일이 벌어질지 몰라서 입을 열지 않고 있자 수사관은 노여움이 끓어오르고 있었다.

"이봐!"

수사관은 책상을 손바닥으로 내려쳤다. 창남은 움찔했다. 하지만 창남은 움찔하는 것이 전부였다. 창남은 입을 열지 않고 있었고, 그런 창남을 수사관은 노려보고 있었다. 수사관과 창남은 서로 수탉들처럼 쳐다보고 있었다.

"이봐!"

수사관은 다시 소리를 질렀다. 그러나 창남은 움찔하였을 뿐 여전히 입은 열지 않고 있었다. 수사관이 소리 지르는 것은 크게 무서울 것이 없었다. 그리고 지금 이곳에 잡혀 있는 사람들은 모두 독립군이나 독립군을 도왔던 사람들이라는 것을 알게 되면서 창남은 침착해지고 있었다. 수사관은 그런 창남에게 달라붙기 시작했다. 수사관은 어쩌면 지금 창남이가 주모자의 한 사람일지도 모른다는 생각을 하기 시작했다. 총독부 수사관들이 주목하고 있는 인물인 데다가 매사에 어수룩한 행동을 하는 것이 사건을 얼버무리고 있는 수작으로 보이기 때문이었다.

"이봐! 부대를 공격했고 탈출한 죄가 어떻게 된다는 것을 모르겠나?"

수사관은 강도를 높이고 있었다. 멀찍이 떨어져서 관건 하던 수사관은 자리에서 일어나 방망이를 집어 들었다.

"이창남! 우리에게 인내라는 것은 없다. 스스로 밝히든가 저것들처럼 만신창이가 되든가 그것은 네가 하기에 달렸다. 간땡이가 부은 것도 한계가 있다."

수사관은 곁에 서 있던 수사관을 쳐다봤다. 그러자 서 있던 수사관이 창남의 뒤로 가서 가죽 끈으로 몸을 등받이에 묶기 시작했다. 그런 다음 고문 기구들이 쌓여 있는 탁상으로 가서 손가락 압박대와 집게를 들고 왔다. 수사관은 조사하는 수사관 앞에 들고 온 것을 놓은 후 가죽과 고무줄로 된 채찍을 들고 창남 곁에 섰다. 창남의 숨소리가 변하기 시작했다. 이제 곧 벌어질 일들을 창남은 준비하고 있었다. 창남은 근식 대장의 얼굴을 떠올렸다. 그러고는 손가락의 아픔과 손톱의 아픔을 그리고 새롭게 시작할 아픔들을 준비하고 있었다. 앞에 앉아 있던 수사관이 창남의 왼손을 잡았다. 그리고 엄지손톱을 집게로 단단히 물렸다.

"말하라, 이창남! 우리 원망 말고!"

창남은 집게가 손톱을 물고 있는 것을 보고 나서 어금니에 힘을 주었다. 수사관은 오른손가락 사이에 막대를 집어넣고 손가락을 움켜쥐기 시작했다. 수사관은 일그러지고 있는 창남의 얼굴을 보면서 손가락을 압박하고 있었다.

"어물거리면 어떻게 되는지 알려주겠다. 우리는 인내가 바닥이 난 것을 말하지 않았느냐. 200부대가 어떤 부대인 줄이나 알고 있었느냐? 탈출하면 잡히지 않을 줄 알았느냐?"

수사관은 쥐고 있는 창남의 손가락을 더욱 압박하고 있었다. 창남은 입이 딱딱 벌어지고 있었으나 남기복 병참 참모를 생각하며 어금니에 힘을 주었다.

"이제 우리의 한계는 너의 자백을 받아내는 것이다. 네가 죽고 사는 것은 너의 판단에 달려 있고 너의 결정에 달려 있다."

앞에 마주 앉아 있는 수사관은 손톱을 물고 있는 집게에 힘을 주기 시작했다. 창남의 손톱이 빠지기 시작했고, 오른손가락들은 부러지기 시작했다. 창남은 고통을 참고 있었다. 남기복 병참 참모가 그랬듯이 창남 또한 참고 있었다.

"너의 조선 백성이 식민이 된 것 중 하나가 솔직하지 않다는 거다. 자신이 한 짓이 좋은 것이든 나쁜 것이든 양심을 속이고 있다는 거다. 그런 양심을 가진 백성은 서로 속이기 마련이고, 서로 속이려다 보니 결국에는 어떻게 되겠느냐."

수사관은 손톱을 뽑고 있던 집게를 반대로 밀었다. 창남은 고통을 견디다 못해 '헉헉' 소리를 내며 숨소리가 끊어지고 있었다. 수사관은 더욱 집게를 뒤로 밀었다.

"우리는 그 점을 적극으로 활용하여 조선을 식민화시켰다. 종이 한 장으로 모든 것을 아주 손쉽게 얻었고 해결하고 처리할 수가 있었다. 너희 민족이 살아남으려면 서로 책임지러 해야 하고 자신의 양심을 속이려 하지 않을 때 살아남을 수 있다."

수사관은 밀고 있던 집게를 다시 잡아당겼다. 창남은 손톱이나 부러지고 있는 손가락이 아픈 게 아니고 가슴이 터지고 있었다.

"이건 1단계다. 계속해서 스스로 양심을 속이고 있다면 우리는 그런 이창남을 2단계, 3단계, 급수를 올려 너를 심문하고 고문할 것이다. 지금 우리가 너에게 바라는 것은 네가 복무하던 중에 발생한 사건에 대해서 알고자 하는 거다. 잠시 쉬었다가 야간 심문을 할 것이다."

수사관들은 창남을 유치장에 밀어 넣었다. 그리고 밖으로 나갔고 문은 잠겼다. 창남은 수사관들이 모두 나가자 아픔의 신음 소리를 남기복을 부르는 소리로 대신하고 있었다. 창남의 신음 소리는 고통 속에 묻히는 외침으로 입 밖으로 나오지 않았다.

"아…"

창남은 모든 것이 소용없다는 것을 깨닫고 있었다. 창남은 다시 긴 신음을 냈다.

"잘 참으셨소, 홍성 양반. 살아서 해방되는 것 꼭 보시기 바라오. 나는 이제 감옥으로 가게 됩니다. 함흥. 홍성 양반! 앞으로도 오늘처럼 하시기 바라오. 나는 다 알고 갑니다, 홍성 양반."

남 기복은 창남에게 다 알고 간다는 말을 했다. 아마 남기복은 창남이가 청산리에서 있었던 것을 알고 있었고, 독립군이고 수색정찰대원이었다는 것을 모두 알고 있다고 하는 것만 같았다. 하지만 같은 조선 사람이고 같은 입장으로 잡혀 고생하고 있어도 남기복은 마지막까지 조심하고 있는 듯했다.

수사관들이 들어와 창남을 다시 고문하기 시작했다. 수사관은 얼굴을 일그러뜨리며 압박하고 있는 손가락에 힘을 주었다. 창남은 고개를 뒤로 젖히고 고통을 참고 있었다. 창남은 온몸의 피가 머리로 끓어오르고 있었다. 그리고 터질 듯이 가슴속에서 뭉치고 있었다. 수사관은 그런 창남을 보면서 더욱 압박하고 있었다. 손가락이 압박된 채 시간은 흐르고 있었다. 옆에 서 있던 수사관이 떨고 있는 왼손을 채찍으로 후려쳤다. 탁상에서 떨고 있던 창남의 손은 채찍으로 언어맞자 탁상 아래로 늘어졌다. 창남의 손은 손톱이 모두 빠졌고, 손가락뼈들은 부러져 너덜거리고 있었다. 수사관은 채찍으로 창남의 머리를 내리쳤다.

시간이 가면서 창남은 고통을 잊어가고 있었다. 창남의 몸은 신경이 죽어가고 있었다. 창남은 무슨 일이 벌어지고 있는 것을 잊어가고 있었다. 채찍으로 내리치던 수사관이 채찍을 던지고 집게를 집어 들어 늘어뜨려진 창남의 손을 잡고 엄지손가락을 잡았다. 그리고 나서 집게로 손톱을 잡아당기기 시작했다. 뽑다가 중단했던 손톱을 수사관은 다시 뽑기 시작하고 있었다. 의자가 들썩였다. 창남이 몸부림치는 대로 의자가 들썩이며 요동을 치고 있었다. 오른손은 압박대에 조이고 있고, 왼손 엄지손가락은 손톱이 뽑히고 있었다.

창남은 남기복이 하듯이 비명을 참으려고 어금니를 힘주어 물었다. 압박된 손이 잘려나가는 것만 같았고 손톱이 빠진 것만 같았다. 몸속의 피가 서늘해지고 있었다. 눈에서는 눈물이 쏟아져 내리고 있었다. 창남은 아무것도 생각나는 것이 없었다. 의자에 묶인 몸은 요동치며 뛰던 것도 멈췄고, 남기복처럼 숨소리만 진동하고 있을 뿐이었다. 눈물이 펑펑 솟고 있는 창남의 몸은 뻣뻣하게 경직되기만 하다가 늘어지고 있었다. 그리고 손톱이 빠졌는지 피가 사정없이 솟구치고 있었다. 솟구친 피는 집게며 탁상에 흥건히 고이고 있었다. 수사관은 손톱을 집고 있는 집게를 놓으면서 고문을 멈췄다. 그리고 피투성이 집게를 물에 흔들어 닦고 나서 탁상에 던지듯 놓았다. 손가락을 압박하던 수사관도 고문을 멈췄다. 그리고 담배를 피워 물었다.

"하! 별놈들 다 봤네. 몸뚱이가 조각나도 정신들을 못 차리고 있으니 조선 놈들은 어떻게 되먹은 거야?"

수사관이 담배 연기를 뿜어대며 뇌까리고 있는 속에서 창남은 흐르는 눈물과 솟고 있는 피를 어찌할 줄을 모르고 있었다. 창남은 한없이 눈물을 흘리고 있었다. 고개를 들려야 들 수조차 없는 창남은 눈물을 흘리고 있었다. 수사관이 가죽 끈으로 결박한 창남을 풀고 있었다. 창남은 끈이 풀리자 힘없이 바닥으로 넘어졌고, 넘어진 대로 꼼짝 못 하고 있었다. 그러자 수사관이 손등을 밟으며 소리쳤다.

"야! 일어나!"

수사관은 피를 줄줄 흘리고 있는 창남의 손등에서 발을 떼면서 창남을 질질 끌고 문 안으로 집어 던지고 문을 닫았다. 그리고 수사관들은 취조실을 나갔다. 창남은 빠진 손톱 자국에 흥건히 솟고 있는 피를 퉁퉁 부은 손으로 쥐었다. 그리고 나뒹굴어진 몸을 움직이지도 못하고 비명을 참고 있었다.

"홍성 양반!"

남기복이 부르고 있었다. 창남은 고개를 들면서 대답했다.

"예."

"몇 번만 더 견디시면 일반 죄수로 풀려납니다. 1년은 사시게 될 겁니다. 꾹 참으시고 어떤 고통도 참으시기 바랍니다. 홍성 양반, 나 다 알았소. 입 다물고 견디시오."

"예."

창남은 무슨 말인지 알아듣고 대답한 게 아니었다. 알아들었든 알아듣지 못했든 창남은 대답해야 했다. 대답하고 싶었다. 창남은 문이 열리고 주먹밥이 들어오고 나서야 아침이라는 것을 알았고, 밤새 고문과 아픔에 시달린 것도 알았다. 컴컴한 속에서 주먹밥이 희미하게 보였다. 물그릇이 보였고, 창남은 그것을 보고 있었다. 창남은 몸을 구부려 물그릇에 입을 대고 입술을 축였다. 그리고 밥 생각이 없었지만 견디기 위해서 밥에 입을 대고 이빨로 밥을 물어뜯어 삼키고 있었다.

취조실에 수사관들이 들어오는 소리가 났고, 잠시 잠잠하게 시간이 흐르고 있었다. 수사관들의 발걸음 소리가 나더니 어느 유치장인지 모르겠으나 끌어내고 있는 소리가 들렸다. 그리고 다른 문도 열리고 있었고, 또 다른 문이 열리는 소리가 나면서 사람들이 끌려 나가고 있었다. 창남은 아픈 두 손을 앞으로 들고 문밖을 향해서 귀를 기울였다. 수사관들은 다른 문은 열지 않고 끌고 나갔던 사람들은 밖으로 데려가고 있었다. 끌고 가는 수사관들도 끌려가는 사람들도 아무 말을 하지 않았다. 문이 닫히는 소리가 나고 취조실은 적막에 묻히고 있었다.

"아무 소리 없이 데리고 나가면 죽입니다."

옆방에 있는 사람이 말했다. 창남은 소리 나는 쪽을 향해서 말했다.

"서울 분도 끌려갔나요?"

"예."

창남은 남기복이 끌려갔다는 소리에 숨이 멎었다. 창남은 몸을 벽에 기대고 앉았다.

"형무소로 데려가는 사람에게는 말해줍니다. 어디로 간다고. 그렇지 않은 사람은 끌고 나가면 죽입니다."

창남은 듣기만 했다. 그리고 남기복을 생각했다. 함흥으로 가게 될 거라는 소리가 있었기에 죽이러 간다는 말이 믿어지지 않았다.

"서울 사람은 독립군입니다."

독립군이라는 말에 창남은 말 등에 실탄과 총들을 싣고 나타났던 남기복 병기 보급 참모 정령을 눈에 그리고 있었다.

"왜 죽이나요? 독립군이라고 말했어요?"

"말한 적은 없으나 독립군이 틀림없다고 왜놈들이 보았나 봅니다."

창남은 남기복이 보고 싶어졌다. 그리고 근식 대장과 말을 타고 북간도를 휘젓고 다니면서 일본군을 향해 쏘았던 총들이 남기복 병기 보급 참모 정령이 팔로군이나 만주 군에서 얻어다가 보급한 것들이라는 것을 생각하며 흐르는 눈물을 멈추지 못하고 있었다. 창남은 아픈 손을 높이 들어가며 비통해하고 있었다. 창남은 문틈으로 스미는 불빛에 손톱이 빠진 엄지손가락을 갖다 대며 보고 있었다. 피가 흐르고 있는지 아니면 멈췄는지 알고 싶어 부어오른 손가락을 보이지도 않는 문틈으로 갖다가 대고 있었다. 피가 흐르는 것을 어떻게 해 보려 했지만 컴컴한 속에서 보이는 것도 없고 달리 어떻게 해 보는 수가 없었다.

"시체를 구덩이에 처넣어 버린대요."

말소리가 다시 들리고 있었다. 창남은 시베리아에서 뛰던 생각을 하고 있었다. 뛰고 뛰어도 뛰어야 했던 시베리아를 창남은 생각하고 있었다. 그리고 지금 계속되고 있는 고문에 시달려야 하는 자신이 너무 서럽기만 했다. 문이 열리는 소리가 나면서 사람들이 부산스럽게 움직이는 소리가 들렸다. 창남은 밖을 향해서 몸을 움직여가며 소리를 듣고 있었다.

"저리 다 앉아!"

수사관의 목소리가 사람 목을 베는 칼날같이 들렸다. 그리고 탁상에 서류를 던지는 소리도 들렸다. 분위기가 험악하면서 수사관들이 짜증 섞인 소리를 하고 있었다. 창남은 아픈 두 손을 가슴에 대고 밖을 향해서 눈을 돌렸다. 서류를 넘기는 소리가 들리고 있었고, 바닥에서 딱딱거리는 소리가 들리고 있었다. 마치 도살장 같은 기분이 들면서 짐승들이 움직이고 있는 것만 같은 기분을 느끼고 있었다. 창남은 아픔을 잊고 잡혀 들어온 사람들을 생각했다. 수사관들은 이름을 부르면서 잡아온 사람들을 대조하는지 이것저것 물었다. 그리고 확인이 끝난 사람은 결박당한 포승들을 풀어주는 소리가 들리고 있었다. 그런 다음 한 사람씩 유치장에 몰아넣고 있는 소리가 들리고 있었다. 수사관들이 서류를 정리하는 소리가 나고 있었고, 담배 연기 냄새가 나고 있었다. 창남은 조용한 공포를 떨치지 못하고 수사관들이 움직이고 있는 취조실에 신경을 곤두세우고 있었다. 질식할 것만 같은 어둠과 지옥 같은 고문에 시달려야 하는 창남 자신이 너무 무섭기만 했다. 유치장 문이 열리면서 주먹밥이 던져졌다.

"오물통들을 비워라!"

수사관들은 입마개를 하고 앉아서 소리를 지르고 있었다. 창남은 손바닥으로 오물통을 들고 나갔다. 그리고 배수구에 오물통을 비우고 다시 유치장으로 들어왔다. 문은 다시 닫혔고, 적막이 흐르고 있는 속에서 주먹밥을 입에 넣었다. 창남은 아픈 두 손을 무릎에 올려놓고 식구를 생각하고 있었다. 생사를 몰라서 가슴 졸이며 있을 식구들을 생각하며 만나자마자 잡혀가 생사를 알 수 없게 되었으니 얼마나 원통해할까 하는 생각에 창남은 소리 나고 있는 것도 알지 못하고 있었다.

"나와! 김기욱이!"

수사관이 김기욱이란 이름을 부르고 있었다. 그리고 김기욱이라는 사람이 나가고 있는 소리가 들리고 있었다.

"화려하구먼, 김기욱. 폭도들에게 자금을 전달한 것이 보통이 아니구먼. 화려해."

수사관은 계속해서 서류를 넘기고 있었다. 종잇장을 넘기는 소리 외에는 수사관들이 내뿜고 있는 담배 연기 냄새만이 숨 쉬는 대로 코로 들어오고 있었다. 수사관이 서류를 다 보았는지 김기욱에게 물었다.

"대일본제국을 상대로 습격했어?"

더 이상 조사할 것이 없는지 취조실은 조용했다.

"대일본국의 제군을 몇 명이나 죽였나?"

"모른다."

"이 새끼!"

수사관이 김기욱을 후려치는 소리가 들리고 있었다.

"몰라, 이 새끼야? 여기에 적혀 있는데 몰라?"

"그건 너희 같은 놈들이 적은 거야."

김기욱의 말이 끝나자 무슨 바퀴 같은 것이 구르는 소리가 들리고 있었다. 뒤이어 쇠사슬이 바닥에서 끌리는 소리가 들렸다. 수사관들은 김기욱을 본격적으로 취조하기 시작했다. 수사관들은 처음부터 거칠게 대항하고 있는 김기욱을 조사하기란 어렵게 보고 있는 것 같았다. 분위기가 심상치 않은 기분이 들고 있는 취조실을 창남은 몸을 뒤적거리며 자신도 남기복 동지처럼 죽을 날이 얼마 남지 않았다는 생각이 나고 있어서 식구들에게 미안한 생각을 하고 있었다.

그러고 보면 창남은 이곳에 오면서부터 저승에 온 것이나 다름없는지 모르겠다. 남기복처럼 살아 나가지 못한다면 그것이 저승이 아니고 무엇이겠는가. 그리고 살아 나간 다 해도 고문에 시달릴 대로 시달린 몸이 무엇을 하겠는가. 창남은 힘들어지고 있었다. 이제 살고 죽는 것이 훗날에 있는 것이 아니라 지금 이곳에 있다는 것을 알게 되었다.

김기욱이라는 사람이 독립군 군자금을 모았다는 말을 들었으니 김기욱이라는 사람도 남기복처럼 처형을 면하지 못할 것이라는 생각이 들었다. 그러면서 창남이 자신도 부대를 탈출한 경력이 있으므로 죽음을 면하기 어렵다고 보고 있었다. 수사관들이 김기욱을 유치장에 가두고 있었다. 금방이라도 죽일 듯이 얼러대던 수사관들이 김기욱을 심문하거나 고문하지 않고 유치장에 가두고 있는 것에 창남은 이상한 생각이 들었다. 김기욱이라는 사람을 유치장에 가두고 난 다음 수사관들은 다른 사람을 조사하기 시작했다. 서류를 넘기는 소리가 들리고 그 소리는 한참 동안 계속되었다.

"이건 뭐야? 이 새끼도 취조할 것도 없잖아. 이 새끼도 집어넣어 둡시다."

수사관은 서류를 탁상에 던지듯이 덮으면서 조사를 중단했다. 그리고 수사관은 뇌까리고 있었다.

"아침이면 처형될 것들이네. 이것들!"

수사관들은 조사를 중단하고 유치장에 가두고 있었다. 취조실은 수사관들의 담배 연기가 자욱하게 끼고 있었다. 그리고 수사관들은 서류를 뒤적거리면서 제멋대로 떠들고들 있었다. 창남은 취조실에서 일어나고 있는 소리에 민감해지고 있었다. 남기복이 처형되고 나서 이제 자신에게 남은 것은 남기복처럼 처형당하는 것뿐이라는 생각에 취조실에서 일어나는 일들에 몹시 민감해지고 있었다.

"박상익! 거창한 사고만 골라서 치고 다녔구먼."

수사관은 하던 말을 멈추고 다시 서류를 보고 있는지 종잇장을 넘기는 소리만 나면서 조용해졌다. 창남은 문에 대고 있는 귀를 떼지 못하고 있었다. 고문을 하고 있는지 뭐가 타는 냄새가 진동하고 있었고, 쇠사슬이 끌리는 소리도 나고 있었다.

"으…억!"

엄청난 비명이 길게 들리고 있었다. 창남은 움찔했다. 그리고 쪼그리고 있던 몸을 문에서 떨어진 곳으로 움직이고 있었다.

"으…으…윽!"

길게 들리는 비명이 계속되고 있었다. 수사관의 거친 숨소리 속에 수사관의 말소리가 시끄럽게 들리고 있었다.

"연길문화원을 태워? 그리고 만수무강할 줄 알았니? 대일본제국의 연길 문화원을 태워? 더러운 떼놈들하고 할 짓이 없어서 문화원을 습격했냐? 전 세계가 우리 손바닥 안에 있는데 만주에서 안 잡힐 줄 알았니, 박상 익?"

"어 어…윽…으!"

거친 수사관의 숨소리 속에 박상익이라는 조선 사람의 입에서 고통의 신음 소리가 길게 이어지고 있었다. 수사관들은 계속해서 고문하고 있었 다. 시간이 갈수록 수사관들의 숨소리는 험악해져 가고, 박상익의 살이 타고 있는지 살이 타는 냄새와 신음 소리가 유치장에 있는 사람들을 모두 고통으로 몰고 있었다. 창남은 몸을 움츠리고 앉아서 밖에서 일어나고 있 는 일들을 눈으로 보듯이 모두 보고 있었다. 박상익이라는 사람의 비명이 이어지고 있었다.

"헉…흐…!"

비명 속에서 뭔가 떨어지는 소리가 나고 있었다.

"…흐… 흑…!"

숨소리가 끊어지고 있었다. 그러자 물 붓는 소리가 났다.

"잠시 쉽시다. 숨 쉬고 있으니."

수사관들은 쉬자고 했다. 숨이 끊어졌던 박상익이 숨을 쉬고 있는 모양 이다. 창남은 박상익이 독립군이 아니더라도 일본 문화원을 습격하고 불 을 질렀다니 대단한 독립군으로 보고 있었다. 더군다나 연길문화원을 습 격하고 불까지 질렀으니 일본으로서는 자존심이 상할 대로 상하지 않을 수가 없는 노릇이다. 창남은 박상익이라는 사람도 참형을 면치 못하고 죽 게 되리라 생각하고 일본이 어서 망하기를 바라고 있었다.

창남은 박상익의 숨소리를 듣고 싶어서 문에 귀를 댔다. 창남은 박상익 의 숨소리를 들으며 손가락의 통증을 참고 있었다. 그리고 박상익이라는 사람도 남기복 참모처럼 처형당할 것을 생각했다.

　무슨 일이 일어났는지 사람들이 드나들고 있는 소리가 번거롭게 들렸다. 고문을 당하던 박상익이 유치장 안으로 처박히고 있는 소리도 들리고 있었다. 수사관들은 한참 동안 긴 이야기를 나누고 나서 모두 밖으로 나가 버렸다. 이곳에 갇혀 있는 조선 사람들은 열 명이 넘는 것으로 보였다. 그렇지만 입을 여는 사람은 없었다. 모두가 아픔과 고통에 시달리고 있을 뿐이었다. 창남은 고통에 시달리면서 쪼그리고 앉아 눈을 감고 있었다.

　"아무래도 왜경들이 죽일 것만 같소. 안됐소만 마음의 준비를 해 두시고 혹시 가족에 전할 말이 있으시면 말하시오."

　누군지 모르겠으나 방금까지 심한 고문에 시달린 문화원에 불을 질렀다는 박상익이라는 사람에게 하는 말 같았다. 그리고 다시 그 사람의 말소리가 들렸다.

　"우리 일행은 다섯 명이오. 지금 고문을 받은 동지는 박상익인데 경기도 용인 사람이오. 그리고 우리는 얼마 떨어지지 않은 경기도 광주 사람들이오. 지난겨울에 청산리에서 왜놈들과 싸운 독립군들이오. 살아 돌아가시면 고향에 들르셔서 전해주시면 죽어서도 잊지 않겠소."

　"우선 알겠습니다. 그렇지만 꼭 살아서 고향에 가시기 바랍니다. 그리고 참으로 훌륭한 분이십니다. 꼭 살아 돌아가면 전해드리고 해방이 될 때까지 어떻게든지 살아계실 것만 생각하고 계시오."

　사람들은 더 이상 말을 잊지 않고 있었다. 박상익 일행은 이미 모든 것을 각오하고 있는 처지라 할 말을 하고 있었으나 말을 듣고 있던 사람들은 창남을 비롯해서 모두 말문을 닫고 있었다. 창남은 청산리에서 전투하였다는 소리를 듣고 몸을 벌떡 일으켰다. 하지만 몸을 일으킨 것으로 더 이상 어떤 행동이나 말은 하지 않았다. 근식 대장이 목숨이 일각에 처해도 절대 청산리 전투 이야기를 해서는 안 된다는 말이 지금 순간에도 떠올랐기 때문에 입을 열지 않았고 내색도 하지 않고 있었다.

다음에도 무지막지한 고문은 박상익의 동료들을 차례로 돌아가면서 벌리고 있었다. 전깃줄이 탁탁거리며 불똥이 튀고 혼탁한 소리를 내고 있었다. 독립군이라 했던 사람들은 정신을 잃었다. 그들의 등과 어깨는 뻘건 인두가 살을 태우며 움직이고 있었고, 살이 타는 냄새와 살이 타는 연기가 퍼지고 있었다. 그러기를 10여 일이 되었을 때 박상익 일행은 남기복 일행처럼 끌려 나갔다. 그리고 다시 돌아오지 않았다.

창남은 의자에 먼저처럼 앉았다. 그리고 넓은 고무줄로 온몸이 몇 겹에 의해 동여매지고 있었다. 창남은 수사관이 하라는 대로 엄지손톱이 빠진 손을 탁상에 올려놓았다. 창남 앞에 앉아서 창남을 노려보고 있던 수사관은 손톱이 없는 엄지손과 뼈가 부러져 퉁퉁 부어 있는 손을 막대로 툭툭 때리며 말했다.

"이창남! 네가 이곳에 온 지가 13일이 됐다. 이틀 여유가 남았다. 산속에서 짐승과 물고기를 잡아먹다가 민가에서 소금을 훔치다가 주인한테 걸려 그곳에서 도움을 받으며 살았다는 이야기만 반복하는데 소비에트연방공화국이고 동료들은 모두 아프가니스탄으로 집단 이주되었고, 너는 아오지에 가족이 있어서 돌아왔다."

"예."

11
총독부 수사관들, 빈손으로 가다

창남은 대답하고 수사관의 얼굴을 쳐다보고 있었다.

"미안하지만 오늘은 안 되겠다. 총독부 수사관들이 빈손으로 갔다. 그리고 소련 영사관에 너의 비자를 만기까지 연장했고, 이제부터 너에게서 감춰진 것들을 끄집어내어 보겠다. 그리고 그 끄집어낸 새로운 것들을 총독부로 보내야 한다."

수사관은 더 이상 말이 없었다. 수사관은 말 대신에 집게를 들어 오른손 검지 손톱을 물고 잡아당기기 시작했다. 그리고 옆에 있던 수사관은 왼발 엄지발가락의 발톱을 뽑기 시작했다. 창남은 얼마 가지 않아 지르던 비명이 사라지고 있었다. 그리고 10분도 안 되어서 손톱과 발톱이 뽑히고 말았다. 발톱을 뽑은 수사관은 넓은 고무줄이 달린 채찍으로 사정없이 창남의 몸뚱이를 향해 내려쳤다. 한참 내려치던 수사관은 채찍을 바닥에 던지며 고개를 들지도 못하고 있는 창남을 향해서 소리 지르고 있었다.

"이제 네가 순순히 모든 것을 자백한다 해도 우리는 믿지 않을 것이지만 자백하는 것은 모두 총독부로 보내게 될 것이다. 이렇게까지 너를 환대와 주요 인물로 다루고 있는 것은 200부대 사건 이후 네가 최초로 잡혔고 조사받기 때문이다. 그러고 보면 너는 우리에게 200부대 역사의 소중한 인물이고 산증인이 되고 있는 셈이다. 하나 우리의 한계를 계속해서 어지럽힌다면 너는 결코 무사하지 못할 것이고 결과는 장담할 수 없다. 결국에는 모든 것이 밝혀지게 되어 있다. 세상에 비밀은 없다는 말과 같이 말이다. 이창남! 우리는 포기하지 않는다. 네가 말하든 말하지 않든 사건 내용은 모두 밝혀져 있고, 우리는 그 내막을 모두 알고 있다. 우리가 너를 주요 인물로 다루는 것은 사건의 연루자이기 때문이다. 그러니 이창남 너에 관해서 위에서는 모두 알게 되고, 네가 죽고 사는 것 또한 위에서 하고 있다. 다시 말해서 우리가 지금 너에게 하는 조사는 우리가 하는 것이 아니라 위에서 하는 것이고, 위에서는 법에 따라서 할 따름이다. 너에 대한 정보가 속속 들어오고 있다. 우리는 소비에트연방공화국과 국제사법연맹을 맺고 있는 관계로 네가 소비에트연방공화국 국적을 획득한 것에 관해서도 조사 의뢰해 놓고 있다. 너는 그 어느 것 하나 숨길 수가 없고 대일본제국의 손아귀에서 벗어날 수 없다."

수사관은 옆에 서 있는 수사관에게 눈짓을 보냈다. 수사관들은 구리로 된 굵은 전깃줄을 가져다가 창남의 머리와 어깨 그리고 무릎을 감고 있었다. 그리고 수사관이 벽에 붙어 있는 스위치에 손을 얹었다. 부기가 남아 있던 창남의 두 눈두덩은 하늘을 향해서 치켜 올라갔고, 손톱과 발톱이 빠져 피가 낭자한 손과 발은 빳빳하게 변하면서 머리는 곧바로 힘없이 떨어지고 있었다. 수사관들은 물에 젖은 옷가지처럼 바닥에 넘어져 있는 창남을 끌어다가 유치장에 집어넣었다.

"골치 아픈 것들 모두 이게 낫겠소. 패느라고 힘들이지 않고."

한 수사관이 말하면서 양동이에 있는 물을 들어다가 창남의 피가 고여 있는 곳에 붓고 나서 걸레질을 했다. 창남은 송장처럼 바닥에 쓰러져 있었고, 숨소리는 송장의 몸 어디에선가 나오고 있었다.

"갈산 양반! 갈산 양반!"

근식 대장이 부르는 소리에 창남은 눈꺼풀을 움직이고 있었다.

"아저씨! 아저씨! 아저씨…."

만식이가 부르는 소리에 창남은 피가 낭자한 손을 움직이고 있었다.

"잘했어요, 갈산 양반. 죽는 순간까지 독립군 이야기는 절대 하지 말아야 해요."

창남은 근식 대장의 말에 정신이 들고 있었다. 창남은 손가락도 입술도 눈꺼풀도 움직이지 못하고 있었다. 그리고 죽은 듯이 구석에 처박혀 있었다.

수사관이 창남이 갇혀 있는 유치장 문을 열었다.

"이창남! 나와라. 이창남! 나와!"

수사관은 채찍을 들고 서 있었다. 그리고 한 수사관은 탁상 앞에서 미소를 띠고 서 있었다. 창남은 몸을 뒤척이고 있었다. 창남의 몸을 수사관이 끌어다가 통나무 의자에 앉혔다. 그리고 이번에는 고무 밧줄로 몸을 여러 번 묶었다. 수사관은 채찍을 다시 들어 창남을 향해서 사정없이 후려쳤다. 채찍은 머리는 물론 어깨며 늑골이 아직 붙지도 않은 가슴 심지어는 얼굴과 목, 귀 등 창남의 몸을 어딘든 때리고 있었다. 맞은 자리들은 모두 피가 흘러내렸다. 창남은 왜 이러느냐고 묻고 싶었다. 소리치고 싶었다. 그러나 입 밖으로 말이 나오지 않았다.

가죽으로 만든 채찍은 창남의 몸 어디서든지 '창창' 소리를 내며 살갗을 찢고 있었다. 채찍은 가리지 않고 창남의 몸을 찢어가고 있었다. 창남은 몸을 갈기갈기 찢고 있는 채찍을 맞아가며 눈을 꼭 감고 있었다. 창남은 자신에게 지금 무슨 일이 일어나고 있는지 잃어버리고 있었다. 머릿속에서 흐르기 시작한 피는 목덜미를 타고 등으로 흐르거나 가슴으로 흐르거나 옷 속으로 흐르고 있었다. 통나무 의자는 창남의 피에 물들어 가고 있었다.

창남이가 다시는 몸을 가누지 못할 것같이 뭉개지는 것을 보고 있던 수사관은 고무줄을 풀기 시작했고, 창남을 유치장에 집어 던지고 있었다. 수사관들은 창남의 피가 묻어 있는 통나무 의자를 걸레로 닦고 나서 수사 일지를 덮었다. 수사관들은 밖으로 나갔고, 취조실은 비명과 신음으로 가득 차고 있었다.

창남은 바닥에 던져진 채로 숨소리만 희미하게 들리고 있었다. 창남의 몸에서는 피 냄새와 살 썩는 냄새가 풍기고 있었다. 수사관들은 밤낮을 가리지 않고 조사하고 있었고 고문을 일삼고 있었다. 발톱이 모두 빠진 창남은 일어나도 발뒤꿈치로 어정거리며 걸어야 했고, 손톱이 모두 빠진 손은 무엇 하나 집거나 잡을 수 없어서 손바닥으로 우물거리고 있었다.

창남은 유치장을 나갔다. 일본 경찰들이 검은 호송차에 창남을 태웠다. 창남은 자신처럼 심하게 고문을 당한 사람 하나가 타고 있는 것을 보고 그 사람과 조금 떨어진 곳에서 양손을 천천히 가슴에 묻어가며 웅크리고 앉았다. 운전석의 불빛이 손바닥만 한 유리창으로 창남이와 죽은 듯이 앉아 있는 사람을 희미하게 밝히고 있는 속에서 호송차는 움직이고 있었다. 창남은 얼어붙고 있는 손과 발이 얼지 않게 하려고 옷자락을 잡아당겨 덮었다. 그러나 양쪽 발과 손을 덮기에는 부족이기만 했다. 창남은 하는 수 없어서 우물거리기만 하고 있었다.

"이보소! 지금 뭐 하고 계시오? 발과 손을 옷 속으로 넣고 웅크리고 계시오. 그렇지 않았다가는 대번에 동상 걸리게 돼요."

창남은 그 사람 말을 듣고 나서 다시 옷 속으로 발들을 넣어 보려 했다. 그러나 버둥거릴 뿐 발가락이고 손가락이고 옷 안으로 들어가지 못하고 있었다. 그러자 함께 탄 사람이 다시 말했다.

"가만히 계시오. 내 것을 드리리다."

함께 탄 사람은 자신의 무릎 위를 덮고 있던 옷가지를 던져주었다.

"고문을 많이 당하셨구려. 죽일 놈들!"

창남은 함께 탄 사람이 던져준 옷가지로 발을 감쌌다. 그리고 어두워서 식별할 수는 없으나 함께 탄 사람을 쳐다보았다.

"단단히 싸매쇼."

창남은 함께 탄 사람을 향해서 고개를 끄떡였다.

"고문당하신 걸 보니 큰일 하신 분만 같소. 나는 김필언이오. 김필언. 속초에 사는."

창남은 차가 흔들리는 대로 불빛에 어른거리고 있는 김필언이라는 사람의 얼굴을 보았다.

"고생이 많으셨구려. 선생처럼 고문을 받은 사람은 일본이 말하는 대로 하면 대역죄에 해당하는 사람들이나 당하는 고문이지요. 국가 반역자에 해당하는."

창남은 김필언이 하는 말소리를 듣고 있었다.

"충청도시오?"

"예."

김필언은 창남이가 움직이고 있는 동작을 보고 충청도라는 것을 알고 있었다.

"혼자였소? 일행 없이?"

"예."

"혼자서 무슨 일을 하셨기에 그리 됐소?"

덜컹거리고 미끄러지기도 하는 차 속에서 김필언은 계속해서 물었다.

"말이 고문이지 고문 한번 당했다 하면 오장육부는 물론 사지는…. 말해 뭘 하겠소."

김필언은 창남의 얼굴에서 눈을 떼지 않고 있었다. 김필언은 고통스러워하는 창남을 보면서 다시 입을 열었다.

"어디로 간다는 것은 알고 있소?"

"감옥…"

창남은 김필언의 얼굴을 보면서 고개를 저었다. 김필언은 고개를 젓고 있는 창남을 향해서 다시 입을 열었다.

"감옥은 아시네, 함흥으로 가고 있소. 거기서 재판까지 받고. 형무소. 함흥형무소."

창남은 형무소라는 말에 잊고 있었던 수사관들이 말을 생각했다. 그러면서 숨이 멎는 듯 모든 것이 멈춰지고 있었다. 그동안 모진 고문 속에서도 경흥 경찰서에 있다는 것으로 가족과 가까이 있는 느낌이었는데 형무소라는 말을 다시 들으며 호송차에 실려 있다는 것을 생각하니 숨이 끊어지는 듯 모든 것이 끝나는 것만 같은 생각이 들고 있었다. 그러면서 창남은 자신이 남기복처럼 경흥경찰서에서 죽지 않고 함흥형무소로 가고 있는 것은 소련 국적 때문이라고 생각하면서 아픈 상처들을 꼭 싸매고 있었다.

"고문을 받으신 것을 보면 길면 1년은 옥살이해야 할 것 같소. 형무소에 가서도 했던 일에 관해서는 절대 말하지 마시오. 형무소를 나와서도 하면 안 돼요."

창남은 고개를 들어 김필언을 보았다. 근식 대장이 말하듯이 말하고 있는 김필언을 창남은 근식 대장을 대하듯이 보고 있었다. 그러고 보면 김필언은 창남이가 고문당한 것을 보고서 형벌의 무게를 알고 있는 것 같았다. 창남은 김필언을 보고 있던 눈을 돌렸다. 그리고 잠시 얼굴 크기만 한 운전석 가림막의 유리를 보았다.

"선생의 고문 받은 상처는 독립군 아니면 볼 수 없는 상첩니다. 그 때문에 아는 것뿐이오."

김필언은 자신의 말에 창남이가 의문을 갖는 것을 보고 짐작하고 있는 것을 이야기했다. 창남은 김필언의 말에 이해가 되었다. 자신의 상처가 독립군 같은 사람에게서나 있는 것이라는 말에 수긍이 갔다. 그 때문에 김필언은 창남이가 독립군이 틀림없다는 생각을 했고, 자백을 받아내지 못한 경찰서는 창남을 형무소로 송치하고 있다는 것을 알고 있었다.

창남은 몸이 떨렸다. 어깨뼈는 물론이고 갈비뼈가 두서너 개 부러져 있는 상태에서 온몸 구석구석 성한 곳이 없는 데다가 달리는 차의 진동과 추위를 견디지 못하고 있었다. 창남의 몸은 몹시 떨고 있었다. 그런 창남을 보고 있던 김필언은 목에 두르고 있던 목도리로 창남의 양다리를 꼭 싸매 주었다. 창남은 그런 김필언을 보고만 있었다.

차는 덜컹거리기도 하고 미끄러지기도 하고 멈추기도 하면서 달려가고 있었다. 얼마나 더 달렸는지 불빛들이 반짝이고 있는 마을로 접어든 호송차는 열차 역 안으로 들어가고 있었고, 무장한 일본 경찰들이 나열해 서 있는 속에서 멈췄다. 차 문이 열리고 무장한 경찰들이 김필언과 창남을 차에서 내리도록 소리 질렀다. 창남은 김필언의 뒤를 따라 조금씩 움직이며 차에서 내렸다. 차에서 내린 창남은 목도리를 남자에게 건네주었다. 그러자 김필언은 목도리를 받지 않았으며, 무장한 경찰관들이 김필언을 포승하고 있었다. 그리고 창남도 굵은 줄에 포박당하고 있었다. 김필언과 창남은 포승 당한 채 호송 경찰들이 인솔하는 대로 열차에 올랐다. 그리고 김필언과 창남은 이미 포승한 채 앉아 있는 사람들을 향해서 끌려가고 있었다. 김필언과 창남은 호송 경찰이 지정하는 의자에 앉았다.

"차 안이 춥소. 환부들을 잘 싸매시오."

김필언이 몸을 가누지도 못하고 있는 창남을 보면서 말했다. 포박된 조선 사람들은 의자마다 앉아서 얼굴을 숙이거나 아니면 눈들만 반짝이고 앉아 있었다. 창남은 김필언과 나란히 앉아서 김필언의 목도리를 무릎 위에 올려놓고 양발을 몇 번이고 만지며 감쌌다. 열차는 출발하기 시작했고 포승줄에 결박당한 조선인들은 창밖에 눈을 두고 지나는 경치를 물끄러미 보고 있었다.

"고문을 심하게 받으셨네. 아프시겠소."

"예."

창남은 앞에 앉아 있는 사람이 묻자 대답했다.

"머리와 목에 난 상처를 보니 몸도 성한 곳이 없겠소. 손도 그러시고 발도 그러신가 보오."

"…"

창남은 눈으로 대답하고 있었다. 그러자 다시 앞에 앉아 있는 사람은 혼잣말을 했다.

"그 몸으로 움직이시니 어지간하십니다."

남자는 창남을 보면서 손톱과 발톱이 얼마나 빠졌느냐고 물었다. 창남은 남자에게 대답해주었다.

"남아 있는 게 없습니다."

남자는 창남을 가만히 보고 나서 다시 입을 열었다.

"그만한 고문에도 죽지 않고 사셨으니 꼭 고향에 가시오."

열차는 긴 굴을 지나 다시 바닷가를 달리고 있었다.

"고향은 어디시오?"

"홍성. 충청도 홍성입니다."

"홍성이요?"

"예."

남자는 창남의 대답을 듣고 나서 창남의 얼굴을 한참 동안 보고 있었다. 그러면서 고문에 시달려 엉망인 창남에게 다시 말했다.

"김좌진 장군이 홍성이라 알고 있는데 선생도 독립군이셨나 봅니다. 그때문에 몸이 많이 상하셨고요. 왜놈들…"

남자는 창남을 한참 더 쳐다보고 있다가 다시 입을 열었다.

"나는 서울의 안기석이오."

창남은 수염이 덥수룩한 안기석이라고 하는 남자의 얼굴을 보다가 힘없이 창가에 눈을 두었다. 창남은 창밖을 보면서 광자 어미와 광자 그리고 아들의 얼굴을 떠올렸다. 석방되어 가족에게 돌아간다 해도 멀쩡한 몸이 아니니 사람 노릇 할 수도 없을 것이고, 송장이나 다름없이 살 수밖에 없으니 산다는 것이 죽느니만 못할 것이라는 생각에 마음이 아프기만 했다. 창남은 그래서일까 근식 대장을 생각하고 있었다. 그리고 눈앞에서 잃었던 만식이를 떠올리며 열차가 흔들리는 대로 상처들의 아픔에 어금니를 깨물며 신음을 참고 있었다. 창남은 그동안 음식 또한 먹은 것이 없다 보니 상처의 아픔이 아니라 해도 흔들리는 몸을 지탱할 힘이 없었다.

창남의 몸은 한기에 위태로워지고 있었다. 더군다나 열차가 역에서 정차할 때마다 호송 경찰들과 알 수 없는 사람들이 문을 열어 놓고 검열은 물론 수색을 일삼고 있어서 그럴 때마다 열차 안은 찬바람이 휘몰아 들어왔고, 그 때문에 열차는 한겨울의 냉동차가 되었다.

"이창남! 이창남!"

인솔 경찰은 정차할 때나 출발할 때면 반드시 창남의 이름을 불렀다. 그럴 때마다 창남은 자리에서 일어나야 했고, 한참씩 통증에 까무러져야 했다. 인솔 경찰들은 호송되고 있는 조선인들을 들고 있는 지휘봉이나 칼집으로 꾹꾹 찌르거나 웅크리고 앉은 몸뚱이를 젖히면서 얼굴을 확인하고 있어서 그럴 때마다 호송되고 있는 조선인들은 괴로움에 시달려야 했다.

일본 경찰관들은 청진역에 도착하자 모든 객차에 올라타고 긴 장화 구두를 뚜벅거리며 수십 명씩 통로를 지나다니고 있었다. 조선인들은 긴 칼을 허리에 차고 뚜벅거리며 지나는 일본 경찰들을 보고 죄진 사람들처럼 몸을 움츠리고 있거나 피우고 있던 담뱃불도 끄고 끌려가지나 않을까 하고 불안해하면서 눈치를 보면서 가슴을 졸이고 있었다. 조선 사람들은 일본 경찰들이 열차에서 내리고 열차가 움직이기 시작하면 조선 사람들은 한숨을 내쉬며 꼈던 담배를 피워 물고 있었다. 창남이는 징용으로 끌려가면서 묵었던 청진역을 퉁퉁 부어 찌그러진 눈으로 보고 있었다.

"이창남 선생!"

김필언이 부르고 있었다.

"이름을 이제 알았소."

김필언은 자신의 몸도 심한 고문에 상처가 깊어 있었지만 창남에 비하면 상처라고 볼 수 없는 정도이기만 해서 창남에게 동정이 가고 있었다.

얼굴이 온통 수염투성이에다가 목소리마저 탁하기 이를 데 없는 사람이 계속해서 불만을 털어놓고 있었다. 호송되고 있는 사람들은 불안해하고 있었다. 문 양쪽에서 호송 경찰이 노려보고 있는 것을 아는지 모르는지 남자는 탁한 목소리를 멈추지 않았다. 탁한 목소리를 멈추지 않았다가는 무슨 일이 일어날 것만 같아서 김필언이 참관하고 나섰다.

"형무소는 더 나을 겁니다."

김필언이 호송 경찰들을 보고 나서 남자의 불만을 가라앉히려고 입을 열었다.

"형무손데 더 나을 게 뭐가 있겠소. 나으면 얼마나 낫겠소. 지금 우리 모두 성한 사람 하나 없는데 열차 안이 밖이나 다를 게 없어서 그런 것이오. 선생! 형무소 잘 아쇼?"

남자는 김필언에게 대들었다.

"아닙니다. 저는 단지…"

김필언은 호송 경찰의 눈치를 보면서 남자의 말에 대답을 흐렸다. 온몸 전체를 결박당하고 있는 김필언은 허리를 굽히며 미안해했다.

"아, 괜찮소. 미안해하실 것 없소. 왜놈들한테 하는 소리잖소."

남자는 김필언과 창남을 번갈아 보면서 거칠게 자란 수염을 움직이며 웃어 보였다.

"난 노량진에서 건어물 장사하다가 왜놈을 패주고 도망 다니다가 회령서 잡혔소. 살기는 아현동에 사는데 건어물 장사꾼이오. 건어물."

김필언과 창남은 게걸스럽게 말하고 있는 남자를 쳐다보았다. 그리고 남자가 어딘지 믿음직스러운 곳이 있어서 다시 고개를 숙였다. 그리고 일본 사람을 두들겨 패고 나서 도망 다녔다는 소리에 마음이 따듯해지고 있었다.

"말로는 두 달 산다고 하는데 까짓것 두 달 살고 말지요. 왜놈 이빨 몇 개 부러졌다니."

건어물 장사는 지저분한 수염 속에 파묻혀 있는 입술을 귀밑으로 찢고 있었다.

열차는 다음 날 저녁나절이 다 되었을 무렵 함흥역에서 멈췄다. 호송하고 있는 일본 경찰들이 포박당하고 있는 조선인들을 일일이 확인하기 시작했다. 포박당하고 있는 사람이나 수갑을 차고 있는 사람까지 모두 확인하고 나서 객차 문을 열었다.

12
흥남형무소에 수감되다

"모두 내린다!"

밖에는 호송차 몇 대가 대기하고 있었다. 결박당한 조선인들은 밖을 내다보면서 꽁꽁 얼어 있는 몸을 힘겹게 움직였다. 일본 경찰들은 그런 조선인들을 향해서 호루라기를 불거나 소리치고 있었다. 창남은 결박당하고 있는 몸을 한참 동안 힘겹게 일으키고 있었다. 김필언도 일어났고, 창남과 김필언은 조선인들이 움직이는 대로 천천히 따라가고 있었다. 겨울의 함흥역 승차장은 눈이 얼어붙어 얼음판이었고, 조선인들은 호명하는 대로 호송차에 오르기 시작했다.

"뭐야, 이거? 똑바로 못 서나?"

창남은 호송 경찰의 소리에 몸의 중심을 잡으려고 꾸물거리고 있었다. 하지만 몸은 똑바로 설 수가 없었다. 그러자 호송 경찰이 창남 앞으로 다가와 창남의 몸과 두 발을 보고 나서 뒤로 한걸음 물러나면서 들고 있던 장부를 확인하더니 창남에게 소리쳤다.

"네가 이창남인가? 아주 질이 안 좋구나. 소련 국적에 200부대 탈주하고… 어서 타라!"

창남은 김필언의 뒤를 따라 건어물 장사가 손을 내밀고 잡아주는 차에 올랐다. 호송차는 달리기 시작했다. 미끄러운 길을 달리며 산속으로 한참 달리다가 차들은 미끄러지면서 멈추었다. 그리고 육중한 형무소 문이 열리고 나서 호송차는 안으로 들어갔다.

형무소 마당에서는 죄수복을 입은 사람들이 간수들과 지나가고 있는 것이 보이고 있었다. 죄수복을 입은 사람들은 호송차를 보면서 눈들을 찌푸렸다. 호송차는 형무소 건물이 양쪽으로 나 있는 끝에서 멈췄다. 호송차의 철문이 열리고 조선인들은 마당으로 내려섰다. 창남은 건어물 장사꾼과 김필언이 몸을 기대 부축을 받고서야 겨우 몸을 움직이며 차에서 내려섰다. 그리고 김필언을 붙잡고 서서 형무소 건물을 쳐다보았다. 형무소 간수들은 호송 경찰이 넘겨주는 장부를 받아들고 일일이 이름을 부르고 나서 형무소 안으로 밀어 넣기 시작했다.

창남은 김필언을 비롯해서 함께 왔던 일행들과 헤어져서 간수가 안내하고 있는 곳으로 끌려갔다. 그리고 창남은 겨우 움직일 수 있는 작은 감방으로 들어갔다. 상처와 피멍 그리고 부러진 뼈들이 전부인 창남은 감방이 아늑하고 따듯한 느낌마저 들었다. 창남은 구석에 놓여 있는 오물통과 오물통 옆으로 작은 덮개가 있는 것을 보았다. 창남은 잠자리용 덮개와 베개를 내려다보고 있다가 바닥에 주저앉았고 쓰러졌다. 그리고 쓰러진 몸에 덮개를 덮었다. 바람 소리가 없고 바람이 들어오지 않고 있어서 창남은 간수가 부를 때까지 자리에 누워 있었다.

"이창남! 너는 위생 검열부터 받는다. 이것으로 갈아입어라."

간수가 쪽문을 열고 죄수복을 디밀었고, 창남은 더듬거리며 일어나 죄수복을 받아 성한 곳이라고는 한 곳도 없는 몸을 비명소리를 내가면서 한참 동안 갈아입었다. 그리고 죄수복에 774라고 쓰여 있는 숫자가 가슴 쪽에 붙어 있는 것을 보았다. 창남은 벗어놓은 피투성이 옷을 구석으로 밀어놓고 보고 있었다. 간수가 문을 열고 서서 말했다.

"나와라. 의무실에 간다."

창남은 뒤뚱거리며 간수를 따라갔다. 의무실은 그리 멀지 않았으나 창남이 걸어가기에는 힘겹고 먼 거리였다. 김필언이 조금 떨어진 곳에서 나오고 있었다. 김필언은 창남을 보자 살짝 미소를 지으며 작은 소리로 말했다.

"이창남 선생!"

창남은 의사가 손과 발 그리고 부러진 갈비뼈들을 살펴보는 동안 천장에 매달린 전등 불빛을 올려다보고 있었다. 의사는 아픈 곳마다 소독했고 약을 발랐고 솜으로 덮었고 붕대로 감았다. 창남은 커다란 주삿바늘이 살을 뚫고 있는 것을 보면서 의사의 얼굴을 보고 있었다. 창남은 간수를 따라 다시 감방으로 향했다. 그리고 덮개를 덮고 누웠다. 창남은 눈물이 그치지 않고 흐르는 눈을 껌벅거리며 오래도록 그대로 두고 있었다.

창남은 뒤뚱거리며 앞사람들이 하는 것처럼 수저를 들고 식판에 음식을 받았다. 그리고 사람들 틈에 앉아 음식을 먹기 시작했다. 국물도 먹었고 김치도 먹었고 쌀은 없지만 보리와 콩 그리고 옥수수로 되어 있는 따뜻한 밥을 입안에 넣고 우물거렸다. 그러면서 음식을 모두 먹어치우고 있었다. 얻어맞은 허리며 등줄기 그리고 목과 팔다리가 움직이기 쉽지가 않았지만 창남은 손바닥으로 식판을 들고 가 주방 배식대 위에 놓고 사람들이 서 있는 곳으로 가서 섰다. 사람들은 창남의 손과 발 그리고 상처와 멍 자국이 심한 목덜미를 보면서 말들을 하고 있었으나 창남은 무슨 말인지 들을 수가 없었다. 사람들은 창남을 보고 있었다.

저녁 식사가 끝났다는 소리가 들리면서 사람들은 모두 감방을 향해서 움직였다. 창남도 뒤뚱거리며 걸어 감방으로 들어갔다. 창남이 들어가자

문은 잠겼고, 창남은 아픈 손들과 발톱들을 보고 난 후 자리에 쓰러졌다. 창남은 한동안 쓰러져 천장을 보고 있었다.

얼마나 됐을까. 점호한다는 소리가 들려오면서 문 앞으로 서 있으라는 소리가 들려오고 있었다. 창남은 온몸이 찢어지는 고통을 이를 악물어가며 일어나 문 앞으로 가서 섰다. 형무소 소장과 간수들은 조선인들을 살피고 다니며 특별히 전달할 사항은 큰 소리로 외치며 다니고 있었다. 창남은 문 앞에서 형무소 소장과 간수들이 자신을 살펴보고 있는 것을 보면서 눈동자를 움직이지 않고 서 있었다. 형무소 소장과 간수들은 장부를 뒤적이며 창남의 인적 사항에 관해서 이야기들을 한 후에 돌아갔다. 창남은 문이 닫히자 바닥에 앉았다. 그리고 아무것도 생각하지 않고 눈을 감고 있었다.

창남은 현재 소비에트연방공화국의 국적자이고 보니 형무소에서 상부의 지시를 받았거나 아니면 눈치를 보고 있거나 그 둘 중의 하나인 것만 같았다. 소비에트연방공화국 국적인 창남은 국제법상 외국인 대우를 받아야 하고, 계속해서 조사하려면 체류 일자를 조정해야 한다. 형무소에서는 그런 창남에 관해서 눈치를 보고 있는 것 같았다.

창남은 몸을 제대로 움직이지 못하고 이리저리 돌려가면서 일어났다. 그리고 기다리고 있는 간수를 따라 움직였다. 간수를 따라 나간 창남은 와글거리는 취사장 안으로 들어갔다. 그리고 김필언이 다가와 옆에 앉는 것을 보고 반가움에 미소를 지었다. 김필언은 창남이 간수의 호위를 받고 있으며, 지금도 간수의 호위를 받으며 취사장으로 들어오고 있는 것을 보고 형무소 간수들이 창남에게 눈에 드러나게 호위하는 것은 아니지만 창남이가 움직일 때는 반드시 간수가 함께 있다는 것에서 궁금해하고 있었다. 김필언은 음식을 씹으며 말했다.

"이창남 선생에게 간수들이 따라붙고 있는 것 같소. 고문을 심하게 받아서 보호하느라고 그런 것 같지는 않은데요. 무슨 일이 있는지요?"

창남은 김필언의 물음에 대답하지 않았다. 어쩌면 창남 자신도 왜 간수들이 그러는지 확실한 것은 모르고 있었다. 그러면서 자신이 소련 국적 사람이기 때문에 그 영향으로 그런다고 알고 있었다. 어쨌든 창남이 식사를 끝내자 다시 의무실로 갔고 어제와 같은 방법으로 치료를 받았다. 의무관은 조금 떨어져 있는 간수에게 말했다.

"흉부의 뼈가 붙지를 않고 있소. 손도 그렇고 당분간 움직이지 않게 하시오. 만약에 움직여야 할 때는 반드시 휠체어에 보호자가 있어야 합니다. 달리 별명이 있을 때까지 움직이는 것을 금합니다."

의무관의 말에 간수는 휠체어를 가지고 왔다. 창남은 휠체어를 타고 감방으로 향했다. 그리고 창남은 모든 거동이 중단되었고, 진료 또한 의무관이 왕진하고 있었다. 창남은 늑골이 붙을 동안 누워 있었다. 손가락도 조심하고 있었다. 창남은 15일여의 긴 시간을 누워서 진료를 받았다.

"이보슈!"

앞에 앉아서 음식을 먹고 있던 사람이 창남을 불렀다. 창남은 부르는 사람을 바라봤다.

"몇 년이슈?"

창남은 몇 년이나 형을 받았느냐는 말에 입안에 들어 있는 음식을 부지런히 삼키고 나서 고개를 흔들며 대답했다

"몰라요. 얘기해주지 않았어요."

창남의 대답을 듣고 난 사람이 다시 말했다.

"알 만하외다."

묻던 사람은 음식을 다 넘기고 나서 거북한 낯빛으로 창남을 한참 동안 보고 나서 음식을 다시 입에 넣었다. 창남은 묻던 사람의 표정이 기분은 좋지 않으나 형무소에 갇혀 있는 사람들로서 주고받는 이야기라 대수롭

지 않게 넘겼다. 그러나 주변에 있는 사람들 역시 창남을 곱게 보고 있지 않았다. 창남은 불편해지고 있었다.

"진료 받는 동안 간수들이 하는 것을 보고 그러는 거요. 사실 나도 선생이 알고 싶소."

김필언이 까칠한 얼굴을 하고 물었다. 그러나 창남은 상황 설명을 할 만한 이야기가 없었다. 나도 모르겠다는 말 외에는 아프니까 그런가 봅니다, 하는 말밖에는 할 말이 없었다. 창남은 대답하지 못하고 자리를 떴다. 김필언은 그런 창남을 곱지 않은 얼굴로 보고 있었다. 창남은 감방으로 발길을 옮겼다. 그리고 일찍 자리에 누웠고 자리에 누운 창남은 집식구 생각을 하고 있었다. 경흥 아오지에서 함흥까지는 천 리 길이고 식구들이 방문해서 만난다는 것은 하늘의 별 따기보다 어려울 수밖에 없다. 또한, 함흥형무소에 와 있다는 사실조차 모르고 있을 것이고, 경찰서에서 식구에게 소식을 전하지 않았다면 죽은 것으로 알고 있으리라 생각했다.

형무소의 모든 불빛이 꺼지고 외등과 감시탑의 탐조등 불빛만 밝혀지고 있는 속에서 눈이 내리고 있었다. 창남은 잠에서 깨었다. 누군가 창남을 내려다보고 있었다. 창남은 그 사람을 따라서 어디론가 가고 있었다. 창남은 사람들을 따라서 긴 복도를 지나고 있었다. 그리고 창남은 전깃불이 탁상을 밝히고 있는 침침한 창고 같은 사무실로 들어갔다. 벽이나 바닥에는 그동안 수없이 보아왔던 고문 기구들이 있었다. 창남은 탁상 앞에 앉아 있는 수사관과 마주 앉았다. 그리고 탁상을 마주하고 있는 수사관이 두꺼운 서류를 뒤적이고 있는 것을 오래도록 보고 있었다. 창남은 수없이 겪은 일이라 지금 무슨 일이 벌어지고 있다는 것을 알고 있었다. 그래서 그전처럼 겁이 나거나 공포에 휩쓸리지 않았다. 벽에 걸려 있는 고문 기구들 그리고 여기저기 놓여 있는 고문 기구들을 보면서도 창남의 얼굴은 무표정한 그대로였다. 그러면서 두 번째 조서를 받던 곳이나 지금 이곳이나 조금도 다르지 않다는 생각을 하면서 이제 곧 무슨 일이 벌어지게 될 것만 같은 생각에 잠기고 있었다. 창남은 천장에서 사슬들이 내려져 있는 것을 보았다. 그리고 입에 물리는 재갈과 가죽으로 된 끄나풀들, 손톱 발톱을 뽑는 집게며 압박대들을 창남은 아무렇지도 않은 얼굴로 보고 있었다. 서류를 넘기고 있는 수사관의 표정이 창남을 향하면서 창남은 밀려오고 있는 압박감에 덤덤히 앉아 있었다.

창남은 고문 기계들이 있는 곳에 서 있는 두 수사관을 흘깃 보았다. 서 있는 두 수사관은 계속해서 서류를 보고 있는 수사관의 눈치를 살피고 있었다. 그러면서 창남은 이제 저 두 수사관이 고문을 시작할 것이라는 생각을 했다. 서류를 검토하고 있는 수사관은 가끔 입맛을 다시고 있었고 담배를 피워 물기도 했다. 창남은 무릎에 올려놓고 있는 자신의 손을 보면서 이제 손톱들이 새로 나오는 중이니 손톱이나 발톱을 뽑을 일은 없을 것이라 생각했다. 창남을 고문할 두 수사관은 이따금 움직이며 고문 기계들을 만지거나 들었다가 놓거나 하면서 지시를 기다리고 있었다. 창남은 그동안 고문이라면 겪지 않은 것이 없었다. 창남은 수사관들을 보면서 고문이 시작되면 견딜 수 없을 것만 같으면서 이번에는 죽을 것만 같은 생각에 숨을 자주 몰아쉬고 있었다.

수사관은 조용한 목소리로 창남을 향해서 입을 열었다.

"이창남! 너는 우리 대일본제국의 합병국민자로서 의무를 역행했다. 중국 마적대 팔로군과 소중하기만 한 의무 부대와 시설들을 공격하고 탈출했다. 역죄에 해당한다. 그리고 러시아에 숨어 살면서 러시아에 동조한 행동은 이적이고 반역적 행동에 해당한다. 네가 진술한 것을 읽어보니 수사에 혼돈을 초래하고 있고, 너의 진술과 사건이 일치하지 않고 있다. 우선 큰 것만 보았다. 이제부터 그동안 너의 행적에 관해서 다시 조사할 것이고 사건과 무관한 것처럼 진술한 곳을 집중 조사하겠다. 내가 질문하는 것들을 거짓 없이 진술하기 바란다. 이제 하나하나 처음부터 다시 시작할 것이니 추호도 거짓말할 생각 마라. 여러 수사관이 고생들을 많이 하였구나. 거짓 진술하면 거짓 진술하는 만큼 그만한 대가가 있게 된다. 거짓 진술하는 것이 너희 폭도들의 사명 같은 것이 되겠지만 우리 대일본제국은 그 점에 관해서는 관대하지 않다. 이제 네가 가정으로 돌아가느냐 돌아가지 못하느냐는 전적으로 너의 진술에 달렸고, 내가 마지막 수사관이 될 것이다. 너의 출국 비자도 충분히 연장해 놓았다. 너로 인해서 나 또한 헛수고나 하는 수사관이 되지 않겠다. 그리고 너 또한 거짓 진술에 그만한 대가를 받지 않도록 하기 바란다. 먼저 수사관들이 너로 인해서 많은 수고를 하였으나 결과는 미비하다. 그런 것을 참고로 해서 시간적인 것은 물론 소련 대사관과 충분히 양해를 구했고 상의하였다. 먼저처럼 이번에도 시간을 질질 끌어보겠다는 생각은 착각일 뿐이라는 것을 확실하게 보여 주겠다. 마적대가 포탄을 쏘자 200부대 사방에서 불길이 일어나고 있었고, 부대 전체가 불길에 휩싸였다고 사고 보고서에 기록이 되어 있다. 당시 사항에 대해서 모른다고 일관하고 있는데 네가 거기에서 징용 노무자로 있는 중인데 모른다고 하면 누가 믿겠느냐? 징용 노무자들이 사방에 불을 지르고 있었다고 기록되어 있다. 이제 그 당시부터 시작하겠다.”

수사관은 담배를 깊이 빨면서 창남을 바라보며 논리적으로 압박하기 시작했다. 창남은 수사관의 눈빛이 예리하고 싸늘하게 파고들어오는 것을 느꼈다. 그리고 그동안의 수사관들한테서 볼 수 없었던 품격을 발견하고 있었다. 수사관은 다시 200부대 사고 보고서를 읽었다.

“팔로군이 자 부대에 박격포 탄을 쏘았다. 포탄이 세 발 떨어져 터지자 갑자기 감시탑 아래에서 불이 일어났고 동쪽 위병소가 습격을 받았다. 그리고 전화선이 끊겼으며 초소마다 습격을 받았고 수송대가 모두 불에 휩싸였다. 팔로군이 박격포 탄을 날려 보낸 것 외에는 모두 내부 습격과 공격에 의한 방화였고, 혼란한 틈을 타고 징용 노무자들과 정신대가 도주하였다."

수사관은 사고 보고서를 읽고 나서 창남을 보았다.

"이창남?"

수사관은 날카로운 눈빛으로 창남을 보고 있었다. 창남은 그런 수사관의 눈초리를 피하며 앉아 있었다. 그러면서 창남은 가슴 졸이며 긴 한숨을 쉬고 있었다. 그러고 보면 이번이 세 번에 걸쳐 받는 조사이다. 그러다 보니 창남은 만성이 되어 있었고, 날카로운 수사관의 눈초리 역시 공포나 불안으로 보기보다는 그들에게서 볼 수 있는 기이한 형상이라 창남은 덤덤하게 앉아서 이어서 일어날 일들을 기다리고 있었다. 그러자 수사관은 이러다가는 자백을 받아 낼 수도 없을 것 같고 한도 끝도 없이 창남이에게 끌려 다닐 것만 같아서 취조 방법을 바꿔볼 생각을 했다. 수사관은 창남의 왼쪽 가슴에 붙어 있는 수감 번호를 보았다. 그리고 얼굴에 굳은 근육을 풀기 시작했다. 수사관은 시간을 끌어가며 창남의 기분을 탐색하고 있었다. 수사관은 창남의 입에서 진술이 반복되지 않게 하려고 계속해서 창남의 얼굴을 살펴가면서 물리적인 방법보다는 논리적인 방법을 시도해 보려고 없는 머리를 쥐어짜기도 해가면서 창남의 눈치를 살피고 있었다. 수사관은 한술 더 떠서 창남의 인격을 존중하는 척하면서 창남의 경계심을 풀어보려고 실속 없는 내숭도 떨고 있었다. 그러나 창남은 수사관을 지루하게 만들고 있었다. 수사관은 제풀에 지쳐가고 있었다.

담배를 반복해서 피어대던 수사관은 사건 기록을 뒤적이며 창남을 논리적이 방법과 물리적인 방법을 번갈아 생각하면서 옆방에서 들려오고 있는 비명에 눈을 내려 감고 있었다. 창남은 수사관이 언제 본성을 들어낼지 몰라서 조용히 앉아서 움직이지도 않고 있었다.

수사관은 창남이가 사실대로 고백할 수 있는 기회를 주려고 최대한 분위기는 물론 자신의 수사 방법을 완화하고 있었다. 수사관은 들려오고 있는 비명에 신경을 쓰고 있었다. 창남의 심경을 최대한 안정시키려는 중인데 비명이 거슬렸다. 그러나 창남은 수사관이 너그럽거나 인자하게 대하면 대할수록 초조해지고 불편해졌다. 창남은 수사관이 어서 물어볼 것은 물어보고 고문할 거면 고문할 것을 바라고 있었다. 그러면서 창남은 결국에는 고문할 것이고 고문으로 인해서 자신은 죽거나 불구 아니면 병들 것으로 알고 마음을 비워놓고 있다. 창남은 고개를 숙이고 이제 곧 시작될 고문을 기다리며 눈을 감았다. 몇 달, 몇 년, 또는 사형, 그런 형벌은 이미 주어진 것이기에 창남은 지금 시작하고 있는 취조와 고문을 각오하고 앉아서 수사관이 뿜어대고 있는 담배 연기 냄새에 젖어가고 있었다.

수사관은 사건 기록을 몇 번이고 보고 있었다. 그 어느 곳에도 창남이 진술한 것에는 사건과 일치하고 있는 내용이 없는 데다가 죄목이 정해질 수 있는 것은 근무지 이탈과 미복귀 죄에만 해당하고 있어서 수사관은 사건 기록부를 수없이 들여다보고 있기만 했다. 그런 데다가 창남은 소련 국적 소지자이니 소련 대사관에서 항의하거나 국제법을 걸고넘어진다면 그 또한 간단한 일이 아니라 수사관은 신중해지고 있었다. 수사관은 창남을 불렀다.

"이창남!"

수사관의 목소리는 무거웠다.

"옆방에서 들리는 소리에 신경이 거슬리나 보구나."

수사관은 옆방에서 들리고 있는 비명에 신경이 거슬리고 있었다. 그러나 창남은 아무런 동요가 되지 않고 있었다. 창남은 모두 빠진 손톱들을 눈을 깜박이며 내려다보고 있을 뿐이었다. 그리고 부러졌던 갈비뼈들과 금이 갔던 허벅지 뼈가 어서 잘 아물기를 바라고 있었다. 창남은 계속해서 새살이 돋고 빠진 손톱들이 새로 나오고 있는 것을 보고 있었다. 그리고 부러진 손가락들과 갈비뼈가 이제 아물고 있는 실정에서 고문을 받게 된다면 다시 모두 부러질 텐데, 하는 생각에 새로 돋고 있는 손톱을 보고 있기만 했다.

수사관은 창남이 손에서 눈을 떼지 않고 있는 것을 보면서 입을 열었다.

"나는 마찰 없이 일이 마무리되기 바란다. 그리고 이제 너는 나와의 만남으로 끝나기 바란다. 사건 기록을 보면 팔로군과 탈출한 것으로 되어 있는데 이창남의 진술서는 만주 국경을 넘어 소련으로 갔다고 되어 있다. 그럴 수도 있다고 본다. 그 당시 사방으로 분산되었을 것으로 보면 그럴 수 있다. 하지만 국경까지는 600km가 넘는 데다가 이해가 되지 않는 것은 너의 진술에 팔로군과 함께 탈출했다고 되어 있다. 이 대목에서 다시 진술하기 바란다. 이창남! 사실 그대로 말하고 나면 속이 시원할 뿐만 아니라 마음이 평화로워지고 기쁘고, 그러다 보면 행복해지는데 십중팔구 이번 사건과 같은 사건의 범죄자들은 영웅심에서 거짓으로 위장하며 의로운 것으로 착각들을 하는데 그건 오산이다. 내 말을 잘 들어보아라. 그럼 거짓이나 숨기는 것이 오산이란 것을 알게 될 거다. 내가 이제 네 속에 있는 불안을 확 풀리게 해 주겠다. 사실이 아닌 거짓을 마음속에 품고 있자니 얼마나 불안하고 불편하니? 계속 거짓말을 준비해야하고 안 잡혔다 치자. 그게 어디 사는 거냐? 안 잡히려고 도망 다녀야 하는데, 그러니 지금 네 속이 어떻겠니? 네가 어디 있었다는 것을 우리가 다 알고 확인하고 있는데 거짓말을 주서대야 하니, 도망 갈 궁리하고, 이제 네가 어떻게 될 것이라는 것을 빤히 알고 있을 텐데, 그러지 말고 다 지난 일이고, 지난 일 가지고, 우리 법조인들이 하는 일은 거짓을 밝히는 일이잖니. 이창남! 고생이 많았구나. 징용 노무자 하랴, 청산리에서 폭도 하랴, 소련으로 어디로 도망 다니느라고 고생 많이 했구나, 그런데 이게 뭐냐? 고생다운 고생이 없지 않니, 고생이라는 것은 반듯이 보람이 있어야하는데 하나도 없구나,

이창남, 안쓰럽고 가엾구나,"

수사관은 창남을 지루하게 만들면서 측은하게 만들고 있었다,

창남은 귀를 닫아걸고 수사관의 입술만 쳐다보고 있었다. 그러면서 근식 대장을 생각했다.

"절대 입을 열어서는 안 됩니다."

창남은 근식 대장의 목소리와 얼굴을 소사관의 얼굴에 포개놓고 옆방에서 들려오는 신음과 비명에 신경 쓰고 있었다. 그리고 수사관이 떠들고 있는 진실이고 거짓이고 관심이 없었고 죽으면 만식이를 만날 생각을 하고 있었다. 그리고 죽은 만식이가 왜놈들한테 핍박받지 않고 있는 것을 다행스럽게 생각하고 있었다. 창남은 만식이를 생각하면서 얼굴에 미소를 띠었다. 죽게 되는 순간 만식이가 반겨줄 것을 생각하며 미소를 짓고 있었다.

"이봐! 이창남! 너는 국적이 소련이고 대역쥔지 아닌지는 사실이 밝혀져야 알겠지만 이 사건 기록에 너의 이름은 한 곳도 없다. 나 또한 너의 이름을 이곳 어디에 집어넣으려는 생각은 추호도 없다. 그렇지만 박근식이라는 이름은 주모자로 되어 있다. 봐라. 이게 모두 그간 200부대의 습격 사건 기록을 발췌해서 기록한 조사 기록이다. 이 기록에는 한 가지도 추상이나 허위로 기재된 것은 없다. 역사란 사실 그대로 기록되는 것이고, 너는 이 기록 어디에도 없다."

수사관은 눈을 반짝이며 창남을 바라봤다. 그러나 창남은 수사관이 목을 매고 있든 목을 빼고 있든 상관하지 않고 입을 다물고 있었다. 그에 수사관 유우토 검사는 인내의 바닥을 드러내지 않고 끈질기게 설득하고 있었다.

13
유우토 검사, 빈손으로 가다

"나는 경성에서 내려온 검사 유우토다. 200부대 습격사건 이후 그곳에 있던 조선 징용 노무자가 나타났다고 해서 나까지 내려오게 되었다. 그러나 나 또한 빈손으로 돌아가게 되나 보다. 그렇지만 나는 절대 빈손으로 돌아가지 않을 것이다. 분명한 것은 그곳에 네가 있었는데 너를 앞에 두고 거짓말만 듣다가 간다면 나의 명예뿐만이 아니라 검사, 일본이 뭐가 되겠니? 그런 일 없다. 이창남! 귀신을 속여라 나는 속을 수 없다. 네가 죽는 것을 보더라도 끝까지 하고 말 거다. 조선 사람들 못난 것 중의 하나가 있는데 그게 미덕이란 거다. 미덕. 너 미덕이라는 것 속뜻 알겠니? 쉽게 말해서 지금 네가 거짓말로 일관하고 있는 것이 미덕이란 거다. 자신의 범죄는 물론 동조자들의 범죄를 모두 떠안고 희생을 자처하고 있는 행동을 미덕으로 알고 있다 조선 사람은, 너를 일컬어 하는 말이다. 열악하기 한이 없는 교육, 만연한 악질적인 관습, 권력자들만을 위한 국법, 특권자들만을 위한 사회구조에 찌들어 있는 민초들, 그래 좋다. 이창남! 일본과 합병해서 잘못된 것이 뭐가 있니? 항만은 물론 조선반도 구석구석까지 신작로에서 철로, 그리고 공항, 너에게 이런 말까지 할 필요가 있는지 모르겠다."

유우토 검사는 담배를 피어물고 수사기록을 옆으로 밀어놓으며 창남이를 보고 있었다. 그러나 창남이는 유우토 검사의 시선을 피하려거나 수긍하려거나 하는 태도는 보이지 않고 멀뚱거리고 앉아 있다. 유우토 검사는 담배를 끝까지 모두 태우고 난 다음 수사기록을 앞으로 끌어다가 놓고 다시 입을 열고 있었다.

"조선에 악습이 사라지지 않는 한 너희의 미래는 우리 일본이 어떻게 해볼 수 없다. 이창남! 지금 여기 보면 박근식이라는 자가 주모자로 기록이 되어 있는데 너 박근식이 어디 있는 지나 아니? 너 모르지? 우리도 모르는지 아니? 네가 철저히 숨기고 있는 것들 우리는 눈으로 다 보고 있고 귀로 다 듣고 있다. 권한 밖으로 나가 있는 것 자체가 말하고 있는 거다. 네가 철저히 말하지 않고 숨기고 있는 것을 우리는 다 알고 있고 보고 있다. 하지만 가장 완벽해야 할 것이 법이고 법으로 다스려지는 기록은 사건 그 기록에 허위나 추상이 있을 수 없기 때문에 지금 나를 비롯하여 우리 수사관들은 이창남 너에게 온갖 노력을 다하는 중이다. 어쨌든 수사관도 사람이라 인내에는 한계가 있다. 그 점을 참작하기 바란다."

유우토 검사는 다시 담배를 피워 물고 길게 한숨을 내쉬고 있었다. 그리고 고문대 앞에 대기하고 있는 수사관들을 잠시 보고 난 후 다시 입을 열었다.

"세상천지에 사고 현장에 있었던 사람이 아무것도 모른다고 발 빼고 있다면 그보다 황당한 노릇이 어디 있겠냐? 사건을 사실대로 기록하고 보존하기 위해서 확인하려는 건데 시침을 떼거나 빤한 것을 꾸며대고 있으니 법이 필요 없구나, 너와 내가 여기 있을 필요도 없고, 네가 아는 사실만 사실 그대로 기록하고 난 후 너는 소련으로 너의 가족과 함께 가고 나는 일본으로 가던지 이곳에 남아 있다가 목이 달아나든지 하겠다. 네가 사실 그대로 말해서 사실 그대로 기록하는 즉시 너의 가족과 너를 국경 넘어까지 깨끗이 동행해서 행복하게 살 수 있도록 완벽하게 해 주겠다."

유우토 검사는 다시 담배를 피워 물었다. 유우토 검사는 스스로 서울에서 내려온 검사 유우토라고 말했다. 수사에는 경찰과 검사라는 직분이 관계되어 있겠지만 경찰서 수사관들과는 달리 유우토 검사는 위협적인 것보다는 논리적인 설득력으로 사건을 다루고 있었다. 그러나 창남은 수사관이 어떻든 상관없이 입을 열지 않고 있었다. 유우토 검사는 자리에서 일어났고, 고문 기계 앞에서 대기하고 있던 수사관들은 밖으로 나갔다. 유우토 검사는 한참 서성거리고 있었다. 유우토 검사는 다시 취조실로 들어와 자리에 앉았다.

"이창남! 네가 200부대에서 평소에 일하던 이야기와 탈출하던 이야기나 들어보자. 도망칠 당시 본 것들. 그것들을 얘기해 봐라."

유우토 검사는 맥이 빠지고 있었다. 그 때문인지 더욱 부드러운 말투로 창남에게 다가가고 있었다. 함께 있었던 수사관들까지 내보내면서 유우토 검사는 창남을 구슬렸다. 창남은 유우토 검사가 겨우 들을 수 있을 만큼 낮고 힘없는 소리로 입을 열고 있었다.

"저는 함께 일하던 만식이가 가는 대로 뒤따라서 산으로 도망쳤습니다. 부대 사방에서 총소리가 나며 불이 나고 있어서 무조건 만식이와 산으로 도망치기만 했습니다. 그러다가 계곡 아래로 한참 구르며 떨어졌습니다. 그때 우리는 많이 다쳤고요. 그래도 일어나 무조건 도망만 쳤습니다. 무서워서."

"그래 좋다."

유우토 검사는 창남을 보면서 모호한 표정을 짓고 있었다.

"계속해서 도망치다가 부대가 보이지 않는 곳에서 멈추고 숨어 있는데 우리처럼 도망치던 동료들을 만났습니다. 우리는 부대로 돌아가지 않고 러시아로 가기로 하고…."

유우토 검사는 망설였다. 그러면서 창남이 입을 막지 않고 있었다. 창남은 머뭇거리다가 다시 입을 열었다.

"저는 나무만 했습니다. 나무를 해다가 병원에서 쓰는 물을 끓이고 취사장에 땔나무들을 매일 했습니다. 군인들 막사에서 때는 나무만 했습니다."

창남은 말을 멈추고 유우토 검사가 자리에서 일어나는 것을 보고 있었다.

"취조는 내일 한다."

유우토 검사는 밖으로 나갔다. 그러자 수사관들도 밖으로 나갔다. 그리고 잠시 후 교도관이 들어왔다.

"774! 일어나라. 가자."

창남은 교도관을 따라서 감방으로 돌아갔다. 그리고 창남은 저녁 식사를 하면서 김필언을 비롯해서 많은 수감자의 격멸의 눈초리를 받고 있었다.

다음 날, 창남은 교도관을 따라 취조실로 향했고, 취조실에 도착하여 유우토 검사와 탁상을 마주하고 앉았다. 유우토 검사는 어제와 다름없이 부드러운 목소리로 입을 열었다.

"이창남! 잘 잤느냐?"

수사관은 피우고 있던 담배를 끊고 나서 진술서를 뒤적였다. 창남 또한 고개를 반쯤 수그린 채 어제와 다름없이 묵묵부답으로 앉아 있었다.

"경흥경찰서 수사관들이나 경성에서 파견했던 수사관들이나 너를 대하고 보니까 당시에 속들이 어떠했었는지 알 것 같다."

수사관은 진술서를 뒤적이다가 말고 창남을 물끄러미 보았다.

"나 또한 직분이 검사이지만 그 사람들이나 다름없을 것 같다. 네가 본 것이며 네가 한 짓들은 어디에도 없다. 우리가 짐작하건대 네가 본 것들과 한 짓들은 모두 우리 대일본제국의 정책을 좀먹거나 훼손하는 짓들이 명백하다. 지금 묵묵부답으로 일관하고 있는 것이 더욱 그렇다. 우리에게는 고도로 발달한 기술을 가지고 있는 수사관들이 있다. 지금 네 곁에 있는 수사관들이 그런 수사관 중에 대표적인 수사관들이다. 이제 나의 인내는 너의 묵묵부답으로 인해서 너와의 인연을 끊고자 한다. 너는 이제부터 사건의 진실을 위한 실토를 거짓 없이 성실하게 대답하기 바란다. 이제부터 네가 입을 다물고 있으면 있을수록 그만한 대가가 너에게 돌아간다는 것을 명심하기 바란다."

창남을 에워싸고 기다리고 있던 두 수사관이 커다란 방망이를 들었다. 그리고 그중에 한 수사관이 창남의 어깻죽지를 향해서 방망이를 내려쳤다. 창남은 바닥으로 내동댕이쳐졌고 다시 한 수사관이 두꺼운 장갑을 낀 손으로 내동댕이쳐진 창남을 가볍게 들어 의자에 앉혔다. 유우토 검사는 얻어맞은 어깨를 늘어트리고 기우뚱하게 앉아 있는 창남을 보면서 담배를 깊이 피워 물었다.

"조선 너희가 일본에 항거한다는 것은 달걀로 바위 치는 것보다도 못한 가소롭고 가련한 짓에 불과할 뿐이다. 그런 범죄를 저지르면 저지를수록 너희가 잃는 것이 많을 것이며 활동 범위도 좁아지게 된다. 대일본제국은 너희를 위해서 시행하고 있는 교육이며 직업이며 사회보장들을 재검토하게 될 것이며, 대일본제국을 적대시하면 할수록 너희 조선은 발붙일 곳이 없게 된다. 대일본제국에 협조해도 시원찮고 예쁘게 봐줄 곳이 한 군데도 없는 것들이 하는 짓이라는 것이 죽을 짓들만 하고 있으니 한심하고 딱하기 그지없다. 결국 너희 조선은 대일본제국의 영원한 식민으로 살아가게 될 것이다."

유우토 검사는 창남이가 소련 국적 소지자라 해도 소련 국적을 획득하기 전에 팔로군과 연합작전으로 200부대 습격사건과 탈출 그리고 팔로군의 지원 작전으로 청산리로 잠입되었다는 기록을 가지고 국제법상 위법에 접촉되지 않는다는 점을 악용하여 창남의 체류 기일을 잠정으로 소련 대사관에 상정해 놓고 본격적으로 조사할 행동에 들어가고 있었다.

창남은 패면 맞고 찌르면 찔리고 끌면 끌려가면서 입을 다물고 있었고, 형틀에 거꾸로 세워져 동여매졌다. 창남은 형틀에 거꾸로 동여매진 속에서 앞으로 자신에게 무슨 일이 벌어지든 상관하지 않고 눈을 감고 있었다.

"너희들, 팔로군들의 지원받으며 청산리로 가지 않았느냐? 우리 대일본 제국의 정보는 허술한 것이 없다."

창남은 한동안씩 숨을 쉬지 못하고 있었다. 수사관들은 창남의 눈과 코 그리고 입을 향해서 소금물을 붓고 있었다. 창남의 코에서는 코피가 솟고 있었고, 오전 내내 물고문을 받았다. 수사관들은 창남을 형틀에서 풀어 의자에 묶어놓은 다음 취조실에서 나갔다. 창남은 침침한 지하 취조실에서 수사관들이 돌아올 때까지 계속 코피를 흘리고 있었다. 유우토 검사는 창남과 다시 마주 앉았다. 창남의 떨어트려진 머리는 수사관이 들어올리며 코피에 엉망이 된 창남의 얼굴은 수사관과 마주하고 있었다.

"이창남! 네가 이제 무슨 말이든 하리라고 생각하지 않는다. 너를 다그쳐야 하는 우리나 고통을 겪고 있는 너나 조금도 다를 게 없다. 할 짓이 없어서 가련한 인간 못매나 주며 살기는 싫다. 한 국가에 요직을 담당하다 보니 충실하게 임무에 임해야 하고 그로 인해서 부득이 처리할 수밖에 없는 경우가 있다. 바로 지금과 같은 때다."

유우토 검사는 다시 담배를 피워 물었다. 그리고 서 있는 수사관에게 눈길을 보냈다. 수사관들은 창남에게 다가갔다. 그리고 창남을 의자에서 일으켜 형틀이 있는 곳으로 끌고 간 후 창남의 두 손을 등 뒤로 묶었다. 그리고 두 발을 밧줄로 단단히 묶은 후 쇠사슬에 걸었다. 그런 후에 다른 수사관이 잡고 있던 쇠사슬 끝을 잡아당기기 시작했다. 창남은 넘어지면서 거꾸로 세워져 위로 올라가기 시작했다. 드르륵거리는 쇠사슬은 창남의 몸을 공중에 매달아 놓았고, 주전자를 들고 있는 수사관은 곁에 있는 수사관이 창남의 얼굴에 수건을 덮자 주전자의 물을 그 수건에 붓기 시작했다. 창남은 주전자에서 부어진 맵고 짠 물에 적신 수건을 얼굴에 뒤집어 쓰고 수사관이 주전자의 물을 다 비울 때까지 있어야 했다. 수사관들은 창남의 몸을 돌리기 시작했다. 창남은 수건에 얼굴이 덮인 채 수사관들이 돌리는 대로 몸이 돌아가고 있었다. 창남은 이리 돌다가 저리 돌다가 수사관들이 돌리는 대로 돌고 있었다. 수사관들이 돌리는 대로 돌고 있던 창남은 바닥에 떨어졌고, 바닥에 떨어진 창남은 수사관들이 돌아올 때까지 방치되고 있었다. 수사관들은 창남을 다시 의자에 앉히고 등받이에 묶어 놓았다.

"대일본제국의 수사관들이 어리석은 조선의 한 젊은이로 인해서 금보다 귀한 시간을 낭비하고 있다. 너의 죄는 이럴수록 무거워지고 국가는 그만큼 손실을 입게 된다. 국가에 손실을 초래한 백성은 그만한 대가를 치러야 하고 법정은 냉혹하게 판결할 수밖에 없다."

유우토 검사는 의자에서 일어나 밖으로 나갔다. 창남의 몸은 남아 있는 수사관들의 손아귀에서 벗어나지 못하고 있었다. 창남의 몸은 다시 쇠줄에 매달려 주전자의 고춧가루 물을 코로 마시고 있어야 했다. 코를 통해 목으로 흘러들어 가고 있는 물은 창남을 기절시켰고, 기절한 창남을 향해 수사관들은 물을 끼얹었다. 그리고 수사관들은 기술적인 방법을 총동원해서 창남을 고문하기 시작했다. 창남의 몸은 시간이 흐르면서 뼈들이 으스러지고 있었다. 창남의 몸은 생선처럼 공중에 매달려 있었다. 수사관들은 창남이 숨을 쉬지 않으면 물을 끼얹거나 숨을 쉬는지 확인하면서 고문 기술을 맘껏 발휘하고 있었다. 창남의 몸은 바닥에 떨어진 채 방치되고 있었다.

창남이 가늘게 눈을 뜨고 있었다. 세상을 마지막으로 보고 있는 듯이 창남의 눈이 조금씩 움직이고 있었다. 창남의 몸은 수사관들의 손에 의해 나무 침대에 눕혀졌고, 의무관이 살피고 나갔다. 창남의 몸에는 모포가 덮여졌다. 다음 날 의무관이 올 때까지 창남은 가늘게 숨소리를 내고 있었다. 의무관은 창남의 몸에 주사를 놓았다. 3일이 지나고 다시 며칠이 지났는지 기억할 수 없을 만큼 시간이 흐르고 나서 창남은 휠체어에 반은 쓰러진 몸으로 앉아 수사관 앞에 놓였다.

"지금도 늦지 않았다. 우리 대일본제국은 관대하다. 실토하고 가족의 품으로 돌아가기 바란다."

창남의 귀에 유우토 검사의 말소리가 바람에 뒹굴고 지나가는 낙엽 소리처럼 들렸다. 창남은 간수가 밀고 가는 휠체어에서 밖으로 보이는 하늘을 바라봤다. 푸른 하늘에 나뭇잎들은 바람에 흔들리고 있었다. 창남은 휠체어에 앉은 채 그해 여름을 맞이하고 있었다.

"3323! 식사 끝나시면 식기 반납!"

"알고 있습니다."

김필언은 고문으로 석 달째 고생하고 있는 창남을 금이야 옥이야 했다. 함께 이곳 형무소에 와서 간수들은 물론이고 수사관들이 창남에게 대하는 것을 보고 친일 사상자로 오해했으나 형무소는 물론이고 경성에서 급파된 수사관들이 창남으로 인해 모두 곤욕을 치르고 있다는 소문을 듣고 나서 이창남이 독립투사이고 그 때문에 고문에 시달리고 있다는 것을 알고 나서부터 창남을 영웅으로 보고 있었다. 그러기에 그동안 창남은 말이 없었고, 형무소의 교도관들이 창남을 일반 죄수들과 차원이 다른 등급으로 대하고 있었다는 것을 알게 되었다. 어쨌든 창남은 함흥형무소 조선 수감자들에게 영웅이 되어 있었다. 이창남은 수감자들의 극진한 보살핌과 조선 독립정신의 중추가 되어가고 있었다. 그러면서 창남이 잘못되기라도 하면 수감자들 모두는 봉기할 것을 결의하고 있었다.

14
악명의 타케루 검사

　창남은 휠체어에 앉은 채 낯선 수사관들과 마주하고 있었다. 조사하는 수사관은 먼저 유우토 검사와는 나이 차이가 났다.

　"나는 타케루 검사다. 너의 체류 일자를 석 달 연장했다."

　타케루 검사는 나이 못지않게 굵은 목소리로 창남을 대했다. 탁상에 올려 있는 서류들은 모두 전과 다를 것이 없었다. 창남은 서류들을 뒤적이고 있는 타케루 검사를 보면서 이제 살기 어렵겠다는 생각이 들었다. 타케루 검사는 서류를 덮고 나서 창남을 쳐다보면서 입을 열었다.

　"내가 이 자리에 온 것은 좋은 결과로 마무리 짓기 위해서 왔다. 나는 동경에서 남경을 거처 예까지 왔다. 나는 반드시 200부대의 습격사건 경위를 종결짓고 말겠다. 그러기 위해서 이창남 폭도를 이 시간부터 인간이 아닌 동물 이하의 말단 피조물로 대하겠다. 내가 취조하는 동안 너의 입으로 들어가는 것은 너의 몸에서 나온 것들이 될 것이고, 우리가 원활한 임무 수행을 위해서 너의 아랫도리 속옷 외에 모두 벗기겠다. 이제부터 묻는 말에 대답하지 않을 시에는 네 눈으로 네 신체 일부들이 잘려나가 바닥에 뒹구는 것을 보게 될 것이다."

타케루 검사는 말을 마치고 나서 수사관들에게 새로운 지시를 내렸다.

"이 자식, 이제부터 오줌을 싸면 그 오줌을 먹이고 변 또한 먹여라. 바닥에 떨어트리는 것 없이 하라. 그리고 내가 취조할 때 냄새가 나도 좋으니까 물로 씻기는 일이 없도록 해라. 밥은 먹이되 절반으로 줄여라. 그래야 변을 먹이니까. 옷부터 벗겨라."

타케루 검사의 말이 떨어지자 어깨며 팔이며 허리를 움직이지 못하는 창남은 수사관들의 거친 손놀림에 입고 있던 옷들은 모두 벗겨졌다.

"이 자식 몸뚱이를 보니까 전기밖에는 안 되겠다. 저 기계, 사용 가능한가?"

"옛!"

타케루 검사는 전기고문 기계를 잠시 보고 나서 뼈만 앙상한 몸뚱이로 앉아 있는 창남을 보면서 입을 열었다.

"미친 자식! 제 몸 생각하고 가족을 생각해야지. 할 짓이 없어서 조선보호조약국 대일본제국에 반역해? 이제부터 묻는 말에 대답을 안 할 때마다 그만한 대가가 돌아갈 줄 알아라. 이 자식 발, 손, 머리에 씌워!"

타케루 검사의 말이 떨어지자 수사관들이 전깃줄을 늘이고 창남의 발목과 손목에 전기 팔찌를 채웠고 머리에는 전기 관을 씌웠다.

"용서란 없다. 네가 소련 국적을 가지고 있어도 지금은 국제법상으로 너를 조사하는 데 아무런 제제가 없다. 그럼 지금부터 묻는다. 팔로군의 지원을 받으며 김시진 폭도에 합류했지? 북간도 청산리 말이다."

창남은 고개를 설레설레 흔들었다.

"이 자식이! 누가 너더러 고개 흔들라고 했어. 이 새끼 버르장머리 없네. 대답으로 해. 알았어? 김시진에게 갔잖아!"

"아니요."

창남은 목구멍으로 기어들어가는 소리로 대답했다.

"올려!"

타케루 검사는 전기 스위치를 잡고 있는 수사관에게 소리쳤다. 수사관은 스위치를 올렸다.

'치치치치치치!'

"내려!"

창남의 몸은 삽시간에 늘어졌다. 창남의 머리에서 연기가 솟고 있었다.

"오전 조사는 이것으로 마친다. 오후에 강행한다."

타케루 검사가 자리에서 일어나 나갔다. 그러자 수사관들도 잠시 창남의 동태를 살피고 나서 밖으로 나갔다. 시간이 흐르면서 창남은 혼미하나마 정신이 들어오고 있었고, 정신이 들어와 눈까풀을 올리고 있을 때는 등받이에 머리를 고정하고 끈으로 동여매어 놓아서 움직일 수가 없었다. 그리고 취조실에 아무도 없이 혼자 있다는 것을 알았다. 창남은 전기 고문에 정신을 잃었던 것을 기억하며 코에서 흐른 피와 땀이 벌거벗겨진 몸에서 흐르고 있는 것을 보면서 왜 이렇게 죽기가 힘든 것인지 한숨을 쉬고 있었다. 창남은 숨을 몰아쉬면서 울고 있었다. 그러나 눈에서는 눈물이 나오지도 않았다. 그러나 창남은 울고 있었고, 울고 있는 창남은 고문과 죽음만이 함께하고 있을 따름이었다. 이제 머리에 떠오르는 것들도 없고 생각할 기력도 없다. 창남은 수사관들이 들어와 있어도 울고 있었다.

"산속에서 사람들 눈에 띄지 않게 숨어 있기만 했습니다. 부대는 어떻게 됐는지 정말 모릅니다. 남의 집에서 음식을 훔쳐다 먹고 어딘지 모르는 산속에서 있기만 했습니다. 나중에 거기가 러시아라고 알았습니다. 정말입니다."

창남은 타케루 검사가 의자에 앉지도 않았는데 말소리를 내고 있었다. 수사관들은 그런 창남을 물끄러미 보고 있었다. 창남은 다시 같은 말을 반복했다. 타케루 검사는 그런 창남을 얼마간 바라봤다. 타케루 검사는 뒷짐을 집고 잠시 상념에 젖고 있었다.

"이틀간 조사를 중단한다."

말을 마친 타케루 검사는 밖으로 나갔다. 나머지 수사관들은 창남의 몸에 얽혀 있는 전기 고문 기계를 제거하고 옷을 입혔다. 그리고 휠체어에 태워 간수에게 인계하였다. 감방으로 돌아온 창남은 딱딱한 바닥에 만신창이가 된 몸을 천천히 눕히고 있었다. 창남의 입에서는 신음이 잠시 새어 나오고 있다가 이내 잦아지고 있었다. 그리고 다시 취조실로 끌려갈 때까지 창남은 자리에서 일어나지 못했다. 음식은 간수들이 가져다 주었으며 의무관이 아침저녁으로 다녀갔다.

창남은 이날도 휠체어에 실려 취조실로 향했다. 취조실에 도착한 창남은 언제나 그랬듯이 서기관이 기록하고 있는 탁상 앞을 지나 취조 탁상 앞으로 가서 앉았다. 그리고 타케루 검사가 취조실로 들어오면서 창남이와 마주 앉았다. 타케루 검사는 고개를 들지 못하고 있는 창남을 한동안 보고 있었다. 그러자 조금 떨어져 서 있던 수사관들이 창남에게로 다가가 창남의 고개를 들게 했다. 창남의 고개는 수사관의 손에 들려 있었고, 타케루 검사는 수사관의 손에 들려 있는 창남의 얼굴을 보고 있었다. 타케루 검사는 수사관들에게 고개를 끄떡였다. 수사관들은 뒤로 물러가 서 있었다.

"죄를 지었으면 반드시 벌을 받게 되어 있다. 그렇기 때문에 죄를 짓지 말아야 하는 것이고 죄지은 자들로 인해서 세상은 언제나 시끄러울 수밖에 없다. 너와 내가 마주하고 있는 것도 그 때문이다. 네가 진술하는 소리를 듣고 법은 너의 진술에서 죄에 해당하는 것을 밝혀내는 것이 아니냐. 나는 죄지은 자가 제대로 진술을 하도록 안내 역할을 하는 것이고. 그러니 너는 내가 묻는 것에 대답하고 자초지종 있었던 일들을 모두 밝히면 되는 것이다. 그리고 보면 너는 꽤 오래되었다. 그동안 너의 행적 조사가 한 가지도 순순히 밝혀진 것이 없고 내 전의 검사를 비롯해서 경찰서, 그리고 나까지 너로 인해서 고생하고 있다. 왜냐? 왜 이러냐?"

타케루 검사는 담배를 피워 물었다. 그리고 창남의 입에서 나올 것이 없을 것이라 보고 사방에 널려 있는 고문 기구들을 훑어보고 있었다.

"끈질긴 놈!"

타케루 검사는 사방에 널려 있는 고문 기구들을 보고 나서 창남을 향해서 뇌까렸다. 타케루 검사는 들고 있던 담배를 다 피우고 담배를 비벼 끄고 난 후에 두꺼운 기록 문서를 집어 들었다.

"야, 임마!"

타케루 검사의 입에서 천둥소리가 튀어나오고 있었고, 손에 들고 있던 기록문서는 탁상을 향해서 내리쳐졌다. 뒤로 물러서 있던 수사관들이나 기록하고 있던 서기관은 깜짝 놀라며 움찔거렸다. 그러나 창남은 귀가 먹었는지 아니면 듣고도 태연스럽게 있는 것인지 그동안 온갖 고문에 시달리며 무딜 대로 무뎌진 탓인지 창남은 의연히 앉아 있었다. 어쨌든 무감각한 태도는 분명히 타케루 검사의 자존심을 건드리고 있었다. 타케루 검사는 창남을 노려보고 있었다. 눈초리는 날카롭게 올라가고 있었고, 당장에라도 창남을 향해서 주먹이 날아갈 지경이 되고 있었다. 그러나 창남은 조금도 변하는 것이 없었고, 아래로 숙인 고개는 숙여진대로 있었다. 타케루 검사의 눈초리는 더욱 사납게 치켜져 올라가고 있기만 하고 창남은 웅크리고 앉은 자세에서 숙여진 고개를 들지 않고 있었다.

"야 이 새끼야!"

타케루 검사는 급기야 혈압이 터질 듯이 성이 폭발하기 시작했다. 웅크리고 있는 창남은 가냘프고 축 늘어진 어깨를 달싹이며 숨을 쉬고 있기만 했다. 타케루 검사는 성이 폭발하고 있지만 수개월 고문에 시달린 창남은 이제 단 한 대의 주먹에도 숨이 넘어갈 것같이 연약해져 있으므로 타케루 검사는 담배를 피워 물고 자리에 앉을 수밖에 없었다. 그러면서 자신도 아무것도 건지지 못할 것 같은 생각에 치밀고 있는 성을 가라앉히고 있었다. 그리고 무엇보다도 자신이 조사하는 동안 창남이 죽기라도 하게 되면 소련과 분쟁이 일어날 수 있어서 타케루 검사는 자존심을 누르고 있었다. 미국과의 전쟁에서 계속 밀리고 있는 중에다가 국적이 소련인 창남이 도화선이라도 되면 골칫거리가 아닐 수 없다. 1년 이상을 끌고 있는 창남의 수사 사건은 조금도 진전이 없는 데다가 자신마저 마무리를 짓지 못한다면 경성은 물론 동경으로 돌아갈 면목이 없고 그동안 쌓아놓은 명예가 실추될 것을 생각하며 타케루 검사는 마음이 편치를 못했다. 타케루 검사는 극도로 쇠약해진 창남의 건강으로 인해서 조사는 물론 당장에 눈앞에서 숨이 끊어지는 것을 볼 것만 같아서 마음이 초조해지기까지 하고 있었다. 타케루 검사는 의무관을 오도록 했다. 의무관은 타케루 검사의 호출을 받자 한걸음에 달려왔다. 그리고 웅크리고 있는 창남의 건강을 살피기 시작했다. 창남의 건강을 살핀 의무관은 타케루 검사에게 상태를 말하고 있었다.

"이 상태로는 며칠 견디기 어렵습니다."

"얼마나 걸리겠소?"

"3주 이상 걸리겠습니다."

타케루 검사는 고개를 아래로 뚝 떨어트리고 있었다. 잠시 고개를 떨어트리고 있던 타케루 검사는 자리에서 일어나며 수사관들을 향해서 말했다.

"별명이 있을 때까지 이창남은 조사를 중단한다. 다음 놈 대기시켜!"

"알겠습니다."

타케루 검사가 나갔다. 그리고 수사관들은 창남을 휠체어에 앉히고 밖으로 나갔다.

창남은 의무실에서 치료를 받고 난 후 감방으로 돌아왔다. 그리고 10여

일이 넘도록 자리에서 일어나지 못했다. 의무관은 하루도 거르지 않고 왕진을 다녀갔고 창남은 스스로 일어나 앉을 정도로 건강이 회복되어 가고 있었다. 그리고 다시 10여 일이 지나자 창남은 스스로 자리에서 일어나 발을 움직일 수 있게 되었다. 창남이 정상적인 수감자 생활을 시작하게 되자 타케루 검사는 창남의 조사를 이번에는 마무리 짓기 위해서 경성에서 함흥형무소로 다시 파견됐다. 창남은 40여 일 만에 타케루 검사와 다시 마주 앉았다. 타케루 검사는 탁상에 앉자마자 창남의 의무 기록부터 살폈다. 창남의 의무 기록을 모두 살핀 타케루 검사는 담배를 피워 물고 이번에는 숨기고 있는 모든 것을 파헤치고 말겠다는 표정을 짓고 있었다.

"수고했다, 이창남. 말하겠는데 더 이상 고통을 겪게 되지 않길 바란다. 네가 우리 대일본제국에 행한 일들을 숨기는 일이 없길 바란다. 네가 대일본제국에 행한 일들을 소상히 밝히면 200부대의 습격사건 경위가 사실대로 기록될 것이고, 너 이창남 또한 200부대 습격사건의 역사적 인물로 기록되게 되니 너의 명예는 물론 200부대의 명예 또한 회복할 수 있게 된다. 나 타케루는 200부대의 명예를 반드시 회복시킬 것이고, 이창남의 명예 또한 찾아 주는 데 조금도 소홀함이 없도록 하겠다. 내일 다시 이 자리에 나와 네가 마주 앉았을 때는 누가 먼저랄 것 없이 순순히 실마리가 풀려서 순조롭게 일이 마감될 수 있도록 하자. 그럼 오늘은 이만 돌아가서 지금 내가 한 말이 헛되지 않도록 깊이 생각해주기 바란다. 내일 보자."

창남은 타케루 검사의 말이 끝나자 밖으로 나와 간수와 함께 감방으로 향했다. 창남은 벽에 기대고 앉아서 앞으로 벌어질 일들은 물론 자신의 기구한 운명을 생각했다. 그리고 그동안 잊고 있었던 가족과 근식 대장 일행들을 생각했다. 창남은 벽에 기대 앉은 채 타케루 검사의 말을 수없이 생각했다. 타케루 검사의 말대로 모든 것을 말하는 것이 옳은 것인지 아니면 근식 대장의 말이 옳은지 창남은 번민하고 있었다. 창남은 밤이 깊어

갈수록 번민과 갈등에 잠들 수가 없었다. 무엇보다도 알 수가 없는 것이 모든 것을 솔직하게 말했을 때 상황이 어떻게 될 것이고, 타케루 검사는 자신을 어떻게 할 것인지가 궁금하고 근식 대장 말대로 말하는 순간 모든 것은 끝나고 마는 것인지 알 수가 없고 판단할 수가 없었다. 그리고 무엇보다도 다시 고문을 당하게 되면 이번에는 건디지 못하고 죽게 될 것만 같은 생각에 침울해지고 있었다. 창남은 간수가 순찰 중에 벽에 기대고 앉아 있는 자신을 들여다보고 있는 줄도 모르고 번민과 갈등에 짧은 여름밤을 밝히고 있었다.

수사관들은 시퍼런 칼을 들고 한참 무술 연습을 하듯이 칼을 휘둘러대다가 칼집에 넣어 벽에 세워 놓았다. 그리고 전깃줄을 다시 늘이기 시작했다. 그런 다음 창남의 양쪽 귀에 철공소에서나 쓰는 험악하게 생긴 집게를 물려 놓고 번갈아 가면서 보조용 발전기 손잡이를 돌리고 있었다. 창남은 몸에 경련이 일어나고 있었고 눈동자가 허옇게 뒤집히고 있었다. 수사관들은 발전기에서 손을 뗐다. 창남은 가쁜 숨소리가 안정되기까지는 한참 걸렸다. 타케루 검사가 들어와 자리에 앉았다. 그리고 창남의 얼굴을 한동안 쳐다보면서 담배를 입에 물었다. 한차례 고문을 겪은 창남의 얼굴은 이미 핏기가 사라졌고 창백한 얼굴에 눈꺼풀은 늘어져 있었다. 담배를 다 피우고 난 타케루 검사는 입을 열었다.

"약속은 약속이다. 더 이상 우리가 너에게 압력을 가해야 하는 일은 없도록 하자. 바람직하지 않다. 어제 우리는 약속하고 헤어졌다. 대일본제국의 신념과 국민다운 명예로 솔직해지자."

말을 마친 타케루 검사는 창남을 보던 눈을 벽에 걸린 고문 기구들에 향한 채 잠시 있다가 눈을 감고 침묵을 흘리고 있었다. 타케루 검사는 10분, 20분, 창남이 입을 열 때를 기다리며 의자에서 움직이지 않고 입 또한 열지 않았다. 수사관들도 움직이지 않고 있었으며 서기도 펜대를 잉크병에 꽂아 놓고 앉아 있었다.

창남은 가끔 다친 몸이 불편해서 자세를 바꾸며 움직일 뿐 타케루 검사가 기다리고 있는 진술은 할 생각을 않고 있었다. 타케루 검사는 그런 창남을 보면서 관심 없는 듯이 묵묵하게 앉아 담배를 피워 물고 있었다.

한참 후 타케루 검사는 자리에서 일어나 밖으로 나갔다. 타케루 검사가 나가자 수사관들이 창남 곁으로 왔다. 그리고 탄력이 강한 고무줄로 의자에 묶기 시작했다. 창남을 고무줄로 묶은 수사관들은 서기관과 함께 밖으로 나갔다. 창남의 몸을 동여매 놓은 고무줄은 시간이 가면 갈수록 조여들었고, 창남은 조여들고 있는 고무줄의 압박으로 심해지는 통증에 시달리고 있었다. 지금 창남이 있는 취조실은 지하실인 관계로 시간은 물론이고 관계된 사람 외에는 출입하지 않으므로 창남은 고무줄의 압박으로 죽게 되어도 어쩔 수 없이 당할 수밖에 없다.

창남은 고무줄의 압박에 견딜 수가 없어서 혼미해지고 있었다. 정신을 잃고 숨소리가 멎어가고 있을 무렵 수사관들이 고무줄을 풀었고 고무줄이 풀리고 나서도 한동안 정신을 차리지 못했다. 창남이 정신이 들었을 때는 머리카락 타는 냄새가 나고 있었으며 두 팔이 경련을 일으키고 있었다. 머리카락이 타고 있는 머리는 힘이 없어 들지도 못하고 있었고 수사관들은 발전기 손잡이를 힘차게 돌리고 있었다. 창남의 입에서는 괴로운 소리가 처절하게 나오고 있었다. 수사관들이 발전기 손잡이를 힘차게 돌리는 대로 창남의 몸은 뒤틀리고 입에서 나오는 소리는 절규였다.

"왜…? 왜…?"

창남의 입에서 외마디 소리가 나오고 있었다. 목소리는 쉬었고 절규였다. 그러자 발전기 손잡이에서 수사관은 손을 놓았고 곁에 있는 수사관과 창남을 내려다보고 있었다. 수사관들은 실신 상태에 있는 창남을 한참 보다가 뒤로 물러나 담배들을 피워 물고 있었다. 수사관들은 의자에 앉아 또는 서서 서성거리며 담배들을 피우고 있었다. 창남의 몸뚱이는 시체나 다름없이 늘어져 있었으며 한참 만에 숨을 들이켜느라고 어깨가 가냘프게 움직이고 경련이 일고 있었다. 수사관들은 그런 창남을 한참 더 살펴보고 나서 밖으로 나갔다.

창남은 전기 고문을 받던 대로 방치되어 있었다. 머리카락 타는 냄새와 퀴퀴한 냄새가 배어 있는 취조실은 창남의 입에서 나오고 있는 신음과 함께 "왜!" 하는 소리가 가끔 창남의 입에서 나오고 있었다. 수사관들이 나가고 한참 되어서 다시 들어왔고 기록 서기관도 들어와 자리에 앉았다. 그리고 타케루 검사는 어제와 같은 모습으로 창남과 마주하고 앉았다. 창남은 타케루 검사가 마주 앉아 있는 것을 아는지 모르는지 떨어트리고 있는 고개를 들지 않고 있었다.

타케루 검사는 그런 창남을 바라보면서 담배만 피워댈 뿐 그 어떤 말이나 수사관들에게 지시 내리는 것도 없었다. 창남이 움직이지 않고 있고 타케루 검사 또한 움직이지 않은 채 취조실은 모든 것이 정체되어 있었다. 그래서 그런지 취조실은 숨 막히도록 조용하기만 하고 고문기계들만 불빛에 반짝이고 있었다. 타케루 검사는 담배를 계속해서 피워 물며 창남을 어떤 방법으로 다뤄야 할 것인지 궁리에 궁리를 거듭하고 있었다.

눈만 흘겨도 숨을 거둘 것만 같은 창남은 목숨 내놓고 입을 다물고 있고 유우토 검사처럼 포기서를 들고 돌아가자니 하찮은 징용 노무자에게 패하는 꼴이 되고 타케루 검사는 쓰디쓴 담배만 피어대고 있었다. 그런데다가 태평양 전세가 원만치 못해 정국이 어수선하기 이를 데가 없어서 타케루 검사의 사기는 창남이나 다를 봐 없이 무기력해지고 있었다. 그런데다가 소련영사관에서 창남이의 비자연기사유서를 제출해 달라는 공문을 받고 있는 상태라 타케루 검사는 난관에 봉착해 있다.

타케루 검사는 마지막 극약처방을 내리면서 자리에서 일어나 밖으로 나갔다.

"물과 음식은 제 몸에서 나온 것으로 하라."

형무소는 공습 훈련을 하느라고 사이렌을 울려대고 수감자들을 지하 대피소로 몰고 다니고 있었다. 형무소 안팎으로 무장 군인들이 삼엄하게 경비를 서고 있는 속에서 수사관들은 창남의 손과 발목에 전기 팔찌를 채우고 머리에 전기 관을 씌우고 있었다. 그런 다음 발전기 손잡이를 힘차게 돌리고 있었다. 창남의 몸은 꼿꼿해지면서 축 늘어져 있던 목뼈가 곤두섰다. 눈알은 튀어나오고 있었고, 벌어진 입에서는 '아' 하는 소리와 함께 머리카락 타는 냄새가 나고 있었다.

"이 새끼 대갈통을 박살내고 싶네."

"참아야 해. 검사님 봐."

수사관들은 타케루 검사의 지시도 없는 고문을 임의로 자행하고 있다. 수사관들은 창남에게서 자백을 받아내 타케루 검사에게 보고하고 싶은 의도에서 지시도 없는 수고들을 하고 있는 중이다.

"죽여 버립시다. 탈출하다가 담장에서 떨어져 죽었다고 사진 보여주면 그런 줄 알지 누가 아나?"

수사관들은 거친 말을 주고받으며 발전기 손잡이를 힘차게 돌리고 있었다. 창남은 입이 딱 벌어진 채 고개가 뒤로 젖혀지고 있었다. 수사관들은 손잡이를 강하게 돌리다가 약하게 돌리다가를 반복하며 잔인하게 고문을 해대고 있었다. 창남의 입에서는 컥컥 하는 소리가 튀어나오기 시작했고, 뒤로 젖혀졌던 고개가 앞으로 떨어지고 있었다.

"어! 정지! 정지! 이 새끼, 싸고 자빠졌어!"

"싸면 안 되는데!"

"안되는 게 어디 있어. 긁어 먹이면 되지!"

창남은 4일째 자신의 몸에서 나오는 것을 수사관들이 먹이는 대로 먹고 있었다. 그리고 물과 음식을 조금 먹이고 있는 것을 고마워했다. 아픔과 허기지고 있는 몸은 가눌 수도 없지만 까부라지고 있는 몸을 의자에 올려놓고 있기도 어려워서 창남은 수사관들이 자리를 비우면 바닥에 누워 있었다. 밖에서는 아직도 공습 훈련을 하고 있는지 호루라기 소리와 뛰어다니는 발걸음 소리가 들리고 있었다.

문이 열리고 수사관들이 들어오고 있었다. 창남은 바닥에 누워 천장을 보고 있던 몸을 일으켰다. 그리고 부들부들 떨리고 있는 손과 발을 움직이며 의자에 앉았다. 수사관들은 둘러앉아서 담배들을 피워 물고 무슨 이야기인지 작은 소리로 수군거리고들 있었다. 창남은 고개를 떨어트리고 앉아서 자신의 몸에서 나오는 오물을 먹이겠다는 소리를 떠올리며 견딜 수 없이 배가 고파도 배가 고프다는 말을 입에 담지 않았다.

수사관들이 들어오고 나서 한참 만에 타케루 검사가 들어왔다. 타케루 검사는 웅크리고 있는 창남을 한참 동안 들여다보고 있었다. 창남은 옆방에서 들리고 있는 비명을 새나 짐승들의 울음소리로 듣고 있었다. 창남은 시력은 물론 청력까지 환청에 시달리기 시작했다. 그리고 열차의 기적 소리로 들리기도 하고 있었다. 타케루 검사는 아무 소리를 하지 않고 있었다. 그러나 수사관들이 창남의 곁으로 다가와 밧줄로 의자 등받이에 묶었다. 그런 다음 고개를 뒤로 젖히고 있었다. 그러자 한 수사관이 창남의 오물을 나무때기에 묻혀서 입을 벌리고 입에 집어넣었다. 창남은 이미 각오하고 있던 터라 저항 없이 입안에 자신의 오물을 넣는 대로 먹고 있었다.

타케루 검사는 창남이 자신의 오물을 모두 먹으면서 반항을 하거나 얼굴을 찡그리거나 이그러지지 않는 것을 보면서 자기 자신도 창남에게 패배하고 있다는 생각을 하고 있었다. 타케루 검사는 자신의 오물을 먹고 있는 창남을 보고 있다가 힘없이 두 눈을 감았다. 창남은 계속해서 먹이고 있는 자신의 오물을 주저 없이 받아먹으며 시각과 청각에 이어 입맛과

후각까지 잃고 있었다. 몸은 스스로의 움직일 수 있는 작은 힘마저 모두 잃었고, 빛과 어둠의 분별도 잃고 있었다. 그런 창남이 타케루 검사가 보일 리 없고 수사관들도 보일 리 없었다. 목숨이 남아 있어 숨을 쉬고 있을 뿐 몸에서는 이미 움직여야할 피나 호흡이 멈춰가고 있었다.

15
9일간 배설물만 먹다, 그리고 해방이…

"여기! 여기! 큰일 났소이다. 이리들 오시오. 이창남 선생이…"

김필언이 소리 지르고 있었다. 김필언은 몇 명의 수감자들과 팔뚝에 붉은 완장을 한 사람들과 소련군들과 함께 창남 곁에 서서 소리치고 있었다. 창남은 의무실로 들려서 갔고, 김필언과 수감자 몇 명이 창남을 씻기고 침대에 눕혔다. 그리고 창남의 몸에는 링거주사가 꽂혔고, 눈이 감긴 채 살가죽이 덮인 머리에는 전기 고문에 타다 남은 머리카락이 타는 냄새를 풍기며 헝클어져 있었다. 김필언과 팔뚝에 붉은 완장을 한 남자와 소련군들이 창남의 곁에서 창남의 인적 사항을 뒤적거리며 이야기들을 주고받고 있었다.

함흥형무소는 소련군들이 붉은 완장을 한 사람들과 바쁘게 움직이고 있었고, 모든 업무와 경비 그리고 수감자들을 석방하는 일을 하고 있었다. 함흥형무소는 소련군 부대나 다름없었고, 소련군들은 국적이 소련인 창남을 다른 수감자들과 격리해 놓고 극진히 치료했다. 창남은 그런 관계로 소련 군의관의 진료를 받을 수 있었으며 상처가 빠르게 회복되고 있었다.

함흥형무소는 하루도 거르지 않고 수감자들이 고향을 향해 떠나가고 있었다. 수감자들은 고문에 시달린 몸들을 절룩이며 형무소를 떠나가고 있었고, 한참씩 부둥켜안고 해방의 기쁨과 작별의 눈물들을 흘려가면서 함흥형무소를 떠나가고 있었다. 창남은 다른 수감자들보다 몸이 쇠약한 데다가 목발을 짚어도 소용이 없었다. 그러나 창남은 죽은 줄로만 알고 있을 식구들을 한시라도 빨리 보고 싶어서 군의관들과 하루에도 몇 번씩 실랑이를 하며 치료를 받고 있었다. 창남이는 결국 소련 군의관의 만류를 뒤로 함흥형무소를 떠나고 있었다.

창남은 김필언과 함흥역에서 오랜 작별을 하면서 헤어지고 있었다. 창남은 나진으로 향하는 열차에 올랐다. 소련 군인들이 대부분인 열차에서 창남은 소련 병사와 함께 앉았다. 열차는 시베리아 우수리스크로 가는 열차이므로 창남은 홍의리 분골역에서 내렸다. 창남은 목발에 의지하며 지나는 차를 보면 손을 들어가면서 붉은 완장을 한 사람들에게 간절히 매달리며 차를 얻어 타기도 하면서 아오지를 향해서 결사적으로 버둥거리며 하루의 절반은 길에 쓰러지면서 어두워서 아무 것도 보이는 것이 없을 때 경흥에 도착했다. 그리고 다음날 아오지 오봉으로 가는 차를 얻어 탔다.

창남은 식구들이 살고 있는 집을 향해서 목발을 움직였다. 멀리서 시끄럽게 뛰어오고 있는 소리가 나고 있어 창남은 목발에 의지하고 소리 나고 있는 곳으로 고개를 돌렸다. 광자가 깡통을 들고 뛰어오고 있었다. 그리고 광자 뒤에는 광자 어미가 검은 자루를 들고 아들과 달려오고 있었다. 광자는 손에 들려 있는 깡통을 집어 던지며 창남의 바짓가랑이를 잡으며 안겼다. 창남은 광자 어미의 얼굴을 보았다. 그리고 아들도 보았다. 광자 어미는 광자가 떨어트린 깡통을 들고 창남의 바짓가랑이를 잡고 걷고 있는 광자와 목발에 심하게 절룩이며 걷고 있는 창남의 뒤를 말없이 따라 가고 있었다. 목발에 바싹 마른 창남의 몰골에 광자 어미는 기뻐하기보다는 긴 한숨을 내쉬면서 집 앞에 다다르고 있었다. 손은 물론이고 석탄가루로 뒤범벅이 되어 있는 광자 어미와 광자 그리고 아들은 문을 열고 안으로 들어갔다. 창남이 방으로 들어갔다. 그리고 광자와 광자 어미의 부축을 받으며 몸을 길게 방바닥에 눕혔다. 광자 어미는 창남의 얼굴에서 한동안 눈을 떼지 못하고 있었다. 광자 어미는 부엌으로 나갔다. 그리고 물수건으로 땀에 전 창남의 얼굴과 손 그리고 몸을 닦아주고 나서 다시 부엌으로 나갔다. 창남은 광자와 아들이 보고 있는 앞에서 잠들고 있었다.

광자 어미는 창남을 벽에 기대 앉혀 놓고 계속해서 국 국물을 입에 넣고 있었다. 광자는 창남의 곁에 앉아서 창남을 향해 두 손으로 부채를 들고 부채질을 했다. 광자 어미는 밥을 떠서 입에 넣고 있었다. 그동안 사람들은 말만 하면 아버지가 죽었다고 하는 소리만 하고 있어서 광자는 아버지가 죽은 것으로 알고 있었다. 그런 아버지가 살아서 돌아와 밥을 먹고 있는 것을 보면서 광자는 열심히 부채질을 하고 있었다.

광자 어미는 창남이 고개를 젓고 있자 밥숟가락을 상에 내려놓았다. 그리고 손톱이 모두 새로 나오고 있는 것을 보면서 그동안 창남에게 무슨 일이 일어났는지 알고 있었다. 창남은 말없이 희미한 등잔불이 켜 있는 방 안을 물끄러미 보고 있기만 했다. 창남은 몸을 눕혔다. 그리고 다시 잠이 들었다. 광자 어미와 광자 그리고 아들아이는 잠들어 있는 창남을 쳐다보고 있었다. 광자 어미는 잠들어 있는 창남의 얼굴을 보면서 그동안 고통을 견디고 살아 돌아온 것이 고마워서 눈물을 흘리고 있었다. 시집와서 지금처럼 창남의 얼굴을 본 적이 몇 번이나 되나 생각도 하고 있었다. 친구들과 어울려 언제 돌아올지 알 수가 없기만 하던 창남이, 허구한 날 기다리며 애간장을 태우며 기다리기만 해야 했데 남편, 그 남편 창남이가 이번에는 송장이 되어 돌아와 누워 있는 것을 보며 광자 어미는 숨이 막히고 있었다. 광자 어미는 궤짝 아래 숨겨 놓은 소련 돈을 꺼내 훑어보면서 창남의 얼굴을 오래도록 보고 있었다.

"엄마!"

광자가 잠을 못 이루고 있는 어미에게 말을 걸었다. 광자 어미는 고개를 돌렸다.

"아버지, 또 어디가?"

광자 어미는 대답을 하지 않고 가만히 있었다.

"또 어디 가면 우리 어떻게 하지?"

광자 어미는 긴 한숨을 쉬고 있었다.

"석탄도 주울 게 없고, 사는 사람도 없잖아."

광자 어미는 입을 열지 않고 광자 얼굴을 보고 있었다.

"고향으로 가자."

광자는 엄마의 얼굴을 한동안 보고 있었다. 엄마가 고향으로 가자고 한 말이 미덥지가 않았기 때문이다. 광자는 엄마의 치맛자락을 꼭 쥐고서 잠이 들었다. 온종일 철길을 오르락거리며 석탄을 주워 나르는 광자가 가여워서 광자 어미는 잠든 광자의 머리를 쓸어내리면서 광대뼈가 사납도록 튀어나온 창남의 얼굴을 보고 있었다. 험한 세상에 옹골차지 못한 사람이라 언제나 뒷전에서 서성거리다가 아무 것도 손에 쥐는 것 없이 돌아오고 있던 남편 창남이, 그 창남의 뼈만 앙상한 얼굴을 보면서 광자 어미는 눈물과 한숨을 내쉬며 들여다보고 있었다. 그러면서 꼬리 물고 있는 불행이 또 붙어 있지는 않을 가하는 불안에 가슴을 쓸어내리고 있었다. 해방되어 고향으로 돌아가고 있는 사람들을 보면서 소식 없어 애만 태웠던 광자 어미는 창남이 지금 방에 누워 잠들어 있는 것을 보면서도 지난날들을 생각하면서 창남의 얼굴을 보면서도 불안한 마음에서 벗어나지 못하고 있었다. 일본 경찰에 잡혀간 창남이 독립군이었다는 말에 돌아오리라는 생각은 못 하고 있었다. 그러기에 광자 어미는 고향으로 간다는 생각을 기대 반 우려 반 속에서 송장처럼 누워 잠들어 있는 창남을 어두운 얼굴로 내러다보고 있었다.

"안 잤어?"

창남이 퀭한 눈을 껌벅이고 묻고 있자 광자 어미는 대답하지 않고 있었다. 등잔불 빛에 희미하게 드러나고 있는 날카로운 콧날과 붉어진 광대뼈를 내려다보고 있기만 했다. 그리고 하고 싶은 말이 많기도 하지만 입을 다문 채 창남의 얼굴만 내려다보고 있었다. 끌려가고 난 후 소식 한번 없다가 돌아온 창남이기에 광자 어미는 입을 열 만한 미련조차 남아 있지 않았다. 광자 어미는 일어나고 싶어 하는 창남을 조심스럽게 부축했다. 몸이 으깨지고 뭉개져서 금방이라도 부서지거나 조각날 것만 같아서 어디에 손을 대야 할지 분간하기 어려워서 일으키기가 쉽지가 않았다. 광자 어미는 눈물을 흘렸다.

창남은 퀭한 눈을 껌벅이며 울고 있는 광자 어미를 바라보고 있기만 했다. 광자 어미의 흐느낌은 아주 오래도록 이어지고 있었다. 뼈만 앙상한 창남이 가여워서 눈물을 그칠 수가 없었고 자는 광자와 아들을 보면서 눈물을 펑펑 흘리고 있었다. 광자 어미는 창남의 두 손을 손바닥에 올려놓고 내려다보면서 그동안 창남에게 일어났던 일들을 생각하며 목이 메었다.

날이 밝아오면서 사람들의 발걸음 소리가 들리고 있었다. 광자 어미는 흐트러진 머리를 만지며 자리에서 일어났다. 그러면서 박 언니를 만날 생각을 했다.

"변소 가실 거면 저와 가세요."

창남은 광자 어미의 말에 고개를 젓고 있었다.

"제가 잠깐 언니 좀 보고 올게요. 그 안에 변소 가시게 되면 광자하고 가세요."

창남은 광자 어미 말에 고개를 끄떡였다. 광자 어미는 밖으로 나갔다. 창남은 잠시 더 앉아 있다가 몸을 자리에 눕혔다. 그리고 다시 잠이 들었고 광자와 아들아이가 잠들어 있는 아비를 들여다보고 있었다. 광자는 동생과 아비 곁에 조용히 앉아 있었다. 그리고 얼마 되지 않아 광자 어미는 아침을 짓기 시작했다. 광자와 아들아이는 아침을 짓고 있는 어미가 움직이는 대로 눈동자가 따라다니며 보고 있었고, 광자 어미는 두 손을 바쁘게 움직이며 아침밥을 짓고 있었다.

"엄마!"

광자는 엄마가 말하던 고향 가는 것이 궁금해서 엄마를 불렀다.

광자 어미는 당장 창남이 갈아입을 옷들을 궤짝에서 꺼내고 있었다. 그리고 광자 옷과 아들의 옷들도 찾아서 방바닥에 내놓고 있었다.

"옷들 갈아입자."

광자 어미는 아들의 옷을 갈아입히고 광자가 옷 입는 것을 거들어 주었다.

"옷 갈아입으세요."

광자 어미는 잠에서 막 깨고 있는 창남을 향해서 말했다.

창남은 광자 어미의 말에 고개를 돌렸다. 삭을 대로 삭은 몸은 앙상하게 뼈가 드러나 있었고, 드러나 있는 뼈는 살가죽을 뚫고 나올 것만 같아 불안해지면서 사람의 몸 같지도 않고 금방이라도 숨이 넘어갈 것만 같아서 눈 뜨고 볼 수가 없었다. 그런 창남은 광자 어미에게 미안하고 볼 면목이 없어서 고개를 돌리고 있었다. 창남은 천천히 광자 어미가 부축하는 대로 몸을 움직였다.

"입은 지 얼마 안 됐어."

광자 어미는 창남의 얼굴을 보면서 갈아입을 옷을 앞에 놓고 있었다.

"박 언니가 한의사를 모시고 올 거예요."

창남은 옷을 갈아입지 못하고 있었다.

"얘들아, 잠깐 나가 있어라. 아버지 옷 갈아입으실 동안."

광자 어미는 창남의 곁으로 다가갔다. 그리고 드러나 있는 흉터들을 따라서 눈이 이 따라다니고 있었다. 창남의 몸은 어느 곳이 성한 곳인지 구별 할 수가 없었다. 모두 흉터로 뒤덮여 있었다. 창남은 광자 어미가 자신의 몸을 보고 있는 것이 미안해서 고개를 들어 천장을 보았다. 창남은 광자 어미가 손으로 만져가며 보는 대로 몸을 틀거나 돌리고 있었고, 보면 볼수록 흉터들은 무섭게 드러나고 있어서 창남이는 몇 번이고 상처들을 손으로 가리고 있었다. 광자 어미는 창남이가 무서워지고 있었다. 이런 몸으로 살아 있다는 것이 무섭기만 했다. 광자 어미는 상처와 흉터 보는 것을 그만두었다. 그리고 이게 무슨 천벌인지 몰라서 앞이 캄캄 하기만 했다. 경찰들이 끌고 갔으니 무슨 일이 있어도 있을 거라는 생각을 했지만 이 정도까지는 생각을 못했다. 지금 창남의 몸을 보니 무슨 일이 있어도 너무 큰일들이 있었던 것을 알게 되고 보니 하늘이 원망스러워 눈을 뜨고 있을 수가 없었다. 광자 어미는 가슴을 쓸어내리고 있었다.

　"애들아! 들어오너라."

　광자 어미는 광자와 아들이 들어오고 나서 부엌으로 나갔다. 그리고 아궁이 앞에서 쪼그리고 앉아 눈물을 펑펑 쏟고 있었다. 광자 어미는 두 손으로 입을 틀어막았다. 광자 어미는 울고 또 울었다. 부뚜막에 손을 올려놓고 울기도 하고 기둥을 잡고 울기도 하고 상을 들고 한없이 울고 있었다. 상을 놓고 숟가락을 올려놓으며 울고 있었고, 밥을 그릇에 담아 상 위에 올려놓으며 울기만 했다. 광자 어미는 음식을 상 위에 모두 올려놓을 동안 펑펑 울고 있었다. 창남은 음식상을 보면서 형무소에서 교통비로 주었던 돈을 생각했다. 아침밥을 먹고 난 후 창남은 바지 주머니에서 얼마 되지 않는 돈이지만 광자 어미에게 내놓았다. 광자 어미는 손을 내밀지 못하고 있었다. 그동안 창남이 겪은 고통을 고스란히 두 눈으로 보고 나니 무엇을 어떻게 하여야 하는 것인지 아무 것도 알 수가 없어서 손이 내밀어지지 않고 있었다.

"러시아 사람들이 주고 간 돈 가지고 있어요."

광자 어미는 손을 내밀지 않고 퀭한 창남의 눈을 보면서 말했다. 그러자 창남은 광자 어미와 광자 그리고 아들을 번갈아 보면서 입을 열었다.

"안 쓰다니?"

창남은 러시아 친구들이 주고 간 돈을 쓰지 않았다는 광자 어미 말에 애들과 살림에 쓰지 않고 왜 그랬나, 하는 생각에 식구들을 둘러보았다.

"그 일이 있고 나서 어떻게 해야 하는 건지도 모르고…."

광자 어미의 말에 창남은 광자 어미의 얼굴을 보고 있기만 했다.

"박 아주머니에게 말하지."

광자 어미는 아쉬워하는 창남의 얼굴을 보면서 궤짝을 들고 궤짝 아래에 숨겨둔 종이봉투를 집어 창남 앞에 내놓았다. 그러자 창남은 종이봉투를 내려다보면서 말했다.

"바꿔서 쓰지 않고…."

창남은 퀭한 눈을 광자 어미를 향해 움직이고 있었다.

"그게 어떤 돈이라고 써요?"

광자 어미 말에 창남은 등을 벽에 기댔다.

"고향에 갑시다."

창남은 다른 말은 하지 않았다. 고향에 가자는 말을 하고 나서 창남은 퀭한 눈을 눈꺼풀로 덮고 있었다. 광자 어미는 종이봉투를 다시 궤짝 밑에 두고 나서 눈을 감고 있는 창남을 내려다보았다.

"박 언니가 한의사 모시고 오실 거예요. 약을 드시고 가요."

창남은 광자 어미의 소리를 듣고 나서 고개를 끄떡였다.

"광산 사람들?"

"매일같이 고향으로 가고들 있어요. 광산에 아무도 없어요. 사무실에 박 반장도 갔어요. 고향에."

박 반장도 갔다는 말에 창남은 마음이 급해졌다.

"옷 좀 줘 봐요."

"왜요?"

"한의사 온다고 했잖아."

광자 어미는 창남의 말에 고개를 저으며 말했다.

"괜찮아요. 어차피 맥 짚을 건데 이대로가 나아요."

광자 어미는 창남을 말렸다.

"박 반장 만나고 싶었는데…"

창남은 아쉬운 얼굴을 했다.

"광산 인부들과 그제 갔어요."

"그럼 광산 인부들 다 갔어?"

"아직도 가고 있어요. 그런데 일본 사람들은 집 밖으로 나오지도 못하게 하고들 있어요."

"누가? 광부들이?"

"광부들은 모두 고향 가기 바쁘고요. 팔뚝에 붉은 완장 찬 사람들하고 로스케들이…"

창남은 고개를 끄떡였다. 붉은 완장을 찬 사람들이 함흥형무소에서 하던 일을 생각하면서 일본 사람들을 잡아두고 있다는 말에 고개를 끄떡이고 있었다. 창남은 자리에 몸을 눕혔다.

"한의사 올 동안 누워 있어요. 박 언니가 어떤 일이 있어도 모시고 오겠다고 했어요."

창남은 누워서 일본 사람들이 얼씬도 못 하고 있는 것을 생각하면서 며칠 전까지만 해도 서슬이 시퍼렇고 자신을 불구자로 만든 일본 사람들의 기세당당하던 모습을 떠올리면서 세상을 왜 무상하다고 하였는지 생각하고 있었다.

"동생 있어? 나야. 선생님 모시고 왔어."

문밖에서 나는 소리에 광자 어미는 하던 일을 집어던지고 밖으로 달려 나갔다. 그리고 박 아주머니와 한의사를 모시고 방으로 들어왔다.

"이 씨 왔다는 소리 듣고 우리 동생이 의사 선생님 모시고 오라고 해서 선생님 모시러 먼저 갔어요. 그대로 누워 있어요. 누워 있어. 진맥 짚으셔야 하니까."

박 아주머니는 창남이가 자리에서 일어나려 하자 손을 저으며 말했다. 한의사는 창남 곁에 앉아서 창남의 손을 잡고 맥을 짚기 시작했다. 한참 동안 한의사는 맥을 짚었고, 창남을 엎어 놓고 등줄기를 따라 침을 놓았다.

"오시에 약 가지러오게. 약값까지 해서 1원 10전이네. 한 달분 지어 놓겠네."

한의사는 말을 마치고 급하게 갔다. 박 아주머니는 무섭게 변한 창남을 보면서 곁에 있는 광자 어미 손을 꼭 쥐었다.

"못된 것들. 그렇게 망할 것을 생사람을 이 지경으로 만들다니 천벌을 받았지. 그러면 뭘 해 생사람을 이 지경 만들어 놓았는데"

박 아주머니는 소매로 눈물을 훔치며 창남의 몰골을 보면서 애통해했다.

"천벌을 받아야 해. 천벌을 백번은 받아야 해. 그것들 모두 천벌 받아야 해."

박 아주머니는 계속해서 옷섶으로 흐르는 눈물을 훔쳐내고 있었다. 광자 어미도 흐르는 눈물을 치맛자락을 들어 닦아내고 있었다. 그리고 광자 어미는 한의원이 있는 경흥 읍내를 향해서 줄달음질치고 있었다.

"붉은 완장을 찬 사람들만 읍내에 나돌아요. 전쟁 난 것처럼 험하고. 이약 드시면서 고향으로 가야겠어요."

창남은 광자 어미의 말에 소련 사람들과 나란히 붉은 완장을 차고 다니는 조선청년단원들을 떠올렸다. 그리고 고향으로 가야 한다는 마음이 급해졌다. 창남은 반듯이 누워 눈을 감고 뼈만 앙상한 가슴을 팔딱이며 숨을 쉬고 있었다. 광자 어미는 약탕기를 화덕에 올려놓고 부채질을 하면서 멀리 신작로에 고향으로 가고 있는 사람들을 바라보면서 부채질하는 손이 빠르게 움직이고 있었다. 창남은 광자가 곁에서 부치고 있는 부채질에 감초 냄새가 진동하고 있는 한약을 마셨다. 광자 어미는 약사발을 비우고 있는 창남을 보면서 방 안을 둘러보고 있었다. 옷가지들과 그릇들 그리고 얼마나 걸을 수 있을지 알 수 없는 창남을 광자 어미는 물끄러미 보고 있었다. 그런 광자 어미를 창남 또한 쳐다보고 있었다. 약사발을 모두 비운 창남은 오랜만에 배 속이 그득해진 것을 느끼면서 몸을 자리에 눕혔다.

"내일 읍내 가서 손수레 알아봐야겠어요."

자리에 누워 있던 창남은 자신으로 인해서 손수레를 생각하고 있는 광자 어미를 보면서 눈꺼풀을 내려 감고 있었다.

"사람들은 가고 있어?"

"얼추 갔나 봐요. 여기서도 하루가 달라요."

창남은 광자 어미 말에 한동안 눈꺼풀을 껌벅이다가 입을 열었다.

"산길로 질러 갈 거야."

창남의 말소리에 광자 어미는 다시 손수레 생각을 하고 있었다. 산길이며 들길로 가야 할 때는 손수레를 끌 수 없으니 소용이 없다는 생각에 걱정이 되었다. 그리고 손수레는 마차 길이나 신작로로 가야 하니 항상 멀리 돌게 될 것 같은 생각에 광자 어미는 누워 있는 창남을 보면서 무거운 숨소리를 내고 있었다. 광자 어미는 한 주먹도 안 되게 사 가지고 온 소고기를 공깃돌만큼 떼어 놓고 잘게 썰어 쌀을 넣고 죽을 쑤었다. 그리고 이삼 일 후에는 떠나야 한다는 생각에 가슴이 벅차오르고 있었다. 광자 어미는 죽이 다 되자 간장 종지와 죽 그릇을 들고 방으로 들어갔다. 그리고 창남을 일으켜 앉히고 죽을 떠서 입에 넣어 주었다. 광자와 아들아이는 멀리 떨어져서 창남이 죽 먹는 것을 보면서 소고기 죽 냄새에 입안에 침이 고이고 있었다. 박 아주머니는 어제도 밤늦게까지 있었고, 지금 날이 밝지도 않았는데 피난길에 들어서는 광자 네를 보내기 위해서 아쉬운 작별의 시간을 함께하고 있었다.

"무거워. 그거 가져가지 마."

박 아주머니는 광자 어미가 챙기고 있는 것들을 일일이 참견하면서 보따리들을 끌러가며 무거운 것들은 빼내고 있었다.

"이런 건 가다가 다 버리게 돼. 그동안 고생만 해. 이것도 빼."

광자 어미는 박 아주머니가 하는 대로 덮을 홑이불들과 갈아입을 옷 한 가지씩과 냄비 두 개와 숟가락들 그리고 간장과 된장, 끓여 먹을 수 있는 곡식을 자루에 넣고 더 이상 다른 것은 보따리에 넣지 않았다. 광자 어미의 지극정성으로 창남은 홀로 서서 방 안을 걷고 있었다. 창남은 목발을 등에 졌다. 그리고 손에는 긴 지팡이 하나가 들려 있었다. 광자의 등에는 냄비와 숟가락이 짊어져 있었고, 광자 어미는 머리에는 홑이불과 곡식, 그리고 한 손에는 아들의 손을 잡고 집을 떠나고 있었다.

16
고향으로

"내 말 명심해! 가다가 안 될 것 같으면 돌아와. 집은 잠가 놓고 있을게. 지금 안 가면 고향 못 가나? 내 말대로 꼭 그래."

박 아주머니의 조금 더 조금 더 따라오던 발길은 십 리가 다 되게 따라오고 있었다. 광자네가 산 고개를 넘으면서 박 아주머니는 더는 따라오지 않고 있었다. 창남은 퀭한 눈방울을 껌벅이고 있었다. 앞에 보이는 높은 산을 보면서 창남은 나무 그늘 아래 주저앉았다. 낮이고 밤이고 수없이 맞았던 몸뚱이를 보면서 수없이 뼈가 부러져야만 했던 생각을 떠올리고 있었다. 그리고 전기 고문이 떠오르고 있어서 창남은 눈을 감았다가 떴다.

"나, 물 좀 주련."

창남은 광자에게 말했다. 창남은 입술을 축이고 푸른 하늘을 올려다보았다. 그리고 그 하늘에 엘렉이 웃고 있는 것을 보고 있었다.

"창남! 언제든지 와. 기다리고 있을게, 창남!"

하늘에 있는 엘렉은 창남을 보면서 말했다. 니콜라이 그리고 소칼로프도 웃으면서 창남을 보고 있었다. 시베리아에서 환기통을 부수고 탈출하던 생각을 하면서 창남은 지팡이를 짚으며 일어났다. 그리고 앞을 가로막고 있는 바윗덩어리 산을 보면서 발을 움직이기 시작했다. 창남은 광자 어미와 광자 그리고 아들아이가 앞서서 가고 있는 것을 보면서 늑대들에게 쫓기던 생각도 했다. 하마터면 늑대의 밥이 될 뻔했던 순간을 떠올리며 성한 곳이 한 군데도 없는 자신의 몸은 이럴 수밖에 없는 팔자인가 보다, 하는 생각을 하면서 바위를 짚어가며 언덕을 오르고 있었다. 그리고 바위에 몸을 기대고 서서 푸른 하늘에 퀭한 눈을 보내고 있었다. 하늘처럼 푸른 바다에서 참치 잡이 하던 때를 생각하고 있었다.

"저기 나무 그늘에서 쉬세요."

광자 어미가 하늘을 보며 서 있는 창남을 향해서 소리쳤다. 창남은 등줄기에서 땀이 흐르고 있는 것을 느끼면서 산산조각 났던 자신의 뼈들이 이만하기를 다행이라 생각하며 걸음을 멈추고 있는 광자 어미를 향해 다시 두 다리를 움직였다. 창남은 이를 악물고 다시 악물면서 힘없고 아파 오고 있는 몸을 천천히 움직이고 있었다. 광자 어미는 커다란 소나무 그늘에서 광자와 아들의 땀을 닦아주면서 창남이 오기를 기다리고 있었다. 창남은 이를 악물며 광자 어미가 기다리고 있는 그늘에 도착했다. 광자는 아비가 도착하자 아파하는 창남의 두 다리를 주무르기 시작했다. 창남은 그런 광자를 그대로 두었다. 광자는 아비의 팔을 주무르고 다리도 주무르고 주먹을 쥐고 두드리기도 했다. 광자는 힘이 들어 숨을 몰아쉬면서 주무르거나 두드리고 있었다. 창남은 그런 광자를 향해서 말했다.

"이제 됐다. 고만 쉬어라."

창남은 날이 밝아오면서 밤새 달인 약을 마시고 집주인의 배려로 반찬이 있는 아침까지 먹고 나서 길을 떠났다. 창남이 우려했던 것보다 몸은 회복하고 있었고 박 아주머니와 작별하고 3일째 되는 날 큰길이 가로지르고 있고 기차 철길이 있는 백학에 도착하였다. 광자 어미는 빈방을 빌렸다. 그리고 집 마당가에 흐르고 있는 개울에서 창남을 비롯한 광자와 아들을 씻기고 나서 창남의 약과 밥을 짓기 시작했다. 저녁을 먹고 난 창남은 마을 사람들이 둘러앉아 있는 모깃불 앞으로 갔다. 그리고 노인들이 하는 이야기를 듣고 있었다.

"어때요?"

"오늘도 마찬가지야. 퍽 잡혀들 갔어."

창남은 노인들의 이야기를 들으며 가슴이 철렁하며 싸해졌다. 어떤 사람들이 잡혀간다는 것인지 묻지 않아서 알 수는 없으나 고향으로 가고 있는 처지라 불안한 생각이 들었다. 창남은 불안한 마음이 가슴에서 끓어오르고 있어서 궁금해도 묻지를 못하고 있었다.

"고향이 홍성이라고 애기 엄마가 그러시던데 아오지 오봉서 오셨다고…?"

"예."

창남은 주인 할아버지 물음에 목구멍으로 기어 들어가는 소리로 대답했다.

"많이 아프다고 하시던데 나진이나 가야 고향 가는 열차 타실 수 있을 거야."

"예."

창남은 대답했다. 그리고 고향 가는 열차를 탈 수 있을 거라는 말에 귀가 번쩍 뚫리며 온몸에 전율이 흘렀다. 그러면서 창남은 이제 열차를 타고 갈 수 있는 생각에 불안하던 마음이 가시고 있었다. 그리고 성한 곳이 없는 두 발을 내려다보고 있다가 나진에서 기차 탈 생각에 자리를 뜨고 일어나 식구들이 머물고 있는 방을 향해 가고 있었다. 창남은 방으로 들어갔다. 그리고 누워 있는 광자 어미 곁에 앉았다.

"마당에 있었어요?"

"음."

창남은 대답하고 나서 다시 입을 열었다.

"주인 영감 말이 나진 가면 열차를 탈 수 있을 거라네."

창남의 말에 광자 어미가 몸을 일으켰다. 열차를 탈 수 있다는 말에 광자 어미는 피로가 삽시간에 달아나고 있었다.

"나진이면 얼마나 떨어졌대요?"

창남은 컴컴한 속에서 희미하게 보이고 있는 광자 어미의 얼굴을 보면서 다시 입을 열었다.

"젊은 애들은 한나절 길이야."

창남은 대답해 놓고 오랜 아쉬움을 남기고 있었다.

"나진 가는 차 없대요? 기차역도 있던데…."

"안 물어봤어. 그리고 이상한 말들을 하고 있고…."

"이상한 말들을요?"

"눕고 싶어서 오느라고 못 들었어."

창남은 말하다 말고 자리에 눕고 있었다. 그러면서 잡혀가더라는 사람들이 일본사람들일 거라는 생각을 했다. 광자 어미도 짐작하면서 피로를 견디지 못하고 자리에 눕자마자 이내 깊은 잠이 들었다.

날이 밝기 전인데 광자 어미는 음식을 준비하고 있었다. 창남의 약도 달이고 있었다. 해방되고 나서 하늘에는 비행기가 많아졌다. 오늘도 새벽부터 비행기 소리가 들리고 있는 속에서 창남은 성치도 않은 몸을 자리에서 일으키고 있었다. 해방된 나라에 비행기들은 왜 떠다니고 있는지 모르겠고, 소련군은 물론이고 붉은 완장을 하고 있는 사람들이라든가 소련 군인들은 왜 그리 많은지 알 수가 없었으며, 그 때문인지 창남은 불안해지고 있었다.

"비 오려나 봐요. 날씨가 흐려 터지고. 주인한테 나진 가는 차 있나 알아봐야겠어요."

광자 어미가 약그릇을 비우고 있는 창남을 보면서 말했다. 창남은 광자 어미를 보고 있으면서도 말을 하지 않고 있었다. 해방되었다지만 아오지 오봉은 산속이라 몰랐는데 지금 이곳은 도시가 가까워서 그런지 전쟁 난 것 같은 감이 들기만 했다. 소련 군인들과 붉은 완장을 찬 사람들이 군복 아니면 처음 보는 옷들을 입고 뛰어다니고 있는 데다가 비행기들이 잊을 만하면 떠다니고 있는 것이 마음을 불안하게 만들고 있었다. 창남은 광자 어미가 끓여다 준 죽을 먹으며 광자와 아들이 밥 먹고 있는 것을 보고 있었다. 비 오는 소리가 들리고 있었다. 비 오는 소리 속에서 소련의 비행기 소리는 천둥소리처럼 멀리서 또는 바로 머리 위에서 들리고 있었다. 창남은 지긋이 열려 있는 문틈 사이로 비 오는 것을 보고 있었다.

"광자야, 앉아 있지 말고 누워라. 다리 아플 텐데."

광자는 아비의 말에 대답하지 않았다. 비가 와서 고향 못 가는 게 속상해서 다리 아픈 게 문제가 아니었다. 광자는 마음이 답답해지고 있었다. 광자와 아들도 아비처럼 문틈 사이로 비 오는 것을 보고 있었다. 빗줄기는 굵어지고 있었고, 해방 이후 처음 내리고 있는 비여서 그런지 고향으로 가는 발길이 묶이기는 하였으나 마음이 후련해지고 있었다.

"비 그치면 가야 한다고 하시며 먹을 것도 줬어요, 주인 할머니가."

광자 어미가 손에 소쿠리를 들고 들어오며 말했다.

"감자하고 옥수순데 애들 주라고 하시며 주셨어요. 하루 쉬고 잘됐어요."

광자 어미는 소쿠리를 방바닥에 내려놓으며 젖은 머리를 수건으로 닦았다. 머리의 빗물을 모두 닦아낸 광자 어미는 광자와 아들에게 감자를 들려주었다. 그리고 창남이 앞으로 다가앉았다.

"우리만 몰랐나 봐요. 폭격도 심했고 일본군들 많이 죽었대요. 소련군들하고 맞붙어서."

창남은 광자 어미의 말을 들으며 일본이 항복했는데 소련군하고 맞붙어 싸웠다는 말이 이상하게 들리고 있었다. 광자 어미는 들은 이야기가 남았는지 다시 입을 열었다.

"산으로 도망가다가 죽고 잡혀가다가 죽고 지금도 산속에 많이 숨어 있대요."

창남은 광자 어미 말을 들으며 고개를 끄떡였다. 그리고 비행기들이 일본군들을 찾느라고 날아다니고 있는 것으로 생각했다.

"그러면서 하는 말이 일본 사람들은 모두 숨었대요. 밤이면 배 타고 도망가다가 몰살당하고 있대요."

창남의 얼굴은 광자 어미의 말을 들으면서 밝은 표정보다는 어두운 표정으로 바뀌고 있었다. 그러면서 오봉에서 여기까지 오는 동안 아무 일 없었던 것을 생각하고 있었다. 두만강 국경수비대 일본군들이 항복하였는데도 불구하고 저항하고 있다면 전투는 불가피하겠다고 생각하면서 피난 가는 길이 걱정되고 있었다.

"돈은?"

창남은 옥수수를 먹고 있는 광자 어미를 보면서 물었다. 그러자 광자 어미가 창남을 보면서 뜻밖의 질문에 의아스러운 얼굴을 하면서 창남에게 물었다.

"그건 그대로 있고 곡식 사려고 놔둔 돈 조금 있어요. 가지고 오신 거. 왜요?"

창남은 형무소에서 출소할 때 교통비로 받은 돈이 있다는 말로 알아듣고 그동안 쓴 것을 생각하고 남았어도 얼마 남아 있지 않겠다고 생각했다.

"차를 타게 되면…"

광자 어미는 창남의 말에 힘이 빠지고 있었다. 소련 돈은 굶어도 쓰지 않고 있다. 그러기에 수중에 쓸 수 있는 돈은 있을 리가 없고 있어본 적도 없다.

"전에 박 반장한테 말해서 바꿔보려고 했으나 잡혀가는 바람에 그대로 있어요.…"

광자 어미는 이럴 때를 대비해서 마련해 두지 못한 것이 죄지은 것만 같아서 말끝을 흐리고 있었다. 그리고 창남의 말대로 차를 타게 된다면 찻삯이 없으니 큰일이 아닐 수 없다. 광자 어미는 난감한 얼굴을 하면서 고향까지 가다가 보면 돈이 필요할 때가 한두 번이 아닐 텐데 하는 생각에 두렵기까지 했다. 그러면서 이제는 은행들도 없는 데다가 해방이 됐다지만 온 나라가 전쟁터로 변한 것만 같아서 한숨만 나왔다. 돈이 필요하리라는 것은 짐작하고 있었지만 지금 당장 일이 터지게 될 줄은 모르고 있었다. 박 반장한테 부탁해서 바꿔다 놓아야겠다는 생각은 수없이 했으면서 바꾸지 못했으니 후회막심하기 이를 데 없었다. 광자 어미는 창남의 얼굴을 보면서 이마에는 땀방울이 맺히고, 입에서는 침이 마르고 있었다.

"어떻게 하죠?"

광자 어미의 말에 창남은 눈만 껌벅이고 있었다. 그러면서 내리고 있는 빗줄기를 바라보고 있었다. 오후가 되면서 비는 그치고, 밤이 되면서 비 그친 하늘에는 별이 빛나고 있었다. 광자 어미는 밤이 깊어가고 있는 속에서 이것저것 아쉬운 생각에 깊은 한숨을 내쉬고 있었다.

비를 흠뻑 맞은 길바닥은 걷고 있는 발바닥을 부드럽게 하고 있었고, 미친 듯이 달리고 있는 소련군 트럭들이 일으키는 흙먼지가 일어나지 않고 있어서 피난민들의 발걸음들이 가볍게 움직이고 있었다. 백학역은 피난민들이 고향 가는 열차를 물어 가며 줄지어 드나들고 있었다. 그러나 피난민들은 백학역에서 발길을 돌려 신작로 아니면 철길을 따라 남으로 향하고 있었다. 창남은 긴 나무 막대기를 지팡이 삼아 절룩거리며 철길을 따라 피난민들과 남으로 향하고 있었다. 창남은 몸도 허약한 데다가 다리가

성치 않아 다른 피난민들을 따라갈 수도 없지만 철길에는 나무가 없어 쉬
더라도 햇볕이 쏟아지는 속에서 쉬어야 하므로 고역이 아닐 수 없었다.

"우리는 신작로로 가야겠어요. 자주 쉬어야 하는데 그늘이 없어서 안
되겠어요."

광자 어미 말에 창남은 고개를 끄떡였다. 그리고 멀리 보이는 산 아래
신작로를 향해 걷기 시작했다. 광자 어미는 개천 둑길로 들어섰고 버드나
무 아래서 머리에 이고 있는 보따리를 내려놓고 있었다. 그리고 개천에서
광자와 아들을 물로 씻겼다. 창남은 아직도 한참 떨어진 신작로를 보면서
광자가 발바닥이 부르터 아파하는 것을 보면서 멀고 먼 고향 길의 하늘을
쳐다보고 있었다.

창남은 발바닥이 모두 물집이 잡혀 아파하는 광자와 걷기보다는 길가
에 주저앉는 시간이 많아졌다. 그러다보니 좀처럼 앞으로 나가지를 못하
고 있었다. 광자 어미는 아들의 손을 잡고 걷다가 등에 업고 가다가를 반
복하면서 가끔 보따리를 머리에서 내려놓고 있었다. 그러기를 수도 없이
반복하면서 지칠 대로 지쳐가고들 있었다. 어디선가 연기냄새가 풍겨오는
것을 느끼며 저만치 앞서서 가고 있는 피난민들을 보고 있던 광자 어미가
아들아이의 손을 잡고 돌아서서 절룩거리며 걷고 있는 창남을 뒤돌아보
고 있었다. 그리고 앞서서 가던 피난민들이 발걸음들을 멈추고 산 아래를
내려다보고 있는 것을 보고 있었다. 산 아래를 내려다보는 피난민들은 한
참씩 걸음을 멈췄다가 가거나 그늘에 쉬었다가 가고들 있었다. 광자 어미
는 창남이와 광자를 뒤돌아서서 보고 난 다음 피난민들이 멈춰 있는 언덕
을 향해 가고 있었다. 그리고 이어 광자어미는 피난민들처럼 산 아래를 보
면서 걸음을 멈췄다. 그리고 광자 어미는 창남이를 향해서 고개를 돌렸
다. 창남은 절룩거리며 걷고 있었다. 광자 어미를 향해 부지런히 두 다리

를 절룩이며 나무때기를 짚고 걷고 있었다. 그리고 광자 어미가 있는 곳에 도착한 창남은 광자 어미와 피난민들이 보고 있는 산 아래를 내려다보았다. 창남이는 피난민들처럼 나무 그늘을 찾아 앉을 가도했다. 그러던 창남이는 나무를 짚고 서서 산 아래에 시선을 두고 있었다. 폭격 맞은 일본 집들을 보고 있었고 더 멀리에서 보이고 있는 일본군들의 부대와 시설물들을 보고 있었다. 폭격 맞은 일본군의 부대에서는 아직도 연기가 군데군데에서 오르고 있었고 모두 폭격 맞은 일본 집들의 모습은 화려했던 지난 이야기들을 말해주거나 보여주고 있었다. 폭격에 난장판이 되어 있는 일본군 부대를 내려다보면서 천하의 일본이기만 했던 그 일본을 창남은 떠올리고 있었다. 처참하게 패망한 일본군 부대의 모습은 청산리를 떠올리게 하고 있고 700명의 조선 독립군에게 18만 대군이라는 일본군들이 모두 사살된 기억을 떠올리게 하고 있었다. 창남은 그늘에 주저 앉고 있는 광자 어미와 광자 그리고 아들아이를 보다가 다시 처참하게 폭격 맞은 일본군의 부대를 보고 있었다. 그러면서 무엇 때문에 조선이 일본의 식민지가 되었었는지 이해할 수가 없어서 고개를 젓고 있었다.

그리고 창남이와 피난민들은 더 먼 곳에서 폭격기가 나르는 것을 보고 있었다. 폭격기들은 기총 사격을 하고 폭탄을 떨어트리고 있었다. 그 광경을 보고 있던 피난민들은 줄행랑을 치고, 창남은 나무때기를 짚고 서서보고 있었다.

소련군 트럭은 일본군들을 싣고 붉은 먼지를 일으키며 북으로 달리고 있었다. 한 대, 두 대, 그리고 뒤이어 일본인들이 탄 트럭도 달리고 있었다. 피난민들은 길가에 서서 일본군들이 소련 트럭에 실려 북으로 가고 있는 것을 보고 있었다.

광자 어미는 피난민들이 모여서 밥하는 것을 보았다. 광자 어미는 피난민들이 밥 짓는 곳으로 갔다. 그리고 물가에 자리를 잡았다. 창남은 나무 그늘에 누웠고 광자도 누웠다. 나무 그늘마다 피난민들은 눕거나 앉아서 담배를 피우며 짙푸른 하늘을 보거나 언덕길을 보거나 아니면 열차 탈 이 야기들을 하고 있었다. 창남은 나무때기에 의지 했어도 조금이라도 쉴 수 있는 곳이나 그늘이 있는 곳이면 앉거나 눕고 있었다. 지금도 온몸이 저리 고 통증과 아픔이 심해서 그늘에 몸을 눕히고 눈을 감고 있었다. 사람들 은 패망한 일본이야기에 열을 올리고 있었다. 창남은 사람들의 이야기를 들으며 경흥에 공장들과 일본군 부대들이 모두 폭격당해서 남은 것이 없 다는 것을 알 수 있었다. 창남은 멀리서 들려오고 있는 비행기 소리를 들 으며 사람들 모두 고개를 비행기 소리 나는 곳으로 향하고 있는 것을 보 고 있었다. 소련군들은 일본 사람들은 물론 군인 모두를 포로로 잡아가 고 있었다.

피난민들은 음식을 나누워 먹으며 나진에서 열차 탈 이야기에 열을 올 리고 있었다. 음식을 목은 피난민들은 삽시간에 저만치 멀어지고 있었다. 산언덕을 내려간 피난민들을 보면서 창남은 몸이 불편해 피난민들과 어울 릴 수가 없어서 언제나 저만치 가고 있는 그들의 뒷모습만 보고 있었다.

소련군은 트럭들은 일본 군인들을 싣고 붉은 먼지를 일으키며 북으로 달려가고 있었다. 피난민들은 붉은 흙먼지를 뒤집어쓰면서 트럭들을 보고 있었다. 일본군이나 일본사람들을 소련군 트럭들은 북으로 달리고 있었 고 소련군인들이 타고 있는 트럭들은 남으로 달리고 있었다. 피난민들은 흙먼지를 일으키며 달리고 있는 트럭을 향해서 손을 흔들어 가면서 나진 을 향해서 피난민들은 길게 늘어서서 가고 있었다. 피난민들은 나진을 향 해 달리고 있는 트럭을 향해 손을 들고 태워달라고 했다. 그러나 소련군 트럭들은 붉은 먼지만 일으키며 달려가고 있었다.

피난민들은 지친 몸들을 흐느적거리며 걷고 있었다. 작열하는 태양 열 속에 폭격을 맞아 파손되어 흉물 되어 있는 일본 집들을 보면서 피난민들은 공포와 희열을 반복하며 발걸음을 재촉하고 있었다. 광자는 물집 잡힌 곳마다 모두 터져 진물과 피가 흐르고 있어도 등에 짊어진 냄비들을 떨그럭거리며 어미 뒤를 따라가고 있었다. 광자 어미는 열 걸음 가다가 뒤돌아 창남이를 보고 다섯 걸음 가다가 뒤돌아 창남이 보기를 반복하면서 멀리 달아나고 있는 피난민들을 향해 마음만 급해지고 있었다. 나진은 멀고도 멀었고 언덕길들은 피난민들을 지치게 만들고 있었다. 창남은 기찻길은 보면서 나진 역을 향해 바동거리고 있었다. 피난민들이 줄지어 가고 있는 것을 보면서 광자 어미는 아직 언덕 아래서 힘겹게 다리를 움직이고 있는 창남을 돌아다보았다. 광자 어미는 그릇에 물을 따라 광자와 아들에게 먹였다. 그리고 비척이며 걸어오고 있는 창남에게 물그릇을 들고 갔다. 광자 어미는 물그릇을 받아 벌컥거리는 창남을 보면서 혹시라도 늦어서 열차를 타지 못하게 될까 봐 가슴이 조여들고 있었다.

"쉬지 그래요?"

광자 어미는 벌컥거리며 물을 마시고 난 창남이에게 그늘에서 쉬라고 말하고 있었다.

"가."

창남은 비척거리며 대답하고 나서 눈치 보고 있는 광자를 보았다. 광자는 아비가 가자고 해서 그런지 부르터서 아픈 발바닥을 보면서 얼굴을 찡그리며 힘겹게 일어나고 있었다. 창남은 지팡이에 의지한 채 일어나고 있는 광자의 손을 잡아주었다. 피난민들은 창남의 식구들 곁을 지나 빠르게 멀어지고 있었다.

광자 어미는 창남이 걷는 대로 발을 옮겨놓으며 부지런히 걷고 있는 피난민들을 보고 있었다. 그리고는 금방이라도 쓰러질 듯이 절룩거리며 발을 떼고 있는 창남이 그리고 발바닥이 모두 부르터 어기적거리며 걷고 있는 광자를 쳐다보면서 2천 리나 떨어져 있는 고향을 떠올리고 있었다. 서울로 가는 열차를 타야만 고향에 갈 수가 있고 열차를 타지 못한다면 고향을 갈 수 없을 것만 같은 생각에 피난민들이 하던 말들을 생각했다. 그러면서 피난민들이 말하던 웅기나 나진에서 열차를 탈 수 없으면 어떻게 하여야 하나 하는 생각에 마음이 불안해지면서 광자 어미 마음은 바빠지고 있었다. 광자 어미는 나무 지팡이에 몸뚱이를 비비적거리며 발걸음을 떼고 있는 창남을 보면서 걱정이 앞서고 있었다. 한참 앞질러가고 있던 피난민들이 커다란 나무 그늘에서 모여 앉아들 있었다. 광자 어미는 구세주를 만나기라도 한 듯이 반갑기 짝이 없었다. 광자 어미는 한쪽에 자리를 잡고 여자들에게 샘물부터 물었다. 그리고 그릇을 들고 물부터 길어왔다.

창남은 시원한 샘물을 한참 동안 마셨다. 광자 그리고 아들도 한참 동안 물을 마시고 있었다. 피난민들은 서로 물었다. 묻고 있는 말들은 모두 열차에 대해서 묻는 말들이었고, 열차에 대해서 아는 사람은 한 사람도 없으면서 피난민들은 입만 열면 서울로 가는 열차 이야기들을 하고 있었다. 그러면서 한결같이 열차를 탈 수 있을지에 대해서 이야기들을 하고 있었다. 여자들은 당장 오늘 저녁은 어디서 잘 것인가 걱정들을 하고 있었다. 그러면서 식구들이 아픈 이야기들을 하고 있었고, 끼닛거리 걱정들을 하고 있었다. 피난민들은 어디서든 앉기만 하면 그 자리에서 쓰러져 잠이 들었다. 기적 소리가 멀리서 들려오고 있어도 피난민들은 자느라고 그 기적 소리를 듣지 못했다.

"엄마!"

광자가 발바닥에 애기풀 즙을 발라주고 있는 어미를 보면서 불렀다.

"엄마!"

광자는 다시 어미를 불렀다.

"왜?"

"아직 멀었어?"

"응."

광자 어미는 광자에 아픈 발바닥을 어루만지며 고개를 끄떡이고 있었다. 광자는 고개를 끄떡이는 어미를 보면서 어서 기차를 타고 갈 수 있기를 간절히 바라고 있었다. 광자 어미는 광자의 양 볼에 흐트러진 머리칼을 손으로 쓰다듬어 주었다.

피난민들은 타다 남은 일본 집에서 저녁 준비를 하고 있었다. 광자 어미도 피난민들과 섞여서 저녁 준비를 했다. 남자들은 나무나 마른풀을 구해다가 모깃불을 놓고 있었다. 그리고 담배들을 피워 물고 여자들이 저녁 짓고 있는 것을 보면서 피난 열차 이야기들을 하고 있었다. 광자는 어미가 밥 짓고 있는 솥 옆에 몇 번이고 나무들을 주워다가 놓고 있었다. 피난민들은 그릇에 또는 종지에 밥 한 술을 담아서 단숨에 먹어치우고 다시 모여 앉아서 피난 이야기에 열을 올리거나 일본 사람들 이야기에 열을 올리고들 있었다.

창남은 약부터 마시고 밥 한 술을 소금으로 간을 해서 먹고 난 다음 덥지 않은 밤에 가겠다고 나선 사람들을 보면서 잠자리를 마련했다. 남아 있는 사람들은 모깃불을 피워 놓고 잠들고 있었다. 창남은 잠든 사람들을 보면서 밤하늘을 보고 있기만 했다.

"낮에 기차 소리가 들리던데 역이 얼마나 남았는지 민가도 없고…"

컴컴한 속에서 모깃불 연기를 소나무 가지로 휘젓고 있는 남자가 투덜거리고 있었다. 그러나 누구 하나 그 사람의 말에 대꾸하지 않고, 앉은 자리에서 쓰러져 잠이 들고 있었다. 창남은 잠들지 못하고 있는 사람들을 보면서 잠들어 있는 광자와 아들을 내려다보며 쪼그리고 앉아 있는 광자 어미를 보고 있었다.

"누워요."

창남은 머리에 살림 보따리를 이고 세 살이나 된 아들을 업고 뙤약볕

속을 걸어야 하는 광자 어미가 어서 잠이 들기를 바라고 있었다. 광자 어미는 졸음이 쏟아지고 있어도 쉽게 눈을 감지 못하고 있었다. 소련 비행기의 폭격도 무섭지만 언제 무슨 일이 일어날지 염려되고 있어서 창남을 물끄러미 보고 있으면서 쉽게 잠들지 못하고 있었다.

피난민들은 앉은 자리에서 몸을 눕히고 쉽게 잠들고 있었다. 잠들고 있는 피난민들을 보면서 창남은 아픈 몸을 한참씩 뒤척이며 타다 남은 벽에 등을 기대고 있었다. 그리고 잠들어 있는 피난민들을 둘러보거나 광자와 광자 어미를 보면서 고향을 떠올리고 있었다. 피난민들이 잠들어 있는 폭격 맞은 일본 집들 앞으로 신장 로에서는 소련군 트럭들이 흙먼지 속에서 전조등을 켜고 달리는 것을 창남은 보고 있었다. 그러면서 창남은 엘렉을 그리워하고 있었다. 니콜라이, 그리고 소칼로프 그리고 많은 소련 친구들과 빅토리아호를 그리워하고 있었다. 창남은 흙먼지 속에서 달리는 소련군 트럭들을 보면서 소련 친구들을 한없이 그리워하고 있었다.

창남이 일어났을 때는 피난민들이 떠날 준비들을 하고 있었다. 창남은 광자 어미가 주는 음식을 서둘러 먹었다. 그리고 피난민들을 따라서 큰길로 들어섰다. 하룻밤 묵었던 폭격 맞은 일본 집들을 뒤돌아보면서 얼마 떨어지지 않은 곳에 민가가 눈에 들어왔다. 피난민들은 웅기나 나진에는 틀림없이 남으로 가는 기차가 있을 것이라 믿고 모두가 숨을 헐떡이며 바삐 걷고 있었다. 창남도 그런 피난민들처럼 열차가 분명히 있을 것이라 믿으면서 나진역을 향해서 지팡이에 힘을 주고 비비적거리며 부지런히 걸었다. 광자는 애기풀 물을 발바닥에 바르고 신발에 깔고 나서 신을 신었다. 그러나 부르튼 발바닥의 아픔을 참을 수가 없어 광자는 이를 악물고 아픈 발을 절뚝이고 있었다. 아비의 옷자락을 살며시 잡고 가기도 하고, 어미의 옷자락을 잡고 매달리면서 등에 짊어진 그릇들을 떨그럭거리며 두 발을 절뚝거리고 있었다.

피난민들은 모두 나진을 향해 가고 있었다. 계속되는 오르막길에 난민들은 지치고 있었고, 언제쯤 내리막길이 시작될지 모르는 언덕길에서 난민들은 나무 그늘에 주저앉고들 있었다. 그늘에 주저앉은 난민들은 창남의 걷는 모습을 보고 모두 한마디씩 했다.

"예서 쉬시오. 몸도 성하지 않으신 분이…."

창남은 그늘에 앉아 담배를 피우며 소리치고 있는 사람들을 쳐다보면서 절뚝거리며 따라오고 있는 광자를 그늘에 앉히고 자신도 쓰러지듯이 주저앉고 있었다. 그리고 끝이 보이지 않은 높고 긴 언덕길을 힘없는 눈으로 올려다보고 있었다. 창남은 광자 어미가 난민들에게 얻어 온 감자를 입에 넣고 씹으며 높은 산봉우리 위로 보이는 하늘을 보면서 블라디보스토크를 떠올렸다. 그리고 이제 산언덕을 내려가면 웅기 나진으로 가게 된다는 것을 생각하면서 멀어지기만 하는 블라디보스토크의 엘렉과 니콜라이, 소칼로프 등 많은 소련 친구들을 생각하면서 이제는 영원히 만날 수 없을 것만 같은 생각에 블라디보스토크를 향해서 먼 하늘을 한없이 보고 있었다. 예전처럼 몸만 건강하다면 사생결단을 해서라도 블라디보스토크로 향하겠는데 삭을 대로 삭은 몸으로 인해 기다리고 있는 소련의 친구들을 찾아가지 못하고 그리운 마음으로 만날 수밖에 없는 친구들을 창남은 보고 또 그려 보면서 마음 아파했다.

피난민들이 하나둘 일어나 떠나는 것을 보면서 창남은 블라디보스토크의 하늘에서 눈을 떼지 못했다. 광자는 신발 속에 애기풀을 넣으면서 아비가 소련 사람들이 보고 싶어서 하늘을 보고 있는 것을 알고 있었다. 광자는 쓸쓸해하는 아비의 얼굴을 자꾸만 보고 있었다.

높고 높은 산속을 산자락 따라 계곡 따라서 이리저리 이어지고 있는 길을 걷기 시작하면서 한참 후에나 쉬게 될 것을 광자는 생각하고 있었다.

그러면서 광자는 애기풀을 발바닥에 깔아가며 열심히 걷고 있었다. 광자는 석탄을 주우며 철길을 뛰어다녔던 생각을 하면서 발바닥이 부르트고 아픈 것을 이를 악물어 가면서 절뚝이고 있었다. 광자는 그러면서 아무리 멀고 발바닥이 암만 아파도 고향에 갈 생각에 아프다는 말을 입 밖에 내지 않았다. 광자는 아비가 자꾸만 뒤돌아서서 하늘을 보고 있는 것을 보면서 함께 왔었던 소련 친구들이 보고 싶어서 하늘을 자꾸만 본다고 생각하고 아비 곁에서 살며시 나무 지팡이를 잡고 있었다.

창남은 광자가 지팡이를 잡고 있자 보고 있던 하늘에서 눈을 돌리고 앞을 향해서 고개를 돌렸다. 창남은 숨을 쉴 수 없도록 통증이 심한 옆구리에 손을 대고 있었다. 그리고 갈고리로 코를 잡아 다리며 입과 콧속으로 고춧물을 부어 대며 깔깔 거리던 수사관들의 얼굴을 생각했다. 갈비뼈가 모두 부러지도록 방망이로 두들겨 맞던 생각도 했다. 그러면서 아픈 것들이 도져서 길바닥에 주저앉게 될까 봐 어금니를 악물었다.

"마을이 보이면 오늘은 거기서 잡시다."

창남은 숨을 몰아쉬면서 핏기 없는 얼굴로 광자 어미에게 말했다. 아비의 말에 광자는 좋아했다. 더 이상 걸을 수가 없도록 발바닥이 아파지고 있었지만 지금 아비가 많이 아파한다는 것을 잘 알고 있기 때문에 아프다는 말을 하지 못하고 있었다. 그런데 아비가 쉬자고 하는 것을 보고 너무나 좋기만 했다. 광자는 발바닥이 아파 얼굴을 찡그리면서 어딘가에 있을 민가를 찾아서 두 눈을 반짝이고 있었다.

일본군을 실은 소련 트럭들은 밤이고 낮이고 붉은 흙먼지를 일으키며 쏜살같이 달려가고 있었다. 그리고 높은 산 위에서 비행기가 날아가고 있었고 뒤이어 폭격 소리가 잠잠할 시간 없이 들려오고 있었다. 피난민들은 절룩거리는 창남과 광자네를 보면서 혀를 차며 비켜갔다. 그러다가 쉬고 싶으면 어디서든 쉬어가면서 삽시간에 창남의 눈에서 사라지고들 있었다.

"좀 쉽시다."

광자 어미는 난민들이 쉬고 있는 나무 그늘에서 등에 업고 있는 아들을 내려놓으며 소리 지르고 있었다. 광자는 털썩 주저앉았다. 그리고 배를 깔고 누웠다. 창남도 엉덩이를 바닥에 대자마자 쓰러지고 있었다. 험준한 산길은 언제나 끝나려는지 산자락 따라 계곡 따라 구불거리고 있는 길은 피난민들을 지치게 했다. 창남은 이제 뒤돌아보던 하늘도 잊어버리고 있었고 8월의 불볕 더위와 구불거리는 산길에 길들어가고 있었다. 피난민들은 계곡에서 물을 떠다가 나누어 마시며 깊은 한숨들을 쉬어 대고 있었다. 한참씩 쉬고 난 피난민들은 자리에서 일어나 길을 가고 있었다. 광자 어미와 광자 그리고 창남이 자리에서 일어나며 피난민들을 따라 부지런히 발걸음을 내딛고 있었다. 그리고 얼마 가지 않아서 다시 그늘에서 주저앉았다.

"아이고! 우리도 여기서 좀 쉽시다."

피난민들이 소리 지르며 그늘에 주저앉고 있었다. 피난민들은 광자네를 보면서 물을 마셔대며 푸념을 늘어놓고 있었다. 피난민들은 뒤이어 오는 대로 여기저기 그늘에 앉고 있었다. 그리고 물을 마셔대면서 피난민들은 광대뼈가 튀어나와 있고 연약해 보이는 창남을 한참씩 보고 있었다.

"아이고, 이거 죽는 게 낫지. 빌어먹을 세상 끝이 안나. 어디까지 가시오?"

물을 마셔대던 남자가 창남을 보면서 물었다. 창남은 대답할 생각을 못하고 우물거리고 있었다. 그러자 광자 어미가 대답했다.

"기차를 타려고 해요."

"기차 타려는 것은 누구나 한가지오. 여기 사람들 모두 기차 타려고 이 고생 하는 게 아니오? 가시는 데가 어디냐, 이 말이오. 고향요, 고향."

"홍성요. 충청도."

광자 어미가 다시 대답했다.

"홍성요? 아이고, 멀군요."

남자는 혀를 차면서 발바닥에 애기풀 물을 바르고 있는 광자와 창남을 보고 나서 다시 말을 이었다.

"우리는 개성인데…. 주인장 몸이 안 좋으신 것 같으오. 우리도 열차 타려고 이런답니다. 같이 갑시다."

"예, 그러세요."

광자 어미는 대답했다. 그러면서 그늘에 앉아 있는 피난민들이 자신들을 쳐다보고 있는 것을 보았다. 피난민들은 창남의 연약한 몸을 걱정스러운 눈으로 보면서 광자의 물집 잡혀 터진 발바닥을 보고 혀들을 차고 있었다.

끝없이 멀고 먼 고향 가는 길. 피난민들은 하나같이 굶주림과 피로에 지쳐들 있었다. 나진은 얼마나 더 가야하고, 얼마를 더 가야 피난길이 끝나려는지 피난민들은 산중에서 지쳐가고 있었다. 개성으로 간다는 피난민이 앞서기 시작하면서 광자 어미는 마음이 급해졌다.

창남은 새벽부터 걸어서 그런지 아니면 만신창이가 된 몸이라 그런지 자리에서 일어나 몇 발짝 떼어놓기가 무섭게 지쳐가고 있었다. 개성이 고향이라는 피난민이 광자를 덥석 안아 업고 앞서서 걸어갔다. 광자 어미는 물론 창남은 그런 개성 사람을 보면서 광자 어미도 창남도 사력을 다해 두 발을 내딛고 있었다.

"어서 오시오. 이 길이 웅기령이라고 하는 산길인데 이제 얼마 안 남았소. 이 고개가 100리라고 합디다, 마을 사람들이."

개성 사람은 큰소리 쳐가며 광자를 업은 채 힘차게 걷고 있었다. 창남이와 광자 어미는 피난민들 틈에 섞여서 개성 사람을 열심히 따라갔다. 산길이 100리나 된다는 말에 기가 막히고 속이 터질 노릇이지만 세상이 그러니 참는 수밖에 없는 노릇이고 암담해진 마음을 쓸어가며 창남은 숨을 몰아쉬었다. 광자는 개성 사람의 등에 업혀 한동안 가고 있었다. 그리고 한참 후 개성 사람은 힘에 버거웠는지 광자를 내려놓고 무슨 말인가 하고 있었다. 광자는 고개를 끄떡이고 있었고, 이내 어미와 아비가 있는 곳으로 왔다. 광자 어미는 광자를 보면서 입가에 미소를 지었다.

"저 언덕 넘고 나서 다시 업고 간다고 했어."

광자 어미는 광자의 말에 대답하지 않았다. 산이 높기만 한데다가 뙤약볕이 불구덩이나 다름없고 그리고 남아 있는 산언덕이 까마득하기만 해서 광자 어미는 대답보다는 긴 한숨을 쉬고 있었다. 피난민들은 비행기 소리가 나고 있는 하늘을 향해서 모두 고개를 돌리고 있었다. 해방된 나라에 소련 비행기가 시도 때도 없이 날아다니고 있는 것이 피난민들을 불안하게 했고 폭격을 해대고 있어서 죽을 것만 같은 생각에 휩싸이고 있었다. 한동안 보이지 않던 개성 사람이 소리 지르고 있었다.

"이러다가 폭격 맞겠소."

피난민들은 모두 비행기를 쳐다봤고 머리 위에서 나는 것을 보며 안절부절못하고 있었다. 피난민들은 줄달음치면서 멀리 가고들 있었다. 창남은 버둥거리며 마음만 바쁘게 달리고 있었다. 창남은 헉헉대면서 바위 절벽 모퉁이를 돌고 있었다. 그리고 누군가가 손을 흔들고 있는 것을 보고 있었다.

17
소련 비행기의 무차별한 폭격

"어서 오시오. 이리 오시오."

개성 사람이 가족과 앉아서 창남을 부르고 있었다. 그리고 여기저기에서 피난민들이 쉬고 있었다. 창남은 개성 사람이 손짓하는 곳으로 가서 아픔과 지칠 대로 지친 몸을 주저앉혔다. 그리고 광자와 광자 어미가 아들아이와 창남 곁으로 앉았다. 개성 사람은 창남을 한참 동안 보고 있었다. 그리고 조심스럽게 입을 열었다.

"왜 이러시오? 암만해도 왜놈들이 몹쓸 짓을 한 것만 같아서 내 줄곧 살펴보았소. 왜 이러신 거요?"

창남은 물을 조금 마시고 나서 광자에게 물그릇을 주면서 숨을 몰아쉬고 있었다.

"독립군 했다고 죽이려고 했어요. 해방되는 바람에 살았어요."

"독립군요?"

개성 사람은 눈이 치켜 올라갔고 입이 벌어지고 있었다.

"처음엔 아오지 오봉탄광에 징용 갔다가…."

"오봉광산요?"

개성 사람은 창남의 말에 치켜뜨고 있는 눈이 휘둥그레지고 입에서는 침이 튀었다.

"나도 그렇소. 오봉광산으로 끌려갔었소. 거기서 오는 길이오, 우리."

개성 사람은 가족을 보면서 반가워했다. 그리고 개성 사람은 오봉광산 이란 말에 창남 앞으로 다가오고 있었다.

"그리고 독립군이 되셨소? 하! 기막힌 분이시네."

개성 사람은 계속해서 감탄하고 있었고 남자들은 창남 곁으로 모여들고 있었다. 그리고 광자 어미와 개성 사람의 안식구는 어디서 본 듯하다는 이야기들을 하고 있었다. 그리고 박 아주머니 이야기가 광자 어미 입에서 나오자 삽시간에 안식구들은 손을 잡으며 반가워했다. 개성 사람은 창남이 오봉탄광에 있었고 만주로 끌려가 청산리에서 독립군을 하였다는 이야기에 입을 벌리고 채 다물지 못했다.

"그러고저러고 큰일입니다. 왜놈들이 고문을 얼마나 해댔으면 손톱 발톱 성한 게 하나도 없으시오? 아이고! 손가락도 엉망이시고. 그냥 오봉탄광에 계셨으면 몸이 이렇게 되지 않으셨을 텐데…."

창남은 개성 사람의 말을 들으면서 잠시 벌렁대고 있는 가슴을 지그시 누르고 있었다. 그리고 숨을 몰아쉬고 나서 다시 말을 이어갔다.

"본래 오봉탄광으로 징용되었던 게 아니고 나중에 알게 되었는데 만주에 있는 일본 열차포부대 격납고 시설 노무로 징용되었더라고요. 만주로 가기 전에 3개월 동안 오봉역에서 탄차에 석탄 싣는 일했어요. 그때 집사람까지 와도 된다고 해서 식구들을 오라고 하였는데 만주로 보내지 뭐에요. 그 바람에 만나지도 못하고 식구들과 헤어졌고 식구들은 오봉에 떨어져 있었고, 우리는 일본군 부대를 탈출해서 청산리 김시진 장군 병영에서 있었지요."

"대단하시네!"

창남은 왜 그런지 말하고 싶었다. 자신의 몸에 대해서 말하고 싶었고 청산리에 대해서 말하고 싶었다. 피난민들은 창남의 말을 듣고 나서 모두 담배를 입에 물었다.

"아이고! 몰라뵀습니다. 그런데 몸이 이렇게 상하셨으니 왜놈들 다 죽이고 말아야 해. 그래봤자 이미 몸이 이렇게 되었으니 아무 소용도 없지만…. 누우세요, 고만 말씀하시고. 우리 다 알 만합니다. 고향이 어디시오?"

"홍성이십니다. 홍성. 김좌진 장군 출생지 홍성이십니다."

개성 사람이 묻고 있는 사람을 향해서 큰 소리로 대답했다.

"어쩌다가 잡히셨어요? 그럼 다른 분들도…?"

창남은 피난민들이 묻는 말에 다시 입을 열었다.

"우리는 싸움이 끝나고 모두 흩어졌어요. 저는 고향 사람들과 소련으로 넘어가서 모두 우즈베키스탄으로 가고 나와 또 한 친구는 식구가 있는 아오지로 오다가 그 친구는 죽고, 나는 소련으로 도망쳐서 1년 반 동안 있다가 와서 경찰에 끌려가는 바람에… 함흥형무소에서 해방돼서 나왔습니다."

창남은 드문드문 말을 이었지만 피난민들은 모두 담배를 피워 물고 있었다. 창남은 왜 그런지 말하고 싶어졌고 울고 싶어졌다. 창남은 청산리 이야기를 모두 말해주고 싶었다. 피난민들은 창남이 자리에 누워서 눈을 감고 있는 것을 보면서 나름대로 고생했던 이야기들을 늘어놓으며 한결같이 원한에 사무쳐 있었다. 피난민들은 일본군에게 잡혀가 고문에 몸을 못 쓰게 된 창남을 위로의 눈으로 보면서 패망한 일본을 향해서 열을 올렸다.

"원자폭탄을 100개는 떨어트렸어야 하는데 하나가 뭐야? 하나가. 미국이 뭐 잘못된 거 아니야? 열 개만 떨어트렸어도 여한이 없을 텐데 하나가 뭐야? 속 터지게."

개성 남자는 창남 때문인지는 몰라도 열을 올리고 있었다. 피난민들은 담뱃불 붙이기에 바빠지고 있었다. 피난민들은 모두 담배를 피워 물고 고개를 하늘로 향하고 있었다. 피난민들은 하나같이 미국이 일본을 예쁘게 보고 있다고 떠들었고, 맥아더라는 장군이 친일파라고 떠들어대고 있었다. 그러면서 맥아더가 일본을 감싸고 있어서 우리나라는 해방이 되었어도 억울한 해방이 되었고, 이 모든 것은 이완용 때문이라고 떠들어대고들 있었다. 그러면서 전범 국가인 일본을 반 잘라 달라고 소련이 미국에 요청하였으나 맥아더가 돌대가리라 우리나라를 반 토막 내서 대신 주었다고 떠들어대고들 있었다. 한참 동안 열을 올리던 피난민들은 자리에서 일어나기 시작하면서 가던 길을 향해서 떠났다.

광자는 다시 개성 사람이 업고 창남은 난민들이 소리 지르는 대로 손을 흔들며 열심히 나무 지팡이에 몸을 의지해서 발을 떼어놓았다.

"독립군 양반! 찬찬히 오시오. 우리가 먼저 가서 자리 잡아 놓고 있겠소."

창남의 곁을 지나는 피난민들은 하나같이 같은 말을 창남에게 들려주며 가고 있었다. 개성 사람은 얼굴색이 창백한 창남을 수없이 뒤돌아보면서 웅기령의 긴 산길을 넘고 있었다. 하늘에서는 소련 비행기가 잊을 만하면 떠다니고 있었다. 피난민들의 비행기 소리만 나면 발걸음은 빨라지고 있었다. 그리고 금방이라도 포탄을 떨어트릴 것만 같은 생각에 피난민들은 불안해하고 있었고, 비행기만 보면 공포에 시달리고 있었다. 소련 비행기는 한참씩 피난민들 머리 위를 날다가 멀리 사라져 가기를 반복했다. 산은 끝을 모르고 있었고, 산길 또한 산자락 따라 끝을 모르고 있었다. 마을은 물론 농가 하나 산에는 없었다. 개성 사람은 광자를 업고 걸으면서 창남과 멀리 떨어지지 않으려고 자주 뒤를 보면서 가고 있었다. 개성 사람은 업고 있는 광자를 내려놓고 안식구에게 무슨 말인가 하고 나서 계곡 물가에 자리를 잡았다.

"여기서 저녁을 하고 갑시다. 더 가다 보면 민가가 있겠지만 시장해서 안 되겠어요. 여기서 저녁 해 먹고 갑시다. 한갓지게."

개성 사람의 말에 창남네는 물론 피난민들은 모두 보따리들을 내려놓고 있었다. 그리고 여자들은 저녁 짓기 시작했고, 남자들은 땔나무들을 하고 있었다. 해가 지고 어두워졌을 때 피난민들은 저녁을 끝냈고 다시 길을 떠났다. 창남도 발을 옮겨 놓고 있었다. 산길은 칠흑으로 변해가고 있었고, 아이들은 여기저기서 보채고 있었다. 피난민들은 모두 지쳐 발걸음은 물론 몸들이 후줄근해져 있었고, 후줄근해진 몸들은 흐느적거리고 있었다.

"나뭇잎 덮고 여기서 잡시다. 민가가 쉽게 있을 것 같지 않소."

어둠 속에서 누군가 말을 하자 모두 발걸음을 멈추고 두리번거리기 시작했다.

"그렇게 합시다."

개성 사람이 큰소리로 대답했다.

창남은 개성 사람의 말에 이제 누울 수 있어서 살았다 하는 생각을 했다. 광자 어미와 어린것들에게는 미안한 마음이 앞서고 있지만 더 이상 걷지 않고 눕게 되니 살 것만 같았다. 창남은 물 흐르는 소리를 들으며 그 옛날 청산리로 돌아가 있는 느낌마저 들면서 마음이 차분해지고 한적해지고 있었다. 창남은 몇 번 두리번거리다가 바닥에 앉고 이내 몸을 눕혔다.

옹기종기 서성거리고 있던 피난민들은 그대로 길을 가거나 나무 아래에 자리를 잡고 있었다. 그리고 창남이 눕는 것을 보면서 누울 자리들을 잡아가고 있었다. 개성 사람은 긴 나뭇가지들을 가져다가 자기 식구들이 잘 곳과 창남 가족이 잘 곳에 얼기설기 지붕을 만들고 있었다.

피난민들은 담배를 피워 물고 고향 생각에 빠져들면서 잠자리에 들고 있었다. 개성 사람은 같은 아오지 오봉탄광에 있었다는 것 때문에 그런지 창남 곁에 자리를 잡고 앉아서 벌써 몇 번째 담배를 피우고 있었다. 멀리서 비행기 소리가 들려오고 있었다. 그러자 개성 사람은 급하게 담뱃불을 끄고 나서 주변을 두리번거렸다. 그리고 피난민들을 향해서 작은 소리를 흘리고 있었다.

"혹시 불빛이 있나 살피세요. 폭격기가 보면 포탄을 떨어트립니다. 불빛이 있나 살피세요."

피난민들은 개성 사람의 말소리를 듣고 서로 주변을 살폈다. 그리고 잠자리에 들어가고 있었다. 창남은 광자 어미가 덮어주는 홑이불을 덮고 그 위에 난민들이 뜯어다 준 풀들을 두껍게 덮고 나서 잠이 들었다. 창남은 동지들과 나뭇잎을 덮고 자던 옛 생각을 하면서 잠이 들었다.

'꾸콰쾅! 쾅쾅! 꽈 꽈 쾅 쾅!'

피난민들은 기절하거나 나뒹굴고 있었다. 그리고 두리번거리고들 있었다. 눈앞에서 보이고 있는 산 아래서 불기둥이 솟고 있는 것을 모두 보고 있었다.

"뭐지요?"

어느 피난민의 소리에 모두 어리둥절하고 있는 눈을 폭격 맞은 곳에서 움직이지 않고 있었다.

"우린 천운입니다."

"그렇습니다. 여기서 자지 않았으면 저기서 잤을 텐데…"

피난민들은 떨고 있었다. 그리고 개성 사람이 있는 곳으로 고개를 돌리고 있었다. 피난민들은 개성 사람이 이곳에서 머물자고 한 것이 고맙기만 해서 쉽게 개성 사람에게서 눈을 돌리지 않고 있었다. 남자들은 대부분 폭격에 타고 있는 곳을 보면서 겁에 질려 있는 식구들이나 아이들을 안심시키고 있었다. 피난민들은 산 아래뿐만이 아니라 두만강을 거슬러 여러 곳을 폭격했다는 말들을 하고 있었다. 그러면서 피난민들은 일본군 경비대나 군사기지들을 폭격하고 있는 것이라고 하면서 두려움에 몸들을 사리고 있었다. 비행기 소리는 나진 쪽에서 들려오고 있었다.

"나진에도 부술 게 있나?"

공포에 질려 있는 피난민들은 나진에서 들려오고 있는 비행기 소리에 웅성거렸다.

"나진에 일본군들이 없겠소?"

"웅기역도 어쩌면 벌써 부쉈을 거요. 큰일인데…."

"역은 폭격 안 해요, 일본 군부대가 아니라."

피난민들은 비행기 소리를 들으며 생각나는 대로 아무 말이나 하고 있었다. 여자들은 겁에 질려 있는 아이들을 끌어안고 앉아서 하늘로 치솟고 있는 불기둥을 보면서 몸들을 부들거리며 떨고 있었다.

"나진에 일본군 부대 있어요?"

"글쎄요, 전에 지나다 보니까 있던 것 같았는데…."

"그럼 저 비행기들, 그거 폭격하러 갔나 봅니다."

피난민들은 생각나는 대로 말을 했다. 그리고 걱정들을 했다. 남자들은 물론 여자들도 붉게 타고 있는 하늘을 보면서 해방되고 나자마자 소련군의 폭격에 피난민들은 이러다가 고향을 못 갈지도 모른다는 생각에 불안해지고 있었다. 그렇지 않아도 남으로 가는 열차가 없기라도 할까 봐 마음 편한 날이 없는데 연일 계속되는 폭격에 피난민들은 두려움에 떨고 있었다. 웅기령에서의 밤은 비행기 소리와 폭격과 붉은 불기둥에 시달리는 악몽의 밤이 되고 있었다. 소련은 왜 항복한 일본군이나 민가를 폭격하고 있는지 알 수가 없고 보니 피난민들은 밤새도록 비행기 소리와 폭탄 터지는 소리에 떨고 있었다. 날이 밝아오면서 피난민들은 허겁지겁 나진을 향해서 길을 떠났다.

창남은 피난민들과 웅기령을 내려가고 있었다. 피난민들은 웅기령을 내려가면서 눈 뜨고 볼 수 없는 광경에 고개들을 돌리고 있었다. 일본 집들과 주변은 모두 파괴되었고, 검은 연기에 휩싸인 속에서 일본인들의 시체가 나뒹굴고 있는 것을 고스란히 보고 있었다. 피난민들은 가슴을 쓸어내리며 산에서 묵지 않았으면 죽었을지도 모른다는 생각에 한결같이 살았다는 안도감에 발걸음들을 나진을 향해서 달리고 있었다.

개성 사람은 조선 사람들도 포격을 맞아 처참하게 죽은 것을 보면서 창남으로 인해서 웅기령에서 머물게 된 것을 창남으로 인해 하늘이 도왔다고 생각하며 창남에게서 눈을 떼지 못하고 있었다. 그런가 하면 산에서 내려와 이곳에서 잠을 자던 피난민들은 폭격에 도망치거나 가족을 잃고 통곡을 하면서 헤매 다니고 있는 모습을 보면서 애통한 마음을 감추지 못했다. 개성 사람과 창남 일행은 가족을 잃고 통곡하고 있는 피난민들을 보면서 나진으로 향했다.

"왜놈들, 제 나라에서 조용히 살다가 뒈지고 자빠지지 왜 남의 나라 뺏고 못살게 하더니 이게 뭐야? 꼴좋다."

폭격 맞은 구덩이를 파헤치며 가족을 찾고 있는 사람들을 보면서 피난민들은 분개한 마음을 감추지 못하고 혀를 차고 있었다. 그러면서 한결같이 "귀신들은 뭐 하는지 몰라." 하는 소리만 하고 있었다. 한낮에도 하늘에서는 비행기 소리가 그치지 않고 있었다. 그리고 어딘지 알 수 없는 곳에서 폭격 소리가 들려오고 있었다. 개성 사람이 창남을 향해서 말했다.

"어서 여기를 벗어나야 할 것 같습니다, 독립군 선생."

잠을 푹 자고 일어나도 시원치 않을 창남이 지난밤의 폭격소리에 잠을 설치는 바람에 초췌해진 몸을 몹시 허둥거리며 걷고 있었다. 창남은 개성 사람이 하는 말을 들으면서 긴 나무 지팡이에 몸을 비비적거리며 두 다리에 힘주어 발을 움직이고 있었다. 개성 사람은 그런 창남을 보면서 손수레 생각을 했다. 그러면서 다시 광자를 업었다. 오봉광산에서 함께 있었고 가족은 지금까지 그곳에 있었다는 말에 형제같이 친근해지고 있었다. 개성 사람은 어디 쉴 만한 곳이 나타나면 창남을 얼마간이라도 편안하게 쉬게 하면서 잠잘 수 있는 곳을 찾아서 창남은 물론 가족들 모두 잠을 자도록 해야겠다는 생각을 하면서 천천히 창남이 걷고 있는 대로 발자국을 옮기고 있었다. 개성 사람은 창남을 향해서 밤새 일어났던 일들을 이야기하고 있었다. 그러면서 지나가고 있는 피난민들을 보기도 했다.

"왠지 모르겠지만 소련이 본격적으로 일본 사람들을 잡아가는 것 같습니다. 항복했으면 포로가 되는지 모르겠지만 민간인까지 모두 붙들고 있는 것을 보면 뭔가 우리는 알 수 없는 것이 있는 모양입니다. 그 왜 레닌인가 스탈린인가 하는 사람이 그냥 넘어가지 않고 있나 봅니다. 그동안 일본이 한 번도 소련에 잘한 것도 없고 싸울 때마다 졌으니 소련이 단단히 앙갚음을 하려나 봅니다."

개성 사람은 창남이 걷고 있는 대로 발자국을 옮기면서 창남의 가슴에 사무치고 있을 억울한 일들에 위로가 될 수 있는 말들을 했다. 창남은 개성 사람의 말을 들어가면서 얼마나 더 가야 나진에 도착하게 될지 그것이 걱정이기만 했다. 도로에서는 일본 사람들을 실은 트럭들이 지나가고 있었다. 그러나 창남은 일본 사람들이 잡혀가는 트럭에 관심이 없었고 오직 나진만을 생각하고 있었다.

"밤새 대단했지요? 일본 사람들 다 잡아갈 때까지 조용할 날이 없을 것 같습니다. 고향 가는 사람들도 끝이 없고요."

개성 사람은 광자를 업고 설렁설렁 걸으면서 계속해서 창남의 마음을 위로했다. 개성 사람은 계속해서 피난 가는 피난민들에게 폭격 이야기를 물었다. 그럴 때마다 피난민들은 무서웠던 말들을 하면서 부지런히 가고 있었다. 그렇지만 개성 사람은 피난민들을 보기만 하면 어제 어디서 묵었느냐는 말부터 시작해서 폭격이 어땠느냐는 이야기를 물어대고 있었다.

"나진도 폭격 당했으면 큰일이오."

개성 사람은 창남을 향해서 큰 소리로 말하고 있었다. 그러나 창남은 개성 사람의 말에 관심 없이 지팡이에 몸을 비비적거리며 움직이고 있었다.

머리에 이고 등에 지고 양손에 보따리들을 들고 부지런히 가고 있는 피난민들과 개성 사람의 부인과 앞서가고 있는 광자 어미를 보면서 창남은 사력을 다해 다리를 움직이고 있었다.

"저기 개울이 있는 모양이오. 거기서 잠시 쉽시다."

개성 사람은 창남에게 말하고 부인을 향해서 소리쳤다.

"저 앞에 개울이 있는 모양인데 거기서 쉽시다."

개성 사람의 말소리를 듣고 난 부인은 광자 어미와 부지런히 달려갔다. 그리고 피난민들이 쉬었다가 떠나고 있는 나무 그늘을 향해서 줄달음질들을 치고 있었다. 광자 어미는 머리에 이고 있는 보따리를 내려놓기가 무섭게 아들을 물속에 던지듯이 밀어 넣고 쓰러질 듯이 비척이며 오고 있는 창남을 향해서 달려갔다. 그리고 창남을 부축해 그늘에 앉혔다.

"우리는 잡아갈 리도 없고 폭격 맞을 리도 없으니 에서 한숨 자고 갑시다. 낮에 못 간 만큼 밤에 가도록 합시다."

개성 사람은 광자를 내려놓으며 말했다. 창남은 그늘에 들어가자마자 누웠다. 광자 어미는 길게 누운 창남의 손과 발을 씻기고 머리와 얼굴 그리고 어깨며 가슴을 젖은 수건으로 흐르는 땀들을 모두 닦아주고 있었다. 창남은 몇 번 숨을 몰아쉬고 난 다음 잠이 들었다. 아이들과 여자들도 잠들고 있었다. 광자는 아픈 발바닥을 물로 깨끗이 씻은 다음 애기풀 물을 짜서 골고루 바르고 있었다.

"너 광자라고 했지?"

"예."

개성 사람은 광자의 발바닥을 보면서 말했다. 그리고 옷을 입은 채 물속으로 들어가 길게 드러누웠다.

"광자야!"

개성 사람이 부르자 광자는 개성 사람에게 고개를 돌렸다.

"기차 타면 나을 거다."

"예."

그리고 얼마 후 개성 사람은 젖은 옷을 입은 채 그늘에 드러누워 이내 코를 골기 시작했다. 광자는 코를 골며 잠들어 있는 개성 사람을 보고 있다가 개울둑에 산재한 애기 풀을 한 주먹 뜯어서 잠들어 있는 어미의 곁으로 갔다. 그리고 발바닥에 애기풀 물을 바르고 잠이 들었다. 창남이 눈을 떴을 때는 개성 사람이 주먹밥을 양손에 들고 있었을 때였다.

"독립군 선생, 이것 먹고 갑시다."

개성 사람은 들고 있던 주먹밥 한 덩이를 창남에게 내밀었다. 창남은 개성 사람이 내밀고 있는 주먹밥을 받아먹기 시작했다.

"두어 시간 지나면 해가 떨어질 것 같소. 일단 우리 나진으로 가고 봅시다."

"예."

창남은 광자 어미가 건네주는 물그릇을 받아들고 시원하게 물을 마셨다. 그리고 신작로를 향해서 냇둑 길을 벗어나고 있었다. 신작로에는 웅기령에서 내려오며 나진으로 향하고 있는 사람들이 꼬리를 물고 있었다. 피난민들은 무거운 짐을 짊어지고 목을 길게 빼고 두 다리를 부지런히 움직이고들 있었다. 창남은 여전히 긴 나무 지팡이에 몸을 비비적거리며 걷고 있었고 광자는 아비의 뒤를 따라 절룩거리며 걷고 있었다.

"저기 저 사람들 일본 사람들 아니오?"

개성 사람이 앞을 보면서 소리를 질렀다. 개성 사람이 소리 지르고 있는 곳에서는 피난민들과 뒤섞여 가고 있는 사람들이 있었다. 조선 옷을 입고 있었으나 입고 있는 모습이 눈에 거슬리고 있었다. 얼굴이 햇볕에 그을리지를 않아서 한눈에 일본 사람이라는 것을 알 수가 있었다.

"맞아요. 일본 사람들이 맞아요."

개성 사람이 소리치고 나자 피난민들이 소리 지르고 있었다.

"그러네요. 맞아요. 일본 사람들입니다."

일본 사람들로 들통난 사람들은 당황하기 시작했고 두 손을 빌고 있었다. 난민들은 일본 사람들을 보자 한이 복받치고 있었다. 불과 며칠 전만해도 천황을 들먹이며 게다짝을 끌고 부채를 살랑거리며 다니던 사람들이 지금 목숨을 구걸하며 두 손을 들어 빌고 있다. 개성 사람은 여러 곳에서 일본 사람들이 조선 옷들을 입고 어색한 걸음을 걷고 있는 것을 보면서 소련 군인들이 매일같이 잡아 나르고 있는데 도대체 이 사람들은 잡혀가지 않고 어디에 숨어 있다가 나타나 조선 사람 행세를 하는 것인지 괘씸한 생각이 들고 있었다. 그리고 더 이상 놔둘 수 없다는 생각을 하면서 붉은 완장을 한 조선청년단원 사람들을 찾아보고 있었다. 그러나 붉은 완장을 한 조선청년단원들이나 소련 군인들은 없었다.

"정지! 정지! 서라, 서, 서!"

개성 사람은 일본 사람들의 길을 막고 섰다. 그러자 피난민들이 합세하기 시작했고 삽시간에 30여 명이나 되는 피난민들이 가던 걸음을 멈추고 일본 사람들을 보고 있었다. 일본 사람들은 앞을 향해 가려 하였으나 둘러선 조선 난민들이 길을 터주지 않아 우물거리고 있었다. 피난민들은 일본 사람들을 어떻게 하지는 않고 있었다. 다만 웅성거리며 조선 옷을 입고 탈주하고 있는 게 얄밉고 속상할 뿐이었다. 피난민들은 붉은 완장을 한 조선청년단원들이나 소련군 눈에 띄는 순간 잡혀 갈 것을 생각하며 한편으로는 불쌍해지고 있었고 측은해서 두들겨 패주고 싶은 마음을 참고 있었다.

"어제 폭격 맞은 모양입니다."

조금 떨어져 있는 곳에서 말소리가 들리고 있었다.

"이곳에 일본 군인들이 많이 있었는데 저 사람들만 나타난 것을 보면 일본 군인들이 잘못되었나 봅니다."

조금 떨어진 곳에 있는 사람이 다시 말했다. 개성 사람은 말소리를 듣고 나서 일본 사람들을 향해 버티고 서 있던 몸을 움직이며 창남이 있는 곳으로 갔다. 그러면서 혼잣말을 했다.

"저래도 조선 사람이 아니라는 걸 한눈에 알 수 있는데…."

개성 사람은 계속해서 중얼거리며 붉은 완장을 한 조선청년단원들이 나타나면 단박에 잡혀갈 것을 생각하며 측은한 눈길을 보고 있었다. 개성 사람은 날아오고 있는 비행기를 보면서 폭탄을 떨어트릴 것만 같은 생각이 들고 있었다. 그리고 비행기를 피해서 피난민들은 흩어졌다. 창남이도 길바닥에 납작 엎드렸다. 그러다가 비행기가 사라지자 모두 일어나 가기 시작했다. 창남은 비척거리면서 개성 사람과 떨어지지 않고 열심히 걷고 있었다. 창남은 해가 지는 것이 두려워지고 있었다. 밤이 두려워지고 있는 것이 창남만은 아니었다. 개성 사람도 그렇고 식구들도 그리고 피난민들 모두 소련 비행기의 무차별한 폭격에 밤이 두렵기만 했다. 개성 사람은 나진역을 향해서 걷고 있었다. 피난민들 모두 나진역을 향해서 부지런히 걷고들 있었다. 개성 사람은 창남과 떨어지지 않고 나란히 걷거나 어쩌다가 앞서서 걷고 있으면 반드시 창남과 가족들이 따라올 때까지 기다리고 서 있다가 함께 갔다.

"일단 우리, 나진역에 도착하자마자 푹 쉽시다. 나진역이야 폭격하지 않을 테니까."

개성 사람은 창남을 향해 말했다. 그러면서 일본 사람들을 보면서 다시 입을 열었다.

"우리 저 일본 사람들 따라가 봅시다. 저 사람들 기차에 관해서 뭔가 알고 있을 것 같습니다."

개성 사람이 창남에게 말했다. 창남은 개성 사람이 하는 대로 따르고 있었다. 그리고 개성 사람 말대로 일본 사람들은 뭔가 알고 있을 거라는 생각이 들고 있었다. 창남은 곁에서 열심히 걷고 있는 광자와 개성 사람을 따라 부지런히 몸을 움직였다. 개성 사람은 일본 사람들이 어딘가에서 틀림없이 자동차나 열차를 탈 것이라 믿고 일본 사람들을 따라가고 있었다. 일본 사람들은 집에는 전화가 있는 관계로 서로 연락을 하고 만나기로 하였을 것으로 생각하고 개성 사람은 일본 사람들을 따라붙고 있었다. 일본 사람들은 그늘에 앉아 쉬고 있었다. 쉬고 있는 일본 사람들은 조선 사람을 보면 외면하고 있었고, 개성 사람에게는 더욱 그랬다. 개성 사람은 그런 일본 사람들에게 더욱 밀착하면서 말을 붙이고 있었다. 그러자 일본 사람들은 개성 사람과 말하기 시작했고 이야기를 주고받고 있었다. 개성 사람은 흐르는 땀을 닦아가며 창남이 있는 곳으로 가고 있었다. 개성사람은 창남에게 일본사람들이 한 이야기를 하고 있었다.

"웅기에 흥남 가는 열차가 있답니다. 자기들은 흥남에서 배를 타고 일본으로 간답니다. 그렇지만 폭격기가 뜨면 계획이 바뀔지도 모른다고 합니다. 우리도 탈 수 있냐고 했더니 그럴 거라고 합니다. 잘됐습니다. 흥남까지 차를 타고 갑시다."

창남은 개성 사람의 말을 들으면서 일본 사람들을 보았다. 며칠 전까지만 해도 온갖 고문을 해대던 일본 사람들을 창남은 물끄러미 바라보고 있었다. 그러면서 패망해서 도망가고 있는 일본 사람들을 실컷 패주고 싶은 생각이 들었다. 창남은 광자와 광자 어미를 바라보았다. 창남은 개성 사람이 하자는 대로 움직이고 있었다. 일본 사람들이 원수로 보여도 개성 사람이 기차를 타자고 하는 바람에 고개를 끄떡이고 나서 나무 그늘에 앉아 끓어오르고 있는 미움을 삭이고 있었다. 그리고 지금 창남 자신은 끓어오르고 있는 미움과 분노를 어떻게 할 수가 없다는 것을 통탄하면서 가슴을 진정시키며 스스로 삭이고 있었다. 잠시 그늘에 앉아 쉬면서 창남은 일본 사람이 가까이 있는 것이 몹시 싫었다. 그러면서 창남은 나진을 향해 가던 길이였지만 웅기역이 가까운 곳에 있으므로 열차를 꼭 탈 수 있기를 바라고 있었다.

"홍남에서 일본 가는 배가 있는 모양이지요?"

창남이 개성 사람에게 물었다. 창남은 일본 사람들이 모든 연락망을 총동원해서 탈출할 길을 모색해 놓았다는 것을 짐작하면서 일본 사람들의 간악한 근성을 개탄하고 있었다. 창남은 개성 사람이 일본 사람들의 눈치 보고 있는 것을 힘없이 보고 있었다. 그러면서 함께 홍남까지 갈 일본 사람들이 소련 트럭에 실려 끌려가는 것을 수없이 보았기 때문에 소련 군인들에게 발각되어 끌려가게 될 것 같은 생각을 하고 있었다. 피난민들은 일본 사람들을 못마땅한 눈으로 보기만 했다.

개성 사람은 창남이 몹시 일본 사람들을 못마땅하게 보고 있다는 것을 알면서 자신 또한 일본 사람들이 못마땅할 뿐만이 아니라 당장 고발해서 잡혀가게 하고 싶지만 웅기에서 기차를 탈 생각에 못 이기는 척 하고 있을 뿐이었다.

"홍남까지 가면 서울로 가는 차들이 있을 겁니다."

개성 사람은 일본 사람들의 말을 계속해서 믿고 있었다. 그리고 기대에 가득한 말투로 창남에게 말했다. 그러나 창남은 서울이라는 말소리에 개성 사람을 향해서 고개를 돌려 개성 사람 얼굴을 보았다. 일본 사람들이 홍남까지 갈 수 있을지 어떨지 두고 봐야 하겠지만 홍남까지 갈 열차가 있을 것 같지도 않은 데다가 서울이란 말까지 나오고 있는 것을 보고 일본 사람들의 말을 너무 믿고 있는 것만 같아서 가만히 앉아 있기만 했다. 어쨌든 피난민들은 일본 사람들이 하는 대로 움직이고 있었다. 하늘에서는 비행기들이 날아오고 있었다. 피난민들은 일본 사람들이 웅기역을 향해서 부지런히 움직이는 대로 따라가고 있었다. 일본 사람들은 어둠 속에서 빠르게 움직이고 있었다. 아이들도 어른들 못지않게 움직이고 있었다. 창남은 사력을 다해 몸을 움직였다. 열차를 탈 수 있게 되든 못 타게 되든 개성 사람이 하는 대로 버둥거리고 있었다. 폭격에 파괴된 일본 집들이나 건물들을 보면서 창남은 달리고 있는 피난민들을 따라서 사력을 다하고 있었다.

폭격에 파괴된 일본 집들과 파괴된 건물들 사이를 일본 사람들은 빠르게 달려가고 있었다. 일본 사람들은 파괴된 건물 앞에서 달리던 걸음을 멈추었다. 그리고 몇몇 사람들만이 웅기역을 향해서 달려가고 있었다. 개성 사람도 그 일본인들과 달리고 있었다. 창남은 식구들과 웅성거리고 있는 일본 사람들을 바라보고 있었다.

개성 사람의 눈에 웅기역이 눈에 들어왔다. 일본 사람들은 웅성거리고 있었다. 일본 사람들은 누군가 소리를 지르자 달리던 걸음을 멈추었다. 웅기역에는 열차가 없었다. 웅기역 철길 위에는 아무것도 없었다. 개성 사람은 한참 동안 일본 사람들을 살피다가 창남이 있는 곳으로 되돌아갔다. 일본 사람들은 흩어지면서 일행들을 찾아서 달리고 있었다. 개성 사람은 그런 일본 사람들을 멀거니 쳐다보면서 일행들을 향해서 뛰어갔다. 창남은 주저앉았다. 광자도 아비 곁에 주저앉았다. 광자는 신을 벗으며 물집에 터진 발을 내놓고 있었다. 창남은 잠시 후 개성 사람이 곁에 와서 앉고 있는 것을 보면서 나진으로 갈 생각을 하고 있었다.

"저 사람들 죽을 맛일 거요."

개성 사람 말에 창남은 물론 대꾸하는 사람은 아무도 없었다. 창남은 개성 사람과 폭격 맞은 건물들과 아직도 검은 연기가 피어오르고 있는 건물들을 보면서 모두 입을 다물고 있었다.

"나진이나 믿어 봐야 할 것 같소."

창남은 개성 사람의 말을 듣기만 했다. 창남은 허탈하게 앉아서 담배를 피워 물고 있는 피난민들과 개성 사람을 한참 동안 보고 있었다.

"우리 여기 어디 들어가서 오늘은 이곳에서 잡시다."

개성 사람의 말에 여자들은 보따리를 풀기 시작했다 그리고 먹을 것을 준비하기 시작했다.

"그 사람들 어찌 됐나?"

개성 사람은 담배를 피워 물고 중얼거렸다. 그러자 함께 자고 일어난 사람들이 말했다.

"조선 청년당원들이라는 사람들이 소련 군인들과 모두 데려갔어요."

"그래요? 언제 그랬지? 세상 모르고 잤네."

피난민들은 일어나 앉으면서 담배들을 피워 물고 있었다. 그리고 이제 나진으로 떠날 생각들을 하고 있었다. 피난민들은 해가 뜨기 전에 길을 떠나고 있었다. 웅기에서 숙박한 피난민들이 나진을 향해서 길게 늘어서 가고들 있었다. 개성 사람과 창남 그리고 함께 머물렀던 사람들은 피난민들의 긴 꼬리를 물고 가고 있었다. 피난민들은 길게 늘어서 길을 따라가면서 나진에서 열차 탈 생각을 하고 있었다. 그러면서 소련군 트럭들이 일으키고 있는 붉은 흙먼지 속에 한참씩 파묻히고 있었다.

"나진에 또 열차가 없으면 우리 어떡합니까?"

"그런 소리 하지 마세요. 정말 없으면 어찌하려고 그러세요?"

개성 사람은 소리 나는 곳을 향해서 소리를 질렀다. 그리고 뒤를 돌아다보았다. 뒤에는 서울이 고향이라고 한 사람이 걸어오고 있었다.

"아 서울 양반이시군요! 나진은 큰 역이라 있을 겁니다. 사방에서 모이는 곳이니…"

"그건 그런데, 웅기 생각하면 걱정됩니다."

"웅기야 우리는 알지도 못했던 곳이고, 왜놈들 바람에 갔었던 곳이니 실망하지 맙시다. 아마 왜놈들은 폭격 맞기 전에 약속을 했었나 봅니다, 이제 보니. 어쨌든 일본 사람들 말만 듣고 따라 가시게 해서 미안스럽습니다."

개성 사람은 서울이 고향이라는 사람에게 미안하다는 말을 했다. 그리고 그 사람 말마따나 나진에서도 열차가 없으면 큰일이라는 생각이 들어 마음이 불안하고 초조해 졌다. 막상 열차가 없다면 큰일이라는 생각에 개성 사람은 걸음을 멈췄다. 그리고 주변을 둘러보며 일본사람들에게 속은 것만 같은 생각에 속이 끓어 오르고 있었다. 개성 사람이 걸음을 멈추고 있자 창남도 멈췄고 뒤에 오고 있던 사람들도 모두 멈췄다. 개성 사람은 담배를 꺼내 피워 물었다. 그리고 두 눈을 개성을 향하고 서서 한참동안 서 있었다. 개성 사람은 다시 걷기 시작했다. 창남도 몸을 비비적거리며 걷기 시작했다.

피난민들은 부지런히 걷기만 했다. 서울 사람 말대로 나진에 열차가 없으면 큰일이라는 생각들을 하면서 나진에는 열차가 반드시 있을 거라는 생각들을 하고 있었다. 개성 사람이 나무 그늘로 가고 있었다. 그러자 창남도 그늘로 갔다. 광자 어미는 광자의 신을 벗기고 부르튼 발바닥을 들여다보며 애기풀 물을 발라주고 있었다.

"세상에! 이렇도록 걸었구나."

개성 사람의 아내가 광자의 발바닥을 보고서 놀라고 있었다. 여리고 어린 발바닥으로 200여 리를 걸어왔으니 물집이 터지고 찢어진 발바닥은 성한 곳이 없었다. 광자의 발바닥은 짓물렀던 살가죽이 떨어져 벗겨지고 있었다. 광자는 애기풀 물이 닿는 대로 얼굴을 일그러뜨리고 있었다.

"세상에! 어린것이 이렇게 되도록 걸어왔다니…"

개성 사람의 아내는 계속해서 안타까운 얼굴을 하고 있었다. 그러나 지금 발바닥이 부르트거나 터진 사람이 광자만이겠는가. 여기저기서 사람들은 부르튼 발들을 보며 소리를 지르고 있었고, 광자가 바르고 있는 애기풀 물을 얻어서 바르고들 있었다.

"기차 타면 나을 거다. 그동안 열심히 약 발라라."

개성 사람의 아내는 계속해서 안타까워했다. 그리고 자신들도 부르튼 발바닥에 애기 풀물을 문질러 대고들 있었다.

비행기 소리가 멀리서 나고 있었다. 그러자 개성 사람이 중얼거렸다.

"나진 폭격하려는 건 아니겠지?"

그러나 누구 하나 개성 사람의 말에 대꾸하는 사람은 없었다.

"저기 봐요!"

피난민 중에 누군가 소리 질렀다. 모두 소리 지르는 곳을 향해서 고개들을 돌리고 있었다. 거기에는 일본 사람들이 트럭에 타고 있었다. 일본 사람들을 태운 트럭은 나주 쪽으로 움직이고 있었다. 조선 피난민들은 일본인들을 태운 트럭들이 나진으로 가는 것을 보면서 트럭을 타고 가고 싶은 마음에서 부러워하면서 허탈해했다.

"일본 사람들 말고 우리 좀 태워 가면 안 되나? 일본 사람들은 걸어 가고…."

피난민들은 걷기 힘들다 보니 별것을 다 가지고 부러워하고 있었다. 피난민들은 더는 말들을 하지 않았다. 피난민들은 모두 지친 몸을 힘겹게 움직이면서 발길을 재촉했다. 이제 나주는 10여 리 남았으니 부지런히 걷는다면 한나절이면 도착할 거다. 개성 사람은 이제 머지않아 나진에 도착하게 된다는 것을 알고 창남을 돌아보면서 부지런히 걷고 있었다. 나주에서 열차를 타게 되면 더 이상 걸을 일이 없을 것으로 생각하며 두 다리에 힘을 주며 걷고 있었다. 개성 사람은 한참 걸었다. 그러다가 나무 그늘로 들어갔다.

"쉬었다들 갑시다. 이제 일어나면 나진입니다."

피난민들은 모두 그늘로 뛰어 들어갔다. 그리고 이제 한참 거리 남았다는 것을 알면서 안도의 한숨을 내쉬고들 있었다. 피난민들은 담배들을 피워 물고 열차를 앞에 두고 있거나 한 것처럼 여유로워지고들 있었다. 여자들은 먹을 것을 만들고 있었다. 그리고 아픈 곳이 있는 사람들은 약을 바르거나 주무르면서 열차 탈 생각에 마음들은 한가로워지고 있었고 고생이 끝나기라도 하는 것처럼 평화스러워지기까지 했다. 피난민들은 행복한 생각에 한껏 부풀어 있었다.

여자들은 열차를 타면 먹을 것을 만들 수 없다는 말들을 하면서 밥을 지어 대나무 소쿠리나 베보자기에 싸고 감자를 쪄서 나눠 먹고 있었다. 그리고 보릿가루 옥수수가루 같은 것으로 쑥과 버무려 떡을 만들어 베보자기에 싸기도 했다. 피난민들은 이제 떠날 준비를 하고 있었다. 광자는 애기풀 물을 열심히 바르고 있었다.

피난민들은 자리에서 일어나고 있었다. 그리고 열차가 기다리고 있는 나진역을 향해서 발을 내딛고 있었다. 피난민들의 발걸음은 가벼워져 있었고, 고향 생각은 마음을 행복하게 만들고 있었다. 피난민들은 나진을 목전에 두고 지친 몸들을 서둘러 발걸음을 재촉하고 있었다.

비행기 소리가 다시 들려오고 있었다. 피난민들은 하늘을 보면서 불안한 눈으로 나진을 향해 보았다. 그리고 산자락을 돌고 돌면서 눈앞에 나진이 나타나고 있는 것을 보았다. 피난민들은 나진이 보이자 환호했다. 비행기 소리에 겁이 나고 있었지만 죽음에 대한 공포보다는 열차를 탈 수 있다는 기쁨에 나진을 향해서 달려가고 있었다. 피난민들은 비행기 소리에 쫓기며 나진역을 향해서 온 힘을 모두 쏟고 있었다. 비행기는 나진으로 향해서 줄달음치고 있는 피난민들의 머리 위를 맴돌면서 피난민들을 당황하게 만들고 있었다. 그러나 나진역은 멀지 않은 곳에 있다. 피난민들은 달리고 있었다.

"나진이야. 나진 폭격했어."

소리를 지르는 피난민은 기절에 가까운 소리를 지르며 주저앉고 있었다. 개성 사람도 주저앉았고 이 사람, 저 사람 주저앉자 창남은 아연실색했다. 피난민들은 멍하니 눈을 뜨고 있거나 감고 있거나 고개를 떨어트리고 있었다. 그리고 누군가 나진이 보이는 곳으로 달려가고 있었다. 비행기는 다시 폭격하는 소리를 내고 있었고, 아이들은 울부짖고 있었다. 여자들은 아이들을 끌어안았다.

"아니오. 아니오. 나진이 아니오!"

달려갔던 사람이 피난민들을 향해 소리 지르고 있었다. 피난민들은 소리 지르고 있는 사람을 향해 뛰었다. 그리고 잠시 후 피난민들은 폭격당하고 있는 곳이 커다란 건물들이고 무엇인지 알 수 없는 곳이 폭격 맞았다는 것을 알았다. 피난민들은 소련군 트럭들이 달려오고 있는 것을 보고 있었다. 피난민들은 누구 하나 말소리를 내는 사람이 없었다. 가려는 사람도 없었고 주저앉아 있는 사람도 없었다. 모두 폭격 맞은 건물과 집들 그리고 두 대의 트럭에서 검붉은 연기가 솟고 있는 것을 보고 있었다. 피난민들은 들길로 해서 나진역을 향해 움직였다. 피난민들은 폭격 맞은 트럭을 멀리 돌아가면서 폭격 맞은 트럭들이 소련군들의 트럭이 아니라는 것을 알았다. 피난민들은 일본사람들이 타고 가던 트럭 같은 생각이 들고 있었다. 피난민들은 나진역을 향해 걸었다. 그리고 나진역에 소련군 트럭이 나란히 세워져 있는 것을 보았고 소련군들이 대열 지어 서 있는 것을 보았다. 조선청년동맹 단원들은 왼팔에 붉은 띠를 두르고 소련의 붉은 기가 걸려 있는 나진역 광장에서 호루라기를 피난민들을 통제하고 있었다.

"서울로 가는 열차는 없습니다. 지금 이곳에 있는 열차들은 서울을 가지 않습니다. 그리고 민간인은 당분간 모든 열차를 이용할 수 없습니다. 그렇지만 청진에 가면 서울 가는 열차가 남아 있습니다. 청진으로 가십시오. 피난민들은 청진으로 가십시오."

피난민들은 주저앉았다가 벌떡 일어났다.

"우리 온성에서 여기까지 걸어왔습니다. 어떻게 화물차라도 탈 수 있는 것이 없겠습니까? 이 어린것들이 더는 걷지를 못합니다. 살려주십시오."

"우리는 새벌에서 왔습니다. 살려주십시오. 이왕 서울로 갈 열차면 나진서부터 가면 좋잖아요."

피난민들은 애걸했다.

"우리는 아무것도 할 수가 없습니다. 해방되면서 소련군이 모든 것을 통제하고 있습니다. 여러분들의 사정을 잘 알고 있지만, 저희는 어느 것 하나 할 수 있는 것이 없습니다. 고단하셔도 청진으로 가십시오. 청진에 서울로 가는 열차가 한 대 남아 있습니다. 어서 청진으로 가십시오."

피난민들은 숨이 막혔다. 그러나 피난민들은 청진으로 달리기 시작했다. 개성 사람은 조금 떨어진 곳에서 붉은 완장을 찬 조선청년단원을 붙잡고 한참 동안 이야기를 하고 있었다. 그러나 개성 사람은 고개를 떨어뜨리고 돌아서서 오고 있었다. 창남은 햇볕에 반짝이고 있는 광대뼈를 내밀고서서 두 눈만 깜박이고 앉아 있었다. 피난민들은 조선청년단원들이 청진으로 가라는 소리를 들으면서도 일어나지를 못하고 있었다. 그러다가 피난민들은 자리에서 일어나기 시작했고 나진을 뜨기 시작했다. 광자는 아비의 얼굴을 보면서 부지런히 걷고 있었다. 광자는 열차를 타면 먹으려고 베보자기에 싼 조그마한 보따리를 한 손에 들고서 아버지 곁에서 아픈 발바닥을 어정거리며 걷고 있었다. 난민들은 나진 역을 뒤로 청진을 향한 고난의 피난길을 다시 시작했다.

"아무래도 오늘 더 가는 것은 무리입니다. 저기 저 마을에서 하룻밤 신세 좀 지다가 갑시다."

개성 사람의 말은 힘이 없었다. 피난민들 모두 힘이 없었다. 그래서 그런지 대답하는 사람도 없었다. 그렇지만 피난민들은 조선청년단원들이 말한 대로 청진에 가면 서울 가는 열차를 탈 수 있다는 희망에 잠시도 발걸음을 멈추지 않았다. 피난민들은 개성 사람이 가리키고 있는 마을로 가고 있었다. 개울물이 흐르고 있는 곳에 대여섯 채의 집이 옹기종기 붙어 있는 작은 마을로 피난민들은 가고 있었다. 마을에 들어선 개성 사람을 비롯한 피난민들은 무조건 집 추녀 아래에 자리를 잡았다. 집주인들은 갑자기 부산스러워진 밖으로 뛰어 나왔다. 그러나 피난민들은 이렇다 저렇다 하는 말도 없이 주저앉아서 집주인의 얼굴을 쳐다보고들 있었다.

집주인들은 마당이며 헛간 그리고 집 추녀 아래 우르르 몰려 앉아 있는 피난민들을 보면서 얼굴색이 변하거나 굳어가고 있었다. 개성 사람은 집주인들을 잠시 쳐다보다가 입을 열었다.

"어제는 산에서 모두 잤습니다. 산이라 추웠고요. 아픈 사람도 있고 추녀 아래서라도 잠을 자야 할 것 같습니다. 여기서 오늘 밤만 묵을 수 있도록 해 주십시오."

개성 사람은 주위에 있는 식구들을 둘러보며 말했다. 그러자 주인들은 고개를 끄떡이며 대답들을 했다. 그렇지만 마음이 놓이지 않아 탐탁지 않은 얼굴들을 하고서 피난민들을 훑어보거나 곁눈질로 둘러보며 난색의 표정들을 짓고 있었다.

"아프다고 했는데 아픈 사람이 누굽니까?"

나이는 그렇게 들어 보이지 않는 젊은 남자가 개성 사람에게 물었다. 개성 사람은 창남을 손가락으로 가리켰다.

"독립군 투사이십니다. 왜놈들한테 고문을 심하게 당해 성한 곳이 한 군데도 없습니다. 약으로 살고 있습니다. 독립군 투사이십니다."

개성 사람은 독립군이라는 말에 힘을 주어 강조했다. 젊은 남자는 창남을 조심스럽게 보고 있었다. 그리고 말했다.

"이 마을은 빈촌이라 선생님을 모셔야 하는데 그럴 만한 곳이 없습니다. 괜찮으시면 제 방에서 주무시지요. 저는 어머니와 자면 됩니다."

젊은이는 창남이 반쯤 누웠던 몸을 일으키자 집 안으로 들어가 방으로 안내했다. 광자 어미는 믿기지 않는 고마움에 눈가에 눈물까지 고이고 있었다. 수십 명의 피난민이 집 추녀와 헛간 그리고 툇마루에서 잠자리를 만들고 있었다.

"여기서 청진까지는 얼마나 됩니까?"

개성 사람이 마을 사람들에게 물었다.

"먼 200립니다."

잠자리를 돕던 사람 중의 한 사람이 말했다. 하긴 나진에서 산 하나를 넘었으니 멀리 오지는 못하였다. 개성 사람은 싸리 울타리 하나 다음 집에 묵고 있는 창남에게로 갔다. 그리고 툇마루에 웅크리고 앉으며 담배를 피워 물면서 방안에 누워 있는 창남을 보고 있었다.

"독립군 선생, 200리랍니다, 청진이."

창남은 개성 사람의 말에 대답을 못 하고 누워 있었다. 그리고 남자들이 하나둘 모여들고 있었다. 마을 사람들도 창남이 독립군이었다는 말 때문인지 모여들고 있었다. 그러나 모깃불을 피우지 못했다. 언제 소련 비행기가 날아올지 모르는 데다가 어젯밤 그리고 오늘 아침에 있었던 폭격들을 생각하며 모깃불을 피우지 못하고 모기들과 싸우며 앉아들 있었다. 피난민들과 마을 사람들은 담배를 피워가면서 일본 사람들을 잡아가거나 일본 사람들을 향해서 폭격하는 말들을 하고 있었다. 그러면서 일본을 조선에서 몰아내느라고 그러는지는 모르겠으나 일본군은 물론 일본 사람들에게 무차별 공격하고 있는 소련이 어떻게 보면 조선을 침공하고 있는 것만 같다는 말들을 하면서 조선이 해방되었어도 일본에서 소련으로 바뀌는 해방이 되었다는 말들을 하고들 있었다. 주민들 그리고 피난민들은 말하면 할수록 두려움에 휩싸이고 있었다.

"나라 뺏고 나서 숟가락까지 뺏어 가면서 난리 치더니 결국 소련에 고스란히 넘겨주나 봅니다, 우리 조선을."

"더 두고 봐야 알아요. 지금은 일본 사람들 몰아내느라고 그러는지도 모르잖아요."

"모르긴 뭘 몰라? 이게 뺏긴 거지 뭐야. 남의 나라에서 총질하고 마음대로 폭격하는데 뺏긴 거지."

"에이 형님도···. 그건 일본 사람들한테만 그러는 거지 어디 우리한테까지 그래요?"

"그게 뺏겼다는 증거야. 일본에서 소련으로 바뀐 거야. 소련으로 넘어갔어."

주민들은 떠들어대고 있으나 피난민들은 담배만 피워 물고 있었다.

"홍의에서 부포 그쪽 두만강 가에서는 일본군들 씨도 없이 죽었대요."

"죄 죽여도 시원치 않아."

주민들은 일본이 망하고 있는 이야기를 밤이 깊도록 하고 있었다. 창남은 소련에서 붉은 소련 군인들과 청년들이 팔뚝에 붉은 완장을 두르고 몰려다니는 것을 보아왔기 때문에 지금 주민들이 이야기하는 것에는 흥미가 없었다. 소련은 사람이 사는 곳이라면 어디든 붉은 깃발이나 붉은 완장을 팔뚝에 두른 사람들이 설치고 다니고 있어서 그런 것에는 만성이 되어 있었다. 그러다보니 소련군이나 젊은 청년들이 조선 청년동맹이니 공산 혁명군이니 하는 이야기들이 새삼스럽지도 않을뿐더러 관심조차 없어서 잠이 들고 있었다.

"쉬었다가 가십시다."

창남의 숨소리와 움직이고 있는 몸이 곧 쓰러질 것만 같아서 광자 어미가 말했다. 그러나 창남은 개성 사람이나 피난민들이 한참 앞에서 가고 있는 것을 바라보면서 걸음을 멈추지 않고 있었다. 나주에서 기차를 탈 수 없었던 것이 못내 아쉽고 한스럽기까지 하지만 고향을 찾아가자니 그런 일들이야 있을 수 있지 않겠느냐고 생각하며 창남은 두 다리가 부러지라고 버둥거리며 걷고 있었다.

열차를 타려면 200여 리를 가야 하기 때문인지는 몰라도 피난민들은 길을 서두르고 있었고, 창남은 피난민들과의 거리가 차츰 멀어지고 있었다. 광자와 광자 어미는 일행들과 멀어지고 있는 것을 안타까워하면서 아픈 창남이 그래도 사력을 다해 걷고 있는 것이 고맙기만 했다.

광자의 발바닥은 피범벅이 되고 있었고, 머리에 짐을 이고 등에는 아들을 업고 있어서 광자 어미의 허리는 이미 부러진 것이나 다름없이 사달이 나 있었다. 개성 사람이 한참멀리 떨어진 곳에서 걸음을 멈추고 뒤돌아보았다. 그리고 창남을 향해 뭐라고 큰소리를 지르고 있었다. 소리를 지르던 개성 사람은 언덕 아래로 사라졌다.

창남은 광자 그리고 아들을 등에 업고 살림 보따리를 머리에 이고 허둥거리며 걷고 있는 광자 어미를 물끄러미 보고 있었다. 그러면서 세상천지에 홀로 떨어져 있었던 생각을 했다. 창남은 눈물이 솟고 있는 것을 겨우 참아내고 있었다.

개성 사람이 걸음을 멈추고 기다리고 서 있었다. 창남이 개성 사람이 기다리고 있는 곳에 도착하자 피난민들이 빈집에서 물을 마시고 허기진 배를 채우려고 불을 피우며 밥을 짓고 부산스럽게 움직이고들 있었다.

광자 어미는 도착하자마자 물을 마시고 늘어지고 있었다. 창남은 마당가 그늘에 몸뚱이를 내던지듯이 쓰러져 있었다. 광자도 창남 곁에서 일어나지 못했다. 그렇게 한참 쉬고 난 광자 어미가 사방을 둘러보고 나서 일행들과 조금 떨어진 언덕 아래 나무 그늘 밑으로 가서 돌 위에 솥을 올려놓고 밥을 짓기 시작했다. 광자가 절룩이며 나무를 주워다가 불을 피우고 있는 어미에게 주었다. 광자는 잠시도 쉬지 않고 태울 만한 것을 찾아서 다니고 있었다. 솥에서는 김이 오르기 시작했다. 광자는 피난민들이 밥을 먹고 있는 것을 보면서 땔나무를 주우러 다니고 있었다.

비행기 소리가 나고 있었고 비행기 소리는 가까워지고 있었다. 피난민들은 모두 둘러앉아서 허기진 배를 채우고 있었다. 난민들은 밥을 먹으며 하늘을 보았다. 비행기 소리는 차츰 가깝게 들렸다. 광자가 나뭇가지를 주우러 다니고 있었다. 창남은 아들의 손을 잡고 비행기가 시끄럽게 날아오는 것을 보고 있었다. 그리고 광자 어미가 음식 준비를 하는 그늘로 갔다. 그 순간 엄청난 폭음과 불기둥이 하늘로 치솟았다. 창남과 광자 어미는 밥솥과 함께 멀리 날아가 떨어졌다. 창남은 정신없이 기다가 뛰다가 뒹굴고 있었다. 광자 어미는 아들의 손을 잡고 멀리 달아나고 있었다. 폭탄 터지는 소리가 사라졌고 불기둥이 사라졌고 연기가 자욱하게 덮고 있었다. 광자 어미는 "엄마" 하는 소리를 듣고 광자를 찾았다. 광자는 없었다. 광자 어미는 "엄마" 하고 부르는 소리가 나는 곳으로 달렸다.

18
폭탄 속에서 살아 있는 광자

"엄마! 엄마! 엄마…!"

사정없이 부르는 "엄마" 소리를 들으며 연기가 자욱한 속을 향해서 광자 어미는 뛰고 있었다. 그러다가 "엄마" 하고 부르는 소리가 나지 않는 것을 광자 어미는 알아차렸다. 광자 어미는 불구덩이 속으로 뛰어들었다.

"광자야! 광자야!"

광자가 없다는 것을 알았다. "엄마" 소리가 들리지 않는 것을 알았다. 그리고 도랑에 처박혀 나뒹굴던 창남도 광자가 없다는 것을 알게 됐다. 폭탄이 떨어져 아수라장이 된 곳을 보면서 엄마를 부르고 있는 광자의 애끓는 소리를 창남도 들었다. 그러나 엄마를 찾던 소리는 들리지 않았다. 창남은 버둥거리며 몸을 일으켰다.

"엄마! 엄마! 엄마…!"

연기와 먼지 그리고 불구덩이 속에서 엄마를 찾는 소리가 다시 들려오고 있었다. 그리고 그 연기와 먼지 속에서 광자가 보이기 시작했다.

"광자야! 광자야! 광자야…!"

광자 어미는 불구덩이 속에서 손을 저으며 나오고 있는 광자를 향해서 달렸다. 광자는 엄마 가슴으로 뛰어들었고, 광자 어미는 광자를 가슴에 꼭 안고 통곡하며 쓰러지고 있었다.

"아버님! 고맙습니다."

한참 후 광자 어미는 광자를 부둥켜안고 하늘을 향해 큰소리로 울부짖고 있었다.

폭탄 먼지가 사라지고 폭탄 연기가 사라지면서 폭격 맞은 곳이 드러나고 있었다. 불타고 있는 것들이 사방에 흩어져 있는 속에 움직이는 사람들은 한 사람도 없었다. 창남과 광자 어미는 처참한 구덩이와 사방에 흩어져 죽어 있는 사람들을 멀거니 보고 있었다. 그리고 살아 있는 사람이 없다는 것을 알았고 폭탄 구덩이와 기둥 조각들이 흩어져 불에 타고 있거나 연기를 내뿜고 있는 것을 보면서 안타깝게도 숨을 거둔 사람들을 보면서 창남은 땅바닥에 뒹굴고 있는 긴 나무를 주워 지팡이로 짚고 서 있었다. 그리고 개성 사람과 피난민들을 떠올리며 광자의 손을 잡고 살림살이들을 주워 보자기에 싸고 있었다. 창남과 광자 어미는 하늘을 쳐다보고 또 쳐다보면서 청진을 향해 먼 발길을 내딛기 시작했다. 그리고 질긴 운명과 질긴 목숨을 생각하면서 반드시 고향에 돌아갈 것이라 결심했다. 상처 하나 입지 않은 창남과 광자 그리고 광자 어미는 아들의 손을 잡고 폭탄 터진 곳에서 멀어지고 있었다. 광자는 천에 싸인 것을 손에 들고 있었다.

"그게 뭐냐?"

"몰라."

광자는 어미가 묻는 말에 대답을 안 하고 있었다. 광자도 아직 풀어보지 않았으니 들고 있는 것이 무엇인지 알지 못하고 있었다. 광자 어미는 더 이상 묻지 않았다. 광자 어미는 비틀거리며 걷고 있는 창남을 따르며 당장 먹을 것을 걱정하고 있었다. 200리나 되는 청진까지 가려면 며칠이 걸릴지도 모르겠고 당장 창남이 먹던 한약도 모두 잃었으니 앞날이 막막하고 캄캄하기만 해서 광자 어미는 온몸에 힘이 모두 빠지고 있었다.

"참…."

창남은 개성 사람이 참변을 당하고 나면서 "참" 소리를 하고 있었다. 조금 전만 해도 함께하던 사람들이 한순간에 유명을 달리하는 것을 보고 창남은 입에서 "참" 소리만 터져 나왔다. 창남은 버둥거리고 있었고, 버둥거리며 앞을 향해 가고 있었다.

창남은 개울물이 흐르는 것을 보고 계곡으로 내려갔다. 그리고 두 손으로 물을 떠서 몇 모금 마셨다. 그런 다음 겉옷을 벗으면서 물속으로 들어갔다. 광자와 광자 어미도 그리고 등에 업혀 있는 아들아이도 물속으로 들어갔다. 광자 어미는 광자가 가지고 있는 손수건으로 싸여 있는 것을 풀어보자고 했다.

"그것 풀어 봐라, 얼굴 닦게."

광자는 어미의 말에 손수건을 풀었다. 그런데 안에 또 손수건으로 뭐가 싸여 있었고, 광자는 그 손수건을 풀어 어미에게 보여주었다.

"엄마 이거…."

광자 어미가 돌아다보며 눈이 휘둥그레지고 있었다.

"세상에!"

광자 어미는 광자가 들고 있는 것을 보면서 비명을 질렀다. 광자 손에 들려있는 것은 금반지에 목걸이 그리고 금팔찌와 돈이었다.

"이게 웬일이니?"

"엄마 찾아서 기어가고 있었어. 그런데 아줌마가 잡더니 줬어."

"세상에!"

광자 어미는 개성 아줌마를 떠올리고 있었다. 그리고 광자 어미는 광자 손에서 패물과 돈을 넘겨받았다. 광자 어미는 치마를 들추고 무릎 위 허벅지에 동여매어 있는 것을 끌렀다. 그런 다음 허벅지에서 꺼낸 것을 무릎 위에 올려놓고 풀었다. 광자 어미는 소련 돈과 패물을 단단히 싼 다음 허벅지에 다시 동여맸다. 창남은 그러는 광자 어미를 보고난 다음 아무 소리도 하지 않고 있었다. 광자 어미 또한 하는 말이 없었고, 조금 덜어낸 돈을 저고리 옷섶에 집어넣고 있었다. 광자 어미는 아들을 업고 앞서서 걷기 시작했다. 광자 어미는 광자의 손을 꼭 잡고 걷고 있었다. 폭탄이 터졌을 때 어린것을 버리고 도망친 것이 죄스럽고 마음 아파서 광자 어미는 광자의 손을 놓지 못하고 오래도록 걸어가고 있었다.

광자 어미는 긴 나무때기에 몸을 기대며 비척거리며 걷고 있는 창남을 보면서 폭격 속에 죽어간 사람들을 떠올리고 있었다. 그리고 그 폭격 속에서 살아 돌아온 광자를 내려다보면서 왠지 모를 눈물을 자꾸만 흘리고 있었다. 산을 넘으며 마을이 나타나기를 광자 어미는 간절히 바라며 걷고 또 걷고 있었다. 광자 어미는 급했다. 마음이 급해져서 그런지 마을은 쉽게 나타나지 않았고, 종일 굶은 배는 허기가 져서 걸을 수가 없었다. 그러나 지금은 깊은 산중이고 폭격이 있고 난 후로는 피난민도 눈에 띄지 않았다. 광자 어미는 어떻게든지 살아야 한다는 생각을 하면서 마을을 찾아 힘이라고는 조금도 남아 있지 않은 다리를 계속해서 움직이고 있었다. 그래서일까. 마을이 눈에 들어오고 있었다. 광자 어미는 창남에게 소리쳤다. 애들과 천천히 오라고 소리치고 마을을 향해서 달려가고 있었다. 광자 어미는 넘어지고 쓰러지기를 반복하면서 마을에 도착하자 마당으로 뛰어들어갔다.

"저, 주인 계세요?"

광자 어미는 집 안으로 들어가면서 주인을 불렀다. 그러나 누구도 대답하는 사람이 없었다. 광자 어미는 다시 부르고 또 불렀다. 광자 어미는 아무도 대답하지 않고 볼 수가 없자 모두 일하러 들로 나간 것만 같아서 실망과 허기에 지쳐 물을 먹을 수 있는 곳을 찾아 두리번거렸다. 그때 열려 있는 방문에서 사람이 움직이며 할머니가 얼굴을 내밀었다.

"안녕하세요? 고향 가는 길인데 오다가 폭격을 맞아 다른 사람들은 다 죽고 겨우 우리만 살아왔는데 먹을 게 없어서 그럽니다. 혹시 먹을 것을 구할 수 있겠는지요?"

할머니는 마루에 서서 광자 어미를 살피고 있었다.

"곡식을 사려면 읍내 나가야 해."

"읍내요? 먼가요?"

"십 리는 가야 해요."

광자 어미는 주인 할미의 말에 더 이상 몸을 지탱할 수 없어서 마루에 주저앉았다.

"할머니 물 좀 조금 주세요."

광자 어미가 몸을 못 가누고 있자 할머니 부엌으로 들어가 물을 떠가지고 나왔다. 광자 어미는 물그릇을 받자마자 마셔댔다. 그리고 다시 물을 부탁했다.

"고맙습니다. 지금 길에 어린것들과 애 아범이 오고 있습니다."

광자 어미는 할머니에게 말하면서 곡식을 조금만 팔 것을 부탁했다. 그러나 주인 할머니는 팔 것이 없다고 말했다. 광자 어미는 물바가지를 들고 쓰러질 듯 휘청거렸다.

"왜 그러슈? 그대로 가다간 쓰러져 죽을 것 같소. 내 우리 먹을 것 내오리다. 잠깐 계셔."

주인 할머니는 말을 마치자 급히 부엌으로 들어갔다. 그리고 대나무 소쿠리에 담겨 있는 보리밥을 퍼런 열무김치와 소반에 담아 들고 나왔다. 주인 할머니는 소반을 마루에 놓고 광자 어미를 보면서 말했다.

"어서 아이들 데려와 먹이세요."

주인 할머니 말에 광자 어미는 밖으로 나갔다. 그리고 창남과 광자, 아들을 데리고 들어왔다. 소반에 있는 밥과 김치는 삽시간에 사라졌다. 주인 할머니는 부엌으로 들어가 김치 그릇을 들고 나왔다.

"이것밖에 먹을 게 없어."

"아이고! 할머니, 잘 먹었습니다. 청진에 가면 서울 가는 기차를 탈 수 있다고 해서 청진 가고 있습니다. 고향은 충청도 홍성입니다."

광자 어미는 양식과 창남의 약을 사고 싶은 마음 때문에 마음이 급해지고 있었다. 주인 할머니는 그런 광자 어미를 보면서 더듬거리듯이 느린 말소리를 시작했다.

"일본이 망했다는 말을 들었어요. 요즘은 그런 소리밖에는 없으니까. 기차 얘기는 듣지를 못했는데 일본이 망했다니 다행이지 뭐유. 주인 영감이 지금 들에 갔어요."

할머니는 눈을 껌벅거리면서 어렵게 뭔가를 생각하면서 광자 어미에게 말했다. 그리고 다시 말했다.

"바깥분이 말이 아닌데 가더라도 좀 쉬었다가 가야 할 것 같으오. 아이고! 이 어린것들 …."

할머니는 광자의 땀투성이 얼굴을 보더니 가여워하면서 머리를 쓰다듬으며 말했다.

"조금 있으면 영감 올 때가 되었어요. 서울 가는 게 급한 게 아니라 좀 쉬는 게 급해 보이오. 그리 눕고 쉬시오."

할머니는 금방이라도 쓰러지면 그만일 것만 같은 창남과 광자 어미 그리고 광자를 둘러보면서 말했다. 광자 어미는 마루에 앉은 채 일어나지도 못했다. 창남도 그랬고 광자는 주인 할머니 곁에 가만히 앉아 있었다. 그리고 애기풀 물을 발바닥에 바르고 있었다.

할머니는 광자의 발바닥을 들여다보고 있었다. 그리고 광자의 발을 살며시 들어 보고 있었다. 지게를 짊어진 노인이 들어오고 있었다. 노인은 들어오며 마루에 앉아 있는 창남과 광자 어미 그리고 광자를 보면서 지게를 내려놓으며 할머니를 보고 있었다.

"고향에 가시는 분들인데 폭격에 다른 사람들은 다 죽고 이분들은 용케 살았대요."

할아버지는 할머니의 말에 일어나 서 있는 창남과 광자 어미를 보고 있었다.

"앉으시오."

할아버지의 말에 창남은 주저앉고 있었다. 뼈만 앙상한 창남은 걸어야 할 때만 아니라면 앉아 있든지 아니면 누워 있었다.

"저 위 싸리골에 폭격하더니만 그분들이신 모양이군."

할아버지는 반색했다. 그리고 신통한 물건이라도 보는 듯이 창남의 식구들을 둘러보았다. 광자 어미가 몸을 움직여 주인 할아버지가 마루로 오르시도록 구석진 자리로 가서 앉았다.

"그대로 앉아 계시오. 그리고 보니 천운을 탄 분들이 우리 집에 오셨구먼. 그냥 편히들 앉아 계시오. 어려워들 마시고."

할아버지는 툇마루에 걸터앉으며 말했다. 그러면서 다시 말했다.

"천명이란 타고 난다는 말이 틀린 말이 아닌가 보오. 천명이오. 댁내들, 사람들 말로는 모두 참변을 당했다고 하던데…"

주인 할아버지는 믿기지 않는 지 두 눈을 창남의 식구들에게서 떼지 못했다.

"애 아범이 몸이 시원치 못해서 저희는 다른 사람들보다 그 곳에 늦게 갔어요. 그리고 늦게 간데다가 마당이 좁아서 마당 아래 나무 그늘이 있는 곳에 자리 잡고 밥을 짓는 사이에 비행기가 폭격했어요. 저희는 언덕 아래에 있는 바람에 산 것 같습니다. 그 바람에 함께 오던 세 집 식구들은 화를 당했어요. 우리만 살았고요."

광자 어미는 주인 할아버지가 신통한 눈으로 보면서 모두 죽었다는 말에 미덥지 않게 보는 것 같아서 폭격 당시의 이야기를 했다.

"그게 천운이오. 다른 게 아니고. 응, 그 집 마당 아래 샘이 있어. 거기서 있었구려."

"예."

창남이 대답했다. 그러자 주인 할아버지는 창남을 향해 고개를 돌렸다.

"소련 비행기가 이상하다 싶으면 폭격하나 봅니다. 일본 사람인 줄 알고 폭탄 터트린 걸 거요. 잘못 알고."

"예."

주인 할아버지는 창남을 보면서 말했다. 창남은 그런 주인 할아버지가 말하는 대로 대답했다.

"그 바람에 비행기 소리만 나면 숨고 그래요."

"어디에서들 오시는 길이오?"

"아오지 오봉요."

"아오지 오봉요? 예까지 걸어서 오셨소?"

"예."

주인 할아버지는 광자 어미를 쳐다보았다. 그리고 이내 창남을 쳐다보고 다시 광자를 보고 있었다.

"걔 발바닥 좀 보시구려."

주인 할머니가 광자가 발바닥이 기막혀서 영감을 향해 말했다. 주인 할아버지는 할머니 말에 광자의 발바닥을 내려다보았다. 그리고 광자 어미를 향해서 입을 열었다.

"가시는 곳이 어디오?"

"홍성유. 충남."

광자 어미의 대답에 주인 할아버지는 가만히 앉아서 광자의 얼굴을 한참 동안 보았다.

"그럼 기차를 타셔야 하겠소. 어제 마을에서 들으니 철원 가는 기차가 있다고 하던데 철원에 가면 서울 가는 기차가 또 있지 않을까 싶소. 우리 아들애가 저녁에 들렀다가 가니 기다려 보소. 아들애 오면 물어봅시다."

창남이와 광자 어미는 가슴이 싸하게 소용돌이가 일고 있었다. 철원 가는 기차라는 말에 광자 어미는 울컥해졌다.

"나주에서요?"

광자 어미가 물었다.

"예, 나주에서요. 아들애가 올 동안 좀 쉬시오. 할멈, 이분들 뭣 좀 드려요."

주인 할아버지는 할머니를 향해서 말했다.

"벌써 주셔서 잘 먹었습니다. 이 은혜를 어떻게 갚아야 할지 모르겠습니다."

주인 할아버지는 광자 어미의 말에 고개를 끄떡였다. 그러다가 창남을 보면서 말했다.

"몸이 많이 편찮으신 듯싶은데 오봉에서 오셨으면 탄광에서 일하였겠군요?"

주인 할아버지는 창남의 눈치를 살피면서 물었다. 그러자 창남은 숨을 몰아쉬고 난 다음 입을 열었다.

"만주 200부대 징용으로 갔어요. 가기 전에 잠시 아오지 오봉에 머물렀습니다. 그때 잘 알지를 못해서 소장 말만 믿고 식구들을 오라고 해놓고 만주로 가는 바람에 식구들은 오봉에 있게 되었습니다."

주인 할아버지는 창남의 말에 고개를 끄떡이며 듣고 있었다.

"징용으로 끌려 다니셨군."

"예."

창남은 주인 할아버지의 질문에 잠시 눈을 감았다 뜨고 물을 마셨다. 그리고 다시 말을 이었다.

"200부대를 탈출해 청산리 독립군에 있다가 러시아로 가서 어부 생활을 했어요. 그러다가 식구들 만나러 아오지에 갔다가 일본군에 잡혀서…. 함흥형무소에서 해방 맞았어요. 11개월간 갇혀 있었어요."

창남은 지푸라기라도 잡고 싶은 마음에 묻지도 않는 이야기를 늘어놓고 있었다. 그러자 주인 할아버지와 할머니는 창남에게서 눈을 떼지 못하고 있었다. 주인 할아버지는 창남을 보면서 얼굴이 굳어가고 있었다. 그리고 낮은 목소리로 물었다.

"그럼 독립군…?"

"예."

19
살기 위해 독립군 이야기를

창남은 주인 할아버지의 군은 얼굴을 보면서 숨을 크게 들이켜고 있었다. 창남은 주인 할아버지가 혀를 차는 소리를 듣고 있었다. 그리고 오늘은 다른 때보다 숨이 차고 있어서 말하기가 몹시 힘들었다. 그러나 더 이상 걸을 힘도 없는 데다가 눕고만 싶어서 주인 노인들에게 환심을 사고 싶어서 묻지 않아도 창남은 말했다.

"조사받으며 많이 죽어 나갔습니다."

"그렇겠지. 왜놈들이야 조선 백성 죽이면 죽일수록 대우를 받아. 그놈들 나라에서. 조선 씨를 말리려 한 놈들이야."

주인 할아버지는 손을 저으며 소리 지르고 있었다.

"잘됐소, 독립군 양반. 아들애가 몹시 좋아할 거요. 내 사촌 동생도 독립군이었소. 죽었지."

주인 할아버지의 말소리는 격해지고 있었다.

"이러지 마시고 아들애 올 동안 편히 쉬십시다. 선생은 하늘이 돕고 있는 분 같소. 폭격도 비켜갔으니. 피로도 풀 겸 시원하게 씻으시오. 아들애 올 동안."

창남은 주인 할아버지의 말을 들으며 광자 어미를 보았다. 광자 어미는 샘으로 가 세숫대야에 물을 받아 놓고 있었다. 그러자 주인 할아버지는 할머니에게 말했다.

"감자 좀 쪄서 먹읍시다. 애가 밤이나 되어야 오니 옥수수랑 감자 찌세요. 먹으며 기다리게. 밥도 하시고."

할아버지 말에 할머니는 부엌으로 들어갔다. 그리고 감자를 가지고 나와 껍질을 까기 시작했다.

창남은 샘으로 가서 손을 씻고 세수를 하면서 광자 어미가 씻겨주는 대로 몸을 씻고 있었다. 당장에라도 숨이 넘어갈 듯 앙상한 창남의 몸은 광자 어미를 애타게 하고 있었고, 청진은 물론이고 고향 홍성까지 갈 수는 있을까 싶어 마음을 불안하게 하고 있었다.

창남은 비행기 소리를 듣고 있었다. 그리고 비행기가 이쪽으로는 오지 않기를 바라면서 마루로 올랐다. 소련 비행기가 일본군들을 제압하기 위해서 뜨는 것으로 알고 있지만, 막상 폭격을 당하고 함께 있던 사람들이 모두 죽은 것을 보고 나서는 무섭기만 했다. 주인 할아버지는 창남의 창백한 얼굴에서 핏기를 찾지 못하고 있었다. 할머니가 감자와 옥수수를 쪄서 가지고 나왔다. 주인 할아버지와 할머니 그리고 광자네는 감자를 먹으며 아들이 오기를 기다렸다. 창남의 상한 몸에서 주인 할아버지 눈은 떨어지지 않고 있었다. 창남은 감자 하나를 들고 하늘을 수없이 쳐다보면서 먹고 있었다.

"이럴 게 아니라 방으로 들어가 아들애가 올 동안 누우시오."

주인 할아버지는 더 이상 창남이 힘들어하는 것을 볼 수가 없었는지 누워 있으라고 했다.

"고맙습니다."

광자 어미는 대답하고 나서 창남을 보았다. 그리고 창남이 일어나 방으로 들어가기를 바라고 있었다. 주인 할아버지는 창남과 광자 어미가 망설이고 있는 것을 보면서 다시 말했다.

"들어가 눕도록 하세요. 어지간하면 이야기나 하시라고 하겠지만 걱정하지 말고 누우세요."

주인 할아버지는 창남의 마음을 안심시키고 있었다. 그러자 광자 어미가 일어나 창남을 방으로 부축해 들어가 눕혔다. 피난 생활이라는 것을 해본 적이 없는 할아버지와 할머니이지만 사람에게 있어서 곤경이라는 것은 누구에게나 있기 마련인 것이고 보면 지금 창남의 고달픔은 동정의 여지가 없다고 보겠다. 광자 어미는 광자도 창남 곁에 눕히고 아들도 눕혔다. 주인 할아버지는 샘가에서 낫을 갈고 있었다. 창남이 잠들면서 하늘에서 비행기 소리가 들리고 있었고, 그리 멀지 않은 곳에서 폭격 소리도 들려오고 있었다. 해는 서산으로 기울고 있었다. 광자 어미는 한숨 자고 일어난 창남에게 귓속말을 했다.

"날이 저물었는데 어쩌지요?"

창남은 대답을 못 했다. 그러다가 작은 소리로 속삭였다.

"아들을 만나라고 했으니 그냥 있어 봅시다."

창남은 말하고 나서 잠들어 있는 광자 얼굴을 들여다보았다. 게딱지처럼 군은 발바닥이 터지거나 갈라진 곳으로 피가 흐르다가 말라붙은 발바닥을 창남은 보고 있었다. 광자 어미는 광자를 흔들어 깨웠다.

"더 자게 그냥 두시오."

주인 할머니가 광자를 깨우고 있는 광자 어미를 말렸다. 그러자 주인 할아버지가 말했다.

"아들애가 올 시간이 됐어요. 그리고 오늘은 우리와 묵으시고 아들애가 말하는 대로 하면 고생이 덜 될 겁니다. 맘 편히 가지시오."

광자 어미는 광자를 깨우다 말고 할아버지의 말에 귀를 기울이고 있었다.

"부담스러워하지 마시고 아들애 만나 보세요. 아기 발바닥이 말이 아닙니다."

창남은 주인 할아버지의 말에 대답을 못 했다.

"아들애가 꼭 와서 둘러보고 갑니다. 두 늙은이 염려가 돼서 꼭 옵니다. 말 타고 와."

주인 할아버지의 말에 창남은 광자 어미를 보았다. 아들이 말 타고 들린다는 말에 조선청년단원이라는 것을 알 수 있었고, 말을 타고 온다고 하니 직급이 높은 단원 같은 느낌이 들었다. 창남은 주인 할아버지에게 감사의 말을 했다.

"고맙습니다."

창남은 말하고 나서 주인 할아버지의 아들이 직급이 높은 사람이라면 어쩌면 기차를 탈 수가 있을 것이라는 생각이 들었다. 창남은 숨소리가 커지고 있었다. 창남은 잠시 하늘을 보면서 조용히 앉아 있었다. 광자 어미는 부엌에서 할머니를 돕고 있었다.

창남은 주인 할아버지 내외와 저녁을 먹었다. 그러면서 아들이 오기를 기다리고 있었다. 아들은 밤이 깊어도 오지 않고 있었고, 아침이 되었어도 아들은 오지 않았다. 창남은 청진까지 갈 생각에 주인 할아버지 내외가 잡고 있어도 길을 떠나고 있었다. 주인 할아버지 내외는 창남의 길을 막으며 아들애가 이런 적이 없었으니 속는 셈 치고 조금만 더 기다려 보자고 잡고 있었으나 청진까지 갈 생각과 일이 잘못되어 열차를 타지 못하면 큰일이라는 생각에 부득이 길을 떠나고 있었다.

"그럼 이렇게 합시다. 그사이에라도 우리 애가 올지 물으니 속는 셈 치고 나진으로 갔다가 우리 애를 못 만나면 다시 이리 오시거나 청진으로 가시도록 합시다. 쉬운 방법을 두고 왜 부득이 힘들게 가시려고 하시오. 내 말대로 합시다."

주인 할아버지는 아들애가 오지 않은 것도 이해할 수가 없었고, 창남의 몸으로는 청진까지 간다는 것이 무리이기만 해서 도와주고 싶었다. 그렇지만 창남은 주인 할아버지의 간절한 부탁을 뒤로하고 청진을 향해 긴 나무때기에 몸을 의지해서 길을 나서고 있었다. 창남은 걸으며 생각했고 생각한 것을 광자 어미에게 말했다.

"혁명군이라고 하는 사람들이 중국에서 판치는 거 봤어."

"아들이 기차를 탈 수 있게 해주기만 하면 되잖아요."

창남은 아쉬워하는 광자 어미의 말소리를 흘리며 계속해서 비틀거리고 있었다.

"안 그래. 그 사람들은 자기들이 하고 싶은 대로 해. 그렇지 않으면 잡아가고."

"잡아가요? 그럼 그 팔뚝에 붉은 완장을 찬 사내들 말이에요? 오봉에서 몇 번 봤는데."

창남은 광자 어미의 말을 듣다가 러시아에서 붉은 군대가 백성들을 지배하고 있는 것을 생각하며 혹시 노인의 아들이 그런 사람들과 다름없다면 노인의 말을 듣지 않은 것이 옳을 수도 있다고 생각했다. 창남은 발이 아파 걷지 못하는 광자 손을 잡고 부지런히 걷고 있었다. 창남은 청진을 향해서 산길이며 들길이며 가리지 않고 걸었다. 창남은 더위가 턱까지 오르고 있자 계곡 물로 목을 축이고 얼굴을 씻고 나서 광자 어미에게 말했다.

"노인 아들이 뭘 하는지 물어 보려다가 말았어."

창남은 노인의 말에 미련이 있는지 아쉬운 얼굴을 했다. 그도 그럴 것이 나진에서 철원까지 가는 열차를 탈 수 있도록 말해보겠다던 말이 빈말이라 하더라도 미련이 남지 않을 수 없었다. 광자 어미는 아들애에게 젖을 물리고 있으면서 대답을 하지 않고 있었다. 창남이 그동안 많은 고생을 하면서 사람들을 믿지 못하는 성격과 두려워하는 성격이 심하게 두드러지고 있었다. 아들애가 젖을 다 먹고 나자 광자 어미는 아이를 등에 업었다. 그리고 일어나 걷기 시작했다. 창남은 신작로를 두고 산길을 걸었다. 창남이 걷고 있는 산 아래에서는 황토 흙먼지를 일으키며 소련군 트럭들이 줄지어 지나가고 있었다. 창남과 광자 어미는 황토 흙먼지가 일어나고 있는 신작로를 보면서 청진을 향해 쉬지 않고 발걸음을 옮겨놓고 있었다.

"일본이 항복했는데 나라가 조용하지를 않아."

창남이 중얼거렸다.

"죽은 사람들이 그랬잖아요. 소련이 대신 쳐들어왔다고요."

광자 어미의 말에 창남은 먼지가 일고 있는 신작로를 보면서 산길을 부지런히 걷고 있었다.

"일본이 항복했는데 왜 그런가?"

창남은 생각했다. 그리고 계속해서 중얼거리고 있었다. 그런 창남을 보면서 광자 어미는 신작로로 가다가 양식과 반찬거리를 사고 싶은 생각을 했다.

"일본군이 어딘가 숨어서 있나 봐요. 그러니까 소련군이 저렇게 난리를 피우고 있지요. 안 그러면 왜 저렇게 난리겠어요?"

광자 어미는 말하면서 400리도 넘는 길을 며칠째 걸어왔는데 앞으로도 몇백 리를 더 걸어야 한다는 생각에 눈앞이 캄캄하기만 했다. 광자 어미는 가던 길을 멈추고 등에 업은 아들과 광자의 손을 꼭 잡고 멀리 고향이 있는 하늘을 보고 있었다.

"왜 그래?"

"죽으나 사나 나진으로 갈 걸 그랬나 봐요. 속는 셈 치고. 봐요."

광자 어미는 나진으로 가지 않은 것이 잘못된 것만 같아서 아쉬워했다. 그러나 창남은 어제 나진에서 조선청년단원들에게 들은 말들을 되새기며 오늘 가도 별수가 없고 한 발짝이라도 손해만 본다는 생각을 했다. 그러나 저러나 나진이든 청진이든 가야 한다는 생각에 광자 어미의 마음은 무거워지고 있고 발걸음은 떨어지지도 않는 것을 움직여대고 있었다. 창남은 말없이 한참 동안 걷기만 했다. 그러다가 무슨 생각이 났는지 광자 어미를 물끄러미 쳐다보았다.

"신작로로 가야 하려나 봐. 사람이 없으니까 후미지네."

창남은 멈춰 서서 이쪽저쪽 산길을 보고 있었다.

창남과 광자 어미는 광자의 손을 잡고 멈췄던 발걸음을 다시 사람들이 있고 마을이 있는 신작로로 옮기고 있었다. 그리고 신작로로 들어선 창남과 광자 어미는 한동안 마을 사람들을 보고 있다가 뛰어다니고 있는 여자아이에게 마을에 무슨 일이 있느냐고 물어봤다.

"마을에 무슨 일 있니? 잔치하니?"

"아니요. 해방됐잖아요. 해방요."

"해방? 해방된 지 며칠 되었는데 너희 마을은 이제 잔치하나 보구나?"

"예."

여자아이는 뛰어놀고 있었다. 창남이와 광자 어미는 마주 보았다. 그리고 이제야 해방의 경축 잔치를 하는 마을을 쳐다보고 있었다.

"해방, 벌써 되지 않았습니까?"

창남이가 묻자 사람들은 창남과 광자 어미 그리고 광자까지 두리번거리며 보면서 지껄여대고들 있었다.

"아, 우리 마을은 그럴 사정이 있었습니다. 그런 거 차차 아셔도 되니 가셔서 드세요. 고향 가시는 분들인가 본데 저기 고향 가는 분들 여럿 있습니다."

창남은 마을 사람의 말을 듣고 음식이 있는 곳으로 움직였다. 그리고 음식상 앞에 앉아 음식을 먹기 시작했다. 광자 어미도 광자도 아들까지 음식을 먹기 시작했다. 창남은 마을 사람들을 보았다. 해방 잔치라지만 마을 사람들의 행동을 볼 때 꼭 그런 것만 같지가 않았으나 창남은 마을 사람이 말한 대로 잠자코 음식이나 먹고 있었다.

"이분들은 어디서 왔소? 사태골에서 왔소? 아, 보아하니 고향 가시는 양반들이구려. 많이 드시고 가시구려."

창남은 마을은 그리 크지 않은데 마을 사람들이 모두 경사스러워하는 것을 보고 해방된 것 말고 다른 경사스러운 일이 있는 것만 같은 느낌을 받고 있었다. 그러나 마을 사람이 말한 대로 마을의 경사와는 상관없이 음식을 배가 부르도록 먹고 있었다. 창남은 광자 어미가 일어나는 것을 보면서 오랜만에 음식을 배부르게 먹은 것에 한없이 기분이 좋아지고 있었다.

"고향이 어디슈?"

창남은 말소리에 고개를 돌렸다. 그리고 어깨 너머에 서 있는 남자들을 쳐다봤다.

"홍성입니다."

"멀리 가시는군요. 난 원줍니다. 많이 드세요."

함께 서서 창남을 보고 있는 사람들은 고개를 끄떡이고 있었다. 창남은 그들이 같은 피난민이라는 것을 알고 반가웠다. 원주라고 한 사람과 함께 서 있는 사람들은 모두 가족이 없는 것 같았다. 그들은 그늘로 가서 담배들을 피우고 있었다.

"청진에서 만납시다. 우리 먼저 가겠습니다."

원주라고 하던 사람이 창남을 향해 소리쳤다. 그리고 함께 있던 사람들과 신작로로 들어서서 가고 있었다. 창남은 그 사람들을 보고 나서 그늘로 몸을 움직였다. 그리고 마을을 보면서 생각했다. 마을이 부촌이 아닌데 길 가는 사람들까지 불러서 음식을 먹여 보내는 것을 보면서 해방의 기쁨보다 더 기쁜 일이 무엇인가 생각을 하면서 신작로로 눈을 돌리고 있었다.

광자 어미는 이마에 흐르는 땀을 옷소매로 닦아내면서 아들의 얼굴도 닦아주었다. 창남은 남쪽 하늘을 한참 바라보고 나서 광자가 발바닥에 애기풀 물을 바르고 있는 것을 물끄러미 보고 있었다. 기찻길에는 기차가 다니고 있고 신작로에는 차들이 다니고 있는데 왜 기차도 탈 수가 없고 차를 탈 수가 없는지 광자 어미는 한탄하면서 기찻길과 신작로를 번갈아 보고 있었다. 그러면서 나진에서 기차를 탈 수 없다는 소리를 들었고 쫓겨났어도 할아버지 말을 듣지 않은 것이 못내 아쉽고 섭섭하기만 했다. 자신도 건강하지 못해 걸을 수도 없고 어린 광자와 아들아이 때문인지 창남이가 한없이 밉고 섭섭하기만 했다. 그러면서 남들처럼 활발한 것을 한 번도 본 적이 없는 데다가 뒷전에서 눈치나 보고 있는 창남이 너무도 원망스럽기만 했다. 광자 어미는 아들아이를 들쳐 업었다. 그리고 광자에게 말했다.

"광자야, 어서 가서 곡식 사고 발 아프지 않은 신발 있나 보자."

광자는 어미의 말에 고무신을 신었다. 그리고 창남의 얼굴을 보면서 일어나기를 기다리고 있었다. 창남은 긴 나무 지팡이를 짚고 몸을 일으켰다. 그리고 앞서가고 있는 광자 어미를 따라 광자와 나란히 절뚝거리거나 비척거리며 발짝을 떼어놓고 있었다. 철길과 신작로 사이로 흐르고 있는 개울을 따라 광자 어미는 보따리를 머리에 이고 아들을 업은 채 둑길을 걷고 있었다. 광자 어미가 밭을 매고 있는 할머니에게 물었다.

"저, 할머니! 곡식하고 뭣 좀 사려고 하는데 그런 거 파는 가게 어디 가야 있어요?"

광자 어미는 말해놓고 얼굴에 땀을 훔치고 있는 할머니를 보았다.

"장에나 가야 해. 장밖에는 없어."

"장이 어디 있어요?"

"저 산 너머에 있어."

할머니는 말하고 나서 다시 밭을 매고 있었다. 광자 어미는 할머니가 가리키던 산을 바라봤다. 그리고 다시 할머니에게 물었다.

"가다가 마을은 없어요?"

"그 길로 쭉 가면 나와."

창남이 약을 못 먹은 지 며칠 된데다가 요즘 부쩍 허약해지고 힘들어하고 있기 때문에 광자 어미는 마음이 급해지고 있었다. 광자 어미는 할머니가 말하던 산을 보면서 숨이 막혔다. 창남은 피난민들이 가끔 눈에 띄는 것을 보면서 죽은 개성 사람들과 함께 가던 때를 생각했다. 개성 사람과 있었을 때는 힘들어도 힘든 줄 모르고 있었고, 고생이 되어도 고생을 몰랐는데 함께 가는 피난민도 없고 보니 답답하고 막막하기만 해서 수없이 멀기만 한 청진이 있는 하늘만 바라보고 있었다. 광자 어미는 숨을 쉴 수가 없었다. 광자 어미는 뜨거운 뙤약볕을 피할 나무 그늘을 찾았다. 그리고 나무 그늘을 향해 부지런히 두 발을 움직였다.

"아까 그 마을이 독립군 때문에 그런 거 아니에요? 그런 거 같던데, 눈치가."

창남은 광자 어미 말에 대답하지 않고 흐르는 물을 보면서 눈을 껌벅였다. 그러면서 그런지도 모르겠다는 생각을 했다. 해방이 되었다고 해서 모든 마을이 잔치하고 있지 않은 것을 보면 그 마을에는 뭔가 있을 것만 같은 생각이 들기도 했다.

"알아볼걸 그랬어요."

광자 어미는 아쉬워하는 말투를 남기며 묻지 않았던 것을 후회했다. 광자가 발바닥에 애기풀 물을 다 바르고 나자 광자 어미는 다시 떠날 준비를 했다. 창남은 앞서서 가고 있는 광자 어미 뒤에서 비척거리며 따라갔다. 그리고 그 마을이 광자 어미 말대로 독립군이 돌아와서 잔치를 벌이는 것인지도 모른다는 생각에 광자 어미 말대로 묻지 않은 것이 아쉬워졌다. 광자 어미는 밤이 늦어도 오늘은 장터까지 가야 한다는 생각에 정신없이 두 발을 내딛고 있었다. 그리고 잠을 자고 오늘은 장터에서 잘 것이라는 생각을 하면서 창남과 광자가 뒤따라오고 있는 것을 자꾸만 뒤돌아보고 있었다.

창남은 흙먼지를 일으키며 달려가고 소련군 트럭들을 보면서 일본이 항복했고 일본군이 공격하지 않는데 무엇 때문에 소련군들이 폭격하고 일본군들을 잡아가는지 알 수 없다는 생각을 하면서 죽은 개성 사람들을 그리워하고 있었다. 그러면서 일본이 그동안 조선 사람들을 짐승 다루듯이 했고, 중국은 물론이고 미국 그리고 소련까지 침공했는가 하면 몇 번의 전투에서 모두 패한 것에 대한 앙갚음으로 소련이 지금 일본 사람들을 잡아가고 있다고 생각했다. 창남은 발바닥이 찢어지는 아픔에 조금도 걷지를 못하고 있었다. 창남은 긴 나무때기에 의지하고 서서 광자가 어미와 걷고 있는 것을 보고 있었다. 마을이 가까워져 왔는지 아니면 도시가 앞에 있는지 이곳 사람들이 눈에 많이 띄었다. 그리고 피난민들도 눈에 띄고 있는 것을 보고 있었다. 창남은 피난민들이 눈에 띄고 있는 것이 반갑고 의지가 되고 있었다. 창남은 피난민들을 보면서 앞서가고 있는 광자 어미를 향해 힘차게 두 다리를 움직였다.

"어디서 좀 쉬었다가 가지."

창남이 소리 질렀다. 그러자 광자 어미는 얼굴에 땀을 옷소매로 훔치며 뒤돌아보았다. 그리고 광자에게 말했다.

"광자야! 조기 그늘로 가거라."

"예."

광자가 대답하며 길옆 나무 그늘로 절룩거리며 갔다. 창남과 광자 어미는 지친 몸을 던지듯이 풀썩 주저앉았다.

"청진 가는 차 있나 알아봐야겠어요."

광자 어미가 아들에게 젖을 물리며 말했다. 창남은 광자 어미의 말에 아무런 반응을 보이지 않고 있었다. 11개월간의 긴 고문에 삭을 대로 삭은 몸을 버둥거리고 있는 창남은 모든 것을 잃었거나 포기하고 있어서 자신에게 주어지는 것들이 이로운 것이든 해로운 것이든 감정을 느끼지 못하고 있다.

"엄마!"

광자가 동생에게 젖을 먹이고 있는 어미를 불렀다.

"엄마!"

광자가 다시 어미를 불렀다. 광자 어미는 그런 광자를 가만히 안아주었다.

"가다가 집이 보이면 그 집에서 자고 가자."

광자는 어미의 말에 고개를 끄덕였다. 해방이 되었다고 잔치들을 벌이고 있는데 어린 자식을 길거리에 내몰아 놓고 모진 고생을 시키고 있는 것이 너무 속이 상해서 광자 어미는 가슴속에서 눈물을 펑펑 흘리고 있었다. 광자 어미는 가슴을 한참 동안 힘주어 누르고 있었다.

"엄마!"

광자가 집들이 보이는 것을 보면서 어미를 불렀다. 광자 어미는 그런 광자의 손을 꼭 쥐어 주면서 대답했다.

"저기서 자고 가자."

광자 어미는 광자에게 말하면서 눈에 보이고 있는 집들을 바라보았다. 광자 어미는 부지런히 걸었다. 그리고 앞집부터 들어가 주인을 찾기 시작했다. 광자 어미는 광자의 손을 잡고 서서 창남에게 손짓했다.

"엄마!"

광자가 어미를 부르며 해맑게 웃고 있었다. 광자 앞에 주인아줌마가 서서 조용하게 말했다.

"누추해요. 광으로 쓰고 있는 방이라…."

광자는 주인아주머니에게 고개를 숙여 인사했다. 광자 어미는 업은 애를 마루에 내려놓고 창남과 광자가 씻을 수 있도록 옷물에서 물을 퍼서 대야로 쓰고 있는 독에 부었다. 창남은 어서 누울 생각에 땀에 절어 있는 몸에 물을 끼얹고 있었다.

"고향으로 가시는 분들인데 오늘 하루 묵어가자고 해서 그러라고 했어요. 건넌방에서 자면 되니까."

주인 여자가 들어오고 있는 남편에게 말했다. 남편은 아내의 말을 듣고 나서 빙긋이 웃으며 입을 열었다.

"해방되어서 고향 가시는구나. 고향이 어디시오?"

"홍성유. 충남."

광자 어미는 주인 남자에게 대답하면서 광자를 씻기던 손을 멈추었다. 그러자 주인 남자는 광자 어미를 보면서 다시 입을 열었다.

"해방돼서 고향 가시니 좋으시겠습니다."

주인 남자는 창남과 광자 어미를 번갈아 보면서 말했다. 주인 남자는 술기운이 돌고 있었다. 창남은 주인 남자에게 고개를 숙이며 인사했다. 그런 창남을 보면서 주인 남자는 밝은 표정으로 다시 말문을 열었다.

"자, 마루에 앉읍시다. 피곤하실 텐데. 이리로 와요."

창남은 주인 남자가 손짓을 하자 주인 남자 옆으로 가서 나란히 앉았다. 주인 남자는 밝은 표정을 잃지 않고 있었으며, 얼큰한 기분은 창남과 광자 어미의 마음을 편안하게 만들고 있었다.

"부모님이 눈이 빠지게 기다리겠소."

주인 남자는 계속해서 고향으로 간다는 창남 내외를 반기고 있었다. 창남은 그런 주인 남자에게 예의를 잃지 않고 있었다.

"저기, 독립운동 하셨대요. 독립군. 북간도 청산리서 왜경에 잡혀 고문을 심하게 받았고 옥살이를 했대요. 함흥형무소에서."

주인 여자가 부엌에서 일하다 말고 나오며 주인 남자에게 말했다. 그러자 주인 남자는 반색하면서 창남의 얼굴을 뚫어지라고 쳐다보았다. 그리고 나서 두 손을 덥석 잡았다.

"해방되더니 우리 집에 귀한 손님이 찾아오셨네!"

말을 마친 주인 남자는 서 있는 부인을 쳐다보면서 말했다.

"저녁 해서 함께 먹을 수 있도록 하지요. 술, 술은 내가 가서 구해올게요."

주인 남자는 창남의 손을 놓더니 마루에서 일어나 밖으로 나갔다. 광자 어미는 주인 남자가 좋아하면서 술을 구하러 나가자 주인 여자에게 말했다.

"고맙습니다."

창남은 주인 여자에게 다시 감사의 인사를 하고 나서 자신이 독립군이었다는 말을 광자 어미가 잠자리를 부탁하면서 하였다는 것을 알아차리고 있었다.

광자 어미는 마음이 편안해지고 있었다. 광자가 힘들어하는 바람에 장터까지는 가지를 못했지만 생각지도 않게 좋은 사람을 만나게 된 것이 기쁘기만 했다. 광자 어미는 말갛게 씻긴 아들을 마루에 앉히고 나서 부엌으로 들어가 주인 여자가 하고 있는 저녁을 함께 하기 시작했다. 감자를 까고 주인 여자가 밭에서 따온 호박으로 국을 끓이며 열심히 저녁상을 돕고 있었다.

저녁 준비가 끝나가고 있을 무렵 마당에서는 주인 남자가 양손에 술병을 들고 서너 명의 남자들이 함께 들어오고 있었다. 창남은 앉아 있던 몸을 일으켜 들어오고 있는 주인 남자와 함께 오고 있는 사람들을 보았다.

"서로 인사해! 내가 말하던 분이야."

주인 남자는 함께 온 남자들을 향해 말했다. 함께 온 남자들은 창남을 향해 손을 내밀었다. 창남은 남자들과 악수를 했다. 주인 여자가 나왔고 남자들이 들고 있는 것을 받아 부엌으로 들어갔다.

"이웃 사람들입니다. 집에 독립군이 와 계시다고 했더니…"

주인 남자가 창남에게 말했다. 창남은 남자들을 향해서 고개를 숙이며 인사했다.

"자! 마루로 올라가 앉자고."

주인 남자가 함께 온 남자들을 향해서 말했다. 그러자 남자들이 마루로 올랐다. 창남도 자리에 앉았다.

"독립군을 이렇게 가깝게 뵈어서 감개무량합니다. 저 위 송계리라는 마을은 큰 잔치 벌이고 있습니다. 독립군 중대장을 한 사람이 그 마을 사람이라…"

창남은 이야기를 들으면서 지나쳤던 그 마을 이야기라는 것을 알았다. 그리고 중대장이었다면 어쩌면 알 수 있는 사람인지도 모르겠다는 생각이 들었다. 창남은 말하던 사람을 잠시 쳐다보며 궁금한 얼굴을 했다.

"독립군이셨으니 어쩌면 송계마을 독립군 아실만도 하실 것 같습니다. 중대장 했다고 하니까. 이름이 고영균인데…"

순간 창남은 벌떡 일어났다. 그러나 창남은 다리에 힘이 없어서 곧 주저앉고 말았다. 그러자 마을 사람들은 모두 그런 창남을 쳐다보면서 짐짓 놀라고 있었다. 잠시 후 다시 물었다.

"아시는군요?"

창남은 묻고 있는 사람을 향해서 고개를 끄떡였다.

"이럴 수가…"

"저는 여기 형님과 형제처럼 지내는 남수철입니다. 정말 반갑습니다."

남수철이라는 남자는 창남의 얼굴을 뚫어져라 보면서 긴장까지 하고 있었다. 그리고 기적이 일어나고 있는 듯 두 눈이 빛나고 있었다.

"고영균 씨에게 들어서 알고 있습니다. 함경도 평안도 만주에 있던 일본군들은 물론 일본 본토에서 투입된 일본군들까지 싹 전멸시켰다는 소리다 들었습니다."

창남은 다른 사람이 하는 말을 들으며 다시 고개를 끄떡였다.

"이겼지만 먹을 것이 없어서 모두 흩어졌다고 들었습니다."

창남은 말하는 사람들에게 고개를 끄떡였다. 둘러앉아 있는 사람들은 모두 고개를 끄떡이고 있는 창남에게서 눈을 떼지 못하고 있었다.

"고영균, 2중대장님이십니다. 저는 제2 수색정찰대대원 이창남입니다."

창남은 고영균 2중대장의 이야기를 하고 자신의 이름을 밝히고 있었다. 그리고 고영균 중대장이 무사히 고국에 돌아온 것을 생각하며 울컥하면서 기쁨과 서러움이 끓어오르는 바람에 창남은 눈물을 흘리고 있었다. 창남은 눈물을 흘리며 김시진 장군을 비롯한 독립군들이 모두 돌아오고 있는지 궁금해 하고 있었다. 그러면서 창남은 몹시 후회했다. 이렇게 알게 될 줄 알았으면 그 자리에서 물어볼 것을 그랬다고 창남이는 통탄하고 있었다. 창남은 한참 동안 흐느끼고 있었다. 창남은 마을 사람들이 묻고 있는 것은 무엇이든지 대답하고 고개를 끄떡였다.

"먹고살 것이 없었습니다."

창남의 말에 둘러앉은 사람들은 눈들을 내려 감고 있었다. 그리고 모두 담배들을 피워 물었다.

"사실이군요."

창남은 남수철이라는 사람을 보면서 고개를 끄떡였다. 둘러앉아 있는 사람들은 어처구니가 없다는 얼굴들을 하고 있었다.

"만주에 있는 우리 동포들을 일본 놈들이 하나도 남김없이 모두 죽였다고 하던데 정말 그랬습니까?"

창남은 고개를 또 끄떡였다. 그리고 입을 열었다.

"다 죽였습니다. 불질러가면서…"

창남이 대답하는 대로 둘러앉은 사람들은 가슴이 터지기라고 담배들을 빨아대고 있었다. 그리고 울분과 격분에 시달리고들 있었다.

"자, 우리 독립군 이창남 선생께서 시장하셔. 들면서 얘기하자고."

주인 남자는 부인과 광자 어미가 음식상을 놓고 있자 마을 사람들에게 말했다. 창남은 주인 남자가 숟가락을 드는 것을 보고 숟가락을 집었다. 그리고 술잔이 오는 것을 사양했다. 주인 남자는 마을 사람들과 술잔을 들었다. 창남은 국물을 입에 넣고 있었다. 여름밤은 빠르게 지나가고 있었고, 창남의 이야기 소리도 빠르게 지나가고 있었다.

"저희는 적진에서 일본군끼리 맞붙어 싸우는 것을 지켜보고만 있었지요. 청산리의 모든 전쟁터는 일본군이 일본군을 죽이는 전쟁터가 되고 있었습니다. 서로 죽이지 않고 있으면 우리가 가서 죽이고 서로 싸우게 싸움을 붙이고 결국 일본군들은 일본군끼리 죽이지 않으면 안 되는 전쟁터가 되었지요."

"와핫핫핫…."

마을 사람들이 통쾌하게 웃었다. 창남은 잠시 멈췄다. 그리고 웃음소리가 잦아지자 다시 이야기를 시작했다.

"안개가 걷히고 나서 우리 독립군들은 일본군들끼리 전쟁한 곳을 둘러보러 다녔습니다. 대단했고 가관이었습니다. 몰살당한 시체들이 산이었습니다. 시체가 들이고 산이고 개울이고 뒤범벅이 되어 쌓이지 않은 곳이 없었습니다. 김시진 장군께서 말씀하시더군요. 시체가 18만이 되고 남는다고."

둘러앉아 있는 사람들은 모두 입을 다물고 있었다. 그리고 창남의 입에서 무슨 말이 이어질지 궁금해 했다.

"독립군은 700명이었다면서요?"

"예."

주인아주머니가 묻자 창남이 대답했다.

"700명이…."

둘러앉아 있는 사람 누군가의 입에서 탄식이 흘러나왔다.

"패잔병 일본군들은 죽은 일본군 시체를 실어다가 물속에 집어넣거나 계곡 속에 쌓거나 던지고 가더군요."

"그 정도까지인 줄 몰랐습니다."

남수철이 말했다. 창남은 말을 이었다.

"우리는 먹을 것을 찾아 사방으로 흩어져 다녔고 일본군들은 애꿎은 조선 사람들을 살해하고 다녔습니다. 그때만 우리 조선 사람들 3,000명이 억울하게 참살 당했습니다. 우리는 그것을 알면서도 먹을 것이 없고 실탄이 없어서 어떻게 해볼 수가 없었습니다. 민족에게 죽을죄를 지었지요. 더는 견디지 못한 우리는 스스로 병영을 떠날 수밖에 없었고 모두 흩어졌습니다. 김시진 장군과 일부 동지들, 부상자들과 정신대 여자들 일부만 남고…."

광자 어미는 유난히 빛나고 있는 새벽하늘의 별들을 보면서 고향을 떠올리고 있었다.

해방되었다는 이 땅에 반은 소련이 차지하고 남은 반은 미국이 차지하고 앉아서 서로 으르렁거리고 있는 속에서 창남은 고향 가는 열차를 타기 위해 동분서주하고 있었다. 해방되었다고 무엇이 해방되었는지 알 수도 없거니와 조선의 주권은 물론이고 백성의 주권은 어떻게 된 것인지 찾을 수도 없을뿐더러 생존 보장까지 존재하지 않고 있는 현실에서 해방이 언제 되었다고 하고들 있는지 창남은 알 수가 없었다.

창남은 마을 사람들의 환대 속에서 신작로 길로 비척이며 들어서고 있었다. 그리고 고영균 2중대장을 만나지는 못했지만 마을은 물론이고 지역에서 영웅이 되어 있는 것을 보면서 창남은 고영균 2중대장이 사는 송계리 하늘을 오랫동안 바라보고 있었다.

창남과 광자 그리고 광자 어미는 다시 신작로 길에서 고통을 참아가며 고향을 향해서 발자국을 떼어놓고 있었다. 개울을 지나고 산언덕을 넘으며 8월의 뙤약볕 속에서 청진을 향해 걷고 있었다. 소련군의 트럭들은 여전히 붉은 흙먼지를 일으키며 달려가고 있었고 그럴 때마다 창남과 광자 그리고 광자 어미는 흙먼지 속에 한참씩 묻혀 있어야 했다. 신작로의 모든 것은 이글거리며 타고 있었고 창남도 이글거리며 타고 있었다. 광자 어미가 산 아래 그늘을 보면서 쉬어 가야겠다고 생각했다. 그리고 밭 매던 할머니가 산을 넘으면 장터가 있다고 한 말을 생각하면서 머리에 이고 있는 보따리를 내려놓았다.

20
고영균 2중대장의 송계리를 뒤로하고

광자 어미는 집들이 보이고 사람들이 왕래하고 있자 반가움을 감추지 못했다. 그러나 창남은 나무들이 잘 가꾸어져 있는 곳에 지어져 있는 일본 집들을 탐탁지 않은 눈으로 보고 있었다. 창남은 일본 집들이 지금 자신의 아픔과 밀접하게 결부되어 있다는 생각을 하면서 일본 사람들이 떠오르고 있는 것이 싫기만 했다. 창남은 일본 집들을 찡그린 눈으로 보면서 광자가 얼굴을 올려다보고 있는 것을 알았다.

"여기가 어디지요?" 광자 어미가 머뭇거리고 있는 창남에게 물었다. 창남은 고개를 돌리며 잠시 살펴보고 나서 말했다.

"관해라고 하는 것 같기도 한데 모르겠어? 물어봐야겠어."

창남은 다시 사방을 훑어보았다. 그리고 지나가고 있는 사람에게 물었다.

"여기가 어디인가요?"

"관해요."

대답한 사람은 바쁘게 지나고 있었다. 창남은 관해가 어디인지 청진까지 가는 데 얼마나 남았는지 알고 싶었는데 사람은 가버리고 말았다. 창남은 관해라는 곳이 어딘지는 모르면서 사람들의 왕래가 잦은 곳으로 발걸음을 옮겼다. 해방된 이후라 그렇겠지만 왕래하고 있는 사람들의 표정은 밝았고 모두 바쁘게 움직이고 있었다. 창남은 광자 어미에게 말머리를 돌렸다.

"뭐 필요한 것들 산다면서… 거기서 물어보면 잘 가르쳐줄 텐데…"

광자 어미는 창남의 말에 두리번거리면서 사람들의 왕래가 잦은 곳으로 가고 있었다. 창남은 광자 어미가 가고 있는 곳으로 광자와 함께 따라갔다. 그리고 붉은 벽돌로 지어진 3층 건물에 붉은 천이 늘어져 있고, 소련 군 트럭들이 세워져 있고, 붉은 완장을 찬 조선청년단원들이 출입문 양옆으로 서서 총을 들고 있는 것을 보았다. 소련 군인들은 바쁘게 출입문으로 들락거리고 있었다. 창남은 아들아이와 광자 어미가 내려놓은 보따리를 그늘로 옮기고 광자 어미가 싸전 집을 향해서 가는 것을 보면서 광자와 자신의 발바닥에 아기풀 물을 바르고 있었다. 창남은 풀물을 한참 동안 바르고 나서 붉은 벽돌 건물로 드나들고 있는 소련 군인들과 조선청년단원들을 보았다. 그리고 얼마 후 광자 어미가 머리에 작은 보따리를 이고 오는 것을 보았다.

"비싸서 사다 말았어요. 가다가 마을에서 아주머니들한테 사정해야겠어요. 말도 못 해요, 값이."

광자 어미는 손을 저어 잠들어 있는 아들아이에게 달려들고 있는 파리를 쫓으며 말하면서 근심 어린 얼굴을 감추지 못했다.

"그리고 청진은 먼 100리 남았대요. 넉넉잡고 사나흘이면 갈 수 있을 것 같아요. 가다가 마을이 보이면 그 마을에서 자다가 갑시다."

광자 어미의 말에 창남은 자리에서 일어났다. 광자는 찡그린 얼굴로 고무신을 신고 있었다. 광자 어미는 광자에게 마땅히 신길 신을 찾지를 못해 광자의 신을 사지 못했다. 광자 어미는 찡그리고 있는 광자 얼굴을 보면서 미안한 얼굴로 속삭였다.

"여기서 네 신을 찾지 못했다. 보드라운 신발이 없더라."

광자는 어미의 말에 고개를 끄떡이며 어미가 사 가지고 온 작은 보따리를 집어 들었다.

"광자야, 그거 무겁다. 이리 주거라."

광자는 들었던 보따리를 어미에게 주었다.

"광자야! 몇 밤만 더 자면 기차 타고 간다."

엄마의 말에 광자는 고개를 끄떡였다. 아들아이를 등에 업고 머리에 보따리를 이고 손에도 보따리를 들고 가는 광자 어미와 창남은 발바닥 성한 곳이 한 곳도 없어 뒤뚱거리며 걷고 있는 광자를 몇 번이고 뒤돌아보면서 미루나무 잎이 무성한 냇둑 길을 나란히 서서 가고 있었다.

"개울에서 씻고 갑시다. 밥도 해 먹고…."

광자 어미 말에 창남은 고개를 들고 비 오듯 땀이 흐르는 광자 어미 얼굴을 쳐다보았다. 광자 어미는 보따리를 내려놓고 등에 업혀 있는 아들을 내려놓았다. 그렇지 않아도 땀 냄새가 풀풀 나고 있는 땀으로 찌든 몸을 씻고 싶었던 창남은 두말하지 않고 개울로 내려갔다. 창남은 갈아입을 옷이 있건 없건 옷을 입은 채 물속으로 들어갔다. 그리고 비싸서 옷을 살 수가 없으니 옷을 얻어 입든지 아니면 일본 사람이 버리고 간 옷이라도 구해야겠다는 생각을 하며 온몸을 물속에 깊이 담갔다. 광자 어미는 광자와 밥을 다 지어 놓고 아들아이와 나란히 물가에서 씻고 있었다.

"엄마!"

광자가 집들과 바다를 보며 엄마를 부르고 있었다. 가물가물 보이고 있는 바다와 그리고 집들이 눈에 들어오고 있었다.

"그래, 바다구나!"

광자 어미가 광자가 보고 있는 바다를 보면서 말했다. 하지만 집들과 바다는 눈에 예쁘게 보이고 있을 뿐 한없이 멀리 떨어져 있었다. 광자는 가던 걸음을 멈추고 서서 오래도록 바다를 보고 있었다.

"저기서 쉬었다가 가지요."

창남은 광자 어미가 가리키고 있는 곳을 보면서 고개를 끄떡였다. 그리고 지친 몸을 움직였다. 이제 눈에 보이는 것들은 청진과 가까운 것들이니 눈에 보이는 모든 것이 모두 반갑기만 했다. 창남은 지친 몸을 내동댕이치듯이 털썩 그늘에 주저앉았다. 청진이 가까워지고 있어서 그런지 한동안 보이지 않던 피난민들이 신작로에서 자주 눈에 띄고 있었다.

"시원하다."

광자 어미가 등에 업은 아들을 내려놓으며 말했다. 광자도 꿇어앉으며 이마의 땀을 손등으로 닦아냈다. 광자 어미는 보자기를 풀어 물을 꺼내놓았다. 그리고 그릇에 따라 창남에게 주었다. 창남이 물을 마시자 광자가 어미의 옷소매를 잡아당기며 엄마를 불렀다. 그리고 손가락으로 무엇인가를 가리키고 있었다.

"옷 아냐? 사람 옷이다. 일본 사람 옷."

광자 어미는 광자가 가리키고 있는 곳을 보면서 말했다. 창남이 물을 마시다 말고 사람 옷이 보이고 있는 곳을 바라보았다. 그리고 옷가지가 있는 곳으로 갔다. 잠시 후 창남은 못 볼 것을 본 듯이 당황스러운 얼굴로 오고 있었다. 그리고 말했다.

"가."

광자 어미는 창남이 가자고 하며 서두르자 순간 불길한 예감이 들어 서둘러 자리에서 일어났다. 그리고 아들을 등에 업고 보따리를 머리에 이면서 자리를 떠났다. 신작로로 들어선 광자 어미는 창남의 얼굴을 보면서 궁금한 내색을 짓고 있었다. "일본 사람들이…."

창남이 다른 말은 하지 않았다. 광자 어미 역시 아무런 말도 하지 않고 부지런히 광자 손을 잡고 걷기만 했다. 일본 사람들이 죽어 있다는 말이 기분은 물론 마음이 편치 않았다. 그리고 폭격까지 당했던 기억까지 떠오르고 있어서 광자 어미는 불안해지기까지 했다. 광자는 창남과 엄마가 서둘고 있자 무슨 일이 있다는 것을 짐작하고 발바닥이 아픈 것도 잊고 부지런히 걷고 있었다.

"일본 사람들이 왜 그랬대요?"

"그걸 어떻게 알아."

창남은 광자 어미가 묻는 말에 더는 할 말이 없었다.

"일본 사람들 집이 모두 비었다고 했잖아요. 누가 끌어다가 죽였나?"

광자 어미 말에 창남이 돌아서서 광자 어미를 쳐다봤다. 그리고 걸어가면서 말했다.

"누가 일본 사람을 끌어다가 죽이겠어요? 어서 가기나 합시다."

창남은 땀 냄새가 풀풀 나며 찌든 몸을 긴 나무 지팡이에 비비적거리며 바쁘게 움직이고 있었다. 한적한 곳에 일본 사람들의 시체가 있는 것을 생각하면 마음이 섬뜩해지고 몸이 오싹해졌다.

"천천히 가세요."

광자 어미가 숨이 차서 헐떡이며 말했다. 그러자 창남은 잠시 아픈 자신의 몸을 생각하지 못하고 무리하게 움직였다는 것을 알고 발걸음을 멈추고 서서 시신이 있던 곳을 돌아보았다. 언덕 밑으로 일본 사람들의 시체가 여러 구 뒹굴고 있는 것을 목격한 창남은 기분이 좋지가 않았고 암울해지기만 했다. 창남은 광자 어미의 만류에도 줄행랑치듯이 한동안 정신 없이 달려가고 있었다. 광자 어미는 그런 창남을 보면서 심신이 몹시 허약해서 그런 것 같아 하루에 한 뿌리씩 먹을 인삼을 산 것을 잘했다고 생각했다.

"죽은 사람이 한 사람이에요?"

"그건 왜 자꾸 물어봐? 많다고 했잖아."

광자 어미는 창남의 얼굴을 곁눈질로 보면서 부지런히 걸었다.

"비탈로 즐비해. 어린애들도 있고."

"몰살시킨 모양이군요."

광자 어미는 더 이상 말하지 않을 줄 알았는데 창남이 하는 말을 듣고 슬그머니 웃음이 났다.

"우리 어디서 좀 씻고 갑시다. 방을 빌릴 수 있을지 모르지만….."

"그래요. 광자도 씻어야 하고 얘도 씻겨야 하고…. 개울부터 찾읍시다."

광자 어미가 반가운 마음에 소리 지르듯이 말했다. 창남은 바쁘게 두 눈을 두리번거렸다. 그러나 개울은 쉽게 눈에 띄지 않았고, 눈에 띄고 있는 것은 피난민들뿐이었다. 창남은 개울을 찾아서 열심히 두 눈을 움직여 대고 있었다.

"개울이 없으면 어디 웃물에서라도 씻고 갑시다."

광자 어미가 멀리 보이는 집들을 바라보면서 말했다. 창남도 그것이 좋겠다고 생각하면서 신작로로 나서서 걷기 시작했다. 창남은 그래도 개울을 찾아보려고 숨이 턱까지 치밀고 있는 더위 속에서 헉헉대고 있었다.

"저기! 저기 개울!"

광자 어미가 개울을 가리키며 말했다. 창남도 개울을 보고 있었다. 그리고 개울을 향해서 언덕을 내려갔다. 잠시 후 창남 그리고 광자 어미가 옷을 입은 채 물속에서 광자와 아들아이를 씻기고 있었다. 창남은 물속에 몸을 담그고 씻으면서 푸른 하늘을 보면서 이제 청진이 가까이 다가와 있다는 생각을 했다. 그리고 물에서 나와 옷을 벗어 비틀어 짰다.

'다다다 다 다 다!'

갑자기 총소리가 들렸다. 창남은 비틀어 짜고 있던 옷을 짜다가 말고 입고 있었다.

"총소리지요?"

"음."

창남은 얼굴이 경직되면서 광자 어미가 묻는 말에 대답했다.

"소련 군인들이 쏘고 있는 걸 거요."

창남이 말했다. 그리고 궁금했다. 일본 사람들의 시체를 본 데다가 폭격 맞은 기억이 일어나고 있어 창남은 기분이 어수선해져서 축축한 옷을 급히 입었다. 그리고 총소리가 어디서 난 것인지 두리번거렸다. 광자 어미도 물에서 나와 당장 떠날 수 있도록 짐을 챙겼다. 그러나 총소리는 더는 들리지 않고 그런대로 몸을 씻었으니 이제 밤이슬을 피할 수 있는 곳을 찾아서 지친 몸을 눕힐 생각을 했다. 그러나 총소리로 인해 불안해진 마음은 쉽게 진정되지 않았으며 민가를 찾아서 떠나야 하는 발길을 무겁고 더디기만 했다.

"해방됐는데 꼭 전쟁 일어난 것만 같아서 겁나 못 살겠어요."

광자 어미의 말에 창남은 대답을 못 하고 어서 산을 벗어나 마을이 있는 곳으로 갈 생각을 하고 있었다.

"갑시다."

창남은 물에 젖은 옷을 입은 채 몸을 비척이며 발자국을 떼어놓기 시작했다. 광자 어미역시 젖은 옷을 입은 채 창남을 따라서 걷기 시작했다. 창남은 마을이 있는 곳을 향해서 부지런히 움직였다. 광자는 아비와 어미가 불안해하고 있어서 아비 곁에서 걷다가 어미 곁에서 걷다가를 반복하며 발바닥이 아픈 것도 잊고 있었다. 창남은 날이 저물기 전에 잠잘 수 있는 곳을 찾고 싶었고, 마을로 들어가 총소리에 대한 불안도 잊고 싶었다. 산자락 따라 굽은 신작로를 창남은 오직 마을을 찾아 움직이고 있었다.

"저기 마을이 보여요."

광자 어미가 창남을 향해서 말했다. 창남은 마을이 보이자 이제 살았다는 기분이 들기 시작했다. 어서 마을에 들어가 잠자리를 얻어 눕고 싶기만 했다. 창남은 더욱 부지런히 지팡이에 의지한 몸을 비비적거리며 마을을 향해 걸었다. 마을이 가까워지면서 창남은 발길을 멈추고 커다란 나무가 있는 곳에 눈을 보내고 있었다.

"잠깐 여기서 쉬고 있어. 저기 들어가서 입을 만한 것이 있나 보고 있으면 가지고 올게."

창남은 물끄러미 보고 있던 일본 집을 향해서 가고 있었다. 광자 어미는 마을이 있는 곳이면 어지간하면 일본 사람들이 살았지만 면사무소가 있는 곳이 아니면 일본 사람들이 살지 않았는데 지금 이곳은 일본 집이 세 채나 있는 것을 보고 주변을 두리번거렸다. 그리고 몸도 시원치 않은데 젖은 옷을 입고 있기가 불편해서 일본 사람이 버리고 간 옷이라도 입으려고 그런다는 생각에 광자 어미는 잠시 나무 그늘에서 쉬고 있었다.

잠시 후, 창남은 일본 옷을 입고 나타났다. 그리고 둘둘 말은 것을 겨드랑이에 끼고 비척이며 걸어오고 있었다. 광자 어미는 그런 창남을 보면서 떠날 채비를 서두르고 있었다. 창남은 마을에 들어서서 이장 집 사랑방에서 오랜만에 깊은 잠이 들었다. 다음 날, 창남은 마당에서 이장과 헤어지고 나서 청진을 향해 다시 길을 나섰다. 그리고 산을 넘고 들을 지나며 늦은 아침을 짓기 위해서 맑은 물이 흐르는 개울가 나무 그늘에 자리를 잡았다.

"옷이 말랐으면 갈아입지 그래요. 일본 사람 옷을 입고 있으니까 눈에 거슬리는데…."

"거슬리긴, 막 옷이라 편해."

창남은 광자 어미 말에 더 이상 다른 말은 하지 않았다. 일본 사람의 작업복은 조선옷과 달리 입고 있으면 활동하기에 편리하고 탄광이며 만주에 있을 때 줄곧 입었기 때문에 몸에 배어 있어서 한복보다 편하고 편리했다. 옷이 말랐어도 창남은 일본 옷을 입고 싶었다. 광자 어미는 그런 창남이를 보면서 일본 놈들이 지겹기만 한 것을 속으로 삭이고 있었다. 그러면서 일본사람들을 제다 잡아가고 있는 생각에 마음이 편치가 않고 께름해서 창남이가 보기도 싫었다. 광자 어미는 밥을 지어 아들아이와 광자를 먹였다.

아침이 끝나고 광자 어미는 신작로로 들어섰다. 들로 나가는 마을 사람들이 일본 옷을 입고 가고 있는 창남을 멀리서 보고 있었다. 창남은 이제 청진이 이삼 일 거리밖에 남지 않은 것을 생각하며 부지런히 나무 지팡이를 짚고 걷고 있었다. 창남은 바다가 보이는 산길을 걷기도 하고 넓은 들길을 지나기도 하면서 이따금 신작로에 소련군 트럭이 붉은 흙먼지를 일으키며 달리는 것을 쳐다보기도 했다. 그리고 열차가 가는 것도 쳐다보면서 청진 가면 타게 될 생각에 부지런히 걸어갔다. 마을을 지나고 사람이 살고 있지 않은 일본 사람들의 집을 지나치면서 창남은 고갯길을 오르고 있었다. 그리고 총을 들고 달려오고 있는 소련군을 보고 있었다. 달려오고 있는 소련군 뒤로 몇 명의 소련군들이 뛰어 오고 있었다. 창남은 소련군이 달려오며 소리 지르고 있어서 걸음을 멈추고 서 있었다. 달려온 소련군은 창남의 가슴에 총부리를 들이대고 소리를 질렀다.

21
소련군은 창남의 가슴에 총을 겨누고

"저팬? 저팬?"

총부리로 창남의 가슴을 아프도록 찔러대면서 소련군은 소리소리 지르고 있었다. 창남은 온몸이 순간 굳어버렸고 눈이 뒤집혀서 아무것도 보이는 것이 없었다. 소련군은 격발 소리를 내면서 소리를 질러댔다.

"저팬? 저팬? 말하라. 어서 말해. 코리아? 코리아?"

창남은 몸이 굳었고 눈이 뒤집혀 아무 것도 보이지 않고 들리지 않고 있었다. 소련군은 다시 소리치고 있었다.

"야! 이 저팬아! 빨리 대답해. 코리아야, 저팬이야?"

"저 사람 좀 살려줘요. 아이고. 누가 말려줘요. 저 사람 죽이려 해요. 누가 말려줘요. 누가 좀 말려줘요."

광저 어미의 머리에서 이고 있던 보따리가 나뒹굴었고 업고 있던 아들도 땅바닥에 떨어져 나뒹굴었다. 광자 어미는 팔팔 뛰면서 악을 쓰고 비명을 질러대고 있었다. 광자 어미가 지르는 소리는 조용한 들판으로 퍼져 나갔고, 가까운 마을은 물론 산등성이까지 울려 퍼지고 있었다. 광자 어미가 팔팔 뛰면서 소리 지르자 창남의 가슴에 총부리를 대고 있던 소련군이 잠시 멈추었다. 그때 붉은 완장을 한 조선청년단원이 달려오며 소리를 질렀다.

"그 사람은 조선 사람. 조선 사람!"

소련 병사는 창남의 가슴에서 총을 내렸다. 그리고 입고 있는 옷을 손가락으로 잡아당기며 소리 지르고 있었다.

"일본 옷 입었잖아. 봐봐, 이거 일본 옷이잖아."

"일본 옷 입었어도 이 사람은 조선 사람이야."

붉은 완장을 한 조선청년단원이 대답했다. 소련 군인은 창남을 보면서 뒤로 물러나고 있었다. 창남은 털썩 주저앉았다. 그리고 까무러지며 쓰러졌다. 얼마 후 창남은 광자 어미의 대성통곡 소리 속에서 정신이 들고 있었다.

"어디에서들 오는 길인데? 큰일 날 뻔했습니다."

창남은 조선청년단원의 얼굴을 물끄러미 보고 있었다. 그리고 넋이 나간 채 눈을 허옇게 뜨고 앉아서 몸을 가누지 못하고 있었다.

"아오지요. 오봉이란 곳에서요."

광자 어미는 놀란 가슴에 통곡하면서 입에서 나오는 대로 대답했다.

"조금 늦었으면 큰일 날 뻔했어요. 아주머니가 소리치는 바람에 사셨습니다. 소련 군인들은 일본 사람들이 눈에 띄기만 하면 죽이고 있습니다. 지금 이대로는 더 못 가십니다. 옷을 갈아입어야 합니다. 그런데 어디 가시는 길입니까?"

"고맙습니다. 홍성 가요. 고향 홍성요. 충청남도."

조선청년단원은 광자 어미의 울부짖는 소리를 듣고 나서 광자는 물론 아들아이 그리고 광자 어미 창남을 훑어보며 다시 입을 열었다.

"나는 청진에서 무역하는 김일학이오."

김일학이라고 이름을 알려준 남자는 고향에 간다는 사람들이 맨몸인 것이 이상해서 자꾸만 훑어보고 있었다. 광자 어미가 쏟아지는 눈물을 삼키며 쳐다보고 있는 김일학이라는 사람에게 지난 이야기를 하고 있었다.

"빈집에서 밥을 해먹느라고 마당에서 불을 피웠는데 갑자기 폭격을 맞아 다른 사람들은 모두 죽고 우리는 몸만 빠져나왔어요."

"오, 그러셨군요. 그러고 보니까 천운이십니다. 갑시다. 우리 집 얼마 멀지 않아요. 저희 집 가서서 옷부터 갈아입읍시다. 일본 옷을 벗어야 하니어서 갑시다. 그런데 용케 여기까지 오셨어요. 일본 사람만 보면 죽이는데."

김일학은 허약한 창남한테서 눈을 떼지 못하고 있었다. 그러자 광자 어미가 다시 입을 열었다.

"징용 갔다가 탈출했다고 고문당해서 몇 번 죽다 살았어요. 독립군 했다고."

"네? 독립군요? 독립군?"

김일학은 독립군이라는 말에 재차 물었다. 독립군을 하다가 잡혔으면 즉시 총살인데 살아 있는 창남을 이상스러운 눈으로 살피고 있었다.

"독립군 한 것은 끝까지 말 안 했대요."

"아, 그러셨어요?"

김일학은 창남의 손을 잡았다. 그리고 상처들을 보면서 혀를 찼다.

"갑시다. 제가 옷을 구해드릴게요."

김일학은 창남이 독립군이라는 말에 돕고 싶었다. 김일학은 자기가 구한 창남이 독립군이라는 게 몹시 좋았다. 김일학은 창남이와 광자 그리고 광자 어미의 발걸음에 맞춰서 발을 내딛고 있었다. 그러면서 창남의 걷는 모습이 매우 위태로워 보여서 안쓰러운 눈으로 보고 있었다.

"탄광에서 탈출하시고 독립군 되셨군요?"

"그게 아니고 200부대라는 만주의 야전병원을 폭파하고 청산리로 갔습니다."

"예?"

김일학은 걸음을 멈추고 창남을 보면서 소리를 질렀다.

"대단하신 분이시네!"

창남은 김일학의 감탄 소리를 들으며 비척거려가면서 따라가고 있었다.

김일학은 창남이 독립군이라는 사실에 영웅을 만났다고 생각하며 기쁨을 감추지 못했다. 해방된 조국의 독립군을 만난 것은 감동이기만 했다. 그리고 무엇보다도 해방되면서 나라가 남과 북으로 갈라져 어수선한 속에서 소련과 미국이 반씩 나눠서 신탁통치를 하는 판국이라 독립군 같은 애국자가 절실하기만 했다. 창남과 같은 독립군이 해방된 조국을 위해서 앞서만 준다면 불행한 백성과 나라에 커다란 도움이 될 것이라 생각하고 김일학은 기적적으로 만나게 된 창남이 한없이 반갑기만 했다. 그리고 남이든 북이든 지금 그런 것을 따질 때가 아니고 조선 사람이라면 조선을 지켜야하므로 창남이 돌아온 영웅 같기만 하고 기쁘기만 했다. 김일학은 주먹을 쥐면서 얼굴을 단단하게 굳혀가고 있었다.

창남은 기적처럼 살아난 생각에 정말 지겹도록 기구하기만 한 자신이 너무나도 싫기만 했다. 창남은 진저리를 치고 있었다. 추위와 늑대에게 죽을 수밖에 없었던 순간에 볼코프 시베리아 동부 총 사령관 코네프에게 구출되었을 때를 생각하며 창남은 다시 한 번 가슴이 뜨거워지면서 왜 이렇게도 죽을 고비를 겪어야 하는지 통탄하고 있었다. 창남은 옷부터 갈아입고 싶었다. 그러면서 창남은 옷을 구해주겠다며 앞서서 가고 있는 김일학을 보고 있었다. 그리고 김일학이 청진에서 무역한다고 했고 조선청년단원이기도 해서 어쩌면 큰 도움을 받을 수 있을 것만 같은 생각이 들고 있었다. 김일학은 집 앞으로 가고 있었다. 그리고 소리 지르고 있었다.

"계세요? 안에 주인 계세요?"

김일학의 목소리는 멀리 떨어진 이웃 마을도 들을 수 있을 만큼 크고 우렁찼다. 그러자 뒤뜰에서 할머니 한 분이 고개를 내밀며 나오고 있었다.

"아, 계시군요! 안녕하세요? 다름이 아니고요, 이분이 독립군이신데 며칠 전에 폭격으로 살림살이들을 모두 잃었대요. 이렇게 일본 옷을 입고 있어서 소련군한테 총살당할 뻔했어요. 급해서 그럽니다. 이분들 피난 가는 중이라 옷이 필요해요. 아무 옷이나 주셨으면 고맙겠습니다."

주인 할머니는 지팡이를 짚고 비스듬히 서 있는 창남을 보고 나서 김일학을 향해 고개를 끄떡였다.

"찾아봅시다. 영감이 입던 것 중에서 입을 만한 것을 찾아봅시다."

할머니는 마루를 오르면서 말했다. 그러자 광자 어미가 할머니에게 다가가며 말했다.

"고맙습니다, 아주머니."

할머니는 궤짝을 뒤적이며 광자 어미와 광자를 쳐다보았다. 그리고 옷가지들을 끄집어냈다.

"옷 때문에 사람이 죽어서야 되겠어요?"

할머니는 계속해서 옷가지들을 끄집어내고 있었다. 그리고 남자 옷을 들고 훌훌 흔들어 털고 나서 김일학에게 넘겨주었다. 할머니는 한참 더 옷가지들을 들어보고 나서 광자 어미가 입을 만한 옷을 집어 내놓고 있었다. 그런 다음 광자가 입을 만한 옷도 광자 어미에게 건네주었다.

"독립군에게는 어울리지 않겠지만 지금 때가 때이니만큼 이해하시기 바랍니다. 하, 좋습니다. 저기로 가서서 갈아입어 보십시오."

창남은 김일학이 건네주는 옷을 받아들고 뒤란으로 갔다.

"할머니! 정말 고맙습니다."

김일학은 창남은 물론 광자 어미와 광자까지 갈아입을 옷을 얻게 되자 할머니에게 허리를 굽히며 절을 했다. 창남은 옷을 갈아입고 밖으로 나왔다. 창남이가 밖으로 나오자 할머니가 광자 어미와 창남에게 말했다.

"고향으로 잘들 돌아가서서 잘 사시오. 독립군을 하셨으니 고생이 얼마나 많으셨어. 일본 것들 깨끗이 망했으니 이제 잘 사시오."

창남은 주인 할머니에게 한참 동안 고개를 숙이고 있었다.

"자, 이제 갑시다. 할머니, 감사합니다. 만수무강하세요."

"어서들 가시오. 잘들 사세요."

할머니의 인사 소리를 뒤로 김일학은 창남을 자신의 집으로 함께 갈 생각을 하고 있었다. 김일학은 창남에게 큰 소리로 말했다.

"오늘 우리 집에서 묵도록 합시다, 독립군 아저씨."

"예, 그런데 청진에서 서울 가는 열차가 어떻게 되는지 몰라서…."

광자 어미가 걱정스러운 얼굴로 김일학의 눈치를 보고 있었다.

"아, 제가 나가서 알아보겠습니다. 요즘 청진에 피난민들이 버글거립니다. 서울 가는 열차 탈 분들입니다. 언제 가나 알아보겠습니다."

김일학이 광자를 덥석 안으며 대답했다. 그리고 김일학은 커다란 미루나무가 있는 곳으로 가더니 양철 지붕의 붉은 벽돌집 앞으로 가고 있었다. 김일학은 창남과 광자 어미를 보면서 말했다.

"여깁니다, 제 집이. 들어가십시다."

김일학은 광자를 문 앞에 내려놓으며 말했다. 그리고 문을 열고 안으로 들어가며 소리 질렀다.

"여보! 애들아!"

김일학이 소리치자 부인이 나왔다.

"여보! 독립군이셔. 모시고 왔어."

김일학이 말하자 부인은 창남이와 광자 어미에게 고개 숙이며 인사했다. 창남도 광자 어미도 부인에게 공손히 인사를 하였다. 부인은 창남과 광자 어미를 안으로 안내했다.

"여보! 이분들 뭣 좀 드시게 해드려요. 내 잠깐 나갔다가 오겠소."

김일학은 부인에게 말하고 나서 다시 창남과 광자 어미에게 말했다.

"불편하서도 좀 쉬세요. 나갔다가 금방 올 겁니다."

김일학은 미소를 지으며 말했다.

"예."

광자 어미가 대답했다. 창남은 숨을 몰아쉬면서 고개를 숙였다가 다시 들고 김일학을 보았다.

"금방 와요. 걱정하지 마시고 편하게 쉬고 계세요."

김일학은 말을 마치고 밖으로 나갔다.

"자, 이리로들 오서서 앉으세요."

부인은 부채를 들고 왔다. 그리고 물 컵과 주전자를 내놓았다.

"애들하고 씻으세요."

부인은 부채를 창남에게 넘겨주며 광자 어미에게 말했다. 창남은 부채를 받아들고 땀 흐르는 얼굴에 부치기 시작했다. 창남은 부채질을 하면서 집이 러시아에서 보던 집들처럼 생겨서 이리저리 눈을 돌리며 보고 있었다. 부인은 광자 어미를 목욕실로 안내했고 아이들과 씻을 수 있도록 준비해 주었다. 그리고 부채질을 하는 창남을 향해 말했다.

"아까 주인이 독립군이시라고 하셨는데 훌륭하십니다."

부인은 창남의 앙상한 몸을 보면서 말했다. 아마 부인이 보기에 고생을 많이 해서 몸이 허약해진 것으로 알고 말하는 것 같았다. 창남은 물컵을 들어 물을 마셨다. 그리고 부인에게 대답했다.

"함흥형무소에서 고문을 받았습니다. 일본 경찰에게 잡혀서…"

"에구머니나!"

부인은 창남의 말에 놀라고 있었다. 일본 경찰에 잡혔다면 말하지 않아도 어땠으리라는 것을 알 수 있기 때문이었다. 부인은 더 이상 묻지 않고 부엌으로 갔다.

창남은 다시 물컵을 들고 물을 마셨다. 그리고 커다란 미루나무에서 쓰르라미들이 울고 있는 소리를 들으며 쭉 뻗어 가물거리며 보이는 신작로를 보고 있었다. 보따리를 이고 지고 가고 있는 피난민들을 보면서 창남은 청진에서 열차 탈 생각을 했다.

"좀 씻으세요. 내가 물 떠다 드릴 테니."

"그러세요. 바깥양반 오시면 번거로워요. 한가할 때 씻으세요."

부인은 광자 어미가 말하고 있는 사이에 부엌에서 나오며 말하면서 밖으로 나갔다. 광자 어미가 다시 말했다.

"씻어요. 물 떠올게요. 세수만 하세요."

창남은 광자 어미 말에 고개를 흔들고 나서 가림막이 있는 뒤뜰 샘물로 가서 시원하게 씻고 나와 마루에 앉아서 광자와 아들을 보고 있었다. 부인과 광자 어미는 저녁 준비하느라고 부산하게 부엌에서 움직이고 있었다.

"그럼 신랑은 만주로 갔고 만나지도 못하고 애 엄마 혼자 그동안 아오지에 있었소?"

"예, 오던 때가 산달이라 오자마자 애 낳고…"

창남은 부엌에서 들리는 소리를 들으며 김일학이 오고 있는 것을 보았다. 창남은 앉아 있던 몸을 일으켜 문밖으로 나갔다. 김일학은 양손에 뭔가를 들고 대여섯 명은 되는 남자들과 함께 오고 있었다.

"좀 쉬셨어요? 들어갑시다."

김일학은 밝은 표정으로 창남에게 말했다. 김일학은 부엌에서 나오고 있는 부인에게 들고 있는 것을 건네주고 함께 온 사람들에게 말했다.

"자, 들어들 와!"

함께 온 일행들은 안으로 들어오자 김일학이 일행들을 향해서 창남을 소개했다.

"내가 말했던 그분이셔. 인사들 해요."

창남은 일행들을 향해서 고개를 숙였다. 그리고 자신의 이름을 말했다.

"이창남입니다."

"예, 말씀 듣고 뵙고 싶어서 왔습니다. 우리는 조선청년단원 청진분원 소속 대원들입니다."

일행들은 모두 마루에 앉아 김일학이 주는 부채를 들고 부채질을 했다. 창남은 피로가 몰려오고 있었지만 자신을 보려고 찾아온 사람들을 두고 쉬거나 피로한 기색을 보일 수 없어서 일행들과 둘러앉았다. 조선청년단원들은 김일학에게 창남에 관해 알 만한 것은 알았는지 조용히 둘러앉아 있었다. 창남 또한 일행들과 앉아 있었다.

"심하게 고문을 당하셨다고 들었습니다. 해방되었으나 말이 해방이지 남은 남이고 북은 북이고 우리 민족끼리 갈라져야 하는 나라를 찾았으니 이런 억울할 데가 어디 있겠습니까? 훌륭하신 분이 오셨다고 해서 소련군 정훈정보관을 피해 찾아왔습니다. 결례를 이해하여 주십시오. 막상 뵙고 보니 몸이 몹시 상하신 것만 같습니다. 고문을 당하셨다는 이야기는 들었지만 이렇게 몸이 상하신지는 몰랐습니다. 안타깝습니다. 저희는 선생을 뵙고 일본군과 싸워 물리친 전투 이야기를 듣고자 왔습니다. 그런데 막상 뵙고 보니 이렇게까지 왜놈들한테 혹독한 보복을 당하신 줄을 몰랐습니다. 분개하기 짝이 없습니다. 원통합니다. 그리고 건강이 걱정스러워서 무엇 하나 묻기가 어렵습니다. 그러나 지금 해방이 되면서 나라가 나라가 아니며 너무 어수선하기만 해서 손에 잡히는 것이 없습니다. 일본이 물러간 자리에 한쪽은 미국이, 한쪽은 소련이 차지하고 앉아서 우리를 통제하고 있습니다. 우린 뭡니까? 우리는 이제 우리끼리 싸워야 할 판이 벌어지고 있어요. 이게 무슨 해방입니까? 미국과 소련이 우리 민족을 원수지간으로 만들고 있는데 해방은 무슨 놈의 해방입니까? 왜 우리가 이렇게 되어야 합니까? 우리 모두 독립군과 같은 구국일념으로 일어나야 합니다. 그래서 뵙고자 찾아왔습니다. 죄송합니다. 독립투사를 뵙고 보니 갑자기 제가 격해졌습니다. 이해하십시오."

창남은 고개를 숙이고 앉아 무슨 말을 해야 하는지 감이 오지 않고 있었다. 독립군 이야기를 듣고 싶다면 어지럽고 힘들어도 이야기를 할 수 있겠는데 알지도 못하는 남북 이야기를 듣고 나니 뭐가 뭔지 분간할 수가 없다. 어쨌든 할 수 있는 것이라고는 그동안 있었던 이야기를 하는 것이 전부이니 천상 독립군 이야기나 해야겠다고 생각했다. 그리고 지금 조선 청년단원이 말한 것처럼 남북이 갈라져 있고 열차조차 탈 수 없는 실정이니 배알이 있는 사람이라면 참고 넘어갈 수가 없다. 창남은 고개를 끄떡이며 입을 열었다.

"알겠습니다. 제가 경험한 이야기를 말씀드리겠습니다."

창남은 이야기를 시작하다가 멈췄다. 숨이 가쁘기도 했지만 일본에 당한 생각이 치밀고 올라와서 말을 이을 수가 없었다. 창남은 물을 한 모금 마셨다. 그리고 밤을 새우는 한이 있어도 억울한 이야기들을 모두 하고 싶었다. 창남은 배설물을 먹을 수밖에 없었던 이야기도 해야겠다고 생각했다. 창남은 잠자다가 끌려갔을 때부터 이야기하기 시작했다.

"제가 자다가 끌려가 탄 화물칸은 남자들만 타고 있었습니다. 나중에 천안에서 보니까 11칸짜리 기차인데 그중 일곱 칸이 징용된 사람들이고 나머지 두 칸은 놋쇠 공출한 것을 실은 칸이더군요. 그중 두 칸은 여자들이 탔는데 모두 정신대로 끌려가는 여자애들이었습니다. 우리는 그 여자애들을 바라보기만 해야 했습니다. 남자들은 천안에서 나뉘어 부산과 서울로 갈리어 끌려갔습니다."

10년이면 강산이 변한다는 말처럼 창남은 많이 변했다. 큰일이든 작은 일이든 창남에게 일어났던 일들은 모두 생사가 걸린 일들이었고 사건들이었다. 그러다 보니 육체적인 것은 물론이고 정신적인 것들이 창남을 바꿔

놓았고, 창남은 자신도 모르게 자신이 바뀐 것을 모르고 있었다. 창남은 이제 구변의 달인이 되어 있었고, 자신에 대해서 누가 묻기만 하면 이야기에 거침없었다. 창남은 그동안 볼 수 없었던 모습으로 변했다. 조선청년단원들은 새벽닭 우는 소리가 나고 있어도 창남에게 묻고 있었고, 창남은 묻든 묻지 않든 그동안의 이야기를 들려주고 있었다.

"대포가 20자가 다 돼요?"

"예."

"그럼 얼마나 되는 거야?"

"몰라도 60m가 다 될 거야."

청년동맹단원들은 혀를 차면서 집 안의 모든 공기를 담배 연기로 바꿔 놓고 있었다.

"그 격납고 공사를 하셨군요?"

"예, 격납고 공사가 끝나자 밤으로 우리를 이동시켰는데 야전병원부대였습니다. 200부대라고. 그 부대는 나중에 알았는데 생체실험부대라고 하더군요. 특수전투정찰부대이면서. 그래서 부대를 폭파하고 탈출했습니다."

"부대를 폭파하고 탈출했다고요?"

"예, 만주 팔로군보고 포탄을 쏴달라고 우리 쪽에서 부탁하자 팔로군이 대포를 쏴줬습니다. 그러자 우리는 미리 준비한 대로 부대 사방에 기름을 붓고 불을 질러 불바다로 만들었습니다. 우리는 정신대 여인들을 데리고 탈출했고 팔로군이 청산리 김시진 장군에게 보내주었습니다. 김시진 장군은 우리 120명을 일일이 끌어안고 반겨주었습니다. 정신대 여인들은 독립군들의 안살림을 했습니다. 부상당한 동지들 치료하고"

창남은 눈이 충혈 되어 있었다. 그러나 이야기를 하면 할수록 창남은 신들린 듯이 이야기에 미쳐가고 있었다.

"독립군을 얕잡아 보고 포위하고 공격해오던 일본군들은 결국에는 김시진 장군의 계략대로 짙은 안개 속에서 저희끼리 전투를 하기 시작했습니다. 일본군들은 미쳐 가고 있었고 서로 죽이기 시작하면서 한순간에 그 많은 병력이 모두 죽어갔습니다. 일본군은 처참하게 패망하기에 이르렀는데 무려 그 숫자가 18만이 되었습니다."

박수 소리가 한참 동안 계속되고 있었다. 상 위의 술잔들은 모두 비웠고 술병마다 술들은 모두 비워져 있었다. 조선청년단원들은 술병과 창남의 이야기가 모두 끝이 나면서 자리에서 일어났다. 그러자 주인은 창남에게 열차에 관한 이야기를 했다.

"3일 있다가 함흥역에서 경성 가는 기차가 있어요. 그 열차가 남으로 가는 마지막 열차랍니다. 지금은 무정부 상태라 모든 것이 마비됐어요. 그렇지만 피난민들 수송 열차는 신탁통치위원회에서 상호 협약으로 이루어지고 있습니다. 제가 낮에 나가서 선생님이 열차를 타고 가시는 데 도움이 되도록 알아보고 오겠습니다. 그러니 선생님은 오늘 푹 쉬시고 계십시오. 아셨죠?"

창남은 김일학의 혀 꼬부라진 말을 들으며 무거워진 눈꺼풀을 비비고 있었다. 김일학이 방으로 들어가자 창남도 아이들이 자는 방으로 들어갔다. 그리고 곤하게 자는 광자를 흔들어 깨웠다.

"자는 애를 왜 깨우세요?"

"일찍 가려고."

"가다니요?"

"일찍 가. 열차 못 타면 어떡해."

광자 어미는 창남이 하는 이야기를 들으며 김일학이 열차를 타고 갈 수 있도록 해주겠다는 말을 들었기에 광자를 깨우고 있는 창남을 말렸다.

"주인 남자가 오늘 열차를 알아보고 온다고 했잖아요? 자는 애를 왜 깨워요?"

"술 취해서 하는 말을 어떻게 믿어? 아까 경성 가는 열차가 함흥에 있다는 소리 못 들었어? 청진에서 있다고 했다가 지금은 함흥에서 있다고 하잖아? 어서 갑시다. 이러다가 정말 잘못되기라도 하면 어쩌려고 그래요. 어서 갑시다."

창남은 막무가내로 광자를 깨우고 있었다. 그리고 잠이 들려는 광자 어미를 어서 가자고 성화했다. 광자 어미는 창남이 왜 이러는지 이해할 수가 없었으나 주인 내외가 이제 막 잠이 들었는데 자신들의 말소리에 잠이 깨기라도 할까 봐 더 이상 대꾸를 하지 못했다. 그리고 창남의 말대로 술 취해서 한 말을 믿을 수 없을지도 모를 것 같은 데다가 시국이 어수선해서 말대로 일이 잘되지 않는다면 낭패가 아닐 수 없을 것 같기도 해서 창남이 하자는 대로 떠날 준비를 하기 시작했다.

창남은 광자 어미와 아직 잠에서 덜 깬 광자를 앞세우고 김일학의 집을 떠나고 있었다. 커다란 미루나무가 먼동 트는 하늘을 찌르고 있는 것을 보면서 창남은 김일학이 말한 청진역을 향해서 연약한 두 다리를 움직이고 있었다. 3일 후에 피난민 수송 열차가 마지막이라는 말소리가 창남과 광자 어미를 줄달음질치게 만들고 있었다. 창남은 큰 개울 길로 질러가고 있었다. 창남은 긴 나무때기 지팡이를 움켜잡고 몸을 비틀어가며 두 다리를 번갈아 앞으로 내밀면서 길을 재촉했다. 해는 중천에 떠올랐고 광자는 배가 고파서 어미를 수없이 쳐다보았다. 그러나 아비도 어미도 밥 먹을 생각은커녕 쉴 생각도 하지 못하고 도망치는 듯이 내달리고 있기만 했다. 광자는 왜 그러는지 알 수 없었지만 아비와 어미가 줄달음치고 있는 데에는 무슨 일이 있는 것만 같아서 부지런히 따라가고 있기만 했다.

22
일본 여인들은 소련군들에게

"잠깐!"

창남이 걸음을 멈추며 소리쳤다. 그리고 광자 어미에게 눈짓을 했다. 창남이 눈짓하고 있는 냇둑 아래에서 일본 여인을 눕혀놓고 소련 군인들이 뒹굴고 있었다. 내동댕이쳐진 아이는 죽었는지 울음소리가 없었고 움직이지 않고 있었다. 그리고 조금 떨어 진 구덩이에서도 소련 군인들은 일본 여인들과 뒹굴고 있었고, 목이 꺾인 일본 남자의 시체가 나뒹굴고 있었다. 창남과 광자 어미는 논두렁으로 들어서서 멀리 돌아가기 시작했다. 그러면서 일본사람들이 3일 후에 남으로 가는 마지막 열차가 있다는 말을 듣고 그 열차를 타려고 나왔다가 변을 당하고 있는 것만 같았다. 해방된 후 일본인들은 거리에 나오지 못하고 있을 뿐만 아니라 나오려면 조선 옷을 입어야 했다. 그렇지만 일본사람들이 조선 옷을 입었어도 머리며 얼굴색이며 조선 옷은 일본 사람을 어색하게 만들어 놓고 있었다. 그리고 38선 이북에 거주하는 일본인들은 소련신탁통치위원회의 통치를 받지 않고서는 한 발짝도 움직일 수 없는 처지가 되어 있었다. 그런 데다가 소련은 항복한 일본을 소련의 적대 국가이고 백성 또한 포로로 취급하고 있었다. 소련군은 일본에 막무가내이기만 했다. 일본은 소련군을 필사적으로 피해 달아나고 있었으나 소련은 길들은 물론 바다 그리고 하늘까지 완전하게 봉쇄하고 있었다.

"저 사람들 조선 옷 입고 있는데, 머리를 고쳤으면 감쪽같았을 텐데…"

광자 어미가 줄달음질하면서 중얼거렸다. 창남은 그런 광자 어미의 말은 흘리며 소련군들의 웃음소리가 없는 곳으로 쉬지 않고 내달리고 있기만 했다. 논두렁길로 달리다가 마찻길로 달리다가 산자락을 타고 달리면서 소련군이 없는 곳으로 멀리 달리고 있었다. 창남은 200부대를 그리고 시베리아에서처럼 뛰었다. 그러나 '코리아!' '코리아!' 하는 소련군들이 질러대는 소리를 들으며 더욱 잘못되었다는 것을 알게 되었다. 뒤돌아 갈 수도 없고 앞으로 갈 수는 더더욱 없고 결국에는 그 몸 그 다리로 산자락을 타고 오르고 있었다. 그리고 광자 어미는 광자가 소련 군인들을 볼 수 없도록 광자의 얼굴을 옷소매로 가려주며 산자락을 오르고 있었다.

소련군들은 구렁진 산속에서 떼 지어 있었고, 일본 여인들은 떼 지어 있는 소련군들 틈바구니에서 하나같이 가냘픈 비명을 지르고 있었다. 소련군들은 창남의 가족이 조선 사람들이라는 것을 알고 있기에 담배들을 피워 물고 히죽거리고들 있었다. 광자와 광자 어미는 창남의 곁에 바짝 붙어서 산자락을 타고 오르면서 더 많은 소련군이 일본 여인들과 뒹굴고 있는 것을 목격했다. 그리고 계속해서 일본 여인들을 끌고 오거나 등에 업혀 있는 아이들은 무 뽑듯이 뽑아 내동댕이치고 있는 것을 보면서 창남과 광자 어미는 신작로를 향해서 산모퉁이를 사정없이 미끄러지며 돌고 있었다. 그러나 산모퉁이 옆으로는 소련군 트럭들이 정차하고 있었다. 그리고 그 트럭마다 일본 남자들이 빽빽이 타고 있는 것을 보았다.

신작로로 들어선 창남은 뙤약볕 속에서 한참 동안 걷기만 했다. 그리고 피난민들이 눈에 띄고 있는 곳을 향해서 줄달음질을 치고 있었다. 창남은 나무 그늘이 있는 곳으로 기다란 지팡이를 내밀고 있었다. 소련에서 살았고 소비에트연방공화국 국적까지 가지고 있는 창남이 소련군의 도움을 받으려 하지 않고 있는 것은 알 수가 없었다. 그리고 일본 사람들을 피하는 것은 이해관계로 그렇다 하겠지만 왜 그런지 창남은 소련 군인들을 피하고 있었다. 소련 군인들을 피하는 것은 폭격과 일본 옷을 입고 있다가 죽을 뻔했던 것과 지금 일본 사람들이 소련 군인들한테 당하는 것 때문일는지는 모르겠으나 그런 창남을 광자 어미는 어떻게 봐야 할는지 알 수가 없었다.

신작로에는 소련군 트럭들이 많아지고 있었다. 청진시를 끼고 크고 작은 마을이 분포되어 있어서 그런지는 모르겠으나 여태까지 볼 수 없었던 일들이 벌어지고 있는 것을 보면서 창남은 물론 광자 어미는 무서움과 소름이 돋고 있었다. 창남과 광자 어미는 잠시도 쉬지 않고 절룩거리고 있었다. 소련군들의 윤간 현장에서 벗어난 관계도 있겠지만 청진을 향해서 몸부림치고 있었다. 해방과 함께 고향 가는 길이 험난하기만 해서 고향의 의미는 물론 고향에 대한 꿈마저 잃어가고 있었다. 그러나 피난민들은 고향을 향해서 목숨을 걸고 있었다. 창남 또한 절체절명의 순간을 수없이 겪어 가며 고향의 꿈을 저버리지 못하고 있었다. 광자 어미는 심하게 절룩이며 따라오고 있는 광자를 안타깝게 보고 있었다. 그리고 콧등이 아파오고 있었다. 광자 어미는 광자의 어깨를 보듬어 안고 한참씩 걸음을 멈추기를 반복하고 있었다. 청진이 가까워지고 있을수록 창남의 마음은 다급해지고 결사적으로 버둥거리고 있었다.

"저기 고개를 넘고 나서 묵어갑시다."

창남은 마을을 지나치면서 가족에게 미안한 마음을 감추지 못했다. 3일 후에 마지막 열차가 있다는 김일학의 말이 창남의 마음을 절박하게 만들고 있었다. 그런 탓에 자신은 물론이고 광자와 광자 어미는 심한 고통에 시달리고 있었다. 몰살당할 순간들이 있었고, 총살당할 순간들이 고향 가는 길에서 벌어졌다는 사실에 창남은 한시바삐 청진에 도착하고 싶기만 했다. 창남은 정신을 잃은 듯이 바동거리고 있었고, 광자 어미와 광자는 그런 창남으로 인해서 더욱 고통에 시달려야만 했다.

"저기 저기서 좀…."

광자 어미가 지친 목소리로 말했다. 창남은 광자 어미가 가리키는 그늘진 곳을 보면서 쉬었다가 갈 생각을 했다. 그러나 창남의 마음은 여전히 청진에 가 있기만 했다. 그늘에 들어가자마자 광자는 쓰러졌다. 그리고 광자 어미는 등에 업은 아들을 힘없이 떨어트리고 있었다. 광자 어미는 광자의 신을 벗겼다. 그리고 땀범벅인 광자의 얼굴을 수건으로 한참 동안 닦았다. 저고리를 벗기고 물을 따라 먹이고 있었다. 어두운 새벽바람에 끌고 나와 뙤약볕에서 개돼지 몰듯이 몰아가며 달리기만 한 것이 가엽기만 했다. 광자 어미는 광자의 입에 김일학의 부인이 싸줬던 누룽지를 조금 떼어서 넣어 주고 손에 쥐어주었다. 광자는 누룽지를 허겁지겁 씹어댔다.

"여기서 먹을 것을 만들게요."

"여긴 물도 없는데…. 언덕 넘으면 집이 있을 거야."

광자 어미는 정신없이 누룽지를 씹어대고 있는 광자를 보면서 다시 걸릴 생각에 마음이 어두워지고 있었다. 광자 어미는 떠날 채비를 하기 시작했다. 광자가 애기풀 물을 발바닥에 바르고 나서 고무신을 신고 언덕 마루를 향해서 뙤약볕 속으로 들어서고 있었다.

창남은 피난민들이 자주 눈에 띄고 있는 것을 보고 청진이 가까워졌다는 것을 느끼면서 더욱 마음이 급해지고 있었다. 그리고 지금 가고 있는 곳이 청진이 분명한데 창남은 계속해서 높은 굴뚝을 찾느라고 하늘을 보고 걷고 있었다.

"철길이 보여요."

광자 어미가 다시 소리쳤다. 그동안 좀처럼 볼 수 없었던 철길이 눈에 들어오고 있었다. 철길이 보이는 순간 창남은 온몸에서 전율이 일어나며 두 다리에서 경련이 일어났다. 그리고 잠시 후 두 다리는 물론 몸 전부가 힘이 빠지면서 주저앉고 있었다.

"저 그늘로 가서 쉬었다가 가요."

광자 어미가 길옆에 있는 나무를 가리키며 말했다. 그러자 창남이 일어나 그늘로 움직였다, 광자 어미는 지나가고 있는 사람에게 길을 물었다.

"청진이 얼마나 남았나요?"

"저도 청진 가는 길인데 저 사람들 말로는 20리 남았다고 합니다."

광자 어미는 창남 옆에 주저앉았다. 그리고 머리에 큰 보따리를 이고 있는 여자들을 보다가 등에 커다란 짐을 지고 가는 사람들을 보고 있었다. 광자 어미는 얼굴에 흐르는 땀을 씻어 가면서 고향에 도착한 것만 같아서 하늘과 산 그리고 눈에 보이는 것들을 눈가를 축축이 적시며 보고 있었다. 사람들이 가고 있는 것을 보고 있었다. 그러면서 광자 어미는 몸이 공중에 떠 있는 것만 같은 느낌 속에 있었다. 아오지를 떠날 때만 해도 병석에 누워서 앞을 가늠할 수 없었던 창남이와 어린 것들 이제 청진을 목전에 두고 있으니 대견하고 기적이 일어난 것만 같아서 광자 어미는 하늘도 보고 산도보고 결코 꿈이 아니라는 것을 느끼고 있었다. 광자 어미는 창남의 얼굴에 흐르는 땀을 수건으로 닦아 내리고 있었다. 그리고 풀물을 발바닥에 바르고 있는 광자를 보면서 이제 해 질 동안만 고생하면 된다는 말을 마음속으로 몇 번이고 했다.

'땅!'

총소리가 들렸다. 창남은 고개를 번쩍 들어 두리번거렸다. 광자 어미는 광자를 안은 채 등에서 세상모르고 잠들어 있던 아들을 깨우고 있었다. 총소리는 가까운 곳에서 나고 있었다. 창남과 광자 어미는 주변을 살폈다.

그러다가 창남이 자리에서 일어났다.

"가!"

창남은 광자 어미를 보면서 말했다. 창남은 일어나 긴 나무때기를 잡고 서서 어서 가기를 원했다. 신작로에 가고 있던 사람들도 걸음을 멈추고 서서 두리번거리고들 있었다. 창남은 총소리가 두렵기만 했다. 그런 탓에 총소리가 난 곳이 어딘지 알고 싶었다. 그러나 길을 가던 사람들은 다시 걷고 있었고 모두 빠르게 움직이고 있었다. 창남은 청진에서 무슨 일이 일어나고 있으면 큰일이라는 생각을 하면서 광자 어미와 광자와 나란히 서서 걷고 있었다. 그러면서 경성 가는 마지막 열차가 없으면 큰일이라는 생각에 사로잡히고 있었다. 창남은 청진이 가까워지고 있을수록 불안해지고 있었다. 한참 동안 창남과 광자 어미는 아무 말도 하지 않고 부지런히 걷고 있는 사람들을 보며 걷기만 했다. 이제 멀리 보이고 있는 산언덕만 넘으면 청진일 것만 같은 생각을 하면서 철길 따라 걷고 있는 피난민들을 바라봤다. 창남은 얼마 가지 않아 힘겨워진 다리를 식식거리며 산언덕을 오르기 시작했다.

"저기 봐요!"

광자 어미는 목소리를 깔면서 광자를 옆으로 당기고 있었다. 창남은 두리번거렸다. 그리고 소련군 서넛이 트럭 옆에 있는 것을 보았다. 그런 다음 여인을 겁탈하고 있는 것이 눈에 들어왔다. 창남은 사력을 다해 그 자리를 벗어나고 있었다. 그러나 몇 발짝 가지 않아 죽은 아이들이 도랑에 처박혀 있는 것이 눈에 들어왔고 남자의 시신이 도랑 바닥에 뒹굴고 있는 것이 눈에 띄었다. 창남은 허둥거리며 그 자리에서 멀어지고 있었다. 그러면서 남자의 시신이나 겁탈당하고 있는 여인이나 아이들까지 모두 조선 옷을 입고 있었다는 것을 생각했다. 창남은 겁이 나 단숨에 산언덕을 오르고 있었다. 산언덕에는 피난민들이 그늘에서 쉬고 있었다. 창남은 광자 어미와 그늘에 앉아 피난민들의 말소리를 듣고 있었다. 피난민들은 담배를 피워 물고 자리를 뜨면서 한마디씩 했다.

"조선 옷 입었다고 모르나? 못된 것들!"

창남과 광자 어미는 그늘에 서서 멀리 보이고 있는 철길과 청진 시가지를 내려다보고 있다가 눈앞에 드러난 청진을 향해서 발길을 떼기 시작했다. 창남과 광자 어미는 광자의 손을 잡고 청진으로 향해 가고 있는 피난민들과 어울려 가고 있었다. 피난민들은 소련군에 참변을 당하고 있는 일본인들을 질타하고 있었다.

"싸지 싸. 망할 것들. 어디까지 가슈?"

등에 짐을 짊어진 남자가 창남이 긴 나무때기에 몸을 기대 비비적거리며 걷고 있는 것을 보면서 물었다. 창남은 묻고 있는 남자 뒤에서 커다란 보따리를 이고 가는 여인을 보고 나서 묻던 남자에게 대답했다.

"청진서 열차 타려고 합니다."

"청진서 열차 타려고 하는 것은 우리도 매한가지요. 가시는 목적지가 어디신가 묻는 말이오."

"홍성유. 충청도."

광자 어미가 나무때기를 짚고 힘겹게 발짝을 떼고 있는 창남을 대신해서 대답했다.

"오! 그러시구나! 나는 평택 가요. 고향은 안성이고. 박일용이라는 사람입니다. 함께 갑시다. 그런데 바깥분이 성치를 않으시고 먼 길 가시는 것 같지가 않아서 물었소이다."

박일용이라는 사람은 창남과 광자 어미가 피난민같이 보이지를 않아서 그런지 번갈아 보면서 발짝을 떼어 놓고 있었다. 그런 박일용이라는 사람의 얼굴을 보면서 광자 어미는 다시 입을 열었다.

"웅기에서 폭격을 맞아 죽다 살았어요. 그 바람에 살림살이를 모두 잃었습니다."

"오, 그러시구나. 그래서 바깥분이 다치신 거예요? 그게 언젠데?"

"예, 다들 그러데요. 우리 쥔 양반은 끌려가서 그래요. 왜놈들한테."

광자 어미 말에 박일용은 창남을 아래위로 눈을 움직이며 훑어보고 있었다. 그리고 창남과 광자 어미를 번갈아 보았다. 창남은 박일용라는 사람이 아래위로 훑어보고 있는 것에는 관심이 없고 소련 군인들이 말 타고 다니고 있는 것에 관심이 가고 있었다. 그러면서 시베리아에서 니콜라이와 늑대들에게 쫓기고 있을 때 눈 덮인 숲에서 달려오던 말 탄 코네프 사령관과 병사들을 떠올리고 있었다.

"홍성 양반?"

박일용이 가던 발걸음을 멈추고 창남을 불렀다. 창남이 박일용을 쳐다보며 걸음을 멈췄다.

"아는 사람이라도 있어요? 얼른 갑시다."

박일용이 말 탄 소련군을 넋 놓고 보고 있는 창남에게 소리쳤다.

"보소, 잘못했다가는 개죽음당합니다. 지금 무법천지라는 것 모르시오? 같은 방향이라 말씀드리는데 왜놈들 죽이는 것 보시지 않았소? 저기서. 어서 갑시다. 열차 못 타면 고향 가는 건 날 새는 거요."

박일용은 창남이 아는 사람이 아니지만 같은 방향이라는 것에 마음이 가고 있었다. 그런 데다가 왜놈에게 끌려가 몸이 저 지경이 되었다고 하는 소리에 동정이 가고 있었다. 창남은 박일용이 기다리고 서 있는 것을 보면서 나무때기에 몸을 기대며 발을 내딛고 있었다.

"고향 가시려면 정신 차려요. 쥐도 새도 모르게 죽어요. 무법천지라 어서 갑시다."

"예."

창남은 대답했다. 그리고 박일용의 얼굴을 보았다. 박일용의 말대로 누가 누구를 죽여도 알 바 없는 세상이니 정신 차리지 않았다가는 무슨 일을 당할지 모르지 않는가. 창남은 박일용이 알고 지내던 사람은 아니지만 그의 말대로 움직이고 있었다. 시내로 들어가면서 사람들의 왕래가 잦아졌고 붉은 완장을 찬 청년들이 소련군들과 움직이고 있는 모습이 사방에서 보이고 있었다.

"큰 굴뚝 있는 데로 가야 기차역이 있다고 했어요."

광자 어미가 박일용에게 말했다.

"큰 굴뚝요? 거기가 어딘데요?"

박일용이 고개를 들어 사방을 훑어보며 굴뚝을 찾아보고 있었다.

"역요. 청진역."

박일용은 큰 굴뚝을 찾으며 걷고 있었다. 창남 역시 굴뚝을 찾아 두리번거리면서 비척이고 있었다. 사람들은 그늘이 있는 곳이면 앉아 있었고, 소련군들은 붉은 완장을 한 조선청년단원들과 사람들의 행보가 많은 곳마다 운집해서 있거나 행보하고 있었다. 박일용과 창남은 일본 사람들이 소련 군인들에 끌려가고 있는 것을 보면서 조선 옷을 입고 있는 일본인들을 측은한 눈빛으로 보고 있었다.

"우리도 어디 자리를 잡고 앉읍시다."

"예."

창남과 박일용은 친숙해지고 있었다. 그래서 그런지 가족들도 어느새 가까워지고 있었다. 창남이나 광자 어미는 박일용이 친절하게 대해주고 있는 것이 무엇보다 고마웠고 믿음이 가고 있어서 마음이 훈훈해지고 있었다. 광자 어미는 김일학이 청진에서 무역한다고 했고 조선청년단원 청진 분원이라고 한 것이 기억나고 있어서 자리 잡고 있다가 김일학이 혹시 역으로 오면 만나고 싶은 생각에 청진역이 가까운 곳에 자리를 잡고 싶었다. 청진역은 고향으로 가는 열차를 타려고 모여들고 있는 피난민들로 북새통을 이루고 있었다. 박일용은 창남에게 난민들이 밀집하기 시작하는 청진 역을 향해서 계속 다가가고 있었다. 그리고 박일용은 광자 어미가 말한 붉은 벽돌의 큰 굴뚝이 보이는 곳으로 움직이고 있었다. 박일용은 청진역 과 굴뚝 중간쯤 되는 곳에 자리를 잡았다. 그리고 박일용은 자리를 잡고 있는 곳이 곧바로 열차를 향해 갈 수 있는 쪽문이 있는 곳임을 확인했다.

"이제 열차 탈 일만 남았소, 홍성 양반."

박일용은 창남에게 말하고 나서 창남의 허약한 몸을 훑어보았다. 그리고 청진역 철길을 바라보고 있었다. 광자 어미는 붉은 완장을 찬 사람을 보기만 하면 김일학이 아닐까 하면서 자리에서 일어나 한참씩 보고 있었다. 그러나 창남은 김일학이 말한 대로 하지 않았기 때문에 광자 어미와는 달리 붉은 완장을 찬 조선청년단원들을 보아도 잠자코 앉아 있거나 관심 없는 듯이 외면했다. 붉은 완장을 찬 사람들과 소련 군인들은 말을 타고 다니거나 총을 메고 다니며 피난민들을 살피고 있었다. 피난민들은 시간이 흐를수록 몰려들었고 조금이라도 역이 가까운 자리를 잡기 위해서 질서 같은 것은 상관이 없었다. 조선청년단원들과 소련 군인들은 바글거리는 사람들을 헤치고 다니며 질서 유지와 일본 사람들을 찾아내느라 바쁘게 움직이고 있었다. 일본 사람들은 철저히 위장하고 있어서 찾아내기가 쉽지 않아도 조선청년단원들과 소련 군인들의 눈에 가착 없이 걸려들고 있었고, 걸려든 일본인들은 무자비하게 끌려가고 있었다.

"독립군 선생! 독립군 선생!"

와글거리는 속에서 김일학이 말을 타고 창남을 향해 소리 지르며 달려오고 있었다.

"그 아저씨 아녀요? 그 아저씨!"

광자 어미가 김일학을 보면서 소리 지르고 있었다.

"독립군 선생! 이창남 독립군 선생!"

독립군 소리를 외쳐대고 있는 김일학은 창남을 향해 손을 흔들며 달려오고 있었다. 김일학은 창남 앞으로 와서 말에서 내리며 소리를 질렀다.

"내 우리 독립군 선생 못 찾을까 봐 걱정 많이 했습니다. 용케 와 계시군요."

창남은 자리에서 일어나 김일학을 보면서 계면쩍고 미안한 얼굴을 했다.

"독립군 선생님! 이 땅 어디에 계셔도 제가 찾으려 들면 찾을 수 있습니다. 그렇다고 고생시키시면 안 됩니다."

김일학은 광자의 머리를 쓰다듬다가 아예 번쩍 들어 꼭 안았다.

"갑시다. 내 독립군 선생 자리 정도는 마련할 수 있습니다. 자, 따라오십시오."

창남의 얼굴이 밝아졌다. 그리고 미소를 짓고 있었다. 박일용은 지금 창남에게 일어나고 있는 일이 어찌된 일인지 몰라서 어정쩡하게 서서 김일학과 창남을 번갈아 보고 있었다. 그리고 창남이 독립군이라는 것과 뒤이어 일어나고 있는 일들이 이상스럽기만 해서 뭔가에 홀린 듯이 보고 있었다. 김일학은 조선청년단원들에게 무슨 말인가 했다. 그런 다음 김일학은 말고삐를 잡고 창남과 역 앞으로 가기 시작했다. 그 뒤를 이어 박일용과 식구들이 따라가고 있었다. 소련군들도 따르고 있었다.

박일용은 앞에 가고 있는 창남을 보면서 창남이 독립군이었다는 사실에 계속해서 호감은 물론 놀랜 얼굴을 사람들을 제쳐가며 따라가고 있었다. 박일용은 창남에게서 눈을 떼지 못하고 있었다. 김일학은 역 앞에 이르자 말고삐를 기둥에 매 놓고 청사 안으로 들어갔다. 그리고 잠시 후 김일학과 역무원이 창남 일행을 사무실 한 귀퉁이에 자리를 마련해 주었다. 김일학은 역무원이 창남 일행에게 잠자리까지 준비해주는 것을 보면서 창남에게 말했다.

"좀 있으시면 청진 조선청년단원 청진연합단장님이 찾아오실 겁니다. 매일같이 저녁이면 단장님이 이곳에 와서 우리 독립군 선생을 찾았습니다. 그러나 계시지 않아서 혹시 무슨 일이 있지나 않았나 걱정하고 있었습니다. 독립군이 저희 집에서 묵었다고 말씀드리니 크게 반가워하면서 뵙고 싶어 하셨습니다."

창남과 광자 어미 그리고 박일용과 가족 모두가 김일학의 말을 듣고 있었다. 그리고 박일용은 창남이 독립군 당시 어떤 전투를 하였기에 이렇게까지 반기고 있는 것인지 궁금해지고 있었다. 어쨌든 박일용은 창남으로 인해서 조선청년단원들의 보살핌을 받고 있는 것이 기분이 우쭐해지고 든든해지고 있어서 창남이에게서 눈을 떼지 못하고 있었다.

"시장하실 텐데 바쁘게 다니다 보니 음식을 준비를 못 했습니다. 미안합니다. 그리고 저는 갔다가 다시 오겠습니다."

김일학은 밖으로 나가 말을 타고 시가지를 향해서 가고 있었다.

"아니 홍성 양반! 아니, 아니 독립군 선생님! 보아하니 대단하신 분이셨군요. 아니 그렇게 격찬 받으시는 분이 왜 이 뙤약볕에 걸으셨습니까? 신세 안 지려고 그러셨어요?"

창남은 박일용의 말에 대답하지 않은 채 계면쩍게 웃고 있었다.

"참 대단하십니다. 지금 저 사람들한테 이만한 대우를 받는다는 것은 보통 분이 아니신데 홍성 양반이 무서워지고 있습니다. 어쨌든 독립군 선생 덕분에 저까지 덩달아 환대를 받아서 꿈만 같습니다. 독립군 하신 것은 저 사람들을 통해서 잘 알게 되었고 저 사람들은 선생이 독립군 하신 것을 어떻게 알고 이 난리지요?"

창남은 박일용이 묻는 말에 이번에도 빙긋이 웃으며 귓속말이라도 하는 듯이 조용히 말하고 있었다.

"신세 진 게 미안해서 말했어요. 애들하고 길에서 잘 수 없어서 신세 지면서 얘기했더니 모두 알게 됐나 봅니다."

"아, 그랬구나! 저도 독립군 만나서 반가운데 저 사람들이야 말할 것도 없겠지요. 어쨌든 기분이 최곱니다. 독립군 홍성 양반 덕분에."

창남은 박일용의 말에 다시 빙긋이 웃었다.

박일용은 창남에게서 한동안 눈길을 떼지 못하고 있었다. 그리고 박일용과 창남은 역전 광장에 가득한 피난민들을 내다보면서 붉은 완장을 찬 조선청년단원들과 소련군 병사들이 운집해 있는 피난민들을 헤집고 다니고 있는 것을 보고 있었다. 청진역을 메우고 있는 피난민들은 일제의 강제 징용자들로서 탄광이나 광산 아니면 공사장에서 일하던 사람으로서 대개가 가족을 동반하고 있었다. 피난민들은 한 발짝이라도 청진역 가깝게 가기 위해서 밀치고 있었으며, 광장은 그 때문에 아우성이 벌어지고 있었다.

시간이 가면 갈수록 피난민들은 늘어만 가고 있었다. 붉은 완장을 찬 조선청년단원들은 소련군 병사들과 싸움이 일어나고 있는 곳이나 길을 막고 있는 곳을 찾아다니며 통제하느라 바쁘게 움직이고 있었다. 그리고 피난민들 틈에 숨어 있는 일본인들을 찾아내느라 잠시도 머물고 있지를 못하고 있었다. 조선청년단원들과 소련군 병사들은 하늘에 대고 총을 쏴가면서 태양 열기가 이글거리고 있는 청진역 광장의 피난민들 또한 태양 열기만큼이나 이글거리고 있었다. 그 이글거리고 있는 속에서 아이들은 더위와 불쾌감을 참을 수가 없어서 울어대고 있었다. 여자들은 울고 보채는 아이를 달래느라 경황들이 없었다. 구름 한 점 없는 하늘을 향해서 소련군 병사들은 사정없이 공포탄을 쏴대고 있었다. 피난민들은 지치고 있었고 굶주리고 있었고 탈진하고 있었다.

"일본 사람들이 있으면 신고하시오. 신고하지 않고 있다가 우리에게 적발되면 그 주변에 있던 분들은 열차를 탈 수 없습니다. 그러나 신고하면 그 주변에 있는 분들은 우선으로 열차를 탈 수 있도록 할 것입니다. 그러니 옆 사람들에게 말을 걸어 보십시오. 말을 걸어보면 일본 사람들을 찾아낼 수 있습니다. 일본 사람들을 신고하지 않으면 열차는 출발하지 않습니다. 일본 사람이 단 한 사람만 있어도 열차는 출발하지 않습니다. 그러니 옆 사람이 일본 사람인가 살펴보시고 우리에게 신고하시기 바랍니다."

소련군의 총소리와 조선청년단원들의 떠드는 소리와 아이들의 울음소리가 뒤엉켜 있는 청진역 광장은 지옥 어디에서도 볼 수 없는 아수라장이 벌어지고 있었다. 그래서 그런지 일본 사람들은 여기저기서 끌려 나가고 있었고, 소련군 병사들은 무자비하게 일본 사람들을 내동댕이치고 있었다.

조선청년단원들과 김일학이 오고 있었다.

"제가 말씀드린 분이 이분이십니다. 이창남 독립군."

김일학은 조선청년단원 청진연합단장에게 창남을 소개했다.

"아, 뵙고 싶었습니다. 곧 위원장님이 도착하실 겁니다. 소비에트 신탁통치위원회 북조선 사령관과 긴급회의가 있어 조금 늦습니다. 이렇게 뵈오니 감회가 무량합니다. 얼마나 고생이 많으셨습니까? 18만 대군을 물리치신 독립군 용사님! 고영균 중대장을 통해 잘 알고 있습니다."

소련 군복을 입고 붉은 완장을 찬 단장이 창남을 반기고 있었다. 창남은 고개를 숙이고 인사를 하였다

"감사합니다."

창남은 이렇게까지 자신을 환대하고 있을 줄을 생각도 못 하고 있었다. 더군다나 위원장이라는 분이 뭐 하는 사람인지는 몰라도 위원장이라는 사람까지 온다고 하니 몸 둘 바를 모르고 있었다. 창남은 경직되고 있었다.

"수색정찰대원으로 활약하셨다는 말씀 들었습니다. 말로만 듣던 독립군을 이렇게 가깝게 뵈니 영광입니다."

단장과 함께 온 단원들은 이구동성으로 창남을 환영했다. 창남은 계속해서 경직되어 있었다.

"저희는 독립군이 되고 싶었지만 실천을 못 했습니다. 우리 김일학 동지

가 선생님을 말씀하시기를 일본군 200부대를 공격하고 탈출하셔서 그 길로 독립군이 되셨다는 이야기를 들었습니다. 참으로 영광입니다."

조선청년단원들은 돌아가면서 창남을 격찬했다. 창남은 그럴 때마다 몸을 숙이거나 고개를 숙이는 것으로 예의를 다했다. 창남은 붉은 말이 청진역 광장에 나타나고 있는 것을 보았다. 그리고 그 말 위에서 사람이 내리고 있는 것을 보고 있었다. 말에서 내린 사람은 청년단원들과 문 안으로 들어오고 있었고, 창남과 함께 있던 청년단원들이 경례했다. 그 사람은 천천히 걸어오고 있었다.

"위원장님이십니다."

김일학의 말소리를 들으며 창남은 긴 나무때기에 의존하고 있는 몸이지만 곧은 자세를 하고 서 있었다.

"위원장님! 이분이 독립군이신 이창남입니다."

김일학의 소개가 있자 위원장은 손을 내밀었다. 창남은 나무때기를 잡고 있던 오른손을 앞으로 내놓았다. 위원장은 창남의 손을 잡고 흔들기 시작했다.

"뵙고 싶었습니다, 독립군 용사님! 조국충이라 합니다. 부모님에게 말씀을 듣고 몹시 뵙고자 했습니다. 독립군께서 우리 집에 계시던 저녁에 공교롭게도 소비에트 신탁통치위원장과 조선 해방 축하 기념식이 치러지고 있어서 집에 들르지를 못했었습니다. 부모님께서 무척 서운해 하고 계십니다. 아무튼 영광입니다, 이창남 독립군 용사님!"

창남은 위원장의 얼굴을 조심스럽게 바라봤다. 그리고 폭격 맞던 날 묵었던 노인의 아들이라는 것을 알았다. 창남은 고개를 깊이 숙였다. 아들이 말을 타고 밤이 늦어도 꼭 들르고 싶다며 한사코 손을 잡고 있던 노인 내외를 창남은 떠올리며 고개를 깊이 숙였다.

"모진 고문에 시달리셨다고 들었습니다. 200부대를 폭파하셨다는 말도 들었습니다. 청산리에서 김시진 장군과 18만 대군을 몰살시키셨다는 말씀도 들었습니다. 이 나라를 위해서 이보다 더한 일이 어디에 있겠습니까? 이창남 독립군 용사님! 반갑고 영광입니다."

조국충 위원장은 부러진 뼈가 굳어가고 있고 빠졌던 손톱들이 솟아나고 있는 창남의 손을 굳게 잡고 있었다. 조국충 위원장은 숙연해지고 있는 눈을 껌벅거리며 검푸른 입술을 다시 움직이고 있었다.

23
청진역의 만세 소리

"잡고 싶습니다. 이곳에서 모시고 싶습니다. 고향이 충청남도 홍성이라고 알고 있습니다. 그곳은 김좌진 장군, 윤봉길 의사, 유관순 열사가 있는 곳이라는 것도 알고 있습니다. 이창남 독립군을 이렇게 뵈오니 감회가 무량합니다. 불과 며칠 전 우리는 이곳에서 목이 터지게 소리 질렀습니다. '대한독립만세'를 목이 터지라 외치고 있었습니다. 지금 저는 다시 그 '대한독립만세'를 부르고자 합니다. 모두 함께 '대한독립만세'를 외칩시다. 대한독립만세! 대한독립만세! 대한독립만세…!"

창남은 만세를 불렀다. 함흥형무소에서 부르지 못했던 만세를 조국충과 함께 불렀다. 창남은 지금 자신이 독립군이었다는 사실이 너무나 좋기만 했다. 눈물이 솟고 있었다. 일본에 의해 억울한 것들이 사무치며 눈물이 되어 솟고 있었다. 창남의 얼굴은 눈물로 범벅이 되고 있었다. 광자 어미도 광자도 울고 있었다. 역전 광장이 시끄러워지고 있었다. 역 청사 안에서 만세를 부르고 있는 모습을 보고 있던 피난민들이 만세를 외치고 있었다. 만세 소리는 사방으로 퍼지고 있었고 진동하고 있었다. 조국충은 청진역 광장으로 나갔고 난민들 앞에 서서 만세를 불렀다. 그리고 피난민이 그토록 기다리던 광복 피난민 열차가 힘차게 기적 소리를 내며 청진 역으로 들어오고 있었고 피난민들을 태우려고 멈추고 있었다. 피난민들의 만세 소리와 열차의 기적 소리가 울려 퍼지고 있는 청진역은 해방의 기쁨이 한 꺼번에 폭발하고 있었다. 만세 소리 속에서 조선청년단원들은 애국가를 부르기 시작했다. 그리고 피난민들도 애국가를 부르고 있었다. 애국가가 울려 퍼지고 있는 청진역 광장에서 소련군 병사들과 조선청년단원들이 일 본 사람들을 잡아가고 있었다. 김일학이 창남에게 말했다.

"저 사람들, 조선 옷을 입고 일본으로 돌아갔으면 좋겠습니다. 저 사람들의 마지막 모습이 될 테니까요."

김일학은 일본사람들의 최후를 불쌍한 눈으로 보고 있었다. 소련군 병사들이 조선 옷을 입은 일본 사람들을 끌고 가는 것을 보면서 김일학이 말하고 있었다.

청진역 개찰구에서는 소련군 병사들이 조선청년단원들과 줄지어 서서 피난민들을 개찰하기 시작했다. 조국충이 사무실로 들어오면서 창남과 광자 어미에게 작별을 하고 있었다. 그리고 창남은 김일학이 안내하는 대로 박일용과 사무실을 떠나 승차장으로 향했다. 열차 앞에 당도하자 김일학이 창남에게 조심스럽게 입을 열었다.

"처음에는 객차로 모시려 했습니다. 그러나 객차 수가 모자라고 화물칸이 대부분이라 객차로 모시지를 못하게 되었습니다. 그리고 이 열차는 서울로 가면 다시 오지 않습니다. 그러다 보니 서울과 대전 소속으로 등록된 마지막 차량으로 되어 있습니다. 몸이 불편하셔도 화물칸 위로 타시는 방법밖에는 없습니다. 이해하시기 바랍니다. 그리고 현재 모든 차량은 러시아 수송대로 징발되어 있습니다. 지붕으로 오르십시오. 부인과 자제분들은 객차 안으로 모십니다."

창남은 김일학의 말에 눈을 껌벅거리고 있었다. 조국충을 비롯해서 청년단원들은 벌 떼처럼 와글거리는 난민들 틈에 서서 창남과 박일용이 화물차 지붕으로 올라가는 것을 보고 있었다. 그리고 창남을 향해서 소리질렀다.

"잘 가십시오. 건강을 회복하시어 만수무강하시기 바랍니다. 우리는 다시 만납니다."

창남은 손을 흔들었다.

"고맙습니다! 영원히 잊지 않고 있겠습니다."

창남은 흐르는 눈물을 주먹으로 문지르고 있었다. 그리고 김일학이 준비해준 끈으로 박일용과 허리를 묶어 화물차 지붕의 공기통에 단단히 매었다. 날씨는 어두워지면서 광복 열차는 기적 소리를 청진 하늘에 울리고 있었다. 열차가 움직이자 김일학과 조국충은 청년단원들과 함께 마지막 작별의 손을 흔들고 있었다.

'워 억 워 억! 뻐억!'

피난민을 가득 태운 광복 피난민 열차는 김일학과 조국충을 뒤로하고 청진역을 떠나고 있었다. 청진역을 떠나기 시작한 피난 열차는 어둠 속을 달렸다. 달빛을 받으며 흐르고 있는 강줄기를 따라 피난 열차는 힘차게 남으로 달리고 있었다. 창남은 허리를 동여맨 끈을 꽉 잡고 북쪽 하늘을 보고 있었다. 산과 산들이 밤하늘을 덮었다가 사라지고 달빛에 반짝이고 있는 강물 줄기들이 사라지고 다시 또 별이 빛나는 밤하늘이 나타나면 창남은 그 밤하늘을 보고 있었다. 창남은 머릿속에서 빠르게 떠오르고 있는 것을 생각했다. 근식 대장과 떠오르고 있는 독립군 동지들. 그리고 두만강 얼음 속에 묻고 가는 만식이. 엘렉과 시베리아 동부 사령관 코네프. 창남은 걷잡을 수 없도록 떠오르고 있는 사람들을 그리워하느라 눈을 감고 있었다.

"머리 숙입시다, 독립군 선생."

창남은 박일용이 지르고 있는 소리에 눈을 떴다. 그리고 박일용이 머리를 누르는 대로 고개를 숙였다. 열차는 굴속으로 들어가고 있었다. 기관차에서 내뿜는 연기가 숨을 쉬지 않아도 입과 코로 들어오고 있었다. 창남은 옷소매에 입을 대고 숨을 쉬고 있었다. 화물열차 지붕에 몸을 줄로 묶고 가고 있어도 고향으로 가는 마음은 불편한 것을 느끼지 못하고 있었고 기구한 생각도 들지 않았다. 다만 고향만 갈 수 있기를 간절히 바라고 있을 뿐이었다. 열차가 굴속을 벗어나면서 난민들은 연기에 그을려 검게 변해 있었다.

"우리 독립군 선생이 그 정도이신지 몰랐습니다. 조선청년단원이면 이북 행정부를 대신하는 단체인데 청진연합회장까지 나온 것을 보면 우리 독립군 선생이 보통이 아니십니다. 고향에 가시어 안정되시면 우리 서로 왕래하며 지내도록 합시다. 내 고향에 가면 몸 붙일 만한 것은 어지간히 있소이다. 꼭 잊지 말고 왕래합시다."

박일용이 허리를 동여맨 끈을 잡고 바람에 날리는 머리카락을 손으로 밀어젖히며 큰 소리로 말했다. 창남은 고개를 끄떡였다. 그리고 힘겹게 지붕에 매달려 있는 몸을 가누며 미소를 지었다. 고향으로 가는 길이니 박일용의 말마따나 형편이 좋아지는 대로 만난다면 얼마나 반갑고 보람이겠는가.

창남은 눈을 지그시 감은 채 자신의 몸을 생각했다. 일본 경찰에 잡혀도 독립군을 말하지 않으면 모든 것이 잘될 줄만 알았던 창남은 200부대 탈출한 것이 문제가 되리라는 것은 생각을 못 했다. 창남은 기관차 굴뚝에서 치솟고 있는 연기를 보면서 숨을 몰아쉬고 있었다. 그리고 창남은 자신의 몸이 만신창이가 되어 소생할 수 없는 건강이 눈앞을 컴컴하게 만들고 있어서 눈을 감고 있었다. 고향에 간다고 해서 다를 게 뭐가 있겠는가. 해방되었고 남들이 모두 가고 있는 고향이라 묻어가듯이 고고 있을 따름이라는 생각을 하면서 창남은 마음이 어둡기만 했다. 광복 피난민 열차가 정차하지 못하고 지나치고 있는 역 승차장에서는 피난민들이 펄펄 뛰며 애통해하는 것을 보면서 달리고 있었다. 객실이나 화물칸 바닥은 이중 삼중으로 피난민들이 앉아 있고 지붕 역시 발 들여놓을 틈이 없는 실정이고 보니 열차는 멈추지 못하고 달리고 있었다. 광복 피난민 열차는 눈 덮인 것처럼 피난민들의 하얀 옷자락이 뒤덮인 체 바람에 날리며 산을 돌다가 굴로 들어가다가 하면서 남으로 달리고 있었다.

"날이 밝나 봅니다."

박일용이 연기에 그은 얼굴을 반짝이며 말했다. 창남은 박일용의 말에 먼 하늘을 보았다.

"열차가 멈추면 먹을 것을 구해 안에 넣어주겠소. 선생은 내가 올 동안 용변이 마려워도 참고 있으시오."

"예."

창남은 대답했다. 그렇지 않아도 함께 앉아 가는 옆 사람들에게 자리를 부탁해도 되겠지만 열차가 멈추면 사람들이 벌 떼처럼 기어오를 것이 틀림없기에 자리 지키기가 큰 문제가 아닐 수 없다. 창남은 피곤한 몸을 눕힐 수가 없어서 계속해서 숨을 몰아쉬면서 몸뚱이를 뒤틀어대고 있었다. 박일용은 창남이 힘들어하고 있는 것을 보면서 자신이 해 줄 수 있는 것이 없어서 마음이 불편해지고 있었다. 그러나 콩나물시루는 상대가 되지 않을뿐더러 빽빽이 앉아 있는 지붕은 가라앉을 지경이고 발 디딜 자리가 눈곱만큼이라도 있는 곳이면 위고 아래고 없이 피난민들은 매달려 있다. 열차는 무거워서 달릴 수도 없어 보이고 있고 금방이라도 폭삭 찌그러지며 주저앉을 것만 같다. 창남과 박일용은 꼿꼿이 앉아서 하늘만 보고 있었다.

창남은 기관차에서 뿜어 오르는 검은 연기 사이로 나타나고 있는 바다를 보고 있었다. 창남은 수없이 지나치고 있는 역들을 생각하며 열차를 타지 못해 나뒹굴며 애통해하는 사람들을 떠올렸다. 그리고 눈에 들어오고 있는 시가지를 피곤한 눈을 껌벅이며 바라보고 있었다. 이번에도 지나쳐버릴 역이겠지 하면서도 혹시 멈출지 모른다는 생각을 했다. 지붕에 타고 있는 사람들이 차츰 드러나 보이면서 날이 밝아 오고 있는 시가지로 광복 열차는 미끄러지고 있었다.

"어랑인데 정차하려나 봅니다."

창남은 박일용이 내리고 싶어 하는 것을 알고 있었다. 시장기에 지쳐 있을 것이고 화물칸 바닥에서 식구들이 어떻게 있는지 박일용은 궁금해 했다. 광복 열차는 요란하게 기적 소리를 내고 있었다. 열차는 시가지로 들어가면서 속도를 줄여가며 어랑역으로 들어가고 있었다. 지붕에 앉아 있거나 매달려 있는 사람들은 어랑 시가지를 보면서 어랑역을 하얗게 뒤덮고 있는 사람들을 보고 있었다. 열차는 파도처럼 움직이고 있는 사람들을 보면서 멈추었다. 열차가 멈추자 사람들이 달려왔다. 그러자 역무원들과 붉은 완장을 찬 조선청년단원들이 이를 제지했다. 열차는 다시 움직이기 시작했고 대기 철로 선으로 들어가고 있었다. 잠시 후 열차가 멈췄다. 그리고 승차장에는 조선청년단원들과 소련군 병사들이 피난민들을 제지하고 있었다. 지휘봉을 들고 있는 조선청년단원이 피난민들을 향해서 소리를 질렀다.

"여러분! 여러분은 모두 고향으로 가시게 됩니다. 잠시만 저희 말을 듣고 기다리시면 모두 승차하시고 고향으로 가십니다. 이제 기관차는 저기에 있는 3량의 화물칸을 달고 나서 여러분을 승차시키게 됩니다. 그러니 질서를 지켜주시고 무사히 귀향하시기 바랍니다."

피난민들은 청년단원의 말대로 자리에 앉아서 열차가 화물칸을 이어 달기를 기다리고 있었다. 기관차는 본체에서 분리되어 대기선에 있는 화물칸을 향해서 움직이기 시작했다.

"독립군 선생! 내려가서 식구들 좀 보고 오겠소."

박일용은 말해놓고 조선청년단원들을 내려다보고 있었다. 그러나 조선청년단원들은 열차에서 내리지 못하게 하고 있었다. 지붕에 사람들은 조선청년단원들 모르게 뒤편으로 내려 열차 밑 아니면 연결 사이에서 급한 볼일들을 보고 있었다. 기관차는 대기선에서 화물칸을 끌어다가 연결했다. 그러자 승차장에 대기하고 있던 피난민들을 조선청년단원들의 안내에 따라서 화물칸에 승차하기 시작했다. 승차가 마무리되자 조선청년단원들은 하차를 기다리고 있던 사람들을 하차시키고 있었다.

"독립군 선생! 급한 일 먼저 보실래요? 아니면 제가 먼저 다녀오고 나서 다녀오실래요?"

창남은 박일용을 보면서 미소를 지었다. 그리고 대답했다.

"밑에 가시면…."

"걱정하지 마시오, 독립군 선생."

박일용은 미소 지으며 허리를 묶고 있는 줄을 끄른 다음 와글거리는 승차장으로 뛰어내렸다. 그리고 활짝 열려 있는 화물칸 문 앞으로 갔다. 창남은 허리를 묶고 있는 줄을 손으로 잡으며 박일용이 문 앞으로 간 모습을 내려다보고 있었다. 그리고 광자 어미와 광자 그리고 아들아이가 밖으로 나오는 것을 보았다. 박일용은 광자 어미가 밖으로 나오자 지붕에서 내려다보고 있는 창남을 손으로 가리켰다. 광자 어미는 창남에게로 다가왔다.

"괜찮으세요?"

창남은 고개를 끄떡였다. 그리고 손짓을 하며 어서 다녀들 오라고 했다. 창남은 박일용과 식구들이 가는 것을 보고 몸을 일으켰다. 뙤약볕에 숨이 막히고 목이 타다 못해 모든 것이 열기에 타들어 가고 있지만 고향으로 간다는 생각에 피난민들은 고마움이 넘치고 있었다. 그리고 행복하기만 했다. 열차 지붕 위에 타고 있는 사람들은 대부분이 아래로 내려가 남아 있는 사람들은 별로 없었다.

"안에는 여자들과 아이들, 노인들만 타세요. 남자들은 안에 못 탑니다. 여자들은 모두 안으로 타세요. 로스케들에게 여자들 보이면 안 됩니다. 여자들은 모두 안으로 타세요. 그리고 여자들은 반드시 남자와 동행하시오. 혼자는 절대 밖에 나가지 마시오."

조선청년단원들이 소리 지르며 다니고 있었다. 조선청년단원들을 피난민들을 향해서 소리를 지르고 있었고, 화물칸 안으로 여자들과 아이들 그리고 노인들이 타고 있는 것을 감시 감독하고 있었다.

"나남에서 조선 여자들이 농락당했습니다. 여자들은 모두 안으로 타야 합니다."

조선청년단원들은 피난민들은 향해서 소리 지르며 다니고 있었다. 그 때문에 화물칸 안에는 여인들과 아이들 그리고 노인들은 모두 안으로 타고 있었다. 화물칸 안은 불솥이 되어 있었다. 창문이 없으니 바람이 통하지 않고 바람이 통하지 않으니 화물칸 안은 불솥이 되어 사람들을 모두 푹 삶고 있었다. 얼굴들은 푸석푸석해지고 있었고 물 한 모금 먹을 수 없는 속에서 사람들은 탈진해 가고 있었다. 박일용은 뛰어다니고 있었다. 광자 어미와 광자 그리고 아들아이를 승차시키고 자신의 식구들을 데리고 밖으로 나가고 있었다. 그리고 잠시 후 가족을 승차시키고 나서 박일용은 밖으로 뛰어갔다. 그리고 물통과 주먹밥을 들고 뛰었다. 박일용은 식구들에게 주먹밥과 물통을 주고 나서 지붕으로 올라왔다.

"다녀오시오, 독립군 선생!"

박일용은 흐르는 땀을 닦을 겨를도 없이 줄을 들어 몸을 묶고 있었다.

"우리 먹을 것은 여기 있으니 물만 마시고 오시오."

창남은 박일용이 잡아주는 끈을 잡으며 아래고 내려갔다. 그리고 열차의 벽을 짚으며 움직였다. 창남은 열차의 연결 사이에서 잠시 멈췄다. 그러나 마실 물이 없어서인지 몸에서 나오는 것은 아무것도 없었다. 창남이 문 앞으로 가서 식구들을 둘러보고 있었다. 화물칸 안은 사람들이 겹겹이 포개져 뒤죽박죽 앉아들 있었고 모두 입을 벌리고 숨을 쉬고 있었다. 그리고 한쪽에서는 물통을 빼앗고 있었고 아이들은 비명과 울음소리로 질식해 숨이 넘어가고 있었다. 창남은 식구들과 박일용의 식구들을 둘러보고 나서 지붕으로 올라갔다.

열차는 뙤약볕에서 온종일 내내 움직이지 않고 있었다. 어랑역은 한낮 내내 비명과 절규 소리가 이글거리는 태양열보다도 더욱 끓어오르고 있었다. 열차가 움직이기 시작했다. 피난민들은 어둠이 깔리고 있는 속에서 역무원이 호루라기를 불어대며 출발의 깃발을 흔들고 있는 것을 보고 있었다. 광복 피난민 열차는 기적을 울리면서 움직이기 시작했다. 지붕 위에서는 손에 잡히는 것만 있으면 잡거나 붙들고 있었다. 피난민들은 결사적으로 무엇이든 붙들고 있었다.

창남과 박일용은 몸을 묶고 있는 줄이 끊어지기라고 할까 봐 수없이 살펴보면서 어랑역을 떠나고 있는 광복 피난민 열차가 검은 바다를 끼고 달리고 있는 지붕 위에서 고향의 먼 밤하늘을 보고 있었다. 창남은 박일용이 잠들고 있는 것을 보았다. 끈으로 허리를 동여매고 있다고는 하나 여러 사람이 끈을 잡고 있으므로 창남은 박일용을 지탱하고 있는 끈에서 눈을 떼지 못하고 있었다. 힘차게 솟아오르고 있는 연기는 열차 지붕을 사정없이 덮으면서 피난민들을 한참씩 코와 입을 막고 있었다. 그리고 연기는 어느 순간에 모두 사라지고 있었다.

박일용은 달팽이처럼 웅크리고 있는 창남을 보면서 일본군과 치열하게 싸우던 모습을 상상하고 있었다.

"이것 좀 놓으시오. 나 떨어져요. 놓으시오."

무엇이든 손에 잡히는 것이 있으면 사람들은 결사적으로 잡고 놓지 않고 있었다. 그러므로 지붕 위에서는 고함이 그치지 않고 있었고, 떨어지지 않으려고 사람들은 무엇이든지 잡고 늘어지고 있었다. 그러다 보니 사람들은 서로 마주보면서 실랑이들을 하고 있었다.

24
지붕 위의 사람들은 떨어져 죽어가고

"굴입니다. 굴!"

절벽을 타고 달리던 광복 피난민 열차는 굴속으로 자주 들어가고 있었다. 길지 않은 굴을 지날 때는 잠시 숨을 참고 있으면 되지만 그렇지 않은 굴속으로 들어가면 사람들은 모두 연기에 질식하고 얼굴들은 새카맣게 변해서 나타나고 있었다. 창남은 굴속으로 열차가 들어가기만 하면 한참씩 숨을 못 쉬고 죽었다 살아나기를 반복하고 있었다. 박일용은 그런 창남을 보면서 앞으로 굴들이 수없이 많을 것에 걱정하고 있었다.

열차를 타고 지붕에서 시달리기 시작한 지 하루가 지나면서 지붕에서는 불행한 일들이 일어나기 시작하고 있었다. 연기를 심하게 들이마신 사람들은 회복을 못 하고 떨어졌다. 질식한 사람들은 떨어지면서 비명도 지르지 못하고 떨어졌다. '철퍽' 하고 땅바닥에 떨어지는 소리가 들려오고 있을 뿐이었다. 박일용은 저고리에서 양쪽 팔뚝을 뜯어냈다. 그리고 한쪽 것은 창남의 팔뚝에 둘둘 말아 집어넣고 굴속에 들어가면 입과 코를 막을 수 있게 하였다. 창남은 콜록대면서 박일용을 쳐다봤다. 박일용은 남은 한쪽 것을 자신의 팔뚝에 매고 있었다. 지붕 위 사람들은 잠들고 있었다.

그러면 잠든 사람을 흔들어 깨워주었다. 그러나 시간이 오래되면서 사람들은 졸음을 견디지 못하고 있었다. 사람은 서로 졸지 말라고 소리 지르고 흔들고 있어도 사람들은 어느 순간에 잠이 들고 있었다. 그리고 잠든 사람들은 힘없이 떨어지고 있었다. 잠들고 있는 사람을 붙잡고 있는 사람도 잠들고 있었고 떨어지고 있었다. 창남은 떨어져 죽는 것을 보면서 만식을 생각했다. 창남은 사람들이 쉽게 죽어가고 있는 것을 보면서 수없이 죽음에서 돌아와 있는 자신을 생각했다.

광복 피난민 열차는 이런 사정을 아는지 모르는지 계속해서 굴속을 드나들고 있었다. 열차가 굴속으로 들어갈 때마다 지붕 위에 사람들은 빈자리를 만들고 있었다. 창남은 물속에다가 머리를 수없이 처박아놓고 숨이 끊어질 무렵이면 꺼내놓고 가슴을 쳐 대던 일본 경찰을 떠올리고 있었다. 목숨이 모질어서 그랬는지 숨이 끊어지지 않고 견뎠던 자신을 창남은 오래도록 생각했다. 박일용이 팔뚝에 천을 두껍게 감아준 곳에 입을 대고 숨을 쉬면서 창남은 긴 굴속을 지나고 있었다. 그러면서 창남은 고문을 왜 그렇게 당해야 했는지 억울하기만 해서 박일용이 감아준 곳에 입을 대고 숨을 쉬면서 한없이 눈물을 흘리고 있었다. 그리고 이어지고 있는 맑은 공기. 창남은 흐르는 눈물을 그대로 두고 있으면서 하늘을 향해 울고 있는 두 눈을 보내고 있었다. 창남은 지금 수없이 떨어져 죽어가고 있는 사람들을 생각하면서 왜 이렇게 쉽게 죽어가고 있느냐고 통탄하면서 한없이 흐르는 눈물을 참지 못하고 있었다. 박일용이 울고 있는 창남을 조용히 보고 있었다.

칙칙폭폭 소리가 맑은 공기 속에서 울려 퍼지고 있노라면 누군가 다시 소리 지르고 있었다.

"굴이다! 구…울!"

사방에서 굴이라는 소리가 울려 퍼지고 있었다. 이제 굴이라고 들리는 소리는 비명이나 다름없었다. 사람들은 졸음을 참을 힘이 없었다. 또한 검은 연기 속에서 숨을 참을 수 있는 힘이 없었다. 이제 떨어져 죽는 소리에 무디어지고 있었다. 피난민 광복 열차는 화성역에서 멈췄다. 살아 있는 사람들은 모두 검은 얼굴을 하고 있었고 몸들은 풀기가 남아 있지를 않았다.

"물 좀 주시오."

사람들은 탈진한 몸을 뒤적이며 아무한테나 물을 달라고 했다. 화성역 역무원들은 커다란 통에 물을 담아놓고 물을 먹을 수 있게 했다. 박일용은 허리를 묶은 끈을 끄르고 나서 물통이 있는 곳으로 움직였다. 자신과 창남보다 화물칸에서 뒤엉켜 있는 가족이 궁금해서 박일용은 움직이고 있었다. 한참 만에 그릇을 얻은 박일용은 물을 떠서 창남에게 먼저 주고 나서 식구들이 있는 화물칸으로 움직였다. 그리고 박일용은 가족이 탈진하여 일어나지도 못하는 것을 보았다.

"성진역을 지나면 굴이 없어요. 있어도 없는 거나 다름없어요. 모두 짧아요."

누구 입에선가 나오고 있는 소리를 사람들은 듣고 있었다. 그렇지만 성진역까지 가는 동안은 조금도 다를 것이 없으니 사람들은 아무런 반응 없이 앉아들 있었다. 열차를 타면 모두 고향에 가는 것으로 알고 있었다. 그러다가 생각지도 못했던 연기와 졸음으로 죽어가게 될 줄은 까맣게 모르면서 죽어가고 있었다. 사람들은 삶의 의를 잃어가고 있었다. 고향으로 가고 싶었던 욕망이 사라지고 있었다. 지붕 위 사람들은 모두 마른 명태처럼 바싹 말라가고 있었다. 날이 밝아 오고 있었다. 그러나 밝아 오고 있는 하늘을 보려고 고개를 움직이는 사람은 없었다. 소련군 병사들이 말을 타고 거들먹거리며 건널목을 지나가고 있어도 아무도 그것을 보는 사람은 없었다.

창남은 세수하고 싶었다. 손을 씻고 싶었다. 모두 뽑혔던 손톱이 반쯤 돋아나고 있는 것을 보면서 일본 사람들을 생각했다. 일본 사람들을 보기만 하면 소련 군인들이 잡아가기 전에 잡아 죽이고 싶기만 했다. 창남은 도망쳤고 잡혔고 수없이 목숨이 끊어졌다가 이어져 가면서 두들겨 맞아 골병이 들어 있는 몸뚱이를 내려다보면서 엘렉 친구들과 좀 더 소련에서 있다가 해방되면 식구들을 찾아갈 것을 그랬다고 생각하면서 한없이 후회했다. 만약에 소련에서 지금까지 있었다면 멋지게 차려입고 고향으로 가든지 아니면 블라디보스토크에서 잘 살 수 있었을 것을 그랬다고 생각하면서 창남은 후회하고 있었다.

열차는 고성리를 지나고 있었다. 사람들은 스치듯이 빠르게 뒤로 물러가고 있는 고성리를 보면서 험준하기만 한 산들이 앞을 가로막고 있는 앞을 향해서 깊은 숨을 몰아쉬고 있었다. 그러면서 사람들은 두려움에 지쳐가고 있었다.

창남은 쇠약해지고 있는 자신의 몸에 두려움을 느끼고 있었다. 건강한 사람들도 이틀이 지나면서 기력을 잃어가고 있는 것을 보면서 얼마나 더 견딜 수 있을지 두려워지고 있었다.

"독립군 선생, 이리 기대고 좀 주무시오."

박일용이 자신의 어깨를 손으로 치면서 말했다. 창남이 박일용을 향해서 고개를 돌리고 웃음을 띠었다.

"이리 이렇게 다리를 펴고 몸을 그리 눕히시고 좀 주무시오, 독립군 선생."

박일용이 창남의 다리를 당기면서 말했다. 그러자 비좁게 앉아 있던 사람들이 몸을 틀며 창남과 박일용을 번갈아 보고 있었다.

"아, 미안합니다. 이분이 독립군이신데 왜놈들이 워낙 몹쓸 짓을 해서 많이 아프십니다."

박일용은 사람들에게 말했다. 그러자 창남이가 고개를 저으며 다시 앞을 보고 있었다. 창남은 눕고 싶은 마음도 없었고 몸뚱이는 고문대에 올려 있을 때와 같이 감각을 잃고 있었다. 수없이 피가 멎었던 몸뚱이가 어쩌면 마비되고 있는지도 모르겠고 피가 멎었던 때와 같이 신경이 끊기고 있는지 모르겠다. 창남은 이틀째 앉아 있는 자세에서 움직이지 않고 있었다.

"좀 누우세요, 독립군 선생."

박일용은 다시 창남에게 말했다. 그러나 창남은 고개를 돌려 박일용의 얼굴을 보며 미소를 지었다. 그리고 다시 앞을 보았다. 박일용은 쇠약할 대로 쇠약한 창남이 이러다가 무슨 일이 일어나지나 않을까 하는 생각에 마음속에 걱정이 쌓이고 있었다. 그렇지만 창남은 조금도 반응이나 변화를 보이지 않고 있었다. 그리고 보면 창남은 물속에서 또는 거꾸로 매달려서 아니면 손톱 발톱이 빠지는 고통에서 견뎌야 했던 순간들을 어쩌면 지금까지 겪고 있는지도 모르겠다. 박일용은 초조해지고 있는 마음속에서 앞을 보고 있는 시선을 움직이지 않고 있는 창남을 어떻게 할 수가 없어서 눈을 돌리지 못했다.

"앞에 굴입니다."

굴이라는 소리에 사람들은 고개를 수그리며 옷자락으로 입과 코를 막기 시작했다. 그리고 옆 사람을 서로 움켜잡고 있었다. 열차는 굴속으로 빨려 들어가고 있었다.

다음 날, 다시 어둠이 내리고 있을 무렵 열차는 길주역으로 들어가고 있었다. 길주역으로 들어가고 있는 열차는 대기선으로 들어갔다. 지붕 위 사람들은 모두 팔과 다리를 움직이며 내릴 준비를 했다. 박일용이 창남에게 말했다.

"독립군 선생! 독립군 선생이 먼저 내려가서서 볼일 보시고 오시겠소?"

창남은 박일용의 말에 고개를 끄떡였다. 그러자 박일용이 다시 입을 열었다.

"독립군 선생이 다녀오시면 다음에 내가 가서 물과 먹을 것을 구해 오겠소. 급한 용건만 보시고 바로 오시오."

창남은 고개를 끄떡이며 허리를 동여매고 있는 줄을 끌렀다. 손과 손가락이 온전치 못한 창남이 줄을 끄르고 있자 박일용이 끌러주면서 다시 말했다.

"내려가시면 식구들도 보고 오시오."

창남은 다시 고개를 끄떡였다. 이틀 만에 땅으로 내려가고 있는 창남은 온몸이 후들거리고 있어서 땅을 밟고 서 있을 때까지 박일용이 손을 놓지 않고 있었다. 창남은 몸의 중심을 잡으며 화물차 벽을 짚고 서서 조금씩 발을 움직이고 있었다. 그런 창남을 박일용은 내려다보면서 안쓰러운 얼굴을 돌리지 못하고 있었다.

"여기예요."

광자 어미가 먼저 창남을 발견하고 소리 지르고 있었다. 창남은 소리 나는 구석을 보았다. 광자 어미는 비척이며 서 있는 창남을 보면서 지붕에서 사람들이 떨어지는 소리가 들릴 때마다 가슴 태우고 있었다. 그런 창남이 문 앞에 서 있는 것을 보고 그만 광자 어미는 울컥하고 말았다. 창남은 한동안 서서 울고 있는 광자 어미와 광자 그리고 품에 안겨 있는 아들을 보고 있다가 돌아서서 움직이고 있었다. 창남은 박일용이 내려다보며 기다리고 있는 지붕으로 올랐다. 지붕에 오른 창남은 박일용이 허리를 묶어주는 대로 몸을 틀어가면서 박일용을 보면서 입을 열었다.

"식구들 그립지 않습디다."

"내가 내려가 먹을 것을 구해 넣어드리겠소. 밥을 구해보고 물을 들여보내겠소. 뭐 필요한 거 있으면 말씀하시오."

창남은 고개를 저었다. 박일용은 급하게 밑으로 내려갔다. 그리고 가족들을 향해서 소리 지르고 나서 밖으로 뛰어갔다. 기관차는 칙칙 소리를 내면서 보일러에 물을 받아 넣고 있었다.

"아이고! 우리 남편 본 사람 없어요? 아이고! 떨어져 죽었나 봐. 왜 없어!"

여인들이 밖으로 나와 지붕을 쳐다보면서 소리 지르며 울고 있었다. 남편이 보이지 않거나 돌아오지 않고 있는 여인들은 남편을 찾아 뛰어다니며 통곡들을 했다. 통곡하는 여인들은 그 수가 차츰 늘어가고 있었고, 어린 자식들과 뒤엉키며 울고 있었다. 창남은 그런 여인들을 물끄러미 보면서 하늘을 올려다보고 있었다. 여인들은 데굴데굴 구르며 땅을 치고 있었다. 길주역은 여인들의 통곡 소리로 만신창이 되고 있었고 초상집으로 변하고 있었다. 그런가 하면 길주역 광장에서는 소련군들이 붉은 소련 기를 높은 건물에 달아 놓고 군가를 부르며 행군하고 있었다. 창남은 스탈린 초상화까지 내걸려 있는 것을 보면서 블라디보스토크를 연상했다.

"독립군 양반! 이것 받으시오."

박일용이 창남을 향해서 소리 지르고 있었다. 박일용은 창남에게 들고 있는 것을 올리고 나서 벽을 타고 오르고 있었다.

"식구들 먹는 거 보고 왔소. 굶는 사람이 많아서 안 됐지만 지켜보고 왔소."

창남은 박일용의 말에 주먹밥을 받아들고 입에 넣지를 못하고 있었다. 그리고 보면 하루에 한 번, 아니 이틀에 한 번도 아무것도 입에 넣지 못하고 있는 사람들이 지금 지붕에 허다하지 않은가. 창남은 주먹밥을 들고 입에 넣지 못하고 있었다.

"독립군 선생! 왜 그래요. 간도 맞고 부드럽소. 어서 드시지 않으면 고향에 가시기 전에 황천으로 가시는 수가 있소. 어서 드시오."

박일용의 말에 창남은 밥알을 떼어 입에 넣었다. 그리고 잠시 후 창남은 주먹밥을 모두 먹어 치웠다.

"고맙습니다."

"한 시간은 기다렸소."

박일용의 말에 창남은 미안한 기색을 감추지 못했다. 그리고 마음속으로 신세 진 것을 꼭 갚겠다는 생각을 했다. 창남은 열차가 매일같이 정차해주었으면 좋겠다는 생각을 하면서 배가 불러져서 그런지 콧등에 물기가 흐르고 있었다.

"밑에서 들으니까 밤이 되어야 간다고 했소."

창남이 고개를 돌려 역 청사를 바라보고 있었다.

"그동안 눈 좀 붙여 둡시다."

박일용의 말에 구름 한 점 없는 하늘을 창남은 올려다보았다. 태양은 뜨겁고 화물차 지붕은 불에 달군 솥 바닥 같아서 잠을 이룰 수 있을 것 같지가 않았다. 그러나 사람들은 잠들어 있었고, 잠들어 있는 사람들은 대부분 굶주림에 기력을 잃고 정신이 혼미해져 있는 사람들이다. 지아비를 잃은 여인들은 뙤약볕에 나뒹굴며 인사불성이 되어가고 있었고, 사람들이 철판 지붕에서 익어가고 있는 것을 열차는 모르는지 꼼짝 않고 있었다.

박일용은 눈을 감고 있었다. 구름 한 점 없는 하늘은 온종일 지붕을 이글거리게 하고 있었다. 그리고 사람들이 기력을 잃고 모두 죽은 듯 쓰러져가고 있는 시각에 박일용은 열차가 움직이는 것을 보면서 뒤로 멀어지고 있는 길주역을 보면서 두리번거리고 있었다. 사람들이 고개를 들기 시작했고 밤바람은 뙤약볕의 열기에 익을 대로 익은 사람들의 몸을 식히고 있었다. 창남은 몸을 일으켰고 들 수도 없는 고개를 흔들거리고 있었다. 창남은 어둠과 바람과 모질어진 숨소리를 끈질기게 놓지 않고 있었다. 사람들은 이제 졸다가 떨어지는 일이 없어졌다. 그리고 굴속으로 들어가도 숨쉬는 방법을 터득하고 있었다. 사람들은 이제 또 다른 방법으로 죽지 않는 기술을 터득해 가고 있었다.

아침 햇살 속에 시원하게 부딪어오는 바람을 가르며 지붕 위 사람들은 열차가 성진역에서 멈추는 것을 보고 있었다. 성진역 승차장은 사람들이 즐비하게 서서 열차를 기다리고 있었다. 열차가 멈추자 사람들은 조선청년단원들이나 역무원의 제지를 뚫고 결사적으로 열차를 향해 달렸고 이윽고 매달리며 기어오르고 있었다. 열차는 급정거를 했고 사람들은 우수수 떨어지고 있었다. 떨어진 사람들은 다시 일어나 기어오르기 시작했다. 지붕에 있는 사람들은 기어오르고 있는 사람들의 손을 잡아주면서 길주역의 아비규환은 용기를 잃지 않은 사람들의 함성으로 완전하게 바뀌고 있었다.

"삶아 댈 건가?"

태양이 머리 위로 솟아오르고 있는 것을 보면서 꼼짝 못 하고 지붕에 앉아 있는 사람들이 뙤약볕을 보면서 막히고 있는 숨소리에 투덜거리고 있었다. 열차는 움직일 생각을 하지 않고 있었다. 조선청년단원들이 승차장에서 소련군인들이 드나들지 못하도록 지키고 있는 속에서 역무원이 깃발을 말아 들고 움직이지 않고 서 있었다. 창남은 뙤약볕에 서있는 역무원을 처음부터 보고 있었다. 역무원은 사무실을 향하고 서서 신호가 떨어지기를 기다리고 있었다.

"가지 않을 거면 볼일이나 보게 하지 왜들 저래?"

앞쪽에서 불만의 소리가 들려오고 있었다. 창남은 세우고 있는 무릎 위에 이마를 올려놓고 숨을 쉬고 있었다.

"내려오지 마시오. 절대 내려오면 안 됩니다."

사람들이 내려가려고 하였는지 조선청년단원들이 소리치고 있었다. 박일용은 두리번거리고 있었다. 열차를 출발시키지 않고 있는 것이 궁금하다 못해 불안해지기까지 했다. 불안해지고 있는 사람은 박일용만이 아니었다. 지붕에 있는 사람들이나 화물칸 안에 있는 사람들이나 모두 견디기 어려운 불안이고 더위이다. 여인들은 숨 막히는 더위에 시달리고 아이들에게까지 시달리면서 죽음이나 다름없는 열기에 희미해지고 있는 정신을 잃지 않으려고 얼굴이 아니면 다리 그리고 허벅지를 꼬집어 대고 있었다.

"아니 저게 뭐요? 장사꾼 아니오?"

박일용이 말했다. 박일용뿐만 아니라 지붕에 있는 사람들은 모두 보고 있었지만 고개를 숙이고 있는 창남을 향해서 박일용이 소리 지르고 있었다.

"아니 꼼짝 못 하게 하면서 장사꾼은 뭐야?"

창남이 고개를 들어 밑을 내려다보자 박일용이 다시 말했다.

"사람들이 지금도 오고 있는 모양인데 눈도 없나? 어디 어떻게 타라고 그래. 칸을 더 달든지 하지."

창남은 박일용의 말에 달려오고 있는 사람들을 보고 있었다. 사람들은 달려오는 대로 결사적으로 기어 올라타고 있었다.

"칸을 몇 개 더 달면 좋으련만…."

박일용이 기어오르고 있는 사람의 손을 잡아당기면서 투덜거리고 있었다. 이제 지붕은 몸을 비틀어야 바람이 지나갈 수 있을 만큼 빽빽한 속에서 틈이 생기고 있었다. 올라온 사람은 그 틈새로 몸을 디밀고 있었다.

"주먹밥이요. 주먹밥! 주먹밥!"

"담배 있소?"

장사꾼은 담배 있느냐는 소리가 난 곳으로 달려가고 있었다. 박일용은 달려간 장사꾼을 계속해서 바라보고 있었다. 주먹밥 장사꾼은 달려간 곳에서 담배와 주먹밥을 팔고 있었다. 박일용은 장사꾼을 불렀다.

"보시오! 주먹밥! 주먹밥!"

주먹밥 장수는 박일용이 부르는 소리를 들었는지 못 들었는지 팔고 있는 곳에서 바쁘게 움직이고 있었다. 박일용은 다시 장사꾼을 불렀다.

"나 좀 봅시다, 주먹밥."

그러나 주먹밥 장사꾼은 박일용이 부르는 소리가 들리지 않았는지 같은 곳에서 뛰어다니며 팔다가 밖으로 뛰어 나가고 있었다. 박일용은 밖을 보면서 중얼거렸다.

"아이들을 먹이고 가면 좋겠구만…"

태양이 높이 솟아오르고 있는 속에서 역무원은 출발의 깃발을 흔들지 않고 있었고 붉은 완장을 찬 조선청년단원들은 모두 밖으로 나가고 있었다.

"어? 거참 이상하네. 가지도 않을 거면 볼일을 보게 하든지…"

누구의 입에선가 다시 불만 섞인 말소리가 나오고 있었다.

박일용은 고개를 수그리고 뙤약볕에 고스란히 드러내고 앉아 있는 창남을 한동안 보고 있었다. 이제는 승차장에 남아 있던 역무원도 사무실로 들어가 버렸다. 지붕 위 사람들은 손 하나 움직이는 사람 없이 열기에 타들어 가고 있었다. 산 계곡에서 일은 바람이 불어오고 있었지만 뙤약볕에 삶아지고 있는 열기를 식히지는 못했다.

"고향에 가시면 만사 젖히고 몸 건강에 힘쓰셔서 우리 만납시다."

창남은 고개를 끄떡였다.

"왜 이래 여기서도? 밤에 자고 낮에 가지 않고."

박일용은 창남에게 말하다 말고 부글거리는 더위를 참지 못하고 있었다. 남으로 뻗어 있는 철길을 보면서 멈춰 있는 열차가 불만스러웠다. 박일용은 이글거리며 끓어오르고 있는 열기에 이제는 지쳤고 뙤약볕에 삶아질 생각에 죽을 것 같기만 했다. 박일용은 이곳에서 열차에 탄 사람을 향해서 소리 지르고 있었다.

"저, 이곳에서 타신 분, 무슨 얘기 들은 것 없습니까? 기차가 왜 안 가는지 들은 말 없어요?"

박일용이 소리 지르면서 이곳에서 올라탄 사람을 향해 소리 질렀다. 고개를 돌리며 살피고 있었다. 그러나 승차한 사람들은 대답하는 사람이 없었다. 박일용은 몇 번 더 주변을 살펴보고 나서 잠자코 앉아 길주역을 바라보고 있었다. 지붕 위에 앉아 있는 사람들은 뙤약볕 속에서 잠들거나 삶아져 가고 있었다.

"저기 좀 봐요!"

누군가 소리 지르고 있었다. 그러자 사람들은 모두 고개를 돌리며 가리키고 있는 곳을 보았다. 박일용이 말했다.

"소련군이 왜 저러지?"

박일용의 말에 창남이 고개를 돌려 그곳을 보았다. 창남이 보고 있는 곳에는 계급이 높은 소련군이 조선청년단원과 이야기를 주고받으며 피난민들이 타고 있는 열차를 가리키고 있었다. 조선청년단원과 소련군 장교는 계속해서 이야기를 열심히 주고받고 있었다. 조선청년단원은 소련군 장교가 말할 때마다 고개를 젓고 있었다. 소련군들의 숫자는 점점 늘어나고 있었고, 조선청년단원은 계속해서 고개를 젓고 있었다. 창남은 거리가 멀어서 알아듣지는 못하지만 소련군 장교의 말소리를 가끔 알아듣고 있었다.

"저 소련군이 우리를 모두 수색한답니다. 일본 사람이 꽤 많이 숨어들었다고 합니다."

창남의 말에 박일용의 눈이 휘둥그레지면서 창남을 보았다.

"아니, 소련 말 아세요?"

박일용의 말에 창남은 입가에 미소를 지으며 고개를 돌렸다. 박일용은 다시 물었다.

"지금 우리를 모두 수색한다고 해요? 큰일 났네. 그래서 안 보내고 있었구나."

박일용은 쳐다보고 있는 주변 사람들을 향해서 다시 소리 지르고 있었다.

"아니, 왜놈들 있어요? 봅시다. 어떤 놈이 왜놈인지. 찾아봐요, 모두."

박일용은 울화가 치밀고 있었다. 그러고 보니까 왜놈이 열차에 숨어들어 있는 바람에 발이 묶여 있다는 것을 알게 되고 보니 화가 치밀었다. 조선청년단원들은 소련군 장교에게 열심히 설명했다. 그러나 소련군 장교는 열차를 쳐다보면서 조선청년단원의 이야기를 묵살하고 있었다. 조선청년단원은 동료들에게 상황 설명을 하기에 이르렀고 조선청년단원들은 소련군 병사들과 열차를 수색하기 시작했다. 소련군 장교는 승강장 한복판에 서서 소련군 병사들과 조선청년단원들이 수색하는 것을 감독하고 있었다.

열차에 타고 있는 사람들은 모두 악에 복받쳐 있었다. 일본 사람들이 타고 있어서 가지를 못하고 있다는 것을 알게 되면서 사람들은 서로가 서로를 확인하기에 이르렀고 결국에는 일본 사람들이 색출되기에 이르렀다. 신분을 감추고 있던 일본 사람들은 끌려 내려가고 있었다. 여자들 그리고 아이들까지 40명이 넘는 일본 사람들이 소련군 병사들의 총부리에 끌려가고 있었다. 소련군 장교는 조선청년단원들과 악수를 하고 나서 밖으로 나가고 있었다. 그리고 역무원은 출발 신호기를 힘차게 흔들어댔고 열차는 기적 소리를 길주 역에 남기면서 덜커덩거리기 시작했다. 열차는 어수선했던 길주 역을 완전히 빠져나가면서 푸른 계곡을 끼고 남으로 달리고 있었다.

"비라도 한바탕 퍼부었으면 시원하겠습니다, 독립군 선생."

박일용이 한참 만에 입을 열었다. 창남을 비롯한 사람들은 박일용의 말대로 비가 퍼부어주었으면 하는 생각들을 하면서 짙푸른 계곡의 바람에 삶아졌던 몸을 맡기고 있었다.

"독립군 선생! 소련군 말은 어떻게 알아듣고 있었어요?"

박일용은 남으로 뻗은 철길에서 눈을 떼지 않고 있는 창남을 보면서 말했다. 그러자 창남은 고개를 돌려 박일용을 보고 나서 별말 없이 다시 철길에 눈을 두었다. 그러자 박일용이 다시 물었다.

"아니, 독립군 선생님! 정말입니다. 어떻게 소련 말을 알아들으셨느냔 말입니다."

박일용은 창남의 옆얼굴을 쏘아보듯이 보면서 창남의 말을 기다렸다. 창남은 고개를 앞으로 돌려 햇볕에 반짝이고 있는 철길을 보면서 입을 열었다.

"소련 사람들과 일 년 넘게 있었어요."

박일용은 창남의 말을 듣고 나자 더욱 궁금증이 일어나고 있었다.

"아니, 독립군 선생! 소련 사람들과 언제 또 살았어요? 귀가 막히네."

창남은 한동안 눈부시게 반짝이고 있는 철길에 눈을 두고 있었다. 박일용의 묻는 말에 대답을 하긴 해야겠는데 말할만한 기운이 없었다. 기력이 없는 창남은 소련 친구들이 떠오르고 있었다. 창남은 하늘을 보고 있다가 그리운 소련 친구들을 생각하면서 되는 대로 입을 열고 있었다.

"청산리에서 전투를 끝내고 먹을 것이 없어서 우리는 뿔뿔이 흩어졌어요. 그때 대부분 소련으로 건너가서 소련에서 보내는 곳으로 모두 갔어요. 나는 아오지에 식구들이 있어서 귀국하다가 잘못되어 소련 사람들과 배 타고 고기 잡았어요. 저기 바다에서."

창남은 동해 먼 수평선이 눈에 들어오는 것을 보면서 말하고 있었다. 박일용은 창남의 이야기가 신기하게 들리고 있었다. 박일용은 창남의 옆얼굴을 보고 있었다. 창남은 이야기를 어떻게 해야 할지 모르고 있었다. 입을 열지 못하고 있는 창남은 엘렉이 그리워지고 있었다. 친구들이 그리워지고 있었다. 그리고 만식이가 생각나고 있었다. 창남은 만식이를 생각하면서 이야기를 시작했다.

"동지들과 연해주 바라바쉬역에서 헤어지며 만식이라는 고향 아우와 두만강 국경을 넘다가 고향 아우를 두만강에 잃었어요. 나는 그 길로 소련 국경수비대에 잡혀 시베리아로 끌려가고 있었어요. 소련 사람들이 함께 같은 칸에 탔는데 그 사람들이 어부였습니다. 그 사람들이 기차 공기통을 부수고 탈출할 때 나도 함께 탈출해서 그 사람들과 배를 타고 바다로…"

창남은 숨이 차고 있었다. 창남은 숨을 깊이 몰아쉬었다. 푸른 바다에 하얗게 일고 있는 파도를 보면서 소련 친구들을 그리워하고 있었다. 태평양 바다 위에서 함께 지냈던 소련 친구들이 창남의 마음을 그립고 쓸쓸하게 만들고 있었다. 창남은 울컥해지고 있어서 이야기를 쉽게 꺼내지 못하고 있었다.

"식구들이 있는 아오지로 가는데 소련 친구들이 셋이나 동행했어요. 제가 국적이 소련 사람으로 되어 있어서 외국인 여행 여권으로 아오지에 갔는데 일본 경찰이 물어볼 게 있다고 데려가고…"

창남은 다시 푸른 바다를 보고 있었다.

"그럼 지금도 소련 사람으로 되어 있으시겠네요?"

"예."

"그런데 왜 왜놈들이…? 천하에 못된 놈들, 뭔 짓은 안 했겠어?"

박일용은 담배를 꺼내 불을 붙이고 깊이 빨아댔다.

"소련대사관에 연락해서 친구들을 보내고 나는 출국 날짜를 계속해서 미루면서…"

박일용은 담배를 다시 불을 붙여 피우기 시작했다. 창남의 말소리를 듣고 있던 주변 사람들도 담뱃불을 붙이고 있었다. 박일용은 창남의 손톱을 보고 있었다. 그리고 손가락뼈들이 부러져서 울퉁불퉁한 것을 보았다.

"그럼 소련 사람들과는 무슨 일을 했습니까?"

앞에 앉아 있는 사람이 물었다. 창남은 그 사람에게 눈길을 보내고 나서 이야기를 시작하고 있었다. 그러나 창남은 뙤약볕에 시달리면서 기력이 바닥나 있는 상태라 입을 연다는 게 쉽지가 않다. 창남은 박일용이 독립군 이야기를 듣고 싶어 한다는 것을 알고 있어서 힘겨워도 입을 열고 있었다.

"원양어선이라고 군함처럼 배가 크더라고요. 태평양에서 다랑어 잡았어요. 미국 샌프란시스코라는 곳에다가 팔구요."

"왜놈들한테 잡히시지만 않으셨으면 기막힌 분인데…. 우리 이분 어마어마한 독립군이십니다. 청진에서 청년단원들이 대장서부터 모두 나왔었습니다. 이분 대단한 독립군이십니다."

"예, 청진서 환송해주시는 거 봤습니다."

창남 앞에 있던 사람이 박일용의 말에 맞장구를 쳤다. 창남이 줄을 잡고 허리를 뒤로 젖히면서 잠시 눈을 감았다. 그러자 박일용도 또 다른 사람도 더 이상 창남에게 말을 붙이지 않았다. 창남은 줄을 잡고 한참 동안 몸을 뒤로 젖히고 있었다.

창남은 만식을 떠올리고 있었다. 그리고 근식 대장과 안면도 사람들, 음봉 사람들, 서산 사람들 모두를 떠올리면서 감고 있는 눈을 뜰 생각을 하고 있지 않았다. 창남에게 박일용은 더 이상 묻지 않고 있었다. 창남이 힘들어하는 것을 보면서 말을 시키는 것이 미안한 생각이 들어서 듣고 싶어도 더 이상 묻지 않았다. 그리고 지붕에 앉아 있는 사람들을 보면서 독립군으로서 고향에 간다는 것이 얼마나 보람 있겠는가 하는 생각을 하면서 허리를 뒤로 젖히고 눈을 감고 있는 창남을 보람 있는 진정한 조선의 사람이고 존경하고 부러워하면서 창남을 보고 있었다. 열차는 절벽에서 절벽을 타면서 달리고 있었다. 수천 길 까맣게 보이는 낭떠러지를 열차는 꾸불거리며 천천히 미끄러지고 있었다.

"고향에 가시면 물론 건강부터 챙기시겠지만 부모님이 걱정이 크시겠습니다."

창남은 앞사람이 하는 말소리를 들으면서도 눈을 뜨지 않고 있었다. 고문으로 삭을 대로 몸이 며칠째 철판지붕에서 뙤약볕에 시달리고 연기에 시달리고 달리는 진동에 시달리다가 보니 위로하는 말도 듣기가 힘들고 있었다. 창남은 눈을 떴다. 그리고 태양에 빛나고 있는 철길을 보고 있었다. 열차는 밤이 되면서 성진역에서 멈췄다. 창남은 피난민들이 지붕으로 올라오느라고 아수라장이나 다름없는 일이 벌어지고 있는 것을 알지 못하고 있었다. 창남의 눈은 배들이 정박해 있는 성진항구를 향해 있었다. 어둠이 내리고 있는 성진항은 나가는 배들과 들어오고 있는 배들이 물거품을 일으키고 있었고 창남은 그 물거품을 보고 있었다. 단 한명도 탈 수 없을 것만 같던 광복 피난민 열차에 성진의 피난민들은 모두 올라탔다. 그리고 움직이기 시작한 피난민 열차, 열차는 달빛 속에서 성진 역을 뒤로 단천 시가지를 달리고 있었고, 강상 신포를 지나면서 날이 밝아오고 있었다. 열차는 여전히 바다를 끼고 달리고 있었다.

"이제 함흥만 가면 다 간 셈이여."

사람들은 성급해지고 있었다. 성급해지고 있는 사람들은 굶주리고 있어도 굶주린 사람 같지가 않았고 지붕 위에서 뙤약볕에 시달렸어도 지치지 않고 있었다. 그리고 서로 도와가고 있었다. 열차는 계속해서 바닷가를 달리고 있었다. 홍원역이 눈에 들어오면서 열차는 속력이 떨어지고 있었다.

"멈추려나 봅니다. 여기가 어딘데 멈추려고 하나? 함흥인가?"

"함흥이 아닌 것 같습니다. 함흥은 커요, 도시가. 열차 화통에 물을 받으려나 봅니다. 멈추긴 멈춰야 해요, 우리 급한 게 많아서."

사람들은 이제 서로 말을 주고받기도 하며 가까워지고 있었다. 열차는 대기선으로 들어가고 있었다. 그리고 짐작한 대로 물탱크 앞으로 가고 있었다. 사람들은 내릴 준비들을 하고 있었다. 박일용 역시 열차가 멈추면 내리려고 허리를 매고 있는 끈을 풀고 있었다.

"독립군 선생, 내 먼저 내려서 먹을 것을 알아보겠소. 이제 열차가 출발하면 서울에서나 멈출 것 같소."

창남은 박일용의 말에 고개를 끄떡였다. 그리고 자리를 비우고 볼일을 보아도 이제는 자리를 잃을 염려 같은 것은 없지만 사람들이 한꺼번에 몰리는 때는 피하고 싶었고, 그러는 것이 쇠약한 몸뚱이에 좋을 것 같아서 박일용이나 창남은 서두는 것을 피하고 있었다. 홍원역으로 들어간 열차가 멈췄다. 붉은 완장을 찬 조선청년단원들이나 소련군 병사들은 다른 곳이나 마찬가지로 열차에서 내리는 피난민들을 감시하고 있었다. 박일용은 열차에서 내리면서 삽시간에 사라졌다. 창남은 식구들이 궁금해서 내려가서 보고 올까 하다가 그대로 지붕에 남아 앉아 있었다.

열차는 함흥을 빠르게 지나고 있었다. 그리고 뒤이어 향동역을 지나고, 왕산역 그리고 금야역을 향해 빠르게 달리고 있었다. 함흥역을 떠나면서부터 피난민 열차는 깊은 계곡을 따라 달리다가 협곡을 달리다가 들판 길 그런가 하면 강줄기 어디에서든 빠르게 달리고 있었다. 열차는 밤새워 달렸다. 밤새워 달리던 열차가 차츰 밝아 오는 새벽 땅거미에 모습이 드러나고 있었다. 지붕 위의 사람들은 고향이 가까워지고 있다는 사실에 피로는 물론 굶주려 허기에 지쳐 몸을 가누지 못하던 사람들도 피로의 고통에서 들떠가고 있었다. 피난민들은 부모님을 만날 생각에 밝아오는 하늘을 보고 있었고 산천을 보고 있었고 내나라 내 고향을 보고 있었다. 피난민들은 모두 이제는 살았다는 생각과 가족을 만난다는 생각과 해방되었다는 생각에 들떠 있었다. 밝아 오고 있는 하늘을 보고 있는 피난민들은 한 결 같이 마음이 들떠 있었고 들떠있는 마음들은 하늘같았고 태양 같기만 했다.

"원산만 지나면 곧장 한양으로 달릴 겁니다. 서울로."

누군가가 외치고 있는 소리였지만 지붕 위 사람들은 모두 그렇게 외치고 있었다. 높은 산자락으로 옹기종기 보이는 집들 그리고 밭과 논들. 사람들은 그 모습을 보면서 당장에라도 열차 지붕에서 뛰어 내려가 목이 터져라 부모님을 부르고 싶은 생각에 궁둥이들이 들썩이고 있었다.

"왜 이렇게 멀어, 원산이?"

25
원산역의 조선청년단원들

사람들은 조바심이 나고 있었다. 열차는 문천역을 향해 달리고 있었다. 이제 원산역은 코앞에 놓여 있었다. 그러나 사람들은 가면 갈수록 고향에 대한 그리움을 참지 못하고 있었다. 아침 햇살이 눈부신 속에서 피난 열차는 원산을 향해 미끄러지고 있었고, 열차를 타려고 기다리고 있던 사람들이 열차가 정차하는 것을 보면서 열차에 오르려고 뛰고 있었다.

"내렸다가는…."

박일용이 열차가 정차하기도 전에 뛰어오르고 있는 사람들을 보면서 중얼거리고 있었다. 소련군 병사들이 사방에 대열 지어 서 있었고, 붉은 완장을 찬 조선청년단원들이 다른 역과 변함없이 모습을 드러내고 있었다. 그리고 역 청사 옆으로 정차되어 있는 소련군의 트럭에는 일본 사람들이 타고 있었고, 소련군 병사들이 대검을 부착한 총을 들고 살벌하게 서있거나 움직이고 있었다. 지붕에 있는 사람들이 그 모습을 보면서 한마디씩 했다.

"여기도 일본 사람들이 잡혔네?"

"우리 대신 소련군인이 잡아가니 고맙지 뭘 그래요?"

들떠있는 사람들은 원산역을 내려다보며 떠들어 대고들 있었다. 창남은 사람들이 하는 말을 들으며 트럭에 실려 있는 일본 사람들과 트럭들 옆으로 잡혀 있는 일본 사람들을 보면서 일본 사람들의 말로를 눈을 깜박이며 보고 있었다. 석 대의 트럭에 일본 사람들이 태워져 있었고, 트럭에 타고 있지 않은 일본사람들은 대검을 부착한 총을 메고 있거나 들고 있는 소련 군인들에 휩싸여 움직이지도 못하고 있었다. 일본 사람들은 모두 고개를 떨어뜨리고 있었고, 조선 옷을 입은 사람들이 더 많았다. 소련군들은 장갑차를 원산역 광장에 여러 대 정차시켜 놓고 있었다. 그리고 시가지 여기저기에서 소련군인들이 떼 지어 있었고 제일 높은 건물에는 붉은 소련 깃발들이 바람에 나부끼고 있었다.

"독립군 선생은 저런 일본 사람들을 보시면 기분이 어떠시오?"

박일용은 질문해놓고 창남의 눈치를 살피고 있었다. 창남은 박일용의 묻는 말에 일본 사람들을 바라보기만 했다. 창남은 일본 사람들이 잡혀있는 모습을 보면서 일본사람들의 말로를 보고 있기에 여전히 눈을 깜박이고 있기만 했다. 그런 창남을 보면서 박일용이 또한 창남을 보던 눈을 잡혀 있는 일본사람들을 향하고 있었다. 일본 사람들은 소련군이 밀치는 대로 픽픽 쓰러지고 있었다. 창남과 박일용은 그런 일본 사람들에게서 눈을 떼지 않고 앉아 있었다. 피난민들은 모두 그런 일본사람들을 보고 있었다. 소련군 병사들은 혈안이 되어 있었다. 일본 사람들을 잡아내기 위해서 모든 방법을 총동원하고 있었다. 조선 청년동맹단원들과 피난민들 속에서 일본 사람들을 찾아내느라고 혈안이 되어 있었다. 조선청년단원들이 피난민들을 향해서 소리 질렀다.

"일본 사람들이 한 명이라도 숨어 있으면 출발 못 합니다. 옆에 있는 분들에게 고향이 어디냐고 모두 물으시기 바랍니다. 그러면 일본 사람들은 조선말이 서툴러서 단번에 알게 됩니다. 어서 고양이 어디냐고 서로 물으십시오."

조선청년단원들은 소리소리 지르고 있었다. 그런가 하면 소련군 병사들은 착검한 총을 휘두르며 사람들을 위협하고 있었다. 그리고 일부 소련군 병사들은 하늘에 대고 총을 쏴대고 있었다. 피난민들은 낯선 사람들을 향해서 조선청년단원들이 하라는 대로 고향을 묻고 있었다. 조선청년단원 앞에 앉아 있는 사람이 소리를 질렀다.

"저, 청년단원 아저씨! 다른 역에서 모두 잡아냈습니다. 다른 역에서 모두 잡아냈습니다."

"아, 알고 있습니다. 다른 역에서 잡아냈다는 것을 우리도 알고 있습니다. 여기 원산역에서 마지막으로 잡아내는 겁니다. 모두 협조 바랍니다."

조선청년단원들은 난민들을 향해서 큰 소리 치고 있었다. 난민들은 너나 할 것 없이 조선청년단원들이 하라는 대로 말을 걸거나 고향을 물어보고 있었다. 한동안 피난민 열차는 떠들썩해졌고 떠들썩한 소리는 멀리까지 퍼지고 있었다. 조선청년단원들이 뒤쪽으로 달려가고 있었다. 그리고 아이를 안고 있는 여인과 남자를 끌어내고 있었다. 뒤이어 몇 명의 남자들이 끌려 나오고 있었다.

조선청년단원들이 소리를 질렀다.

"보시오. 이 사람들 말고 또 숨어 있을 겁니다. 자고 있는 사람들은 모두 깨워서 말 걸으시고 아픈 사람들도 모두 살피시기 바랍니다. 그리고 돈을 받고 일본 사람을 숨겨주다가 발각되면 그 사람은 고향에 가지 못합니다. 지금이라도 그런 사람이 있으면 솔직하게 말씀하시고 고향에 가시기 바랍니다."

조선청년단원들을 이리저리 뛰어다니면서 소리 지르고 있었다. 그리고 방금 잡아낸 일본 사람들은 소련군 병사들이 승차장 한복판에서 두 손을 뒤로 묶은 다음 머리를 땅에 곤두박게 한 다음 궁둥이를 위로 들게 해놓고 그 모습을 보면서 껄껄 거리고들 있었다. 피난민들도 지붕위에서 웃고 있었다. 그리고 소련군인들은 아이를 안고 있는 여인을 낚아채면서 끌고 가 아이를 뺏어서 트럭에 집어 던지고 난 후 여인을 창고 안으로 끌고 들어가 버렸다. 원산 역 창고들 마다 주변에는 소련군들이 껄껄 거리거나 낄낄 거리며 담배들을 피어물고 웅성거리고 있었고 소련군 병사들은 창고 안을 수없이 번갈아가며 드나들고 있었다. 일본 사람들은 조선 옷을 입고 있었다. 그리고 조선말을 하고 있었다. 그러나 열차 지붕 위에서 그리고 화물차 안에서 일본 사람들은 끌려 내려가고 있었고 끌려나오고 있었다.

"보시오. 우리 조선 사람들은 온순해서 저렇게 일본 사람들이 숨어 있어도 놔두고 있습니다. 그러면 안 됩니다. 계속해서 말투가 이상한 사람들은 잡아내시고 자꾸만 말을 붙이기 바랍니다."

한 시간이 지나고 두 시간이 지나고 있어도 소련군 병사들은 열차를 보낼 생각을 하지 않고 있었다. 그러자 피난민들은 마음이 급해지고 있었고 웅성거리기 시작했다. 조선청년단원들이나 소련군 병사들은 피난민들이 웅성거리는 것을 보면서 일본 사람들이 아직도 많이 숨어 있다고 보고 모두 잡히기만을 바라고 있었다. 소련군 병사들은 하늘에 대고 총들을 쏘고 있었다. 철길에다가 쏘기도 하고 있었다. 열차는 출발하지 못하고 뜨거운 뙤약볕에 이글거리고 있었다. 원산역 광장에서는 말 탄 소련군들이 다니고 있었고, 열차는 철길위에 묶여 있었다.

"쉽게 보낼 것 같지 않은데 집식구들이라도 만나보게 했으면 좋겠네. 어찌고 있는지 답답한데. 워낙들 쪄 누르고 있어서 말이 아니던데…"

박일용이 식구들 걱정에 소련군들을 원망의 눈으로 보고 있었다.

"저 로스케들이 일본 사람들 잡는다지만 지금 하는 짓 보면 우리까지 잡고 있네. 왜 이래 안 보내고."

박일용이 옆에 사람은 불만이 가득했다. 이제는 로스케들한테 나라를 빼앗겼다고 생각하고 있다. 지붕위에 사람들은 모두 불만이 가득한 눈으로 조선청년단원들과 소련군 병사들을 내려다보면서 뒤집히고 있는 속을 어떻게 하지를 못하고 있었다. 소련군 병사들은 창고 앞에서 일본 남자들을 땅바닥에 머리를 처박아 놓고 낄낄 거리며 창고 안을 드나들고 있었다.

"저 로스케들 술 취고 난리들이네. 저 봐요. 저 봐."

지붕위에 사람들은 소련군 병사들을 가리키며 불만이 이글거리고 있었다. 피난민들은 치쳐가고 있었고 소련군 병사들은 공포탄을 쏴대고 있었다. 일본사람들은 이제 더 이상 열차에서 끌려가지 않고 있었다. 피난민들은 소련군 병사들이 마구 쏴대고 있는 총구가 열차를 향해서 쏘지나 않을까 겁에 질리고 있었다. 겁에 질려가고 있는 피난민들은 이래저래 뙤약볕에 질식해가고 있었다. 피난민들은 숨이 막히고 있었다. 피난민들은 소련군 병사들을 두려운 눈으로 보고들 있었다. 그리고 지금 타고 있는 열차가 마지막 열차라는 것을 알고 있기 때문에 잘못되기라도 할까 봐서 가슴들이 타들어 가고 있었다.

사람들은 소련군들에게서 눈을 떼지 못하고 있었다. 그런 데다가 원산역 밖에서는 장갑차들이 요란한 소리를 내면서 달려가고 있었고, 소련군 트럭에서 소련군들이 뛰어내리거나 올라타고 어디론가 달려가고 있는 모습이 뻔질나게 눈에 띄고 있어서 불안이 가중되고 있었다. 사람들은 긴장되고 있었고 금방이라도 일이 잘못될 것 같은 불안감에 휩싸여가고 있었다.

박일용은 수차례 담배를 피워 물고 있었다. 화물칸 안에서는 쪄 눌리고 있는 것을 견디지 못하고 사람들은 비명을 지르고 있었다. 박일용은 담배를 깊이 빨면서 한두 시간 더 이러다가는 무슨 일이 벌어질 것만 같은 생각에 휩싸이고 있었다. 사람들은 원산역 안으로 소련군들이 드나들고 있는 것을 보고 있었다. 소련군들이 드나들면서 역무원들과 조선청년단원들이 한참씩 서 있거나 갑자기 둘러서 있는 광경을 보고 있었다. 박일용을 비롯해서 사람들은 일이 잘못되고 있다는 것을 직감하고 있었다. 그러면서 열차가 출발할 수 없게 되고 있다는 생각들을 하고 있었다. 긴장된 시간은 흐르고 있었다.

"저기 역무원이 달려오고 있어요."

누군가 소리 지르고 있었다. 불안과 두려움에 초조해하던 사람들은 소리 지르고 있는 곳을 향해서 모두 고개를 돌렸다. 역무원은 일본 사람들이 머리를 박고 있는 곳을 지나 열차 뒤로 달려가고 있었다. 그리고 기관차를 향해서 깃발을 흔들어대기 시작했다. 열차는 움직이기 시작했다. 열차는 구르기 시작했고 원산역을 빠져나가고 있었다. 원산역을 뒤로 빠져나가고 있는 열차는 기적 소리도 남기지 않고 빠져나가고 있었다. 사람들은 조용히 앞을 보거나 뒤를 보거나 하면서 불안했던 가슴을 쓸어내리고 있었다. 사람들은 아직도 깃발을 흔들고 있는 역무원을 돌아다보고 있었다.

열차는 빠르게 달리고 있었다. 빠르게 달리는 열차는 산줄기를 타고 들어가 계곡에서 한참을 달렸다. 그리고 다시 들을 달리고 계곡으로 다시 들어가서 달리며 고산역을 향해서 달리고 있었다. 열차에 타고 있는 사람들은 급박해지고 있었다. 소련군이 싫어졌고 무서워지고 있었다. 해방되는 순간 모든 것이 행복이고 기쁨이기만 한 줄 알았다. 그런데 고향가기가 이렇게 힘들 줄은 생각도 못했고 무서운 일이 있을 것이라는 것은 꿈에도 몰랐다. 피난민들은 급해졌고 소련군들의 못 가게 할 가 봐서 피난민들의 마음속에서 기쁨은 모두 사라지고 있었다.

피난민들은 해방의 기쁨과 고향의 그리움은 모두 사라졌다. 그리고 그 자리에 새로운 공포가 자리 잡고 있었다. 소련군 병사들이 나타나 열차를 세울 것만 같은 생각에 고향으로 갈 수만 있기를 간절히 바라고 있었다. 열차는 철길 따라 꿈틀거리며 고산역을 지났다. 그리고 세포, 평강역을 향해서 산줄기고 강줄기고 절벽을 가리지 않고 달리고 있었다. 열차는 어둠에 묻히기 시작하더니 삽시간에 눈앞에 코도 볼 수 없는 칠흑 속으로 파고들었다.

"이남에는 미국이란 나라가 신탁 통치한다고 들었는데 로스케나 마찬가지 텐데 무슨 놈의 해방이 이래요? 고향에도 조선청년단원인가 하는 사람들이 미국 군인들과 여기처럼 설치고 있을 게 아닙니까? 그렇다면 재미 하나도 없고 살맛 하나도 안 나겠네."

깜깜해서 누가 말하는지 알 수는 없으나 사람들은 같은 생각을 하고 있었다. 박일용은 옆에서 허리를 동여매고 있는 끈을 꼭 잡고 쪼그리고 앉아 있는 창남을 보고 있었다. 창남은 끈을 단단하게 움켜쥐고 납작하게 쪼그리고 앉아서 연기를 피하고 있었다.

"아닌 게 아니라 고향에 가도 여기나 마찬가지라면 이놈의 세상 뭐가 어떻게 되는 겁니까? 독립군 선생."

박일용은 답답해지고 있었다. 딱딱하게 굳어 응어리진 것들을 떨쳐버렸던 순간은 온데간데없어졌고 난데없이 이상스런 응어리들이 다시 가슴속에 파고들어 오고 있어서 박일용은 소리치고 있었다. 창남은 그런 박일용에게 그렇지 않을 거라는 말을 하고 싶었으나 하지 않았다. 창남은 샌프란시스코의 천국 같기만 하던 모습이 떠오르고 있어서 입을 열지 않고 있었다. 그리고 블라디보스토크는 어떻고 바라바쉬는 어땠는가. 창남은 눈으로 본 것들을 모두 말해주고 싶었으나 말한들 알리도 없거니와 소용도 없을 거라는 생각에 창남은 가만히 앉아서 앞만 보고 있었다.

"이곳에서는 일본 사람들은 모조리 소련으로 잡아가니까 미국도 일본 사람들 잡는 대로 미국으로 데려갈 게 아니오. 어쨌든 조선에서 일본 사람들이 한 사람도 없게 된다는 것은 좋은 일이오. 일단 그 점은 안심이오."

박일용은 창남처럼 앞을 보면서 말했다. 창남은 고향을 생각했다. 그러면서 마음은 기쁨이 아니라 두려움으로 변해가고 있었다. 자신의 골병든 몸은 물론이고 논밭 누울 집까지 하나 남겨놓은 것이 없으므로 고향이라는 의미가 없었다. 창남은 무거워지고 있는 마음으로 인해서 박일용의 말소리가 귀에 들어오지도 않고 있었다.

"독립군 양반, 철원이 눈앞이오. 눈앞이오, 철원이."

박일용은 갑자기 흥분하고 있었다. 이제 이대로 달린다면 날이 밝아오는 아침이면 철원을 지나게 될 것이고, 한낮이면 서울에 도착하게 될 생각에 박일용은 들뜨고 있었다.

"이제 한양이 한나절거리밖에 남지 않았어요, 독립군 선생님."

박일용은 창남의 어깨에 손을 얹어가면서 소리 지르고 있었다. 그러나 창남은 그런 박일용의 얼굴을 보면서 미소만 지을 뿐 별다른 기색을 하지 않고 있었다. 그러나 창남은 기뻐하는 박일용을 보면서 박일용을 만나지 않았다면 자신은 물론 식구들이 큰 역경을 겪었을 것을 생각하며 마음속으로 웃고 있었다. 박일용은 고향이 가까워져 오면서 별생각을 다 하고 있었다. 심지어는 창남과 헤어질 생각까지 하고 있었다.

"독립군 선생, 어떻게 되었소?"

박일용은 나이를 물었다. 창남은 박일용이 묻는 말에 쑥스러운 얼굴을 하고 나서 작은 소리로 대답했다.

"서른여섯이오."

"아! 내가 한 살 위요. 내 그럴 것 같았소. 객지 벗 10년이라 하지 않았소? 우리는 더할 나위 없소. 나는 고향에 돌아가면 농사를 지을까 하오."

박일용은 말하다가 멈추고 창남의 얼굴을 살폈다. 고문을 받아 골병이든 창남에게 자랑한 것만 같아서 슬그머니 미안해지고 있었다. 창남은 박일용이 미안해하고 있는 것을 보면서 오랜만에 얼굴에 웃음을 흘리고 있었다.

"저기…"

뒤에서 누군가 소리 지르고 있었다. 사람들은 가리키고 있는 곳으로 고개들을 돌리고 있었다.

26
소련 폭격기는 피난 열차를 따라오고

"비행기? 폭격기잖아."

뒤에서는 비행기가 번쩍거려가면서 따라오고 있었다.

"맞아 폭격기야. 웅기에서 저런 비행기가 폭격했어. 저것이 왜 따라와? 우리 폭격하려고 그러나?"

박일용이 소리쳤다. 폭격기는 열차를 향해 날아오고 있었다.

"또 있잖아, 뒤에."

박일용은 폭격기들을 보면서 열차를 폭격할 것 같은 생각에 사로잡혔다.

"우리를 폭격하려고 그러나?"

박일용이 다시 소리쳤다.

피난민들은 모두 번쩍거려대며 따라오고 있는 비행기를 보고 있었다.

"우리를 왜 폭격해요? 우리는 고향 가는 피난민들인데 왜 우리를…?"

박일용은 비행기가 계속해서 따라오고 있자 큰일 날 것만 같은 생각이 들고 있었다. 그러면서 가족들 생각을 했다. 폭격기 소리는 이제 크게 들리고 있었고 사람들은 질리기 시작했다. 그리고 지붕에서 있다가는 폭격 맞을 것만 같은 생각들을 했다. 창남은 안절부절못하는 박일용은 물론 사람들을 보면서 폭격 맞았던 때를 생각했다. 그러면서 폭격 당하게 된다는 생각을 했다. 피난민들은 지붕에서 뛰어내릴 생각들을 하면서 바싹 엎드리고 있었다. 피난민들은 모두 겁에 질리며 이제 고향이 얼마 남지 않았다는 몸서리치고들 있었다.

"마지막 열차라 폭격하려고 하나 봅니다. 저것들이."

창남은 외쳐대는 사람들의 고함소리를 들으며 결국에는 이렇게 죽게 되는구나하는 절망감이 들면서 화물칸 안에 있는 식구들이 보고 싶어졌다.

"정말 저 폭격기가 우리 죽이려고 저러는 건가요?"

"아니면 왜 우리한테 쫓아오겠소?"

창남이 사방에서 들리는 폭격 소리에 생각지도 않고 있던 말을 하고 있었다.

"폭격당하지 않습니다."

"당신이 그걸 어떻게 알아? 봐, 비행기."

"폭격당하지 않아요."

창남은 폭격당하고 싶지 않았다. 폭격당할 때 당하더라도 폭격당하지 않는 다고 외치고 싶었다. 그리고 창남은 생각했다. 소련과 미국이 피난민 열차를 보내기로 협상했을 것이라고 생각했다. 그러니까 폭격하지 않을 것이라고 믿고 싶었다. 비행기는 번쩍거리며 따라오면서 당장이라도 폭탄을 떨어트릴 듯이 날고 있었다.

"저 로스케들은 우리가 일본 사람인 줄 아나 봐요. 미친놈들."

사람들은 이제 죽었다는 압박감 속에 따라오고 있는 비행기에서 눈을 떼지 못하고 있었다. 창남의 어깨는 고문 받고 있는 듯이 경련이 일어나고 있었다. 창남은 몸을 비틀면서 신음하고 있었다.

"독립군 선생, 왜 이러시오? 왜 이래요?"

박일용이 경련이 일어나고 있는 창남의 몸을 누르며 소리 질렀다. 창남의 몸은 굳어가고 있었고 경련은 멈추지 않았다. 사람들은 그런 창남을 보면서 왜놈들에게 고문당하던 생각들을 하고 있었다. 박일용은 창남이 고문을 당할 때처럼 지금 시달리고 있다는 생각에 두 손에 힘을 주며 창남의 몸을 누르고 있었다.

"다리 좀 주물러 주시오."

박일용은 옆에 있는 사람들을 향해서 소리 질렀다. 사람들은 창남을 잡거나 주물렀다. 열차는 캄캄한 철원평야를 달리고 있었다. 그리고 폭격기는 여전히 번쩍거리며 따라오고 있었다. 창남은 고통스러워했다. 창남은 폭격기가 따라오는 것을 보면서 고문대에서 시달릴 때와 같이 경련이 일고 있었다. 폭격기는 철원평야를 달리고 있는 열차를 계속해서 따라오고 있었다. 사람들은 폭격기가 계속해서 따라오고 있는 것을 보면서 38선을 넘기 전에 폭격하려고 따라오고 있다고 생각들을 하고 있었다. 그러면서 사람들은 소련이 처음부터 폭격 계획을 세워놓고 있다가 38선에서 폭격하려고 하는 것으로 알고 통탄들을 하기 시작했다. 사람들은 비행기를 향해서 욕하기 시작했다. 떨어져서 너나 뒈져버리라고 소리치고 있었다. 사람들은 38선이 가까워지고 있는 것이 무서웠다. 이제 소련 폭격기가 폭격할 것이기에 사람들은 정신을 잃고 있었다.

창남은 진정되고 있었다. 몸이 뒤틀리는 아픔에서 벗어나고 있었다. 아픔에서 질러대던 비명도 사라지고 있었다. 박일용은 잡고 있는 창남의 손을 보았다. 열 손가락 모두 손톱이 빠져 있었다. 손가락들의 뼈가 부러졌다가 아무렇게나 붙어 있는 것을 보았다. 박일용은 창남을 안타까운 눈으로 보고 있었다. 그리고 발톱들도 빠진 것을 보고 있었다.

"왜놈들…"

박일용은 어금니를 갈고 있었다.

창남은 냇물 흐르는 소리를 듣고 있었다. 열차 소리도 폭격기 소리도 모두 흐르는 소리로 듣고 있었다.

"이것들 보시오. 손톱 발톱 다 뽑혔고 다 부러진 걸 보시오. 이러면서도 살았는데 비행기가 왜 지랄하고 있지요?"

박일용이 소리치고 있었다. 사람들은 머리위에서 날고 있는 비행기를 보면서 모두 지치고 있었다. 뛰어 내릴 수도 없고 이대로 죽을 수도 없다는 생각들을 하면서 모두 지쳐가고 있었다. 창남은 흐르는 냇물 소리를 들으며 눈을 뜨고 있었다. 그리고 누워 있는 몸을 일으켰다.

"독립군 선생! 서울이 멀지 않았어요."

박일용은 창남의 눈을 살피고 있었다.

"독립군 선생, 폭격하지 않을 것 같소."

박일용은 창남의 마음을 진정시키고 있었다. 열차는 캄캄한 철원평야를 달리고 있었다. 폭격기는 계속해서 따라오고 있었다. 열차에 탄 사람들은 폭격기를 보면서 이제 곧 38선에 도달하게 될 생각과 폭격 당하게 될 생각에 눈들을 감았다. 그러면서 어차피 죽을 바엔 갈 때까지 가보자고 하면서 태연해지고 있었다. 그렇지만 머리위에서 날아다니는 비행기가 계속해서 번쩍 거리며 조금도 물러날 기색이 없는 것을 보면서 불안은 극에 달하고 있었다.

"독립군 선생!"

박일용이 몸을 일으키고 있는 창남을 부축하며 뼈만 앙상한 몸을 더듬고 있었다. 창남은 머리 위에 있는 폭격기를 올려다보았다.

철원평야를 달리는 열차는 신망리역을 지나고 있었다. 이제 연천이 가까워졌다. 사람들은 캄캄한 철원평야를 보고 있었다. 폭격기는 당장이라도 폭탄을 떨어뜨린 기세로 머리 위를 날고 있었다. 사람들은 부둥켜 잡고 폭격기를 올려다보고 있었다. 사람들은 악에 복받치고 있었다. 사람들은 죽는다는 것을 잊기 시작했다. 사람들은 무서운 것도 잊어가고 있었다. 사람들은 손을 들어 비행기에 주먹질을 하기 시작했다.

창남의 몸은 죽은 듯이 조용하게 쓰러져 있었다. 박일용은 폭격기를 노려보면서 어금니를 악물고 있었다.

"우리는 당할 만큼 당했다. 염병할 것들아, 죽일 테면 죽여 봐."

박일용은 조용하게 쓰러져 있는 창남이를 보고 있다가 비행기를 향해서 소리치고 있었다.

"독립군 선생! 독립군 선생."

창남이 죽어가는 줄 알고 박일용이 소리치고 있었다.

"독립군 양반, 38선이 얼마 남지 않았어요. 38선만 넘으면 죽을 일 없소. 독립군 선생."

박일용은 악을 쓰고 있었다. 창남은 죽은 듯이 움직이지 않고 있었다. 피난민들은 조용해지고 있었다. 박일용이도 창남이를 보다가 비행기를 보다가 하면서 더 이상 소리치지 않고 있었다.

비행기는 이제 폭격하려는지 피난민들의 머리 위에서 더욱 낮게 나르고 있었다. 열차는 비행기의 위협에도 질주하고 있었고 전곡역을 지나고 있었다. 열차는 전속력으로 질주하고 있었다. 사람들은 이제 38선이 얼마 남지 않았다는 것을 알고 있었다. 사람들은 이제 폭격 당하게 된다는 각오를 하고 있었다. 사람들은 따라오고 있는 비행기를 향해서 욕하지 않고 있었고 모든 것을 잃은 듯이 멀거니 고개를 들고 비행기를 보고 있었다.

"38선이 전곡 아니오?"

뒤에서 소리치고 있었다.

"아직 아닌가 봅니다. 비행기가 따라오는 것을 보면."

사람들은 다급해졌다. 사람들은 두리번거렸다. 폭격 맞은 소리가 났나 하고 두리번거리고 있었다.

"우라질 놈의 폭격기, 저 강바닥에 팍 쑤셔 박고 뒈져라. 우리만 왜 죽어?"

젊은 사람이 벌떡 일어나며 소리 지르고 있었다. 그러자 옆에 사람이 일어났고 또 다른 사람이 일어나자 사람들은 일어나 있는 사람들을 잡아 앉히고 있었다.

"떨어져 죽을 참요? 아직 폭격도 안 했는데."

"우리가 뭐냐고! 로스케가 우리를 왜 죽이려 하느냐고!"

비행기는 프로펠러 소리를 요란하게 내면서 지붕 위 사람들은 위협하고 있었다. 사람들은 비행기가 머리 위에 당장에라도 부딪칠 듯이 낮게 떠서 날아오자 몸을 낮춰 엎드리고 있었다. 사람들은 38선이 왜 이렇게 멀기만 하느냐고 한탄하고 있었다. 정말 죽게 되나 보다고 울분을 터뜨리고 있었다. 사람들은 움켜잡을 것은 무엇이든 힘껏 움켜잡고 있었다.

"글자가 보이오. 38선 글자가 보이오. 저기!"

"모두 엎드리시오. 엎드리시오."

앞에서 뒤에서 사람들은 소리치고 있었다. 사람들은 컴컴한 속에서 38선을 찾고 있었다. 그리고 포탄이 떨어지나 안 떨어지나 보려고 38선을 찾아보다가 비행기를 보다가 하고 있었다. 사람들은 요란한 비행기 소리 속에서 그토록 보고 싶었던 38선이라는 글자를 뚜렷이 보고 있었다. 캄캄한 어둠 속에서 38선이라는 글자가 뚜렷이 보이고 있었다.

"38선. 38선. 38선이다!"

열차는 순식간에 38선이라고 쓰여 있는 말뚝을 지나치고 있었다. 비행기들이 열차에서 떨어지며 북으로 날아가고 있었다. 열차는 철커덩거리며 한탄강을 건너고 있었다. 지붕 위 사람들은 손을 들었다. 그리고 만세 소리를 지르고 있었다.

"만세! 만세! 만세!"

사람들은 눈물을 흘리고 있었다. 살았다는 생각과 고향에 왔다는 생각과 뒤범벅이 되고 있었다. 사람들은 모두 소리 내어 울기 시작했고 모두 눈물을 흘리고 있었다. 그리고 사람들은 모두 조용하게 앉아 있었다. 아무도 움직이지 않았다. 하늘 끝에서 어둠이 사라지고 있었다. 사람들은 어둠이 사라지고 있는 하늘을 조용히 보고 있었다.

"독립군 선생!"

박일용은 창남을 가만히 불렀다.

"열차가 동두천에 좀 서지 않으려나? 독립군 선생, 2일이나 먹은 것이 없는데…"

지붕 위 사람들은 모두 박일용과 같은 생각들을 하고 있었다. 그리고 소요산을 지나 동두천을 향해 달려가는 열차 지붕 위에서 손을 흔들고 있었다. 열차 위 사람들은 모두 손을 흔들고 있었다.

"잠깐만 섰으면 좋겠네. 1분이라도."

사람들은 급해지고 있었다. 박일용은 왝왝 소리를 지르며 달리는 기관차를 보면서 청진을 떠난 지 닷새가 되고 있다는 생각을 하면서 힘차게 솟고 있는 검은 연기를 눈물을 글썽이며 보고 있었다.

'왝 왝 왝!'

힘찬 기적 소리가 동두천역을 향해서 울려 퍼지고 있었다.

"아…"

사람들은 신음을 길게 내고 있었다.

"저기 봐. 태극기가 있어!"

사람들은 누군가 소리 지르며 가리키는 곳에 있는 태극기를 바라봤다. 태극기는 '신탁통치결사반대'라는 현수막이 걸려 있는 건물 앞에 걸려 있었다. 사람들은 태극기를 보면서 모두 숙연해지고 있었고 눈물들을 폭포처럼 흘리고 있었다.

"왜 이제야 볼 수 있는 거냐. 태극기야…"

사람들은 모두 태극기를 보면서 울고 있었다.

"독립군 양반!"

박일용은 창남의 두 손을 꼭 쥐었다. 그리고 동두천역에서 열차가 멈추고 있는 것을 보고 있었다.

수염으로 뒤덮여 있는 박일용의 얼굴에 어느새 햇살이 찾아와 있었다. 박일용의 수염 뒤범벅인 얼굴이 웃고 있었다.

"독립군 선생! 이제 조선이 맞나 봅니다. 태극기 든 아이도 있소. 저기 보소."

창남은 박일용의 소리에 고개를 돌리고 있었다.

"독립군 선생!"

박일용은 다시 창남을 불렀다. 창남은 소리 내며 울고 있었다.

"독립군 양반! 독립군 양반."

창남은 고개를 끄떡이고 길게 기적 소리를 내면서 멈추고 있는 기관차를 바라보았다.

"아직 우리가 내리려면 멀었습니다. 내 먼저 내려가서 가족들을 보고 먹을 것을 구해다가 디밀고 오겠소. 그동안 여기 계시오."

창남은 고개를 끄떡였다. 그리고 동두천을 둘러보며 박일용이 피난민들 사이를 빠져 다니며 밖으로 나가는 것을 보고 있었다.

'조선…'

창남은 입속으로 '조선'이란 소리를 하고 있었다. 조선과 고향을 생각하면서 청산리에서 헤어진 독립군들을 떠올리고 있었다. 그리고 입속으로 다시 중얼거렸다.

'돌아들 오겠지!'

창남은 열차에서 내린 사람들을 내려다보면서 헤어진 사람들을 그리워하고 있었다. 그리고 바라바쉬에서 헤어진 근식 대장과 동지들을 떠올리고 그리워하고 있었다. 창남의 눈이 감겼다. 눈을 감고 있는 창남은 김시진 장군을 보고 있었다. 그리고 어린 정신대 여자들도 보고 있었다. 청산리의 조선 사람들을 창남은 모두 보고 있었다.

"독립군 선생, 이거 받으시오."

창남은 박일용의 말소리에 눈을 떴다. 그리고 박일용이 들고 있는 것을 보았다. 박일용은 양손에 물과 종이 봉지를 들고 있었다.

"물은 드시고 그릇을 주시오. 식구들도 먹여야 해요."

박일용이 빙긋 웃으며 말했다. 창남은 종이 봉지를 받아 놓고 물그릇을 받아 입을 축였다. 박일용은 물그릇을 넘겨받고 또 다른 종이 봉지를 들고 식구들이 있는 곳으로 향했다. 창남은 멀리 보이고 있는 태극기를 보고 있었다.

"식구들 잘 있습니다. 이제 한나절 거립니다. 서울!"

박일용이 곁에 앉아서 주먹밥을 먹으며 말했다. 열차는 움직이기 시작했다. 열차에 탄 사람들은 모두 조용하게 앉아 있었다.

"보니까 일본 사람들 그대로 있습디다."

박일용이 주먹밥을 먹으면서 못 볼 것을 보기라도 한 것처럼 뒤로 멀리 사라지고 있는 동두천을 보면서 중얼거렸다.

"밥을 구할 수가 없어서 뛰어다니다가 아주머니 한 분이 눈에 띄기에 따라갔지요, 식구가 오면서 출산했는데 굶고 있다고 했더니 시부모 드릴 밥이라고 하면서 싸 준 겁니다."

박일용은 멀어지고 있는 동두천을 보고 있었다. 밥을 구한 이야기도 그렇지만 일본 사람들이 그대로 있다는 말에 창남은 박일용을 보고 있었다. 그러면서 창남은 열차 지붕의 사람들을 보았다. 사람들은 모두 조용히 앉아서 들과 산 그리고 하늘을 보고 있었다. 열차는 의정부를 지나면서 검은 연기를 하늘 높이 힘차게 뿜어내면서 달리고 있었다. 박일용이 창남을 불렀다.

"독립군 선생!"

"예."

"일본 사람들이 왔다 갔다 해요."

창남은 잠자코 있었다. 38선 이북에서는 잡혀가는 것만 보았는데 일본 사람들이 활보하고 있다는 말에 창남은 눈만 깜박이고 있었다. 창남은 기관차 굴뚝에서 솟고 있는 연기를 보고 있었다. 그리고 박일용을 보았다. 열차는 도봉산 바위들을 스치며 달리고 있었다.

"독립군 선생!"

창남은 고개를 돌렸다.

"해방이 안 된 것 같습니다. 일본 사람들 보니까."

"창남은 박일용의 말에 대답을 못 하고 있었다. 창남은 스쳐 지나가고 있는 산을 보다가 앙상한 손을 보기도 했다. 그러면서 해방이 어떻게 된 것인가 하는 생각을 하고 있었다.

"보인다! 보인다!"

누군가 소리 지르고 있었다. 지붕 위 사람들은 모두 고개를 돌렸다.

"한강이야. 한강."

소리 지르던 사람은 더 큰 소리로 외치고 있었다. 창남도 박일용도 한강을 보고 있었다. 넓은 장안평 들판 너머에서 하얀 물줄기가 보이고 있었다.

"아…"

박일용이 그 물줄기를 보면서 입을 벌리고 있었다. 지붕 위 사람들은 모두 목을 빼고 강물을 보고 있었다. 열차는 청량리를 지나고 뒤이어 한강 물줄기를 따라 달리고 있었다.

"이제 다 왔다."

27
아! 서울역

두 손을 높이 든 사람들이 하늘을 보고 외치고 있었다. 지붕 위에 있는 사람들은 서로 부둥켜안고 소리를 지르고 있었다. 열차는 서울역을 향해 기적 소리를 울려대면서 달려가고 있었다.

"다 왔다. 서울역이다. 저기!"

창남은 사람들이 외치는 소리를 들으며 서울역을 물끄러미 바라보았다.

'왝 왝!'

열차는 하얀 수증기를 내뿜으면서 기적 소리를 울려대고 있었다. 피난민들은 이제 죽어도 여한이 없다는 소리를 지르며 목이 메고 있었다. 피난민들은 태극기가 선명하게 보이기 시작하는 서울역을 향해서 모두 고개를 돌리고 앉아 있었다. 광복 피난민 열차는 이제 태극기가 나부끼고 있는 서울역으로 들어가고 있었다. 박일용과 창남도 조용히 앉아서 바람에 나부끼고 있는 태극기를 보고 있었다. 그리고 틀림없이 해방된 서울역을 보고 있었다.

"독립군 선생!"

박일용은 창남을 불렀다. 그리고 허리를 동여매고 있는 끈을 보고 있었다.

"끌러냅시다."

창남은 박일용의 말에 허리를 동여매고 있는 끈을 풀기 시작했다.

"그대로 계십시오. 제가 풀어 드릴게요."

박일용이 창남의 연약한 손가락이 움직이는 것을 보면서 말했다. 그리고 창남의 허리를 동여매고 있던 끈을 풀기 시작했다.

"이제 우리 해방됐습니다."

박일용이 지저분한 수염사이로 입을 길게 귀밑까지 찢으며 말했다.

"예."

창남은 허리를 동여매고 있던 끈을 보고 있었다. 그리고 끈이 풀린 허리를 보고 있었다. 그리고 빙긋이 웃었다. 이제 열차 지붕에서 내려가야 한다. 창남은 '칙칙' 소리를 내면서 서울역으로 들어가고 있는 열차를 보면서 지붕 위 사람들을 보았다. 사람들은 악수하거나 어깨를 끌어안거나 소리를 지르며 지붕위에서 작별하고 있었다. 고향에 돌아가면 건강하게 장수하며 좋은 세상 살아보자고 손을 마주 잡으며 사람들은 아쉬운 작별을 하고 있었다. 종이도 없고 쓸 것이 없어서 서로 고향 주소들을 몇 번이고 큰소리로 외치면서 작별들을 하고 있었다. 열차는 왝왝 기적 소리를 질러대며 서울역 승차장으로 미끄러져 들어가고 있었다. 승차장에 있는 사람들이 피난민들을 향해 손을 흔들어주고 있었다.

열차가 멈췄다. 창남은 허리에서 푼 끈을 잡고 손을 흔들고 있는 사람들을 쳐다봤다. 그리고 뛰어 내려가고 있는 사람들을 보고 있었다. 사람들은 모두 밑으로 내려가고 있었다.

창남은 끈을 잡고 움직이고 있었다. 시베리아에서 끈을 잡고 탈출했듯이 창남은 끈을 잡고 지붕에서 내려가고 있었다.

"내가 먼저 내려가서 잡아 드릴 테니 서두르지 마시오."

박일용이 아래로 내려갔다. 그리고 끈을 잡고 미끄러지고 있는 창남을 부축이며 두 발을 서울역에 딛고 서 있도록 부추겼다. 창남은 비틀거렸다. 창남은 박일용의 손을 잡았다.

"식구들한테 갑시다."

창남은 열차에 손을 짚고 서서 물결치고 있는 사람들을 보았다.

"식구들한테 갑시다."

창남은 박일용을 보면서 고개를 끄떡였다. 그렇지만 움직이지 못하고 있었다. 박일용이 화물차 문 앞으로 갔다. 사람들이 화물칸 안에서 짐짝처럼 쏟아져 내리고 있었다. 박일용은 식구들을 향해서 고함치고 있었다. 창남은 고함치는 박일용을 보고 있었다. 창남은 승강장에 가득한 사람들이 지하도로 내려가고 있는 것을 보고 있었다. 광자 어미, 광자, 아들아이가 서 있는 것을 창남은 보고 있었다. 광자가 아비한테 왔다. 광자는 아비의 옷자락을 움켜쥐었다.

"우리도 나갑시다."

박일용은 말해놓고 창남을 살피고 있었다.

창남은 대답하고 나서 청진에서부터 달려온 기관차를 보았다. 창남은 기관사를 보고 싶었다. 그러나 사람들이 밀리고 있어서 기관사를 볼 수가 없었다. 창남은 계속해서 눈을 움직이고 있었다. 창남은 박일용이 구해다 준 나무때기를 짚고 광자가 잡아 다리는 대로 움직이기 시작했다. 창남은 칙칙 거리고 있는 기관차를 보면서 섭섭한 마음을 누르고 박일용이 기다리고 있는 곳을 향해서 발을 움직이고 있었다. 창남은 다시 발을 멈추고 뒤돌아보았다. 뒤돌아보고 있는 곳에는 기관사들이 기관차와 서 있었다. 창남은 돌아서서 기관사들을 보고 있었다. 기관사들은 나란히 서서 빠져나가고 있는 사람들을 보고 서 있었다. 창남은 기관사들을 보면서 광자에게 말했다.

"저 아저씨들에게 손 흔들어 드려라."

광자가 아비의 말을 듣고 기관사들을 향해서 손을 흔들었다. 기관사들도 광자에게 손을 흔들었다. 박일용이 기관사들을 향해 가고 있었다. 그리고 잠시 후 기관사들과 악수를 한 박일용이 창남을 향해 걸어왔다.

"기관사들 고향이 한 사람은 나진이고 한 사람은 함흥이랍니다."

창남은 울컥했다. 박일용이 창남의 손을 잡았다.

"이제 나갑시다."

창남은 기관사들에게서 눈을 떼지 못하고 있었다. 창남은 아무 말을 하지 못하고 박일용이 부축하는 대로 발을 옮기고 있었다. 창남의 얼굴은 듬성한 수염이 바싹 마른 광등 뼈를 덮고 있었고, 두 눈은 퀭하니 눈물이 말라붙어 있었다.

"나가서 국물부터 먹읍시다. 뱃살이 등에 붙었소."

창남은 박일용의 말소리를 들으며 기관사를 향해 다시 뒤돌아보고 있었다. 박일용이 보따리를 걸머지고 휘청거리고 있는 창남을 붙잡고 조금씩 계단을 내려갔다.

"어서 우리 독립군 선생 뭐 좀 드셔야 합니다. 그래야 그나마 기력이 생길 겁니다. 그동안 굶기만 해서."

사람들이 얼추 빠져나간 서울역 지하도에서 박일용과 창남 그리고 식구들은 뒤늦은 걸음을 재촉했다. 서울역 대기실은 발 들여놓을 곳이 없었다. 박일용은 창남과 가족들을 출입문이 가까운 쪽으로 사람들을 비집어가며 나가고 있었다. 그리고 문 앞에 이르자 사람들을 밀치며 보따리를 내려놓았다.

"독립군 선생! 고향 가는 열차 좀 알아보고 올 테니 여기 잠깐 계시오."

박일용이 사람들은 헤집으며 대기실 안으로 사라졌다. 창남은 대기실을 가득 메운 사람들을 보면서 광자와 바닥에 앉아 있었다.

"독립군 선생! 여기 계시군요. 못 뵐 줄 알았습니다. 우리 독립군 선생,

이렇게 뵈어서 뭐라 말할 수 없이 반갑습니다. 고향에 가시면 꼭 건강 회복하셔서 만수무강하시기 바랍니다. 뵈어서 정말 반갑습니다. 꼭 건강하세요."

창남은 바닥에 앉은 채 밖으로 나가고 있는 사람들이 하는 소리를 듣고 있었다. 창남은 다시 나이가 많은 사람이 손을 한참 동안 어루만지고 있는 것을 보며 가만히 앉아 있기만 했다. 나이가 많은 사람은 식구들에게도 섭섭해 하면서 수없이 고개를 숙이며 작별을 했다. 그리고 가면서 안보일 때까지 몇 번이고 손을 들어 흔들고 있었다. 창남도 손을 흔들고 또 흔들었다. 나이가 많은 사람은 사람들 속에 묻히면서 다시는 보이지 않고 있었다.

서울역 문 앞에 앉아 있는 창남은 그동안 열차 지붕에서 생사고락을 함께한 사람들과 악수를 하거나 손을 흔들어가며 작별을 하고 있었다. 창남은 자리에서 일어나지도 못하고 손을 흔들고 있었다.

창남은 전차가 달려가고 있는 것을 보고 있었다. 그리고 '신탁통치 결사반대'라는 현수막이 걸려 있는 남대문 경찰서를 쳐다보고 있었다. 광자와 광자 어미 그리고 박일용의 가족들도 모두 바닥에 앉아서 신탁통치 경사 반대라는 소리를 지르는 사람들 속에서 시끄러운 소리를 내면서 달리고 있는 전차들을 보고 있었다.

"우리 이제 나가서 뭣 좀 먹읍시다."

박일용이 말했다. 창남은 나무때기를 짚으며 몸을 일으켰다. 박일용은 보따리를 걸머지고 염천교 쪽을 보고 있었다. 그리고 곁에 서 있는 창남을 보면서 말했다.

"표 파는 역무원 얘기가 일본 사람들이 매일같이 열차를 통째로 전세 내고 있답니다. 하루에 몇 번씩 부산으로 간답니다. 목포로도 가고, 그 사람들 때문에 정상적으로 움직이는 열차가 없답니다. 열차가 그 것들한테 쏠리는 바람에"

박일용이 대합실을 뒤돌아보면서 투덜거리고 있었다. 박일용이 다시 투덜거리기 시작했다.

"부산 목포를 몰리다보니까 장항선에 일반열차는 하루에 한 번밖에 배정을 못 하고 있답니다. 오전 11시에, 이거 미친 것 아닙니까? 한바탕하려다가 표 못 살까봐 참았습니다."

창남은 박일용의 소리를 들으며 검은 승용차들이 '신탁통치 결사반대'라고 소리치고 있는 군중들 사이에서 달려오고 있는 것을 보고 있었다. 그리고 그 검은 승용차에서 일본 사람들이 내리고 있는 것을 보고 있었다. 창남은 나무때기를 잡고 움찔거리고 있었다.

"아니, 여긴 병사 같은 거 없나?"

박일용이 일본 사람들을 보며 뚜덜대고 있었다. 서울역의 많은 사람들도 일본 사람들을 보고 있었다.

"뭐야?"

서울역의 피난민들의 입에서 괴성이 터져 나오고 있었다.

"여기는 해방 안 된 거야? 미국 놈들 어디 있어?"

서울역의 많은 피난민들은 모두 쌍불 켜고 일본 사람들이 승용차에서 내려 활보하는 것을 보고 있었다. 피난민들은 모두 탄성을 지르고 있었다. 창남은 움직이지 않고 있었다.

"갑시다, 독립군 선생! 어서 뭣 좀 드셔야 합니다. 우선 먹고 따집시다."

박일용이 창남이를 끌고 있었다. 창남은 얼굴은 찌푸리고 있었고 두 눈은 일본 사람들을 향하고 있었다. 창남은 일본 사람들을 보고 있었다. 일본 사람들은 승용차에서만 내리고 있는 게 아니었다. 전차에서 내리고 있었고 인력거에서도 내리고 있었다. 열차에서 내린 피난민들은 갈 길을 멈추거나 서울역 대합실에서 일본 사람들을 보고 있었다.

"저거 뭐야 저거?"

서울역 대합실에서 터져 나오고 있는 소리에 박일용과 창남은 걸음을 멈췄다. 그리고 사람들이 가리키는 곳을 보았다. 남대문 경찰서에서 일본 사람들에게 경찰들이 경례를 붙이고 있었다.

"어 어? 저거 왜 놈이야? 경찰 말이야?"

경찰서 문 앞에 서 있는 경찰관은 경찰서로 들어가는 일본사람들에게 경례를 하고 있었다.

서울역의 피난민들은 분개하고 있었다. 창남은 분개하고 있는 피난민들의 통탄하는 소리를 들으며 박일용이 잡아당기는 대로 끌려가고 있었다.

"저것들 안 잡아가? 그럼 우리가 죽여?"

창남과 박일용, 그리고 식구들은 피난민들의 사무친 절규를 들어가면서 염천교를 향해서 걷고 있었다. 창남은 몇 발자국 움직이면 걸음을 멈춰야 했다. 그리고 한참씩 숨을 몰아쉬었다. 그럴 때마다 박일용의 식구들도 모두 걸음을 멈추고 서 있어야 했다. 창남과 식구들은 그렇게 멈춰가면서 염천교를 지나고 있었다. 박일용은 염천교를 지나면서 창남에게 말했다.

"여긴 조선청년단원들도 없고 양키들 코빼기도 볼 수 없고 아무것도 없어."

창남은 몇 발짝 걷고 쉬고 다시 몇 발짝 걷고 쉬고 그러면서 마차들이 지나가는 것을 보기도 하고, 인력거가 활보하고 있는 것을 보기도 하고, 일본 사람들이 타고 달리는 승용차를 보기도 하면서 숨을 몰아쉬며 걸을 수 없이 멈추고 있었다.

박일용은 여인숙을 찾고 있었다. 창남이 타고 갈 장항선은 내일 11시 40분에나 있다고 했으니 여인숙에서 하루 묵으면서 창남이 기력을 조금이라도 회복한 다음 움직이는 것이 옳을 것 같아서 여인숙에서 하루 묵을 것을 생각하고 여인숙을 찾고 있었다.

박일용이야 부산 가는 열차든 장항 가는 열차든 평택을 거쳐 가므로 어느 열차든 타기만 하면 된다. 그런 박일용이가 서두르지 않고 창남이가 가는 장항선을 타고 가려는 것은 폭격으로 모든 것을 잃은 데다가 입김만 불어도 쓰러질 창남이를 낯선 서울에 홀로 둘 용기가 없어서 박일용은 다음날 11시에나 있는 장항선을 타기로 했다. 박일용은 여관을 찾아 두 눈을 바쁘게 두리번거리고 있었다.

"독립군 선생!"

박일용은 창남이 숨을 몰아쉬면서 걸음을 멈출 때면 쓰러지기라도 할까 봐 긴장의 끈을 놓지 않고 있었다. 그러면서도 여인숙을 찾아서 사방으로 뒤지고 있었다.

"독립군 선생! 우선 여인숙을 잡고 짐을 맡긴 다음 식사합시다."

박일용은 말해놓고 창남을 보았다. 그리고 다시 말했다.

"그리고 씻어봅시다. 하, 하, 하, 여인숙에 짐을 내려놓고 이것들부터 해결합시다. 식구들 보세요. 거진 줄 알고 쫓아내겠어요."

창남은 걸음을 멈추고 서서 숨을 몰아쉬었다. 그리고 고향으로 떠나지 않고 자신과 식구들을 보살펴주고 있는 박일용을 생각하면서 박일용이 하는 대로 따르고 있었다. 그리고 대답했다.

"예, 그립시다."

창남은 대답하고 나서 박일용이 가리키고 있는 여인숙을 향해 비틀거리고 있었다.

박일용은 여인숙을 향해서 부지런히 가고 있었다. 박일용은 마차들이 지나가고 있는 길 가운데 서서 창남이 길을 건너려면 힘들 것 같은 생각에 창남을 뒤돌아보고 있었다. 일본 사람들은 승용차를 타고 마차들을 스쳐가며 달려가고 있었다. 박일용은 길 복판에 서서 그 광경을 보고 있었다. 창남이 또한 식구들과 함께 서서 그런 일본 사람들을 물끄러미 보고 있었다.

일본 사람들이 타고 있는 승용차들과 마차가 지나가고 나서 광자가 창남의 손을 잡고 길을 건너기 시작했다. 창남은 나무때기에 몸을 의지하고서 위태롭게 비틀거리며 길을 건너고 있었다. 창남은 일본 사람들이 탄 차가 사라진 염천교 너머 남대문을 보면서 광자가 끄는 대로 발을 움직이고 있었다. 그리고 박일용이 기다리고 있는 여인숙 앞으로 갔다.

"다행스럽게 방이 있어요. 하나."

박일용은 창남을 보면서 웃고 있었다. 창남은 박일용이 웃는 것을 보면서 식구들을 향해 고개를 돌렸다. 식구들은 방이 하나라는 말에 난처한 얼굴들을 하고 있었다.

"어쩔까요. 몇 군데 더 다녀볼까요?"

박일용이 창남을 보면서 말했다. 창남은 대답하지 않고 식구들을 보았다. 하지만 아무도 대답하는 사람이 없었다.

"내, 저 집에 가볼게요. 모두 씻어야 하고 오랜만에 누워서 잠 좀 자 봐야 하잖소."

박일용이 웃으면서 말하고 등에 지고 있던 짐을 내려놓고 몇 집 떨어져 있는 여인숙을 향해서 가고 있었다.

"가서도 소용없는데 벌써 다 차서…."

여인숙 주인 여자가 밖으로 나오면서 말했다. 주인 여자는 창남과 식구들을 둘러보며 말했다.

"음, 가족이 많으시구나."

"방이 다 찼나 보죠?"

박일용의 안식구가 말하고 있었다.

"네, 한꺼번에 몰려들 와서…. 멀리 동쪽은 모르겠어요. 떨어져 있어서."

주인 여자는 박일용이 가는 것을 보며 말했다. 박일용은 여인숙마다 찾아다니고 있었다. 잠시 후 박일용이 돌아왔다.

"갑시다. 마침 방 두 개 있는 집을 찾았소. 그리로 갑시다."

박일용은 말하면서 짐을 짊어지고 있었다.

"다행히 방을 구하셨나 보군요. 못 구하시면 우리 집에서 그냥 묵으시라고 하려 했는데. 남자분들은 따로 준비해 드리려고 했는데…."

주인 여자 말에 박일용은 가던 걸음을 멈추고 잠시 뒤돌아보다가 다시 걸음을 움직였다. 멀리 떨어지지는 않았으나 안길로 들어서서 있는 관계로 창남은 조금 더 비틀거리며 걸어야 했다.

"자, 들어갑시다, 독립군 선생. 방이 둘이니 식구들대로 들어가면 됩니다. 먼저 씻고 저녁 하러 갑시다. 염천교에 국밥집이 괜찮은 데가 있답니다."

박일용은 창남에게 말하고 나서 안으로 들어갔다. 그러자 주인 남자가 마주 보고 있는 방을 가리켰다. 그리고 화장실과 목욕탕을 알려주고 나서 창남을 보았다.

"이분이 독립군이시오?"

"예, 왜놈들 고문에 많이 다쳤습니다."

박일용의 말에 주인 남자는 혀를 차고 있었고 얼굴은 굳어가고 있었다.

"참 고생이 많으셨습니다."

창남은 주인 남자가 청하는 악수를 하고 나서 방으로 들어가 방바닥에 힘없이 쓰러졌다. 창남은 광자 어미가 주는 물을 마셨다. 그리고 식구들이 모두 씻고 난 다음 얼마 후 창남이 목욕탕으로 향했고 광자 어미는 조심스럽게 창남의 몸을 닦고 있었다.

"갑시다. 오랜만에 음식 좀 먹어 봅시다. 서울 구경도 하고요."

박일용이 깔끔해진 창남을 향해서 말했다. 길거리는 어두워지고 있었고, 서울역은 가로등의 불빛으로 환하게 밝혀지고 있었다. 국밥집으로 들어선 박일용은 푸짐하게 음식을 시켰고 탁주까지 시켰다. 오랜만에 맡아 보는 고깃국 냄새와 음식상에 식구들은 한동안 인사불성이 되고 있었다.

"이 은혜 꼭 갚겠습니다."

광자 어미가 미안해하면서 힘주어 말하고 있었다.

"은혜는 무슨 은혜를 갚으신다고 하세요? 그런 말씀 마시고 고향에 가시면 독립군 선생 잘 보양하셔서 기력을 찾도록 잘 부탁드립니다. 그래야 우리 만나서 옛이야기를 하며 살 게 아닙니까? 우리가 보통 사람들입니까? 죽을 고비라는 고비는 다 겪은 사람들인데 해방된 고향에서 행복하게 삽시다. 우리 두 가족은 고향 길에서 만났지만 어느 사람들보다 정이 폭들은 가족입니다. 독립군 선생! 우리 참 할 말 많은 사람들입니다. 독립군 선생, 안 그렇습니까?"

"예."

창남은 화기가 도는 얼굴을 하고 대답했다. 광자 어미는 창남이 대답하는 것을 보고 있었다. 박일용이 술잔을 들었고 창남은 계속해서 숟가락을 입에 넣고 있었다. 식당은 시간이 흐르면서 시끄러워지고 있었다. 사람들은 삿대질까지 하며 떠들어대고 있었다.

"조선은 끝났어."

"끝났으면 좋겠어? 이 친구! 더는 나 친구하고 술 안 먹어. 알겠어?"

"말라면 말아. 그럼 누가 겁나나? 나도 관둘 거야. 쓸 만한 놈들 하나 없고 뭐. 영친왕은 왜 안 와?"

"독립군 선생, 우리 이만 갑시다."

박일용은 술 취한 사람들의 떠드는 소리가 심상치 않은 데다가 피로에 지쳐 있는 식구들을 쉬게 할 생각에 서두르고 있었다. 식구들은 식당을 나와 여인숙으로 향했다. 그리고 방으로 들어간 식구들은 삽시간에 깊은 잠자리로 빠지고 있었다.

"언제들 일어났니?"

묻고 있는 창남에게 광자가 웃고 있었다.

"우리도 방금 일어났어요. 그분들도 이제 일어나는 것 같던데요."

광자 어미가 부석부석한 얼굴을 비비며 말했다.

"저분들한테 신세를 지기만 해서 어쩌지요?"

광자 어미는 계속해서 부석부석한 얼굴을 비비며 말했다. 그러나 창남은 대답을 안 했다. 광자 어미는 몸속에 감추고 있는 소련 돈을 생각하고 있었지만 어떻게 해야 되는 것인지 모르겠고, 불쑥 소련 돈을 내놓을 수도 없어서 더는 말하지 않고 있었다. 그러면서 계속해서 신세를 지는 것이 부담되었다. 광자 어미는 고향 주소를 적어주고 그쪽 주소도 적어달라고 한 다음 자리가 잡히면 돈을 부쳐줘야겠다는 생각을 했다. 그리고 광자 어미는 홍성 가는 열차 삯도 가지고 있지 않았다.

"차표는 어쩐대요?"

"조금도 없어?"

창남은 부석부석한 광자 어미의 얼굴을 보면서 물었다. 광자 어미는 대답을 못하고 있었다.

"엄마, 기차에서 밥 모두 뺏겼어요. 아줌마도. 돈도 뺏기고."

창남은 광자가 하는 말이 무슨 말인지 알 수가 없었다. 그래서 광자 어미의 얼굴을 봤다.

"할아버지들이 엄마를 막 깔고 앉아서 엄마가 죽을 것 같아서 대신 밥을 주고 비켜달라고 했어요. 그래도 그 할아버지는 또 쓰러지면서 엄마를 꼼짝 못 하게 깔고 앉아서 그러지 말라고 밥하고 돈 다 줬어. 저기 아줌마도 다 뺏겼어요. 그 할아버지한테. 그런데 여기 다른 방에 있어요, 그 할아버지."

광자 말에 창남은 광자 어미의 얼굴에서 눈을 떼지 않고 있었다. 그러자 광자 어미가 입을 열었다.

"비좁다 보니 서로 깔고 앉고 끼고, 아프다는 남자들은 지붕에 타지 않고 안에 타는 바람에 애들이 죽는다고 소리 지르고…"

창남은 무슨 말인지 알았다. 그리고 속상한 것을 참을 수가 없었다.

"독립군 선생, 일어나셨소?"

"예."

광자 어미는 부리나케 일어나 방문을 열었다. 문 밖에서 박일용이 웃고 있었다.

"잘 주무셨어요? 아이고 저희는 죽었다가 깼어요. 허허 허허."

창남이 문밖으로 나갔다.

"국밥집 갑시다. 영양 보충하고 고향 갑시다. 허허 허허."

박일용은 창남의 얼굴을 보면서 걸쭉한 웃음소리를 내고 있었다.

"잘 주무셨어요?"

"죽었다가 깼으니 말할 것도 없습니다. 허허허. 독립군 선생도 업어 가도 모르셨을 겁니다."

"예."

박일용은 계속해서 웃음소리를 내고 있었다. 며칠 만에 방이라는 곳에서 잠을 자고 일어난 창남은 박일용을 따라 밖으로 나갔다. 광자 어미는 광자와 아들을 데리고 박일용의 식구들과 남자들을 따라가고 있었다.

"아침에 주인 영감이 하는 말 들으니 일본 사람들, 조선 것이라면 여자들 고쟁이까지 훑어간다고 합니다. 화물차를 대기해 놓고 전부 실어 간대요. 지금 서울역의 화물차들은 모두 일본사람들이 조선 세간들을 휩쓸어다가 싣고 있다고 합니다. 비석 같은 것은 뭐하려고 그러는지 퍽 싣는다고 합니다. 모두 어디서 나는지 나무로 된 것들, 맷돌, 절구 같은 돌로 된 것들은 돌부처는 물론 탑들까지 싣고 있다고 합니다."

박일용은 언제 일어났는지 주인 영감 이야기를 하면서 걷고 있었다. 그러면서 철길에 있는 열차 중에 화물 열차들을 손가락으로 가리키며 계속해서 말했다.

"가족들은 먼저 보냈대요. 그런 다음 특별 열차편으로. 며칠간 대단했나 봅니다. 지금도 서울 바닥을 쓸고 있나 봅니다. 어제 일본사람들 남대문경찰서 들어가는 거 봤잖아요."

박일용은 계속해서 얼굴이 일그러지고 있었다.

"은행 돈은 물론이고 어디서 실어 오는지 쌀부대를 며칠 싣더랍니다. 그것들 밥그릇 숟가락 모조리 공출해 갔었는데 뭐가 아직 남았나 봅니다. 무덤 비석까지 빼가는 판이니."

박일용은 국밥집 앞에서 말소리를 멈췄다. 그리고 음식을 시키고 있었다. 창남은 벽에 걸린 시계를 보았다. 8시가 넘었다. 그러고 보니 박일용보다 늦잠을 자고 일어난 셈이다. 식당에 들어간 창남은 창문으로 밖을 내다보고 있었다. 사람들이 분주하게 오고 가고 있는 속에서 짐 실은 마차들이 지나가는 것을 보고 있었다. 음식이 나왔고 숟가락들을 들고 음식을 먹기 시작했다. 창남은 숟가락을 들고서 계속해서 밖을 보고 있었다.

"어서 드시오, 독립군 선생. 11시 40분 열차이니 여유가 없습니다."

창남은 박일용의 말에 숟가락을 움직이고 있었다. 그러나 아침에 들은 말로 인해서 마음이 편치 않았다. 창남은 탐탁지 않은 마음 탓에 음식을 달게 먹지를 못하고 있었고 국 국물까지도 끼적거리며 입에 넣고 있었다.

"입에 맞지 않아도 움직이시려면 좀 드셔야 합니다. 역에서 내리면 고향은 얼마나 됩니까?"

창남이 음식을 먹지 못하자 박일용이 말을 붙이고 있었다.

"먼 삼십 리 됩니다."

창남은 열차 안에서 식구들 밥이며 돈까지 빼앗았다는 사람 생각에 음식이 입에서 겉돌고 제대로 씹히지 않았다.

"열차에서 내리면 고향으로 가는 차들이 있을 겁니다. 저희도 그래요. 아무 차나 세워놓고 떼쓸 겁니다."

박일용이 말하고 웃고 있었다. 창남은 숟가락에 음식을 담아 들고 식구들한테 일어났던 일을 박일용에게 말하고 싶기만 해서 숟가락을 입에 넣지 못하고 있었다. 박일용은 창남이 고향 갈 걱정에 입맛을 잃고 있는 것으로 알고 어떻게든지 음식을 먹을 수 있도록 기분을 구슬리고 있었다.

"저, 박 형!"

박일용은 창남이 자신을 부르자 반색했다. 그리고 두 눈을 창남의 얼굴에 바싹 대고 있었다.

"안식구들을 괴롭히며 밥이며 돈까지 뺏은 놈이 있는 모양이오."

박일용은 창남의 말소리를 들으며 지금 이게 무슨 말인가 하고 눈 끝이 곤두서고 있었다.

"아프다는 핑계로 여자들 타는 칸에 탄 남자들이 그런 모양이오."

"왜놈보다 더한 놈들이네. 이완용 아냐?"

"우리 묵은 여인숙에 함께 묵은 모양이오. 광자야, 그 사람들 봤다고 했지?"

광자가 고개를 끄떡이고 있었다. 광자 어미와 박일용의 안식구는 고개를 숙이고 있었다. 박일용은 자리에서 일어났다. 그리고 여인숙을 향해서 달리고 있었다. 광자가 박일용을 따라서 쩔뚝이며 달려가고 있었다. 여인숙에 도착한 박일용은 주인을 찾았고 주인은 박일용의 말을 듣고 난처한 얼굴을 했다. 그러나 뒤따라 달려온 광자가 그 사람들의 방을 손가락으로 가리키고 있었다. 광자는 박일용이 들어간 방을 주인과 서서 바라보고 있었다.

"가자, 광자야!"

박일용은 광자를 덥석 안고 식당을 향해서 줄달음질 치고 있었다. 박일용이 식당으로 들어서자 안식구들은 박일용의 얼굴을 살피고 있었다.

"돈 찾았고 밥값도 받았소."

박일용의 말에 식구들은 서로 마주 보며 미소를 짓고 있었다. 창남은 시원해진 얼굴로 박일용의 얼굴을 한참 동안 보고 있었다. 그렇지만 밥을 빼앗겨가며 부대꼈을 식구들을 생각하면 속이 터지고 있었다. 어쨌든 박일용으로 인해 기분이 돌아온 창남은 단숨에 음식을 모두 먹어치웠다.

"고향 가서 경찰관 해야 할 것 같습니다. 세상 돌아가는 것을 보니 울화가 치밀어서."

박일용이 찾은 돈을 식구들에게 나눠 주며 말했다.

28
무정부의 서울은

서울역은 몹시 지저분하기만 했다. 시끄러운 데다가 복잡하기 이를 데가 없었다. 신문 파는 아이들이 꼬약거리고 있었고 어수선하게 운집해 있는 군중들이며 "신탁통치 결사반대"라는 구호 소리가 전차 굴러가는 소리들과 뒤섞여서 난장판이나 다름없었다.

일본이 패망하자 조선은 무정부가 되었다. 서울의 궁전에는 임금이 없다. 대신도 없다. 무정부에 국가가 없다. 그 판국 속에서 일본으로 돌아가고 있는 일본 사람들은 활개 치며 도둑질을 하고 있었다.

남대문경찰서에 경찰들이 바쁘게 들락거리고 있었다. 박일용은 표를 사려고 창구 앞으로 가고 있었다. 박일용이 사람들을 밀쳐가며 창구로 가는 것을 보면서 창남은 식구들과 서울역 건물 앞에서 웅크리고 앉아 있었다. 광자와 나란히 앉아 있는 창남은 '신탁통치 결사반대'라는 현수막들을 들고 도로 복판에서 외치고 있는 사람들을 보면서 굉음을 내면서 달리고 있는 전차들을 보고 있었다. 그러면서 창남은 샌프란시스코를 떠올리고 있었다. 샌프란시스코만 아니라 시애틀도 떠올리고 있었다. 도로에 꽉 차서 움직이는 차들과 활기차게 활보하던 사람들을 생각하며 서울을 보고 있었다.

창남은 빅토리아호에서 내려다보던 샌프란시스코의 밤거리가 무엇보다도 떠오르고 있었다. 도시의 어둠 속에서 도시의 하늘을 화려하게 수놓던 불빛들을 떠올리면서 '신탁통치 결사반대'라는 현수막을 들고 운집해 있는 사람들과 행군하고 있는 학생들을 보면서 남대문경찰서와 남산 하늘에 떠 있는 구름을 보고 있었다.

"독립군 선생! 뭘 그리 보고 계시오? 표 끊었어요. 그런데 2시 20분에 간답니다. 두 시간 늦어서."

창남은 박일용이 건네주는 표를 받아 들으며 빙긋이 미소 짓고 있었다. 그리고 옆을 보면서 눈짓을 했다.

"독립군 선생! 독립군 선생!"

박일용은 창남을 계속해서 부르고 있었다. 창남은 박일용에게 고개를 돌리고 박일용의 얼굴에서 눈을 움직이지 않고 있었다.

"고향에 가서 몸조리 잘하셔서 기력을 찾으시고 우리 복되게 삽시다, 독립군 선생."

창남은 박일용의 입에서 내뿜어지고 있는 담배 연기를 보고 있었다. 그리고 박일용이 보고 있는 일본 사람들을 향해서 눈을 돌렸다.

"저 봐요."

창남은 박일용이 일본 사람들을 보면서 외치는 소리를 듣고 있었다. 일본 사람들이 어디서 나타났는지 몇 사람이 서 있었다. 그리고 곧이어 일본 사람들이 차에서 내리고 있었다.

"저 사람들?"

박일용은 격한 소리를 내고 있었다.

"독립군 선생!"

박일용이는 창남을 부르고 있었다.

"예!"

"저 사람들 잡아가는 귀신 없소?"

박일용의 말에 창남은 일본 사람들을 물끄러미 보고 있었다. 그리고 남대문경찰서를 바라보았다.

"여인숙 앞에 마차들과 트럭들 보셨잖아요. 그 트럭들과 마차는 일본 사람들 짐 실어 나르느라고 밤낮이 없답니다."

창남은 박일용의 말에 남대문경찰서를 보고 있던 눈을 박일용에게로 돌렸다.

"여인숙 주인 말로는 서울에 있는 쌀이라는 쌀은 모두 실어가고 있다고 하더군요. 저 보시오. 염천교 저기."

창남은 염천교 다리를 향해서 고개를 돌렸다. 염천교에는 짐 실은 마차들과 트럭들이 꼬리를 물고 있었다.

"여인숙 앞이 서울역 후문이라 주인 영감이 모두 보고 있는 모양입니다. 그리고 주인 영감 말이 여주 이천에서 숱하게 실어 나른답니다. 실어 나르고 쌀 창고에 있는 쌀들인 모양인데 어지간한 모양입니다. 화물차 인부들이 수원으로 서울로 뻔질나게 오르내리고 있답니다. 자기네 여인숙에서 자면서."

창남은 박일용의 말을 들으며 염천교에서 눈을 떼지 못하고 있었다. 그러면서 창남은 이북과 이남이 달라도 너무 다른 것을 생각하고 있었다.

창남은 일본 사람들이 서울역 안으로 드나들고 있는 것을 쳐다보고 있었다. 일본 사람들은 인력거를 타고 있거나 승용차를 타고 드나들고 있었다. 일본 사람들은 서울역을 드나드는 문이 따로 있었다. 일본 사람들은 그 따로 있는 문으로 해서 드나들고 있었다. 창남과 박일용은 그 문에서 눈을 잠시도 떼지 못하고 있었다. 그러면서 소련군 병사들과 조선청년단 원들을 생각했다. 소련군 병사들과 조선청년단원들이 지금 이곳에 있다면 지금의 저 일본 사람들을 모조리 잡아갈 것을 생각하면서 활보하고 있는 일본 사람들을 보면서 분통이 터지고 있었다. 아무리 무정부 상태고 치안 공백 상태라 하더라도 나라를 지켜야 하는 작은 단체라도 있어야 하는 게 아닌가 하면서 "신탁통치반대"라고 외쳐대고 있는 사람들을 보면서 창남 과 박일용은 분을 삭이지 못하고 한숨들만 내쉬고 있었다.

후암동 언덕길에서 인력거들이 수도 없이 오르내리며 서울역으로 달려오 고 있었다. 박일용과 창남의 두 눈은 달려오고 있는 인력거들을 보고 있었 다. 인력거들은 도로를 가로지르며 서울역으로 아니면 남대문경찰서를 드 나들고 있었다. 박일용은 다시 담배를 피워 물었다.

"우리 여기 있다가는 안 되겠소. 돌 것만 갔소, 안 보이는 곳으로 갑시다."

박일용이 담배를 힘껏 빨면서 말했다. 창남은 달리는 전차 전짓줄에서 번쩍거리는 것을 물끄러미 보고 있었다. 그리고 검은 승용차들을 보고 있 었다.

"안으로 들어가 개찰구에서 기다립시다. 고만 봅시다."

박일용은 못 볼 것을 보기라도 한 것처럼 서둘러 자리를 뜨고 있었다. 그런 박일용을 따라 창남은 긴 나무를 잡고 비틀거리고 있었다.

"내 물을 얻어 올게요."

광자 어미가 이마에 땀을 훔치며 창남의 창백한 얼굴을 보면서 말했다. 서울역 안은 북새통이었고 북새통속에서 사람들은 고함지르며 손을 번쩍 번쩍 들고 있었다.

"어제 많이들 못 갔나 보네."

여기저기서 손을 들어가며 소리치고 있는 사람들을 보며 창남이 말했다.

"숱하게 밤차로 내려들 간 모양입니다. 그리고도 이러니!"

박일용도 낯익은 사람들에게 손을 들어 고함치면서 중얼 이고 있었다. 그리고 광자 어미가 물그릇을 들고 오는 것을 보면서 소리 지르고 있었다.

"내가 깜박했나 봅니다. 미안합니다, 아주머니."

"괜찮아요. 물은 흔해요."

광자 어미는 창남에게 물을 주고 있었고 뒤이어 아이들에게 물을 먹이고 있었다.

"또 말씀드리지만 기력부터 챙기세요. 그래야 우리 만납니다. 열 일이 아니라 백 가지 일이라도 모두 물리시고 약입니다. 약!"

박일용은 창남과 헤어질 생각부터 하고 있었다. 숨 쉬는 것조차 힘들어 하는 창남을 청진서 만나 고향까지 오면서 정이 들고 있었다. 마음 같아서는 창남을 고향 집까지 함께 갔다가 오고 싶지만 그러지 못하는 것이 못내 아쉽기만 했다. 그리고 창남이 몸을 회복하는지도 알 수 없어서 마음은 더욱 안타깝기만 했다. 박일용은 창남을 조금이라도 편하게 해주고 싶었다.

"여기로 누우시오. 어떻소? 누워요, 이리."

창남은 박일용을 쳐다봤다. 그리고 고개를 흔들며 말했다.

"괜찮아요. 곧 나가게 되잖아요."

창남은 박일용이 끝까지 보살펴주고 있는 것이 고맙고 든든하기만 했다. 그리고 가슴이 뭉클해지고 있었다. 창남은 그런 박일용을 향해서 말했다.

"고향에 가시면 꼭 경찰 되세요."

"그래요. 그렇지 않아도 경찰해야 할 것 같습니다. 때려잡으려면. 내 경찰 되면 우리 독립군 선생부터 찾아뵙겠소."

박일용의 목소리가 시끄러운 서울역 대합실에 울려 퍼지고 있었다.

"꼭 기다릴게요. 제가 먼저 건강해지면 제가 먼저 찾아가고요."

"예, 그럽시다. 정말 그럽시다."

박일용은 담배를 피워 물고 눈을 커다랗게 뜨면서 말했다.

"내 삼수갑산을 가는 일이 있어도 꼭 경찰 될 겁니다. 지금 내가 경찰관이 아닌 것이 한입니다. 내가 지금 경찰관이라면 저것들 이삿짐 어림도 없습니다."

창남이 자리에서 일어나고 있었다. 그러자 박일용이 창남의 손을 잡으며 말했다.

"왜 그러시오?"

"답답해요. 바람 좀 쐬다가 시간 되면 들어올게요."

박일용은 창남이 하는 대로 그대로 두고 있었다.

"그럽시다. 후덥지근하니 나가 있읍시다."

박일용은 창남과 밖으로 나가고 있었다. 그리고 그늘진 곳에 나란히 앉았다. 박일용은 창남과 나란히 앉아서 여전히 짜르릉거리며 달리고 있는 전차들과 일본 사람들이 타고 달리는 차들과 '신탁통치 결사반대' 소리를 외쳐대고 있는 사람들을 바라보고 있었다. 그리고 인력거들이 달리고 있는 것을 보고 있었다.

"저런 것 보기 싫어서 들어가야 하려나 봅니다."

박일용이 눈을 찡그리고 있었다. 박일용은 인력거들이 서울역을 드나들고 있는 것이 못내 못마땅하기만 했다. 서울에 보물이란 보물은 모두 바닥내고 있는 일본 사람들을 쓸어버리고 싶기만 한 박일용은 치밀어 오르는 분을 끝내 참지 못하고 자리에서 일어나고 있었다. 그리고 창남의 손을 잡고 일으키고 있었다. 창남이 비척거리며 식구들을 향해서 가고 있었다. 창남과 박일용은 식구들이 있는 곳에서 열차 시간표 현황판에 커다란 종이를 붙이고 있는 역무원들을 보고 있었다. 역무원들은 이북으로 가는 열차

시간표를 가리고 있었다. 박일용은 창남의 옷소매를 끌며 장항선은 개찰구를 향해서 식구들과 나란히 줄을 서고 있었다. 개찰구는 삽시간에 밀리고 밀리며 북새통이 벌어지면서 박일용이 창남을 향해서 소리쳤다.

"식구들과 천천히 오시오. 내 나가서 자리 잡아야겠소."

박일용은 삽시간에 사라졌다. 창남은 식구들과 사람들 틈바구니에 밀리면서 개찰구를 빠져나갔고 결사적으로 계단을 빠져나가고 있었다. 그리고 한참 떨어진 후미의 객차창문에서 손을 흔들어 대면서 고함치고 있는 박일용을 보았다 창남은 식구들과 비틀거리며 결사적으로 달리고 있었다.

"여기예요! 여기. 여기!"

박일용이 창으로 몸을 내놓고 소리 지르고 있었다. 박일용은 창문으로 짐을 받아서 들이고 있었다. 그리고 식구들은 박일용이 잡아 놓은 의자에 마주보며 앉았다.

"전쟁이다, 전쟁. 고향 두 번만 갔다가는 다 죽겠다. 휴!"

박일용은 앞자리에 앉아 있는 창남을 보면서 웃고 있었다. 짐은 바닥에 놓고 아이들이 차지하고 앉았다.

"아저씨 아니었으면 우리 집은 고향은커녕 벌써 모두 죽었을 겁니다. 은혜를 어떻게 다 갚아드릴지…."

광자 어미가 손바닥으로 얼굴의 땀을 닦으면서 박일용에게 말했다.

"은혜요? 우리는 은혜 같은 거 없다고 말씀 안 드렸나? 두 번 다시 그런 말씀 하시지 마셔야 합니다. 속 시원하게 왜놈들을 때려잡은 독립군 용사가 이런 고생을 하시는데 무슨 은혭니까? 참 청진서 멋지셨는데. 다시는 그런 말씀 마시고 생각조차 하지 마세요. 저 고향에 가는 즉시 경찰관 될 겁니다."

박일용의 목소리는 와글거리는 열차 안에서 멀리까지 퍼지고 있었다. 박일용은 왜 그러는지 광자 어미를 향해서 다시 입을 열었다. 박일용의 목소리는 찌렁거리고 있었다.

"은혜는 무슨 은혜를 갚는다고 하십니까? 제 마음 어떤지 아십니까? 저도 징용으로 끌려가 천길 굴속에서 일했습니다. 왜놈들이 시키는 대로 철광에서 일하며 목숨 부지하기에 급급했습니다. 그게 지금 얼마나 후회스러운지 아십니까? 지금 저 자신이 얼마나 부끄러운지 아십니까? 여기 독립군 선생처럼 왜놈들을 죽이지 못한 것이 얼마나 안타까운지 아십니까? 지금 제 가슴은 엉망입니다. 세상에 태어나서 이렇다 하는 일 한 가지 못하고 죽는다면 그게 말이나 됩니까? 그래서 저 경찰관 될 겁니다. 어쨌든 우리 은혜라는 말 하지 않기입니다."

광자 어미는 박일용의 말에 고개를 숙였다. 그리고 뼈만 앙상한 창남에게 눈을 돌리고 있었다. 박일용은 왜 갑자기 자신이 격했는지 민망해지고 있었다. 그리고 고개를 들고 광자 어미에게 사과했다. 객차 안의 사람들은 박일용을 보고 있었다.

"박 형!"

창남이 박일용의 손을 잡았다. 박일용은 창가에 눈을 두고 있었다.

"박 형!"

창남은 다시 박일용을 부르고 있었다. 그러나 박일용은 창가에서 눈을 돌리지 않고 있었다. 창가에 눈을 두고 있던 박일용은 한참 후 고개를 돌리고 입을 열었다.

"화물열차마다 짐 싣는 것 보세요."

박일용의 말에 사람들은 창밖을 보고 있었다. 박일용은 다시 입을 열었다.

"저것 모두 우리들의 쌀이고 금은보석들이고 비단들입니다."

사람들이 보고 있는 화물열차에서는 일본 사람들이 조선 사람들에게 일을 시키고 있었다. 트럭이나 마차에 싣고 온 것들을 화물열차 칸에 싣고 있었다.

"저거 우리 것 아닙니까? 독립군 선생!"

"박 형!"

창남은 계속해서 박일용을 부르기만 했다.

"여기는 아직 해방되지 않았나 봅니다."

박일용은 창밖에서 눈을 떼지 못하면서 소리치고 있었다.

"독립군이 이분이십니까?"

뒷좌석에 앉은 남자가 창남을 가리키며 물었다.

"예, 모진 고문에 그만…"

사람들은 박일용이 창남을 가리키자 모두 창남을 보기 시작했다. 그리고 뒷좌석의 사람이 다시 말했다.

"큰일을 하셨습니다. 이런 분은 나라에서 돌봐드려야 하는데 지금 나라가 엉망이니…"

뒷자리에 사람은 잠시 식구들을 둘러보고 있었다. 그리고 다시 입을 열었다.

"북간도에서 전투하셨는지요?"

"아, 이분은 만주 200부대라는 일본군 부대에 징용으로 끌려갔다가 그 부대 폭삭 부수고 탈출해서 청산리 독립군부대로 가신 다음 왜놈들 20만 대군과 전투를 하셨는데 그중에 18만 명이나 왜놈들을 죽인 독립군이십니다. 저 청진에서는 모두 알고 있더라고요. 청진서 환송식이 대단했습니다. 독립군 선생, 장군 이름이 뭐라고 하셨지요?"

박일용은 장군 이름을 모르므로 멋쩍게 물었다. 창남은 작은 소리로 속삭이듯이 대답했다.

"김시진 장군이십니다. 김좌진 장군 당시 총사령관이시던 분이십니다."

"예, 김시진 장군! 김시진 장군이십니다."

박일용이 김시진 장군 이름을 소리치면서 열차는 긴 기적을 남기고 있었다. 그리고 움직이기 시작했다. 그러자 박일용이 일본 사람들의 쌀가마니를 싣고 있는 화물열차를 바라보고 있었다. 박일용의 얼굴은 무섭게 변하고 있었고 그리고 박일용은 더 이상 일본사람들의 화물열차를 볼 수 없게 되었다. 박일용은 어금니를 깨물고 있었다.

열차는 용산 역에서 멈춘 다음 다시 영등포를 향해서 달리기 시작했다. 창남은 흐르고 있는 강물을 보면서 어디로 가는지도 모르게 끌려가던 당시를 생각하면서 강물에서 눈을 떼지 못하고 있었다. 열차는 영등포를 지난 후 수수밭을 한참 동안 달리고 있었다. 그러면서 이어지고 있는 들판의 철길은 안양을 지나고 있었고 다시 수원을 지나면서 박일용이 입을 열었다.

"내 고향에 발이 떨어지자마자 경찰관 될 것이오. 독립군 선생은 고향에 발이 떨어지자마자 기력부터 회복하시오. 우리 약속합시다."

창남은 박일용의 말에 빙긋이 웃으며 고개를 끄떡였다.

박일용의 얼굴은 경직되면서 두 눈이 충혈대고 있었다. 아마 이제 창남과 작별해야 하는 시간이 다가오고 있는 것이 박일용의 마음을 울적하게 만들고 있는 것만 같았다. 청진에서 만나 5박 6일을 열차 지붕에서 함께하면서 숱한 우여곡절들을 겪었고, 이제 고향이 눈앞에 보이고 있다 보니 박일용의 마음은 울컥해지고 있었다. 박일용은 잠시 창밖으로 눈을 돌리고 있었다. 숯 고개를 지나 서정리역을 지나면서 박일용은 자리에서 일어나고 있었다.

"이 보따리들을 문 앞으로 옮겨야겠소."

박일용의 말에 창남은 물론 광자 어미 그리고 박일용의 가족들도 자리에서 일어났다. 박일용은 문을 바라봤다. 꽉 막힌 통로를 잠시 보고 있다가 커다란 보따리를 번쩍 들어 올렸다. 그리고 통로를 비집으며 가고 있었다. 박일용의 가족들이 뒤따라가면서 몇 번이고 뒤돌아보면서 손을 흔들고 있었다. 열차는 평택역으로 들어서고 있었다. 박일용과 가족들은 통로에서 사라졌다. 그리고 뒤이어 박일용이 가족들과 함께 창남을 향해서 달려왔다.

"독립군 양반!"

박일용이 소리쳤다. 창남이 창밖으로 고개를 내밀고 두 손을 내밀어 박일용의 손을 꼭 잡았다.

"몸조리 잘하셔서 기력을 꼭 회복하시오"

창남은 잡은 손에 힘을 주었다. 창남은 박일용을 향해서 계속해서 고개를 끄떡였다. 열차는 움직이기 시작했고 창남과 박일용이 잡은 손은 줄이 끊어지듯이 떨어지고 있었고 두 가족은 손을 흔들며 멀어지고 있었다.

"고마워요!"

광자 어미가 박일용과 그 가족을 향해서 소리치고 있었다. 창남과 광자 어미는 박일용의 식구들이 보이지 않고 있어도 손을 흔들고 있었다.

열차는 평택 벌판을 뒤로 멀어졌고, 박일용도 그 가족도 창남의 시야에서 사라졌다. 창남은 울컥했다. 그리고 모두가 다 사라진 곳에 혼자 떨어졌을 때처럼 가슴이 싸늘해지고 있었다. 끝없이 추락하며 참을 수 없었던 외로움. 그리고 수없이 끊어져야 했던 생명과 아픔들. 창남은 기억의 아픔에 천 길 낭떠러지로 떨어지고 있었다. 근식 대장과 많은 동지. 그리고 두만강 얼음 속에 잃어버려야 했던 만식이. 시베리아의 엘렉과 니콜라이 그리고 소칼로프 러시아 친구들. 창남은 한꺼번에 아픔과 서러움이 밀려오고 있었다. 울컥하는 아픔에 모두가 다 너무나 그리웠다. 그동안 박일용이 있어 그리움과 아픔을 잊고 있었으나 박일용이 떠난 자리에 아픔과 그리움이 소용돌이치고 있었다.

창남은 질식하고 있었다. 창남은 박일용이 사라진 평택을 그리고 평택 하늘을 한없이 바라보고 있었다. 그리고 눈을 감았다. 열차는 요란한 소리와 함께 평택 철교를 지나가면서 평택 포구에 떠다니는 어선들이 서글픈 창남의 시선을 움직이고 있었다.

광자 어미는 눈물이 고여 있는 창남의 눈을 보면서 박일용과의 두터운 우정을 생각했다. 청진 피난길에서 우연히 만난 사람끼리 생사고락을 함께하며 힘들고 고달플 때마다 가슴으로 깊이 파고들었던 정이 어찌 눈물로 그칠 수 있겠는가. 광자 어미 역시 박일용을 잊을 수가 없어서 생각하고 또 생각하고 있었다. 광자 어미는 잠들어 있는 광자와 아들아이를 어루만지며 이제 고향이 눈앞에 당도하고 있다는 것을 느끼면서 머리를 쓰다듬고 있었다. 창남은 잠이 들었는지 눈을 감고 있었다.

열차가 천안역으로 미끄러져 들어가면서 긴 기적을 울리고 있었다. 창남이 감고 있던 눈을 떴다. 그리고 눈에 드러나고 있는 천안역을 물끄러미 보고 있었다.

"저기…."

창남은 손으로 긴 승차장을 가리키고 있었다.

"저기…."

창남은 다시 소리를 내고 있었다. 광자 어미는 창남이 가리키고 있는 승차장을 내다보았다. 승차장에는 사람들이 열차를 타려고 서 있을 뿐 다른 것은 없었다. 광자 어미는 창남이 가리키고 있는 승차장을 보다가 창남을 보았다.

"거기 뭐가 있어요? 저 사람들요?"

"이, 저기…."

창남은 계속해서 손으로 승차장을 가리키며 '저기' 소리만 했다. 광자 어미는 열차가 머물고 나서도 계속해서 손으로 가리키고 있는 승차장을 보면서 다시 물었다.

"저기 사람 중에 아는 사람 있어요?"

창남은 대답하지 않고 가리키고 있는 손을 움직이지 않고 있었다. 광자 어미는 창남이 가리키고 있는 곳에 뭔가 있다는 것을 짐작하고 다시 물었다.

"왜 그래요? 무엇 때문에 그러시는지 말하세요."

의자에 앉아 있는 사람들 그리고 서 있는 사람들이 창남이 가리키고 있는 곳을 모두 쳐다보고 있었다. 창남은 손을 들고 있는 채로 비가 쏟아지는 속에서 징용자들과 어린 여자애들과 일본 사람들에게 벌벌 떨어가며 남양군도로 북간도를 갈려 헤어졌던 사람들을 떠올리며 계속해서 저기 소리를 외치고 있었다.

"저기…"

창남의 입에서는 '저기'라는 소리 외에 다른 소리는 나오지 않고 있었다. 사람들은 그런 창남을 물끄러미 쳐다보다가 고개들을 갸우뚱하거나 저으면서 돌아서고 있었다. 광자 어미는 그런 창남을 보면서 생각했다. 말을 하지 않아서 무엇인지는 모르겠어도 뭔가 저곳에 기막힌 사연이 있었던 것이 창남을 괴롭히고 있다고 생각했다. 그리고 무슨 일인가 있어도 큰일이 있었나보다고 생각했다.

"독립군이시잖아요?"

"예."

광자 어미는 묻는 말에 대답했다. 그리고 묻고 있는 사람의 얼굴을 보고 있었다.

"여자애들이 한데 엉켜서 울며 끌려갔었어. 저기서. 일본 놈들이 발로 차고 가죽 끈으로 패고 어떤 여자애는 피투성이가 됐었어. 우리 징용자들은 두 패로 나뉘어서 한 패는 북간도로 갔고, 한 패는 여자애들과 남양군도로 끌려갔어. 수백 명이. 비를 맞으며."

창남의 두 눈에서는 눈물이 빗물처럼 흐르고 있었다. 사람들은 창남의 눈물을 보면서 고개를 돌리고 있었다. 사람들은 모두 창남이 손으로 가리키고 있는 승차장을 내다보고 있었다.

열차는 다시 움직이기 시작했다. 숙연해진 사람들과 광자 어미는 창밖의 천안역을 보면서 창남의 아픈 기억을 떠올리고 있었다. 창남은 눈을 감고 있었다. 창밖이 바뀔 때마다 떠오르는 사람들 때문에 눈을 감고 있었다. 그러나 헤어진 사람들은 감은 눈 안에서 더욱 거세게 다가오고 있었다. 창남은 눈을 감았다가 떴다가를 반복했다. 그리고 길고 긴 피난과 고향의 그리움을 끝낼 수 있는 시간이 눈앞에 다가오고 있다는 것을 느끼고 있었다. 창남은 박일용처럼 내려야 할 통로를 보고 있었다. 그리고 이제 열차에서 내려도 아무도 손을 흔들어 줄 사람이 없다는 것을 생각했다. 창남은 컴컴한 창밖을 내다보고 있었다.

"아직 조금 더 가야 해요. 이제 막 예산 지났어요."

창남은 광자 어미 말에 등받이에 몸을 다시 편안하게 기대며 고개를 돌려 창밖을 보고 있었다. 그리고 박일용을 생각했다. 고향이 안성이니 차를 얻어 타지 않았으면 아직 걷고 있든지 아니면 고향에 도착하여 고향 사람들에게 둘러싸여 요란하게 잔치를 벌이고 있을 것을 생각하면서 입가에 미소를 짓고 있었다. 열차는 창남과 광자 어미 그리고 광자 아들을 홍성역에 내려놓고 다시 어둠 속으로 달려가고 있었다.

"어디까지 가시오?"

역에서 함께 내린 사람이 광자 어미를 향해서 물었다. 광자 어미는 광자와 아들아이를 업고 부지런히 걸으며 대답했다.

"갈산요. 어디 가시는가요?"

"광천요."

광자 어미에게 묻던 사람은 광자 어미의 대답을 듣고 나서 다른 사람에게 다시 물었다. 광자 어미는 어두운 거리를 두리번거리고 있었다. 그러자 창남이 앞서가다가 말고 그런 광자 어미를 쳐다봤다.

"목이 마른데…."

창남은 말해놓고 어둠 속에서 광자 어미의 얼굴을 살피고 있었다.

"가봅시다. 가다가 보면 샘물이 있을 거예요."

광자 어미는 말하면서 내포를 향해 가고 있었다. 내포에 들어선 광자 어미는 다리를 건너고 나서 뚝방길로 가기 시작했다. 광자 어미는 샘물을 찾아 두리번거리며 길옆의 집들은 물론 산자락을 타고 있는 집들을 보면서 물이 있을 만한 곳을 찾아보았다. 그러나 어두워서 보이는 것은 아무것도 없었다. 광자 어미는 30리 길을 걸을 생각에 물부터 찾아 먹여야 한다는 생각에 마음이 초조해지고 있었다. 그러면서 고향에 와서도 물 한 모금 먹일 수 없는 것이 너무나 속상하기만 했다.

"가자, 광자야. 가다가 샘물 있을 거다."

광자 어미는 더 이상 할 말이 없었다. 등에는 아들을 업었고 고사리 같은 손을 내두르며 걷고 있는 광자에게 할 말이 없었다. 30리 길을 앞두고 흔해 빠진 물 한 모금 먹이지 못하는 것이 너무나 속상하고 복장이 터지고 있었다. 열차에서 내렸던 사람들은 내포 둑길을 마주 보며 가다가 헤어졌다. 그리고 험준한 산길로 들어서면서 창남은 청진을 향해 걷듯이 발을 내딛고 있었다. 길바닥은 자갈이 두껍게 깔려 있어서 창남은 물론 광자 그리고 광자 어미는 걷지를 못했다. 광자 어미는 어금니를 악물고 광자가 힘들어해도 손을 끌며 걷고 있었다. 등에 업혀 있는 아들은 두 다리가 걷는 대로 흔들거리고 있어서 광자 어미는 숨이 턱까지 차고 있었다. 창남이 숨을 몰아쉬면서 걷던 다리를 멈추고 서 있었다.

"좀 쉬었다가 가요."

광자 어미 말에 창남은 몸을 뒤로 넘어트리고 있었다.

광자 어미는 머리에 이고 있는 보따리를 내려놓고 아들을 바닥에 내려놓았다. 그리고 주저앉아 있는 광자를 보고 있었다. 광자 어미는 자신이 탈진한 상태라 창남과 광자가 탈진하였을 것만 같아서 마음이 초조해지고 있었다. 광자 어미는 옷소매로 광자의 얼굴을 닦아주었다.

"저기 샘이 있어."

창남이 산 아래 언덕 집들을 향해서 말했다.

"어디요?"

"저기 집들 있잖아."

광자 어미는 창남이 가리키고 있는 곳을 쳐다봤다. 광자어미의 눈에는 캄캄한 산 속과 희미한 달빛만 보이고 있었다.

"엄마, 가."

"그래, 가자."

광자 어미는 광자의 말에 자리에서 일어났다. 그리고 아들을 들쳐 업고 창남이 말하는 샘이 있는 곳을 향해서 가기 시작했다.

"광자야!"

광자는 어미가 부르자 옷소매를 잡았다.

"오늘밤만 걸으면 끝이란다."

"응."

광자는 대답했다. 그리고 광자는 어미의 뒤를 따라 걷고 있었다. 창남은 한참 떨어진 뒤에서 광자 어미를 향해서 소리치고 있었다.

"거기. 거기 보이는 집 마당에 웃물 있어."

광자 어미는 창남이가 소리치는 곳을 보았다. 그리고 부지런히 걸었다. 광자 어미는 머리에 이고 있는 보따리를 내려놓고 집 앞 마당에 샘물로 갔다. 그리고 바가지에 물을 가득 떴다. 광자 어미는 광자에게 물을 먹이고 창남이 마시고 난 후 아들아이에게 물을 먹이고 한참 동안 물을 마시고 있었다.

광자 어미는 창남이가 비척이며 걷는 것을 보면서 광자에게 말했다.

"오늘 밤만 걸으면 된다."

광자는 대답하지 않았다. 그리고 어미 곁에서 아픈 발바닥을 옮겨놓고 있었다. 달빛에 배를 길게 드러내고 있는 자갈길을 비척이며 걷고 있는 창남을 보면서 광자 어미는 개 짖는 소리를 듣고 있었다. 시간이 얼마나 되었는지 알 수 없는 속에서 별들이 밝게 빛나고 있는 하늘을 쳐다보며 걷고 또 걷고 있었다. 높고 긴 산을 지나 달빛에 고즈넉이 보이는 집들을 몇 차례 지나면서 창남이 걸음을 멈췄다.

"왜 그러세요? 쉬었다가 가시려고요?"

창남은 광자 어미 말에 대답하지 않은 채 달빛에 아른거리고 있는 마을을 바라보고 있었다. 광자 어미는 그런 창남을 쳐다보면서 다시 말했다.

"힘든데 앉았다가 가요. 구항이니 이제 절반 왔네요."

광자 어미는 등에 업혀 있는 아들을 내려놓았다. 그리고 광자를 바닥에 앉게 하였다. 창남은 아른거리고 있는 마을을 향해서 눈길을 떼지 않고 있었다.

"거기는 왜 그렇게 보세요?"

광자 어미는 창남이 바라보고 있는 마을을 보면서 묻고 있었다. 그러면서 아는 사람이 있어서 그러나 보다 하고 하늘에 떠 있는 달을 바라보며 이마에 흐르고 있는 땀을 닦고 있었다. 창남은 계속해서 마을을 보고 있었다. 창남은 만식이 서 있는 것을 보고 있었다. 두 손을 높이 들고 흔들며 서 있는 만식을 보고 있었다. 만식이는 뛰어오다가 멈춰서 두 손을 흔들고 다시 뛰어오다가 멈춰서 두 손을 흔들고 있었다. 창남은 만식을 향해서 손을 들었다. 그리고 만식이가 뛰어오는 것을 보고 있었다. 만식이는 뛰어오다가 멈춰 섰다. 그리고 손을 흔들었다. 창남도 들고 있는 손을 흔들었다. 손을 흔들다가 멈췄다가 다시 흔들고 있었다. 그러다가 창남은 흔들고 있던 손을 내리고 있었다.

"왜 그러세요? 누구 있어요?"

광자 어미는 창남이 손을 흔들어 대는 곳을 보다가 아무 것도 없어서 창남을 보면서 겁이 나고 있었다.

"아무것도 없는데 왜 손은 흔드세요?"

광자 어미가 다시 물었다. 그러나 창남은 대답하지 않고 앞만 보고 있었다.

"엄마, 가."

광자가 무서웠는지 어미의 옷자락을 잡으며 말했다. 광자 어미는 창남이 보고 있는 마을을 보면서 아무래도 창남이 헛것을 보고 있는 것만 같아서 섬뜩해지면서 서둘고 있었다.

"갑시다. 가자고요. 거긴 왜 봐요? 가자, 광자야."

광자 어미는 아들아이를 들쳐 업고 보따리를 머리에 이면서 광자의 손을 잡았다.

"갑시다. 그만 갑시다."

광자 어미는 섬뜩해진 마음으로 창남을 보면서 다시 말했다.

"고만 가요."

광자 어미는 말해 놓고 창남이가 고개를 돌리지 못하고 있는 마을을 다시 쳐다봤다.

"가요. 뭘 보고 그러세요? 아무것도 없는데. 이제 한참만 가면 되잖아요."

광자 어미의 성화에 창남은 몸을 움직이고 있었다. 창남은 발걸음을 옮기면서도 마을에서 눈을 떼지 않고 있었다. 창남은 마을 모퉁이를 돌아서면서 고개를 돌리고 있었다. 그리고 멀리 달빛 속에 드러나고 있는 산을 바라보고 있었다.

"광자야, 저기 저 산이 큰집 산이다. 다 왔다."

광자 어미는 아직도 섬뜩한 마음을 가라앉히지 못하고 창남을 자꾸만 보면서 고향 갈산을 향해 발걸음을 재촉했다. 광자 어미는 갈산이 보이면서 발걸음이 급해지고 있었다. 광자는 그런 어미 옷자락을 잡고 절룩거리며 뛰고 있었다. 아비가 이상해졌다는 생각을 하면서 광자는 어미의 옷자락에서 손을 놓지 않고 있었다. 광자 어미는 쌍촌 내를 지나 갈산보통학교가 있는 산을 돌면서 큰집의 산이 눈앞에 커다랗게 드러나고 있는 것을 보고 있었다.

"다 왔다. 장터다."

광자 어미는 광자에게 소리쳤다.

"저기, 산보이지? 큰집 산이야."

광자 어미는 가슴이 쿵쾅거리고 있었다.

"다 왔다. 다 왔다."

광자 어미는 가슴이 쿵쾅거리며 장터를 지나 갈산 천 다리 위에서 걸음을 멈췄다. 그리고 흐르는 물을 보고 있었다. 광자 어미의 가슴은 숨이 막히도록 쿵쾅거리고 있었다. 광자 어미는 흐르는 물을 보면서 쿵쾅거리는 가슴 속에서 외치고 있었다.

"아, 이 물! 이 물처럼 살고 싶어라."

광자 어미는 다리를 지나 자갈길을 걸으며 가슴속에서는 흐르는 물처럼 살고 싶다는 소리를 수없이 외치면서 수북이 자갈이 깔린 갈산 신작로를 걷고 있었다.

"엄마!"

광자가 어미의 치맛자락을 흔들었다. 광자 어미는 광자를 보았다. 광자는 어미를 보면서 손을 들어 창남을 가리키고 있었다. 창남은 비척거리며 아직 내를 건너지 못하고 있었다.

29
흐르는 물처럼 살고 싶어라

"엄마! 아버지하고 같이 가."

광자의 말에 광자 어미는 다시 뒤돌아보며 걸음을 멈추고 있었다.

"어서들 가."

창남이 다리 난간에 몸을 기대며 소리쳤다. 광자 어미는 창남을 보고 있다가 고개를 돌려 둘째 큰집을 보고 있었다. 그리고 무성한 왕골논을 보았다. 누런 물이 들기 시작하고 있는 왕골을 보면서 광자 어미는 얼마 떨어지지 않은 곳에 살고 있는 큰언니를 향해서 줄달음질지기 시작했다. 그리고 광자 어미는 열려 있는 싸리문 안으로 들어서면서 대성통곡하기 시작 했다.

"언니! 언니! 언니! 언니! 엉 엉 엉 엉!"

집 안은 삽시간에 난리가 일어나고 있었다.

"잉! 이게 무슨 난리래? 광자 어미 아니냐?"

큰언니는 문을 박차고 뛰어 나오고 있었다.

"너 광자지? 광자지? 아이고 애들 왔네. 아이고! 애들 왔어. 으으 흐흐 흑흑. 아이고! 애들 왔어. 광자야!"

큰언니 춘우 어미는 광자 어미를 부둥켜안으며 쓰러졌다. 방문마다 모든 문이 열리고 식구들이 뛰어나오고 있었다.

"이게 누구랴? 이게 누구여?"

춘우 아비가 봉당에서 발을 구르며 소리 지르고 있었다. 광자 어미와 큰언니는 천둥 같은 소리를 내면서 울고 있었다. 앞집에서 뛰어들 오고 있었고 뒷집에서 뛰어오고 있었다.

"광자야! 광자야! 살았구나, 살았어. 살아 있었구나. 엉엉엉엉. 고맙다. 고맙다. 하늘이 무심치 않았구나. 광자야!"

큰언니 춘우 어미는 땅을 치며 대성통곡했다. 창남이 비척이며 마당으로 들어서자 춘우 애비가 한걸음에 달려 나가 창남의 손을 잡았다.

"춘우야! 어서 할머니네 일러라."

춘우 아배는 다시 소리쳤다.

"춘배야! 어서 저도로 희준이 사돈댁에 전해드러라."

춘우와 춘배는 고추밭 콩밭 가리지 않고 달려가고 있었다.

"언니!"

광자 어미는 소리쳤다.

"그래. 그래. 셋째야!"

춘우 어미는 계속해서 마당에서 뒹굴며 광자 어미보다 더 서럽게 울어대고 있었다. 앞집, 또 앞집 그리고 뒷집 그리고 또 뒷집, 옆집들. 사방에서 사람들이 뛰어오고 있었다. 춘우네 집에서 들리는 대성통곡 소리에 갈산마을 모든 사람들이 달려오고 있었다. 그리고 광자네가 돌아온 것을 알고 혀를 내두르고 있었다. 조금 후 큰오빠가 달려왔다. 둘째 오빠도 달려왔다. 친정어머니가 달려왔다. 집안 가족이란 가족들은 다 달려오고 있었고 뒤엉키고 있었고 갈산은 울음바다가 되고 있었다.

"삼촌이 오셨다고요? 삼촌이 오셨다고요?"

바깥마당에서 큰 소리가 나면서 이웃 사람들을 헤집으며 희준이와 희선이가 달려오고 있었다. 그리고 창남 앞으로 뛰어온 희준이와 희선이는 창남을 큰 소리로 불렀다.

"삼촌! 막냇삼촌!"

창남은 비척거리는 몸을 세우고 조카들을 보았다. 4촌 동생 용태 내외도 와 있었다.

"갑시다, 삼촌. 집으로 가십시다."

희준이 큰조카가 창남의 손을 잡으며 말했다. 창남은 마루에 걸터앉았다. 더 이상 서 있을 수가 없었다. 희준이는 창남이 한 발짝도 움직일 수 없이 여위었다는 것을 알 수 있었다. 희준이는 창남의 앙상한 손을 잡았다. 그리고 소리 질렀다.

"삼촌!"

"안녕들 하시지? 작은아버지도?"

"예!"

사촌아우 용태가 대답했다.

"가도 애들 옷 갈아입히고 나서 보낼 거야. 뭣 좀 먹이고."

춘우 어미는 광자 어미와 광자를 부둥켜안고 놓지 않고 소리치고 있었다. 그리고 창남의 행세가 말이 아니라는 것을 알고 더욱 소리 높여 울고 있었다.

"괜찮아, 언니. 큰집에 가야 해. 우리 나진서 폭격마저 몸뚱이만 살아나왔어. 옷가지고 뭐도 다 잃었어."

"상관없다, 그깟 것. 그깟 것이 대수냐? 금덩이들이어도 상관없다. 그깟 것 수만 개를 잃어도 상관없다. 하늘이 도왔다. 하늘이 너희를 도왔다. 하늘이 무심치 않았다. 아이고! 이것들."

춘우 어미는 광자 어미를 부둥켜안고 울고 있었다. 친정 어미는 광자와 아들아이를 끌어안고 울고 있었다.

"그래요, 저희 집으로 가서 옷 갈아입으세요. 할머니가 기다리세요. 모시고 오라고 했어요."

희준이는 광자 어미와 춘우 어미를 향해서 말했다. 그리고 창남을 향해서 말했다.

"삼촌은 제가 업고 갈 겁니다."

희선이는 앙상한 창남의 손을 놓지 않고 있었다.

"안 돼. 여기서 옷이라도 갈아입고 가거라. 뒤에서 씻고."

춘우 어미는 광자 어미와 광자 그리고 아들아이 몸에서 땀에 전 냄새가 진동하고 있는 것을 그냥 보낼 수가 없었다.

"아냐. 그냥 가시게 해."

춘우 아비가 곰방대를 흔들며 말했다. 그러자 춘우 어미가 춘우 아비를 쳐다봤다. 춘우 아비는 다시 소리치고 있었다.

"그래야 해. 우리 집에서 그러는 것은 사돈네 욕보는 거여. 날 밝으면 우리가 찾아가는 게 인사여."

춘우 어미는 울음을 그쳐가며 광자 어미의 머리를 손가락으로 쓸어주고 있었다. 광자 어미도 흐트러진 옷을 만지면서 말했다.

"언니, 당장 입을 옷 줘요. 시집에서 씻고 갈아입을 옷."

"그래, 그러마. 이 서방은?"

"그냥 가시면 우리 집에서 알아서 할 겁니다, 작은어머니."

희준이가 광자 어미와 춘우 어미 말에 서둘러 대답했다. 춘우 어미는 희준을 보면서 말했다.

"사돈! 내가 애네들 씻겨서 보내면 사돈네 번거롭지 않으시고 그게 예의 일 것만 같으오."

"처제 말대로 옷이나 어서 내어 드려. 사돈어른들 눈 빠지시겠어."

춘우 아비는 춘우 어미의 말에 큰 소리로 역정을 내고 있었다. 춘우 어미는 궤짝에서 손에 잡히는 대로 꺼내 보자기에 싸서 광자 어미에게 안겨 주었다.

"언니, 집에 있어요. 시집을 다녀와서 친정으로 갈게요."

"그래, 그려. 이것들 폭탄 구덩이에서 살아온 것들. 어서 다녀오거라."

춘우 어미의 입에서는 울음소리가 그치지 않고 있었다.

"이따 봄세."

춘우 아비가 창남에게 말했다. 창남은 이제 어머니가 계신 집으로 가기 위해서 두 다리에 힘을 주며 자리에서 일어났다. 창남은 비척거리는 다리에 힘을 주면서 걷기 시작했다. 희선이가 뛰어가기 시작했고 마당에 가득하던 사람들이 길을 트고 있었다.

"하늘이 도왔어. 폭탄 구덩이에서 살아온 것들이야. 하늘이 도왔다."

춘우 어미는 흐르는 눈물을 옷소매로 닦아가며 마당에 가득한 사람들을 향해서 소리치며 광자 어미 뒤를 따라 걷고 있었다. 창남은 천천히 앞서서 걷고 있었다.

"삼촌! 제가 부추길까요?"

"아냐, 됐어."

창남은 희준이가 부추기려는 것을 물리며 말했다. 그리고 조심스럽게 걷고 있었다.

"언니! 광자 좀 업고 가요."

광자 어미의 말이 떨어지기도 전에 춘우 어미는 광자를 덥석 들어 업었다.

"어구! 내 새끼 가여워라."

춘우 어미는 광자를 업고 광자 어미와 나란히 걷기 시작했다. 이웃 사람들은 돌아가기 시작했고 춘우네는 등잔불이며 호롱불을 모두 밝힌 속에서 춘우 아비는 마당에 나와 서서 처남들과 이야기를 했다.

집에 도착한 희준이는 아버지 어머니 할머니 그리고 형수와 신작로에서 막내 창남이 식구들을 기다리고 있었다.

"광자야, 이제 다 왔다."

춘우 어미는 광자를 내려 사돈 할머니에게 안기며 말했다. 희선이는 마당에 호롱들을 모두 꺼내어 밝히고 있었다. 광자 어미는 광자를 안고 앉아 있는 시어머니에게 아들을 안겨드리고 나서 큰절을 올렸다. 시어미는 광자 어미의 어깨를 끌어안고 두드리며 어렵게 참고 있던 울음을 터트렸다. 시어미의 울음소리는 광자의 발바닥을 보면서 더욱 거세지고 있었다. 식구들 모두 숙연해지고 있었다. 식구들은 숙연해진 마음을 억제하지 못하고 돌아서서 눈물들을 훔치며 서 있거나 앉아 있거나 밖으로 나가고 있었다. 시어머니의 울음소리는 산자락을 타고 오르며 선조들의 무덤을 맴돌고 있었다.

"이 어린것을 얼마나 걸렸으면 발바닥이 이럴 수가 있느냐? 이게 어찌된 노릇이냐? 이놈의 자식들아. 이 어린것의 발바닥이 왜 이 지경이 되었느냐? 이놈의 자식들아. 하늘은 뭘 했고 조상님들은 뭘 했단 말인가. 세상에 이 어린것을 이 지경을 만들다니…."

시어미는 광자의 발바닥을 가슴에 안으며 날이 밝아 오고 있어도 복받치는 울음을 그치지 못하고 있었다.

희준이와 희선이는 닭을 잡았다. 부엌에서는 차례 상 준비에 여념이 없었다. 창남은 말쑥하게 씻었고 광자 어미 광자 그리고 아들까지 모두 씻고 나서 희준이 희선이 그리고 용태 아우와 차례 상에 술을 올리고 조상님께 절을 올리고 있었다. 시어머니는 약이라는 약은 모두 가져다가 광자 발바닥에 바르고 또 바르고 있었다. 동네 사람들은 창남이를 보려고 뛰어오고 있었다. 그리고 뛰어오고 있는 사람 중에서는 징용으로 끌려간 자식을 두고 있는 부모들 아니면 가족들이 달려오고 있었다. 창남은 찾아오는 사람들을 접하느라고 피로와 아픔은 뒷전이 되고 있었다. 소문은 무섭게 퍼지고 있었고 장터마다 창남의 이야기가 도배를 하고 있었다.

"저, 여기 징용으로 잡혀갔던 창남이 왔다지요? 난 쌍촌의 한이요. 한태식이."

문밖에서부터 창남을 찾는 소리는 끝이지 않고 계속되고 있었다. 한태식이란 노인은 지팡이를 짚고서 창남을 보고 있었다. 창남은 노인에게 입을 열었다.

"여기로 앉으세요."

노인은 창남이 가리키는 마루에 걸터앉았다. 그리고 창남은 한태식 노인에게 입을 열었다.

"천안에서 갈렸어요. 저는 북간도로 끌려갔어요. 60명이 그리고 여자애들과 200명도 넘는 남자들은 남으로 갔어요. 남양군도라고 하더군요. 지평이는 저 있는 곳에 없었어요."

"그럼 우리 지평이는 남양군도로 갔구먼. 바다 건너 어딘가로 끌려갔겠구먼. 살아 못 오겠다, 우리 지평이."

한태식 노인은 얼굴이 하얗게 변하고 있었다. 창남은 할 말이 없었다. 민망해진 얼굴로 잠자코 앉아 있기만 했다.

"아저씨! 그렇게 생각하시면 안 돼요. 일본이 항복했고 일본 군인들이 남양군도에서 철수할 때 함께 돌아올 겁니다."

희준이가 낙심하고 있는 태식 노인의 마음을 위로하고 나섰다. 그러자 모두 한마디씩 거들면서 태식 노인을 위로하였고 술대접을 하고 있었다. 창남은 지평이 부친이 가고 난 다음 마루에 앉아서 부채질을 하고 있었다. 창남이가 고향에 돌아왔다는 소문은 해방됐다는 소문보다 더 빠르게 퍼지고 있었다. 창남이 고향에 돌아왔다는 소문은 모든 사람의 부러움이고 자식을 징용으로 보낸 부모들에게는 희망이고 부러움이 아닐 수 없었다. 그러나 사람들은 징용으로 끌려갔다는 것은 돌아와야 살았다고 볼 수 있다고 생각들을 하고 있었고 창남의 몰골을 보고 난 부모들은 자식이 죽었거나 처참해졌으리라 생각하면서 모두 마음들이 어두워지고 있었다.

창남은 찾아오는 사람들을 맞이하기에 쉴 틈이 없었고, 눈코 뜰 새 없이 사람들에게 시달려야 했다. 그러다 보니 희준이와 희선이도 찾아오고 있는 사람들 맞이하기에 바쁘게 뛰어다니고 있었다.

창남은 문밖에서 낯익은 사람이 들어오고 있는 것을 보았다. 그리고 뒤이어 연로한 노인 부부가 젊은 여자의 부축을 받으며 들어오고 있는 것을 보았다. 창남은 한눈에 자신을 보려고 오는 사람들이라는 것을 알았다. 창남은 찾아온 사람들과 마주하고 앉았다. 창남은 젊은 사람을 비롯한 연로한 분들이 낯익어 보이는 것을 느끼면서 혹시 만식이의 가족이 아닌가 짐작하고 있었다. 그리고 곧바로 만식이 부친과 모친 그리고 형 내외라는 것을 알 수 있었다. 창남은 만식이 가족들이 왜 왔는지 알기에 입이 다물어지고 있었다. 만식이의 가족이라는 것을 알게 되면서 창남은 긴장하기 시작했다. 그런 창남을 향해서 만식이의 가족은 창남의 쇠약한 모습에 잠시 머뭇거리고들 있었다.

"염치 불고하고 저희가 찾아오게 된 이유를 말씀드리겠습니다. 제 동생이 끌려가던 날과 이 형께서 끌려가시던 날이 같은 날로 알고 있습니다. 힘드신지 알지만 부모님이 식음을 전폐하고 계시던 차에 이 형께서 오셨다는 소문을 들으시고 막무가내로 찾아 나서서서 이렇게 찾아왔습니다. 같은 장소에 계셨거나 같은 장소에 있지 않으셨어도 어떻게 됐다는 것은 아실 만하시니 알고 계신 대로 말씀해 주십시오."

만식의 형은 간절하고 애절했다. 그러나 창남은 물그릇을 들었다 놨다 해가면서 묻고 있는 말에 대답을 못 하고 있었다. 창남의 얼굴은 어두워져 가고 있었고 몸이 굳어지는 듯이 움직이지도 못했다. 창남은 두만강에서 일어난 일을 생각하며 만식이가 죽었다는 말을 입 밖에 내놓지 못했다.

"못 보셨어요? 못 보셨으면 말할 수가 없지요. 한곳으로 가지 않고서는 알 수가 없는 노릇이지요. 쌍촌 한 씨한테 말 듣자니 그 당시 한 패는 남으로 갔고, 한 패는 북으로 갔다고 들었습니다. 오늘이 아니더라도 심신이 안정되시는 대로 전해주서도 되고 우리에게 직접 말해 주시면 고맙겠소. 가자. 피곤하실 텐데 쉬시게 가자."

만식의 부친은 더 이상 소식을 묻는다는 것은 실례가 된다고 생각하고 자리에서 일어나고 있었다. 만식의 부친은 부축을 받으며 노쇠한 몸을 일으키고 있었다. 만식의 부친은 창남의 몸 상태가 원만하지 못한 것을 눈으로 보면서 아들의 소식을 알고 싶다고 눌어붙고 있어서는 실례일 뿐만이 아니라 폐를 끼치는 일이 되므로 자리를 일어나야 한다고 생각했다. 만식의 부친은 창남의 몸이 심상치 않은 것을 보고 만식이에 대해서 더욱 불안한 생각이 들고 있었다. 그리고 무엇보다도 창남이 알면 안다, 모르면 모른다, 하는 답변이 없고 보니 만식이에 대해서 더욱 불안한 생각이 들었고 예감이 좋지 않기만 했다.

만식의 모친은 창남을 만나러 오면서부터 눈물을 흘리고 있었는데 만식이의 소식을 듣지 못하고 가게 되자 참고 있었던 울음소리가 터지고 말았다. 모친이 흐느끼자 며느리가 시어머니의 몸을 부축하며 문밖으로 나서고 있었다. 창남은 대문 밖까지 배웅하면서도 굳은 얼굴을 풀지 못하고 있었다. 만식이 가족이 신작로를 걸으며 멀어지고 있는 것을 보면서 창남은 안으로 들어와 마루에 걸터앉았다. 그리고 눈을 감았다. 창남이 눈을 감고 기둥에 몸을 기대고 앉아 있는 모습을 보면서 희준이가 작은 소리로 말했다.

"막냇삼촌! 못 봤으면 못 봤다고 하시지 말을 안 하시니까 그분들 상심이 크잖아요. 왜 아무 말 안 하셨어요? 전혀 몰라서 그러셨어요? 그럼 그냥 모른다고 하시면 좋았을 텐데 그러셨어요."

창남은 눈을 뜨지 않고 있었다. 눈을 뜨지 않고 있는 창남은 움직이지도 않고 있었다. 그러자 희준이가 낮은 소리로 다시 물었다.

"혹시 그 아들 알고 있지요?"

희준은 말해놓고 창남의 얼굴을 살피고 있었다. 그러나 창남의 얼굴은 조금도 변하는 것이 없었고 어떤 말도 창남에게서 나올 것 같지가 않았다. 희준은 창남 곁에 앉으면서 더 이상 묻지 않고 있었다. 바깥마당이 부산하면서 처가에서 사람들이 오고 있었다. 둘째 복성이 처남이 광자를 업고 들어오며 창남을 향해 가고 있었다.

"형님! 어지간하시면 우리 집에 가셔야겠어요. 아버님이 할 말이 있다고 하십니다."

창남은 둘째 처남의 말을 듣고 고개를 끄떡였다. 그리고 광자를 업고 앞서고 있는 둘째 처남을 따라 나섰다. 창남은 얼마 전만 해도 자신의 밭이었던 밭둑길을 지나면서 목화가 열리고 꽃이 피는 것을 보면서 광자를 업고 앞서가고 있는 둘째 처남의 발걸음을 지팡이에 몸을 실으며 따라가고 있었다.

"폭격에 모두 죽을 뻔 하셨다면서요?"

"그랬어. 몇 번을 말해야 해?"

창남은 대답하면서 처가 마당으로 들어서고 있었다.

"어서 오게, 이 서방."

큰처남이 문 앞에 서서 반기고 있었다. 창남은 안마당으로 들어서며 마루에 앉아 있는 장인을 바라보면서 부지런히 걸어 마루로 올라가고 있었다. 기관지천식을 앓고 있는 장인은 창남이 가까이 가자 손을 덥석 잡았다. 그리고 방으로 들어갔다. 창남은 장모가 장인 곁에 앉자 부엌에 있는 광자 어미를 불렀다. 광자 어미는 창남이가 부르자 하던 일을 멈추고 방으로 들어왔다.

"편히 앉으십시오. 저희 절 올리고 싶습니다."

"절?"

"예."

"절 안 해도 상관없어. 그냥 앉아."

장모가 손을 저으며 말했다. 그러나 창남은 광자 어미와 나란히 서서 큰 절을 올리고 있었다.

"그래! 그래! 고생한 거야 말로 다 못 해. 살아서 온 것은 하늘이 너희에게 복을 준 거다. 천복이야, 천복. 고맙다, 고마워."

장인은 눈가에 눈물을 비추며 기쁨을 참지 못하고 있었다. 마당에다가 급하게 만든 화덕에서는 뭔지 모르지만 펄펄 끓는 햇볕만큼이나 펄펄 끓고 있었다.

"염소 한 마리, 서부에서 급하게 사 왔다. 며칠 먹여야 이 서방 얼굴이 보일 것 같아서 장만했다."

큰언니가 광자 어미에게 말하면서 굵은 장작을 불 속에 집어넣고 있었다. 광자 어미는 펄펄 끓는 솥단지를 보면서 큰언니에게 작은 소리로 속삭였다.

"언니, 우리 방을 얻어야겠는데…. 살림살이도 아무것도 없고…."

광자 어미는 말해놓고 큰언니의 눈치를 보고 있었다.

"잉, 걱정하지 마. 노 씨네 사랑 급한 대로 얻었다. 1년에 하루만 일해주면 된다. 네가"

"아니, 언니! 말도 안 했는데…."

"형부가 아침 일찍 만나봤더라. 살림살이도 걱정하지 말거라. 친정에서 필요한 거 몇 가지하고 우리 집에서 조금 나누면 된다. 이 서방 건사가 먼저다. 무슨 일이 있었기에 저 지경이 되었니? 보약을 3년을 먹어도 어렵겠다."

광자 어미는 큰언니의 말에 콧등이 매워지고 있었다. 3년은 약을 먹여봐야 알 것 같다는 언니 말이 가슴에 뭉치고 있지만 좋아지기만 하다면 3년이 아니라 3백 년이라 해도 겁날 것이 없었다. 광자 어미는 이마에 흐르는 땀을 소맷자락으로 씻어 가며 노 씨네 사랑채를 얻어 놓은 큰언니가 한없이 고맙고 미안스러워지고 있었다.

"두 분이 잠을 통 못 주무신단다. 복동이 고것 때문에."

춘우 어미는 장작을 화덕에 집어넣으며 막내 말을 했다. 그렇지 않아도 광자 어미는 복동이 소식이 궁금하고 죄지은 것만 같아서 입에 담지도 못하고 있었는데 언니가 말하고 있으니 궁금했던 소식을 물었다.

"해방도 되었고 살았으면 너희처럼 찾아오면 좋으련만 앞잡이들이 왜놈에게 넘겨 남양군도인가 어딘가로 잡혀들 갔다고 하니 실패한 셈 치고들 있다. 우리 동네만 그런 게 아니고 곳곳이 다 그랬더라. 입이 있어도 모두 말도 못 하고 있다. 남세스러워서. 친정아버지는 산책도 못 가시잖느냐. 복동이 잡것 때문. 정신대 어쩌고 하며 수군덕거려서. 불쌍한 것."

춘우 어미는 막내 복동이로 인해서 집안에 근심이 떠날 날이 없는 게 걱정되고 있었다. 그래도 광자네가 돌아와서 한시름 덜기는 했어도 소식 없는 막내 복동이로 인해서 집안의 근심이 떠나지 않고 있었다.

"다 됐나 어머니한테 말해서 어서 이 서방 먹여야겠다."

춘우 어미는 부엌에다가 대고 손짓을 했다. 그러자 친정어머니가 쟁반을 들고 나오고 있었다.

"얼추 됐을 거다."

친정어머니는 솥뚜껑을 열고 젓가락으로 살덩이를 꾹 찔렀다.

"다 됐다. 우선 남자들 한 대접씩 퍼드리자."

친정어머니는 솥뚜껑을 덮으면서 말했다. 그리고 부엌으로 달리듯이 부지런히 갔다. 춘우 어미가 부엌으로 달려가서 커다란 그릇을 들고 오고 있었다.

"다리 하나 꺼내서 상 차리자. 춘우 어미가 솥뚜껑을 열어젖히고 뒷다리를 꺼냈다. 그리고 쟁반 위에 뒷다리를 올려놓고 살점을 뜯기 시작했다.

"상 봐라, 광자 어미야. 내가 국물 떠올게."

친정어머니가 광자 어미에게 말하고 나서 국물을 뜨고 있었다. 광자 어미는 상을 차리며 눈물이 쏟아지는 것을 억지로 참고 있었다.

"이 서방이 저 지경이 된 것을 보면 무슨 일이 있었어도 큰일이 있었을 것이니 앞으로 차차 모두 알게 되겠지만 우선 잘 먹여서 사람 살리는 게 급선무다. 어서 들고 가거라, 광자 어미야."

춘우 어미는 눈물 훔치고 있는 광자 어미한테 소리 지르고 있었다. 복성이 동생이 춘우 아비를 데려왔다. 마루에서는 푸짐한 상이 차려지고 있었다. 남자들은 상을 보고 모두 둘러앉았다. 창남의 처가는 창남으로 인해서 큰 잔치가 벌어지고 있었다. 창남은 이 사람 저 사람이 하는 말들을 모두 들어야 했다. 그리고 장모가 뜯어 주는 살코기들을 먹고 또 먹고 있었다.

"이 서방."

"예."

창남은 장인이 부르는 소리를 듣고 대답했다. 그리고 장인의 다음 말을 기다리고 있었다.

"이 서방!"

"예, 말씀하십시오."

"사람들이 찾아오지 않던가?"

창남은 장인이 묻고 있는 것에 관해서 짐작이 갔다. 징용으로 끌려간 자식을 둔 사람들이 자식 소식이 궁금해서 찾아들 오는 것을 묻고 있다는 것을 알고 있었다.

"예, 찾아오고 있습니다."

창남은 대답하고 나서 만식이 가족이 찾아 왔던 것을 생각했다.

"이 서방."

장인이 다시 부르고 있었다.

"예."

"사람 퍽 죽었지?"

창남은 숟가락을 든 채 움직이지 못하고 있었다. 또한 대답을 못 하고 있었다.

"죽은 사람은 죽은 대로 얘기해서 제사를 지내게 해 줘야 해."

창남은 이번에도 대답을 못 하고 있었다.

"그리고 이 서방이 겪은 일들을 모두 얘기해야 해."

이번에도 창남은 대답을 못 하고 머뭇거리고 있었다.

"이 서방."

"예."

"죽은 사람은 죽었으니 올 수 없지만 산 사람들은 와야 하지 않겠는가?"

"예."

"말 듣기로는 안면도만 해도 20명이라고 하더군. 한 명도 돌아오지 않았다고 하데."

"…."

"그 사람들 모르나?"

"알고 있습니다."

창남이가 안다는 말에 장인은 창남의 얼굴을 바로 보고 있었다. 그리고 물었다.

"어찌 된 건가?"

"예, 그게 천안에서 갈릴 때 일곱 명만 저와 만주로 갔습니다. 그리고 모두 남양군도로 간 것으로 압니다."

장인은 창남의 말을 듣고 나서 입을 다물었다. 창남 또한 장인의 눈치를 보면서 움직이지 않고 있었다. 그러다가 장인은 막내딸 복동이 소식이 궁금해서인지 마루 한편에서 음식을 먹고 있는 광자 어미에게 두 눈을 보내고 있었다. 그리고 다시 창남에게 말문을 열었다.

"한동안 우리 집에 나와 있어."

"노 씨네 사랑 얻어 놨어요."

춘우 어미가 친정아버지를 향해서 말했다. 그러나 친정아버지는 반응 없이 창남을 보고 있었다. 창남은 장인이 왜 그러는지 알고 있었다. 창남은 대답했다.

"예, 그렇게 하겠습니다."

창남이 대답하자 장인은 상을 물리고 나서 문밖으로 나갔다. 문밖으로 나간 장인은 대추나무 아래 평상에 앉아서 신작로를 바라보고 있었다. 짐을 지고 가는 사람들, 고추밭에서 고추를 따는 사람들, 모두가 뙤약볕에서 영글고 있는 곡식들과 여름을 보내고 있었다. 장인은 기관지 천식을 앓고 있어서 기침을 수없이 하고 있었다. 창남은 장인이 막내딸 복동이로 인해서 상심이 크다는 것을 알고 있기 때문에 징용으로 끌려갔다가 돌아온 자신이 죄짓고 있는 마음이기만 했다.

"물때 돼 가. 내 가서 주꾸미 몇 마리 잡아오겠어."

춘우 아비가 작은 처남 복성이를 보면서 말했다.

"갯벌 가시게요? 그럼 함께 가세요."

복성이가 말했다. 그러자 춘우 아비가 창남을 보면서 웃고 있었다. 창남 또한 춘우 아비를 보면서 미소 짓고 있었다. 그러나 마음은 쓸쓸해지고 있는 것을 감당하지 못하고 있었다. 춘우 아비와 작은 처남 복성이가 구럭을 메고 밖으로 나가고 있는 것을 창남은 힘없는 눈으로 보고 있었다.

"안면도에서 온 사람들입니다."

창남을 찾아와 서 있는 사람들은 여남은 되고 있었다. 창남은 안면도 사람들을 보고 있었다.

"이리들 오세요."

장모는 안면도 사람들을 마루에 올라앉게 했다. 하루가 멀다 하게 찾아오고 있는 사람들로 장모와 광자 어미는 손에 물마를 날이 없었다.

"이 선생의 소식을 접하고 일이 손에 잡히지 않고 있어서 찾아왔습니다. 아무 말이나 좋습니다. 안면도 사람들을 만나지 못하셔서 하실 말이 없으셔도 당시 사람들의 이야기라도 듣고 싶어서 견딜 수가 없습니다."

"여한이 없겠습니다."

사람들은 턱을 빼고 앉아서 창남의 얼굴에서 눈을 돌리지 않고 있었다.

육십이 넘은 남자가 말하자 부부처럼 보이는 여인이 불거진 눈시울을 껌벅이며 말했다. 창남은 기둥에 등을 기대고 앉아서 구름이 떠가는 하늘을 물끄러미 쳐다보면서 입을 열지 못하고 있었다. 아니 그보다는 열지 않고 있었다. 하늘에 구름이 떠가고 있는 것만 보고 있는 창남은 안면도 동지들을 하나하나 떠올리고 있었다. 그리고 구출하여 함께 있었던 정신대 여자들까지 모두 구름에 그려가며 보고 있었다.

"이 선생의 소식을 듣고 만나 뵙고 싶어서 식음을 전폐하고 있는 사람들이 하나둘이 아닙니다. 심지어 이 선생을 안면도로 잠시 모셔서 이야기를 듣자는 사람까지 있습니다. 제 자식이 보고 싶어서 이 선생을 만나지 않고는 견디기가 어렵기만 했습니다. 못 보셨으면 소식을 들으려고 하는 저희가 불찰이지만 그래도 자식을 사지에 보낸 부모 마음이 그렇지 않지 않겠습니까. 제 자식의 이름은 이학봉입니다."

창남은 귀가 번쩍 뜨였다. 이학봉이라면 알아도 너무 잘 아는 사람이 아닌가. 창남은 울컥해지는 마음을 지그시 누르며 하늘을 보고 있었다. 이학봉의 부친과 모친은 창남의 얼굴을 보고 뭔가가 짚이고 있었다. 그리고 둘러앉아 있는 사람들은 창남의 입에서 나올 말소리를 기다리고 있었다. 창남은 근식 대장을 떠올리고 있었다. 지금 사람들이 무슨 이야기든 듣고 싶어서 목을 놓고 있는 속에서 창남은 근식 대장이 계속해서 떠오르고 있어서 눈을 감고 있었다.

이학봉의 부친과 모친은 창남의 얼굴에서 자식의 소식이 어른거리고 있는 것을 발견하고 긴장하고 있었다. 이학봉의 부모만 그런 것이 아니고 둘러앉아 있는 사람들 모두 창남이 입에서 무슨 말이 나와도 나올 것이라 기대하고 있었다. 집 안에서는 한약 달이는 냄새가 진동하고 있었다. 창남은 지그시 감고 있던 눈을 떴다. 그리고 눈을 뜨듯이 다물고 있던 입술을 열었다.

"제가 기억나는 분이 몇 분 있는데 확실하게 말씀드릴 수가 없습니다. 앞으로 동지들을 모두 기억했다가 장터에 오시는 길에 들르시면 말씀드리겠습니다. 지금은 누가 누군지 확실하게 기억을 못 하겠습니다. 죄송합니다."

안면도 사람들은 돌아들 가고 있었다. 안면도 사람들은 조그마한 이야기도 듣지 못하고 돌아서야 하는 것이 아쉽기만 했으나 바다 물때를 맞춰야 하고 당사자인 창남이 몹시 허약해서 더 이상 욕심을 부리고 앉아 있을 수가 없었다. 안면도 사람들은 서부면으로 가는 길에서 뛰듯이 빠른 걸음으로 가고 있었다. 창남은 안면도 사람들이 가는 것을 보면서 붉게 물드는 하늘을 바라보고 있었다.

"다시 올 겁니다. 내 자식이 돌아올 때까지 이 선생을 보러 올 겁니다."

창남은 이학봉 모친이 남기고 간 말을 붉게 물드는 하늘에 이학봉 동지의 얼굴을 그리면서 다음에 오시면 잘 말씀드리겠노라고 약속하고 있었다.

다음 날도 창남은 장인과 마주 앉아서 아침은 물론이고 점심 그리고 저녁을 먹고 있었다. 해가 질 무렵이면 처남들은 마당에 모깃불을 피워 놓았다. 춘우 아비도 희준이도 하루도 거르지 않고 낮이고 밤이고 찾아들었다.

"안면도 사람들이 왔었다면서요?"

창남은 연기 속에서 희준이를 보고 있었다.

"안면도는 물 시간 때문에 힘든 곳인데…. 그 사람들도 허탕으로 갔지요?"

"지금 별안간에 얘기되나? 차차 들을 생각들을 해야지."

춘우 아비가 희준의 말을 자르듯이 말했다. 그렇지만 춘우 아배의 마음은 아무 이야기도 듣지 못하고 가야 했던 안면도 사람들에게 가 있었다.

"그래도 먼 길 올 때는 기대하고 올 텐데 아무 소리도 못 듣고 가니 속이 어떻겠어요."

"그려. 그건 사돈 말이 옳아."

춘우 아배는 희준의 말에 동조했다. 그렇지 않아도 식구들과 인척들은 아무 소리를 듣지 못하고 가는 사람들을 보면서 안타까워했다. 그리고 입을 열지 않고 있는 창남을 이해하지 못하고 있었다. 바른말을 좋아하는 춘우 아배는 창남의 건강을 생각해서 입안에서 튀어나오려는 말들을 참고 있었다. 자식이 죽었는지 살았는지 알 수 없어서 애태우며 살다가 창남의 소식을 듣고 찾아와서 아무 소리도 못 듣고 돌아들 가고 있으니 춘우 아배는 창남을 이해하려고 해도 이해는커녕 창남의 속을 알 수가 없었다. 한날한시에 끌려갔다가 혼자서 돌아왔는데 궁금하지 않고 답답하지 않은 부모가 세상천지에 어디 있겠는가. 춘우 아배는 남의 일이지만 속상해서 참지를 못하고 있었다. 춘우 아배는 창남의 그런 행동이 무슨 이유에서인지 알아야겠다는 생각을 했다.

창남은 부채질을 하면서 앉아 있었다. 모깃불 앞에 앉아 있던 식구들은 하나둘 잠자리에 들었고, 희준과 춘우 아배가 창남과 마주 앉아서 부채질을 하고 있었다. 창남은 고개를 숙이고 앉아서 부채질만 하고 있었다. 그런 창남을 보고 있는 춘우 아배와 희준은 창남의 눈치를 보고 있다가 창남이 말 못할 무슨 사정이라도 있을지 모르는 일이라고 생각하며 자리에서 일어나 돌아들 가고 있었다. 창남은 밤이 깊어가면서 모깃불이 꺼져가고 있어도 자리를 뜨지 않고 있었다. 그리고 창남은 닭 울음소리를 듣고도 자리를 뜨지 않고 있었다.

염소 고기를 다 먹어가던 날, 광자 어미는 창남과 얻어 놓은 집으로 돌아왔다. 광자 어미는 약은 물론이고 음식에 무던히도 애쓰면서 창남을 돌보고 있었다. 창남이 고향에 돌아온 지가 한 달이 지났다. 그러나 징용으로 끌려갔던 사람들이나 정신대로 끌려갔던 사람들이나 돌아오는 사람은 없었다.

시간이 가면서 자식이 돌아오지 않고 있는 부모들은 창남을 이틀이 멀다 하고 찾아오고 있었다. 수십 리 떨어진 곳에 사는 부모들은 밤새도록 소달구지를 타고 찾아왔다. 그런가 하면 거동이 불편하거나 연로해서 움직이기 어려운 사람들은 이웃이나 아니면 친척을 보내 가면서 소식을 듣고 싶어들 하고 있었다. 자식이 돌아오지 않고 있는 부모들은 애통한 날들을 보내고 있었다.

창남은 저녁나절에 빗속에서 도롱이를 걸치고 소달구지를 타고 늙은 노인 부부가 찾아오고 있는 것을 보고 있었다. 광자 어미는 도롱이를 걸치고 마차에서 내리고 있는 노인 부부를 마루로 안내했다.

"우린 광천서 왔어. 죽기 전에 자식 소식이 알고 싶어서."

창남은 노인들 앞에서 한동안 가만히 앉아 있었다. 그리고 광천의 동지들을 떠올리고 있었다. 박갈수, 서청학, 김득곤을 떠올리며 노인 부부의 얼굴을 보고 있었다. 그러면서 세 동지와 닮은 모습을 찾아보고 있었다. 창남은 눈을 감고 세 동지 중에 누구와 닮았는지 생각하고 있었다.

"내 아들애 이름은 김철준이야."

창남은 김철준이라는 소리를 들으며 가슴이 철렁 내려앉았다. 함께 있었던 광천 동지들은 박갈수, 서청학, 김득곤 말고는 없었으니 김철준은 당연히 있지 않았다. 창남은 끝없이 내려앉고 있는 가슴속에서 김철준은 남양군도로 끌려갔다는 생각을 하고 있었다. 창남은 주룩주룩 내리는 비속에 비를 맞고 서 있는 소달구지를 보면서 어떻게 노부부에게 말해야 옳을지 속이 탔다. 사람들은 있는 그대로 말하면 된다고들 하지만 창남은 있는 그대로 말할 수가 없었다. 창남은 눈을 껌벅이며 소달구지를 쳐다보다가 용기를 내어 입을 열었다.

"일본 경찰들이 우리를 끌어다가 화물칸에 가두었어요. 화물칸은 어두워서 볼 수가 없었고요. 그러다가 천안에서 두 패로 갈렸습니다. 저는 60명과 만주로 끌려갔습니다. 그리고 한 패는 200명이나 되는데 모두 남양군도라는 곳으로 끌려갔습니다. 저와 만주로 끌려간 60명의 이름은 다 기억하지는 못하지만 김철준이란 이름은 생각이 안 나고 있습니다. 차차 생각나면 광천에 사람을 보내드리겠습니다."

창남의 말에 김철준의 부모는 아무 반응 없이 앉아 있었다. 그러다가 부친이 입을 열었다.

"자식 놈, 남양군돈가 하는 곳으로 끌려간 것이 확실해."

김철준의 모친은 흐느끼기 시작하면서 이어 대성통곡을 하고 있었다. 창남은 더 할 말이 없는 데다가 김철준이란 사람과 이름은 기억나지 않아서 마루로 나가 마루턱에 앉아 비 맞고 있는 소를 보고 있었다. 춘우 아배가 도롱이를 걸치고 오고 있었다. 그리고 창남 옆으로 앉았다. 비는 쉽게 그칠 것 같지가 않았다. 김철준의 부모는 도롱이를 걸치는 둥 마는 둥 하면서 달구지에 올라타고 있었다. 창남과 춘우 아배는 워낭 소리 달랑거리는 속에서 늙은 어미의 애통한 울음소리를 들어가며 광천을 향해 가고 있는 소달구지를 아픈 가슴을 쓸어내리며 보고 있었다.

춘우 아배는 갯벌에서 살다시피 하고 있었다. 한번 갯벌에 나가면 조개는 물론이고 주꾸미 그리고 어느 날은 낙지도 잡아서 창남의 밥상에 올려주고 있었다.

창남의 몸은 숨이 끊어지기를 수없이 겪었던 몸이라 백약이 무효일 뿐만 아니라 백 가지 음식이 무효이기만 했다. 축축하게 비가 내리고 있어 마음마저 눅눅해지고 있는 늦은 가을날, 창남은 부고장을 한 장 받아들었다. 만식이 모친의 부고장이었다. 부고장을 받아 든 창남은 피가 온몸에서 요동치고 있었다. 만식이가 죽었다는 말을 차마 입 밖에 낼 수가 없어서 말을 못 하고 있었는데 모친이 유명을 달리했다는 부고장을 받고 나니 세상이 무너지고 있는 것만 같으면서 만식이는 물론이고 만식이의 부모에게 죽을죄를 짓고 말았다는 생각에 피가 솟구치고 가슴이 터지고 있었다. 창남은 광자 어미에게 말했다.

"구항 가야 하는데…"

광자 어미는 창남의 얼굴을 한참 동안 들여다보고 있었다. 그리고 말했다.

"골말 사촌 시아주버님보고 태워다 달라고 할까 봐요."

창남은 광자 어미 말에 대답하지 않았다. 천천히 걸어서 한나절이면 갈 수 있는 곳인데 사촌한테 태워다 달라고 한다는 게 마음이 내키지 않았다. 창남은 광자 어미가 채비를 준비해주기를 바라고 있었다.

"걸어가시려고 그래요? 그럼 형부한테 태워다 달라고 하세요. 말하기 그러시면 제가 할게요."

"그 형님이 자전거 타나?"

창남은 궁금한 눈으로 광자 어미 얼굴을 보았다.

"결혼하기 전부터 타셨어요."

"음, 그랬지!"

"자전거 방 뒷문 앞에 세워 놓고 아무도 못 타게 해요."

창남은 더는 말하지 않았다. 광자 어미가 채비만 준비해주면 천천히 걸어서라도 갈 마음이라 사촌이든 큰동서든 바라지 않고 있었다. 창남은 만식이가 눈에 어른거리고 있기만 했다. 창남은 마음이 급해지고 있었고 만식에게 큰 죄를 지은 것만 같아서 잠시도 지체할 수가 없었다. 광자 어미는 큰언니한테 달려갔다. 그리고 잠시 후 광자 어미는 종이우산을 받으며 오고 있었다.

"언니한테 말하기는 했어요. 형부도 가신대요. 그러면서 비 오고 자갈길인 데다가 흙탕물 튀면 안 된다고 걸어들 가시래요. 아니면 버스를 타시래요. 비 맞으면 병난다고요."

"버스가 어디 있어? 있어도 구황인데, 걸어가면 돼."

창남은 종이우산을 쓰고 길로 나섰다. 그리고 자갈이 수북하게 깔린 신작로 길 위에서 춘우 아배와 나란히 종이우산을 쓰고 걸었다. 창남은 금방이라도 주저앉을 듯이 흐느적이면서 춘우 아배를 따라 발걸음을 힘들게 움직이고 있었다. 춘우 아배는 한참씩 걸음을 멈추면서 창남이 힘들어하지 않도록 발짝을 띄어가면서 잠시도 입을 다물지 않고 이야기를 해주고 있었다. 갈산에서 10리 길인 구황을 춘우 아배는 한 얘기 또 하고 한 얘기 또 하면서 가고 있었다. 초상집은 비 오는 속에서도 사람들이 법석거리고 있었다. 창남은 마당에 들어서서 죄인처럼 고개를 숙이고 서 있었다.

"갈산서 오셨다. 어서 안으로 모셔라."

30
만식이 상여와 어머니의 상여

마을 사람들이 춘우 아배와 창남을 알아보고 소리치고 있었다. 사람들은 창남을 알아보고 달려들 왔고, 춘우 아배와 창남의 우산을 받으며 반기고 있었다. 상주는 겸손하게 두 사람을 맞이했다. 춘우 아배와 창남은 상청에 절을 올렸다. 그리고 부친이 기다리고 있는 방으로 안내되었다. 창남은 만식이 부친에게 큰절을 올렸다. 그런 다음 춘우 아배와 자리에 앉았다. 만식이 부친은 창남의 두 손을 잡았다. 그리고 한참 동안 창남의 얼굴에서 눈을 떼지 못하고 있었다. 음식상이 들어오면서 눈두덩이 붉어진 상복의 여인들이 양옆으로 또는 문 앞으로 앉아서 창남을 보고 있었다. 상복의 여인들은 만식이에 대해서 들은 말은 없으나 징용으로 끌려갔었던 사람이 찾아왔기에 만식이를 그리워하며 창남을 보고 있었다.

"말씀을 들어서 첫눈에 알아 뵈었습니다. 궂은 날에 이렇게 찾아주셔서 감사합니다. 저는 막내 만식이의 큰누이입니다. 연로하신데다 막내로 인해서 상심이 크시기만 하셨는데 갑자기 돌아가셨습니다. 이렇게 찾아주셔서 고맙습니다. 어른들 말씀을 듣고 늘 뵙고 싶었는데 이렇게 뵙게 되어 감사합니다."

창남은 만식의 큰누이가 하는 말을 조용히 앉아서 듣고 있었다.

"따듯하게 국물 좀 드시지요."

만식의 큰누이가 말했다. 춘우 아배는 숟가락을 들었다. 창남도 숟가락을 들었다. 하지만 숟가락을 들었을 뿐 음식 그릇으로 숟가락은 가지 않았다.

"어서 드세요. 속이 따듯해야 합니다. 저희가 앉아 있는 것을 부담스러워하지 마세요. 아저씨가 들어오시자 제 동생이 들어오고 있는 것만 같아서 한참 동안 울었습니다. 이렇게 가까운 데서 뵙고 있으니 동생과 있는 것만 같습니다. 부담 가실 줄 압니다. 이해하시고 따듯한 국물 좀 드시기 바랍니다."

만식의 큰누이 말은 간절했다.

"예."

창남은 대답했다. 그리고 국물을 떠서 입에 넣었다. 나이가 많은 친척의 여인들도 들어와 앉았다. 만식의 이모도 들어와 앉았고 만식의 작은할머니도 들어와 앉았다.

"따듯한 것으로 더 갖다 드려라."

만식의 이모가 말했다.

"저는 됐습니다. 여기 형님이…."

창남은 춘우 아배의 국그릇을 보면서 말했다. 창남은 고향에 오던 날 만식이가 집 근처 소나무가 있는 곳에서 두 손을 들고 흔들던 것을 떠올리며 부친과 여인들을 잠시 고개를 돌리며 보고 있었다. 상청에서는 조문객이 이어지고 있었고, 사람들은 바쁘게 움직이고 있었다. 창남은 만식이가 두 손을 높이 들고 반기고 있던 모습을 떠올리며 솟구치고 있는 눈물과 울음소리를 참지 못하고 있었다. 둘러앉아 있던 사람들은 그런 창남을 숨죽이며 보고들 있었다.

"만식이와는 처음부터 같이 있었습니다. 천안에서 모두 갈렸지만 만식이와는 같이 있었습니다."

창남이 입을 열었다. 슬프게 흐느끼면서 만식이 이야기를 하기 시작했다. 집 안의 모든 사람은 창남을 향해서 모여들고 있었다.

"만식이와 저는 자나 깨나 단 한순간도 떨어져 있었던 때가 없었습니다."

창남은 서러움이 복받치고 있어서 말을 잇지 못했다. 그러기를 몇 차례 넘기면서 창남은 가까스로 복받치는 서러움을 진정시키면서 말소리를 이어가고 있었다.

"두만강을 넘다가 어부가 뚫어놓은 얼음 구덩이에 살얼음이 얼었고, 그 위에 눈이 날려 덮인 것을 모르고 그만…"

창남의 말소리는 끊어졌고 큰누이를 비롯해서 상복한 여인들은 나뒹굴고 있었다. 서로 뒤엉키고 있었다.

"언제인지 기억하고 있소?"

부친이 물었다.

"예, 부고장을 받고 기억하고 있던 날짜를 생각했습니다. 시월 스무 이튿날입니다."

창남의 두 눈에서 굵은 눈물이 주르르 흘러내리고 있었다.

"만식이 상 보아라. 만식이 상을 어서 보아라."

부친은 목소리는 천지를 진동시키고 있었다. 뒤엉켜 뒹굴며 울고 있던 여인들은 부엌으로 기어가고 있었고, 부엌에서는 여인들의 울음소리가 갈기갈기 찢어지고 있었다. 만식이의 제사상이 차려지기 시작했다. 만식이의 제사상은 모친의 제사상과 나란히 차려졌다. 만식이의 제상에 부친이 따른 술잔이 올라갔다. 그리고 부친은 만식이의 제상 머리를 두 손으로 잡고 서서 움직이지 않고 있었다. 부친은 큰딸과 작은딸들이 부축해서 겨우 방으로 모셨다.

창남은 비척이며 만식이 제상에 맑은 술을 올렸다. 그리고 제상 앞에 쓰러졌다. 창남은 모든 사람이 말려도 만식이 제상 앞에서 한없이 엎드려 울고 있었다. 창남은 가슴을 치고 있었고 열차에서 내려 갈산으로 가던 날 만식이가 두 손을 들고 흔들면서 반기더라는 말을 수없이 하면서 창남은 울고 있었다. 그리고 차마 이야기를 드리지 못한 것을 용서해달라고 통렬하게 애걸하면서 창남은 울고 또 울고 있었다.

날이 어두워지자 춘우 아배는 부친에게 그리고 상제에게 내일 다시 오더라도 오늘은 집으로 가는 것이 좋겠다고 말했다. 창남의 건강을 누구보다 잘 알고 있는 춘우 아배는 소달구지에 창남을 태우고 갈산을 향해서 가기 시작했다.

창남은 만식이가 두 손을 흔들어대던 소나무 숲을 보면서 갈산 집을 향해서 덜그럭거리며 가고 있었다.

광자 어미는 눅눅한 창남의 옷을 모두 갈아입게 하고 나서 퉁퉁 부어오른 창남의 두 눈을 한참 동안 보고 있었다. 창남은 자리에 누웠다. 그리고 만식이가 죽었다는 것을 진작 말할걸 그랬나, 하는 생각을 하면서 잠을 이루지 못했다.

"왜요? 뭐라고들 해요?"

광자 어미는 창남이 잠을 이루지 못하고 있는 것을 보면서 물었다.

"홍성서 오던 날, 내가 손 흔들었잖아, 구황서."

"예."

"그 손 흔들던 곳에서 만식이가 손을 흔들고 있었어. 공교롭게도 어머니와 같은 날이네, 죽은 날이."

광자 어미는 창남의 말에 누웠던 몸을 일으키고 있었다.

"그 사람들한테 말했어요?"

"음, 모두. 말하려고 간 거야…"

광자 어미는 창남의 말에 졸음이 삽시간에 날아가 버리고 있었다.

"얼마나들 우는지…."

창남의 말에 광자 어미는 말문이 막혔다. 아무 상관없는 자신이 울컥해지고 있는데 당사자인 사람들이 오죽했겠나 싶어서 밤이 깊어도 잠을 이루지 못했다. 다음 날도 날씨는 구적거리고 있었다. 창남은 구적거리는 날씨에 구황을 다녀와서 그런지 자리에서 일어나지 못했다. 창남은 자리에서 일어나지 못하고 누워 있으면서 만식이 모친이 살았을 때 말하지 않은 것을 후회했다. 그래서 그런지 창남은 온종일 후회하고 있었다. 그러면서 모친이 살았을 때 얘기를 했더라면 얘기 안 한 것보다 나을 수 있었을까 하는 생각에 종일 속상해했다. 그리고 다른 사람들에게도 말하지 않은 것이 잘못된 것인지 아니면 잘된 것인지 그 또한 알 수가 없어서 수없이 생각하고 있었다. 창남은 하루해가 다 가고 광자 어미가 짙게 달인 약을 눈앞에 놓고 있을 때까지 생각하고 있었다.

창남은 다음 날 아침, 약그릇을 비우고 아침밥을 먹고 나서 일찌감치 구황으로 향했다. 만식이 모친의 발인이 아침 10시기에 창남은 후들거리는 다리를 지팡이로 버티며 부지런히 구황으로 향했다. 창남은 만식이와 아오지에서 만주에서 그리고 청산리에서 고향이 그리울 때마다 보고 있었던 하늘을 보면서 걷고 있었다. 그리고 초상집 앞에서 걸음을 멈췄다. 창남은 두 구의 상여가 나란히 놓인 것을 보면서 걸음을 멈췄다. 그리고 두려움에 가슴을 졸이고 있었다.

"누가 또 죽었나?"

창남은 중얼거렸다. 그리고 만식이로 인해서 부친이 충격을 받고 잘못되는 바람에 상여가 둘인 것만 같아서 움직이지를 못하고 있었다. 창남은 만식이 말을 하더라도 장사가 끝난 후에 할걸 그랬다고 생각하면서 발걸음을 움직이지 못하고 있었다. 창남은 사람들이 보고 있어도 움직이지 못하고 있었다. 그러자 누군가 소리쳤다.

"이게 누구요! 갈산 창남이 아니오? 왜 이러고 있소? 여기 왔으면 갑시다. 곧 발인할 거요."

"예, 그런데 상여가 왜 둘이죠?"

"아, 알지 않소. 창남이 자네가 만식이 소식을 얘기해서 만식이 장례까지 치르고 있는 것이오. 어서 갑시다."

창남은 다리가 풀리고 어지러워졌다. 그러면서 부친에게 아무 일이 없다는 것을 알게 되고 나서 고마운 마음에 눈물이 맺혀 고개를 숙이고 들지 못하고 있었다.

"먼저 가시오. 내 다리가 쥐가 나서 좀 있다가 가야해요."

"그럼 그러시오. 난 가서 할 일이 있어서 먼저 가겠소. 천천히 뒤에 오시오."

창남은 발자국을 옮기면서 정신을 가다듬으며 걷고 있었다. 그리고 마당에 나란히 놓인 상여를 보면서 바쁘게 움직이고 있는 사람을 잡고 물었다.

"어느 것이 만식이 상여입니까?"

"뒤에 있는 것이오."

창남은 뒤에 있는 상여 앞으로 갔다. 그리고 상여를 만지기 시작했다. 만지고 또 만지고 앞에서 만져보고 뒤로 가면서 만져보고 창남은 만식이의 상여를 만지면서 상여 곁에 주저앉았다. 집 안에서는 곡소리가 하늘을 찌르고 있었다. 두 다리가 풀린 창남은 만식이 상여 곁에서 상여를 잡고 주저앉아 눈물을 하염없이 흘리고 있었다. 모친의 시신이 들려 나오고 있었다. 그리고 만식의 관이 들려 나오면서 창남은 자리에서 일어나 만식이의 관에 손을 얹었다. 창남은 만식의 관을 쓰다듬고 있었다. 사람들은 그런 창남을 바라보면서 그대로 두었다.

만식의 관은 상여 안에 눕혀졌고 제상이 차려졌다. 술이 부어지고 있었다. 창남은 뒤엉켜 울고 있는 상제들을 비집고 만식의 상여에 술을 따랐다. 상제들은 이제 마지막 떠나는 모친과 만식에게 술을 올리며 통곡들을 하고 있었다.

앞잡이가 종을 울리기 시작했다. 그리고 만가를 부르기 시작했다. 앞잡이의 만가 소리에 따라 상여꾼들은 상여 아래로 들어가고, 상여꾼들은 딸랑거리는 종소리에 상여를 메고 일어나고 있었다. 앞잡이는 상여를 나란히 세우고 정든 집을 향해서 세 번의 절을 하고 난 후 집을 떠나기 시작했다. 상제들의 울음소리는 마을을 울리고 있었다. 상여는 마을을 돌고 나서 밤나무골 양지바른 곳을 향해 움직였다. 창남은 지치고 가누기 힘든 몸을 수없이 멈추면서 상여를 따라갔다.

상여가 장지에 도착하자 장지에는 사람들이 북적거리고 있었다. 만식이의 장례식 소문이 퍼져서 그런지 장지는 발 디딜 틈이 없었다. 창남은 만식의 상여가 잘 보이는 곳으로 가서 앉았다. 역겨운 운명에서 만나 유명을 달리하는 순간까지 한순간도 떨어져 있어본 적이 없는 만식이. 그 만식이의 장례식장에서 창남은 누구보다도 서러워하고 있었으며 가슴 아파하고 있었다.

창남은 상제들이 제사를 마치자 자리에서 일어나 만식이 제상 앞으로 갔다. 창남은 무릎을 꿇고 앉아 만식을 떠올렸다. 자신이 아오지로 가겠다고 했을 때 따라나섰던 만식이가 자신이 죽을 수밖에 없었던 곳에서 만식이가 죽게 되었다고 생각하면서 창남은 한없이 만식에게 미안해하면서 술잔에 술을 따르고 무릎 꿇고 앉아 용서를 빌고 또 빌고 있었다. 만식의 관이 깊은 흙속으로 내려가고 있었다. 창남은 만식이가 흙 속으로 들어가는 것을 보면서 용서를 빌고 또 빌고 있었다.

창남은 만식의 묘지에서 멀어지면서 만식이가 손을 흔들며 서 있었던 곳이 지금 만식이가 누워 있는 곳이라는 것을 알게 되었다.

"울지 않은 사람이 없었다던데요."

"…"

광자 어미의 말에 창남은 구황 하늘을 보았다.

"목이 메던 아들을 끌어안고 얼마나 울었을까. 살아서 못 보고…"

"…"

"홍성서 올 때 구황에서 처다봤잖아요. 거기에요?"

"음."

"그때 뭐에 홀리신 것만 같아서 무서웠는데…"

"그때 만식이가 손 흔들던 곳에 묻혔어."

창남의 말에 광자 어미는 등줄기가 오싹해지면서 머리가 쭈뼛해지고 서늘해졌다.

만식의 소문은 꼬리를 이었고 그 꼬리를 물고 자식이 돌아오지 못하고 있는 사람들은 모두 창남을 찾아오고 있었다. 창남은 찾아오고 있는 사람들을 극진히 대했다.

들판에서 산에서 그리고 하늘에서 가을이 떠나고 있었다. 그리고 차갑고 싸늘한 바람에 겨울이 찾아오고 있었다. 만식의 장례식장에 다녀오고 나서부터 창남의 기력은 겨울처럼 식어가고 있었다. 뼈만 앙상한 몸뚱이는 보는 사람의 마음을 위태롭게 만들고 있었다. 창남은 겨울바람 속에서 경련과 통증에 시달리고 있었다. 창남은 아침저녁 약을 먹고 있어도 소용이 없었고, 춘우 아배가 겨울 바다에서 잡아다 주는 조개며 낙지들도 소용이 없었다.

그런 창남에게 사람들은 하루가 멀게 찾아오고 있었다. 오늘도 창남은 누빈 옷을 입고 목도리를 하고 앉아서 안면도 사람들의 말소리를 듣고 있었다.

"등을 벽에 기대시고 앉아요."

광자 어미가 안면도 사람들과 마주 앉아 있는 창남에게 포대기를 덮어주면서 말했다.

"그러세요."

이학봉의 모친이 창남에게 말했다. 창남은 이학봉의 모친을 보면서 겨울 바다를 무릅쓰고 찾아와서 앉아 있는 안면도 사람들과 앉아 있었다.

"몸이 불편하신 것을 알면서도 찾아와서 죄송하기만 합니다. 따뜻한 봄철에 찾아오려 했으나 답답하고 궁금한 것을 참지 못하고 또 왔습니다. 제 자식을 보시기는 하셨는지 그리고 보셨다면 그게 언제인지 답답해서 견디지를 못하고 찾았습니다."

창남은 이학봉을 생각했다. 그리고 이학봉과 함께 바라바쉬역에서 헤어졌던 동지들을 모두 떠올리고 있었다. 바라바쉬역에서 헤어져 어디서 어떻게 살고들 있는지 생각하느라고 창남은 고개를 숙이고 있었다. 그리고 죽지 않았을 것이라 생각하며 창남은 입을 열었다.

"모두 열차를 타고 갔어요, 러시아로."

안면도 사람들은 눈이 커지고 있었다.

"우리 아들, 우리 아들 학봉이가 러시아고 갔다 하셨소?"

창남은 고개를 끄떡였다. 둘러앉아 있던 사람들은 앉은 자리에서 벌떡 일어났다. 이학봉의 부친도 벌떡 일어나서 창남을 보고 있었다.

"모두 러시아로 갔다면 끌려간 겁니까? 우리 아들애 이름은 최윤겸인데 함께 끌려갔어요?"

최윤겸의 모친은 이학봉의 모친을 밀쳐가면서 다가앉았다. 창남은 고개를 저었다.

"끌려간 것이 아닙니다. 말하자면 이야기가 간단치가 않아서 제가 말을 못 하고 있습니다. 그리고 제가 말재주가 없어서 두서가 없습니다. 일본군과 싸우고 조선으로 들어올 수가 없어서 소련으로 피신했다가 소련에서 조선 사람들을 모두 우즈베키스탄이라는 곳으로 보냈습니다. 그 때문에 못 오고 있습니다. 너무 멀어서. 말 들으니까 그곳은 농토가 바다 같다고 합니다."

"아이고! 그럼 죽지 않고 살아있구나. 감사합니다. 이 씨, 이 씨, 감사합니다. 이를 어쩌. 하늘이 도왔어. 우리 자식."

함께 온 사람들이 자식들 이름을 대고 있었다. 하지만 창남은 더 이상 아는 이름이 없었다. 창남은 대답을 못 하고, 천안에서 남양군도와 만주로 갈려서 떠났던 이야기를 하였다. 최윤겸과 이학봉의 부모들은 다시 오겠다고 하면서 밖으로 나갔고 밖으로 나간 안면도 사람들은 멀어지고 있었다.

"잘못했어. 함께 있었던 안면도 동지들 이름을 적어둘걸⋯."

창남은 목도리도 끄르지 않은 채로 자리에 누우며 말했다. 광자 어미가 창남의 말을 듣고 다른 곳으로 끌려간 사람들이 헛걸음질할 것을 생각하면서 안타까워했다.

광자 어미는 자식의 소식이라도 알고 싶어서 찾아오는 사람들을 어떻게 하지를 못 하고 있었다. 날이 가도 창남의 몸은 나아지지를 않고 있는데다가 찾아오는 사람들은 끝을 모르고 있어서 발을 구르고 있었다. 그렇다고 사람들에게 찾아오지 말라고 할 수도 없는 노릇이라 광자 어미는 애간장이 녹고 있었다. 광자 어미는 그런 창남을 보면서 마음은 나날이 초조해지고 불안해졌다. 광자 어미는 항상 줄달음질을 치고 있었다. 창남의 약을 달이다가 뛰어가고, 일이 끝나기가 무섭게 집으로 뛰어갔다. 광자 어미는 장터를 다니며 돈을 벌고 있었다.

광자 어미는 봉당에 신발들이 많은 것을 보고 찾아온 사람들이 많다는 것을 알면서 부엌으로 들어가 창남의 약을 끓이기 시작했다. 그리고 어두 워지고 있는 방 안에 호롱불을 들고 들어갔다. 방 안은 발 디딜 틈 없이 사람들이 앉아 있었고, 광자 어미를 보고 모두 자리에서 일어나고 있었다. 그러나 광자 어미는 호롱불을 문틀에 걸어놓고 저녁 준비를 하기 시작했 다. 방 안에서는 여인의 울음소리가 들리고 창남이 하는 말소리가 들리고 있었다. 창남의 말소리는 오래도록 들리고 있었고 뒤이어 사람들이 방에 서 나왔다. 광자 어미는 아궁이에 불을 지펴 놓고 방에서 나와 웅성거리 고 있는 사람들을 보면서 그들이 자식의 소식을 듣지 못했다는 것을 알아 차렸다. 광자 어미는 어둠이 내려앉은 길에서 훌쩍거리며 가고 있는 사람 들을 보면서 방으로 들어갔다. 사람들이 떠난 방에서 창남은 누워 있었 다. 광자 어미는 창남이 덮고 있는 이불과 베개를 만져주며 방 청소를 하 면서 창남에게 말했다.

"어디서 온 사람들이에요?"

창남은 대답 없이 숨을 가쁘게 쉬고 있었다. 광자 어미는 창남의 얼굴을 잠시 들여다보다가 부엌으로 나가 약탕기를 들고 들어왔다. 창남은 약그릇 을 받아들고 천천히 마셨다. 광자 어미는 외갓집에서 돌아와 이불 속으로 들어가고 있는 아들아이와 광자의 이부자리를 만져주고 나서 창남의 두 다 리를 주물렀다. 창남은 잠든 듯이 누워서 가냘프게 숨을 쉬고 있었다.

다음 날도 광자 어미는 여자들의 울음소리와 발을 굴러대는 소리를 들 으며 창남의 약을 달이고 저녁을 하고 있었다. 그러면서 창남이 계속해서 사람들에게 시달리고 있는 것이 속상하고 건강이 회복되지 못하고 있어 서 불안한 마음이 심해져 갔다. 자식의 소식조차 알 수 없는 부모의 마음 을 이해 못하는 건 아니지만 고문으로 인해 몸뚱이는 삭고 백약이 무효하 기만 해서 애간장이 녹고 있었다. 광자 어미는 창남이 안타까워서 찾아오 고 있는 사람들이 야속하기만 했다. 광자 어미는 밤새도록 창남의 두 다리와 어깨와 팔을 주무르고 있었다.

광자 어미는 일하러 가려 해도 갈 수가 없었다. 하루도 거르지 않고 찾아오고 있는 사람들로 인해서 창남의 몸은 안정을 잃어가고 나날이 쇠약해져 가고 있기만 했다. 광자 어미는 창남이 불안하기만 했다. 쇠약한 몸에 사람들에게 시달리고 있는 창남이가 불안하기만 했다. 불안한 마음은 무슨 일이 일어날 것만 같아서 초조해 지고 있었다. 광자 어미는 이러다가는 무슨 일이 벌어지고 말 것이라는 생각에 언니와 상의하고 싶어졌다. 광자 어미는 창남을 주무르다가 잠드는 것을 보면서 광자에게 말했다.

"광자야! 동생하고 누가 오나 집에 있어라. 아버지 보면서, 큰 이모 만나고 올게."

광자 어미는 집을 나섰다. 그리고 언니한테 가면서 그사이에 누가 오지나 않을까 마음 졸이며 줄행랑을 치듯이 달리고 있었다. 광자와 아들아이는 잠든 아비 곁에서 화롯불에 감자를 굽고 있었다.

창남은 그새 잠을 깼다. 잠에서 깨어난 창남은 한참씩 숨을 몰아쉬었다. 그리고 꿈에 나타난 200부대에서 죽은 임오준을 생각했다. 창남은 임오준을 생각하면서 아오지와 만주 열차 대포 격납고 공사장 그리고 200부대에서 빨래하던 생각을 했다. 창남은 함께 있었던 동지들을 숨을 몰아쉬어가면서 기억나는 대로 생각했다. 광자가 아비가 잠에서 깬 것을 알고 팔을 주무르기 시작했다.

창남은 수없이 동지들의 얼굴을 기억해 보고 있었다. 기억나지 않는 동지는 없는지 수없이 반복하면서 기억을 떠올리고 있었다. 그리고 이름을 잊고 있는 동지는 없는지 수없이 생각해보고 있었다. 창남은 몸을 일으켰다. 그리고 한 모금의 물을 마셨다. 창남은 아들아이가 화롯불 앞에 앉아 있는 것을 잠시 보고 있다가 다시 자리에 누웠다. 자리에 누워 눈을 감고 있는 창남은 동지들을 반복해서 기억하고 있었다. 그러면서 창남은 자식 소식이 간절해서 찾아오고 있는 동지들의 부모님들을 그대로 보내드려서는 안 된다고 생각하며 함께 있었던 동지들을 모두 떠올리고 있었다.

그렇지 않아도 천안에서 갈라져서 생사를 알 수 없는 사람들을 찾아왔을 때는 대답할 수가 없어서 난처하고 안타깝기 짝이 없는데 함께 생사고락을 함께한 동지들의 부모님을 헛걸음 시켜서는 안 된다는 생각에 창남은 힘없는 주먹에 힘을 주고 있었다.

"이 씨! 우리 왔소. 안면도 이학봉이."

광자가 자리에서 일어났다. 그리고 어미가 사람들이 오는 것을 싫어하고 있는데 사람들이 또 왔으니 이를 어쩌나 하면서 자리에서 일어나 문 앞에서 엉거주춤하고 서 있었다. 창남이 눈을 뜨면서 서 있는 광자를 쳐다보고 있었다. 광자는 동생에게 말했다.

"엄마한테 갔다 올게. 가만히 있어."

광자는 문을 열고 밖으로 나가고 나서 문 앞에 서 있는 사람들을 밀치며 이모네를 향해 달리기 시작했다.

"들어들 오시오."

창남은 비스듬히 몸을 벽에 기대고 앉아 밖을 향해서 말했다. 그리고 들어오고 있는 이학봉의 부모와 최윤겸의 부모를 맞이했다. 창남은 처음 보는 낯선 사람들에게 인사를 했다.

"이 씨! 이것 우리 성의일세. 약소해."

최윤겸의 부친이 들고 있던 자루를 내려놓으며 말했다. 이학봉의 부친도 들고 있던 것을 내려놓았다.

"우리 성의일세."

"그냥 오시는 것도 힘드신데 들고까지 오세요. 안 그러셔도 되는데…."

창남은 힘겹게 말했다. 그러면서 고마운 마음을 감추지 못했다. 방문이 열리면서 광자 어미가 급하게 들어왔다. 광자도 들어와 동생 곁으로 가서 앉았다.

"우리 또 왔습니다."

이학봉의 모친이 반색했다. 광자 어미는 대충 대답하고 나서 창남에게로 갔다. 그리고 창남의 등에 덮개를 덮고 나서 벽에 기대 앉았다.

"저기 들고들 오셨어."

창남이 문기둥 아래 놓인 자루들을 가리키며 말했다. 광자 어미는 자루들을 보면서 말했다.

"고맙습니다. 그냥 오셔도 괜찮은데…."

"밖에 건어물도 조금 가지고 왔어, 애기 엄마."

"예, 봤어요. 고맙습니다. 귀한 걸 그렇게 많이 가지고 오셔서…. 잘 먹겠습니다."

광자 어미는 말하면서 창남의 얼굴에 눈을 돌렸다. 그리고 밖으로 나갔다.

"이 씨! 이 집 아들 이름이 박윤성인데 혹시…?"

"박윤성요? 박윤성 선임관!"

사람들은 창남의 말소리에 소스라치고 있었다. 창남은 박윤성의 이름을 외치고 있었다. 창남은 소리 지르면서 몸을 떨고 있었다.

"아십니까? 내가 윤성이 아빕니다."

창남은 박윤성의 아비라고 하는 사람의 얼굴을 보았다. 그리고 옆에 앉아 있는 사람이 모친이라는 것도 알았다. 창남은 다시 입을 열었다.

"저의 선임관님이었습니다."

"선임관이라니요? 선임관이 뭡니까?"

창남은 하려던 말을 멈췄다. 그리고 선임관이라는 말이 자신도 모르게 튀어나온 것을 알았다.

"선임관이라는 게 군대서 몇 명씩 조직이 되어 있는 거야. 일하는 데서 조직을 만들 듯이…. 십장이라고 있잖아,"

박윤성의 부친이 말했다. 창남은 고개를 숙이고 잠시 가만히 있었다. 그리고 어디서부터 이야기를 해야 할지 분간을 못 하고 있었다. 창남은 오래도록 신중하게 생각하고 입을 열기 시작했다.

"함께 여자를 만나 같은 곳으로 모두 갔습니다. 아무 일 없을 것으로 봅니다. 우즈베키스탄으로 갔습니다. 러시아는 워낙 크고 멀어서 해방된 것을 알고 있다고 해도 쉽사리 오기가 힘들 겁니다. 편지 같은 것도 보낼 수 없을 겁니다."

창남은 말해놓고 고개를 숙였다.

"됐어요. 됐어요. 색시까지 함께 갔다니 이를 어쩌면 좋아. 고맙습니다, 이 씨!"

박윤성의 모친은 복받치는 가슴을 누르며 창남에게 고개 숙여 절까지 했다. 그리고 가슴을 퍽퍽 치고 있었다.

"가세. 살아 있는 것만 알면 됐어. 여한이 없어! 여한이 없어! 이 씨 늦게 우리 일어나세."

박윤성의 부친이 자리에서 일어나며 말했다. 안면도 사람들이 박윤성의 부친을 잡고 있었으나 박윤성의 부친은 감격을 억제하지 못하고 자리에서 일어나고 있었다.

"애기 엄마!"

박윤성의 모친이 광자 어미를 불렀다. 그리고 광자 어미가 부엌에서 나오자 손을 덥석 잡았다. 모친은 손에 든 것을 광자 어미 손에 쥐어 주었다. 광자 어미는 손을 빼면서 박윤성의 모친을 보았다.

"애기 엄마, 우리 아들 각시하고 이 사람들 아들들하고 함께 갔대. 이제 보는 거나 다름없지. 얼마 안 돼. 우리 맘이니 받아요. 약값에 보태요. 우리 저 양반 울고 싶어서 저래. 집에 가서 울려고, 우리 갔다가 금세 올 거야. 애기 엄마!"

광자 어미는 쥐어 주고 있는 것을 뿌리치지 않았다. 그리고 자식의 소식을 듣고 어떻게 할 줄을 모르며 기뻐하고 있는 모습을 보면서 눈시울이 붉어졌다. 광자 어미는 펄펄 나르듯이 가고 있는 안면도 사람들을 보면서 약그릇을 들고 방으로 들어갔다. 광자 어미는 창남이 약그릇을 비우자 약값에 보태라고 쥐어 주고 간 돈을 쌈지에서 꺼내 보고 있었다.

"10원이나 돼요!"

광자 어미는 10원이나 쥐어 주고 간 안면도 박윤성의 부친과 모친에게 미안한 마음을 보내고 있었다.

계절은 자고 나면 변하고 있었다. 깊어지고 있는 겨울 날씨는 나날이 곤두박질치고 있었다. 광자 어미는 땔감을 장만하기에 혈안이 되고 있었다. 급격하게 떨어지고 날씨 탓인지 요즘은 찾아오고 있는 사람들이 뜸해지고 있었다. 창남은 이불을 두껍게 덮고 누워 있었다. 광자 어미는 장터에 일하러 가지 않을 때는 땔감 구하러 다니느라고 들과 산을 헤매고 다녔다. 밤이면 광자 어미는 문마다 포대기로 가려 외풍을 막고 있었고, 창남이 누워 있는 구들이 식을 새라 군불을 지폈다.

"그 사람들요, 돌아오지 않고 있는 사람들요, 해방된 거 알까요?"

"해방되었다는 거야 알겠지."

창남은 눈을 깜박였다. 그리고 기차로 한 달 걸려 간다는 소리를 들었던 것을 생각하면서 계속해서 눈을 껌벅이고 있었다. 광자 어미는 다시 물었다.

"그 사람들이 간 곳이 어딘지도 모르는데 로스케들이 어떻게 했으면 큰일이네요?"

창남은 광자 어미 말에 눈을 감았다. 일본 사람은 물론이고 조선 사람들까지 소련 사람들은 짐승만도 못하게 대하고 있는 데다가 죽이고 싶으면 죽이고 있어서 창남의 마음은 불안해지고 있었다.

"색시들은 어디서 구했대요?"

"…"

창남은 마음이 불안하고 초조해지기까지 하고 있어서 대답을 못 하고 있었다.

"색시들이 어디에 있어서 장가들을 갔지? 전쟁 통에. 자식을 낳았으면 쉽게 오기 어려울 거예요. 어딘지는 모르지만."

광자 어미는 아들아이와 광자가 덮고 있는 이불을 만져주면서 말했다.

"로스케가 잡고 안 보내면 못 올 게 아네요."

광자 어미 말에 창남은 대답을 계속해서 못 하고 있었다. 광자 어미 말대로 러시아 사람들이 보내주지 않는다면 못 올 수도 있을 것 같은 생각도 들었다. 광자 어미는 피곤한지 코를 골아가면서 자고 있었다. 창남은 천장을 보면서 근식 대장 생각을 하고 있었다. 그리고 해방이 되었어도 광자 어미 말마따나 무슨 일이 있어서 오지를 못한다면 큰일이 아닐 수 없다는 생각에 창남은 닭 울음소리를 들으면서도 두 눈을 멀뚱거리고 있었다.

"아침 하니?"

춘우 어미가 부엌으로 들어서며 말했다. 광자 어미는 언니를 보자 민망해진 얼굴을 돌리고 있었다.

"너 고춧대 꺾어 가는 거 봤다. 형부가 나무 지고 온다."

춘우 어미는 광자 어미의 얼굴에 지치고 피곤한 기색이 흐르고 있는 것을 보면서 귓속말을 했다. 그리고 싸들고 온 것들을 손에 들려주고 나서 돌아갔다. 광자 어미는 언니의 가는 모습을 보면서 고춧대를 꺾어서 아궁이에 넣었다. 그리고 세찬 겨울바람 속에서 철로 길에 떨어진 석탄을 주워 팔아가며 살아야 했던 아오지를 생각했다. 고춧대를 꺾어다가 때는 것은 일도 아니고 고생도 아니다. 광자 어미는 신작로에서 나무를 지고 오고 있는 형부를 보면서 아궁이에 고춧대를 가득 넣었다.

광자 어미는 나무를 내려놓고 가는 형부를 보면서 콧등이 아리고 찡해지고 있어서 문을 열고 내다보지도 못했다. 아무리 혈육 간이라지만 모든 것에서 신세만 지고 있다 보니 마음이 우울해지고 있었다. 광자 어미는 형부가 부려 놓은 나무를 아궁이에 집어넣고 창남의 약탕기를 화덕에 올려놓았다.

야반도주하는 것이 세월 같기만 했다.

창남은 민들레가 피어나고 있는 양지에서 광자 그리고 아들과 앉아서 햇볕을 쬐고 있었다. 들에는 농부들이 분주하게 움직이고 있었고 그래서 그런지 찾아오는 사람들의 발길이 봄이 되면서 뜸해지고 있었다. 세월이 흐르며 계절이 바뀌고 해가 바뀌었는데도 징용당한 사람들은 돌아오거나 편지조차 받았다는 집이 없었다. 창남은 손을 뻗어 민들레를 꺾고 또 꺾어 들었다. 그리고 하늘을 보면서 시베리아에서 한없이 보고 싶었고 보고 있었던 고향 하늘을 쳐다보면서 니콜라이와 엘렉 그리고 러시아 친구들을 하늘에서 떠올리고 있었다. 아오지에서 보고 있었던 저 하늘. 북간도 청산리에서 보고 있었던 저 하늘. 그리고 시베리아에서 보고 싶어서 목놓아 울면서 보고 있었던 하늘을 보면서 창남은 민들레를 꺾고 있었다. 그리고 지금은 그렇게 보고 싶어 했던 고향 하늘을 보면서 수난과 고통의 연속이었던 시절을 떠올렸다. 그러면서 창남은 이제는 볼 수 없는 하늘들을 그리워하고 있었다. 아오지의 하늘. 북간도 청산리의 하늘. 시베리아의 하늘. 그리고 빅토리아호에서 보고 있었던 태평양의 하늘. 그 하늘들을 그리워하면서 지금의 고향 하늘을 한없이 보고 있었다. 창남은 하늘을 보면서 고통과 서러움 그리고 그리움을 함께하던 하늘을 저물도록 보고 있었다.

"주무세요? 약 드셔야 하는데."

광자 어미가 약그릇을 받쳐 들고 앉아 있었다. 창남은 윤기가 없어 창백한 얼굴을 움직이며 자리에서 일어났다. 창남은 약그릇을 받아들고 마시기 시작했다. 약을 마시는 얼굴이 일그러져가고 있었다.

"갈산 장인가?"

창남은 약그릇을 비우고 물었다.

"예. 왜요?"

광자 어미는 약그릇을 받아들면서 창남의 얼굴을 살폈다. 창남은 한참 동안 뭔가를 생각하다가 입을 열었다.

"해미 오학리에 박근식이라고 수색 정찰대대장 한 사람인데 혹시 귀국하여 고향에 가게 되면 꼭 자기 집에 들러달라고 했었는데 아직 못 가서…"

광자 어미는 창남의 말을 듣고 잠시 말을 망설였다. 그러다가 입을 열었다.

"그동안 하루도 아프지 않은 날이 없었잖아요. 그런 데다 사람들이 하루가 멀다고 찾아 왔고. 그리고 이 몸으로 혼자 찾아갈 수도 없고요."

창남은 고개를 숙이고 가만히 앉아 있었다.

"해미는 멀지 않지만 혼자 가시기 어려워요. 차도가 있을 때 형부와 가세요. 여태 아무 말 없다가 갑자기…"

"항상 마음에는 있었지. 말을 안 해서 그렇지. 근식 대장 말로는 부모님이 나이가 많다고 했어. 두 분만 산다고 했고. 부친이 아프다고 했고. 요즘 부쩍 걱정되네."

"심신이 허약해져서 그래요. 형부한테 말해 둘게요."

광자 어미는 창남의 얼굴을 살피며 말했다. 그리고 같은 말을 반복했다.

"기력을 봐서 가도록 하세요. 저 없을 때 불쑥 가시지 마시고요. 형부보고 같이 다녀오시라고 할게요. 우선 기력이 문제잖아요. 저녁 차릴게요.

언니가 능쟁이를 볶아서 한 그릇 주었는데 맛있게 됐어요.”

광자 어미는 부엌으로 나갔다. 창남은 광자 어미가 나가는 것을 보면서 움직이지 않고 가만히 앉아 있었다.

창남은 마루 끝에 앉아서 갈산 장터로 가고 있는 사람들을 보고 있었다. 그리고 지나가고 있는 사람들 속에서 안면도 사람들을 찾고 있었다. 안면도 사람들에게 볼일이 있어서라기보다는 장날이면 들르던 안면도 사람들이기만 해서 창남은 자신도 모르게 눈이 지나가고 있는 사람들을 향했다.

광자가 대 빗자루를 들고 마당을 쓸고 있었다. 마당을 쓸고 난 광자는 부엌으로 들어가 약을 들고 나왔다. 그리고 창남에게 건넸다. 창남은 약그릇을 비우고 방으로 들어가 자리에 누웠다. 자리에 누운 창남은 두 팔은 한참 동안 떨고 있었다. 고문에 의해 깊은 상처는 시도 때도 없이 경련을 일으켰고, 그럴 때마다 창남은 팔을 떨다가 뒤이어 온몸을 떨었다. 광자는 창남을 주무르기 시작했다. 팔을 주무르다가 다리를 주무르다가 어미가 하던 대로 어깨를 주무르다가 광자는 반복해서 창남의 떨리는 몸을 주물렀다. 창남은 눈이 감기고 코를 골기 시작했다. 광자는 창남이 잠이 들자 동생과 마루로 나와 마루 끝에 걸터앉아 지나다니고 있는 사람들을 보았다. 광자는 동생이 몸을 기대며 잠들고 있는 것을 보면서 마루에 눕히고 방으로 들어가 벽에 걸려 있는 어미의 치마를 가져다가 덮어주었다.

“잘 있었냐? 아버지 계시니?”

패랭이를 쓰고 있는 노인이 광자에게 물었다. 광자는 노인을 알고 있었다. 그렇지만 대답을 안 하고 가만히 있었다. 창남이 이제 막 잠이 든데다 찾아오는 사람들 때문에 창남이 더 아프다고 알고 있기 때문에 광자는 대답을 안 하고 노인의 눈을 피했다.

“왜 그러니? 아무도 안 계시느냐?”

광자는 노인의 말에 고개를 흔들었다. 그리고 조용한 소리로 대답했다.

"엄마는 장터에서 일해요."

광자는 말하면서 노인의 얼굴을 쳐다봤다.

"그럼 아버지는?"

"아버지는 이제 막 약 먹고 자요."

노인은 광자 말에 고개를 끄떡였다. 그리고 손에 들고 있는 것을 마루에 놓으며 광자 옆으로 앉았다.

"약 드시고 잠드셨으면 깨워서는 안 된다."

광자는 노인의 말에 고개를 끄떡였다.

"이거 아버지 구워드리라고 가지고 왔다. 조기 말린 거다."

광자는 노인이 주는 것을 받았다.

"엄마 오면 말할게요."

"그러거라. 안면도 최 씨다. 먼저 왔을 때 봤지? 사람들하고 같이 왔잖니."

노인의 말에 광자는 고개를 끄떡였다. 노인은 자리에서 일어났다. 그리고 광자에게 잘 있으라는 말을 남기고 갈산 장터를 향해 가고 있었다. 광자는 노인이 주고 간 것을 들어서 옆으로 잘 놓고서는 마루에 앉은 채 길에서 오고 가고 있는 사람들을 보고 있었다. 사람들은 계속해서 장터를 향해서 부지런히 가고 있었다.

31
근식을 대신해 상주가 되어

창남은 부고장을 받았다. 부고장을 받아들고 읽어 내려가던 창남은 얼굴이 검붉게 변하고 있었다. 근식 대장의 부친 부고장이었다. 창남은 가쁘게 숨소리를 내면서 당황하고 있었다. 그리고 참담한 얼굴로 하늘을 보고 있었다.

"갈산 양반! 고향에 가시면 저희 집에 꼭 들러 주시오. 우즈베키스탄으로 가게 되면 움직인다는 게 마음처럼 쉽지 않을 것 같소. 꼭 들러 주시오."

창남은 근식이 부탁하던 말을 떠올리며 당황하고 있었다. 창남은 바라바쉬에서 헤어졌던 근식 대장을 떠올리고 있었다. 창남은 저녁 늦게 귀가한 광자 어미에게 근식 대장의 부친이 작고하였다는 말을 하였다. 광자 어미 역시 당황한 기색으로 창남을 보았다.

"젊은 사람이 가져왔는데 내가 왔다는 소문을 듣고도 움직일 수 없어서 못 왔다고 하네. 나라도 진작 갔어야 했는데…"

"일부러 안 간 게 아니잖아요."

광자 어미는 말하면서도 미안한 얼굴빛은 감추지 못하고 있었다.

"내일 가시도록 하세요. 해미에서 초상집 찾으면 쉽게 찾을 거고, 초상집 가는 달구지도 있을 테니 얻어 타기도 수월하고."

창남은 밤이 깊도록 근식 대장 생각에 잠을 들지 못하고 있었다. 검고 더부룩한 머리를 바람에 날리며 서서 담배 연기를 내뿜어대던 근식 대장의 얼굴이 눈에서 떠나지 않고 있어서 창남은 눈을 감고 누워 있어도 잠을 들지 못했다.

"조선이 해방되면 이 세상 어디에 있어도 알게 될 것이고 어디에 있어도 고향에 돌아갈 겁니다. 갈산 양반! 독립군 말은 숨이 끊어져도 하시면 안 됩니다. 만주에서 도망쳐 연해주에 숨어 있었다고만 하세요. 그러다가 가족이 보고 싶어서 왔다는 말만 하세요. 아니면 살아남지 못합니다."

묵묵한 표정에 깊은 생각이 흐르고 있는 근식 대장의 얼굴을 떠올리며 부친이 생전에 계실 때 찾아뵙지 못한 것을 몹시 후회했다. 이 세상 어디에 있어도 해방이 되었다는 소식을 듣게 되면 반드시 고향에 돌아올 것이라며 손이 으스러지도록 힘주어 잡던 근식 대장을 창남은 새벽닭이 울고 있는 시간까지 지우지 못하고 있었다. 창남은 마루 끝에 앉아서 장터로 가는 길을 보면서 광자 어미를 기다리고 있었다.

"서산 가는 버스가 11시에 있대요. 4시에 한 번 더 있고요."

창남은 바쁘게 말하고 있는 광자 어미의 얼굴을 보면서 마루 끝에 앉아 있던 몸을 일으켰다. 그리고 해미에서 내려 오학리까지 거리가 얼마나 되는지 생각하고 있었다.

"11시 버스로 가셨다가 해미에서 5시에 홍성 가는 버스가 있다는구먼요. 그 버스를 타고 오시면 되겠더라고요. 누가 초상집 가는 사람이 있으면 함께 가시면 마음이 놓일 텐데 버스표 파는 아저씨는 모른 다네요. 그렇지만 가는 사람 있나 알아본다고 했어요."

창남은 버스에서 내려 오학리 초상집이 얼마나 떨어졌는지 걱정이 되고 있어서 광자 어미의 얼굴에서 눈을 떼지 못하고 있었다.

"안 가시면 안 돼요? 그분들 알지도 못하는데…"

광자 어미는 말리고 있었다. 창남의 몸이 어떻다는 것을 세상이 다 알고 있으니 창남이 가지 않아도 이해할 수 있을 것이라 보고 광자 어미는 말리고 있었다. 그러나 창남의 마음은 변하지 않았다. 아들의 소식도 모르는 채 유명을 달리했으니 얼마나 한이 서려 있고 그 서려 있는 한은 진작 찾아뵙지 못한 자신에게 있다고 생각하면서 가다가 죽더라도 가야 한다고 창남은 서두르고 있었다. 해미에서 다른 사람은 찾아왔으나 근식 대장의 부모님은 고령에다가 쇠약한 탓에 찾아오지 못한다는 것을 알면서 찾아가 뵙지 못한 것이 후회스럽고 근식 대장한테 큰 죄를 짓고 말았다는 생각에 조바심이 나고 있었다. 창남은 광자 어미가 입혀주는 대로 두루마기는 물론 중절모까지 썼다.

"신은 고무신을 신고 가세요. 흰 고무신으로. 간편하게."

광자 어미는 창남의 앙상한 어깨에 입혀진 두루마기를 만져가며 말했다.

"해미서는 5시에 있대요. 조상하시고 곧바로 나오셔야 타실 수 있을 것 같아요."

창남은 숨을 몰아쉬었다. 몸이 자유롭지 못하고 보니 5시 버스는 자신이 없었다. 근식 대장만 있다면 아무 문제가 없겠지만 모친 혼자 있으니 돌아올 것까지 걱정이 되었다.

"가지 않으면 좋겠는데…"

광자 어미는 위태롭게 움직이고 있는 창남을 보면서 보내고 싶지가 않아 말리고 있었다. 그러나 창남이 막무가내로 나서고 있어 광자 어미는 더 이상 말릴 수가 없었다.

"아버지 버스 태워드리고 올게."

광자는 어미의 말에 고개를 끄떡였다. 그리고 동생의 손을 잡고 마루 끝에 나란히 걸터앉아 신작로를 걷고 있는 아비와 어미를 보고 있었다. 창남은 두루마기 속에 두 손을 넣고 앞서서 걸었다. 개구리 울음소리가 가득한 신작로를 걸어 맑은 물이 흐르는 갈산 다리를 넘어 창남 내외는 장터로 들어섰다. 그리고 잠시 후 버스정류장에 이르렀다. 광자 어미는 표를 사 들고 국회의원 선거 벽보를 보고 있는 창남 곁으로 갔다.

"의자에 앉아요."

창남은 광자 어미 말에 벽보를 보다가 말고 의자에 앉았다.

"해미서 5시 차 놓치지 말고 타세요. 그 차 다음엔 8시에 있대요. 그게 막차래요. 그러니 5시 차 꼭 타야 해요. 여기 나와서 기다리고 있을게요. 아무 음식이나 먹지 마시고요. 5시 차에서 내리시지 않으면 8시 차 기다리고 있을게요. 그렇지만 5시 차 꼭 타도록 하세요."

광자 어미는 차에 오르고 있는 창남의 등에다 대고 소리소리 지르고 있었다. 광자 어미는 조수에게 소리쳤다.

"저이 해미 오학리에서 내려주세요. 해미 오학리. 오학리요."

차에 오른 창남은 안으로 들어갔다. 창남은 의자 등받이에 몸을 기대고 서서 유리창 밖을 내다보며 광자 어미를 보고 있었다. 버스가 움직이기 시작했다. 창남은 의자 등받이를 두 손으로 꼭 잡았다. 창남은 창밖을 보면서 마음이 쓸쓸해지고 있었다. 함께 징용 생활을 하던 동료들이 고향에 오지도 못하면서 부모님들이 세상을 뜨고 있는 것을 보면서 마음이 쓸쓸하고 울적해지고 있었다.

"아저씨! 오학리라고 했지요? 내릴 준비 하세요. 문 앞으로 나오세요."

조수는 창남을 향해 소리쳤다. 창남은 문 앞으로 움직였다. 그리고 버스가 정차하자 버스에서 내려 곧장 매표소로 향했다. 그리고 매표소 사람에게 물었다.

"저 초상집 가는데 어디로 가야 되지요?"

"조금 있으면 초상집 가는 마차가 옵니다. 양조장 마차인데 타고 들어가시오."

매표소 사람이 창남에게 말했다.

"어디서 오시는 뉘시오? 처음 보는데…."

"예, 갈산에서 왔어요. 이창남이라고 초상집 아들과 징용에 끌려갔지요."

"아! 그분이시구나. 말씀 들었습니다. 갈산에 딱 한 분 돌아오셨다고 해서 모두 알고 있지요."

창남은 매표소 사람이 하는 말을 들으면서 다시 물었다.

"이따가 가야 하는데 차가 몇 시에 있나요?"

"5시 20분에 있습니다. 그리고 다음 차는 8시 30분에 있습니다. 그게 막차입니다."

"예."

창남은 대답하면서 커다란 미루나무들을 바라보았다. 그리고 농부들이 논바닥에 길게 늘어서서 모를 심고 있는 것을 보고 있었다. 창남은 벽에 있는 의자에 앉았다.

"죽었나 봅니다."

매표소에서 표 파는 사람은 근식 대장 말을 하고 있었다.

"징용으로 끌려간 사람 한둘이 아닙니다. 한 집 걸러 다 박혀 있습니다. 보세요, 들판. 젊은 사람 죄 잡아가서 늙은 사람들, 여자들, 애들이 고작이에요."

창남은 표 파는 사람의 불만 섞인 목소리를 듣고 있었다.

"죽었어요. 안 오면 죽은 거지."

창남은 매표소 사람의 불만 섞인 소리를 들으며 미루나무들을 보고 있었다.

"마차 옵니다. 타고 들어가시오. 나올 때도 타고 나오세요. 내 저 사람에게 일러 놓을 게요."

매표소 사람은 소달구지를 세웠다. 그리고 창남을 소달구지에 태웠다. 매표소 사람은 달구지 주인에게 몇 번을 이르고 있었다. 소달구지는 움직이기 시작했고 근식 대장의 집을 향해 가기 시작했다. 소달구지는 개울 둑 길을 가기도 하고, 산언덕을 넘기도 하고, 멀리 보이고 있는 마을을 향해 가고 있었다. 소달구지는 천막이 쳐져 있는 집을 향해서 가고 있었다. 그리고 상복 입은 사람들이 드나들고 있는 집에서 멈추었다. 창남은 소달구지에서 내렸다. 그리고 자신의 마음만큼이나 쓸쓸하기 짝이 없는 집 안을 보고 있었다.

"불편하셨죠? 길이 험해서 덜컹거리고. 들어가세요."

소달구지를 몰고 온 젊은 남자가 말했다. 그리고 창남을 안으로 안내했다.

"갈산서 오셨어요. 형님과 함께 계시던 분이시군요."젊은 남자는 방 안에다가 대고 소리쳤다. 그러자 방 안에 있던 사람들이 나왔다. 그리고 근식 대장의 모친이 나오고 있었다. 창남은 한눈에 모친이라는 것을 알아볼 수 있었다. 창남은 근식 대장의 모친에게 모자를 벗으며 정중하게 인사했다. 그다음 상청 앞으로 갔다. 창남은 제상 앞에 무릎을 꿇고 앉아서 잠시 있었다.

일본 경찰관의 온갖 감언이설과 협박에 아들을 빼앗길 수밖에 없었고 그리고 나서 심신에 병이 들어 하루도 편한 날 없이 살다가 세상을 뜨신 근식 대장 부친의 제상 앞에 창남은 고개를 숙이고 있었다. 한참 동안 고개를 숙이고 앉아 있던 창남은 술을 따라 올리고 절을 했다. 헤어지는 순간까지 자신의 안위보다 동료들의 안위를 먼저 생각하고 보살피던 근식 대장을 창남은 애처롭게 그리워하며 술을 따르고 절을 하고 술을 따르고 절을 했다. 그런 다음 서글피 울고 있는 모친에게 절을 올렸다.

"고마워!"

모친은 눈물범벅이 된 얼굴로 창남의 두 손을 잡았다. 이 광경을 보고 있던 친척들은 창남의 두루마기를 벗기고 있었다. 창남은 근식 대장의 모친이 하는 대로 방으로 이끌려 들어갔다. 그리고 모자지간처럼 앉았다. 근식의 모친은 창남의 얼굴에서 눈을 떼지 않고 있었다. 근식의 얼굴을 창남의 얼굴에서 보고 있는 것만 같았다. 창남은 근식의 모친이 지켜보고 있는 앞에서 어린아이처럼 숟가락질을 하고 있었다. 창남은 모친의 성화에 숟가락을 내려놓지 못했다. 음식들은 더 이상 상 위에 놓을 자리가 없었다. 창남은 그득하게 쌓인 음식들 앞에서 숟가락을 어디로 보내야 할지 몰라서 머뭇거리고 있기만 했다. 근식 대장의 모친은 창남이 앉아 있는 동안 창남의 얼굴에서 눈을 떼지 않았다. 벽에 걸린 시계가 3시를 넘자 창남은 근식 대장의 모친에게 입을 열었다.

"버스 시간이 되어서 일어나겠습니다."

"아냐!"

근식의 모친은 깜짝 놀라고 있었다. 그리고 창남을 꼼짝달싹 못 하게 붙잡고 있었다. 창남은 잠시 가만히 있었다. 근식의 모친은 창남을 붙들고 조금도 움직일 수 있는 틈도 주지 않았다. 창남은 5시가 되면 광자 어미가 기다리고 있을 것을 생각하면서 어떻게 해서든지 자리에서 일어나려고 눈치를 보고 있었다. 그러나 근식 대장의 모친은 창남을 보낼 생각을 조금도 하지 않고 있었다.

저녁이 되면서 일을 마친 마을 사람들이 몰려와 집 안이 북적거리기 시작했다. 창남은 5시 버스를 놓쳐 조바심이 나고 있었다. 그러나 모친은 완강하게 창남을 잡고 있었고 창남은 기력을 잃어가고 있었다. 근식 대장을 봐서라도 발인까지 남아 있어야 도리이겠지만 지금 창남은 몹시 늙고 싶고 먹고 있는 약도 시간을 거르지 말고 먹어야 하므로 초조해지고 있었다. 집 안팎으로 사람들이 웅성거리고 있었고 복잡해지고 있었다.

"8시에 막차가 하나 있습니다."

창남은 이번에는 보내주겠지 하는 마음으로 모친의 눈치를 보고 있었다.

"꼭 가셔야 한다면 잡아서는 안 됩니다. 갈산이라고 하셨지요?"

창남은 모친 곁에 앉아서 안쓰러운 눈으로 치켜보고 있던 할머니가 말을 붙이자 기회를 만난 듯이 대답했다.

"예, 약도 먹어야 하고 애들이 길에서 기다려서…"

창남은 말해놓고 눈치를 보았다. 할머니는 사람을 불러 버스정류장까지 소달구지를 타고 갈 수 있게 하였다. 창남은 버스에서 내려 기다리는 식구들과 집으로 갔다.

"아침에 다시 가야 할 것 같아."

광자 어미는 창남의 다리를 주무르고 있을 뿐 입을 열지 않고 있었다. 노인 부부가 단출하게 살다가 바깥분이 돌아가셨으니 사정이 어떻다는 것은 말을 듣지 않아도 알 수 있다. 그렇기에 광자 어미는 대답하지 않고 있었고 아무런 말을 하지 않고 있었다. 그러면서 광자 어미는 건강이 좋지 않은 창남이 초상집에서 시달릴 것만 생각하고 있었다. 광자 어미는 창남을 보내고 싶지 않았다.

창남은 광자 어미가 준비해주는 것들을 싸들고 아침 일찍 근식 대장의 집으로 갔다. 그리고 집 안을 가득 메우고 있는 사람들을 보면서 근식 대장의 이야기를 하기 시작했다. 홍성에서 화물칸에 실려야 했던 이야기에서부터 연해주 바라바쉬에서 헤어지던 순간까지 창남은 근식의 이야기를 하였다. 근식의 이야기를 듣고 있던 사람들은 조용하다 못해 숙연해져 있었고 날이 밝고 있었다. 그러면서 사람들은 모두 한결같은 생각을 하고 있었다.

"그러면 그렇지. 근식이가 그러고도 남지!"

창남은 근식 대장의 말을 듣고 좋아하고 있는 사람들을 보면서 청진에서 만세를 불러대던 사람들을 떠올리고 있었다.

근식 대장의 모친은 창남 곁에 쪼그리고 앉아 밤을 밝혔다. 창남은 잠시 구석에서 눈을 붙이고 있었고, 사람들은 창남을 근식이 보듯이 대하고 있었다. 창남은 상복을 입었다. 그리고 모친이 시키는 대로 상청에 술을 따랐고 국에 밥을 올리고 근식이가 해야 할 상주를 하고 있었다. 모친은 근식이가 짝을 이뤘다는 소리를 듣고 나서부터 얼굴색이 변하고 있었고, 자식 낳고 살고 있을 생각에 외로움을 달래고 있었다. 근식의 모친은 창남이가 상주가 되어 상청 앞에 있는 것을 보면서 돌아가신 영감님이 기뻐하고 있을 생각에 창남의 곁을 한시도 떠나지 않고 있었다.

사람들은 창남이 근식과 함께 왜놈들과 싸웠다는 것을 알게 되면서 독립군 투사가 이곳에 와 있다는 것에 모두 겸손해지고 있었고 엄숙해지고 있었다. 그리고 근식이 수색정찰대장이었다는 사실에 긍지와 힘이 솟고 있었다. 사람들은 창남의 곁을 지날 때는 고개를 수그리며 조심스럽게 지나고 있었다. 초상집은 독립군의 병영이 된 듯이 엄숙한 분위기로 변해가고 있었다. 사람들은 질서 있게 움직였고, 남자들은 독립군이라도 된 듯이 질서정연하게 움직이고 있었다. 여자들은 그런 남자들이 먹을 음식을 만들면서 또한 정숙한 몸가짐으로 일을 하고 있었다. 근식이 수색정찰대장이었고 창남이 수색정찰대원이었다는 사실에 사람들은 모두 겸허하게 움직이고 있었다. 그리고 근식이 독립군 수색정찰대장이었다는 소문은 퍼져 나가고 있었고 초상집은 사람들이 백 결 치기 시작했다. 창남은 살아 돌아와 있는 개선장군이 되어 영웅이 되고 있었다.

창남은 상여 뒤를 따르기가 어려워서 소달구지를 타고 상여 뒤를 따르고 있었다. 뻐꾸기 울어대고 있는 마을은 앞잡이의 구슬픈 장곡 소리와 함께 상여는 미루나무 샛길을 지나가기 시작했다. 그리고 해질 무렵에 비석이 묘 앞에 세워지고 있었다.

버스가 떠난 정류장에 광자 어미가 기다리고 있었다. 창남은 어적거리며 걷기 시작했다. 어서 눕고 싶은 생각에 창남은 힘없는 두 다리를 바쁘게 움직여대고 있었다.

"친척이 별로 없었어."

광자 어미는 창남이 하는 말을 들으며 피로에 지친 창남의 몸을 자리에 눕혔다. 그리고 이내 잠든 창남의 숨소리를 듣고 있었다. 광자 어미는 등잔불에 드러나고 있는 창남의 얼굴을 보면서 깊은 한숨을 몰아쉬었다.

"서산에서 왔대요, 사람들이."

"서산?"

창남은 이틀 동안이나 자리에서 일어나지 못하고 있었다. 그리고 광자 어미 말에 서둘러 자리에서 일어나고 있었다. 창남은 광자 어미가 주고 있는 옷을 받아 입고 나서 문을 열고 밖으로 나갔다. 밖에는 남자 서너 명과 여인이 있었다. 사람들은 창남을 보자 반가운 얼굴들을 했다.

"오학리에서 뵈었어요."

창남은 말하는 남자가 오학리에서 가깝게 붙어 다니고 있거나 항상 가까이 대하고 있었던 것을 기억했다. 창남은 툇마루에 사람들과 앉았다.

32
정신대 경숙이 시집가다

"오학리에서 뵙고 무척 반가웠습니다. 이 선생님을 뵙고 싶어서 한걸음에 달려왔습니다. 우리 모두 자식들이 잘못되었습니다. 근식이 소식을 듣고 얼마나 기뻤는지 잠을 못 이루고 있습니다. 혹시 저희 자식들도 함께 계시지 않나 해서 왔습니다. 제 자식은 강문식입니다. 그리고 이 집 애는 장덕수 그리고 이 집은 딸애 부모입니다."

창남은 이름을 듣고 나서 모두 같은 동지들이고 끝까지 함께 있었던 동지들이라는 것을 기억했다. 창남은 입을 열었다.

"강문식, 장덕수 동지는 근식 대장과 함께 싸웠고, 우리보다 열흘 전에 청산리 병영을 떠나 아프가니스탄으로 갔습니다. 바라바쉬에서 우리가 확인했습니다. 그 동지들도 짝을 이뤄 떠났고 틀림없이 지금은 근식 대장과 같은 곳에 있으리라 봅니다."

"이런 세상에! 내 이럴 줄 알았어. 내 아들이 어떤 아들인데. 그러면 그렇지!"

강문식 부친은 장덕수 부친을 덥석 끌어안으며 소리쳤다. 그리고 앙상한 창남의 손을 움켜잡았다.

"선생! 아니 독립군 용사! 이 은혜를 어찌 갚아야 하오? 이제 죽어도 원이 없소. 자식이 살아 있다는 소식에 원이 없소. 독립군 용사!"

장덕수 부친은 창남의 손을 움켜잡고 눈물을 흘리고 있었다. 강문식 부친은 두 주먹을 마루판에 대고 어깨를 들썩이며 울고 있었다.

"제 애는 말씀을 드려도 모르실 겁니다. 남세스러워서 안 오려다가…"

창남은 딸을 잃어 훌쩍거리며 입을 열고 있는 아주머니를 보고 있었다. 딸을 잃은 아주머니는 강문식과 장덕수가 살아 있다는 말에 딸의 이름을 말했다.

"경숙이입니다. 진경숙이. 독립군들과 여자들이 있었다는 말에 이분들과 함께 와 봤습니다. 얼굴이 동그란데…"

아주머니는 눈물을 흘리며 말했다. 창남은 고개를 끄떡였다.

"같이 있었습니다."

"어머니! 억 으흐흐흐 흐!"

경숙이 모친은 몸부림을 치며 울기 시작했다. 창남은 몸부림치는 경숙이 어머니를 보면서 200부대를 탈출하여 청산리에서 헤어지는 순간까지 함께 있었던 진경숙의 얼굴을 떠올렸다. 그리고 몸부림치는 진경숙의 모친을 보면서 막내 처제 김복동이 일본에 있는 화장품 공장에 취직시켜준다는 말에 현혹되어 따라나선 후 그 길로 소식이 끊기고 반 십 년이 되어버린 지금까지 눈물 거둘 날이 없으신 장모님을 생각했다. 창남은 아주머니가 진정되고 있는 것을 보면서 경숙의 모습을 생각했다.

"독립군 부대에 여자들도 함께 있었다는 소리를 듣고 혹시 모르니까 가보자고 따라나섰는데 소식을 듣다니…"

창남은 장덕수 부친의 말에 다시 입을 열었다.

"어머니하고 똑같이 닮았어요. 어머니 보니까 따님 모습이 뚜렷하게 생각납니다. 안면도 김지섭 동지와 짝을 지어 갔습니다."

창남의 말에 경숙의 부친과 모친은 눈이 커지고 있었다. 창남은 다시 말을 이었다.

"근식 대장이 간 곳으로 갔어요."

창남의 말에 경숙 모친은 한동안 말을 잃고 있었고 흐느끼고 있었다.

"고마워라. 조상이 도우셨구나. 고맙습니다. 서방까지 만났다니 이를 어째. 이를 어째. 어디서든 살아 있기만 하면 된다. 살아 있기만 하면 된다. 더 바랄 것이 없다. 뭐가 있겠느냐? 아무것도 없다. 어디서든 살기만 한다면 더 바랄 것이 없다."

창남은 모친의 흐느끼는 소리에 눈시울이 붉어지고 있었다. 경숙의 모친은 고개를 떨어뜨리고 계속해서 흐느끼고 있었다. 경숙의 모친은 울음소리를 참지 못하고 있었다. 한참이 되어도 오열은 계속되고 있었고 경숙 모친이 물었다.

"아픈 데는 없었지요? 화장품 공장에서 돈 벌 거라고 그렇게 좋아했는데 감쪽같이 속아서…. 천하에 몹쓸 인간한테 속아서…."

모친은 목이 메어서 말소리가 나오지를 못하고 있었다. 강문식과 장덕수 부친들도 눈언저리가 붉게 변하고 있었다. 창남은 대답했다.

"건강했습니다. 언제나 일찍 일어났고 한겨울에도 그랬습니다. 사람들이 모두 칭찬했어요."

"만난 사람은 어떻던가요?"

"나무랄 데 없는 동지였습니다. 아직 김지섭 동지의 부모님을 뵙지 못했습니다. 다른 분들은 장날만 되면 들르시는데 김지섭의 부모님은 아직 오시지 않아서 만나지 못했습니다. 아마 자식이 살아 있다는 소식을 듣게되면 찾아오실 겁니다. 찾아오시면 모두 말씀드리겠습니다. 그리고 바로 연락드리겠습니다."

창남은 말해놓고 경숙의 모친과 부친의 얼굴을 보았다.

"그래도 괜찮겠는지요? 그대로 덮어 주십시오. 제 딸자식은…."

부친은 말소리를 흐리고 있었다. 창남은 부친의 말에 할 말을 잃었다. 또한 함께 찾아와 자식들을 찾아 인사불성이 된 장덕수 강문식의 부친들이 당황스러워하고 있었다. 경숙이가 신랑을 만나 가정을 이뤘고 시댁이 멀지도 않은 안면도라는데 덮어 두고 싶어 하는 것이 이해가 안 되고 있었다. 그래서 그런지 경숙의 부친은 눈을 감고 있었다. 부친은 몹시 부끄러워하고 있었다. 경숙의 부친은 죄인이 되기라도 한 것처럼 고개를 떨어뜨리고 있었다. 경숙의 부친은 떨어뜨리고 있는 고개를 들지 못하고 있었다.

창남은 눈치를 보고 있었다. 경숙의 모친도 부친이나 다름없이 터지던 울음소리를 힘겹게 누르며 웅크리고 있었다. 딸자식의 소식을 몰라 눈물 마를 날이 없었다가 막상 소식을 알게 되면서 죄인이 되었다는 생각에 몸들을 감추고 있었다. 경숙의 모친은 어깨를 들썩이며 웅크리고 앉아서 흐르는 눈물을 주체하지 못하고 있었다. 창남은 경숙의 부모의 애타는 모습을 보면서 눈을 감으며 고개를 숙이고 있었다. 경숙의 부친과 모친은 주먹으로 가슴을 누르고 있었다.

"원수들!"

모친이 흐르는 눈물을 주체하지 못하고 있자 아무도 입을 열지 않았다. 모두 아픔에 시달리고 있으며 아픔을 어떻게 하지를 못하고 있었다.

"고맙습니다."

모친의 입에서 고맙다는 말이 나왔다. 모친은 어딘가에 고맙다고 했다.

"가. 가세."

부친이 일행을 돌아보며 말했다. 딸자식 소식이 알고 싶어서 와서 막상 딸자식 소식을 알게 되자 기쁨이 아니라 죄인이 되어 버리는 바람에 어딘가 숨고만 싶어서 서둘러 자리를 뜨고 싶었다. 경숙이 부친이 자리에서 일어났다. 그러자 눈치만 보고 있던 일행들도 함께 일어났다. 그러나 모친은 일어나지 않고 있었다.

"가. 갑시다."

부친은 자리에서 일어나지 않고 있는 부인을 향해 말했다. 부인은 그러고도 한참 있다가 자리에서 일어났다. 창남은 밖으로 나와 황급히 떠나고 있는 해미 사람들을 배웅했다.

"아무 말하지 마시오."

부친의 말에 창남은 말 대신 고개를 끄떡였다. 그리고 멀어지고 있는 해미 사람들이 갈산 다리를 건너 안 보일 때까지 바라보고 있었다. 자식의 소식을 듣고 반가움에 통곡을 해도 시원치 않을 텐데 얼굴도 못 들고 황급히 사라져야 하는 사람을 생각하면서 창남은 해미 사람들이 사라진 갈산 다리 장터에서 눈을 떼지 못하고 있었다.

"다들 갔어요?"

광자 어미가 광주리를 이고 오면서 물었다. 창남이 대답했다.

"음."

광자 어미는 창남의 눈시울이 붉어져 있는 것을 보면서 광주리 안에서 뭔가를 꺼내 들었다.

"쑥개떡을 했다고 주잖아요, 언니가. 아직 따듯한데 드셔 보세요."

광자 어미는 쑥개떡을 들고 있었다. 창남은 광자 어미가 들고 있는 쑥개떡을 들여다보면서 받지를 않고 있었다. 광자와 아들아이가 민들레가 만발한 밭둑에서 달려오고 있었다. 창남이 달려오는 애들을 보면서 말했다.

"애들 줘."

"애들 거 있어요. 잡숴 봐요."

창남은 쑥개떡을 받아들고 애들을 바라봤다. 광자와 아들아이는 받아들기가 무섭게 먹기 시작했다. 창남은 마루에 앉아서 쑥개떡을 들여다보면서 해미 사람들을 생각했다. 오늘 찾아온 사람들은 운 좋게 모두 자식 소식을 알게 되었는데 경숙의 부모는 경숙의 소식을 아는 순간 당황하던 모습을 생각하면서 창남의 마음은 안타깝고 한편으로 쓸쓸해서 쑥개떡을 내려다보고 있기만 했다.

창남은 쑥개떡을 씹으면서 청산리에서 여자들이 쑥개떡을 만들어 주던 것을 생각했다. 그러면서 동지들을 생각했다. 창남은 쑥개떡을 우물거리면서 그동안의 사람들을 모두 생각했다. 아오지의 사람들, 그리고 열차 대포 격납고 공사장에서의 사람들, 그리고 200야전부대의 사람들을 모두 생각했다. 창남은 방으로 들어갔다. 그리고 잡기장에다가 사람들의 이름을 적기 시작했다. 창남은 오래도록 생각하면서 잡기장에 이름들을 적어가고 있었다. 이름이 기억나지 않는 사람들은 고향이나 생김새를 적었다. 창남은 등잔불을 켜놓고 밤이 깊도록 생각하며 적어가고 있었다.

다음 날도 창남은 사람들을 기억하느라고 꼼짝하지 않았다. 광자 어미는 그런 창남을 말없이 보기만 했다. 해방이 되어도 돌아오지 못하고 있는 자식을 생각할 때 부모 심정이 어떠하겠냐 싶어서 창남은 한 사람이라도 더 생각하느라고 머리를 싸매고 있었다.

그다음 날도 창남은 마루 끝에 앉아서 하늘을 보다가 산을 보다가 눈을 감고 앉아서 사람들을 생각하고 있었다. 갈산 장터로 향하는 사람들이 온종일 바쁘게 움직이는 것을 보면서 창남은 꼼짝도 하지 않고 사람들을 생각하고 있었다. 그러면서도 기억나지 않고 있는 사람들을 기억하느라고 몇 번이고 생각하고 있었다. 혹독한 추위에 점심을 먹고 나서 오들오들 떨어가며 앉아 있었던 사람들까지 창남은 생각하고 또 생각하면서 지난날들을 더듬어 가고 있었다.

"왜, 눕지 그러세요."

광자 어미가 등잔에 불을 붙이면서 말했다.

"사람들 이름은 다 적었어요?"

광자 어미가 눈을 감고 누워 있는 창남에게 물었다. 광자 어미는 바느질을 하면서도 창남이 사람들을 기억하느라고 혈안이 되어 있다는 것을 알고 있었다. 그리고 눈을 감고 누워 있는 창남이 잠들지 못하고 있다는 것도 알고 있었다.

"생각이 안 나서 못 적은 사람이 몇 돼."

광자 어미는 창남이 말하자 바느질하던 손을 멈추고 창남을 바라봤다.

"기억이 안 나. 남자들 몇 되고 여자들이…."

창남의 목소리는 가라앉아 있었다.

"한 번에 다 기억나겠어요? 적어 놓은 것도 아닌데. 더군다나 여자는 더 하지요."

창남은 광자 어미의 말에 다시 눈을 감았다. 그러고 보면 죽을 고비를 수없이 넘기며 200부대에서부터 함께 있었던 박에스터에 관해서도 아는 것이 아무것도 없었다. 그저 부르던 이름 외에는 다른 것은 아무것도 아는 것이 없었다. 창남은 누워 있는 몸을 일으켰다. 그러자 광자 어미가 꿰매든 옷가지를 바닥에 내려놓고 창남의 어깨를 부축해 주었다. 창남은 일어나 벽에 등을 기대고 앉았다.

"누워 계시지 왜 일어나세요?"

"답답해서."

창남은 숨을 몰아쉬면서 충혈된 눈을 깜박거렸다. 창남은 벽에 등을 기댄 채 앉아 엘렉을 떠올리고 있었다. 그리고 그 사람 말대로 블라디보스토크로 갔다면 고문을 당하지 않았을 것이고, 해방이 되었으니 지금쯤 귀국을 한다면 건강한 몸으로 고향에 돌아왔을 텐데, 하는 생각을 하면서 한숨을 몰아쉬고 있었다.

"왜 그러세요?"

광자 어미는 충혈된 눈을 껌벅이며 한숨을 쉬며 앉아 있는 창남이 걱정되었다. 창남은 고개를 젓고 있었다. 그러면서 엘렉과 함께 블라디보스토크로 가지 않은 것을 무척 후회했다. 이렇게 해방될 줄 알았다면 엘렉 말을 들었을 것을 그랬다고 창남은 몹시 후회하고 있었다.

"그 사람들…."

창남은 가느다란 소리를 내면서 러시아 친구들을 떠올리고 있었다. 그러자 광자 어미가 창남을 쳐다봤다.

"누구요?"

창남은 광자 어미의 말에 머리를 벽에 댄 채 천천히 젓고 있었다. 창남은 충혈된 눈을 깜박이며 러시아 친구들을 그리워하고 있었다.

"앞으로 차차 기억이 나겠지요. 그리고 기억이 안 나면 어때요. 괜히 속 끓이지 마세요. 기억나는 게 뭐 대수예요? 누우세요."

창남은 광자 어미의 말소리와는 상관없이 러시아 친구들을 그리워하고 있었다. 광자 어미는 물그릇을 가져다가 창남에게 주었다. 그러나 창남은 물그릇을 받지 않았다.

"조금 마셔요. 그리고 누워요."

광자 어미는 창남이 계속해서 충혈된 눈을 하고 앉아 있는 것이 걱정되었다. 물이라도 조금 마시기를 바라고 있었으나 창남은 무슨 생각에 빠져 있는지 충혈된 눈만 깜박이고 있어서 불안해지기까지 했다.

해미 사람들이 다녀가고 며칠이 지나면서 안면도 사람들이 갈산 장에 들르면서 찾아왔다. 창남은 처음 인사를 나누고 있는 사람이 해미의 경숙이와 인연이 닿아 있는 김지섭의 부친이라는 것을 알게 되자 무척 반가웠다. 창남은 주저하지 않고 입을 열었다.

"지난번에 수색정찰대장 부친이 돌아가셔서 해미에 다녀왔습니다. 그때 해미 분들을 만나게 되었는데 우연히도 김지섭 동지와 가정을 이룬 여자분 댁을 만나게 되었습니다."

"예? 이게 무슨 소리야? 자식 소식을 들은 것만 해도 지금 꿈인지 생시
인지 정신을 못 차리고 있는 판인데 이게 무슨 일입니까? 그래서요?"

"틀림없습니다. 그래서 그 여자분 부모님에게 말씀드렸습니다."

김지섭 부친은 입을 다물지 못하고 있었다. 자신은 안면도에서도 한참
먼 태안면 쪽이라 갈산과는 거리가 멀어서 그동안 차일피일 기회만 보고
있었는데 뜻밖에 생각지도 못한 소식에 어안이 벙벙해지고 있었다. 그리
고 무엇보다도 짝을 이뤘다는 소리에 입을 다물 수가 없었다.

"그럼 그쪽에서는 뭐라고 하던가요?"

김지섭 부친은 바싹대들고 있었다.

창남은 김지섭 부친의 얼굴을 잠시 살폈다. 그리고 말을 잇지 못하고 앉
아 있었다. 창남은 김지섭 동지의 얼굴을 떠올리면서 경숙과 함께 웃고 있
을 생각에 그동안 지섭의 부친이 오기만을 기다리며 입에 담아두고 있던
말을 꺼내고 있었다.

"그분들 많이 좋아하셨습니다. 얼마나 우시던지요, 지금도 우시고 계실
것 같아요. 딸 소식에 우시고 큰 죄 지었다고 그렇게 우셨습니다."

김지섭 부친은 창남의 말을 들으며 할 말을 잃고 있었다. 김지섭 부친은
창남의 얼굴에서 눈도 깜박이지 않고 있었다.

"제가 신랑 측에 소식을 전하겠다고 하니까 막무가내로 막으셨습니다.
그런데 지섭 동지가 좋아하던 모습을 잊을 수가 없어서 말씀드리고 싶었
습니다."

"말씀드리고 싶다니요? 여부가 있습니까?"

지섭 부친의 얼굴은 불덩이가 되어 있었다. 지섭 부친은 담배를 피워 물
었고 신중해지면서 담담해지고 있었다. 지섭 부친은 고개를 좌우로 돌리
며 함께 온 사람들의 얼굴을 보았다. 창남은 지섭 동지의 부친이 반가워하

는 이면에 무엇인가 다른 것이 있는 것만 같아서 입을 열지 않고 앉아 있었다. 경숙이가 일본군 정신대였으니 마음속에 걸리는 것이 있는 것만 같았다. 창남은 그런 부친의 마음을 헤아리면서 보내는 입장과 맞이하는 입장이 어떻다는 것을 알 수가 있었다. 창남은 계속해서 눈치를 보며 담배들만 피워대고 있는 안면도 사람들의 눈치만 보며 앉아 있었다.

"여자는 몇 살이나 됐다고 하던가요?"

지섭 부친이 차분하면서 가라앉은 목소리로 물었다. 창남은 나이까지는 알지 못해서 대답을 하지 못했다. 그리고 반가워하고 고마워할 줄 알았다가 신중해지고 있는 모습에 창남 자신이 조심스러워지고 있어서 대답은 물론 입을 열기가 망설여졌다.

"현지에서 들은 것밖에 아는 것이 없습니다. 당시 지섭 동지가 세 살 위라고 했습니다."

창남은 말해놓고 눈치를 보았다. 김지섭 부친은 창남의 말을 듣고 나서 더욱 신중해지고 있었다. 창남은 김지섭 부친의 신중해진 얼굴을 보면서 자신이 말한 것이 잘못된 것만 같아서 마음이 무거워졌다.

"사지에서 만났으니 뭐라 할 말이 없네."

창남은 김지섭 동지의 부친이 하는 말을 들으면서 계속해서 입을 열지 못하고 있었다.

"갈산서 궁합을 보고 가세."

김지섭 동지의 부친은 이학봉 부친의 말에 대답하지 않고 있었다. 이학봉 부친은 김지섭 부친의 기분을 이해하고 있으므로 기분을 전환해보려는 뜻으로 이야기하고 있었다. 그러나 김지섭 부친은 입을 다물고 계속해서 신중한 얼굴을 하고 있었다. 창남은 계속해서 눈치만 보고 있었다.

"이 선생, 그쪽에서는 어떻게 보는지. 이를테면…"

창남은 고개를 들었다.

"이를테면 둘이 만난 것을 말이오."

창남은 묻는 말에 대답을 어떻게 해야 할지 몰라서 어물거리고 있었다. 그러면서 경숙이 부모님들이 기뻐하기보다는 죄짓고 있는 모습들을 하고 있었던 것을 생각하며 본대로 말을 해야 옳은 것인지 분간이 안 되고 있어서 선 듯 말할 수가 없었다. 그렇지만 말을 안 한다면 어떻게 생각할지 몰라서 조심하면서 입을 열었다.

"저에게 한 말은 없었습니다. 그리고 김지섭 동지 부모님이 아시게 되는 것을 몹시 두려워했습니다."

김지섭 부친은 창남의 말을 듣고 다시 안면이 굳고 있었다. 며느리가 정신대였다는 것이 아무래도 마음에 걸리고 있는 것만 같았다. 창남은 부친의 표정에서 왜 그런지 배신감이 들고 있었다.

"말 난 김에 사주나 보고 가세."

김지섭 부친은 함께 앉아 있는 이학봉과 최윤겸의 부친에게 말하면서 담배를 피워 물었다. 창남은 고개를 다시 들고 김지섭 부친의 얼굴을 보았다.

"사주라는 것이 다는 아니지만 나보다도 식구에게 사주 이야기까지 하는 것이 좋을 성싶으니 내친김에 사주까지 보고 가겠소."

"사주는 그쪽에서 보낸 것이 없으니 나이만 가지고는 궁합밖에 못 봐요."

이학봉의 부친이 말했다.

"이왕 일이 이렇게 되었으니 그쪽과 연결이 되었으면 합니다, 이 선생."

창남은 부친의 안색이 변하고 있는 것을 보고 긴장이 풀리고 있었다. 그렇지만 여자 쪽과 연락을 하려면 해미를 가야 하는데 창남 자신이 움직이기는 어려운 문제라 대답을 어떻게 해야 옳을지 몰라서 망설였다. 그러자 이학봉의 부친이 말했다.

"오늘은 그만 가고 다음 장날이든지 아니면 날 봐서 오도록 하시고 오늘은 궁합만 보고 어서 가세. 물때 다 돼."

김지섭 부친은 이학봉 부친의 말에 자리에서 일어나며 창남에게 크게 고마워했다. 그리고 지섭 동지의 생년월일을 적은 쪽지를 넘겨주고 있었다.

창남은 안면도 사람들의 보내고 나서 자리에 몸을 눕혔다. 창남은 몹시 우울했다. 왜 그런지 창남은 자꾸만 울고 싶어지고 있었다. 그러면서 궁합을 보고 가겠다고 한 것이 왜 그렇게 고마운지 눈물이 흐르고 있었다.

창남은 쓸쓸하게 앉아서 경숙의 부모님에게 연락할 생각을 하고 있었다.

"언니가 살조개 줬어요. 죽도 주고. 드서 보세요."

종일 우울한 기분에서 벗어나지 못하고 있던 창남은 광자 어미가 등잔불을 머리맡에 놓으며 밥상을 차리는 것을 보고 몸을 일으켰다. 그리고 광자 어미가 쥐어 주는 숟가락을 받아들고 죽 그릇을 내려다보았다.

"일하고 오는데 언니가 불러서 갔더니 주잖아요. 가지고 오려고 했다면서."

창남은 죽을 떠서 입에 넣었다. 그리고 안면도 사람들을 생각하며 입을 우물거리고 있었다. 창남은 죽 한 그릇을 다 먹도록 안면도 사람들을 생각하고 있었다.

"안면도에서 사람들 왔었다면서요. 언니가 그러던데. 먼저 사람들 왔었어요?"

광자 어미는 창남의 안색을 살피며 물었다. 창남은 잠시 대답을 미루고 있었다. 몸을 벽에 기대고 앉아서 광자와 아들아이가 조개를 까먹고 있는 것을 보다가 눈을 감으며 입을 열었다.

"김지섭이라고 부친이 왔는데 아들 소식 듣고 나서 해미 여자와 우즈베키스탄으로 갔다고 했더니 좋아하면서도…."

광자 어미는 창남의 말을 듣고 나서 창남의 얼굴을 살피고 있었다.

"궁합을 본다나 하면서… 정신대로 끌려갔었으니 언짢은 건 어쩔 수 없지. 죽은 목숨이나 다름없는 사람들인데, 눈앞에 있지도 않은데. 살았는지 죽었는지도 모르는데…"

광자 어미는 창남이 우울해하는 것을 보면서 콧등이 매워졌다. 광자 어미는 한동안 창남이 우울해 하는 모습을 보고 있다가 입을 열었다.

"궁합이 어떻대요?"

"그건 몰라. 다음에 와서 말하겠지. 무슨 사주를 본다고 하는지, 관습에 불과한데…"

창남의 말소리는 눈물이 가득히 담겨져 있었다.

"궁합을 보고 사주까지 본다는 것을 보면 싫어하는 건 아닌가 보네요. 자식이 짝을 지었다고 하니까 며느리 욕심이 없었겠어요? 이해해야지요. 그래도 궁합을 보러 갔다고 하니 그분들 다시 보고 싶네요."

창남은 광자 어미의 얼굴에서 한동안 눈을 떼지 못하고 있었다. 창남은 김지섭 동지의 부친이 보고 싶어지고 있었다.

"얼마나 보고 싶을까. 해방도 되었는데. 궁합이라도 보고 싶어 하는 그분들 착해 죽겠네요."

33
한의사는 종이에 수없이 구멍을 내고

광자 어미 말에 창남은 할 말을 잃고 있었다. 창남은 우울했던 마음이 삽시간에 가시고 있었다. 창남은 부모의 마음이라는 게 아무것도 아니라는 것을 깨달으면서 자식을 향한 부모의 서글픈 마음을 생각하고 있었다. 자식이 짝을 만났다는 것을 신중하게 생각하던 김지섭의 부친이 왜 그런지 고마워졌다. 창남은 광자 어미가 따뜻한 물수건으로 몸을 닦아주는 대로 몸을 뒤적이면서 다음 장날이 몹시 기다려지고 있었다.

광자 어미는 창남이 잠들자 창남의 자는 얼굴을 보면서 한의사를 떠올리고 있었다. 80이 다 된 한의사는 한참 동안 약재함에서 약재를 찾아서 종이 위에 그득히 올려놓고 있었다. 그런 다음 약재들을 꼼꼼히 끈으로 동여매고 나서 옆으로 밀어 놓고 있었다. 한의사는 광자 어미를 한참 동안 보고 있었다. 광자 어미는 한의사가 처방에 대해서 아무 말도 없이 쳐다만 보고 있자 허리춤에서 약값을 꺼내 한의사 앞에 내놓았다. 한의사는 계속해서 광자 어미를 쏘아보고 있기만 했다. 그러다가 한의사는 종이를 도마에 올려놓았다. 그리고 나서 한의사는 칼을 집어 들었다. 칼을 집어 든 한의사는 칼끝으로 종잇장을 수없이 찍어댔다. 광자 어미는 한의사가 하는 것을 물끄러미 앉아서 보고 있었다. 한의사는 한참 동안 칼끝으로 종잇장을 찍고 나서 그 종잇장을 들어 광자 어미에게 보여주며 입을 열었다.

"집이 신랑이 지금 이래."

광자 어미는 종잇장을 보면서 한순간에 모든 것을 잃고 있었다. 한의사는 종잇장을 흔들면서 다시 말했다.

"집이 신랑이 지금 이렇다, 이 말이야."

광자 어미는 숨이 막히고 있는 것이 아니라 공중에 붕 뜨고 있었다. 앞에 아무것도 보이는 것이 없었다. 한의사는 광자 어미의 얼굴을 향해서 눈을 떼지 않으며 말했다.

"오래 견뎠어."

광자 어미는 물거품처럼 몸뚱이가 사그라지고 있어서 움직일 수가 없었다.

"오래 살았다는 말이야. 그 사람, 오래 살았어."

광자 어미는 고만 좀 하시라고 고함치고 싶었다. 광자 어미는 더듬거리며 밖으로 나왔다. 그리고 한동안 서 있었다.

광자 어미는 힘없이 잠들어 있는 창남 곁에 앉아서 잠든 창남의 얼굴에서 눈을 떼지 못하고 있었다. 칼로 발기발기 찢은 종잇장을 들어 보이던 한의사를 생각하면서 광자 어미는 식은땀에 젖어가며 잠들어 있는 창남의 가냘픈 숨소리를 안타깝게 들어가면서 살가죽을 뚫기라도 할 듯이 불거져 나오고 있는 뼈들을 만지고 있었다. 광자 어미는 따뜻한 물수건으로 몇 번이고 수없이 가냘픈 창남의 몸을 어루만지며 씻기고 있었다.

광자 어미는 벽장에 깊이 넣어두었던 러시아 돈을 꺼내서 주먹에 쥐었다. 그리고 창남을 한참 동안 내려다보았다. 광자 어미는 창남이 건강을 회복하면 얼마가 되었든 바꿔서 살림을 장만하려 했던 러시아 돈을 서둘러 바꾸고 싶어졌다. 광자 어미는 둘째 시아주버니 만날 생각을 하고 있었다.

"안면도 아저씨들이 반찬은 떨어트리지 않아요. 떨어질 만하면 놓고들 가요."

광자 어미는 조기 살을 뜯어서 밥숟가락에 얹어 놓으면서 말했다. 광자 어미는 창남이 숟가락을 놓을 때까지 조기 살을 뜯어 밥숟가락 위에 올려 주고 있었다.

"내일인가?"

"예, 내일이 장날이에요. 기다려져요?"

"음."

창남은 궁합이 어찌 되었는지 궁금했다. 갈산 장날이면 어김없이 어물을 팔러오고들 있으니 내일이면 궁합을 알 수 있을 것으로 생각하며 창남은 기다리고 있었다.

"정말 그 사람들, 소련에서 보낸 곳에서 살긴 살겠지요?"

"음."

창남은 대답했다. 자신 있게 대답하고 있었다. 그리고 궁합이 잘 나왔기를 바라고 있었다. 어디에서 살고 있는지 알 수는 없지만 해방이 되었으니 언제든 고향에 꼭 돌아올 것이라 믿으며 창남은 미소 짓고 있었다.

안면도 사람들이 찾아왔다. 창남을 찾아온 안면도 사람들은 어느 날보다 많은 사람이 찾아왔다. 창남은 누워 있는 몸을 일으켜 앉으면서 패랭이를 쓰고 있는 사람을 보고 있었다.

"궁금하다고 몰려들 왔습니다. 우리 집사람이 지섭이와 함께 있었다는 분을 지척에 두고 못 뵌다면 죽어도 눈을 감을 수 없을 것이라고 하며 따라왔습니다. 그리고 이 선생! 며늘아기 친정과 다리를 놓아 주시오. 양가 인사를 나누고 서로 위로하고 친분을 쌓고 싶소이다. 불행한 운명을 겪은 집안끼리 사돈 간이 되었으니 서로 의지하며 화목하게 지내고 싶소이다. 만날 수 있도록 주선해 주시오. 먼저 지섭이 나이 적어드렸지요?"

부친이 말을 끝내자 모친이 눈물을 흘리기 시작했다. 창남은 숨이 차서 한참 동안 숨을 몰아쉬고 나서 입을 열었다.

"제가 다녀오겠습니다. 적어 주신 거 가지고."

창남은 말해놓고 김지섭의 모친을 보고 있었다. 창남은 궁합이 어떤가도 궁금했지만 지섭의 부모님들의 진심을 알고 싶어서 해미를 가지 않았다.

"우리가 찾아 나서면 안 되겠는지요?"

김지섭 부친이 말했다. 창남의 건강을 잘 알고 있는 김지섭 부친은 창남이 다니기는 무리라고 보고 있었다. 창남은 잠시 생각했다. 딸이 짝을 이뤘다는 소리에 황망히 자리를 떴던 것을 생각하면서 이 일은 자신이 다녀와야 할 것만 같은 생각이 들었다.

"이렇게 해야겠습니다. 제가 그분들을 먼저 만나서 이쪽의 뜻을 전하고 주신 지섭 동지의 생년월일 쪽지를 먼저 전하는 것이 옳을 것만 같습니다. 그러면 그 쪽에서 이쪽의 의양을 알 수가 있게 되고 그분들이 좋아 할 것만 같습니다."

김지섭의 부친은 물론 모친 그리고 함께 온 사람들은 고개를 끄떡였다. 창남이가 다닌다는 것은 무리이기는 해도 일이라는 것이 선후가 있는 법이고 일에 맞는 사람이 따로 있는 법이니 창남이 말고는 아무도 해당되는 사람이 있을 수 없다. 김지섭의 부모는 더 이상 할 말이 없다면서 물때 맞춰서 서둘러 떠났다. 창남은 안면도 사람들을 보내며 다음 장날에 보자는 말을 했다. 창남은 자리에 누웠다.

"부인이 이걸 주고 갔어요."

창남은 광자 어미가 내밀고 있는 것을 쳐다봤다.

"30원이나 주고 갔어요."

창남이 일어나려고 몸을 뒤척이자 광자 어미가 부축했다.

"해미 가시는 데 노자 하라고 하면서 제 손에 쥐여 주고 가잖아요. 약도 몇 첩 지으라고 하면서…"

창남은 지섭의 이름을 목 놓아 부르고 싶어졌다. 창남은 다시 자리에 누웠다.

"약은 아직 남았잖아."

"예."

"돌려드려."

광자 어미는 창남의 말에 대답하지 않았다.

"해미 색시 집은 언제 가실래요? 가실 만해요? 제가 같이 갈게요."

창남은 몇 번 눈까풀을 감았다가 뜨고 나서 대답했다.

"내일 아침 차로 가야겠어. 어떻게 될지 모르고 혼자 다녀오는 게 낫겠어."

창남은 근식 대장의 모친을 머릿속에 그리며 말했다.

"따듯한 물로 닦아 드릴게요."

광자 어미는 부엌으로 나갔다. 그리고 광자 어미가 데운 물을 들고 들어오자 창남은 잠들어 있었다. 광자 어미는 해미를 갔다가 올 여비를 빼고 모두 창남의 약을 지을 생각을 하면서 창남의 앙상한 손을 들어 따듯한 물수건에 폭 싸매고 있었다.

창남은 비가 질척이고 있는 황톳길을 위태롭게 걷고 있었다. 멀리 커다란 미루나무를 보면서 한 손엔 종이우산을 들어 비를 가리고 있었고, 한 손은 나무때기를 지팡이 삼아 짚으며 힘겹게 두 다리를 움직이고 있었다. 커다란 미루나무가 비를 맞고 있는 개울 둑길을 지나서 한참 후 창남은 서낭당을 지나고 있었다. 그리고 창남은 근식 대장의 집 앞에서 걸음을 멈췄다. 창남은 비에 젖은 싸리문 앞에 서서 근식 대장의 모친을 불렀다.

"저, 어머니 계시는지요. 갈산에…"

창남의 말소리가 끝나지도 않았는데 문이 열리고 있었다.

"이게 누구야! 꿈꾸는 가봐."

창남은 비명에 가까운 소리를 들으며 근식 대장의 모친을 바라보고 있었다. 모친은 우산을 빼앗듯이 받아들어 놓고 지팡이도 빼앗듯이 아무렇게나 마루에 집어 던지고 창남의 두 손을 잡았다. 창남은 아무 말 없이 앙상한 두 손을 잡아끌고 있는 대로 방으로 들어갔다. 모친은 마른 수건으로 창남의 손과 얼굴을 닦아주고 나서 앉은 채 두 팔을 앞으로 짚고 창남의 얼굴을 들여다보며 말했다.

"무슨 일이야? 오늘 같은 날. 무슨 일 있지?"

창남은 고개를 저으며 입을 열었다.

"그간 잘 지내셨어요? 건강해 보이네요."

"나야 건강하지. 우리 갈산 아들이 문제지. 내 지난 장날 갔다가 들르려다가 집안일이 있어서 못 갔어. 보고 싶어서 눈 빠졌지. 잠깐 내 따뜻한 물 좀 가져올게."

창남은 모친의 말을 듣고 나서 상청에 술을 붓고 절을 올렸다. 그리고 방으로 들어가 앉았다.

"자! 이 따뜻한 물 마셔. 몸이 확 풀려."

창남은 물그릇을 받아 마시고 있었다. 그리고 모친에게 입을 열었다.

"지난번에 장사 때 저를 봤다고 하는 분이 저희 집을 찾았었어요. 딸을 잃어버렸다고 하시며. 혹시 몰라서 그런다고 하시며 딸 이름과 생김새를 얘기하시는데 제가 알던 여자 중에 그런 여자가 생각나서 말했지요. 그분이 자기 딸이 맞는다고 하시며 죽은 줄 알았다고 하시며 몹시 우셨어요."

"음! 그래? 누구 네지? 몇 집 돼, 그런 집이."

창남은 모친의 얼굴을 보면서 순간 걱정이 생기고 있었다. 찾는 집이 가까운 곳에 있다면 모르겠는데 먼 곳에 있다면 찾아다닐 생각에 걱정이 앞서고 있었다.

"딸에 이름은 아는가?"

"예, 알고 있습니다."

"음, 잘됐네. 이름이 뭔가?"

"경숙이입니다. 진경숙이."

"진경숙이? 알지. 화장품 공장 취직한다고 없어졌어. 그리고 정신대로 끌려갔다고들 소문이 돌았지."

"예."

"음, 그때 여자애들은 꼬임에 잘 빠졌었어. 못된 놈들이 얼굴에 바르는 분인가 뭔가 하는 거 발라줘 가면서 잡아갔어. 찾았네. 우리 갈산 아들 덕에. 진 씨 딸. 그런데?"

창남은 모친은 방문한 요지가 따로 있다는 것을 알고 있었다. 창남은 그동안 있었던 일을 모두 말했다.

"진 씨 복 터졌네. 우리 갈산 아들 덕에, 뭐해? 어서 가자고"

창남은 뱃속이 모두 비는 것처럼 시원해지고 있었다. 그리고 이제 찾아가서 만나기만 하면 된다는 생각에 마음이 바빠지고 있었다.

"가자. 한참이면 돼. 여기서 묵을 것도 아니고 진 씨 만나고 거기서 차타고 갈산 가면 돼."

모친은 창남을 일이 끝나는 대로 집으로 보낼 생각부터 하고 있었다. 마음은 진 씨를 오게 해서 만나게 하고 싶지만 어차피 창남은 갈산으로 가야하고, 그러다 보면 진 씨네로 가는 것이 갈산 가기도 수월하고 창남의 건강이 문제라 부득이 진 씨네로 가기로 마음먹었다.

창남은 모친의 뒤를 따르며 근식 대장의 집을 둘러보았다. 그리고 마루에 차려져 있는 상청을 쳐다보면서 근식 대장을 떠올렸다. 도롱이를 등에 걸치고 있는 모친이 걸음을 멈추고 창남이 집을 둘러보고 있는 것을 보면서 빙긋이 미소 짓고 있었다. 창남은 미루나무 아래에 서서 근식 대장의 집을 다시 보고 서 있었다. 창남은 컴컴한 어둠 속에 홀로 있는 것만 같은 느낌을 받으며 근식 대장의 그리움에 비에 젖고 있는 미루나무들을 보고 있었다. 러시아 연해주 바라바쉬에서 근식 대장과 작별할 때와 같은 느낌 속에서 마음이 허전해지며 뭉클해지고 있었다. 창남은 앞서가고 있는 모친의 뒤를 따라 부지런히 두 발을 움직이고 있었다. 개울을 몇 개 지나고 나서 모친은 어느 집 앞에서 걸음을 멈추고 섰다.

"여기야. 다 왔다."

모친은 진 씨 집 앞에서 소리치고 있었다. 그리고 집 안으로 들어가며 진 씨를 찾아대고 있었다. 진 씨와 진 씨 아내는 집에 있었다. 진 씨 내외는 문을 박차고 나오며 모친과 창남을 반겼다. 진 씨 아내는 떨고 있는 창남을 보고 부엌으로 나가 물을 데워 들고 들어와 창남에게 더운물을 마시게 했다.

"얘기 들었어? 상면하자고 한대. 선보자고 한대, 저쪽에서."

모친은 진 씨 아내에게 진지한 얼굴을 하고 말했다. 진 씨 아내는 근식 모친과 창남이 찾아온 것을 보고 특별한 일이 있겠다는 것을 짐작했지만 남자 쪽에서 상면을 원하고 있다는 말에 당황하고 있었다. 진 씨 아내는 놀란 가슴에 눈만 반짝이고 있었다. 근식 모친은 진 씨와 진 씨 아내를 번갈아 보면서 눈치를 살피고 있었다. 그러나 두 사람은 벼락 맞은 듯이 당황하고 있을 뿐 입을 열지 못하고 있다. 근식 모친은 두 사람을 번갈아 보다가 다그치고 있었다.

"우리 갈산 아들이 예까지 온 것을 보면 저쪽에서 어떻게들 하고 있다는 것을 알 수 있지 않은 가? 놀랠 일이 아니네, 겁날 일도 아니고, 경사 난 일야, 어서 일보고 우리 갈산아들 보내야해,"

창남은 모친의 말소리가 끝나자 경숙보모의 얼굴을 살폈다. 잠시 후 창남은 경숙 부모에게 말하기 시작했다.

"다녀가시고 나서 안면도에서 그분들이 왔습니다. 먼저도 말씀드렸듯이 안면도 사람들은 갈산 장을 이용하고 있어서 장날이면 왕래가 잦습니다. 마침 따님과 혼인한 친구의 부친이 들르셨기에 말씀을 드렸습니다."

창남은 숨을 몰아쉬느라고 잠시 말을 멈췄다. 그리고 경숙 부모의 얼굴에서 눈을 떼지 않고 있었다. 경숙 부모도 창남의 얼굴에서 눈을 떼지 못하고 있었다.

"말씀들은 그날로 궁합을 보셔가며 만나 뵙고 싶어 합니다."

"아이고!"

창남의 말에 경숙의 모친이 당황하며 소리를 질렀다. 창남은 경숙의 모친에게 다시 이야기를 시작했다.

"사느냐 죽느냐 하는 곳에서 만났으니 귀한 인연이 아니겠느냐고 하면서 당사자들이 살아 있고 둘이 좋아만 한다면 더 바랄 것이 무엇이 있겠냐고 하시면서 부모로서 자식들 잘되기를 바라는 마음에 만나고 싶다고 수도 없이 말했습니다. 그리고 부탁했고요."

"천운이다. 천운이 따로 있나. 이런 게 천운이지. 우리 애도 그랬고."

모친이 혀를 차며 말했다. 창남은 경숙 부모의 얼굴에서 눈을 떼지 않으며 계속해서 눈치를 살폈다. 경숙 부모의 얼굴은 시간이 지나면서 고개가 숙여지고 있었고, 당황의 기색이 누그러지고 있었다. 창남은 물그릇을 들어 다시 목을 축였다.

"우리 머늘애 친정이 어딘지만 알면 난들 가만히 있겠소? 나 역시 가만히 있지 않아요. 신랑 집에서 머늘애 집이 어딘지 알고 양친이 계신 줄 아는데 가만히 있는다면 그게 어디 사람이겠소? 뵙고 싶어서 성치도 않은 사람을 이렇게 보낸 걸 보면 제대로 된 집이 틀림없소. 어쨌거나 갈산 우리 아들 덕에 복이 넝쿨째 굴러왔지 뭐요. 걱정 마시고 상면하실 채비나 하세요, 진씨."

모친이 진 씨 내외에게 딱 부러지게 말했다.

"아무래도…."

진 씨 아내가 모친을 보면서 고개를 떨어뜨리고 힘없는 소리를 흘렸다.

모친과 창남은 죄인처럼 웅크리고 앉아서 입도 못 열고 있는 경숙 부모를 번갈아 보면서 딸애가 못된 짓을 하다가 걸린 것도 아니고 세상 물정을 몰라 못된 인간들에게 수난을 당한 것인데 그것으로 인해서 방관한다면 스스로 더 큰 불행을 자청하는 것밖에는 안 된다, 세상이라는 것이 뜻대로만 되는 것도 아닌 이상 주어지는 것을 천륜으로 받아들일 때 보람과 성공이 있다는 것을 잊어서는 안 된다고 말했다.

모친과 창남은 대답을 기다리고 있다가 모친이 다시 입을 열었다.

"왜들 그러시오? 저쪽에서 좋다고 하는데. 죄지었어요? 부모가 시켰어요? 딸애가 못돼서 그랬어요? 정신대로 끌려간 게 부모 탓이에요? 이러지 마세요. 나도 집이 딸과 함께 있던 애를 맞이했잖소? 그리고 한마디 하겠소. 집이 딸이나 우리 며늘아기가 얼마나 대견한지 아시오? 죽을 고비를 수없이 넘기며 모진 목숨 부지하면서 죽지 않고 살아서 계집애라 칼 들고 왜놈들 목을 칠 수가 없어 독립군들 뒷바라지를 하지 않았소? 혹독한 추위 속에서 피범벅인 독립군들의 옷을 빨아가며 원수들과 싸운 딸이 얼마나 대견하고 이보다 더 갸륵한 계집애들이 있으면 말해보시오. 난 독립군 며늘아기를 얻은 떳떳한 시어머니요. 눈물 거두시오."

모친은 자신의 눈에서 흐르고 있는 눈물을 훔치면서 진 씨 내외를 쏘아보고 있었다. 그리고 울컥하는 서러움을 참아 넘기고 나서 다시 진 씨 내외를 향해서 입을 열었다.

"난 걔네들이 반드시 살아서 떡두꺼비를 업고 안고 오리라 믿습니다. 조국이 해방된 것을 알면 어떤 고통이 있다 해도 반드시 오지 않겠어요? 그때 난 10리 밖에서부터 춤을 출 거요. 며칠이고 잔치를 벌일 거요."

모친은 숨이 차서 말소리를 멈추고 있었다.

"난 우리 애가… 깨끗지를 못해서…."

근식 모친은 경숙의 모친 얼굴을 날카롭게 쏘아보았다.

"걔네들한테 그런 건 아무런 문제가 안 됩니다. 걔네들의 부모가 문제잖아요!"

모친은 다시 쉬었다. 그리고 다시 입을 열었다.

"걱정하지 마시오. 화냥년이라고 손가락질하려면 하라고 해요. 그런 세상에 태어난 애들이 잘못이겠소? 그런 세상을 만든 놈들이 잘못이지. 가여운 애들, 부모의 도리를 저버리지 않도록 해줍시다. 세월이 지나면 묻히게 되어 있잖습니까? 그리고 멀리 떨어져 살면 누가 뭐라 하겠어요? 오기나 하면 더 바랄 게 있겠어요? 죽었다는 소식을 들었으면 어쩔 뻔했어요? 이것도 저것도 아닌 아무 소식도 못 들었으면 어쩔 뻔했어요? 짝을 만나 살러 갔다는 소식을 들었으니 이보다 더 기쁜 소식이 어디 있단 말이오? 아무 말 말고 상면할 준비나 하세요."

경숙의 모친은 근식 모친의 말에 훔치던 눈물이 멎어가고 있었다. 그리고 들지 못하고 있던 고개를 들기 시작했다. 창남은 물그릇을 들어 한 모금 입에 넣었다. 근식 모친이 고맙기 한이 없었다. 창남은 가쁜 숨소리를 감추며 경숙 부모의 얼굴을 보면서 안도의 눈빛을 흘리고 있었다.

"그분들을 만날 용기도 나지 않고 만나도…."

"… 다 알아요. 만날 용기가 없다고 안 만난다면 싫다고 하는 행동이고 애들에게 불행해지라고 하는 행동입니다."

근식 모친은 안면도 사람들처럼 며느리를 들인 입장이라 경숙 모친의 심정을 모두 이해하고 있었다. 또한 같은 여자이니 여자로서의 입장이 어떠하다는 것을 백번 헤아리고 있었다. 근식 모친은 자신이 사돈을 만나는 것만 같은 기분에 경숙 모친과 부친 진 씨를 충분히 이해시키고 있었다.

"다 하기 나름이잖소! 걔들의 일은 걔들이 하기 나름이고 부모 할 일은 부모대로 하면 되는 것이니 사돈 간의 예의를 다하면 그것이 부모의 도리이고 공이고 덕이 아닐까 생각하오. 이 모든 것이 갈산 아들 덕이니 하늘이 도운 것이오."

근식 모친의 말에 경숙 모친은 근식 모친을 잠시 보다가 대답했다.

"모르겠어요. 하라는 대로…"

경숙의 모친은 말끝을 잇지 못하면서 고개를 아래로 떨어뜨리고 있었다. 근식 모친은 자신이 며느리의 부모와 마주 앉은 것 같은 마음으로 진씨 내외를 대하고 있었다.

"그분들이 이번 장날 들르겠다고 했습니다. 다음 장날 만나는 것으로 여쭈면 되겠는지요?"

창남은 숨소리를 바쁘게 내시면서 말했다.

"아닐세. 택일해야지. 가서 날을 봐야 해. 손 없는 날로 정해야 해. 그쪽에서도 보겠지만 궁금해서 견딜 수가 없지 않는가. 갈산 아들은 그 사람들을 만나면 이쪽에서 날을 보았다고 하면 그쪽에서도 날을 보아 알려 줄 거고. 참 좋다! 그리고 참 신랑 생년월일 적어 주었다고 했지? 내뇨, 안면도는 볼만한 데가 없어서 적어준 게 틀림없어"

근식 모친은 창남을 향해서 손을 내밀고 있었다. 그리고 뒤이어 다음 이야기를 했다.

"참 좋다. 나는 언제 사돈을 만날 건지…. 진 씨는 복도 많으시오."

모친은 진 씨 내외를 보면서 부러워하고 있었다. 그리고 서두르고 있었다.

"갑시다. 가서 사주 봅시다. 손 없는 날이 언제인지 봅시다. 그래야 우리 갈산 아들한테 상면할 날짜를 쥐어주지."

근식 모친은 창남의 손을 잡았다. 그리고 근식처럼 창남의 얼굴을 보면서 미소를 짓고 있었다.

경숙 부모는 모친이 하는 대로 자리에서 일어나고 있었다. 경숙 부모와 근식 모친은 도롱이를 걸치고 앞서서 걷기 시작했다. 창남은 종이우산을 쓰고 뒤따라가고 있었다. 그리고 저녁이 다 된 시간에 창남은 해미 버스정류장에서 근식 대장의 모친 그리고 경숙 보모님과 작별 했다. 창남은 빗속을 달리는 버스 안에서 비 내리는 밖을 보면서 눈 덮인 연해주에서 헤어졌던 사람들을 떠올리고 있었다. 그러면서 근식 대장이 모친을 닮았다는 것을 알 수 있었다. 버스가 갈산에 도착했다. 창남은 버스에서 내려 우산을 받쳐 썼다.

"왜 이렇게 늦었어요?"

광자 어미가 초췌한 얼굴로 창남을 보면서 물었다. 창남은 광자 어미에게 우산을 넘겨주고 걷기 시작했다.

"갑시다."

창남의 말소리는 맑고 가벼웠다. 광자 어미는 창남의 말소리에 일이 잘되었다는 것을 알 수 있었다. 그리고 우산 속에서 창남의 얼굴을 보고 있었다.

"천천히 걸어가세요. 비 맞으시잖아요. 어깨도 모두 젖고 바지도 모두 젖잖아요."

광자 어미가 서둘고 있는 창남의 발걸음을 잡고 있었다. 그러나 창남은 몹시 서둘고 있었다. 광자 어미는 창남이 서둘고 있는 것을 보면서 모처럼 창남이 밝은 표정을 짓고 있는 것을 보고 있었다.

광자 어미는 약그릇을 들고 창남 곁에 앉았다. 그리고 눈을 감고 있는 창남의 얼굴을 살피고 있었다. 그러다가 조용히 말소리를 내고 있었다.

"주무세요?"

창남은 대답이 없었다. 광자 어미는 다시 불러봤다. 이번에도 창남은 아무 소리도 없었고 기척도 없었다. 숨소리만 가느다랗게 들리고 있었다. 광자 어미는 약그릇을 창남의 머리맡에 놓고 이불 속으로 손을 넣어 창남의 손을 가만히 만져보았다. 가늘게 뛰고 있는 맥박은 금방이라도 멈출 것만 같이 불규칙하고 위태롭게 뛰고 있었다. 광자 어미는 날이 갈수록 회복하지 못하고 있는 창남을 안타까운 눈으로 보고 있었다.

'이래. 이래, 신랑의 몸이.'

칼끝으로 종잇장을 마구 찔러대고 나서 그 종잇장을 들어 보이던 한의사를 떠올리면서 광자 어미는 창남의 숨소리를 듣고 있었다. 광자 어미는 쏟아지고 있는 빗소리를 들으며 창남 곁에서 일어나 부엌으로 나갔다. 그리고 아궁이에 나무를 가득 넣고 불을 붙였다. 날이 어두워지고 등잔불을 밝히고 있는 속에서 창남이 말소리를 내고 있었다.

"비가 많이 와?"

"예."

광자 어미는 잠에서 깨어 있는 창남의 얼굴을 보면서 대답했다. 창남은 고개를 움직이며 방 안을 보고 있었다. 광자 어미는 부엌으로 나가 따뜻하게 데워 놓은 약그릇을 들고 들어왔다. 그리고 자리에서 일어나 벽에 몸을 기대고 앉아 있는 창남의 입에 약그릇을 대면서 한 손으로는 창남의 머리를 받쳐주고 있었다. 창남은 약그릇을 비웠고 입맛을 다시며 말소리를 흘리듯이 입 밖으로 내놓고 있었다.

"만나는 날 잡았어요. 손 없는 날로. 궁합도 보았고. 사주도."

"이 비를 맞으며 다녔어요? 자기들끼리 그런 건 보고 다니지."

광자 어미는 창남의 손을 이불 속으로 집어넣으며 말했다.

"어차피 차를 타야 집에 오니까 색시 집에서 해미로 나온 거지."

"그래도 그렇지. 아픈 사람을 끌고 다니고 있어. 그런 건 자기들끼리 보고 우리한테 찾아와서 말하면 되는 건데."

창남은 광자 어미가 불만스러운 말투로 말하자 고개를 돌려 광자 어미를 쳐다보았다. 그리고 해미에서 있었던 일을 늘어놓았다.

"신랑 집에서 봤다고 해도 보더라고. 근식 대장 모친이 상면하는 날짜를 잡아 보내라고 성화해서 그것도 보았고. 처음엔 만나지 않으려고 했는데 근식 대장 모친이 다그치는 바람에 일이 다 잘됐어. 이제 신랑 쪽에 말해 주면 돼. 이번 장날 다음 날로 잡혔는데 궁합이고 사주팔자고 좋아서 좋아들 하겠어."

창남의 얼굴에서는 미소가 떠나지 않고 있었다.

"누워 계세요. 저녁 준비하는 동안."

광자 어미는 창남의 미소 띤 얼굴을 보면서 부엌으로 나갔다. 그리고 쪼그리고 앉아서 복받치는 울음을 참느라 두 손을 포개어 입을 막고 한참 동안 있었다.

다음 날도 비는 그치지 않았다. 광자 어미는 방이 눅눅하지 않도록 군불을 때는 데 소홀하지 않았다. 광자 어미는 갈산 장터에 가서 허드렛일을 하고 양식도 구해 오기도 하였고, 언니네에 들러 군불 땔 나무도 가져다가 방을 따뜻하게 하는 데 소홀하지도 않았다. 창남은 해미를 다녀오고 나서 아직 자리에서 일어나지를 못하고 따뜻한 자리에 누워 천장을 보거나 눈을 감고 만주에서 함께 있었던 사람들을 기억하기도 하고, 안면도 사람들이 좋아할 생각에 미소를 짓고 있기도 했다. 비 내리는 소리 속에서 춘우 아비 목소리가 방 안으로 들어왔다.

"성한 사람도 비 맞으면 생병 나는데 거기가 어디라고 비 맞고 다니는 게요. 해미가 집 마당이여? 그것들이 제정신이야? 광자 아비가 성한 사람이냐고! 왜 비 맞히고 지랄들이랴?"

창남은 나무라고 있는 춘우 아비의 소리가 들리자 몸을 일으켜 벽에 기대고 앉았다. 춘우 아비는 분을 못 이기고 있는 목소리를 계속해서 해대고 있었다. 춘우 아비는 한참 동안 시끄럽게 떠들어대다가 질펀이는 마당을 퍽퍽 밟으면서 집으로 갔다.

"가셨어?"

"예. 장터에서 사람들에게 들으셨는지 한걸음에 달려오셔서 묻기에 일러 드렸더니 난리시네요."

창남은 광자 어미가 약그릇을 입에 대는 대로 약을 마시고 있었다.

"웬 비가 이리 오지?"

"쉽게 그칠 것 같지가 않아요."

광자 어미 말에 창남은 눈을 감았다가 뜨면서 침침해지고 있는 문짝을 보고 있었다. 광자 어미가 부엌으로 나가자 창남은 자리에 누웠다. 그리고 눈을 감았다. 눈을 감은 창남은 알 수 없는 소리가 들려오고 있는 것을 듣고 있었다. 그리고 한 번도 본 적 없는 빛깔들이 소용돌이치고 있는 것을 보았다. 창남은 몸이 가벼워지고 있는 것을 느끼고 있었고, 광자 어미가 하는 소리가 웅웅하며 바람 소리처럼 들리고 있었다.

"주무세요? 저녁 차렸는데 조금 드시고 주무세요."

창남은 대답이 없었다. 광자 어미는 창남의 이마에 손을 얹으며 다시 말했다.

"이따가 드실래요? 안 주무시면 지금 드시고 누우세요."

창남은 이번에도 대답이 없었다. 광자 어미는 창남이 비를 맞고 다닌 탓에 몸살이나 잠이 든 것으로 생각하고 조용히 쉬게 했다. 광자 어미는 조기 살을 뜯어 쑨 죽을 뚜껑을 덮어 이불 속으로 밀어 넣고 며칠째 그치지 않고 있는 빗소리에 마음이 심란해지고 있었다. 창남이 눈을 뜨고 있었다. 그리고 광자 어미 얼굴을 보고 있었다.

"저녁 드시고 주무세요."

광자 어미는 말해놓고 물기 없는 눈을 움직이지 않고 있는 창남의 눈을 보면서 마음이 섬뜩해 지고 있었다. 창남의 눈동자는 움직이지도 깜박이지도 않으면서 생기가 없었다.

"저녁 드실 만하겠어요?"

광자 어미는 눈치를 보면서 조심스럽게 말하고 있었다.

"음."

창남이 대답했다. 대답한 목소리는 사람의 목소리라기보다는 부석부석한 종이 같은 것이 찢어지는 소리 같기만 했다. 광자 어미는 정신을 가다듬으며 덮고 있는 이불을 젖히고 창남을 일으켜 앉혔다. 창남은 광자 어미가 하는 대로 힘없이 움직였다.

"장날 안면도 사람들이 올 텐데 입맛이 없어도 좀 드셔야 해요."

광자 어미 말에 창남은 벽에 몸을 기대고 앉아 물기 없는 눈동자를 움직이며 죽 그릇을 보고 있었다. 광자 어미는 식은 죽을 숟가락에 떠서 창남의 입에 넣기 시작했다.

창남은 입안에 음식이 들어가자 혀를 움직이기 시작했고 힘겹게 삼키고 있었다. 광자 어미는 창남이 몸이 쇠약한데다가 비를 맞고 다니며 중신하느라고 신경 쓰고 다녀서 쇠약한 몸이 견디지 못하고 몸살까지 났다고 속상해하면서 속에서 불덩이가 치밀고 있었다. 광자 어미는 창남이 음식을 먹을 수 있도록 숟가락에 죽을 조금씩 떠서 삼키는 대로 입에 넣고 있었다.

"그 사람들을 만날 수 있겠어요? 아프셔서."

광자 어미는 속에서 치밀고 있는 불덩이를 힘겹게 참아가며 창남은 입안의 입안에 음식을 떠 넣고 있었다.

"그 사람들이 여기로 오잖아."

광자 어미는 창남이 대답하는 것을 보고 가슴을 쓸어내리고 있었다.

"조금 쉬었다가 먹을 거야."

창남은 죽을 계속해서 입에 떠 넣고 있는 광자 어미를 향해서 말했다. 광자 어미는 숟가락을 들고 죽 그릇을 보고 나서 말했다.

"요건 다 드셔야 하는데…"

"다 먹을 거야, 조금 쉬었다가."

"그래요. 많이 드셨어요."

광자 어미는 죽 그릇을 덮어 놓았다. 그리고 세차게 내리고 있는 빗소리를 들으며 중얼거리듯이 말했다.

"비가 멎지를 않아. 암만해도 큰물 가겠어요."

"어른들 말이 10년에 한 번씩 개울 친다고 했어."

광자 어미는 창남의 말을 들으며 아픈 것도 그렇게 갔으면 좋겠다는 생각을 하면서 세찬 빗소리에 마음이 우울해지고 있었다.

"그 사람들 장날 오겠지요?"

창남은 광자 어미의 말에 대답보다는 빗소리를 듣고 있었다.

해미를 다녀오면서부터 부쩍 약해지고 있는 창남이 걱정되고 있는 광자 어미는 그 사람들이 몰려올 생각에 가슴이 벌렁거리고 있었다. 광자 어미는 나오는 한숨을 참아가면서 비가 그치기만을 기다리고 있었다.

다음 날도 비는 그치지 않았고, 창남은 온종일 자리에서 일어나지 않고 있었다. 광자 어미는 창남 곁을 떠나지 않고 있었다. 갈산 장날은 다가와 있는 데다가 사람들이 몰려오기라도 할까 봐서 광자 어미는 초조해지고 있었다. 안면도 신랑 집에서 색시 집과 상면할 것을 원하고 있는 바람에 창남은 불가피하게 자리를 마련해야 하고 양가의 상면을 주선해야 한다. 광자 어미는 창남이 자리에서 일어나지 못하고 있어서 한의사가 하던 말이 떠오르고 있다. 그리고 별생각이 다 나고 있었다. 광자 어미는 한의사가 종잇장을 흔들어 대던 모습이 지워지지 않고 있어서 불안해지고 있었다. 벽에 몸을 기대고 앉아 있는 창남을 광자 어미는 불안한 눈으로 보고 있었다.

"술…. 술 한 모금 마시고 싶네."

광자 어미는 창남의 말에 귀를 의심했다. 그리고 창남의 얼굴을 살폈다.

"술 요?"

"음, 한 모금."

광자 어미는 잠시 창남의 얼굴을 드려다 보고 나서 자리에서 일어났다. 술 마시고 싶기도 하겠지만 한 모금이던 어쨌던 술을 먹어도 되는지 알 수가 없어서 마음이 조심스러워지고 있었다.

"알았어요. 언니네 가서 가져올게요."

창남은 고개를 끄떡였다. 광자 어미는 도롱이를 걸치고 나서 언니네를 향해서 줄달음치고 있었다. 창남은 문밖을 보면서 비가 오고 있는 하늘을 쳐다보고 있었다. 그리고 도롱이를 걸치고 뛰어오고 있는 광자 어미를 보고 있었다. 창남은 벽에 기대고 있는 몸을 바로 세웠다. 그리고 술병을 들고 들어오고 있는 광자 어미를 보고 있었다. 창남은 광자 어미가 그릇에 술을 따는 것을 보면서 말했다.

"한 모금만 줘."

광자 어미는 따르던 손을 멈췄다. 그리고 형부와 언니가 하던 말을 떠올리고 있었다.

'입술만 축여도 확 돌아. 무슨 힘이 있겠어? 삼키면 일나.'

광자 어미는 술잔을 창남에게 주었다. 그리고 술잔을 들고 있는 창남에게 말했다.

"입술만 대세요. 절대 넘기지 마세요."

광자 어미는 술잔을 들고 있는 창남을 보면서 술을 넘기게 되면 잡으려고 눈을 떼지 않고 있었다. 창남은 술잔을 입에 대고 있다가 입술을 축이고 난 후 술잔을 광자 어미에게 건네고 있었다.

"왜?"

광자 어미는 창남이 묻자 고개를 저었다. 그리고 부엌으로 나가 솥에 남아 있는 죽을 들고 들어왔다.

"계세요?"

광자 어미와 창남은 소리 나고 있는 곳으로 고개를 돌렸다. 문밖에는 안면도 김지섭의 부친이 서 있었다. 김지섭의 부친은 도롱이를 푹 쓰고 서서 창남과 광자 어미를 보고 있었다.

"어서 이리 들어오세요. 장날 오실 줄 알았는데…."

광자 어미 말에 김지섭의 부친은 추녀 안으로 들어섰다. 그리고 손에 들고 있던 것을 마루에 올려놓고 도롱이를 벗어 놓은 다음 광자 어미를 향해서 입을 열었다.

"그동안 잘 계셨어요? 어려운 부탁을 하고 나서 견딜 수가 없어서 왔습니다."

창남은 자리에서 일어나려고 하다가 그대로 앉았다. 광자 어미는 수건을 가져다가 김지섭의 부친에게 건네주었다. 김지섭의 부친은 몸에 물기를 닦은 다음 방으로 들어왔다.

"비가 와서 오시는 데 불편하였겠어요."

광자 어미가 말했다.

"비 그칠 때를 기다리다가 조바심이 나서 떠났습니다."

김지섭의 부친은 마루에 앉아 창남을 보며 눈망울을 굴리고 있었다.

"들어오셔서 편히 앉으세요."

광자 어미가 다시 말했다. 그러자 김지섭의 부친은 방으로 들어와 창남이와 마주 앉았다. 창남은 방금 입술을 축인 술기운으로 인해서 얼굴이 발그스름해지고 있었다. 창남은 김지섭의 부친에게 말했다.

"그분들 만났습니다."

"저런…!"

김지섭의 부친은 창남의 말에 눈이 빛나고 있었다. 그리고 입이 벌어지고 있었다.

"만나기로 했다고 했어요. 장날 다음 날요. 길일이래요."

광자 어미가 기쁨에 입이 벌어지고 있는 김지섭의 부친에게 부지런히 말했다. 그러면서 창남을 보았다. 그 일로 인해서 병이 나 앓고 있는 창남을 보면서 김지섭의 부친이 반갑지 않고 달갑지 않지만 자식들의 혼인일로 멀고 먼 바닷길을 달려 다니는 생각을 하면 자신의 사정만 생각할 수가 없었다.

"해미에서 비 맞고 다니느라고 병이 났어요. 좋은 날 보느라고 그분들과 다니면서 비 맞았나 봅니다. 술을 말하길래, 날짜는 되어 가고 있고 일어나지는 못하고⋯. 그래서 그런지 술을 달라고 하셔서 지금 막 입술만 축였어요. 약주 한잔 하세요. 비 맞으시며 오시느라고 고생이 심하셨는데⋯."

광자 어미는 창남이 그 일로 해서 몸이 쇠약해지고 있는 것이 속상해서 입에서 나오는 대로 주서대고 있었다. 그리고 부엌으로 나가 소반에 안주를 놓고 들어와 커다란 대접에 술을 가득 따랐다.

"큰일 하셨군요! 그러실 줄 알았습니다. 일을 부탁하고 비는 그치지 않고 답답한 마음에 참을 수가 없었습니다. 그렇지 않아도 성하시지 못하신데 저희 일로 인해서 병까지 나셨으니 이 선생! 면목이 없소."

김지섭의 부친은 광자 어미를 보다가 창남을 보다가 하면서 말했다.

"드세요. 오시느라고 얼마나 고생하셨어요."

광자 어미는 말해놓고 김지섭의 부친이 가지고 왔던 마른 생선 꾸러미를 쳐다보았다.

"예."

김지섭의 부친은 술보다도 창남의 이야기가 궁금했다. 그래서 창남의 입만 보고 있었다.

"그쪽에서 응하셨구려."

김지섭의 부친은 눈을 깜박이지도 않고 창남의 얼굴을 살피고 있었다.

"말씀드렸는지 모르겠어요. 해미에 박근식이라고 수색정찰대장 집이 있어요. 그 대장의 모친에게 색시 이름을 대니까 알고 계시더라고요. 그래서 모친과 찾아 나섰어요. 처음엔 무척 힘들어하셨는데 모친이 설득하는 바람에 일이 잘되었습니다. 날짜까지 택일하고."

"우리는 그쪽 소식만 들어도 좋겠다고 생각하였는데 택일까지 하였으니 이렇게 고마우실 수가…."

벌어진 입을 다물지 못하고 있는 김지섭의 부친을 보면서 광자 어미가 입을 열었다.

"오셨으니 만나실 장소를 정하고 가셨으면…."

"그럼요! 오늘 당장 정하겠습니다. 다행히 장날을 피했으니 한적하고 이렇게 좋을 수가 없습니다. 이 은혜를 어찌 갚아야 할지 생전 갚아도 모자라겠습니다."

김지섭의 부친은 광자 어미에게 치사를 아끼지 않으면서 술대접을 들어 단숨에 마셨다. 그리고 다시 말했다.

"내 이 길로 나가서 장소를 정해놓고 돌아오겠습니다."

김지섭의 부친은 만날 장소가 급해져 자리에서 일어났다. 그러자 광자 어미가 말했다.

"저와 함께 가세요. 제가 만나시기 마땅한 집을 알고 있습니다."

"그러세요? 이렇게 고마울 데가…!"

김지섭의 부친은 자리에서 일어나고 있었다. 그리고 술기에 얼굴이 불그스름하게 변하고 있었다. 광자 어미는 창남의 자리를 살피고 난 후 김지섭의 부친과 방을 나섰다. 그리고 우산을 쓰고 갈산 장터로 향했다.

"이 선생! 다녀오겠소."

"예."

창남은 대답했다. 그리고 장터를 향해서 가고 있는 광자 어미와 김지섭의 부친을 쳐다보고 있었다. 창남은 자리에 누웠다. 그리고 잠이 들었다.

34
독립군 지섭과 정신대 경숙의 사주단자

갈산 장터로 향한 사람들이 바쁘게 움직이고 있는 속에서 창남의 집으로 몇 사람이 들어서고 있었다. 비는 내리지 않고 있으나 하늘은 흐려 있었다. 안면도 사람들은 문 앞에 서서 소리치고 있었다. 광자 어미가 문을 열었다.

"안녕들 하세요? 장에 오셨군요."

광자 어미는 마루 끝에 서 있는 안면도 사람들에게 인사했다. 그러자 안면도 사람들은 들고 있는 것이나 등에 지고 있는 것들을 마루에 내려놓으며 말했다.

"심부름 왔습니다. 쌀은 얼마 안 되고 이것들은 건어물들입니다."

"이걸 저희 주시는 거라고요?"

"예, 지섭이 부친이 내일 사돈 만날 준비에 오늘 못 오신다고 저희를 보내셨습니다."

광자 어미는 말을 잃고 마루 끝에 서 있는 사람들 얼굴만 보고 있었다. 창남이가 잠에서 깨어나며 밖을 보고 있었다.

"잠깐 들어들 오시지요."

"아닙니다. 저희는 달구지에 짐을 실려 보냈습니다. 어서 장에 가 봐야 합니다."

광자 어미는 마루에 놓은 자루들을 보면서 안면도 사람들을 쳐다보기 만 했다.

"이만 가보겠습니다."

안면도 사람들은 갈산 장터를 향해 가고 있었다.

"안녕히 가세요! 고맙습니다."

광자 어미는 안면도 사람들을 향해서 소리쳤다. 창남은 문틀을 잡으며 일어나려고 몸을 세우고 있었다. 그리고 안면도 사람들이 보이지 않자 광 자 어미가 풀어 헤치고 있는 자루 속에 든 곡식들을 보고 있었다.

"한 달은 먹겠어요."

광자 어미는 자루들을 방으로 들여놓았다. 그리고 오랜만에 서 있는 창 남을 보았다.

"쌀도 몇 되 되겠어요. 맛살 넣고 죽을 쒀야겠어요."

"국 끓여요. 매번 신세만 지고 있어서…"

광자 어미는 창남의 말에 건어물 자루를 보다 말고 말했다.

"우리 아니면 자식 소식 들었겠어요? 더군다나 사돈도 만나고요. 자식 이 돌아오지는 않았어도 얼마나 기쁘겠어요?"

창남은 숨을 몰아쉬면서 광자 어미의 말을 들으며 다시 누웠다. 그런 창 남을 보면서 광자 어미는 안면도 사람들이 고마워하는 것을 당연하게 생 각하며 가지고 온 것들을 방으로 들여놓고 있었다. 그러면서도 해미를 다 녀오는 바람에 창남이 병이 났고 그로 인해서 합병증까지 생겼다는 생각 에 광자 어미의 속은 편하지 못했다.

비는 다시 내리고 있었다. 창남은 벽에 기대앉았고, 광자 어미는 창남의 얼굴에 면도를 해주었다.

"색시네서 몇 시에 도착한대요?"

광자 어미는 틈만 나면 물었다. 그런 광자 어미를 창남은 돌아다보면서 물을 때마다 대답했다.

"두 시에서 세 시가 길시라 했잖아. 미리들 오겠지."

"뭔지 한참 예약하든 것 같던데."

"사주단자 넘겨주는 시간이 그때가 좋다고 했으니 미리 만나서 점심 먹는 거야 어때? 사돈 간 첫 대면인데 사주단자만 주고 헤어지겠어? 점심도 함께 하고 할 이야기가 많을 텐데…. 그러다가 택일 시간에 사주단자를 주고받겠지."

"자식은 살았는지 죽었는지 모르지만 부모들 마음은 좋겠다."

"왜 죽어? 자식들 죽지 않았어."

창남은 광자 어미가 하는 말이 거슬렸다. 그렇지만 부러워하고 있는 말투가 좋기만 했다.

"색시 사주는 잘 썼어. 명필로. 명실도 서산에서 제일 고운 것이라 하더군. 철학가가 나이 지긋하고 자식들의 이야기를 듣고 나서 천숫물에 한참 동안 천지신명께 지성을 드리고 나서 사주를 쓰더구먼. 지성을 다 했어."

"자식 잘되기 바라는 부모 마음이 오죽하겠어요? 더군다나 자식들이 어디 있는지도 모르니…"

광자 어미는 창남의 두루마기를 벽걸이에 걸면서 울컥해지는 마음을 가라앉히고 있었다.

"해미 사람들은 어떨지 모르겠지만 안면도 사람은 봐서 그런지 무척 사돈한테 잘할 것만 같던데…"

"해미도 같아."

창남은 숨이 차고 있어서 말소리가 끊기고 있었다. 광자 어미는 따뜻한 물을 창남에게 넘겨주며 며칠을 앓고 일어나는데 오늘 무난히 잘 견딜 수 있을지 걱정이 되었다.

"암만해도 양약을 좀 구해볼까 봐요. 온양이나 천안 가면 구할 수 있다던데."

광자 어미 말에 창남은 대답하지 않았다. 광자 어미는 오늘 같은 날은 속하다는 양약이 있었으면 하는 생각이 들고 있었다. 그러면서 약방에 들러봐야겠다고 생각했다.

"약방에 가서 알아보고 약이 있으면 구해 올게요. 요즘은 교통편이 좋아서 어지간한 약은 구해 놓았을지 몰라요. 자리에 누워 계세요."

창남은 지푸라기라도 잡고 싶어 하는 광자 어미를 물끄러미 보고 있으면서 몸을 눕히고 있었다. 광자 어미는 우산을 쓰고 장터를 향해서 빠르게 걸었다. 창남은 몸을 편안하게 자리에 눕혔다. 창남은 안면도의 지섭이 부모와 해미의 경숙이 부모를 번갈아 떠올리면서 곧 만날 것을 생각했다. 그러면서 막상 당사자들은 어디에 있는지 소식이 없어서 알 수는 없으나 지섭 동지나 경숙이 웃던 모습이 생각나면서 당사자들이 이런 사실을 알면 얼마나 좋아할까하는 생각에 창남은 입가에 미소 짓고 있었다.

"일어나세요. 약사한테 오늘 이야기를 했더니 몇 가지 약을 지어 주었어요. 이거 드세요. 이 알약들하고 이거요. 구론산. 이거 잘 듣는데요. 머리도 개운해지고 잘 듣는대요."

광자 어미는 수선스럽게 말하면서 약봉지를 손바닥에 올려놓았다. 창남은 자리에서 일어나 광자 어미 손바닥에 놓여 있는 약들을 쳐다보았다. 그리고 광자 어미가 주는 대로 약을 받아 입에 넣고 구론산을 마셨다. 그동안 창남은 한약을 들고 있어서 양약은 먹지 않고 있었다. 하지만 창남이가 오늘 치를 일이 어떻다는 것을 알고 있는 광자 어미는 불안하기만 했다.

"몇 시나 되었나 보고 올게요."

광자 어미가 나갔다. 그리고 돌아온 광자 어미는 창남에게 말했다.

"아직 멀었어요. 조금 더 누었다가 가셔도 되요."

광자 어미는 안정이 되지 않고 있었다. 마음 같아서는 보내고 싶지 않기만 했다. 광자 어미는 밖을 자주 내다보면서 창남의 팔을 주무르다가 발 주무르기를 반복하고 있었다. 그러면서 젓갈집일이 끝나는 대로 달려갈 생각을 했다. 창남이 자리에서 일어났다. 그리고 일어나 발작을 떼어놓고 있었다.

"걸을 수 있겠어요?"

창남은 걷던 걸음을 멈추고 광자 어미를 쳐다봤다. 그리고 고개를 끄떡였다.

"언니네 가서 형부한테 수레에 태워달라고 하고 싶은데…."

창남은 고개를 내저었다. 그리고 말했다.

"갈 만해."

광자 어미는 창남의 얼굴에 핏기가 서리며 온기가 흐르고 있는 것을 보면서 약 기운이 들고 있는 느낌을 받았다.

"거기까지 걸으실 수 있겠어요? 그동안 누어만 있었는데…."

창남은 고개를 끄떡였다. 광자 어미는 고개를 끄떡이는 창남의 얼굴에서 그동안 숱하게 보아왔던 얼굴을 보고 있었다.

"그럼 천천히 가셔야겠어요. 안면도 신랑 댁은 장소를 알지만 색시 댁은 모르잖아요. 버스를 타고 와 있을지도 모르니 정류장으로 가셔야 할 것 같아요."

창남은 고개를 끄떡였다. 그리고 광자 어미가 입혀주는 두루마기를 입었다. 창남은 우산을 쓰고 광자 어미와 버스 정류장으로 가기 시작했다.

"신랑 댁은 벌써 왔을 수도 있어요. 물때가 일러서."

창남은 광자 어미가 잡아주는 대로 발걸음을 떼고 있었다. 탄광에서 석탄을 가득 싣고 수레를 밀던 다리. 만주에서 열차 대포 격납고 공사장에서 돌을 가득 실은 수레를 밀던 두 발에 힘을 주며 장터를 향해 발을 옮겨놓고 있었다. 한참을 창남은 광자 어미의 팔을 잡고 받혀주는 우산 속에서 허둥거리며 발을 떼어 놓고 있었다. 그리고 기진맥진하면서 도착한 버스정류장에서 기다리고 있는 색시 부모 앞에서 멈춰 섰다.

"아이고! 이렇게 오셨군요. 저희 때문에 생고생을 다 하셔서 어쩐대요?"

경숙의 모친은 창남을 보자마자 곱게 차려입은 한복 자락을 두 손으로 감싸며 반색을 했다. 창남은 부친에게 고개를 숙여 인사하고 난 다음 광자 어미를 인사시켰다.

"날씨가 좋지 않아서 오시는 데 불편하였겠어요."

"아닙니다. 두 분의 은혜 어떻게 갚아야 할지요."

모친은 광자 어미에게 반색하고 있었다. 그러나 광자 어미는 어서 창남을 따뜻한 방에 들여보내고 싶은 생각 때문에 마음이 바쁘기만 했다.

"만나실 곳으로 가시지요. 장소가 여기서 멀지 않습니다. 그리로 가시지요. 신랑 댁하고 같이 정했어요. 마침 그분들이 오셔서…"

광자 어미 말에 부친과 모친은 무척 놀라고 있었다.

"그러셨군요. 이 은혜를 어찌 갚을지…. 감사해요. 어쩌나? 어쩌나? 이렇게 신세를 져서…."

모친은 길바닥에 서서 몇 번이고 고마움을 감추지 못했다.

"어서 가세요."

"예."

광자 어미는 창남의 팔을 부축하며 앞섰다. 내리는 비는 잦아들고 있었다. 광자 어미는 우산을 접어서 들고 창남이 발을 움직이는 대로 부축이며 가고 있었다. 장터 앞으로 삼거리에 이르자 광자 어미는 뒤돌아섰다. 그리고 뒤따라오고 있는 색시 모친에게 말했다.

"여기예요."

부친과 모친은 광자 어미가 말하는 갈산회관이라고 커다란 간판이 내걸린 집을 보면서 광자 어미가 앞서서 들어가기를 바라고 있었다. 광자 어미가 창남을 부축하며 문을 열고 안으로 들어갔다.

　"어서 오세요. 웅, 광자네구나. 어서 오게. 그분들 와 계셔."

　주인 여자는 광자 어미를 반갑게 맞이하며 창남을 부축했다. 창남과 광자 어미는 안면도 신랑 댁에서 와 있다는 소리를 듣고 두려운 마음에 걸음을 멈추고 있는 해미 색시 댁을 어서 안으로 들어설 것을 재촉했다. 창남은 안으로 들어갔다. 광자 어미는 두려움에 경직되어 버린 색시 모친을 부축하면서 방으로 안내했다. 방 안에는 신랑의 부친과 모친이 상을 앞에 두고 서서 신부의 부모가 들어오기를 기다리고 있었다. 색시 경숙의 부친이 주인 여자와 광자 어미가 안내하는 대로 안으로 들어섰고, 뒤이어 모친이 들어섰다. 방 안은 상을 가운데 두고 양쪽으로 서로 마주 보며 양가가 서 있었다. 창남이 양가를 보면서 섰다. 주인 여자가 나가고 광자 어미도 나갔다. 신랑 신부 양가는 교자상을 가운데 두고 마주 서서 신랑 지섭의 부친이 신부 경숙의 부친을 향해서 손을 내밀면서 상면이 시작됐다.

　"반갑습니다. 사돈어른!"

　신랑의 부친이 인사말을 시작했다. 그러자 모친이 고개를 숙였고 색시 댁의 부친과 모친이 고개를 숙였다.

　"앉으시지요."

　신랑 지섭의 부친이 손을 들어 자리를 가리키며 말했다.

　"예."

　신부 경숙의 부친이 대답했다. 그리고 두루마기를 벗어 옷걸이에 걸고 나서 자리에 앉았다. 모친도 옆에 앉았다. 그러자 창남도 두루마기를 벗어 옷걸이에 걸고 앉았고 뒤이어 신랑의 부친이 모친과 나란히 앉았다.

　"날씨가 좋지 않아서 모시는 데 실례가 될까 염려를 많이 하였습니다.

이렇게 모시고 뵈오니 감회가 무량하옵니다. 정말 반갑습니다."

신랑 부친의 인사말은 감격에 겨워 있었다. 목소리는 떨리고 있었고 더 듬거리기까지 했다. 색시의 부친과 모친은 몸을 조아리며 답례하였다.

"감사합니다."

색시 경숙의 부친 역시 목소리가 떨리고 있었다. 그리고 양가는 잠시 붉어지고 있는 얼굴을 수그리고 있었다.

"여기 계신 이 선생을 통해서 소식을 듣고 한동안 잠을 이루지 못했습니다."

신랑 지섭의 부친은 다시 말을 멈추고 숨을 가다듬고 있었다. 그리고 다시 입을 열었다.

"지척에 우리 며늘아기 친정이 있다는 소리를 듣고는 아이들이 눈앞에 있는 것만 같아서 잠을 이루지 못했습니다. 사돈! 여기 이 선생에게 간곡히 부탁하였습니다. 만나 뵙게 해달라고요. 자식이 지척에 와 있는 것만 같아서 견딜 수가 없었습니다. 사돈! 너무 좋습니다."

신랑 지섭의 부친은 금방이라도 눈물이 펑펑 쏟아질 것만 같은 얼굴로 신부 경숙의 부친 얼굴을 보고 있었다.

"예, 저희도 같은 마음이었습니다."

신부 부친 역시 붉게 변한 얼굴이 경직되어 있었고, 여전히 고개를 들지 못하고 있었다.

"뵙고 싶어서 새벽 물때에 왔습니다. 그러다 보니 음식을 저희가 정하고 말았습니다. 식성에 맞으실지 몰라서 주인에게 잘 부탁했습니다. 괜찮으실는지요?"

신랑 지섭의 부친은 감격에 격해진 자신의 마음을 애써 진정하면서 화제를 다른 곳으로 돌리고 있었다. 지섭의 부친은 침착해지려고 무던히 애쓰고 있었다.

"예! 일찍 서두르시었군요. 저희는 그런 줄도 모르고… 몸 둘 바를 모르겠습니다."

"여기 이 선생에게도 말하지 않고 곧장 이리로 왔습니다. 두 분을 이렇게 뵈오니 며늘애가 눈앞에 있는 것이나 진배없습니다. 애들이 함께 있는 것만 같습니다, 사돈어른!"

"예, 저희도 그렇습니다."

양가는 차츰 어색함에서 그리고 사돈이라는 어려움에서 벗어나고 있었다. 그리고 한집안이 되어 가고 있었다. 신랑의 모친은 며늘아기의 모친은 물론 부친의 얼굴을 보고 있었다. 며늘아기의 생김새가 궁금한 모친은 부모의 외양을 보면서 며늘아기의 생김새를 보고 있었다. 또한 부모를 보면 자식을 알 수 있으니 지금 신랑 모친은 며늘아기의 생김새는 물론 며늘아기의 성품도 읽고 있었다.

음식이 들어오기 시작했다. 안면도 신랑 부친이 창남을 향해서 말했다.

"이 모든 것이 우리 이 선생 덕분입니다. 이 고마운 은혜를 어찌하여야 좋을지 걱정이 큽니다. 그리고 음식이 입에 맞지 않아도 이해해 주시고 천천히 많이 드십시오."

신부 부친과 모친 그리고 창남은 지섭이 부친의 말에 무겁기만 했던 마음이 가벼워지면서 화색이 돌고 미소가 멈추지 않고 있었다.

창남은 고기 다진 죽을 떠서 대접에 담았다. 창남은 대접에 담긴 죽을 내려다보면서 말했다.

"제 것도 따로 준비하셨군요."

"여부가 있겠습니까? 중신을 하셨는데, 중신을 잘하면 술이 석 잔이고 못하면 뺨이 석 대라 했지 않습니까? 여기서는 술 석 잔 드셔야 합니다."

"하하하하! 고맙습니다. 그런데 제가 중신한 건 아닙니다."

창남은 오랜만에 웃고 있었다. 창남이 웃자 모두 창남을 보면서 웃었다. 창남은 숟가락을 들어 김이 무럭무럭 오르고 있는 죽을 떠서 입에 넣었다.

"비를 맞으시며 이 선생님이 우리 집을 찾아오셨을 때 꿈을 꾸는 줄 알았습니다. 꼭 우리 집 애가 보낸 것만 같았습니다."

경숙의 모친은 말을 하고 나서 고개를 숙이고 있었다. 경숙 모친의 목소리는 몹시 떨리고 있었다.

"자, 그럼 우리도 듭시다. 사돈어른, 제 술잔 받으시지요."

신랑 부친은 경숙 모친이 딸 생각에 숙연해지는 것을 보고 술잔을 권하고 있었다. 술잔이 오가면서 모친들도 숟가락을 들며 음식을 뜨기 시작했다. 그러나 경숙의 모친은 음식을 뜨지 못하고 있었다.

"사돈! 어서 드세요."

지섭의 모친이 경숙이 어머니를 향해서 속삭였다. 그러나 경숙이 모친은 숟가락 든 손을 움직이지 못하고 고개도 움직이지 못하고 있었다. 그러다가 경숙의 어머니는 숟가락을 내려놓고 가만히 있었다.

"사돈? 왜 그러세요?"

신랑 모친이 다시 속삭였다. 남자들은 술을 마시면서 안주를 집어다가 먹고 있었다. 신랑 모친은 아무래도 신부 모친이 힘들어하고 있어서 다시 속삭이고 있었다.

"사돈! 우리 참읍시다."

"…예."

경숙의 모친이 고개를 옆으로 살짝 흔들었다. 그러고 나면서 고개가 밑으로 깊숙이 떨어지고 있었다. 경숙의 모친은 고개를 들지 못한 체 어깨가 열게 떨고 있었다. 그리고 흐느끼고 있었다. 그러자 지섭이 어머니가 황급히 경숙이 어머니에게로 움직였다. 그리고 두 손을 잡았다.

"사돈!"

창남은 물론 부친들도 움직이던 손을 멈추고 먹던 음식을 급히 넘기면서 이 모습을 바라봤다. 신부 모친의 어깨는 들썩이고 있었고, 두 손을 잡고 있던 신랑 모친은 들썩이는 신부 모친의 어깨에 가만히 손을 얹었다.

"미안합니다. 이럴 것만 같아서 그동안 수없이 다짐했는데 이를 어쩌면 좋지요? 어떻게 하면 좋지요? 미안합니다. 오늘이 무슨 날인데…. 여기가 어딘데…. 흑흑흑! 경숙아!"

경숙의 어머니 입에서 말소리가 나오고 있었고 말소리는 모두 울음소리였다. 신부 모친은 서러움을 참지 못하고 있었다. 모친의 서러움은 모두 숙연하게 만들고 있었다. 숙연해진 남자들의 가슴속에서 울분이 엉겨 붙고 있었다. 창남은 지섭과 경숙이 생각에 다른 사람들과 같이 고개를 떨어뜨리고 있었다.

"사돈! 진정하세요. 우리 진정합시다."

신랑 모친이 속삭였다. 그리고 어깨에 얹고 있던 손에 힘을 주며 신부 모친을 진정시켜가며 자신의 눈에서 흐르는 눈물을 주체 못하고 있었다.

"미안합니다. 이럴까 봐 무척 걱정하고 마음을 단단히 먹었는데…. 미안합니다."

신부 모친의 서러움은 깊어지고 있었고, 울음소리는 남자들의 울분에 불이 붙고 있었다. 그리고 애간장이 녹고 있었다.

"너무 미안합니다. 너무 미안합니다. 그리고 제 딸애에게도 너무 미안해서 견딜 수가 없습니다. 너무 미안합니다. 제 애가 불쌍해서 견딜 수가 없습니다. 그리고 사돈어른께 큰 실수인 줄 알면서 왜 이러는지 모르겠습니다. 이를 어떻게 하면 좋을지요? 제 딸애를 용서하세요. 엉엉엉!"

모친의 서러움은 부친의 눈시울을 붉게 만들고 있었고, 신랑 모친의 울음소리 역시 신랑 부친의 눈시울을 더욱 붉게 만들고 있었다.

"사돈어른! 우리는 자식들에게 죄 지은 사람들 입니다. 아들자식을 가졌건 딸자식을 가졌건 자식을 가진 부모들은 모두 죄 지은 사람들 입니다. 자식을 낳아 노예로 끌려 보낸 부모가 어디 부모이겠습니까? 그런 부모가 부모이기나 하겠습니까? 사돈어른."

눈시울을 붉히고 있던 지섭의 부친이 경숙이 어미를 보면서 눈가에 수건을 대고 있었다.

"사돈어른에게 떳떳한 딸애를 보내드리지 못한 죄, 천추의 한이 되고 있습니다. 용서하십시오, 사돈어른. 우리 애 먹인 것도 없이 키웠습니다. 그래도 곱게 키워 시집보내려고 애지중지 했습니다. 제사상에 흰밥을 올려드리지도 못할 때 가슴이 아팠습니다. 그런데 왜 이렇게 그보다도 더 흐흑흑, 용서하세요. 그 애에게 지은 죄도 감당할 수가 없는데 사돈어른께 짓는 죄는 어떻게 하면 좋겠습니까? 엎드려서 빌고 또 빌고 싶습니다. 용서하세요, 흐흑!"

경숙 어머니의 서러움은 애절하기만 했다. 모두 눈가에서 수건을 떼지 못하고 있었다. 지섭의 부친이 조용히 입을 열고 있었다.

"안사돈 어른! 드릴 말씀이 없습니다. 고맙다는 말 밖에는 드릴 말씀이 없습니다. 자식 키워놓으면 끌어가고 농사지어 놓으면 가져가고 우리 그랬지 않습니까? 안사돈을 뵈오니까 우리 며늘애가 울고 있을 것만 같아서 가슴이 메어집니다. 우리 며늘애에게 울지 말라고 꼭 말할 겁니다. 안사돈어른! 우리가 애들에게 죄인이 되었고 우리 가슴이 이렇게 미어지는 것이 우리 탓이라기보다 이완용이 때문이 아니겠습니까? 애들이 잘 살도록 이제부터라도 우리 돌봐주면서 우리도 잘 삽시다. 안사돈 어른."

신랑 부친의 말에 신부 경숙의 부친도 수건을 꺼내 눈가를 한참동안 훔치고 있었다. 지섭의 부친은 다시 입을 열었다.

"농사지어 놓으면 뺏어가고 조상 제사상에 올려드리려고 숨겨놓은 쌀 빼앗기고 주재소에 잡혀가 저 싸대기 많이 맞았습니다. 놋그릇들 모두 빼앗기고 그래도 운적이 없었습니다. 지섭이 자식 종이 한 장 던져주고 끌어갈 때는 참치 못했습니다. 그런 것 우리 잊고 죽은 줄 알았던 자식들 보란 듯이 이렇게 마주하고 혼례를 치르고 있으니 우리 기뻐합시다, 사돈어른."

신랑 부친의 간결한 말에 경숙이 어머니 울음소리는 어느새 멎어가고 있었다.

"많지는 않지만 논이 일곱 마지깁니다. 밭이 1,200평이고요. 우리 식구 대대로 부족한 줄 모르고 살았습니다. 그런데 그놈의 왜놈들이…"

신부 경숙의 부친이 참고 있었던 울분을 토하고 있었다. 더 이상 참을 수가 없었는지 어금니를 깨물고 있었다. 좌석은 침통한 속에 신부 모친의 흐느낌 소리만 잔잔하게 들리고 있었다. 신랑의 모친과 신부의 모친은 손을 꼭 잡고 있었다. 남자들은 술을 주고받았다. 그 모습을 보고 있던 창남은 깡마른 얼굴을 움직이며 말소리를 내고 있었다.

"저와 헤어질 때 많이 울었어요. 따님요. 너무 서럽게 우니까 지섭이 동지가 손을 꼭 잡아주면서 달래고 있었어요. 우리도 반드시 고향에 간다며 울음을 그치지 못하고 있는 따님을 한없이 달랬어요, 지섭이 동지가."

창남의 말에 모친은 다시 울음을 터트렸다. 창남은 모친의 울음소리를 들으며 순간 시퍼런 빛이 눈 속에서 퍼지고 있는 것을 보고 있었다. 그리고 그 시퍼래지고 있는 빛 속으로 자신이 휘말리며 빨려 들어가고 있는 것을 느끼고 있었다. 창남은 물에 빠진 듯이 숨이 차오르고 있었다. 창남의 귀는 아무 소리도 들리지 않고 있었다. 창남의 얼굴을 경직되고 있었고, 두 눈은 동공이 흐려지고 있어서 창남은 눈꺼풀을 움직여 보고 있었다. 창남의 눈은 보이는 것이 없었고 들리는 것이 없었다. 창남은 손을 움직여 보았다. 말소리가 들리고 있었다. 눈꺼풀도 움직여지고 있었다. 그리고 사람들이 보고 있어서 창남은 열심히 말하고 있었다.

"일본은 지진이 잘 나서 땅이 흔들거려 사람들이 제정신이 아닌 게 틀림 없어요. 일본사람들 모두 미쳤어요. 땅처럼. 저를 패던 놈들이 그랬어요.

조선 종놈들은 패는 재미가 있어서 좋다고. 그러면서 조선은 굶기면서 씨 말린다고 했어요. 패면서."

창남은 중얼거리고 있었다. 창남의 두 눈은 천장을 보고 있었다. 그리고 몸뚱이가 천장에 매달려 있는 것처럼 어지러워지고 있었다. 창남은 무서 워지고 있었다. 그리고 잠시 후 창남은 다시 중얼거렸다.

"그 아우 지섭이가 제 손을 꼭 잡고 그랬어요. 갈산 형님! 어떤 일이 있 어도 살아서 고향 가 계세요. 꼭 고향에서 만납시다. 우리 어느 곳이든 도 착하는 대로 천숫물 떠놓고 머리 올리고 살면서 기회가 닿는 대로 반드시 고향에 간다고 했어요."

창남은 다시 알 수 없는 고문 기계 소리를 듣고 있었다.

경숙이 모친이 고개를 들며 창남을 보았다. 그리고 물었다.

"머리 올린다고 했어요?"

"예, 지섭 아우가."

창남은 무슨 말인가 하고 있었다. 그리고 분명히 경숙 모친의 울음소리 를 듣고 있었다. 경숙의 부친이 하는 말도 듣고 있었다. 창남은 흐리며 보 이지 않던 눈으로 지섭의 부모님과 경숙의 부모님을 뚜렷이 보고 있었다.

"이제 참읍시다. 지금 이 자리가 아이들을 위한 자리인데 사돈에 대한 예의도 아니고 이제 진정하시고 몸을 가누시오."

부친은 잡고 있던 부인의 손에 힘을 주며 말했다. 그러자 모친의 울음이 그치고 있었다. 신랑의 모친이 경숙이 어미의 어깨를 다독이다가 자리로 돌아갔다.

"사돈어른! 며늘아기와 몇이나 더 두셨는지요?"

"셋을 더 두었습니다. 바로 밑으로 아들 둘이 있고 끝에 여식입니다."

"참 다복하시게 두셨습니다. 저희도 지섭이 밑으로 셋을 더 두었습니다.

밑으로 딸이고 다음이 아들이고 끝이 딸이지요. 허허허. 자식 둔 것까지 같습니다."

신랑 부친은 말이 끝나면서 다시 술잔을 들어 권했다. 신부의 부친이 다시 술잔을 받아 들었고 술이 부어졌다. 부친은 부어진 술을 천천히 마시고 있었다. 신랑의 모친 역시 흐르는 눈물을 억제하지 못하고 있었기에 부인들은 얼굴을 들지 못하고 있었다.

창남은 어서 2시가 되기를 바라고 있었다. 2시가 되어 사주단자를 건네는 것을 보고 집으로 가서 눕고만 싶었다. 부친들의 말소리가 들리고는 있어도 무슨 말인지는 알 수 없었고 눈에서 이상한 빛깔들이 자주 나타나고 있어서 어서 집으로 가고 싶기만 했다. 창남은 눈을 연실 깜박거려가면서 정신을 가다듬느라고 연실 눈을 깜박이고 있었다. 그러나 눈꺼풀이 거북해지고 있었다. 창남은 다시 안개 같은 빛에 덮여 가고 있었다. 창남은 눈이 이상해지고 있어서 눈꺼풀을 손으로 비볐다.

"우리 이 선생! 이 선생 아니었으면 우리는 지금 자식이 죽었는지 살았는지 알 수 없을 뿐만이 아니라 해방이 되고도 자식들 소식을 몰라서 큰일 날 뻔했습니다. 그리고 보면 우리 이 선생은 우리 양가의 행운이고 은인은 물론 복덩어리 이십니다."

"예, 정말 그렇습니다. 행운이고 은인입니다. 그 비를 다 맞으시며 저희 집을 찾아오셨어요."

신부의 부친도 고마운 마음을 감추지 못하고 있었다. 그러나 창남은 눈앞이 뿌옇게 변하고 있어서 집으로 어서 가고 싶기만 했다. 신랑 부친과 신부 부친이 하는 소리는 이상한 소리로 들리고 있었고, 알 수 없는 색깔들이 눈 속에서 너울거리고 있을 뿐이었다.

"저, 아저씨!"

지섭의 모친이 창남을 불렀다. 창남의 얼굴은 잠든 듯이 고요하기만 했다.

"피곤하신가 봐요. 누우시게 해야겠어요."

지섭의 모친이 부친을 보며 말했다.

"이 선생! 곤하시면 좀 누워서 쉬세요. 빈방을 알아보겠습니다."

"그래야겠어요. 제가 주인한테 말해볼게요."

지섭의 모친이 일어나 밖으로 나갔다. 그리고 주인 여자와 함께 들어왔다.

"이번 우리 일로 무척 애를 많이 쓰셔서 과로하셨으니 병이 나실 만도 하시지요. 그나저나 신세를 너무 많이 졌어요. 잠시 누우시면 좋아지실 겁니다."

지섭의 부친이 주인 여자가 부축하고 있는 창남을 보면서 말했다. 창남은 청산리의 안개 속에서 움직이고 있었다. 만식이가 나타났다. 그리고 나무를 가득 짊어지고 있는 지게를 잡아주고 있었다. 창남이는 지게를 내려놓고 방으로 들어갔다. 방안에는 동지들이 없었다.

"색시가 이따가 끝날 쯤에 온다고 했어요. 염려 말고 그동안 편히 누워 있어요."

주인 여자는 창남에게 말하면서 자리에 눕게 한 다음 밖으로 나갔다. 그리고 방문이 닫혔다. 창남은 눈을 뜨고 있었다. 그리고 주인 여자가 눕혀 놓은 대로 누워서 눈을 뜨고 있었다. 그리고 옆방에서 들리는 소리와 빗소리, 낙숫물 소리를 들으며 창남은 천장에 매달려 있는 전등을 보았다. 창남은 손을 들어 배 위에 올려놓았다. 그리고 옆방에서 조그마하게 들리는 웃음소리를 들었다. 창남은 숨을 크게 몰아쉬었다. 어깨를 움직이면서 힘을 주고 있었다. 창남은 손을 들어보기도 하고 다리를 움직여 보고 있었다. 그러면서 창남은 이상한 빛을 손으로 저어보고 있었다. 그러자 빛이 움직이면서 창남의 몸을 돌기 시작했다. 창남은 몸에 힘을 주면서 허리를 비틀고 있었다. 창남은 눈을 깜박이며 손을 들어 젓고 있었다. 창남은 손을 저으며 까마득한 빛의 속으로 무한정 떨어지고 있었다. 창남은 떨어지면서 손을 앞으로 내밀고 있었다. 만식이가 손을 잡으며 아무도 없는 곳에 창남이를 눕히고 있었다. 그러나 창남은 떨어지고 있었고, 빛깔들이 몸을 둘둘 감고 있었다. 창남은 빛깔들이 몸을 감는 대로 몸이 뒤틀리고 있었다. 문이 열리고 누가 있었다. 비 오는 소리가 들리다가 문 닫는 소리가 나면서 비 오는 소리가 들리지 않았다. 창남은 두 손을 내저었다. 그리고 소리쳤다. 고문대에서는 소리질러봤자 아무 소용없다. 코에 물을 붓고 있어서 저항해도 소용없다. 코에 붓는 물이 목을 타고 뱃속으로 들어간다. 입에서는 컥컥 대고 물은 콧구멍으로 쏟아지고 있다. 창남의 몸은 뒤틀리다가 들려오는 소리에 숨을 멈추고 있었다.

'비명은 절대 지르지 마시오. 혼마저 빼앗기지 맙시다. 우리에게 남은 것은 혼밖에 없습니다.'

남기복의 참령의 목소리가 들려오고 있었다. 창남은 대답했다. 어금니를 힘 있게 물면서 외치고 있었다.

"저 죽을 것만 같아요. 살고 싶어요."

그러나 고문실은 잔혹하기만 했다. 창남의 몸은 죽은 짐승의 고깃덩이처럼 늘어져 있었고, 방망이로 정강이를 맞고 있었고, 머리는 무엇으로 맞는지 환청이 들리고 있었다. 환청은 창남을 어지럽히고 있었다.

"조선 놈의 새끼. 뭘 믿고 반항이야? 너희들 하나하나 약 먹여서 씨 말릴 거다. 모두 약 먹일 거다. 사내새끼들은 부려 먹다가 하나하나 죽일 거다. 계집은 모두 첩 만들 거다. 조선 것들."

창남의 환청은 전깃줄이 살 속으로 파고들면서 살이 타는 환청을 듣고 있었다. 수사관들이 전깃줄을 떼고 있는 것을 창남은 보고 있었다. 수사관이 상스러운 욕을 해대면서 축 늘어진 창남의 몸에 물을 끼얹고 있었다. 수사관은 반복해서 피투성이가 된 창남의 몸뚱이에 전깃줄을 대고 있었다. 창남의 몸은 더욱 늘어지고 있었고 늘어질 대로 늘어진 창남의 몸뚱이는 수사관이 뿌려대는 물소리가 귓속을 통해서 머릿속으로 파고들었다. 머릿속으로 파고든 소리는 '쏴쏴' 하며 머릿속을 휘젓고 있었다. 문밖에서 사람들의 말소리가 들리고 있었다. 창남은 들려오는 소리가 싫어서 귀를 막아보려고 손을 움직이고 있었다. 그러나 움직이는 손은 없었다. 눈꺼풀도 움직이지 않고 있었고 창남의 몸에서 움직이는 것은 아무것도 없었다. 창남은 몸에 아무것도 남아 있는 것이 없다는 것을 알고 있었다. 창남의 몸에서는 감각이 사라지고 있었다. 감각이 사라지고 있는 몸에서는 무엇인지 알 수 없는 것들이 나타나고 있었고 그것들이 판치고 있었다.

창남의 사지가 늘어져 바닥에 있었다. 바닥에 늘어져 있는 창남의 몸은 노랗거나 푸르거나 거무튀튀한 색깔로 변해 있었다. 창남은 자신의 몸이 바닥에 늘어져 있는 것을 보면서 목이 타들어 가고 있었다. 한 모금의 물을 먹고 싶었다.

창남은 천장에 대롱대롱 매달려 있는 기분이 드는 몸뚱이를 움직여 보려고 버둥거려보았다. 손이 움직였고 문에 닿았다. 창남은 문틈에 손가락을 대고 힘을 주었다. 문에 틈이 나면서 밖이 보였다. 창남은 문틈으로 말소리를 보내고 있었다.

"물 좀 주세요."

"물 좀 주세요."

창남은 한 번 더 소리 질렀다.

"물 좀 주세요."

물그릇이 오고 있었다. 물그릇이 손끝에 놓였다. 창남은 물그릇에 입을 대고 물을 먹었다. 누운 채 창남은 물을 먹어댔다. 창남은 다시 방바닥에 등을 대고 누웠다. 그리고 천장을 보면서 머리를 덮어씌우는 알 수 없는 색깔이 나타나지 않기를 바라고 있었다. 그러면서 몇 시가 되었는지 알고 싶었다. 사주단자가 어찌 되고 있는지도 알고 싶었다. 창남은 손을 움직여

보았다. 그런데 손이 움직였다. 창남은 한쪽 손도 움직여 보았다. 마찬가지로 움직였다. 다리도 움직여 보았다. 다리도 움직였다. 창남은 두 손을 모아 바닥을 짚으며 몸을 일으키고 벽에 등을 대면서 앉았다. 창남은 시간이 알고 싶었다. 그리고 사주단자는 어찌 되었는지 알고 싶었다. 그러나 그것이 알고 싶다고 사람을 부르거나 광자 어미가 어디 있는지 알 수도 없는데 부를 수가 없었다. 창남은 가냘프게 퉁탕거리며 뛰고 있는 심장의 맥박을 느끼면서 집으로 가서 눕고 싶은 생각을 하고 있었다.

창남은 문밖의 빗소리를 듣고 있었다. 그러다가 빗소리는 물론 추녀에서 떨어지고 있는 낙숫물 소리가 들리지 않고 있었다. 창남은 빗소리가 듣고 싶었다. 추녀에서 떨어지고 있는 낙숫물 소리도 듣고 싶었다. 창남은 두 손으로 방바닥을 짚고 힘을 주었다. 몸은 움직이기 시작했고 몸은 일어나고 있었다. 창남은 문을 지그시 열면서 밖을 내다보았다. 비는 멎었고 식당 안에는 사람들이 식사하며 앉아 있었다. 창남은 몸을 일으켜 보았다. 두 다리를 세우며 손으로는 벽을 짚으면서 몸을 일으켜 세우고 있었다. 창남은 일어섰다.

비가 멎었고 앞이 잘 보이고 있었다. 창남은 방을 나와 신을 신었다. 지팡이를 짚었다. 그리고 식당을 나와 길을 걷기 시작했다. 몸을 가눌 수 없었을 때에 기어가면서 버텨왔던 적을 떠올리며 창남은 몸을 움직이고 있었다. 멀리 구름 사이로 파란 하늘이 드러나고 있는 것을 보면서 창남은 집으로 향하고 있었다. 창남은 장터를 지나면서 갈산 내갈 다리를 지났고 크고 작은 자갈들이 뒹굴고 있는 길을 위태롭게 휘청거리며 집을 향해 가고 있었다.

만주에서 쉬지 않고 끌려 다니며 노동으로 다져진 몸뚱이는 비척이면서 쓰러지지 않고 있었다. 사람들이 지나면서 창남에게 말했다. 창남은 대답했다. 그러면서 창남은 집에 도착했다. 창남은 마루를 기어올랐고 방바닥에 쓰러졌다. 창남은 서 있는 광자를 보았다. 광자는 창남의 두루마기를 벗겼고 이어 자리에 눕혔다. 광자는 자리에 누운 아비에게 베개를 베어주고 홑이불을 끌어다가 덮은 다음에 동생과 밖으로 나갔다. 창남은 밖으로 나가는 광자를 불렀다. 그러나 문은 닫혔고 광자의 대답 소리도 없었고 문은 열리지 않았다. 창남은 다시 혼자가 되었다. 창남은 혼자가 싫었다. 창남이 혼자 있을 때는 수사관에게 고문을 받을 때와 감옥에 갇혀 있을 때뿐이었다. 창남은 식구들이 그리웠다. 광자와 아들아이와 함께 있고 싶었다. 그러나 광자는 아비가 조용히 잠들 수 있도록 창남과 멀리 떨어져 있는 냇둑으로 가고 있었다.

창남은 문이 닫히는 것이 싫었다. 그러나 문은 닫혔다. 창남은 적막이 시작된 방 안에 홀로 있게 되었다. 창남은 문을 열고 싶었다. 그러나 몸을 움직인다는 것이 쉽지가 않았다. 그런가 하면 창남의 머릿속에서는 무엇인가가 움직이고 있었다. 그 무엇인가는 구름처럼 머릿속에서 떠다니고 있었다. 창남은 '아' 하면서 구름 같은 것을 보고 있었다.

'탕탕 탕! 꽝 꽝 꽝! 타타타! 타 타!'
창남은 총소리가 난무하는 협곡에서 납작 엎드려 있었다. 그리고 일본군에 완전히 포위된 속에서 나뒹굴기 시작했다. 일본군이 쏘고 있는 총탄은 사방에서 날아다니고 있었다. 납작 엎드린 창남은 어두워지고 있는 협곡에서 꼼짝할 수가 없었다. 창남은 고립된 속에서 공포에 시달리고 있었다.
"두려워 말라, 동지들아. 우리는 살아 있었던 적이 없다. 우리는 모두 죽은 모습으로 함께 있을 뿐이다. 나라를 잃었으니 살 곳이 없고 살 곳이 없는 몸이 살아 있다고 볼 수 있겠느냐? 우리는 황천의 객이요, 지옥의 객일 뿐이다. 동지들아, 두려워 말아라. 잃어버린 나라에 우리가 있다. 잃어버린 민족에 우리가 있다. 싸우자 동지들아! 싸우자 동지들아! 잃어버린 조국을 위해서 싸우자, 동지들아! 나의 동지들아!"

김시진 장군이 협곡에 납작 엎드려 있는 창남을 향해서 소리치고 있었다. 창남은 일어났다. 그리고 김시진 장군을 바라보며 김시진 장군이 손을 높이 들어 가리키고 있는 곳을 보았다. 거기에는 근식 대장을 비롯해 수많은 동지들이 있었다. 김시진 장군은 태양을 향해 경례를 했다. 그리고 잠시 후 외치고 있었다.

"하늘이시여, 우리를 보호하소서."

"아저씨!"

창남은 소리 나는 곳을 보았다. 소리 나고 있는 곳에는 만식이 있었다. 만식은 창남을 보면서 손을 흔들며 뛰어오고 있었다. 창남은 만식을 향해서 손을 높이 들었다. 그리고 만식을 향해서 들고 있는 손을 흔들고 있었다. 창남은 김시진 장군과 병사들이 있는 곳으로 고개를 돌렸다. 그러나 김시진 장군과 독립군들의 모습은 보이지 않았다. 창남은 다시 만식이 달려오고 있는 곳으로 고개를 돌렸다. 그러나 달려오던 만식도 보이지 않았다. 창남은 허우적거리고 손을 내저었다. 창남이 덮고 있는 홑이불은 버둥거리고 있는 창남의 몸에서 벗겨지고 있었다. 창남의 앙상한 몸이 드러나고 있었다. 창남은 숨을 몰아쉬었다. 그러나 창남의 입에서는 숨소리는 물론 아무 소리가 나지 않고 있었다.

"아버지!"

창남은 외치고 있었다.

"아버지!"

창남이 외치는 곳에는 창남의 아버지가 있었다. 할아버지가 있었고 할머니가 있었다. 할머니는 부엌에서 일하고 있었다. 할머니가 창남을 보고 있었다. 할머니는 아궁이에 불을 피우고 있었다. 아버지는 뭔가를 먹고 나서 뒤란으로 가고 있었다.

"아버지, 어디 가세요?"

아버지는 고개를 돌리고 창남을 보고 있었다. 창남은 어머니를 불렀다.

"어머니! 어머니!"

아궁이 앞에서 불을 때던 할머니도 없었다. 아궁이에서 타고 있던 불도 보이지 않고 부엌은 컴컴해지고 아무것도 보이는 것이 없었다. 창남은 손을 내저었다. 아무것도 보이지 않는 것이 싫었다. 하얀 안개 같은 것을 보고 싶었다. 붉은 안개 같은 것도 보고 싶었다. 그러나 보이는 것은 아무것도 없었다. 창남은 결사적으로 두 손을 내젓고 있었다.

"광자야! 광자야!"

창남은 아무것도 보이지 않는 속에서 광자를 부르고 있었다. 그러나 창남이 부르는 소리는 안개가 자욱한 속으로 우물거리며 움직이고 있었다. 창남은 두 손을 내저으며 소리 지르고 있었다.

"아버지!"

"아버지!"

"아버지!"

창남은 계속해서 아버지를 불렀다. 하지만 안개는 우물거리며 움직이면서 창남을 덮고 있었다.

창남은 안개에 덮이면서 아무도 없다는 것을 알 수 있었다. 창남은 눈꺼풀을 움직일 수가 없어서 손을 움직여보았다. 손을 움직일 수 없었다. 창남은 움직이고 싶었다. 버둥거리고 싶었다. 하지만 소용이 없었다. 창남은 지금 죽어가고 있다는 생각을 했다. 죽어가는 중이라 움직일 수 없다고 생각했다. 창남은 울기 시작했다. 창남은 서러워하면서 광자 어미와 광자 그리고 아들아이를 보고 싶어 했다. 창남은 눈을 뜨고 싶었다. 그러나 눈꺼풀은 움직여지지 않았고 손도 움직여지지 않았고 움직일 수 있는 것은 아무 것도 없었다. 누가 몸을 건드려주었으면 하는 생각을 하면서 광자 어미가 몸을 일으켜주기를 바라고 있었다. 숨을 쉬고 있는지 알고 싶었다. 창남은 말하고 싶었다. 광자 어미와 말하고 싶었다. 광자와 말하고 싶었다. 아들아이가 보고 싶었다. 창남은 광자 어미가 어서 와서 일으켜주기를 바라고 있었다.

창남은 죽어가고 있다고 생각하지 않고 있었다. 눈꺼풀은 물론이고 손가락 그리고 입술도 움직이지 못할 때가 있었던 것을 생각했다. 숨이 끊어졌을 때가 수없이 많았던 것을 생각했다. 그래서 지금 자신은 알 수 없는 환각에 시달리고 있을 뿐이라고 생각했다. 그러나 창남은 광자 어미가 어서 와서 몸을 일으켜 주기를 바라고 있었다.

창남은 사람들이 많은 곳에 서 있었다. 창남은 많은 사람 속에서 사람을 찾고 있었다. 보고 싶은 사람을 찾고 있었다. 해방되면 만나자며 헤어졌던 사람들을 찾고 있었다. 창남은 동지들을 찾아서 짙은 안개 속으로 들어가고 있었다. 동지들이 나뭇잎을 덮고 누워 잠들어 있었다. 근식 대장이 나뭇잎 속에서 일어나며 담배를 피워 물고 있었다.

"갈산 동지! 오늘은 87연대 공격하는 날이지 않소? 어두워지려면 아직 해가 남았소. 여기 이 속으로 누워서 더 자두시오."

창남은 사람들이 많은 곳에서 움직이고 있었다. 코네프 사령관이 눈부신 백마 등에 앉아서 붉은 깃발들이 아우성치는 속에서 행군했다. 니콜라이와 소칼로프, 그리고 엘렉이 붉은 깃발들이 아우성치는 속에서 외치고 있었다.

"창남! 창남! 창남!"

창남은 일본 경찰에 잡혀서 얼음장처럼 차가운 바닥에 무릎 꿇고 앉아 있었다. 두 손은 뒤로 묶여 있고 두 무릎은 흐르는 붉은 피에 범벅이 되어 있었다. 어깨도 등도 그리고 머리에서도 붉은 피가 흐르고 있었다.

(엘렉 말을 들을 것을, 내가 잘못했어. 러시아에서 해방될 때까지 있을 걸 그랬어.)

창남은 광자 어미를 기다렸다. 많은 사람 속에서 광자 어미를 기다리고 있었다. 광자 어미가 어서 와서 자리에서 일어날 수 있도록 부추겨 주기를 기다리고 있었다. 창남은 일어나 앉고 싶었다. 일어나 앉고 싶기만 한 창남은 광자 어미가 어서 와서 일으켜주고 그런 다음 벽에 기대고 앉아서 숨을 크게 쉬고 싶었다. 숨을 크게 쉬면서 광자를 보고 싶었다. 아들아이를 보고 싶었다. 그리고 제발 방문 좀 활짝 열어 놓으라고 말하고 싶었다.

창남은 광자 어미를 기다리고 있었다. 광자 어미가 오면 숨을 쉬게 될 것으로 생각했다. 그리고 눈도 떠질 것이고 말도 할 것으로 생각했다. 창남은 스스로 일어나 보려고 몸에 힘을 주기 시작했다. 광자 어미가 오지 않고 있고 광자도 오지 않고 있고 기다리고 있을 수가 없어서 일어나려고 두 팔에 힘을 주고 몸을 움직였다. 그렇지만 팔에 힘을 줄 수가 없고 조금도 움직일 수가 없었다.

"아버지 계시니?"

"예, 주무세요."

"광자야! 나 안 잔다. 누가 왔니 문 좀 열어 보아라"

창남은 소리쳤다. 안 잔다고 소리쳤다.

"주무시는 구나, 장터에 갔다고 다시 들리마."

"예"

창남은 일어나려고 움직였다. 하지만 손가락도 움직이지 않았다. 창남은 일어나려고 다시 움직여 보았다. 그러나 움직일 수 없었다.

"광자야, 아버지 안 잔다. 문 좀 열어라."

창남이는 다시 소리쳤다. 광자는 아들과 이야기를 하고 있었다. 이야기를 하면서 문을 열지 않고 있었다. 창남이는 다시 소리쳤다. 그러나 아무 소용이 없었다.

일어나 보려는 것도 소용이 없어서 그만두었다. 그리고 광자가 방으로 들어오면 방문이 열릴 것이라 보고 기다리기로 했다. 그러나 광자는 아들과 이야기만 하고 있었다.

창남은 이러다가 죽을지도 모른다는 생각이 들었다. 창남은 답답해지고 있었다. 이러다가는 틀림없이 죽을 것이라 생각했다. 그러면서 창남은 광자가 문을 열고 들어오면 죽지 않을 것이라고 생각했다. 광자는 아들과 이야기만 하고 있었다.

창남은 불안해지기 시작했다. 문이 열리기를 기다리고 있지만 문이 열리지 않고 있다. 창남은 결박당한 압박감에 휩쓸려가고 있다. 온몸이 결박당한 채 손톱이 뽑히고 있으면서 창남은 질식하고 있다. 수사관이 땀을 뻘뻘 흘리며 웃어 제치고 있다. 창남의 몸은 결박당한 채 거꾸로 매달려 있고 수사관은 웃어가면서 눈과 코와 입에 물을 붓고 있다. 소금과 고춧가루 물을 붓고 있다. 수사관은 코와 입 그리고 눈에 물을 부으며 떠들면서 웃고 있다. 창남이는 질식해서 축 늘어져 있다. 수사관은 늘어진 몸뚱이를 가죽 끈으로 패면서 떠들고 있었다.

"야, 이 새끼야, 죽어봐라. 이 새끼야. 대일본제국을 너 오늘 확실히 알아라,"

수사관은 이글거리는 인두를 축 늘어진 엉덩이에 댔다. 엉덩이에서는 살과 피가 타면서 연기와 수증기가 일어나고 있다.

"조선 놈의 새끼. 조선 새끼는 이럴 때 맛이 나, 돼지보다도 더 구수한 맛이 나, 뭣도 모르는 무식한 새끼들. 이 조선 놈의 새끼."

(광자 어미가 와서 콧속에서 버글거리고 있는 고춧가루 물을 닦아 주었으면 좋겠다. 입에서 버글거리고 있는 고춧가루 물을 닦아 주었으면 좋겠다. 그리고 어서 눈을 닦아 주었으면 좋겠다. 손을 주물러 주었으면 좋겠다. 어깨도, 빛이 들어오는 것을 보고 싶다. 문이 열렸으면 좋겠다. 정신을 차리고 싶다. 숨을 쉬고 싶다. 손가락을 움직이고 싶다. 눈물을 흘리고 싶다.)

노란 안개가 끼기 시작했다. 수사관들이 극악무도하게 날뛰기 시작했다. 창남의 발톱이 빠져나가고 있었다.

"어서 와, 광자 엄마! 나 좀 살려줘."

창남은 손가락이 부러지고 있었다. 창남은 다시 질식하고 있었다.

"이 새끼, 손가락이 무슨 필요가 있어. 내일이면 죽을 새끼가."

수사관은 왼손에 하나 남아 있는 손가락마저 부러트리고 있었다.

"광자야! 광자야! 광자야! 나 좀 살려다오, 광자야."

수사관은 계속해서 창남의 몸뚱이를 패고 있었다. 창남은 광자를 부르다가 질식하고 있었다.

"야! 이 새끼야, 1초면 죽는다. 이 어리석은 조선 새끼!"

수사관은 양손에 들고 있는 전깃줄을 창남의 어깨에 대고 있었다. 창남의 어깨에서 퍽퍽 소리가 나면서 창남의 몸은 뻣뻣해지고 있었다. 창남은 광자 어미가 어서 와서 살려주기를 기다리고 있었다.

"서울 경성은행에서만 바꿀 수 있었습니다. 모두 바꿔서 통장에 넣었습니다. 이 돈이면 우리 갈산 앞벌을 살 수 있는 돈입니다."

광자 어미는 둘째 시아주버니가 넘겨주는 통장을 받아 들면서 무슨 말인지 알아듣지 못했다.

(3권으로 이어집니다.)